Ross Abel

Am anderen Ende des Tunnels

Roman

**Originalausgabe
1.Auflage
Dezember 2014**

**Umschlaggestaltung:
Angela Neutzling und Ross Abel
Foto Umschlagvorderseite:
Angela Neutzling**

Inhalt:
Seine Freizeit verbringt Niko am liebsten auf dem Fußballplatz oder mit seinen Freunden vor der Eisdiele, dem Treffpunkt der örtlichen Jugend. Dort begegnet er eines Tages Sina und verliebt sich Hals über Kopf in sie. Ihre intensive Beziehung ist aber nicht von langer Dauer, da beide noch nicht reif genug dafür sind.
In den folgenden Monaten warten viele spannende, lustige und traurige Erlebnisse auf ihn und er genießt die neuen Erfahrungen in vollen Zügen. Es passieren aber auch einige wirklich skurrile Dinge, wie die Massenkarambolage bei der Friedensfahrt, für die sein Freund Mike verantwortlich zu sein scheint.
Doch allmählich beginnt auch für Niko der Ernst des Lebens.
Trotz sehr guter Zensuren erhält er bei der Bewerbung zu seiner Wunschlehrstelle eine klare Absage und beginnt nun erstmals bewusst über die offensichtlichen Zusammenhänge nachzudenken. Demnach ist nicht allein die Leistung ausschlaggebend, sondern Beziehungen und die „richtige" politische Einstellung. Ersteres hat er nicht und das andere dummerweise auch nicht.
Als Einziger seiner Klasse hat er nicht an der Jugendweihe teilgenommen, da sich sein christlicher Glaube damit nicht in Einklang bringen lässt. Dieser Makel sowie die fehlende Parteimitgliedschaft seiner Mutter sind verantwortlich für die Absage der Bewerbung.
Auch in anderen Bereichen seines Lebens läuft es nicht so gut. Eine neue Liebe ist nicht in Sicht, die Schule nervt und auch sportlich geht alles den Bach runter.
Am 1. Mai findet das alles entscheidende Fußballspiel um die Kreismeisterschaft statt. Nikos Mannschaft verliert unglücklich das Ortsderby – mit schwerwiegenden Folgen.
Niko muss nun endlich lernen, sich seinen Problemen zu stellen und Verantwortung für sein Tun zu übernehmen, sei es in der Schule, der Freizeit oder der Liebe.

Über den Autor

Ross Abel ist das Pseudonym eines deutschen Autors, Jahrgang 1968. Aufgewachsen in der ehemaligen DDR, im jetzigen Bundesland Brandenburg, lebt er mit seiner Frau und den zwei Kindern in Berlin – Treptow.
Seit seiner Kindheit ist er begeisterter Leser von Romanen der unterschiedlichsten Couleur.
Mit dem Schreiben eigener Geschichten hat er aber erst vor einigen Jahren begonnen, als Ausgleich zu seiner Tätigkeit als Verkäufer für Bild- und Tonträger.
Das Buch "Am anderen Ende des Tunnels" ist seine erste Veröffentlichung.

Für meine Großeltern Marie Luise und Leo Rossa

Für Schloddy und Mike

\-

Bis zum Wiedersehen

Inhalt

Ich hatte wieder schlecht geschlafen, und nun war ich wach, und niemand nahm Notiz von mir. Verdammt noch mal, musste ich sie denn erst anbrüllen? Im Hintergrund hörte ich doch ihre Stimmen. Gerade jetzt in diesem Moment. Auch wenn sich alles so weit entfernt anhörte, erkannte ich doch eindeutig den Klang einer männlichen Stimme. Der tiefe Bass verursachte in mir beinahe Kopfschmerzen, so sehr vibrierte er.

Wie lange das nun schon so ging, konnte ich nicht einmal mehr sagen. Ich lag in meinem Bett wie jeden Tag und dämmerte im Wachzustand vor mich hin. Am liebsten hätte ich laut los geschrien: "Warum zum Teufel hilft mir denn keiner? Seht ihr denn nicht, dass ich aufgewacht bin?", aber dieses Unterfangen war aussichtslos. Ich musste es wissen, denn ich hatte es immer und immer wieder versucht, sie auf mich aufmerksam zu machen: ohne Erfolg.

Einige Zeit hatte ich mir sogar eingebildet, dass sie mich nicht verstehen wollten. Vermutlich deshalb, weil ich ständig mit ihnen redete und sie mir nicht antworteten. Irgendwann kam mir der Gedanke, dass sie mich, aus einem mir unbekannten Grund, wirklich nicht hören konnten, aber das war doch völlig absurd. Schließlich konnte ich ihre Stimmen und andere Geräusche doch auch vernehmen. Wie konnte das dann sein?

Na gut, ohne mich hören zu können, wäre es für sie zugegebenermaßen nicht leicht gewesen zu erkennen, ob ich wach war oder schlief, denn ich konnte, seitdem ich zum ersten Mal wieder zu mir gekommen war, meine Augen nicht öffnen. Genauso wenig konnte ich mich bewegen. Mein Geist war zwar willig, aber das Fleisch war zu schwach. Ich lag einfach nur so da.

Trotzdem konnte ich nicht glauben, dass sie nichts merkten von meinen geistigen Aktivitäten. Mein Gehirn arbeitete ununterbrochen. Andauernd fielen mir Dinge aus meinem Leben ein, aus der Schule, von zu Hause, vom Fußball und von Sina. Das konnte ihnen doch nicht verborgen bleiben.

Auch vorhin hatte ich wieder einen dieser Träume, der wie alle anderen zuvor in der Vergangenheit spielte. Ein bisschen Angst machte es mir schon, dass alles, was mein Gehirn hervorbrachte, ausschließlich bereits vergangen war, aber letztlich war das in Ordnung, denn es gab viele schöne Erinnerungen, die dadurch wieder an die Oberfläche kamen. Mir fielen Geschichten ein, von denen ich nicht mal erwartet hatte, dass sie in meinem Gedächtnis gespeichert waren. Es war schon eigenartig, sich jetzt noch einmal an den ersten richtigen Kuss oder die Streiche aus der Schulzeit erinnern zu können.

Seltsamerweise schien es in meinen Träumen keine Zukunft zu geben und ich fragte mich, was der Grund dafür sein mochte. Damals hatten sich meine Träume immer in kommenden Zeiten abgespielt und meine Phantasie hatte allerlei Sonderbares ausgeheckt, aber nun war es genau umgekehrt. Das war schon etwas komisch.

Konnte ich dieses Phänomen vielleicht sogar in Verbindung bringen mit den Dingen, die sich zwischen Leben und Tod abspielten? Darüber hatte ich schon häufiger gelesen oder etwas im Fernsehen gesehen und dieses Thema hatte auf mich immer eine große Faszination ausgeübt. Auch im Religionsunterricht bei Pfarrer Focke kamen wir des Öfteren damit in Berührung.

Jeder Mensch besaß, jedenfalls behaupteten das die Wissenschaftler, eine innere Uhr und diese weiß angeblich genau, wann die Zeit zum Sterben gekommen ist. Alle Personen, die in einer lebensbedrohlichen Situation waren, berichteten unabhängig voneinander, dass sie in dieser Zeit ihr gesamtes Leben an sich vorüberziehen sahen und sich an längst vergessen geglaubte Einzelheiten ihrer Vergangenheit erinnern konnten. Niemand sprach davon, dass er seine Zukunft gesehen hatte und ich stellte mir insgeheim die Frage, ob das nun ein gutes oder ein schlechtes Zeichen war.

Entgegen meinem üblichen Pessimismus tendierte ich dazu, es als gutes Omen anzusehen, denn um von ihren Beobachtungen und Erlebnissen berichten zu können, mussten sie ja wohl überlebt haben. Andererseits konnte man es aber auch so sehen, dass die Verstorbenen es ebenso erlebten, nur sie konnten nicht mehr davon berichten. Wie dem auch sei, komisch war es jedenfalls.

Wenn ich doch wenigstens gewusst hätte, wo ich mich befand. War ich überhaupt noch am Leben? Natürlich war ich das, verwarf ich diesen törichten Gedanken sofort wieder. Und wenn nicht?

Bevor ich weiter darüber nachgrübeln konnte, überfiel mich eine starke Müdigkeit und ich sank in einen tiefen Schlaf. Kaum war ich eingeschlafen, begann ich wieder zu träumen.

1

Sina

Endlich war die Schule vorbei. Sechs lange Stunden. In der letzten Zeit konnte nicht schnell genug Schluss sein, denn danach fing der Tag eigentlich erst richtig an.

Um 15 Uhr trafen wir uns mit den anderen vor der Eisdiele. War nicht mehr viel Zeit, bis ich los musste.

Zum Glück brauchte ich heute keine Hausaufgaben mehr machen, weil sich zur Abwechslung mal Ralf darum kümmerte. Er hatte mir gegenüber noch etwas gutzumachen. So wusch eine Hand die andere.

Es war kurz vor um, und Mike kam wie immer zu spät. Wie mich das nervte. Aber schließlich hatte ich die anderen nur durch ihn kennen gelernt und das schwächte meinen Ärger über sein ständiges Zuspätkommen ein wenig ab. Ohne ihn würde ich wahrscheinlich noch immer nur mit den Leuten aus unserer Klasse rumhängen, und das wäre doch mächtig öde. Bbbrrr, daran mochte ich gar nicht denken.

Der höllische Krach unserer Klingel riss mich aus meinen Gedanken. Ich öffnete die Tür. Davor stand Mike, völlig verschwitzt und die Finger voll Schmiere.

"Meine Karre ist schon wieder kaputt", hechelte er bloß.

"Als ob das was Neues wäre", antwortete ich und machte ihm die Tür zum Bad auf.

Mike war bereits 16 und damit der einzige aus unserer Klasse, der schon einen Führerschein besaß. Er war auch mit Abstand der Älteste in unserer Klasse, aber nicht, weil er schon mal sitzen geblieben war, sondern weil ihn seine Eltern ein Jahr später eingeschult hatten. Als Kind war er nämlich körperlich etwas mickrig gewesen, wovon heute allerdings nichts mehr zu sehen war, ganz im Gegensatz dazu war er zu einem recht wohlgenährten Kerlchen herangewachsen.

Während er sich die Hände wusch, erzählte er mir, dass er dabei war, an seinem Moped den Auspuff aufzubohren, wegen dem besseren Klang und so. Ich glaube, ich war der Einzige aus unserer Klasse, den das wirklich nicht interessierte, aber ich hörte mir alles geduldig an und sagte nur ab und zu "echt" oder "ach wirklich?".

"So, was ist jetzt, können wir dann los? Die anderen sind schon lange da und wir kommen wieder mal als letzte", sagte ich mit etwas genervtem Unterton.

"Los geht's!" erwiderte darauf Mike schon wieder gut gelaunt. Nach fünfzehn Minuten Fußmarsch kamen wir endlich an. Mike war ganz schön geschafft, weil er es nicht mehr gewöhnt war, mehr als hundert Meter zu laufen. Die restliche Sippschaft lachte sich erst mal 'nen Ast, als wir auftauchten.

"Ist euch die Klapperkiste unterm Hintern zusammengebrochen oder haben euch die Bullen das Teil eingezogen?" frotzelte Svenny.

"Na du musst es ja wissen", konterte Mike daraufhin, "wenn ich mich recht erinnere, steht dein Ofen doch schon seit drei Wochen mit einem Platten in der Garage von deinem Alten."

"Kriegt euch mal wieder ein, ihr Pappnasen, gleich kommt nämlich hoher Besuch! Frank will mit seiner neuen Flamme vorbeischauen. Vorstellungsbesuch sozusagen. Auf alle Fälle habe ich versprochen, dass wir uns von unserer besten Seite zeigen werden. Ich hoffe, das geht klar", sagte Rico.

"Man sollte nie Dinge versprechen, die man nicht halten kann", rief Svenny lachend dazwischen und wackelte strafend mit dem Zeigefinger in seine Richtung.

"Ha, ha, sehr witzig", gab er zurück.

"Keine Angst, das geht schon klar, ist doch keine Frage. Wir wollen die ja nicht gleich wieder vergraulen", witzelte Mike und rülpste lauthals in die Runde. Mann, gab das ein Gelächter. Nur Rico schüttelte den Kopf, und Petra guckte verächtlich zu uns herüber, so nach dem Motto: "Oh Gott, seid ihr blöd."

So verging auch heute der Nachmittag wie im Fluge, so wie jeder Tag in der Woche, seitdem wir uns hier trafen.

Die Eisdiele war der ideale Ort, weil sie in diesem Teil Mollins sehr zentral in Bahnhofsnähe lag. Im Prinzip musste jeder, der hier etwas zu erledigen hatte, an uns vorbei und genau das machte diesen Platz so interessant. Es kamen ständig Leute her, um zu quatschen und irgendwie die Langeweile totzuschlagen. Hier war einfach immer was los. Eigentlich war das hier der einzige Treffpunkt, den es noch in Mollin gab. Der Jugendklub war tagsüber schon seit Monaten geschlossen, außer an den Wochenenden. Da war meistens Disco, aber Einlass erst ab 16 Jahren, also nichts für einen Großteil von uns. In unserer Clique waren alle zwischen 13 und 16 und wenn wir es trotzdem mal probierten, uns Samstagabend Zutritt zur Disco zu verschaffen, scheiterten wir Jüngeren meistens an den strengen Ausweiskontrollen und wurden nicht hineingelassen.

Wollte man also nicht zu Hause abhängen und sich langweilen, dann war das hier die einzige Alternative.

Inzwischen war es kurz nach 18 Uhr, als endlich Frank auftauchte. Er hatte zwei Mädels im Schlepptau, eine Dunkelhaarige und eine mit langen blonden Haaren. Zu ihm konnte nur die mit den dunklen Haaren gehören, denn obwohl er ständig neue Freundinnen anschleppte, war, wenn ich mich recht erinnere, noch nie eine Blondine dabei. Komisch, eigentlich.

"Hallo Leute, ist leider etwas später geworden", begrüßte uns Frank, "aber wir waren bei Antjes Eltern zum Kaffeetrinken eingeladen."

"Aber sicher", sagte Mike und grinste sich einen ab, während er die beiden Mädchen frech musterte.

"Hallo, ich bin Antje, und das ist meine beste Freundin Sina. Tut mir leid, dass wir so spät kommen", entschuldigte sie sich und gab zur Begrüßung jedem die Hand. Sina beließ es bei einem allgemeinen "Hallo" und setzte sich auf die Bank genau gegenüber. Mir fiel ein Stein vom Herzen, denn wie ich es erwartet hatte, gehörte Antje, das Mädchen mit den schulterlangen dunkelblonden Haaren, zu Frank. Doch das war mir in diesem Moment vollkommen egal. Meine Augen waren einzig und allein auf Sina gerichtet, denn sie sah einfach umwerfend aus.

Ich merkte, dass mein Herz zu rasen anfing und guckte etwas ängstlich in die Runde, weil ich dachte, man würde mir das vielleicht ansehen können. Glücklicherweise waren die anderen inzwischen fest ins Gespräch vertieft, und so fielen ihnen meine wohl mächtig erstarrten Gesichtszüge nicht auf.

In den folgenden Minuten redeten alle wild durcheinander, über Gott und die Welt, und Mike riss seine üblichen Witze. Da ich nicht irgendwas Falsches sagen wollte, hielt ich mich mehr im Hintergrund und lauschte den Gesprächen. Dabei versuchte ich ab und an, einen unauffälligen Blick von Sina zu erhaschen. Was hätte ich denn auch erzählen sollen?

Schließlich begann der große Aufbruch.

Sven brüllte uns noch ein "Morgen gleiche Stelle, gleiche Welle?" hinterher und wir darauf "Na logo" zurück. Als ob das wirklich eine Frage wäre. Natürlich würden wir morgen Nachmittag wieder dort sein, so wie jeden Tag.

Auf dem Nachhauseweg quatschte Mike mal wieder wie ein Wasserfall darüber, wie er morgen sein Moped reparieren würde. Das war mir im Moment sehr recht, denn mit meinen Gedanken war ich ganz weit weg. Für mich gab es eigentlich nur eine wichtige Frage: Wann würde ich Sina wiedersehen und vor allen Dingen: wie könnte ich es dann anstellen, sie kennenzulernen? Ich zermarterte mir den Kopf darüber, kam aber zu keinem Ergebnis.

Mike holte mich wieder zurück auf die Erde.

"Sag mal, Niko, hörst du mir überhaupt zu?" fragte er mich.

"Na klar, was denkst du denn?" antwortete ich ertappt.

"Also, ich hole Dich morgen kurz vor sieben ab. Bis dann ", verabschiedete sich Mike.

"Bis dann", bekam ich gerade noch so raus und winkte Mike hinterher.

Nach dem Abendessen verzog ich mich früher als sonst auf mein Zimmer. Ich wollte jetzt nur noch allein sein. Im Bett ließ ich den Tag noch mal Revue passieren und überlegte, was als Nächstes zu tun wäre. Ich musste Sina wiedersehen, koste es was es wolle. Mit der festen Überzeugung, dass mir schon irgendwas einfallen wird, schlief ich zufrieden ein.

Es war Donnerstagnachmittag. Fußballtraining. Normalerweise war das der Teil meines Sports, auf den ich gut und gerne verzichten konnte, denn der Fleißigste beim Training war ich bestimmt nicht. Für mich war es ein leider notwendiges Übel. Außerdem konnte ich am Donnerstag deshalb nicht zur Eisdiele. Schluss war nämlich erst nach 20 Uhr und da war an unserem Treffpunkt schon Totentanz. Diesmal freute ich mich allerdings aufs Training, denn ich hoffte, Frank über Sina ausfragen zu können. Da Frank auf eine andere Schule ging als ich, hatte ich ihn seit dem letzten Mal an der Eisdiele nicht mehr gesehen.

Zum Beginn des Trainings mussten wir wie immer eine Runde um den Block laufen, was etwa 20 Minuten dauerte und ich suchte nach einer Möglichkeit, um mit ihm unter vier Augen sprechen zu können.

"Wann lässt du Dich denn mal wieder an der Eisdiele sehen?" begann ich das Gespräch.

"Ja, würde ich gerne mal wieder machen, aber im Moment muss ich für die Schule büffeln. Meine Eltern machen Stress wegen der 4 in Mathe. Ich habe ja nicht mal Zeit für Antje", keuchte Frank, dem das Laufen sichtlich schwerer fiel als mir.

Wir unterhielten uns über alles Mögliche, nur nicht über das, was ich mir erhofft hatte. Ich schaffte es einfach nicht, ohne dass es auffallen würde, unser Gespräch auf Sina zu lenken. Schließlich kam mir ein Zufall zu Hilfe, denn Frank begann von sich aus, über seine Beziehung zu Antje zu reden und damit automatisch auch über Sina.

"Mit Antje ist das auch so eine Sache. Jedes Mal wenn wir uns sehen, ist ihre Freundin mit dabei. Die beiden hängen zusammen wie Pech und Schwefel. Mit ihr mal alleine sein ist da nicht. Immer wenn ich Antje darauf anspreche, sagt sie, dass Sina nun mal ihre beste Freundin ist und ich das halt akzeptieren müsste. Am besten wäre wahrscheinlich, wenn Sina auch einen Freund haben würde, nur das ist nicht so einfach", erzählte er mir.

Damit hatte er mir meine wichtigste Frage bereits beantwortet. Sie war also noch solo. Ich atmete tief durch und fragte ihn, warum das mit dem Freund bei ihr nicht so einfach wäre.

"Na ihr letzter Typ war wohl ein ziemliches Arschloch und hat nebenbei noch was anderes zu laufen gehabt. Deshalb hat sie jetzt erst mal die Schnauze voll von Kerlen."

So war das also.

Inzwischen waren wir wieder am Sportplatz angekommen und da wir die letzten waren, mussten wir zur Strafe eine Extrarunde im „Stadion" absolvieren. Ich war mit meinen Kräften völlig am Ende, aber das eigentliche Training fing nun erst an. Zum

Glück standen heute hauptsächlich Torschussübungen auf dem Programm. Das war nicht so anstrengend und machte mir eigentlich immer den meisten Spaß, obwohl ich das Tor aus 25 Metern nur selten traf. Der Großteil meiner Schüsse ging leider am Kasten vorbei, aber darauf kam es als Mittelstürmer ja auch nicht an. Da zählten schließlich nur Tore, völlig egal wie diese zustande kamen. Wen interessierte es schon, wie ich meine Tore schoss. Hauptsache war doch, dass ich welche schoss. In dieser Saison immerhin 11 Stück. Damit war ich unser Torschützenkönig. Das war sicher auch der Grund, warum ich vom Trainer zufrieden gelassen wurde. Trotzdem hätte er sich wahrscheinlich gewünscht, dass ich mich im Training mehr reinhängen würde, aber entscheidend war die Leistung im Spiel, und die brachte ich fast immer.

Für mich waren Training und Spiel zwei völlig verkehrte Paar Schuhe. Zum Punktspiel musste mich niemand motivieren, da gab ich immer alles. Sobald ich auf dem Platz stand, war ich ein anderer Mensch. Das machte halt tierisch Spaß. Aber Training....

Nach über zwei Stunden konnten wir endlich unter die Dusche. Wie meistens war ich einer der letzten, die mit dem Umziehen fertig waren. Ich hatte mich bereits aufs Fahrrad geschwungen und wollte gerade losfahren, als mir Frank hinterher brüllte.

"Hey, Niko, warte doch mal!" rief er und kam angerannt.

"Was gibt's denn Wichtiges?" fragte ich ihn und hatte das Gefühl, dass er irgendetwas auf dem Herzen hat.

"Weißt du, ich wollte Dich fragen, ob du mir nicht einen Gefallen tun würdest?"

"Na ja, das kommt auf die Art des Gefallen an", antwortete ich skeptisch.

"Am Montag ist doch der 30. April und auf dem "Platz der Freundschaft" findet wie jedes Jahr das Maifeuer statt mit anschließendem Kinofilm. Da werde ich mit Antje und Sina hingehen. An dem Abend sind meine Eltern nicht zu Hause; ich habe sozusagen sturmfreie Bude. Und da wollte ich dich fragen, ob du nicht Lust hast mitzukommen".

" Ich soll mich also um Sina kümmern, damit ihr euch klammheimlich verdrücken könnt?" sprach ich das aus, was er offensichtlich meinte und fügte sofort hinzu: "Gar keine so schlechte Idee, aber wie soll das denn funktionieren?"

"Das weiß ich leider auch nicht. Ich dachte, dass dir vielleicht was einfallen würde", sprach Frank und machte einen etwas resignierenden Eindruck auf mich.

" Okay", sagte ich, "ich werde mir schon irgendwas ausdenken. Das kriegen wir hin. Bis Montag sind ja noch ein paar Tage Zeit, um sich was zu überlegen."

Frank war ziemlich aus dem Häuschen. Wahrscheinlich hatte er nicht damit gerechnet, dass ich mich ohne viel Federlesen auf diese Sache einlassen würde, aber etwas Besseres konnte mir gar nicht passieren. Nur davon hatte er ja nicht die leiseste Ahnung.

"Mann, wenn das klappt, hast du bei mir ewig was gut", versprach mir Frank.

"Das möchte ich auch hoffen", sagte ich aus Spaß zu ihm und schwang mich auf mein altes Fahrrad.

Wir hatten uns für Montagabend 18 Uhr am Bahnhof verabredet.

Auch in der Schule gab es nur ein Thema: das große Maifeuer und der Kinofilm danach. Allzu viele Höhepunkte gab es in unserem kleinen Ort ja nicht, aber der 30. April war so einer und hatte inzwischen jahrzehntelange Tradition. Darauf freuten sich alle schon Wochen vorher. Die Gerüchteküche brodelte wie jedes Jahr, welcher Film wohl zu sehen sein würde, aber etwas Genaues wusste keiner. Im vorigen Jahr wurde "Das fliegende Auge" gezeigt und wir hatten es bereits eine Woche früher gewusst. Diesmal war nichts durchgesickert. Eigentlich war es auch egal, welcher Film laufen würde. Hauptsache war doch, dass endlich mal etwas los war hier und man sich mit Leuten treffen konnte, mit denen man selten zusammenkam. Irgendwie war es wie ein Volksfest für groß und klein. Der frühe Abend gehörte den Eltern und ihren Kindern mit dem Fackelzug und anschließendem Maifeuer und danach nahm die Jugend den Platz beim Open-Air-Kino in Beschlag.

Genauso wie Frank, der für die Schule büffeln musste, erging es mir nun auch, da die Zeit bis zu den Zeugnissen unaufhörlich näherrückte. Obwohl ich das wusste, machte mir die Schule überhaupt keinen Spaß mehr und meine Motivation dafür ließ sehr zu wünschen übrig. Dass mein Abschlusszeugnis der 9. Klasse entscheidend war für die Bewerbung um einen Ausbildungsplatz, wusste ich natürlich selbst und auch, dass ich den Antrag für eine Lehrstelle mit Abitur noch längst nicht sicher in der Tasche hatte.

Beim letzten Besuch meiner Großeltern hatte ich mir, meine schulischen Leistungen betreffend, eine ziemliche Standpauke anhören müssen. Vor allen Dingen mein Opa konnte nicht verstehen, dass ich mir durch mangelnden Fleiß möglicherweise die Chance entgehen ließ, das Abitur machen zu dürfen, welches die Vorraussetzung für ein späteres Studium war.

Wie immer bei solchen Anlässen, begann er Geschichten aus seiner Jugendzeit zu erzählen. In aller Ausführlichkeit berichtete Großvater davon, dass er damals selber gerne studiert hätte, es aber zu seiner Zeit nicht möglich war für die einfachen Leute, zu denen seine Familie nun einmal gehörte. Seine Eltern hatten in der Zeit der großen Weltwirtschaftskrise ganz andere Sorgen, schließlich galt es in der kleinen 4-Zimmerwohnung im Herzen Berlins neun Münder zu stopfen. Außer seinen Eltern und der Oma mütterlicherseits, teilten sich mit ihm insgesamt sechs Geschwister die zwei winzigen Kinderzimmer, wobei der Raum für die vier Jungen nicht viel mehr war als eine Schlafunterkunft. Es gab nicht mal einen Tisch darin, und zum Schulaufgaben machen benutzten sie alle den großen im Wohnzimmer, und dort herrschte jedes Mal ein grenzenloses Chaos.

Oma dagegen war in Mollin groß geworden und hatte seitdem noch nie woanders gewohnt. Ihr Vater war aus dem ersten Weltkrieg nicht wiedergekommen, und ihre Erinnerung an ihn war nicht sonderlich groß, aber er war es gewesen, der damals mit dem Geld einer Erbschaft, hier das kleine Grundstück erworben hatte, auf dem sie später ein Haus bauten. Zwei Jahrzehntelang lebten dort drei Generationen von Frauen unter einem Dach: meine Oma, ihre Mutter und deren Mutter. Dort lernten sich meine Großeltern schließlich auch kennen, denn ohne männliche Unterstützung im Haushalt war es unumgänglich für Reparaturen der unterschiedlichsten Art Handwerker zu holen. Opa arbeitete zu dieser Zeit als Klempner bei einem Notdienst, und als eines Tages die Toilette im Haus verstopft war, nahm das Schicksal seinen Lauf.

Genauso wie Oma ihren Vater kaum kennen gelernt hatte, war es mir ergangen, denn meiner war bei einem Unfall gestorben, als ich noch ein Baby war. Was genau passiert war, hatte ich bis jetzt nicht in Erfahrung bringen können. Mutti sprach fast nie von ihm, und in unserer Wohnung gab es, mit Ausnahme einiger Fotos, nichts, was an ihn erinnert hätte. Das meiste über ihn wusste ich daher durch meinen Opa, der mir ab und zu Geschichten von damals erzählte, von gemeinsamen Familienfeiern oder Sonntagsausflügen mit Picknickkörben in den Tanndorfer Forst. An derselben Stelle im Wald veranstalteten wir immer unsere schon legendären Federballturniere mit anschließendem Essen und Trinken bis zum Umfallen. Laut Opa war ich dabei der legitime Nachfolger meines Vaters, da ich in den vergangenen Jahren, so wie er damals, kaum ein Spiel verloren hatte. Überhaupt meinte Opa des Öfteren, er würde ihn, von der Art meiner Bewegungen, in mir wiedererkennen. Oma hielt sich zwar mit solchen Sprüchen weitestgehend zurück, aber manchmal sah sie mich mit großen aufgerissenen Augen an, schüttelte den Kopf und sagte: "Junge, du siehst aus wie dein Vater."

Ehrlich gesagt, konnte ich diese angebliche Ähnlichkeit mit ihm nicht entdecken, allerdings konnte ich zum Vergleich nur die wenigen Fotografien heranziehen, die existierten. Unsere Gesichtszüge waren meiner Meinung nach keineswegs gleich, das einzige, was ich offenbar hundertprozentig von ihm geerbt hatte, waren die Haare, und das war nun wirklich nicht gerade der Teil an mir, auf den ich sonderlich stolz war. Trotz häufigem Waschen sahen sie nämlich fast immer strähnig und fettig aus, und fingen ab einer bestimmten Länge an zu verwuscheln, aber am schlimmsten war es, wenn ich in einen Regenguss kam. Dann hingen die sich durch die Nässe gebildeten Löckchen regelrecht verklebt in meinem Gesicht. In so einem Fall konnte ich nur zusehen, schnell nach Hause zu kommen, ganz schnell. Und etwas anderes störte mich auch noch: meine Größe. In unserer Klasse war ich einer der kleinsten, und beim Fußball sah es nicht viel besser aus. Auf dem Hochzeitsfoto meiner Eltern war eindeutig zu sehen, dass mein Vater nicht besonders groß war, und ich befürchtete, dass ich das ebenfalls geerbt haben könnte und nicht mehr weiterwachsen würde, aber jeder, den ich darauf ansprach, meinte nur, ich solle mich da nicht in etwas hineinsteigern. Garantiert würde ich später, mit 17 oder 18, noch einen Schub machen, nur dessen war ich mir nicht so sicher.

Am Wochenende wurde mir nun auch von meiner Mutter endgültig klargemacht, dass ich allmählich etwas für die Schule tun musste, nachdem sie beim vergangenen Elternabend von meinem Klassenlehrer zur Seite genommen worden war.

"Ich muss ihnen leider sagen, dass Niko mit dem Desinteresse und seiner Faulheit, die er an den Tag legt, im Moment nicht damit rechnen kann, von mir für eine Bewerbungskarte mit Abitur vorgeschlagen zu werden. Sie können sich doch sicher vorstellen, wie schwer es ist, bei einer Klasse mit 28 Schülern. Ich habe nur die Möglichkeit, bei den fünf Besten eine dementsprechende Empfehlung an den Kreisschulrat zu geben, und vor einem halben Jahr wäre Niko auf jeden Fall darunter gewesen, aber seitdem weiß ich auch nicht, was mit ihm los ist. Er macht in einigen Fächern kaum noch mit im Unterricht und seine Hausaufgaben, wenn er denn mal welche hat, sind mangelhaft. Ich will gar nicht davon sprechen, wann er das letzte Mal pünktlich zur Schule gekommen ist. Ich weiß, dass es für sie nicht leicht ist, alleine mit den Kindern, und dass sie erst spät am Abend nach Hause kommen, aber am Ende des Schuljahres entscheidet sich der weitere Lebensweg ihres Sohnes, und noch können sie darauf Einfluss nehmen. Vielleicht können sie ihm ja den Ernst seiner Lage klar machen, auf mich hört er jedenfalls nicht." Er machte eine kurze Pause zum Luftholen. "Ich würde es sehr schade finden, falls Niko nicht unter den Fünfen sein sollte, schließlich war er immer einer der besten Schüler seiner Klasse und es ärgert mich, dass er sein Potential nicht ausschöpft. Von allen hat er immer die leichteste Auffassungsgabe gehabt. Andere, wie sein Banknachbar Ralf zum Beispiel, müssen sich zu Hause stundenlang auf den Hosenboden setzen, um Leistungen zu erreichen, wie sie für Niko sonst ganz normal waren, aber aufgrund seiner Faulheit ist das jetzt eben nicht mehr so. Versuchen sie bitte, ihm das klarzumachen, noch hat er Zeit und kann etwas ändern!"

Seit der Elternversammlung gab es dicke Luft zu Hause und ich musste Mutti versprechen, mich ab der kommenden Woche wieder verstärkt der Schule zu widmen, was natürlich auch die Hausaufgaben mit einschloss.

Nach unserem Gespräch, das am Sonnabendnachmittag stattgefunden hatte, war mit mir überhaupt nichts mehr anzufangen, und ich machte mir viele Gedanken darüber.

Am Sonntag dachte ich aber auch über etwas ganz anderes nach, nämlich darüber, was ich am Montag in Sinas Gegenwart erzählen könnte, ohne mich zu blamieren. Mir viel einfach nichts Sinnvolles ein. Ich stand stundenlang im Badezimmer vor dem Spiegel und übte Gespräche ein, die so bestimmt niemals stattfinden würden. Das flaue Gefühl in der Magengrube wurde immer stärker, je näher der Montag kam.

Schließlich war es soweit.

Seit über einer Stunde war ich jetzt schon im Bad, als meine Schwester Sabine wutentbrannt gegen die Tür donnerte.

"He, du Blödmann, ich muss da auch mal rein. Das Scheißhaus gehört schließlich nicht dir alleine", brüllte sie durch die geschlossene Tür.

"Immer mit der Ruhe", sagte ich ganz cool, "ich bin gleich fertig."

"Das will ich auch hoffen für dich", antwortete mir darauf Sabine.

Normalerweise gingen unsere Dispute nicht so friedlich ab. Allein dieses "He, du Blödmann" hätte dazu geführt, dass ich mir erst recht Zeit gelassen hätte. Doch heute hatte ich keine Lust, mich mit ihr rumzustreiten.

Inzwischen war es 20 Minuten vor 18 Uhr und ich beschloss, loszugehen. So hatte ich genug Zeit, um nicht abgehetzt am Bahnhof anzukommen. Mein Herz fing mächtig zu rasen an und ich versuchte, ganz tief durchzuatmen, in der Hoffnung, so ein wenig ruhiger zu werden. Zu meiner eigenen Überraschung klappte das sogar einigermaßen.

Als ich am Bahnhof ankam, hatte ich noch einige Minuten Zeit. Vom "Blauen Bock", wie unser Orts-Express im Volksmund genannt wurde, war noch nichts zu sehen. Also setzte ich mich auf eine der Bänke auf dem Bahnsteig und wartete gespannt darauf, dass der Zug einfahren würde.

Der "Blaue Bock" war die einzige richtige Verkehrsverbindung in Mollin, und fuhr stündlich zwischen den beiden größten Ortsteilen hin und her, die sich seit Beginn der dreißiger Jahre, als viele Berliner der Stadt den Rücken gekehrt hatten und hierher aufs Land gezogen waren, in den Umgebungen der Bahnhöfe gebildet hatten. Im Prinzip bestand unsere Gemeinde aus etlichen weit auseinander liegenden Siedlungen, die man nach dem Krieg zur besseren Verwaltung einfach zusammengelegt hatte. Daher gab es auch kein Zentrum im herkömmlichen Sinne. In der Nähe vom "Platz der Freundschaft" waren zwar einige Geschäfte, unter anderem die Post, ein Schreibwaren- und ein Schuhladen, aber die restlichen waren über ganz Mollin verstreut. Eine Einkaufsstraße, auf der man alles Notwendige finden konnte, so wie es sie eigentlich in jedem Dorf gab, suchte man hier vergebens. Für jede noch so kleine Besorgung benötigte man, wollte man nicht stundenlang unterwegs sein, ein Fahrrad, ein Moped oder besser noch ein Auto. Letzteres besaß in unserer Familie leider niemand, so dass wir die meisten Wege mit unseren Rädern zurücklegten, vorausgesetzt, dass sie gerade funktionstüchtig waren.

Am anderen Ende Mollins befand sich dagegen unser Treffpunkt, die Eisdiele, und nicht weit davon entfernt lag der Sportplatz, und nicht zu vergessen die Drogerie, in der kurz vor dem Jahreswechsel immer die Hölle los war, weil dort die Silvesterknaller verkauft wurden. Jahr für Jahr stellten sich einige Verrückte bereits gegen Mitternacht an, um am nächsten Morgen als einer der ersten die begehrten Raketen, Harzer Knaller, Bengalischen Feuer oder sonstige Utensilien zu ergattern, mit denen in der Silvesternacht das neue Jahr begrüßt wurde.

Die großen Entfernungen im Ort waren auch der Hauptgrund dafür, dass es bis zum heutigen Tag zwei Schulen gab, obwohl für die paar tausend Einwohner bestimmt eine große ausgereicht hätte. Jedenfalls war es äußerst selten, dass in den Molliner Schulen pro Jahrgang mehr als eine Klasse zusammenkam. Es gab aber noch einen anderen Grund, der hing damit zusammen, dass Mollin von den Eisenbahnschienen des Berliner Außenringes, über den ein Großteil des Güter- und Personenverkehrs Richtung Süden abgewickelt wurde, regelrecht in zwei Hälften geteilt wurde.

Zum Beispiel gingen die Schüler, die im "Dorf" wohnten, das war die Gegend entlang der Maxim-Gorki-Straße, an der sich der Dorfanger und die Kirche befanden, nicht mehr in unsere Schule, seitdem vor einigen Jahren der Schulbus eingestellt wurde, der sie sonst immer hergefahren hatte. Zu Fuß oder mit dem Fahrrad führte die kürzeste Strecke von dort über einen unbeschrankten Bahnübergang und die Eltern hatten berechtigte Angst, dass ihre Kinder statt dem ungefährlichen, aber längeren Weg am Bahnhof, die Abkürzung nehmen würden. Um einer unnötigen Gefährdung vorzubeugen, hatten sie schließlich durchgesetzt, dass ihre Kinder auf die andere Schule wechseln durften. Diese war zwar etwas weiter vom "Dorf" entfernt, aber dafür auf derselben Seite der Bahnschienen.

Im Hintergrund hörte ich nun das ratternde und quietschende Geräusch des alten Waggons.

Die ersten Leute stiegen aus dem Zug und ich versuchte, in dem Gewimmel jemanden zu erkennen. Zuerst sah ich Frank, der mit seinen 1,80 Metern ja auch nicht zu übersehen ist. Dahinter liefen Antje und Sina. Mann, war ich aufgeregt.

Jetzt hatte auch Frank mich entdeckt und deutete in meine Richtung. Kurz darauf standen die drei vor mir.

"Hallo, Niko, schön das du da bist. Musstest du lange warten?" begrüßte mich Frank, der sichtlich erfreut war, mich zu sehen.

"Nein, ich bin gerade erst gekommen", antwortete ich ihm und wendete mich den Mädchen zu.

"Ich glaube, ich muss mich erst mal vorstellen", begann ich etwas zögerlich, worauf mir sofort Antje ins Wort fiel.

"Das ist nicht nötig. Frank hat uns schon eine ganze Menge über dich erzählt."

"Ja, und zwar fast nur Gutes", lächelte mich Sina an.

"Das möchte ich auch hoffen", gab ich zur Antwort und drehte mich Frank zu.

Das Eis war damit sofort gebrochen und wir unterhielten uns, als ob wir uns schon ewig kennen würden. Meine Bedenken, die ich wegen heute hatte, waren wie weggeblasen.

Langsam gingen wir die Straße entlang zum Rummelplatz, welcher seit einer Woche auf dem Parkplatz in der Nähe der Post aufgebaut war. Dort standen im Halbkreis etwa zehn verschiedene Wagen, unter anderem eine Schießbude und ein Kettenkarussell. Heute herrschte hier natürlich Hochbetrieb. Der "Platz der Freundschaft" war nur einige hundert Meter entfernt und da noch eine gute Stunde Zeit war, bevor das große Spektakel beginnen würde, trafen sich die meisten vorher hier.

Wir steuerten die Imbissbude am äußeren Rand des Rummelplatzes an und bestellten uns was zu trinken.

"Hat jemand Lust, da drüben Bälle zu werfen?" deutete Frank auf einen großen blauen Wagen, an dessen Seite ein riesiges Schild mit der Aufschrift "Jeder Wurf ein Treffer" angebracht war. So richtig begeistert war keiner von dem Vorschlag, aber um Frank nicht in den Rücken zu fallen, sagte ich "Klar, warum nicht?"

Drei Bälle kosteten 50 Pfennig und wir beschlossen, dass jeder von uns 3 Bälle werfen muss. Ich hatte das zweifelhafte Vergnügen, anfangen zu dürfen, konnte die Pyramide aber nicht umwerfen. Den anderen erging es allerdings auch nicht besser. Sina war die einzige von uns, die getroffen hatte und erhielt 1 Punkt. Was sollte man bloß mit einem Pünktchen anfangen? Dafür gab es gerade mal einen Kugelschreiber oder eines dieser hässlichen Plasteautos. Wir guckten uns die Auslage an und versuchten, irgendwas Sinnvolles darin zu entdecken. Außer einer Flasche billiger Rotwein war dort aber nichts. Für den Wein musste man 6 Punkte haben, und wir entschlossen uns dazu, die fehlenden 5 Punkte zu werfen. Als wir die Flasche endlich in unseren Händen halten konnten, waren wir um 15 Mark ärmer, aber wir hatten unser Ziel erreicht.

Die Rotweinflasche steckte ich vorerst in die Innentasche meiner Jacke, denn noch war es viel zu hell, als dass wir uns getraut hätten, sie in aller Öffentlichkeit zu trinken. Das hätte einen Höllenärger gegeben, wenn uns ein Lehrer, von denen hier einige zu sehen waren, mit einer Pulle Wein erwischt hätte. Also warteten wir die Dämmerung ab.

Kurz nach 20 Uhr, nachdem der Fackelzug wieder am Platz angekommen war, wurde das Maifeuer entzündet. Diesmal kam es mir noch gewaltiger vor, als in den vergangenen Jahren. Die Flammen loderten meterhoch, und der Wind trieb die Funken in den Abendhimmel. Am Horizont waren nur noch rötliche Streifen zu sehen und die Dunkelheit hielt Einzug.

"Was ist, wollen wir nicht endlich den Wein aufmachen? Der Film wird sicher bald losgehen", sagte Sina und zeigte auf meine Jackentasche.

"Klar, von mir aus gerne. Lasst uns mal ein ruhiges Plätzchen suchen!" antwortete ich.

Am hinteren Ende des Platzes waren einige hohe Sträucher, wo wir ungestört die Flasche öffnen konnten. Da wir leider keinen Korkenzieher dabei hatten, zog ich meinen rechten Schuh aus und schlug mehrere Male mit voller Kraft auf den Flaschenboden. Langsam hob sich der Korken, so dass ich mit den Zähnen nachhelfen konnte. Es hatte zwar eine Weile gedauert, aber nun war die Flasche offen. Ich reichte, ganz Gentlemen, den Wein zu den Mädels rüber. Zuerst nahm Antje einen großen Schluck und schüttelte sich.

"Igitt, ist der süß!" sprach sie verächtlich und reichte die Flasche sofort weiter zu Sina. Nachdem auch sie ein wenig davon getrunken hatte, reichte sie mir ohne Kommentar die Flasche. Ihrem Gesichtsausdruck war nicht anzumerken, ob ihr der Wein geschmeckt hatte oder nicht.

Nun war ich an der Reihe. Ich setzte den Flaschenhals an meinen Mund und trank etwas davon. Erleichtert stellte ich fest, dass der Wein gar nicht so schlecht schmeckte. Klar, war er ein wenig zu süß, aber was konnte man denn von einem 6-Punkte-Wein auf dem Rummel erwarten?

Die Flasche machte nun ständig die Runde, bis der letzte Tropfen ausgetrunken war. Bei vier Leuten dauerte das ja auch nicht allzu lange.

Inzwischen war es stockdunkel geworden und auf der großen Bühne begann der Kinoabend, wie immer mit dem "Augenzeugen". Als ob das jemand sehen wollte!

Frank nahm Antje an der Hand und ging los in Richtung Leinwand. Nach ein paar Metern drehte er sich zu uns um.

"Na los, lasst uns mal einen vernünftigen Platz suchen! Der Film wird sicher gleich anfangen", forderte er uns zum Mitkommen auf.

"Geht schon mal vor, wir kommen gleich nach!" antwortete Sina und guckte mich mit ihrem unvergleichlichen Lächeln an. Da sie mein verwundertes Gesicht sah, setzte sie zu einer Erklärung an.

"Antje wollte endlich mal mit ihrem Schatz alleine sein und deshalb haben wir ausgemacht, dass sich die zwei bei einer günstigen Gelegenheit absetzen. Ich hoffe, es macht dir nichts aus, dass jetzt nur noch wir beide übrig sind. Aber wir werden uns schon vertragen, oder?"

Ich war erst mal mächtig baff, versuchte aber, mir das nicht zu sehr anmerken zu lassen.

"Das will ich doch hoffen, dass wir uns vertragen. Lass uns rüber zur Leinwand gehen!"

Vor der Bühne hatten sich einige hundert Leute versammelt, so dass alle Sitzplätze längst besetzt waren. Wir stellten uns hinter die Sitzbänke und warteten gespannt darauf, welchen Film es wohl zu sehen gäbe.

Endlich war es soweit. Der Vorspann des Films lief und es ging ein Raunen durch die Menge.

Es war "Das verrückte California Hotel". So ein alter Schinken. Das durfte doch wohl nicht wahr sein. Gerade vorletzte Woche kam der Film im Ersten. Zwar im Westfernsehen, aber das guckten doch sowieso alle.

Während sich die Handlung des Films langsam vorwärts quälte, guckte ich mehrfach zu Sina herüber, um herauszufinden, ob ihr der Film gefiel oder nicht. Um von ihrem Gesicht eine Reaktion ablesen zu können, war es leider viel zu dunkel. Als ich wieder zu ihr rüber sah, trafen sich unsere Blicke.

"Willst du den Film zu Ende gucken?" fragte sie mich.

"Wenn ich ehrlich bin, nicht unbedingt", flüsterte ich ihr ins Ohr, "so toll ist der Film ja auch nicht. Außerdem kam der gerade erst im Fernsehen."

"Gut, von mir aus können wir gehen. Ich muss sowieso bald zu Hause sein", hauchte sie mir so leise wie möglich zu.

Wir schlenderten in aller Ruhe durch die Nacht und redeten über gemeinsame Freunde, die Schule, Musik und und und. Es war eine Vertrautheit zwischen uns, als ob wir uns schon ewig kennen würden. Obwohl wir einige Umwege gemacht hatten, kamen wir schließlich bei mir zu Hause an. Statt uns zu verabschieden, standen wir noch einige Minuten vor meinem Hauseingang und unterhielten uns. Irgendwann guckte Sina auf ihre Uhr und bekam einen ganz schönen Schreck.

"Ich muss jetzt schnell los", sprach sie sichtlich aufgeregt und fügte leise hinzu, "Das wird bestimmt Ärger geben. Eigentlich sollte ich um 23 Uhr spätestens da sein und jetzt ist es schon kurz nach halb 12."

"Warte mal, ich hab eine Idee! Wir holen mein Fahrrad und das meiner Schwester aus dem Keller und radeln schnell zu dir. Zurück fahre ich dann mit beiden Rädern. Na, was meinst du?"

Erleichtert sah sie mich an. "Ist eine Super Idee."

Nach nur 10 Minuten waren wir bei ihr. Wir stellten hastig die Fahrräder ab.

"War ein toller Abend, Niko. Können wir von mir aus sehr gerne mal wiederholen." Ihr Gesicht war nur wenige Zentimeter von meinem entfernt, und ich konnte ihren Atem spüren.

In diesem Moment lag eine unheimliche Spannung zwischen uns und ehe ich etwas antworten konnte, küsste sie mich zaghaft auf den Mund. Wie weich doch ihre Lippen waren. Es war ein unbeschreibliches Gefühl.

"Ich muss jetzt rein. Vielleicht sehen wir uns ja mal", verabschiedete sie sich und winkte mir zum Abschied zu.

"Wir werden uns sicher sehen", rief ich ihr leise hinterher, bevor sie in der Dunkelheit verschwand.

Nun war ich alleine mit meinen Gedanken in dieser warmen Frühlingsnacht und machte mich mit den beiden Fahrrädern auf den Nachhauseweg. War gar nicht so einfach, wie ich mir das vorgestellt hatte. Mit der linken Hand lenkte ich mein Rad, während ich mit der rechten Hand, die ich in der Mitte des Lenkers vom anderen Fahrrad hatte, versuchte, Sabines Rad zu steuern. Zum Glück waren keine Autos unterwegs, so dass ich die Straße für mich allein hatte. Und die brauchte ich auch.

Ohne auch nur einmal gestürzt zu sein, kam ich kurz nach Mitternacht zu Hause an. Drinnen war alles ruhig und ich schlich mich auf den Zehenspitzen leise in mein Zimmer. Dort angekommen, zog ich meine Sachen aus und legte mich ins Bett. Überglücklich lag ich noch lange wach und malte mir aus, wie es wohl zwischen uns weitergehen würde. Eines wurde mir auf jeden Fall klar: ICH HATTE MICH ZUM ERSTEN MAL VERLIEBT.

2

Von Toren, einer Feier und seltsamen Flecken

Am 1. Mai hatten wir Besuch bekommen von meinem Onkel Hans und seiner Frau Ingrid aus Westberlin. Eigentlich wollten sie einen Tag später, zum Geburtstag meiner Mutter, kommen, aber das hätte sich nach der Arbeit nicht mehr gelohnt und so hatten sie beschlossen, den Feiertag auszunutzen. Am darauffolgenden Tag waren nach der Schule meine Großeltern da und wir feierten bis spät abends Muttis Geburtstag.

An der Eisdiele war ich schon seit Tagen nicht mehr gewesen. Komischerweise verspürte ich danach auch kein Bedürfnis. Das einzige, was mir im Moment durch den Kopf ging, war Sina. Die jetzige Situation war irgendwie unbefriedigend, denn ich wusste nicht so recht, woran ich bei ihr war. Ich hatte gehofft, dass sie sich bei mir melden würde, aber wahrscheinlich erwartete sie von mir den nächsten Schritt. Ich spürte, dass ich jetzt gefordert war und beschloss, heute vor dem Fußballtraining bei ihr vorbeizugehen.

Da ich mit Mädchen bisher nicht viel Erfahrung hatte, begann ich in der Schule Jens auszufragen. Wir kannten uns seit frühester Kindheit an, denn er wohnte gleich bei mir um die Ecke und wir hatten immer zusammen gespielt. Unser Verhältnis war recht gut, obwohl er fast anderthalb Jahre älter war als ich und die anderen aus der 10. Klasse mit uns "Kleinen" nichts zu tun haben wollten.

Ich schilderte ihm meine Situation und er hörte sich alles interessiert an. Als ich mit dem Erzählen fertig war, blickte er mir in die Augen.

"Du willst also wissen, was du jetzt machen sollst? Ist doch gar kein Problem. Wenn du heute Nachmittag zu ihr hingehst, fragst du sie einfach, ob sie mit dir gehen will! Was soll schon passieren? Mehr als nein sagen kann sie ja nicht. Außerdem, nach allem was du mir erzählt hast, wird sie nicht nein sagen."

Sein Wort in Gottes Ohr, dachte ich mir, aber sollte ich sie das wirklich fragen? Ich wusste es nicht so richtig. Jens riss mich aus meinen Gedanken.

"Wird schon schief gehen, Alter", klopfte er mir auf die Schulter, "bei mir hat das bis heute immer funktioniert. Viel Glück."

Er ließ mich stehen und ging wieder zu seinen Kumpels, die am Ende des Schulhofs unter den großen Pappeln standen.

Nach der Schule beeilte ich mich, schnell nach Hause zu kommen. Heute war ich mit Einkaufen dran und musste danach noch den Abwasch von gestern machen. Beides dauerte zum Glück nicht so lange, wie ich erwartet hatte. Schnell packte ich meine Sportsachen ein und machte mich auf den Weg zu Sina.

Als ich bei ihr ankam, war es erst kurz nach 17 Uhr. Bis zum Training hatte ich also noch genug Zeit. Ich lehnte mein Fahrrad an den Gartenzaun und klingelte. Meine Hände zitterten etwas, aber alles in allem war ich weniger aufgeregt als beim letzten Mal.

Ich klingelte noch einmal. Nichts. Anscheinend war niemand zu Hause.

Das war ja eine schöne Pleite, dachte ich und wusste nicht so recht, was ich nun machen sollte. Ich nahm mein Rad und fuhr ziellos durch die Gegend, um irgendwie die Zeit rumzukriegen bis zum Beginn des Fußballtrainings. Zur Abwechslung war ich dadurch sogar mal zu früh da, was bei mir äußerst selten vorkam. Normalerweise kam ich immer auf den letzten Drücker, weil ich zu spät losfuhr, oder die Bahnschranken geschlossen waren.

Mein Trainer guckte ungläubig auf seine Armbanduhr, als er mich sah.

"15 Minuten zu früh, dass ich das noch mal erleben darf", lachte er und fasste sich theatralisch an sein Herz. "Wenn du willst, kannst du schon die Bälle aufpumpen!"

Neben ihm lag ein Netz mit etwa 10- 15 Fußbällen und einer Ballpumpe.

"Geht klar, Trainer, ich ziehe mich bloß schnell um", antwortete ich und ging an ihm vorbei zur Umkleidekabine.

Während ich mich an die Arbeit machte, trudelten nach und nach die anderen Spieler ein. Frank erschien als einer der letzten. Nachdem er mich gesehen hatte, kam er schnurstracks auf mich zu.

"Hallo, Niko, schön dich zu sehen", begrüßte er mich per Handschlag. "Danke noch mal für Montag. Hast du ja prima eingefädelt."

Ich überlegte einen Moment, ob ich ihm die Wahrheit sagen sollte, entschied mich aber, es nicht zu tun.

"Hoffentlich hattet ihr noch einen schönen Abend", erwiderte ich.

"Kann ich mich nicht beklagen", bedeutete er mir vielsagend, "den Film haben wir uns auf jeden Fall nicht angesehen. Und was ist mit euch, wie lange wart ihr noch da?"

"Allzu lange sind wir auch nicht dageblieben. Maximal eine halbe Stunde. Der Film war diesmal ja nicht so toll."

"Na und?"

"Was na und?"

"Na du weißt schon, was ich meine. Ist was gelaufen zwischen euch?" wollte er wissen.

"Nein, wo denkst du hin. Ich habe sie nur nach Hause gebracht."

"Das war alles? Nach dem was Antje mir erzählt hat, dachte ich schon, dass sonst was passiert sein muss. Auf Sina musst du auf jeden Fall einen mächtigen Eindruck gemacht haben. Sie hat Antje ziemlich was vorgeschwärmt von dir."

"Hat Antje das wirklich zu dir gesagt?" fragte ich ihn ungläubig.

"Sicher, was denkst du denn? Übrigens würde ich mich an deiner Stelle heute ein bisschen anstrengen. Nachher wollen die beiden nämlich zum Training zugucken kommen."

"Was ist los, Herr Kleber, zieht sich der Herr freundlicherweise auch mal um? Ich würde gerne mal mit dem Training beginnen, wenn's denn recht ist", grantelte der Trainer und deutete Frank den Weg zur Kabine. Im selben Moment drehte er sich schon wieder um und brüllte laut "Kann es dann endlich losgehen?" über den Platz.

Heute war der erste Donnerstag im Monat und das bedeutete: Konditionstraining. Die große Runde außerhalb des Sportplatzes fiel daher aus. Als besonderes Bonbon hatte sich unser Trainer ausgedacht, den sogenannten Coopertest durchzuführen. Dabei mussten wir zuerst 3000 Meter im Stadion zurücklegen, natürlich nach Zeit. Danach durften wir fünf Minuten verschnaufen, um neue Kräfte zu sammeln. Die brauchten wir auch, denn jetzt wurden nacheinander je drei Mal die 60, 100 und 200 Meter gelaufen. Nachdem das hinter uns lag, wurden uns wieder einige Minuten Pause gegönnt.

Ich war fix und fertig. Zwischendurch schaute ich immer wieder zur Tribüne herüber, auch wenn man das eigentlich nicht so nennen konnte, um zu sehen, wann Sina und Antje auftauchen. Bisher war allerdings Fehlanzeige.

"Nicht so schlapp, Leute, seid ihr Männer oder was? Auf zur 2. Runde. Erst laufen wir 2000 Meter, dann sind die 400 dran und schließlich die 800."

Unser Trainer war so richtig in seinem Element. Ich glaube, es machte ihm Spaß, uns rumzuscheuchen, als Sportoffizier bei der Armee machte er das ja sogar berufsmäßig. Andererseits würden wir ohne ihn wahrscheinlich immer noch eine Niederlage nach der anderen kassieren.

"Auf die Plätze, fertig, los", rief er uns zu und klatschte in seine Hände.

Am Ende jeder Runde feuerte er uns an und wir versuchten wirklich, das Beste aus uns herauszuholen. In der letzten Runde lieferte ich mir mit Rene einen Kampf um den 1. Platz, den ich am Ende auch knapp erreichte. Ohne Pause mussten wir nun die 400 Meter und zum krönenden Abschluss die 800 Meter laufen. Nach dem Überqueren der Ziellinie ließ ich mich völlig erschöpft auf den Rasen fallen. Für heute hatten wir den Coopertest geschafft.

Minutenlang lag ich regungslos im Gras, das längst mal wieder gemäht werden musste, und hatte meine Augen geschlossen. Als ich sie wieder öffnete, sah ich im Augenwinkel Sina auf der Tribüne stehen. Wie lange sie wohl schon da war? Ihre blonden Haare wehten im Wind und ließen so das schwarze Kleid, das sie trug, hervorragend zur Geltung kommen. Bisher hatte sie ihre Haare immer zusammengebunden, aber so sah es noch besser aus. Ob sie sich extra für mich schick gemacht hatte?

Die Stimme meines Trainers holte uns alle zurück in die Wirklichkeit.

"Dann wollen wir mal wieder. Jeder holt sich einen Ball und stellt sich danach am 16er auf."

Bernd kann schon ins Tor gehen. Los, los, nicht so müde."

Ich nahm mir einen der Bälle, die ich vorhin aufgepumpt hatte und ging damit auf die linke Torseite. Da ich mit meinem rechten Fuß besser schießen konnte, schoss ich meistens von dieser Seite, um so einen größeren Effet in den Torschuss zu kriegen.

Auf dem Weg zum 16-Meterraum tippte mir Frank sachte auf die Schulter.

"Schon gesehen, wer da ist?" deutete er unauffällig in Richtung der Tribüne.

"Klar, schon lange", antwortete ich.

Beim Torschuss üben war ich heute so gut wie seit langem nicht mehr. Lag wahrscheinlich daran, dass ich wusste, Sina guckt zu und da wollte ich mich natürlich nicht blamieren. Mein Trainer sah einige Male anerkennend zu mir herüber und dachte sicherlich schon über unser kommendes Spiel am Sonntag nach. Unser Gegner war dann der Tabellenführer und da konnte es ihm nur recht sein, wenn sein Mittelstürmer im Training ein Tor nach dem anderen schoss. Zum Abschluss machten wir noch ein lockeres Spielchen, das meine Mannschaft klar mit 5:2 gewann.

Nachdem das Spiel zu Ende war, liefen Frank und ich zu den Mädels und begrüßten sie. Sina lächelte mich an und gab mir einen Kuss auf die Wange. Noch bevor wir uns groß unterhalten konnten, brüllte unser Trainer über den Platz, dass wir doch erst mal duschen gehen sollten, weil er auch irgendwann noch nach Hause will.

"Wir sind gleich wieder hier. Dauert nicht lange", sagte ich und mit einem Satz sprang ich über das Geländer, welches die Tribüne vom Innenraum trennte.

Unter der Dusche stand wie jedes Mal nur noch Torsten, unser Bummelletzter, und wir beeilten uns so schnell wir konnten. Als wir fertig waren und uns vom Trainer verabschiedeten, war Torsten immer noch nicht soweit.

"Leute, ihr wisst Bescheid wegen Sonntag?" fragte er uns.

"Aber logo, 11 Uhr 30 auf dem Sportplatz", erwiderten wir, wie aus der Pistole geschossen.

"Na dann, Tschüß und viel Spaß noch", deutete er in Richtung der beiden Mädchen.

Endlich war das Training vorbei und wir hatten Zeit für Antje und Sina. Wir unterhielten uns über alles Mögliche und werteten auch den letzten Montag aus.

"Vorhin habe ich beim Einkaufen unseren Rotwein im Konsum gesehen. Schätzt mal, was der gekostet hat!" fragte ich in die Runde.

"Bestimmt nicht mehr als 3,50 Mark, so wie der geschmeckt hat", frotzelte Antje und die anderen lachten laut los.

"Ihr werdet es nicht glauben, aber der kostete nur 2,80 Mark. Das war der billigste Fusel im ganzen Regal. Da haben die vom Rummel einen guten Gewinn durch uns eingeheimst."

"Stimmt schon, aber Spaß gemacht hat es trotzdem, oder?", warf Sina ein und sah mich dabei augenzwinkernd an.

"Das ist wohl wahr", grinste ich zurück.

Antje und Frank verabschiedeten sich, weil sie um 21 Uhr zu Hause sein musste und so blieben wir beide alleine zurück.

"Was machen wir jetzt mit dem angebrochenen Abend?" wollte ich von Sina wissen.

"Weiß nicht so genau, vielleicht könnten wir ja nachträglich mit einer richtigen Begrüßung beginnen. Vorhin war ja leider keine Zeit dafür." Sie musterte mich und versuchte herauszufinden, wie ich reagieren würde. Wir standen uns einige Zehntelsekunden gegenüber und schauten uns ganz tief in die Augen.

"Ich finde auch, wir sollten die Begrüßung wiederholen", flüsterte ich ihr leise zu, während ich sie langsam in meine Arme nahm. Unsere Lippen trafen sich und wir küssten uns leidenschaftlich. Ich war überglücklich in diesem Moment und erlebte ein Gefühl, das ich bisher nicht gekannt hatte. Ihre Lippen schmeckten samtig-weich und unsere Zungen verschlangen sich ineinander, als wären sie eins. Es war ja nicht so, dass ich zum 1. Mal ein Mädchen küsste, schließlich gab es in unserer Schule alle 14 Tage eine Disco, wo bei der langsamen Runde im Dunklen schon ab und zu mal Küsse ausgetauscht wurden, aber das hier...

Der Kuss dauerte eine kleine Ewigkeit, in der wir ganz fest umschlungen da standen, und ich konnte förmlich Sinas Herz schlagen hören. Sie schien genauso aufgeregt zu sein, wie ich selbst. Wir drückten uns so eng aneinander, dass ich ihre festen Brüste an meinem Körper spüren konnte. Am liebsten wäre ich ewig so mit ihr stehen geblieben, aber schließlich trennten sich unsere Körper wieder voneinander.

"Wow, kannst du gut küssen. Das war toll", sagte sie mächtig beeindruckt und strich mir durch die Haare.

"Du hast das sicher auch nicht zum ersten Mal gemacht. Ich weiß nicht, was ich sagen soll, es war... überwältigend."

Wir guckten uns in die Augen und fingen an zu lachen. Sollte ich sie nach diesem Kuss überhaupt noch fragen, ob sie mit mir gehen wollte? Eigentlich war doch damit alles gesagt.

Ich war mir nicht ganz schlüssig.

"Ich muss nach Hause, bringst du mich?"

"Ja gerne, gehen wir", gab ich zur Antwort und nahm mein Fahrrad in die rechte

Hand.

"Hast du eigentlich den Tag Ärger bekommen, weil du zu spät zu Hause warst?" fragte ich sie etwas besorgt.

"Nein, nicht richtig. Ich habe meiner Mutter einfach die Wahrheit erzählt und sie war deshalb auch nicht böse auf mich."

"Und was hast du ihr erzählt?" erkundigte ich mich neugierig, "das interessiert mich jetzt aber."

"Ich habe ihr gesagt, dass ich einen tollen Jungen kennen gelernt habe. Darauf hat sie dann gesagt, wenn der so toll ist, dass ich erst mitten in der Nacht nach Hause komme, möchte sie ihn auch kennenlernen."

"Das hat sie wirklich gesagt?" erwiderte ich sehr überrascht.

"Genau so war's."

Wir hatten inzwischen Sinas Gartentor erreicht. Für mich war klar, dass ich mir meine Frage sparen konnte und das sollte mir nur recht sein. Aber sie schien noch irgendetwas auf dem Herzen zu haben.

Schließlich rang sie sich durch und fragte mich: "Sag mal, würde es dir was ausmachen, am Wochenende zum Kaffeetrinken herzukommen? Meine Mutter möchte schon gerne wissen, mit wem ich mich in meiner Freizeit rumtreibe. Na ja, wie Mütter eben so sind. Du brauchst auch keine Angst zu haben, sie wird schon nicht beißen."

"Gut, können wir machen. Ich freue mich drauf, wirklich. Bleibt nur die Frage, wann?" sprach ich zu ihr.

"Wir sind Sonnabend und Sonntag da. An uns soll es also nicht liegen. Sag einfach einen Tag", blinzelte sie mir zu und presste ihre Lippen zusammen.

"Also mir wäre es am liebsten am Sonntagnachmittag, nach dem Spiel, so gegen 15 Uhr. Was meinst du?"

"Ist eine ganz hervorragende Idee", lachte sie mich an. "Sehen wir uns vorher noch? Ich meine, kann ich dich vielleicht besuchen kommen?"

"Würde ich mich riesig drüber freuen. Wenn du willst, morgen nach der Schule. Ab 16 Uhr wäre okay."

"Na gut, dann bis morgen Nachmittag. Ich muss jetzt rein", sagte sie und gab mir zum Abschied einen dicken Kuss.

Kurz danach verschwand sie im Garten und ich rief noch leise " Tschüß und gute Nacht" hinterher.

Überglücklich machte ich mich auf den Heimweg. Zu Hause angekommen, machte ich mir noch schnell eine Kleinigkeit zu essen und zog mich auf mein Zimmer zurück. Morgen stand in der zweiten Stunde eine Klassenarbeit in meinem "Lieblingsfach"

Mathematik auf der Tagesordnung und ich hatte noch nicht eine Minute dafür gelernt. Irgendwann nach Mitternacht schlief ich völlig erschöpft ein.

Es war Sonntagmittag. In der Umkleidekabine hielt unser Trainer eine flammende Rede, in der Hoffnung, uns etwas Selbstbewusstsein eintrichtern zu können. Schließlich wartete heute nicht irgendein Gegner auf uns, sondern der bisher ungeschlagene Tabellenführer. In der Hinrunde hatten wir mit 0:6 eine kostenlose Lehrstunde erhalten, obwohl wir mit dem Ergebnis sogar noch zufrieden sein konnten. Diesmal waren die Vorzeichen nicht viel anders, außer dass wir im Abstiegskampf unbedingt punkten mussten. Wir standen also ziemlich unter Druck.

Die erste Halbzeit verlief genau so, wie wir es erwartet hatten. Unser Gegner zog sein Spiel auf nach Belieben und wir kamen nicht einmal richtig über die Mittellinie. Warum wir nur 0:2 zurücklagen, konnten wir selber nicht verstehen. In der Halbzeitpause brüllten alle durcheinander. Die Stürmer schimpften über die schwache Verteidigung, welche wiederum der Meinung waren, dass im Mittelfeld zu wenig passierte, und auch wir Stürmer bekamen unser Fett weg. Alles sah nach einem Debakel wie im Hinspiel aus. Nur heute war es irgendwie anders. Vielleicht hatte uns auch bloß die Ansprache unseres Trainers in der Pause wachgerüttelt, aber als der Schiedsrichter die zweiten 45 Minuten anpfiff, waren wir plötzlich heiß und hatten den Glauben an uns selbst zurückgewonnen. Sicher waren die anderen uns spielerisch klar überlegen, aber bei uns kämpfte jetzt jeder für jeden. Kein Ball wurde verloren gegeben und wir erarbeiteten uns eine Chance nach der anderen.

In der 78. Spielminute war es endlich soweit. Nach einer abgewehrten Ecke befand sich die gegnerische Verteidigung bereits wieder in der Vorwärtsbewegung, als Rene seinem Gegenspieler den Ball abnehmen konnte und von links außen eine Flanke auf die Höhe des Elfmeterpunktes hereinbrachte. Der Torhüter blieb zu meinem Erstaunen auf der Torlinie stehen und da ich zuerst am Ball war, hatte ich keine Mühe, den Anschlusstreffer zu erzielen. Jetzt wollten wir natürlich den Ausgleich und kämpften bis zum Umfallen. Leider war unser Tor zu spät gefallen, um das Spiel noch umbiegen zu können. Ein zweites Tor gelang uns nicht mehr.

Nach dem Schlusspfiff wurden wir von den gut 150 Zuschauern mit Beifall verabschiedet, was in der letzten Zeit eher selten passierte und was viel wichtiger war, wir glaubten wieder an uns.

Ich war nach diesem Spiel, und vor allem durch mein Tor, blendend gelaunt. Die zwei Bier später in der Umkleidekabine hatten sicher auch ihren Anteil daran, dass ich ungemein ruhig war, als ich zum Kaffeetrinken bei Sina und ihrer Mutter ankam. Vorher hatte ich mir schon so meine Gedanken gemacht, aber jetzt war ich überhaupt nicht aufgeregt.

Ich klingelte und wenig später saß ich auch schon am Kaffeetisch, der mit einer Kirschtorte und einem Käsekuchen für uns 3 reichlich gedeckt war.

"Wie ist euer Spiel ausgegangen?" wollte Sinas Mutter wissen.

"Wir haben 1:2 verloren, aber gegen den Gegner ist das keine Schande. Die haben in 18 Punktspielen gerade mal fünf Punkte abgegeben."

"Und wo steht ihr in der Tabelle?" fragte Sina interessiert.

"Im Moment sind wir 11. von 14 Mannschaften. Die beiden letzten steigen ab. Also sind wir mittendrin im Abstiegskampf, aber ich bin ziemlich optimistisch, dass wir nicht absteigen werden. Hoffe ich doch stark."

"Dann wünsche ich euch viel Erfolg. Wird schon klappen", versuchte ihre Mutter, mir etwas Mut zu machen.

Wir unterhielten uns eine ganze Weile und ich hatte ein gutes Gefühl dabei. Obwohl die Unterhaltung eher einem Frage- und Antwortspiel glich. Aber das war sicherlich meistens so, wenn man den Eltern beziehungsweise einem Elternteil zum ersten Mal vorgestellt wird.

Nach dem Kaffeetrinken zeigte mir Sina ihr Zimmer. Es war nicht besonders groß, aber für sie alleine reichte es. In meiner Klasse hatten viele gar keinen Raum für sich, sondern mussten sich ihr Zimmer mit Geschwistern teilen. Da war ich froh, dass ich mein kleines Reich hatte und Sina ging es genauso.

Erstaunlicherweise hingen bei ihr keine Poster von Musikgruppen an der Wand, so wie bei mir. Stattdessen hatte sie ein großes Bild über dem Bett zu hängen mit einer Landschaft von der Ostseeküste im Winter. Sah toll aus. Auf der gegenüberliegenden Seite stand ein Schreibtisch. An der Wand dahinter waren etliche Fotos angepinnt, auf denen Sinas Familie und Schulfreunde zu sehen waren.

"Dein Zimmer gefällt mir. Ist sehr gemütlich", sagte ich und schaute mich im Raum um.

"Sag mal, kann man sich auch irgendwo hinsetzen? Meine Knochen tun mir ganz schön weh vom Fußball spielen."

"Klar, ist ja keine Stehhalle hier", antwortete sie und zeigte auf das Bett.

"Eigentlich wollte ich mich nur hinsetzen, aber von mir aus...können wir auch ins Bett gehen."

"Ja, ja, das könnte dir so passen, was? Aber da wirst du noch eine ganze Weile warten müssen." Sie lachte mich mit dem süßesten Lächeln der Welt an und kam langsam auf mich zu.

"Meine Mutter ist übrigens begeistert von dir, und das will was heißen. Sie findet dich sogar richtig nett, obwohl ich das wiederum gar nicht verstehen kann", frotzelte Sina und drückte sich leicht an mich.

"Also ich kann das sogar gut verstehen", konterte ich, "schließlich bin ich ein netter Typ. Oder etwa nicht?" Ohne eine Antwort abzuwarten, umarmte ich Sina und küsste sie.

Wir verbrachten einen wunderschönen Nachmittag und ich war unheimlich froh, dass ich auf ihre Mutter einen guten Eindruck gemacht hatte.

Von diesem Tage an, sahen wir uns fast täglich und waren jede freie Minute zusammen. Für mich war eine völlig neue Zeitrechnung angebrochen.

Auch an der Eisdiele ließ ich mich nun wieder öfter sehen, teilweise mit Sina zusammen, die dort inzwischen fast alle kennen gelernt hatte. Meine Freunde hatten sie hervorragend aufgenommen, was allerdings kein Wunder war, denn Sina war eine Seele von Mensch. Man musste sich einfach gut mit ihr verstehen. Mit ihren Freunden hatte ich aber auch keine Probleme. Einige aus ihrer Klasse kannte ich ja schon länger, da sie in meiner Fußballmannschaft spielten. Außerdem war es seit neuestem so, dass zur Schuldisco Freunde und Bekannte auch aus anderen Schulen mitgebracht werden durften. Dadurch lernte ich viele neue Leute kennen, vor allen Dingen aus Sinas Schule.

Es war Ende Mai und ich war schon seit einem Monat mit Sina zusammen.

An diesem Wochenende fanden für die achten Klassen des Ortes die Jugendweihefeiern statt.

Natürlich freuten sich alle riesig darauf, denn danach gehörten sie angeblich zum Kreis der Erwachsenen. Dass es damit aber nicht allzu viel auf sich hatte, hatten wir im vergangenen Jahr ernüchtert feststellen müssen, denn im Prinzip hatte sich durch diesen für viele so wichtigen Tag nichts geändert, wenn man mal davon absah, dass wir von einigen Lehrern von da an nicht mehr geduzt wurden.

An der Eisdiele kamen wir auf unsere Jugendweihe vom Vorjahr zu sprechen und ich schilderte den wenigen, die diese Geschichte nicht kannten, nochmals in aller Ausführlichkeit, was sich so zugetragen hatte.

So wie jetzt auch hatten sich alle, sogar ich, auf die Jugendweihe vorbereitet. Dazu gehörten nicht nur die entsprechenden Jugendstunden, die absolviert werden mussten, sondern auch alles Drumherum mit Feier und Geschenken. Da ich katholisch war, hatte ich eine gute Ausrede gehabt, um nicht offiziell daran teilnehmen zu müssen. Ich sah in dieser staatlich verordneten Feier und dem Gelöbnis, das jeder ablegen musste, nämlich nicht viel Sinn, aber an den Feierlichkeiten danach wollte ich natürlich teilhaben. Ich hatte meinen Anzug von der Firmung herausgekramt und mich für den Abend schick gemacht. Um 18 Uhr hatten wir uns an der Schule getroffen und waren dann in kleinen Grüppchen durch den Ort gezogen.

Ich war mit meinem Sitznachbarn Ralf, Steffen, Molle und Karsten unterwegs gewesen. Zuerst hatten wir nacheinander deren Eltern besucht und überall was zum Anstoßen erhalten. Zum ersten Mal hatten wir im Beisein der Erwachsenen Alkohol trinken dürfen und das nicht zu knapp.

"Nachdem wir die Pflichtbesuche bei den Eltern hinter uns gebracht hatten, ging es weiter von einer Gartenparty zur nächsten", erklärte ich ihnen. "Überall wurde gefeiert, was das Zeug hielt. Es war eine einzige große Party und ein einziges großes Besäufnis. Für Mitternacht verabredeten wir uns noch an der Strohmiete hinter dem kleinen Wäldchen."

Dort trafen wir uns manchmal nach der Schule zum Quatschen oder auch zum Hausaufgaben austauschen. Neuerdings waren auch manchmal Leute aus der 8. Klasse unserer Schule dabei, mit denen wir uns, im Gegensatz zu denen aus der 10., gut verstanden.

"Als ich mit Molle und Steffen ankam, waren nur Simone und Katrin da. Ralf war schon um 23 Uhr nach Hause gegangen, oder besser gesagt gewankt und Karsten hatten wir bei seiner Mutter abgeliefert, nachdem er sich mehrfach übergeben hatte und daraufhin nicht mehr so lecker aussah. Den gesamten Anzug hatte er sich dabei eingesaut. Das war vielleicht eklig", fing ich mich an zu schütteln.

"Ich war zu diesem Zeitpunkt schon mächtig betrunken gewesen und hatte Mühe gehabt, mich verständlich zu artikulieren. Den anderen war es aber nicht viel besser gegangen. Der Abend hatte bei uns allen sichtbare Spuren hinterlassen. Nach und nach waren Marion, Kathleen, Rene, Kai und Robert eingetroffen und alle hatten Nachschub an alkoholischen Getränken mitgebracht. Ich hatte mich bloß gefragt, wer das noch trinken sollte. Zum Schluss - wie immer- waren Mike und Tanja aufgetaucht. Mike hatte seinen alten Kassettenrekorder unterm Arm gehabt und Tanja stützte ihn so gut es ging.

'Dann kann die Party losgehen', brüllte er wie am Spieß und drehte seine neue BAP-Kassette, die drin war, auf volle Pulle", erzählte ich und fügte hinzu: "Ein Höllenlärm war das. Nüchtern war in dieser Runde jedenfalls keiner mehr gewesen und die Stimmung war prima. Wir unterhielten uns über die unterschiedlichen Partys vom Abend, und jeder hatte eine schöne Geschichte zu erzählen. So war zum Beispiel bei Kathleen Ronny beim Pinkeln ins Gestrüpp gefallen und einfach liegengeblieben. Bei Robert waren die ersten schon um kurz nach 20 Uhr sturzbetrunken, allen voran sein Onkel. Der hatte dann das Kunststück fertiggebracht und in den Nudelsalat gekotzt, weil er es nicht mehr geschafft hatte, rechtzeitig vom Tisch aufzustehen. Daraufhin haben ihm das noch zwei Leute nachgemacht."

"Igitt, ist das widerlich", rief jemand dazwischen.

"Warte erst mal ab, was bei euch los sein wird!" entgegnete ich und fuhr fort. "Ich hatte mich da ebenfalls schon übergeben müssen, aber danach ging es mir wieder gut, oder anders gesagt, besser als vorher."

Einige Dinge, die sich damals abgespielt hatten, behielt ich aber für mich. Schließlich mussten sie ja nicht alles erfahren. Ich erzählte nur die allgemein bekannten Sachen.

Irgendwann hatte Mike eine Kassette mit Schmusesongs eingelegt, Sachen, die immer bei den langsamen Runden in der Schuldisco gespielt wurden, und hatte angefangen, mit Tanja zu tanzen. Kai hatte sich Simone geschnappt und Kathleen Robert. Ich selbst hatte Katrin aufgefordert, mit der ich damals meistens bei der Schuldisco getanzt hatte.

Nach einigen Liedern hatten Robert und Kathleen zu knutschen angefangen, die Hand von Mike war unter Tanjas Pullover verschwunden und Katrin hatte sich immer enger an mich herangekuschelt. Ich wusste in dem Moment nicht so recht, ob ich ihre eindeutige Anmache erwidern sollte, denn ich war viel zu betrunken, um einen klaren Gedanken fassen zu können.

"Was ist denn mit dir los? Du bist doch sonst nicht so abweisend", hatte sie zu mir gesagt.

"Nichts", antwortete ich, "ich bin nur ziemlich müde jetzt gerade."

"Ich dachte schon du kannst mich nicht mehr leiden", hatte sie darauf gesagt und mich auf den Mund geküsst. Ich hatte es geschehen lassen und war später mit ihr abgeschoben. Da ich viel zu betrunken war, war es aber nicht so schön gewesen wie einige Monate zuvor beim Fasching, und auch bei unserer letzten Schuldisco war es besser gewesen.

Mike hatte sich währenddessen mit Tanja zur Strohmiete verzogen, und außer uns tanzte nun keiner mehr. Kai hatte irgendwo im Dunkeln mit Simone gelegen und an ihr herumgefummelt. Ansonsten waren nur noch Molle und Steffen da gewesen, die allerdings volltrunken ihren Rausch ausschliefen.

Als mich die Müdigkeit völlig übermannt hatte, so dass ich fast beim Tanzen eingeschlafen wäre, hatte ich mich von ihr verabschiedet.

"Ich muss nach Hause, Katrin. Ist schon ziemlich spät", hatte ich mich versucht, einigermaßen aus der Affäre zu ziehen.

"Was, du willst jetzt wirklich gehen?" hatte sie daraufhin überrascht geantwortet, und es war mir so vorgekommen, als ob sie etwas sauer war darüber, aber ich war todmüde.

"Ich will nicht", hatte ich entgegnet, "aber ich muss. Soll ich dich nach Hause bringen?"

"Nein, lass mal gut sein, den Weg finde ich noch selber!" hatte sie zerknirscht erwidert und war grußlos gegangen.

Mein "Tschüß, bis Montag" hatte sie vermutlich nicht mehr gehört.

Als ich am nächsten Morgen aufgewacht war, hatte ich einen ekligen Geschmack im Mund gehabt und mein Kopf schmerzte höllisch. Ich hatte versucht aufzustehen, um mir erst mal die Zähne zu putzen und mich zu waschen, aber mein Körper wollte nicht so recht gehorchen. Wie ein Häufchen Elend hatte ich minutenlang auf dem Bett gesessen und meinen Kopf tief zwischen meinen Händen vergraben. So in mich zusammengesunken, hatte ich probiert, den gestrigen Abend zu rekonstruieren. Ich konnte mich anstrengen wie ich wollte, aber meine Erinnerung daran war ausgelöscht. Das war mir bis dahin noch nie passiert, obwohl ich natürlich schon mal das eine oder andere Bier getrunken hatte. Aber so was wie gestern....

Ich hatte auf meinen Wecker geguckt und da ich nicht glauben konnte, was ich dort sah, hatte ich mir die Augen gerieben:16 Uhr. Das konnte doch nicht wahr sein. Ich hatte nicht einmal gewusst, ob wir an diesem Tag ein Spiel hatten und ich meine Mannschaft im Stich gelassen hatte. Beim besten Willen, aber ich wusste es nicht. Ich bekam keinen klaren Gedanken zustande. Schließlich hatte ich mich doch irgendwann aufgerappelt und war duschen gegangen.

Nachdem ich im Bad fertig war und zwei Kopfschmerztabletten geschluckt hatte, waren langsam die Lebensgeister wieder da gewesen.

"Na, auferstanden von den Toten?" hatte mich meine Schwester begrüßt, als ich zum Kaffeetrinken ins Wohnzimmer kam. "Du siehst ja noch schlechter aus als sonst."

"Sehr witzig. Mir geht es auch schlechter als sonst", hatte ich erwidert und mich auf das Sofa fallen lassen.

"War es denn wenigstens gut?"

"Soweit ich mich erinnern kann, war es prima. Allerdings weiß ich nicht mehr, was ich gemacht habe, nachdem ich bei Sandras Fete abgehauen bin", hatte ich zur Antwort gegeben.

"Und wann war das?"

"Muss so gegen 22 Uhr gewesen sein."

"Weißt du denn wenigstens, wann du zu Hause warst?"

"Nicht so richtig. Wieso?" hatte ich sie gefragt.

"Sei froh, dass Mutti erst abends wieder von Oma und Opa zurückkommt. Sie war stinksauer, weil du erst um 4 Uhr hier warst und noch dazu völlig besoffen. An deiner Stelle würde ich ihr nachher aus dem Wege gehen", hatte sie mitfühlend zu mir gesagt, wahrscheinlich deshalb, weil sie gewusst hatte, wie ich mich in diesem Moment fühlte und was mich heute Abend erwartete.

Nachdem ich meinen Kaffee ausgetrunken hatte, beschloss ich, kurz zu Mike zu gehen. Vielleicht konnte er ja mein Gedächtnis auffrischen, hoffte ich. Auf mein Klingeln öffnete sein Vater.

"Hallo, Niko, siehst ja auch nicht gerade gut aus. Ich dachte schon, Mike war der einzige, der über die Strenge geschlagen hat, aber wenn ich dich so sehe", hatte er gesagt und mich von oben bis unten gemustert, "ich werde Mike mal sagen, dass Besuch da ist."

"Dankeschön", hatte ich leise geantwortet, aber das hatte Mikes Vater schon nicht mehr gehört, denn er war bereits hinter der Haustür verschwunden.

Es hatte eine ganze Weile gedauert, bis er herauskam.

"Ach du bist es", hatte er schläfrig zu mir gesagt, und seine Augenringe hatten eine eindeutige Sprache gesprochen. "Lass uns mal etwas spazieren gehen!"

Als wir uns einige Meter vom Haus entfernt hatten, flüsterte er mir leise zu, dass es bei ihm mächtigen Ärger gegeben hatte, weil er erst um 5 Uhr daheim war. Das war selbst seinen Eltern zuviel gewesen, obwohl er sonst immer machen konnte, was er wollte. Der Hauptgrund, warum sie auf ihn böse waren, wird aber sicherlich gewesen sein, dass Mike sein ganzes Zimmer voll gekotzt hatte und seine Anzugjacke mehrere Brandlöcher aufwies. Wir tauschten uns darüber aus, was jeder noch von gestern wusste, aber besonders viel war es nicht. Auf jeden Fall, konnte er sich noch daran erinnern, dass wir um Mitternacht an der Strohmiete gewesen waren und dort weitergefeiert hatten, aber etwas Genaues wusste er auch nicht.

"Na, das kann ja was werden", riss mich plötzlich Hartmuts Stimme aus meinen Gedanken.

"Was?" fuhr ich erschrocken zusammen.

"Ich meine, das kann ja etwas werden morgen", wiederholte er.

"Das kannst du laut sagen. Das vergesst ihr bestimmt nicht so bald", entgegnete ich und dachte wehmütig zurück.

Die folgenden Wochen vergingen wie im Fluge, und nachdem wir die zwei Wochen Wehrlager hinter uns gebracht hatten, rückten die Ferien immer näher. Wie ich es Mutti versprochen hatte, war ich in den letzten Wochen des Schuljahres einigermaßen fleißig gewesen und hatte mir dadurch alle Möglichkeiten offen gehalten, doch noch die begehrte Bewerbungskarte mit Abitur zu erhalten. Ich hatte das mir Mögliche getan, und nun lag es an Herrn Ferner, eine gerechte Entscheidung zu treffen.

Alle in meiner Klasse machten bereits Pläne für den Sommer, ich natürlich auch. Ich hatte mich schon zu Beginn des Jahres, zusammen mit Svenny und Rico, beim Rat der Gemeinde um eine Ferienarbeit bemüht und am letzten Mittwoch hatten wir Bescheid bekommen, dass es damit klappte. Richtige Lust hatte ich nicht unbedingt dazu, aber da ich in den Ferien wegfahren wollte, brauchte ich dringend das Geld. Also musste ich eben in den sauren Apfel beißen und die ersten drei Wochen arbeiten gehen. Danach stand noch eine Woche Ostsee mit Mutti und Sabine an. Zum ersten Mal seit Jahren hatte meine Mutter wieder eine FDGB- Reise über ihre Arbeitsstelle erhalten und noch dazu auf der Insel Rügen. Darauf freute ich mich schon riesig, auch wenn es nur eine Woche sein würde und wir ein Zimmer bei Privatleuten hatten. Aber immerhin, besser als die ganzen Ferien über zu Hause sitzen. Was ich in der restlichen Zeit machen würde, wusste ich noch nicht. Am liebsten wäre ich mit Mike zu seinen Verwandten in den Harz gefahren, aber das war bis jetzt nicht hundertprozentig klar. Außerdem war ich mir nicht sicher, ob mich meine Mutter überhaupt fahren lassen würde. Schließlich wäre es das erste Mal, dass ich alleine länger von ihr weg sein würde. Andererseits war ich ja kein kleines Kind mehr. Aus meiner Klasse waren inzwischen schon mehrere Leute ohne die Eltern in den Ferien gewesen. Kommt Zeit, kommt Rat, dachte ich mir. Bisher hatte ich meinen Kopf noch immer durchgesetzt, mehr oder weniger.

Ein wenig traurig machte mich nur, dass ich Sina in den Ferien kaum zu Gesicht bekommen würde, denn im Juli wollte sie mit ihrer Mutter zu Verwandten fahren und im August war Ferienarbeit angesagt. Sie hatte sich mit einigen aus ihrer Klasse für so eine Art Ferienlager eintragen lassen, wo vormittags auf dem Feld gearbeitet wurde und sie nachmittags Freizeit hatte. Genauer gesagt nannte sich das "Lager für Arbeit und Erholung". Ich hatte auch erst überlegt, von unserer Schule aus so was zu machen, aber drei Wochen irgendwo auf dem Dorf... Das war nichts für mich.

Endlich war der letzte Schultag. Im Gegensatz zu manch anderen brauchte ich keine große Angst vor den Zeugnissen zu haben. Meine Leistungen in diesem Schuljahr waren zwar ziemlich schwankend gewesen, aber trotzdem hatte ich nichts zu befürchten. Wenn überhaupt, konnte ich nur in Mathe eine 3 kriegen. In den restlichen Fächern war ich mir sicher, dass ich Einsen und Zweien bekommen würde, aber ob das reichen würde, unter den fünf Besten zu sein, konnte ich nur hoffen.

In der 5. Stunde war es dann soweit. Unser Klassenlehrer rief wie jedes Mal alphabetisch die Schüler auf und jeder musste sich sein Zeugnis von vorne abholen.

Ich saß wie immer neben Ralf in der 4. Reihe am Fenster und guckte durch den Raum. Da mein Name im Alphabet ziemlich weit hinten stand, war ich noch lange nicht dran. Auf der anderen Seite saß Mirko, der mächtig nervös zu sein schien. Er war schon jeher einer der Schlechtesten gewesen, aber in diesem Jahr, musste er wirklich damit rechnen sitzen zu bleiben. Wie er so da saß, hatte ich das Gefühl, dass er selber nicht erwartete, in die nächste Klasse versetzt zu werden. Als er aufgerufen wurde, bestätigte sich leider meine Vermutung. Mit zwei Fünfen in Physik und

Literatur war klar, dass er das Schuljahr wiederholen musste. Alle guckten ihn mitleidig an, aber helfen konnte ihm in diesem Augenblick keiner. Zum allerersten Mal war jemand aus unserer Klasse sitzen geblieben und das gerade in diesem Jahr, wo so viel von dem Zeugnis abhing.

Nun war ich an der Reihe.

"Niko, kommst du dann bitte nach vorne?" deutete Herr Ferner auf mich. "Du hast schon erheblich bessere Zensuren gehabt, aber wenigstens im letzten Halbjahr hast du dich wieder etwas mehr angestrengt. Ich hoffe, im nächsten Jahr zählst du wieder zu den Allerbesten. Trotzdem kannst du dich freuen, denn ich habe dich vorgeschlagen für die Abiturkarte. Herzlichen Glückwunsch dazu und ich will sehr hoffen, dass du etwas daraus machst."

Wieder auf meinem Platz angekommen, schlug ich das Zeugnis auf. Ich hatte nur Einsen und Zweien, so wie ich es erwartet hatte; sogar in Mathematik stand dort eine Zwei. Die Beurteilung war allerdings nicht besonders. Da stand zum Beispiel, dass ich meine Fähigkeiten nicht ausnutze und mit mehr Fleiß viel wichtiger für das Klassenkollektiv sein könnte. Das stimmte sicherlich, war mir aber vollkommen egal. Was ging mich denn das Klassenkollektiv an?

Nachdem auch Ralf sein Zeugnis hatte, verglichen wir unsere Zensuren und wie in jedem Jahr waren meine besser, obwohl der Unterschied nicht mehr so groß war, wie in den Jahren zuvor. Auf jeden Fall konnten wir mit unseren Zeugnissen zufrieden sein.

"So, meine Damen und Herren, ich hoffe sie ziehen aus ihren Zeugnissen die richtigen Schlüsse für das kommende Schuljahr, aber bis dahin wünsche ich ihnen schöne Ferien und ein paar erholsame Wochen. Wir sehen uns dann in alter Frische wieder am 3. September", verabschiedete sich Herr Ferner und beendete den Unterricht.

Draußen verabredete ich mich mit Sven für Montagmorgen. Er wollte mich abholen, um dann gemeinsam zum Rat der Gemeinde zu fahren. Wir sollten uns dort um 7 Uhr einfinden. Bisher hatten wir noch keine Ahnung, was uns dann erwarten würde, aber darüber machten wir uns keine großen Gedanken. Nach dem, was wir so vom letzten Jahr gehört hatten, war es ziemlich locker zugegangen. Zum Großteil mussten Bäume entästet und Unkraut im Park gejätet werden. Auf jeden Fall hatte sich im Vorjahr keiner totgearbeitet und das sollte uns auch in diesem Jahr nur recht sein.

Am Nachmittag ging ich zur Eisdiele. Heute waren von uns bestimmt 30 Leute da, es war fast wie bei einer Fete. Alle diskutierten natürlich über die Zeugnisse, was ja auch nicht anders zu erwarten war. Hardy, der in Sinas Klasse ging, war gerade so versetzt worden und man konnte ihm die Erleichterung geradezu ansehen. Seine Eltern waren heute zu Verwandten gefahren und so beschloss er kurzerhand, Morgenabend bei sich zuhause eine Party zu machen, um seine Versetzung gebührend zu feiern.

Inzwischen war auch Sina gekommen. Sie war vorher noch bei ihrer Oma gewesen und hatte ihr Zeugnis gezeigt. Wie in jedem Jahr war sie eine der Besten in der Klasse und hatte außer Einsen nur eine Zwei in Geographie und eine in Staatsbürgerkunde, aber diese Fächer brauchte doch ohnehin keiner.

"Hallo, mein Schatz, schon lange hier?" begrüßte sie mich und gab mir einen dicken Schmatzer.

"Seit einer Stunde höchstens", erwiderte ich. "Wir sind Morgen bei Hardy zur Fete eingeladen. Hast du Lust hinzugehen?"

"Sicher, warum nicht? Wird bestimmt lustig."

"Find ich auch eine gute Idee. Ansonsten ist ja eh nichts los", sagte ich.

Bis zur Abenddämmerung blieben wir noch an der Eisdiele und redeten darüber, was wir in den Ferien alles anstellen werden.

Am nächsten Tag zeigte ich mein Zeugnis meinen Großeltern, die sich sehr darüber freuten, und mein Opa steckte mir einen Zwanziger zu. Somit hatte ich wenigstens etwas Geld, um für heute Abend eine Flasche Wein zu besorgen. Wir hatten mit Hardy ausgemacht, dass jeder was zu trinken mitbringt, was aber sowieso klar war.

Um 19 Uhr holte ich Sina ab und wir gingen zusammen zur Fete. Hardy wohnte gleich um die Ecke, maximal 500 Meter entfernt. Als wir ankamen, war die Feier bereits in vollem Gange.

"Da seid ihr ja endlich, wir dachten schon, ihr kommt nicht mehr", begrüßte uns der Gastgeber nicht mehr ganz nüchtern.

"Als ob wir uns deine Fete entgehen lassen würden", sprach ich und wollte ihm die Weinflasche überreichen.

"Das will ich auch hoffen. Die Flasche könnt ihr dort hinten auf den Tisch stellen", antwortete er und zeigte mit der linken Hand auf einen großen Tisch, der neben der Garage stand.

"Okay, machen wir. Wir werden dann mal den anderen Hallo sagen", deutete ich in Richtung der Garage und ging mit Sina herüber.

Auf dem Tisch standen bereits etliche Flaschen, so an die fünfzehn Stück. Von Wein über Sekt und Schnaps war alles dabei. Einige Flachen waren schon geöffnet. Unter dem Tisch waren noch ein Kasten Bier und die antialkoholischen Getränke. Wir guckten uns beide an und staunten nicht schlecht über die Menge an Getränken. Man hätte denken können, dass er den halben Ort zur Party erwartete.

Schließlich nahmen wir uns erst mal was zu trinken und schoben den Vorhang zur Seite, welcher an der Garage angebracht war, damit es dunkler war zum Tanzen.

Drinnen war es stockfinster und man konnte kaum etwas erkennen. Auf dem Tisch am anderen Ende waren die Umrisse von einer Stereoanlage und einem Mischpult zu erkennen, und dahinter machte sich jemand, der einen Kopfhörer aufhatte, an einer großen Kiste zu schaffen. Das konnte eigentlich nur Frank sein, denn bei den meisten Feten sorgte er für die Musik. Sein Vater borgte ihm immer die Anlage aus ihrem Partykeller und half auch beim Aufbauen mit. Aus den beiden Boxen, die rechts und links neben dem Tisch aufgebaut waren, dröhnte das neue Nena Stück, und um uns herum wurde ausgelassen getanzt. Irgendjemand hatte inzwischen die bunten Partylampen eingeschaltet, und so konnten wir wenigstens ein bisschen sehen.

Die Sitzplätze waren leider alle besetzt, so dass wir beschlossen, zuerst mal zu Frank herüber zu gehen. Er war gerade dabei, die folgende Kassette zum Liedanfang zu spulen und schien ziemlich beschäftigt zu sein. In dem Moment entdeckte uns Antje und kam von der Tanzfläche auf uns zu.

"Da seid ihr ja endlich", begrüßte sie uns und fiel Sina um den Hals.

"Die Fete ist total klasse. Ich glaube, ich habe noch nie soviel Wein getrunken", lallte sie.

Genau den Eindruck machte sie auch auf mich. Antje hatte mächtige Probleme, das Gleichgewicht zu halten und Sina versuchte, sie so gut es ging zu stützen. Auf jeden Fall erfuhren wir, dass die meisten schon am Nachmittag mit dem Feiern begonnen hatten, und das erklärte natürlich einiges.

Je länger der Abend dauerte, desto besser gefiel es uns. Die Party war wirklich ein riesiger Erfolg, was sicherlich zu einem großen Anteil daran lag, dass der Alkohol in Strömen floss.

Obwohl Sina und ich fast alle der Gäste kannten, verbrachten wir die meiste Zeit über zusammen. Schließlich würden wir uns die nächsten Wochen kaum sehen.

Inzwischen war es weit nach Mitternacht, und der Großteil der Leute hatte bereits den Heimweg angetreten. Einige schliefen ihren Rausch aus und wir tanzten eng umschlungen neben den anderen Pärchen. Frank hatte eine Kassette mit langsamen Stücken reingelegt und ließ diese jetzt durchlaufen. Den ganzen Abend hatte er die Musik gemacht, und hatte kaum Zeit für seine Antje, aber nun tanzten die beiden und schienen glücklich zu sein.

Zwischen Sina und mir hatte sich eine unglaubliche Spannung entwickelt und ich merkte, dass ich ganz schön erregt wurde. In meiner Hose tat sich auch so einiges, was mir unheimlich peinlich war, aber ich konnte nichts dagegen machen. Meine Sorge war nur, dass Sina davon etwas mitbekommen könnte und deshalb fragte ich sie, ob wir nicht lieber nach Hause gehen wollen.

"Klar, von mir aus gerne. Ist ja schon mächtig spät", antwortete sie und deutete auf ihre Uhr.

Es war 1 Uhr 30.

"Ich bringe dich noch", sagte ich, "sonst fängt dich mir noch jemand weg."

Wir liefen Arm in Arm durch die Finsternis. Plötzlich begann es, wie aus Gießkannen zu regnen. Wir stellten uns unter eine große Buche und warteten darauf, dass der Regen nachlassen würde, aber davon konnte überhaupt keine Rede sein. Das Gegenteil war der Fall.

"Komm, lass uns da unten hinsetzen! Wer weiß, wie lange das noch dauert", zeigte sie auf das Gebüsch neben der Buche.

Rund um den Baum waren Sträucher zugewuchert, und aus den Wurzeln, welche aus dem Boden gewachsen waren, sprossen Äste in die Höhe. Es sah aus wie eine Räuberhöhle.

"Los, komm schon!" forderte mich Sina auf und streckte mir ihre Hand entgegen.

Ich nahm ihre Hand und folgte ihr in das Gebüsch.

Es war mächtig dunkel und man konnte nur mit viel Phantasie die Umrisse erkennen. Ich kam mir wirklich vor wie in einer Höhle oder vielleicht sogar einem Iglu. Drinnen war es erstaunlicherweise trocken, aber dafür ziemlich sandig, weshalb ich meine Jacke auszog und unter uns legte.

"Hier könnte ich es eine Weile aushalten", hauchte sie mir ins Ohr und begann mich vorsichtig zu streicheln.

Ich wollte etwas darauf erwidern, doch dazu kam ich nicht mehr. Sie hielt mir den Mund zu und küsste mich auf den Hals, woraufhin ich Sina in meine Arme nahm und sie ganz fest an mich drückte. Wir streichelten uns gegenseitig und unsere Küsse wurden immer leidenschaftlicher.

Irgendwann fuhr mir Sina mit der Hand unter mein T-Shirt und nun wagte ich es auch, ihr unter die Bluse zu fassen. Sie schien nichts dagegen zu haben und ließ mich gewähren, was mich etwas mutiger machte. Ich versuchte ihren BH zu öffnen, aber ich bekam ihn einfach nicht auf.

"Ist gar nicht so leicht, was? Ich helfe dir mal lieber, mein Schatz", flüsterte sie mir zu.

"Dankeschön", flüsterte ich zurück und fuhr mit meinen Händen über ihren Rücken. Langsam tastete ich mich nach vorne, bis ich schließlich ihre Brüste berührte, zuerst sehr vorsichtig, aber dann doch etwas kräftiger. Sie waren so weich und fest zugleich. Es war ein unglaublich schönes Gefühl, sie dort berühren zu dürfen.

Ich konnte an ihrem Atem spüren, dass es ihr auch gefiel, denn sie atmete schwerer als normal. Aber auch meine Erregung war kaum noch zu unterdrücken, und ich merkte wieder, wie es in meiner Hose zu pochen anfing. Sina war das allerdings auch nicht entgangen und sie strich mir sachte über die Stelle.

Nach und nach glitt ich tiefer mit meiner Hand, streichelte die Innenseiten ihrer Schenkel und als ich den obersten Knopf ihrer Hose öffnen wollte, hielt sie mich plötzlich zurück.

"Das möchte ich lieber nicht, Niko. Sei mir bitte nicht böse, aber soweit sollten wir noch nicht gehen. Dafür haben wir später noch genug Zeit, okay?"

Auf meine Reaktion wartend schaute sie mich an.

"Entschuldige bitte, ich wollte nichts machen, was du nicht selber willst. Wir können uns soviel Zeit lassen, wie du brauchst", sagte ich und drückte Sina an mich.

Nachdem wir uns wieder voneinander gelöst hatten, strich ich ihr durchs Haar und guckte ihr tief in die Augen.

"Ich habe dich unheimlich lieb", stammelte ich.

"Ich dich auch, mein kleiner Liebling. Ich dich auch", antwortete sie.

Inzwischen hatte es aufgehört zu regnen, und wir verließen unser immer noch trockenes Liebesnest. Es war weit nach 4 Uhr und ich brachte Sina nach Hause. Zum Glück war ihre Mutter diese Nacht nicht zu Hause. Ansonsten hätte es bestimmt großen Ärger gegeben, aber sie war bei Sinas Schwester und passte auf deren einjährige Tochter auf.

"War ein toller Abend. Schade, dass wir uns die nächsten Wochen nicht sehen können. Ich werde aber jeden Tag an dich denken, dann vergeht die Zeit schneller", sagte ich traurig, denn jetzt hieß es leider Abschied nehmen für die kommenden Wochen.

"So schlimm ist es ja auch wieder nicht. Ich werde dir ganz oft schreiben und am 27. Juli bin ich ja erstmal wieder zurück von meiner Oma. Dann sehen wir uns sofort, ja? Also, nicht traurig sein."

Zum Abschied fielen wir uns noch mal in die Arme und küssten uns lange. Dann verabschiedete ich mich und verschwand mit meinem Fahrrad in der Dunkelheit.

Zu Hause schlich ich mich aufs Zimmer, in der Hoffnung, dass keiner mein spätes Nachhausekommen bemerken würde. Wenige Minuten danach schlief ich überglücklich ein.

Die ersten Wochen der Sommerferien waren ziemlich öde. Von Montag bis Freitag war Arbeiten angesagt und nachmittags waren wir meistens im Seebad. Zum Glück spielte wenigstens das Wetter mit, ansonsten wäre es noch langweiliger gewesen.

Die Ferienarbeit an sich war eigentlich recht locker. Zusammen mit Sven, der mich jeden Tag abholte, waren wir fast täglich woanders eingesetzt. Mal mussten wir einen Lkw-Anhänger mit Unrat und Müll beladen, dann wieder im Park die Sträucher entästen und Unkraut hacken, aber die letzte Woche verbrachten wir auf dem

Friedhof. Dort mussten wir täglich auf dem sowjetischen Ehrenfriedhof, der an den Molliner Dorffriedhof angrenzte, die Gräber der gefallenen Soldaten gießen und für Ordnung sorgen. Im Prinzip kam uns diese Aufgabe wie bloße Beschäftigungstherapie vor, aber das konnte uns ja egal sein. Es machte auf jeden Fall mehr Spaß als die anderen Sachen, und vor allem hatten wir dort weitestgehend unsere Ruhe. Es hätte eine richtig fetzige Woche werden können, wenn nicht andauernd der Friedhofswächter nach uns geguckt hätte. Sein Name war Alfred und er war äußerst seltsam oder besser gesagt eigenartig. Im Ort hatte er den Spitznamen Quasimodo, und der Vergleich war gar nicht von der Hand zu weisen, obwohl er mir eher wie eine Schöpfung Frankensteins vorkam. Es wurde erzählt, dass er als Junge im Krieg unter einen Panzer gekommen sein soll, und seitdem hatte er eine Metallplatte im Kopf und konnte sein rechtes Bein nicht mehr richtig bewegen, so dass er es immer etwas nachzog. Im Großen und Ganzen war Alfred ganz nett, aber er quatschte uns manchmal stundenlang zu, ohne dass wir eine Ahnung gehabt hätten, was er eigentlich sagen wollte. Wir redeten einfach völlig aneinander vorbei.

Einen Tag zum Beispiel regnete es in Strippen und Alfred schlug uns vor, unsere Frühstücksstullen in der Kapelle zu essen. Auf dem Friedhofsgelände war das der einzige Platz, wo wir uns vor dem Regen unterstellen konnten. Als wir so dasaßen und seelenruhig unsere Stullen mampften, fing er an, von der Geschichte der Kapelle zu erzählen und deutete mit den Händen auf den Fußboden.

"Seht ihr da unten die Flecken auf dem Steinfußboden?" fragte er uns.

An der Stirnseite der Kapelle war eine Art Tisch aus Marmor, auf dem wahrscheinlich bei der Beerdigungsfeier der Sarg aufgebahrt wurde, und daneben waren zwei größere Flecken zu sehen.

Gelangweilt guckte ich Sven an.

"Ist ja nicht zu übersehen", antwortete Sven.

"Na ja, das muss so 1965 oder nein, nein, ich weiß das war glaub ich 1963. Ja 63 war das." Alfred stotterte ein Zeug zusammen. Das war echt unglaublich.

"In dem Sommer war das richtig heiß, nicht wie dieses Jahr, nein, das war richtig heiß, so 30 Grad immer. Da sind ganz viele gestorben, wegen der Hitze und so, viele alte Leute sind da gestorben. Da hatten wir über das Wochenende, hatten wir da, vier Tote hier, aber unten passen ja nur drei Särge hin, unten im Keller. Da haben wir einen Sarg hier oben aufgebahrt, weil unten ja alles voll war."

Alfred hörte nicht auf zu erzählen und ich kaute genüsslich auf meiner Käsestulle in der Hoffnung, dass endlich der Regen draußen aufhört. Lieber wäre ich weiter arbeiten gegangen, als mir diesen Schwachsinn anzuhören. Sven schien es nicht anders zu gehen.

"Na gut und weiter", sagte ich.

"Na ja, das war doch so heiß in dem Jahr. 63 war das. Da bin ich dann am Montag früh gekommen und hab geguckt nach dem Rechten. Gegen Mittag sollte die alte Frau Gerber, oder war das die Frau Neudert, na die sollte doch beerdigt werden. Da bin ich in die Kapelle gegangen, weil da ja die Blumen gebracht werden sollten, und als ich die Tür geöffnet habe, da war so ein mächtiger Gestank, war da. Ich also rein gegangen und drinnen sehe ich, dass neben dem aufgebahrten Sarg rechts und links so Wasserflecken auf dem Boden sind. Da wusste ich gleich, dass das von der toten Frau, ich glaub das war doch die Frau Neudert, sein musste. Der Pfarrer hat dann gesagt, dass wegen die große Hitze das ganze Leichenwasser aus dem Sarg gelaufen ist und das hat er auch noch nicht gesehen. War schon komisch, das. Na ja und das sind da die Flecken, weil die gingen ja nicht mehr wegzumachen."

Den letzten Satz hatte ich bereits nicht mehr gehört. Mein gesamter Magen hatte sich umgedreht und mir war unsäglich schlecht. Ich rannte heraus und musste mich übergeben. Kurze Zeit später kam auch Sven heraus. Er war leichenblass und es dauerte nicht lange, bis er sich ebenfalls übergab.

Wir waren minutenlang völlig geschockt und konnten nicht sprechen. Wollte er uns vielleicht nur auf den Arm nehmen? Nein, der hatte sich keinen Spaß mit uns erlaubt, er hatte die Wahrheit gesagt. Für ihn war das einfach nur eine Geschichte von seiner Arbeit, und er konnte bestimmt nicht verstehen, warum wir uns wegen so was übergeben hatten, aber für uns war der Tag gelaufen. Die Kapelle betraten wir auf jeden Fall nicht wieder, und mir wird noch immer schlecht, wenn ich nur daran denke.

Inzwischen war der letzte Tag unserer Ferienarbeit gekommen, und ich freute mich darauf, endlich meine Ferien genießen zu können. Wie in den Tagen zuvor, wartete ich darauf, dass Sven mich mit seinem Fahrrad abholte, und pünktlich auf die Minute klingelte es an der Tür.

Ich öffnete ihm.

"Hallo, alles klar?" begrüßte ich ihn, "ich geh bloß noch mal schnell aufs Klo."

"Okay, dann geh ich schon raus. Beeil dich mal! Heute wollte der Typ von der Gemeinde kommen, und der wird sicher zeitig da sein."

"Ja, ich bin gleich soweit", antwortete ich und verschwand im Badezimmer.

Als ich nach draußen kam, bastelte Sven an seinem Rücklicht herum und schraubte gerade den Deckel fest.

"Dann wollen wir mal wieder", sprach er.

Wir schwangen uns auf die Räder und wollten losfahren. Im selben Moment kam uns völlig aufgeregt ein Mann entgegen und winkte uns schon von weitem zu.

"Gibt es hier irgendwo ein Telefon?" wollte er wissen.

Noch bevor wir antworten konnten, begann er völlig aufgelöst zu erzählen, dass zweihundert Meter von hier entfernt, zwei Züge zusammengestoßen seien und wir schnell Hilfe holen müssten. Ich wusste nur von unserem Hausmeister, dass er ein Telefon besaß und wir rannten sofort zu ihm. Vor seiner Haustür war ein großer Tumult, und als er uns sah, rief er uns kurz zu, dass Krankenwagen und Polizei schon unterwegs seien. Wir guckten uns beide an und beschlossen, zur Unglücksstelle zu gehen, um zu helfen. Von der Eisenbahnbrücke sahen wir das ganze Ausmaß der Katastrophe. Wie gelähmt standen wir nebeneinander und trauten unseren Augen nicht. Mehrere Waggons waren entgleist und lagen kreuz und quer über die Schienen verteilt. Andere Zugabteile waren aufgerissen. Es sah aus wie auf einem riesigen Schrottplatz. Wie lange wir bewegungslos auf der Brücke standen, weiß ich nicht mehr. Wahrscheinlich waren es nur Sekundenbruchteile, aber mir kam es wie eine Ewigkeit vor. Schließlich hörten wir im Hintergrund Hilferufe, was die gesamte Atmosphäre noch gespenstischer machte.

"Los, wir müssen die Böschung da runter! Vielleicht können wir uns nützlich machen", deutete ich in Richtung der Züge und zitterte am ganzen Körper.

Unten angekommen, waren bereits viele Helfer da, zum Großteil sicher Fahrgäste, die unverletzt geblieben waren, aber auch einige Leute in Uniform.

"Steht hier nicht rum!" herrschte uns einer der Uniformierten an, "wenn ihr helfen wollt, dann geht nach dort hinten", und zeigte zu einem der aufgerissenen Wagen.

Auf dem Weg dorthin, kam uns ein älterer Mann entgegen, dessen hellgrauer Anzug von oben bis unten mit Blut verschmiert war. Er hatte eine Platzwunde am Kopf und an seinem Oberkörper war der Anzug an mehreren Stellen zerrissen und es drang dort Blut aus den Wunden. Trotzdem hatte er anscheinend Glück gehabt, denn er kam aus dem Zugabteil, indem noch einige Leute eingeschlossen waren. Später erfuhren wir, dass es in diesem Abteil die meisten Toten gegeben hatte.

An dem Wagen angekommen, den uns der Uniformierte gezeigt hatte, halfen wir zuerst den Leuten beim Aussteigen. Es waren unheimlich viele kleine Kinder dabei, aber das war ja auch kein Wunder, denn schließlich waren Schulferien. Viele weinten oder stöhnten vor Schmerzen. Die Schreie der im Zug eingeschlossenen wurden immer unerträglicher und es lief mir eiskalt den Rücken herunter. Welche Qualen mussten die Leute erleiden?

Nachdem alle Leute, die alleine den Wagen verlassen konnten, draußen waren, begannen wir, die Koffer und Taschen herauszuschaffen, damit die Sanitäter Platz hatten, um nach drinnen zu gelangen.

Inzwischen rückten Feuerwehrleute mit Schneidbrennern an und wir freiwilligen Helfer wurden aufgefordert, die Schienen wieder zu verlassen und die weiteren

Hilfsmaßnahmen nicht zu behindern.

Also verließen wir die Unglücksstelle und gingen die Böschung nach oben. Auf der Brücke hatten sich bereits dutzende Menschen versammelt und beobachteten das Schauspiel. Angewidert davon und mitgenommen vom gerade erlebten, gingen wir an der Menge vorbei. Gerade mal 45 Minuten waren vergangen, und obwohl wir beide noch unter Schock standen, mussten wir zur Arbeit. Wir fuhren schnell los und kamen gegen 8 Uhr 30, mit anderthalb Stunden Verspätung, auf dem Friedhof an.

Dort erzählten wir Alfred von dem Zugunglück, aber davon hatte er schon im Radio gehört.

"Kommt runter in den Keller!" forderte er uns auf, "wir müssen da mal Platz machen, falls die uns die Toten herbringen. Der Herr Kamm von der Gemeinde hat nämlich angerufen und gesagt, das könnte passieren, wenn viele Tote sind und irgendwo müssen die ja hin."

Ich dachte, ich höre nicht richtig und brüllte völlig hysterisch los.

"Sind die vollkommen bescheuert? Die können uns doch nicht die Leichen herschleppen. Ich habe für heute genug davon."

Wieder zitterte ich am ganzen Körper und mich überkam eine riesige Übelkeit bei dem Gedanken daran. Aber Alfred hatte recht. Unser Friedhof war der einzige in der Nähe des Unfallortes und es bestand durchaus die Möglichkeit, dass man den nächstgelegenen Friedhof zum Aufbewahren der Toten auswählen würde.

Wir hatten die ganze Zeit über das Kofferradio von Alfred an. In den ersten Nachrichten nach dem Unglück war keine Anzahl der Toten und Verletzten durchgesagt worden, aber in den 10- Uhr- Nachrichten war es dann soweit.

"...bei dem schweren Zugunglück in der Nähe des Berliner Außenrings hat es bisher 5 Tote, 22 Schwer- und an die hundert Leichtverletzte gegeben. Die Rettungsmaßnahmen dauern an, da im 3. Wagen des aus Dresden kommenden Zuges mehrere Personen weiterhin eingeschlossen sind und mit schwerer Räumtechnik der Einsatzkräfte befreit werden müssen. In diesem Wagen wird mit weiteren Toten und Verletzten gerechnet..."

Kaum waren die Nachrichten vorbei, hörten wir in der Ferne lautes Sirenengeheul. Zwar waren seit dem Morgen ständig Sirenen zu hören gewesen, aber immer in einiger Entfernung. Diesmal kamen sie allerdings näher. War es jetzt also soweit?

Nun konnten wir den Krankenwagen sogar sehen. Es gab keinen Zweifel. Er kam genau auf uns zu. Erstarrt stand ich neben Sven und wir warteten gespannt darauf, was jetzt passieren würde. Zu unserer größten Überraschung hielt er aber nicht an, sondern fuhr am Friedhof vorbei. Von dem Moment an kamen Notarzt- und schwarze Leichenwagen alle paar Minuten vorbeigefahren, aber bis zum Feierabend war für uns nichts zu tun, zum Glück.

Hinterher erfuhren wir, dass die letztlich 9 Toten alle zur Gerichtsmedizin ins Kreiskrankenhaus gebracht worden waren, um an ihnen eine Obduktion durchzuführen.

Nach dieser aufregenden Woche war ich wirklich urlaubsreif und konnte es nicht erwarten, endlich mit meiner Mutter und meinem Schwesterherz an die Ostsee zu fahren.

Die Woche auf Rügen verging wie im Flug. Wir hatten Glück mit dem Wetter und waren fast jeden Tag am Strand baden, und auch unsere Unterkunft war nicht schlecht. Bei einem älteren Ehepaar hatten wir für uns ein kleines Zimmer mit Bad und einen separaten Eingang. Für eine Woche war das vollkommen ausreichend, denn schließlich verbrachten wir die meiste Zeit ja ohnehin am Strand.

Erstaunlicherweise stritt ich mich kaum mit Sabine, was daheim an der Tagesordnung war, aber hier verstanden wir uns sehr gut. Das lag sicherlich auch daran, dass sie einige Leute aus Berlin kennen gelernt hatte und abends mit denen durch die Gegend zog. Dadurch hingen wir uns nicht so sehr auf der Pelle wie zu Hause.

Auf jeden Fall war es ein sehr schöner Urlaub gewesen und ich hatte Mutti überreden können, dass ich doch mit Mike zu seinen Verwandten in den Harz fahren durfte. Allerdings musste ich ihr versprechen, sie alle paar Tage auf Arbeit anzurufen.

In den folgenden Tagen war ziemlich viel Langeweile angesagt. Von meinen Freunden war kaum jemand da. Sina hatte ich wegen unserem Ostseeaufenthalt auch nicht zu Gesicht bekommen und nun war sie bereits die zweite Woche in ihrem komischen "Lager für Arbeit und Erholung" und Mike war mit seinen Eltern noch nicht wieder aus dem Riesengebirge zurück. Es war ganz schön trostlos. Wenigstens spielte das Wetter mit und ich konnte baden fahren. Am See traf ich mich mit Siggi, Torsten, Thomas und einigen anderen und meistens war es dort ganz gut. Am Abend spielte ich manchmal mit Matthias auf der großen Wiese hinter unseren Häusern Fußball, und so vergingen die Sommerferien.

Mike war seit vorgestern wieder da und wollte heute vorbei kommen, um alles für unsere Fahrt abzusprechen. Als er kam, gingen wir in unseren kleinen Garten hinterm Haus und setzten uns auf die Hollywoodschaukel.

"Mensch Alter, das fetzt ja echt ein, dass du mitfahren darfst. Ich habe schon nicht mehr daran geglaubt", sagte er und freute sich riesig.

"Na, frag mich mal. Ich dachte, ich muss den ganzen August über hier abhängen. Dann erzähl mir mal, wann es endlich losgeht!"

"Also, pass auf! Meine Eltern haben gestern noch mal bei meinem Opa angerufen und haben jetzt ausgemacht, dass wir am Sonntag um 8 Uhr 34 von Schönefeld losfahren. Wenn alles klappt, sind wir um 12 Uhr 58 da, und werden dann vom Bahnhof mit Auto abgeholt. Na, was sagst du?" fragte er und schaute mich freudestrahlend an.

"Was soll ich sagen, ist total super. Von mir aus kann es sofort losgehen", antwortete ich.

"Das Beste kommt aber erst. Wenn wir wollen, können wir im Zelt schlafen. Meine Großeltern haben einen großen Garten, und dort ist genug Platz für das Familienzelt von meinem Onkel. Er würde uns auch beim Aufbauen helfen. Nicht schlecht, oder?" Ohne eine Antwort abzuwarten, erzählte er weiter. "Der Vorteil dabei ist nämlich, dass wir tun und lassen können, was wir wollen, ohne dass andauernd einer angeschissen kommt, um zu gucken, was wir gerade so anstellen."

"Dass uns deine Verwandtschaft kontrollieren kommt, wird sich sowieso nicht vermeiden lassen, auch wenn wir nicht in der Wohnung schlafen, sondern draußen", wendete ich ein.

"Normalerweise hast du recht, Niko, vorausgesetzt der Garten wäre gleich hinterm Haus. Aber meine Großeltern wohnen in so einem Plattenbau und ihr Garten ist von dort mindestens fünfzehn Minuten zu Fuß entfernt, in einer Kleingartenanlage. Wir müssen nur zum Mittagessen vorbeigehen, ansonsten sind wir unser eigener Herr."

"Mann, das hast du echt super hingekriegt. Wirklich. Endlich können wir machen, was wir wollen", sprach ich sichtlich beeindruckt zu ihm.

"Das möchte ich aber auch sagen", triumphierte er. "Ach so, noch was, hast du eigentlich einen Schlafsack?"

"Nein, habe ich nicht, aber ich kann bestimmt Sabines bekommen. Sonst noch irgend etwas?"

"Mir fällt nichts mehr ein. Im Prinzip ist ja auch alles klar. Mein Vater fährt uns morgen früh zum Bahnhof. Ich schätze, wir werden etwa um 7 Uhr 45 hier sein."

Nachdem wir alle Sachen geklärt hatten, brachte ich Mike nach vorne.

"Also, bis morgen."

"Bis dann."

Drinnen erzählte ich Mutti erst mal alles, vermied es allerdings zu erwähnen, dass wir unser Zelt weitab vom Schuss in der Kleingartenanlage aufstellen würden.

"Hoffentlich geht das auch alles gut. Ich würde es ja besser finden, wenn ihr in der Wohnung der Großeltern schlafen würdet, aber wenn ihr unbedingt im Zelt schlafen wollt, kann man wohl nichts machen", sagte sie ein wenig ärgerlich.

"Mutti, du brauchst doch keine Angst um uns haben. Schließlich sind wir keine kleinen Kinder mehr, und außerdem sind Mikes Großeltern gleich in der Nähe, wenn wirklich irgendetwas sein sollte", flunkerte ich ihr vor.

"Pack dir auf jeden Fall die dicken Sachen ein! Lange Unterhosen können auch nicht schaden. Im Zelt wird das nachts mächtig kalt und in der übernächsten Woche geht die Schule wieder los", ermahnte sie mich.

„Mit den langen Männern ist jetzt aber nicht dein Ernst, oder? Es ist mitten im Sommer, Mutti", beschwerte ich mich.

„Ich an deiner Stelle würde sie mit einpacken. Für alle Fälle", sagte sie, „aber bitte wenn du nicht willst. Du musst ja dann erkältet zur Schule gehen, nicht ich."

Ja, ja die Schule, dachte ich. Die Ferien gingen mit großen Schritten dem Ende entgegen, aber daran wollte ich nun wirklich noch nicht denken. Dafür war auch noch genug Zeit, wenn ich wieder aus dem Harz zurückkam.

"Ich werde dann schon mal meine Sachen einpacken", beendete ich das Gespräch und ging in mein Zimmer.

3

Urlaub im Harz

Am Bahnhof von Thalrode wartete der Onkel von Mike auf uns und begrüßte uns überschwänglich. Er freute sich sehr, dass mit der Zugfahrt alles so problemlos geklappt hatte und wir pünktlich auf die Minute angekommen waren. Nachdem wir unsere Rucksäcke in den Skoda gepackt hatten, fuhren wir zuerst zu Mikes Großeltern. Dort war eine riesige Kaffeetafel gedeckt, mit drei verschiedenen Torten und Gebäck und wir mussten uns erst mal den Magen voll schlagen. Sobald ich ein Stück aufgegessen hatte, kam von seiner Oma ein "Nu iss doch noch ein Stückchen, ist doch genug da!" Da ich nicht unhöflich erscheinen wollte, stopfte ich mir drei Tortenstücke hinter, was den Effekt hatte, dass mir danach tierisch schlecht war. Mike schien es genauso zu gehen, aber er ließ sich nichts anmerken. Erst als wir mit seinem Onkel die Wohnung verließen, um zum Garten zu fahren, guckten wir uns beide an und fingen an zu lachen.

"Oh, ist mir schlecht. Das ist jedes Mal dasselbe", flüsterte er mir zu.

"Ich glaube, das ist bei allen Großeltern so", flüsterte ich zurück.

Mit dem Skoda machten wir eine halbe Stadtrundfahrt durch Thalrode. Zu Fuß war der Garten, so versicherte uns sein Onkel, zwar gleich um die Ecke, weil man ihn durch einige Trampelpfade erreichen konnte, aber mit dem Auto musste man etliche Nebenstraßen entlangfahren. Noch dazu war heute die Hauptverkehrsstraße wegen Bauarbeiten ab dem Rathaus gesperrt, und wir mussten eine Umleitung in Kauf nehmen. Mikes Onkel ereiferte sich ziemlich heftig über die erneuten Arbeiten am Straßenbelag und erklärte uns, dass es heute bereits die vierte Sperrung innerhalb eines Monats war, und das alles nur deshalb, weil diese völlig, verblödeten Saukerle, wie er die Bauarbeiter nannte, beim ersten Mal gepfuscht hatten. Seitdem traten immer wieder Risse im Teer auf, und an diesen Stellen sackte die Straße etwas ein. Statt alles noch einmal aufzureißen und neu zu machen, hatten sie mit einer einzigen Flickschusterei begonnen, und ein Ende davon war nicht in Sicht.

Mir machte es aber nichts aus, dass wir länger zum Garten fahren mussten, denn ich starrte gespannt aus dem Autofenster, und erkundete mit meinen Augen, Stück für Stück, Thalrode. Es war nicht sehr groß, jedenfalls nicht so weitläufig wie Mollin, aber es gefiel mir auf den ersten Blick, wahrscheinlich weil es sich so von zu Hause unterschied. Entlang unserer Fahrtroute gab es sogar einige Fachwerkhäuser zu bestaunen, die bestimmt sehr alt waren. Teilweise waren sie allerdings nicht mehr so gut erhalten, und die ehemalige Schönheit war daher nur noch zu erahnen, was wirklich schade war. Durch die Stadt, obwohl Mollin garantiert größer war, kam dort fast niemand auf die Idee, es als Stadt zu bezeichnen, floss die Bitter, ein im Sommer wenig Wasser führender Fluss, der sich aber im Frühjahr, nach dem Abtauen des Schnees auf den umliegenden Bergen, in so manchen Jahren zu einem reißenden Strom entwickelte, und dann die Keller der angrenzenden Häuser überflutete. Das hatte mir Mike irgendwann mal erzählt. Als wir mit dem Skoda über eine Brücke fuhren, reckte ich meinen Kopf in die Höhe, um zu sehen, wie viel Wasser der Fluss denn momentan hatte, aber ich konnte es nicht genau erkennen.

Nach wenigen Minuten kamen wir am Garten an und stellten verblüfft fest, dass der vermeintliche Garten ein freies Feld war, mit einer Rasenfläche und etlichen Beeten, auf denen die unterschiedlichsten Dinge angepflanzt waren. Die eigentliche Kleingartenanlage mit den dazugehörigen Datschen befand sich auf der gegenüberliegenden Seite und war durch einen Weg getrennt. Auf der anderen Seite Richtung Osten und Westen begrenzten kleinere Berge unsere Sicht.

"Lasst uns das Zelt aufbauen bevor es dunkel wird!" forderte uns Mikes Onkel auf.

Wir luden das Auto aus und begannen mit dem Aufbau. Nach über einer Stunde waren wir endlich fertig. Das Zelt war einfach riesig. Es war quadratisch mit einem großen Vorzelt, einer Kochnische, einer Schlafkabine für zwei Leute und einem Vorraum, in den wir einen Tisch und zwei Stühle stellten. Mike erklärte mir, dass dieses Familienzelt sogar für vier Leute ausgelegt war, weil man anstelle des Vorraumes noch eine Schlafkabine einbauen konnte, aber da wir nur zu zweit waren, hatten wir so mehr Platz.

Währenddessen musterte uns sein Onkel.

"Ist nicht schlecht, oder? Wenn ich das so sehe, möchte ich auch noch mal in eurem Alter sein. Na ja, das ist bei mir ja schon ziemlich lange her", seufzte er nachdenklich.

"Komm schon, so alt bist du auch wieder nicht", munterte Mike ihn auf.

"Alt vielleicht nicht, aber verheiratet", sagte er im Spaß. "Dann werde ich euch mal alleine lassen. Ich hoffe, ihr habt alles. Falls irgendetwas fehlen sollte, geht ihr halt zu Oma und Opa vorbei, oder kommt zu mir. Fällt euch noch was ein?"

Wir guckten uns beide an und zuckten mit den Schultern.

"Ich glaube, wir haben alles. Außerdem sind wir morgen zum Mittagessen da, und bis dahin werden wir schon über die Runden kommen", antwortete Mike.

Schließlich verabschiedeten wir uns voneinander und bedankten uns nochmals für das Zelt und seine Hilfe beim Aufbauen.

"Da gibt es ja wohl nichts zu danken. Ist doch eine Selbstverständlichkeit. Also, macht es gut ihr zwei. Bis dann."

"Tschüß, bis dann", riefen wir ihm hinterher und winkten, als er mit seinem Skoda, eine dicke Rauchwolke hinter sich herziehend, hinter der nächsten Ecke verschwand.

An diesem Abend richteten wir uns gemütlich im Zelt ein, und es fehlte uns an nichts. Sein Onkel hatte an wirklich alles gedacht, sogar an Toilettenpapier für den Notfall. Allerdings hofften wir, davon keinen Gebrauch machen zu müssen.

Ansonsten war mit uns, nach diesem anstrengenden Tag, nicht mehr viel anzufangen, weshalb wir auch zeitig schlafen gingen.

Die darauffolgenden Tage verbrachten wir damit, die Gegend zu erkunden und Mikes Verwandten Besuche abzustatten. Am Dienstagabend gingen wir mit seiner Cousine und ihrem Freund "ZUM ANKER", angeblich die beste Kneipe hier. Es war ein ehemaliges Fährschiff, welches an einem kleinen See festgemacht hatte und sehr idyllisch am Rande der Stadt lag. Der See hatte auch eine kleine Verbindung zur Bitter, aber jetzt im Sommer war diese so gut wie ausgetrocknet.

Sie hatte uns auch nicht zuviel versprochen, denn es war dort sehr angenehm und es wurde ein sehr schöner Abend. So vergingen die ersten Tage schneller als es uns lieb war.

Am Mittwochnachmittag, wir waren gerade auf dem Weg zum Einkaufen, kamen wir an einem der Berge vorbei, die wir von unserem Zelt aus sehen konnten. Schon von weitem sahen wir auf einer Anhöhe am Berg, dass sich dort mehrere Jugendliche aufhielten und je näher wir denen kamen, desto mulmiger wurde uns. Hier kannte schließlich jeder jeden und dass wir nicht hierher gehörten, war nicht zu übersehen.

"Wir gucken einfach in die andere Richtung und ignorieren die", flüsterte ich zu Mike herüber und er nickte mir zustimmend zu.

Als wir auf gleicher Höhe waren, rief einer etwas zu uns herunter, aber wir verstanden nicht, was es war. Wir wollten schon weiterlaufen und so tun, als ob wir nichts gehört hätten, aber beim zweiten Mal verstanden wir ihn deutlich.

"Was ist los, habt ihr mal Feuer für uns, oder was?" rief er uns freundlich zu.

"Klar doch", antwortete ich und kramte meine Streichhölzer hervor, die ich immer für alle Fälle dabei habe, während wir den kleinen Pfad heraufstiegen. Ich hatte zwar ein komisches Gefühl, aber was sollte denn schon passieren?

Nachdem sich mehrere Leute Zigaretten angesteckt hatten, bot uns der eindeutig Älteste der Runde auch welche an. Mike nahm dankend eine Karo aus der Schachtel, aber ich lehnte ab. Rauchen war noch nie mein Fall gewesen.

"Danke Leute, ihr habt uns gerettet. Ihr glaubt gar nicht, wie schrecklich das ist, zwar was zum Rauchen zu haben, aber nichts zum Anzünden". Nach einer kurzen Pause stellte er sich uns vor. "Also, ich bin Vadder, und das hier oben ist die Clique von der Pflaume. Im Moment sind aber viele noch im Urlaub, deshalb ist nicht so viel los. Normalerweise sind immer 20 Leute hier. Was hat euch hierher verschlagen?"

"Wir sind eine Woche zu Besuch bei Mikes Großeltern. Ich bin übrigens Niko", sagte ich und reichte allen die Hand.

So lernten wir an diesem Nachmittag außer Vadder, der bereits 21 und so etwas wie der Boss in der Clique war, noch Iris, Irina, Franziska, Markus, Manni, Karsten und Peter kennen. Die meisten waren auch in unserem Alter, zwischen 14 und 16, und während wir uns über alles Mögliche unterhielten, stellten wir bald fest, dass wir viele gemeinsame Interessen hatten. Wir blieben über drei Stunden dort, mussten dann aber los zum Einkaufen.

"Wenn ihr Lust habt, kommt morgen ruhig vorbei. Ab 15 Uhr sind wir auf jeden Fall wieder hier", verabschiedeten sich die anderen von uns.

"Klar haben wir Lust, morgen wiederzukommen", sprachen wir beide gleichzeitig, "also, dann bis morgen."

Danach hatten wir natürlich kein anderes Gesprächsthema mehr, und wir konnten den nächsten Tag kaum erwarten. Mike hatte sich ein wenig in Irina verguckt und fragte sich die ganze Zeit, ob er wohl Chancen bei ihr hätte. Als er mich schließlich nach meiner Meinung dazu befragte, konnte ich ihm leider auch keine befriedigende Antwort geben, aber ich gab ihm den Rat, die Sache ganz langsam anzugehen und erst mal herauszufinden, ob sie nicht etwa innerhalb der Clique einen Freund hatte. Das es bestimmt Ärger geben würde, jemand aus der Clique die Freundin auszuspannen, leuchtete sogar ihm ein.

Er war aber nicht der einzige, der Gefallen an einem der Mädchen gefunden hatte. Iris war mir sofort aufgefallen, mit ihren langen blonden Haaren und ihrem süßen Lächeln. Allerdings hatte sie mir erzählt, dass sie einen Freund hatte, der irgendwo in Mecklenburg im Internat war und dort seine Ausbildung machte. Daher machte ich mir auch keine Illusionen, Iris betreffend.

Am nächsten Tag gingen wir wie verabredet zur Pflaume und trafen uns mit den anderen. Es waren zwei neue Leute da, Katja und Micha. Ansonsten war es genauso schön wie am gestrigen Tage, sogar noch etwas besser, weil wir jetzt das Gefühl hatten, dazuzugehören.

Irgendwann kam Vadder die Idee, dass wir ja Geld sammeln könnten, um was Trinkbares zu besorgen. Er schwang sich mit gut 30 Mark auf sein Moped und düste davon. Keine zehn Minuten später war er wieder zurück mit einem Rucksack voller Bier, einer Flasche Rotwein und einer Flasche Goldi.

"Dann kann die Party ja losgehen", meinte Markus und öffnete den Goldbrand.

Jeder nahm sich was zu trinken aus dem Rucksack. Weil mir der erste Schluck aus der Schnapsflasche nicht so zugesagt hatte, hielt ich mich lieber an das Bier und trank ab und zu beim Rotwein mit.

In dieser Zeit unterhielt ich mich sehr lange mit Micha, Peter und Franziska über

Musik, während Mike am anderen Ende saß, natürlich in der Nähe von Irina. Leider saß auch Iris dort, so dass ich keine Möglichkeit hatte, mich mit ihr näher zu unterhalten.

"Ist die Weinflasche inzwischen leer?" fragte Manni in die Runde.

"Schon lange", antwortete Katja und zeigte die leere Flasche hoch.

"Willst du eine neue holen?" wollte Vadder wissen. "Falls ja, von mir aus gerne, der Rest ist nämlich auch schon alle." Er kramte die letzten Bierflaschen aus dem Rucksack und verteilte sie unter uns.

"Nein, deshalb habe ich nicht gefragt. Ich dachte, wir könnten ja mal wieder Flaschendrehen", sagte er und grinste sich eins.

Durch die Menge ging ein lautes Raunen, und die Mädchen fingen an zu kichern.

"Der Vorschlag kann echt nur von dir kommen", warf Iris ein. "Hast du nichts anderes im Kopf?"

"Im Kopf nicht", sagte er und deutete eine klare Körperbewegung an.

Daraufhin brachen alle in ein riesiges Gelächter aus.

Da die Meinungen zu Mannis Geistesblitz doch recht geteilt waren, beschlossen wir, darüber abzustimmen und zwar so, dass alle die Mehrheitsentscheidung akzeptieren mussten, egal wie es ausging. Letzten Endes waren nur Franziska und Iris dagegen, aber sie beugten sich der vorher gemachten Absprache.

Ich freute mich natürlich ganz besonders und hoffte auf etwas Glück beim Flaschendrehen, aber wie immer bei Spielen, mehr war es ja auch nicht, hatte ich kein Glück dabei. Dreimal hatte ich das Vergnügen mit Franziska und jeweils einmal mit den anderen Mädels, mit Ausnahme von Iris. Im Großen und Ganzen konnte ich mich nicht beklagen, denn sie küssten alle sehr gut, vor allen Dingen Irina, aber es war halt nur ein Spiel. Die einzigen, die sich richtig mit Zungenschlag küssten, Katja und Micha, waren sowieso zusammen. Mike schien sich auch mehr davon versprochen zu haben und war ein bisschen enttäuscht, aber zumindest war er einmal mit Irina dran gewesen, wenn auch nur kurz.

Die Dunkelheit war längst hereingebrochen und die ersten machten sich zum Nachhausegehen fertig.

"Liegt morgen irgendwas an?" fragte Iris, bevor sie ging.

"Was soll morgen schon sein?" rief Irina herüber, "Wir treffen uns hier wie immer, oder hast du was Besseres vor?"

"Das nicht, aber ich dachte, wir könnten ja zur Disco gehen. Unten am See soll Freiluft-Disco sein, ich glaube ab 20 Uhr."

"Ja, das haben wir vorhin auf einem Plakat am Bahnhof gesehen", mischte ich mich in das Gespräch ein. "Von mir aus können wir das gerne machen. Was meint ihr denn?"

"Okay, dann treffen wir uns hier wie immer und gehen danach zum Tanzen", sagte Iris und es kam mir fast so vor, als hätte sie das nur zu mir gesagt. Wahrscheinlich war sie nur erleichtert, dass ich ihren Vorschlag unterstützt hatte und hatte mich deshalb angelächelt. Ich war trotzdem glücklich, denn zum ersten Mal hatte ich das Gefühl, ihr nicht ganz gleichgültig zu sein.

Auf unserem Weg zum Zelt musste ich Mike stützen, und das war bei seinem Gewicht kein Zuckerschlecken. Vielleicht hätte er beim Goldbrand trinken lieber eine Runde auslassen sollen, dachte ich mir.

"Sind wir bald da? Ich will ins Bett", lallte er mir in mein Ohr.

"Ein paar Meter müssen wir noch. Ist nicht mehr weit", beruhigte ich ihn.

Kurz nach Mitternacht waren wir endlich im Zelt und schliefen beide sofort ein.

Der Freitag begann für uns erst ziemlich spät, da Mike bis zum Mittag brauchte, seinen Rausch auszuschlafen. Aus diesem Grunde ließen wir unser Frühstück ausfallen und trabten gemächlich zu seinen Großeltern zum Mittagessen. Er sah immer noch schwer mitgenommen aus, und ich konnte nur hoffen, dass es ihnen nicht auffallen und er sich zusammenreißen würde. Dass Mike kaum etwas aß, verwunderte sie zwar etwas, aber ich erklärte ihnen, dass wir heute erst spät gefrühstückt hatten, und damit gaben sie sich zufrieden.

Die Zeit danach verbrachten wir vor unserem Zelt. Wir waren beide nicht allzu gesprächig und dösten so vor uns hin, bis Mike das Schweigen durchbrach.

"Heute Abend ist meine letzte Chance, an Irina ranzukommen. Wenn es heute nicht klappt, dann kann ich es vergessen", meinte er resigniert und musterte mich abschätzend. "Und ich glaube, das gilt nicht nur für mich."

"Wie ist das denn jetzt gemeint?" herrschte ich ihn an und richtete mich in meiner Liege auf.

"Als ob das zu übersehen wäre, so wie du Iris anschaust. Mann Alter, wir müssen uns irgendwas einfallen lassen. In drei Tagen geht es wieder nach Hause. Die Zeit rennt uns davon."

Da war etwas dran, soviel war klar.

"Ja, da hast du recht. Das Problem liegt bei mir aber anders", versuchte ich ihm zu erklären.

"Wieso, weil sie einen Freund hat und du eine Freundin? Scheiß doch drauf! Niko, wir sind hier in den Ferien. Sina ist weit weg und der Typ von Iris ist sonstwo. Woher sollen die denn erfahren, was hier los war? Also, ich kann schweigen wie ein Grab." Er legte seinen Finger auf den Mund. „Weißt du denn, was Sina gerade macht? Also, was ist jetzt?"

Ich dachte kurz darüber nach, was Mike zum Schluss gesagt hatte und musste zugeben, dass da schon etwas dran war. Woher sollte ich wissen, was Sina in ihrem „Lager für Arbeit und Erholung" so anstellte.

"Wir können ja folgendes machen", sagte ich schließlich. „Falls Irina und Iris zusammen tanzen sollten, gehen wir einfach hin und klatschen die beiden ab. Wenn sie sich darauf einlassen, hat jeder seine Chance und alles andere wird sich finden. Was meinst du?"

"Der Plan ist einfach, aber genial. So haben wir wenigstens die Möglichkeit, mal unter vier Augen mit den Mädchen zu sprechen. Du bist ein echtes Genie."

Mike klopfte mir anerkennend auf die Schulter. Ich konnte seine Euphorie allerdings nicht teilen, denn wer sagte uns, dass unser Plan überhaupt funktionieren würde, und was mich betraf war ich mir nicht einmal im Klaren, ob ich das überhaupt wollte. Schon beim Gedanken daran bekam ich, Sina gegenüber, ein schlechtes Gewissen.

Auf der Pflaume waren heute über zwanzig Leute da, wovon wir einige nicht kannten.

Die meisten hatten sich für die Disco herausgeputzt, vor allem natürlich die Mädels. Einige hatten sich in Schale geschmissen mit Kleid oder Minirock. Iris hatte ein dunkelgrünes Samtkleid an und dazu schwarze Wildlederschuhe mit einem hohen Absatz. Die Haare hatte sie nach oben gesteckt und sich im Gesicht ein wenig geschminkt. Sie sah umwerfend aus und wie sie in der Sonne dastand, hatte sie fast etwas Majestätisches an sich. Ich musste mich zusammennehmen, um nicht ständig zu ihr herüberzugucken, was mir sichtlich schwer fiel.

Kurz nach 19 Uhr begann der große Aufbruch. Vadder war der Meinung, dass wir zeitig da sein müssten, um für uns alle einen vernünftigen Tisch, in der Nähe der Tanzfläche zu ergattern. Damit hatte er nicht unrecht, denn wir wollten ja ein bisschen was zum Gucken haben. Obwohl mir eigentlich der Anblick von Iris ausreichte, den ich auf dem Weg zur Disco ausgiebig genießen konnte. Ich ging mit Mike extra am Ende der Clique und so hatten wir eine hervorragende Aussicht.

Die Freiluft-Disco befand sich schräg gegenüber vom "ANKER", auf einem großen freien Platz. Dort war eine Bühne aufgebaut, wo auf mehreren Tischen, die Anlage des DJ's stand. Vor den Tischen hing ein Plakat mit der Aufschrift "DISKOTHEK RUND".

Unsere Pünktlichkeit hatte sich bezahlt gemacht. Wir hatten für uns, von der Bühne links außen, einen Tisch ergattert, mussten aber noch ein paar Stühle dazu organisieren, was gar nicht so einfach war. Die Disco war inzwischen bis auf den letzten Platz gefüllt und die Schlange am Einlass riss trotzdem nicht ab. Die anderen erklärten uns, dass es am Freitagabend im Umkreis von zwanzig Kilometern nur eine Disco gab und dass es deshalb immer so voll war.

Mir war es so auch lieber, denn je voller es war, desto anonymer war es auch, und bei dem, was wir vorhatten, konnten wir keine leere Tanzfläche gebrauchen. Bis es sich dort zu füllen begann, dauerte es wie meistens noch eine Weile. Ein Teil der Leute wartete darauf, dass es endlich dunkel wurde, und der andere Teil musste sich erst mal Mut antrinken, bevor man sich traute, jemand zum Tanzen aufzufordern. Bei uns zu Hause war es ganz genauso.

Als der Abend richtig in Fahrt kam, war es bereits finsterste Nacht, und ich konnte an mir feststellen, dass ich nach dem dritten Bier viel ruhiger war. Von unserem Tisch tanzten einige der Mädchen und als U2 gespielt wurde, stürmte ich mit Mike zu den anderen auf die Tanzfläche. Danach kamen noch mehr gute Lieder, und deshalb tanzten wir weiter.

Nach vier oder fünf weiteren Liedern machte der DJ eine Ansage.

"Wie immer um diese Zeit kommt jetzt die langsame Runde. Also Leute, Zeit zum Schmusen."

Mit einem Mal herrschte reges Treiben auf der Tanzfläche. Viele gingen runter, dafür kamen aber viele Pärchen nach vorne. Ich stand unschlüssig neben Mike, aber auch Iris und Irina standen noch auf der Tanzfläche. Das dieser blöde DJ unseren Plan durchkreuzt hatte, war nicht mehr zu ändern, also musste Plan B her. Ich stieß Mike unauffällig meinen Ellenbogen in die Seite und flüsterte ihm leise zu, dass es jetzt losging. Er verstand zwar nicht, was ich damit meinte, folgte mir aber zu den beiden.

"Habt ihr Lust zu tanzen, oder wartet ihr hier auf den Bus?" fragte ich und wäre am liebsten augenblicklich im Erdboden versunken, als mir die Peinlichkeit meines Spruches bewusst wurde.

"Eigentlich warten wir ja auf den Bus, aber der scheint wohl nicht zu kommen", antwortete Iris und lächelte mich an.

"Umso besser, dann tanzen wir halt solange bis er kommt", sagte ich.

"Meinetwegen", erwiderte sie darauf.

Ich legte ganz vorsichtig meine Arme um sie, traute mich aber nicht, sie fester zu umarmen. Nach dem nächsten Lied wurde ich etwas frecher und zog sie enger an mich heran, was ihr zu gefallen schien, denn sie schmiegte ihren Kopf an meine Schulter. Danach tanzten wir ganz eng zusammen, und ich strich ihr sanft über den Rücken und ihren Nacken, während sie liebevoll ebenfalls meinen Rücken streichelte. In der kurzen Pause zum Beginn des nächsten Stückes, guckten wir uns sekundenlang in die Augen und begannen schließlich, uns zu küssen. Zuerst ganz langsam, aber dann wurde es immer leidenschaftlicher. Wir drehten uns im Rhythmus der Musik und vergaßen alles um uns herum. Es war uns völlig egal, was die anderen dachten. Für den Moment gab es nur uns. Mit meinen Händen fuhr ich ihr durch die Haare und im nächsten Augenblick drückte ich meinen Körper ganz fest an ihren. Ich konnte ihre Brüste spüren und ihr Herz schlagen hören. Iris knetete zärtlich meinen Po und füllte mit ihrer Zunge meinen Mund aus. Es war wunderschön.

Das die Disco beendet war, merkten wir erst, als auf der Bühne grelles Licht angemacht wurde und sich einige von uns verabschiedeten. Irina und Mike standen an der Bar und unterhielten sich.

"Ich glaube, ich gehe dann mal. Ist mächtig spät geworden", sagte sie und strich mir durch die Haare. "War ein sehr schöner Abend. Dankeschön.". Sie küsste mich lange auf den Mund und wollte sich zum Gehen abwenden.

"Warte doch einen Moment! Ich sage bloß schnell Mike "Tschüß" und bringe dich dann nach Hause. Dauert nicht lange."

"Nein, lass mal Niko! Ich gehe mit Franziska, die wartet dort hinten auf mich. Trotzdem, danke für das Angebot."

"Na gut, wie du willst. Komm gut heim."

Ich drückte ihr einen letzten Kuss auf die Wange, und so trennten wir uns voneinander. Nach ein paar Metern drehte ich mich noch mal um und rief ihr hinterher.

"Sehen wir uns morgen?" aber das hörte sie schon nicht mehr und verschwand in der Dunkelheit.

Beim Frühstück werteten wir den letzten Abend aus. Auf der einen Seite war ich natürlich vollkommen happy, denn meine Träume waren in Erfüllung gegangen, aber auf der anderen Seite machte mir das schlechte Gewissen zu schaffen.

Mike hatte auch einen schönen Abend gehabt und hatte sich lange und intensiv mit Irina unterhalten. Allerdings war es dabei auch geblieben. Den Grund dafür konnte er sich nicht erklären.

"Bei der langsamen Runde lief zuerst auch alles nach Plan. Wir haben von Lied zu Lied immer enger getanzt und nach einigen Liedern versuchte ich, sie zu küssen. Daraufhin hat sie dann gesagt, sie möchte lieber etwas trinken gehen. Das war alles. Ich werde daraus nicht schlau. Verstehst du das?"

"Wenn ich ehrlich bin: nein. Zumindest nicht richtig. Vielleicht hat sie keine Lust auf eine Drei-Tage -Liebschaft. Was weiß ich?" antwortete ich.

"Darüber musst du dir ja auch keine Gedanken machen. Bei dir hat ja alles hingehauen", meinte er etwas säuerlich.

"Komm schon, du kannst mir doch nicht die Schuld geben, dass es bei mir geklappt hat und bei dir nicht. Dafür kann ich nun wirklich nichts", verteidigte ich mich. "Außerdem hast du stundenlang mit Irina geredet und sie dadurch besser kennen gelernt. Ich weiß jetzt zwar, dass Iris gut küssen kann und wie sie sich anfühlt, aber dafür habe ich keine zwei Sätze mit ihr gesprochen. Ich weiß genauso wenig von ihr, wie am ersten Tag."

"Super, wenn du mich fragst, hätte ich wirklich gerne mit dir getauscht. Wen interessiert schon das Gequatsche?" sagte er verächtlich und verzog das Gesicht.

Manchmal konnte ich ihn beim besten Willen nicht verstehen. Was hatte er denn erwartet? Wahrscheinlich glaubte er, nur einmal mit dem Finger schnipsen zu müssen, und schon gingen all seine Wünsche in Erfüllung. Ich hätte ja auch gar nichts dagegen, wenn dem so wäre, nur leider funktionierte das so nicht, außer bei Jeanny vielleicht.

Zur Kaffeezeit standen plötzlich Vadder und Markus vor unserem Zelt. Wie es sich für einen guten Besuch gehört, hatten sie natürlich was zum Trinken dabei und stellten eine Flasche undefinierbaren Inhalts auf den Tisch. Vadder erklärte uns, dass er die Flasche aus dem Keller seiner Eltern hat mitgehen lassen, als er sie das letzte Mal besuchte.

"Das ist Holunderbeerwein. Ihr glaubt ja nicht, wie lecker der schmeckt. Vor allen Dingen dreht das Zeug wie verrückt." Nach einer kurzen Pause, in welcher er gekonnt den Korken herausgedreht hatte, fuhr er fort. "Eigentlich sind wir auch nur vorbeigekommen, um euch auf eine Party einzuladen."

Markus unterbrach ihn.

"Auf *eine* Party ist ja wohl schwer untertrieben. Es ist *die* Party des Jahres", sagte er mit sichtlicher Begeisterung.

"Meinetwegen auch das. Markus hat schon Recht. Es ist nicht irgendeine Feier."

"Was soll denn so Besonderes daran sein?", wollte Mike wissen.

"Dann passt mal auf!" räusperte sich Vadder, nachdem er einen großen Schluck aus der Flasche genommen hatte. "Jedes Jahr am letzten Augustwochenende, also vor Beginn des neuen Schuljahres, steigt an den Teichen eine riesige Party. Das ist inzwischen feste Tradition und meistens auch ziemlich gigantisch. Die Teiche sind drei kleinere Seen, etwa sieben Kilometer entfernt von hier mitten im Wald und in der Nähe der Russenkaserne. In diesem Jahr haben es die Verrückten fertiggebracht, irgendwoher ein 40-Mann-Armeezelt aufzutreiben, und das Teil steht jetzt am Ufer des mittleren Teiches."

"Außerdem will Henri seine Stereoanlage mitbringen und die irgendwie über Autobatterie laufen lassen. Das wird ein Spektakel", sagte Markus und guckte mit leuchtenden Augen zu Vadder herüber. "Kannst du dich noch an letztes Jahr erinnern? Mann, war da was los. Ich bin ja bloß gespannt, ob die Bullen wieder auftauchen."

"Darauf bin ich ja auch gespannt", erwiderte Vadder und erzählte uns, was sich im Vorjahr abgespielt hatte. Die Polizei war, angeblich wegen Lärmbelästigung, nach

Mitternacht mit mehreren Mannschaftswagen aufgetaucht und hatte alle, die noch da waren, mitgenommen. Auf dem Revier waren die Personalien von allen notiert worden, was bei 22 Leuten Stunden gedauert hatte, und Wochen später hatten einige Strafen bezahlen müssen, wegen Zusammenrottung und Trunkenheit in der Öffentlichkeit oder solch einen Scheiß.

"Okay, was ist, habt ihr Bock mitzukommen?" Markus musterte uns, "Oder wollt ihr euch das entgehen lassen."

"Wohl kaum, logisch sind wir dabei", antwortete ich. "Wann soll es denn losgehen?"

"Wir holen euch um sieben ab. Ach so, und nehmt mal lieber den Schlafsack mit! Vielleicht schlafen wir da im Zelt."

"Alles klar", sagte Mike, "sollen wir sonst noch etwas mitbringen, was zu trinken oder so?"

"Essen und Getränke sind schon da, aber jeder muss ein Pfund in die Kasse packen", erklärte uns Vadder.

"Also, Leute, dann bis nachher."

Für das erste verabschiedeten wir uns voneinander.

Pünktlich holten uns die anderen ab. Außer den beiden waren noch Manni, Peter, Karsten, Micha, Katja und Irina dabei. Von Iris war weit und breit keine Spur. Obwohl ich darüber etwas traurig war, ließ ich mir nichts anmerken.

Mit der lauten Musik aus Peters Kassettenrekorder, er hatte seine Iron Maiden-Kassette eingeworfen, setzten wir uns in Bewegung in Richtung Teiche.

Unser Weg dorthin führte uns durch eine sehr schöne Gegend, anfangs durch einen Wald entlang eines Bächleins und später über Feldwege zwischen riesigen Maisfeldern. Genüsslich knabberte ich einen Maiskolben und lauschte dem Gespräch von Markus und Manni, die neben mir liefen, als Irina mich unauffällig zur Seite nahm.

"Kann ich dich kurz sprechen?"

"Natürlich, was gibt es denn?" fragte ich neugierig und fügte hinzu: "Geht es um Mike?"

Überrascht schaute sie mich an.

"Wieso um Mike?" Anscheinend verstand Irina nicht, was ich damit sagen wollte. "Es geht um dich, Niko."

"Das verstehe ich nicht. Was meinst du damit?"

"Ich meine wegen gestern Abend mit Iris."

"Was soll denn sein deswegen? Habe ich irgendwas falsch gemacht?"

"Nein, im Prinzip nicht. Schließlich hätte sie sich ja nicht darauf einlassen müssen, aber dummerweise ist vorhin ihr Freund über das Wochenende gekommen und sie hat Angst, dass er etwas darüber erfahren könnte. Aus diesem Grund kann sie heute nicht mitkommen und lässt dir ausrichten, dass ihr der Abend sehr gefallen hat mit dir."

"Hat sie etwa Angst, dass ich etwas verraten würde?"

"Nein, das ganz sicher nicht, aber bei den vielen Leuten, die euch gestern zusammen gesehen haben, ist es nur eine Frage der Zeit, bis irgendjemand plaudert, und deshalb hat sie ziemliche Angst um dich. Ihr Freund ist", sie machte eine kleine Pause, „sagen wir mal, mächtig eifersüchtig. Wenn du verstehst, was ich damit meine."

Ich verstand nur zu gut, was Irina damit andeutete. Es roch nach verdammt viel Ärger, sollte ich dem Freund von Iris begegnen. Er war nicht bloß zwei Jahre älter als ich, sondern auch noch einen halben Kopf größer. Den Rest konnte ich mir gut ausmalen.

"Mach dir mal nicht so viele Gedanken!" ermunterte sie mich, "wahrscheinlich begegnet ihr euch ja gar nicht."

"Wieso wahrscheinlich?" fragte ich aufgeregt.

"Na ja, das ist heute nicht irgendeine Party. Er war seit drei Wochen nicht mehr zu Hause und wird bestimmt auch hingehen wollen, um seine Kumpels zu treffen. Aber Iris wird sich schon eine Ausrede einfallen lassen", meinte sie zuversichtlich.

"Das hoffe ich. Auf alle Fälle vielen Dank für die Vorwarnung. Das war sehr nett von dir", bedankte ich mich.

Nachdem wir einige Zeit wortlos nebeneinander hergelaufen waren, fragte sie mich, wie ich das vorhin gemeint hätte mit Mike, worauf ich ihr alles ganz genau erzählte, denn schließlich hatte sie jetzt bei mir einen dicken Stein im Brett. Sie schien davon nicht unbedingt begeistert zu sein, hatte damit anscheinend auch nicht gerechnet.

"Ehrlich gesagt, bin ich ziemlich überrascht. Das hätte ich nicht gedacht, wirklich nicht", sagte sie erstaunt. "Ich finde Mike total nett, er ist ein echter Kumpel, aber das war es dann auch schon. Was mache ich denn jetzt bloß?"

"Soll ich es ihm sagen? Du hast ja noch etwas gut bei mir."

"Laß mal sein! Ich werde selber mit ihm reden, das ist bestimmt besser für euer Verhältnis", deutete sie vorsichtig mit der Hand nach hinten. "Er guckt schon die ganze Zeit zu uns herüber."

Tatsächlich ging Mike schräg hinter uns und versuchte herauszukriegen, worüber wir uns so lange unterhielten.

Nach anderthalb Stunden Fußmarsch kamen wir endlich an den Teichen an. Die Sonne lag für den heutigen Tag in den letzten Zügen und hüllte den Abendhimmel in einen rötlichen Schleier.

Die Party war bereits in vollem Gange und wir wurden mit großem "Hallo" begrüßt. Nach meiner Schätzung waren mindestens hundert Leute zugegen, wenn nicht noch mehr. Die Musik kam im Moment noch aus einem Stereo-Kassettenrekorder, aber hinter dem Armeezelt waren einige damit beschäftigt, die 200-Wattanlage anzuschließen.

Das Zelt befand sich, nur wenige Meter vom Wasser entfernt, auf einer großen Rasenfläche. Im Inneren standen verschiedene Tische mit Schüsseln voller Salate, unter anderem eine Keramikschüssel mit Nudelsalat, und Teller mit belegten Brötchen. Daneben standen feinsäuberlich aufgereiht die Getränke. Es fehlte an nichts. Alleine die Mengen an Bierkästen reichten aus, um hier jeden einzelnen besoffen zu machen. Vadder hatte definitiv nicht zuviel versprochen, denn ich konnte mich nicht erinnern, jemals eine Party solchen Ausmaßes gesehen zu haben. Er hatte absolut Recht, es war gigantisch.

Nachdem wir unsere Klamotten im Zelt in eine Ecke gepackt hatten, gingen wir nach draußen zu einem Typen, der Theo hieß. Bei ihm bezahlten wir unsere zwanzig Mark und setzten uns dann zu den anderen auf den Rasen. Langsam ging im Hintergrund die Sonne unter, und es wurde dunkel.

Die Musik dröhnte aus den Boxen, und es wurde ausgelassen getanzt und getrunken. Irina hatte sich mit Mike ausgesprochen, woraufhin er sich ein Bier nach dem anderen hinter goss und kaum noch ansprechbar war. Ich hatte mir den heutigen Abend eigentlich auch anders vorgestellt nach gestern, aber das war halt leider nicht zu ändern, und ich ließ mir deshalb nicht die Laune verderben.

Ich tanzte viel mit Irina und insgeheim ärgerte ich mich, dass ich nicht versucht hatte, lieber mit ihr etwas anzufangen. Zumindest verbrachten wir heute viel Zeit zusammen und hatten furchtbar viel Spaß. Das war doch auch was.

"Guck mal, wer da ist!" flüsterte Irina zu mir herüber und deutete in Richtung Wasser.

In der Dunkelheit konnte ich nur die Konturen erkennen, aber die langen blonden Haare waren nicht zu übersehen: Iris. Daneben stand ein sportlich wirkender Typ, einen Kopf größer als sie, von dem ich nur vermuten konnte, dass es ihr Freund war.

Ich hatte kein gutes Gefühl bei der Sache und beschloss, mir ein neues Bier zu holen. Etwas zu trinken brauchte ich jetzt auf jeden Fall.

Im Zelt traf ich auf Mike. Er stand mit einigen Leuten zusammen und sie diskutierten über Fußball. Da ich keine große Lust verspürte, Iris' Freund zu begegnen, beschloss ich vorerst, drinnen zu bleiben und gesellte mich dazu. Es dauerte nicht lange und ich war genauso betrunken wie die restliche Runde.

Irgendwann kam jemand auf die Idee, baden zu gehen, und wir gingen hinunter zum Wasser und entledigten uns unserer Klamotten. Nackend, mit einer Bierflasche in der einen und einem Kanten Brot in der anderen Hand, torkelten Mike und ich in das kalte Wasser, und in dem Moment, als wir mit unserem Bier anstoßen wollten, verschwand der Boden unter meinen Füßen ... und ich unter Wasser. Als ich nach ein paar Sekunden völlig verdutzt wieder auftauchte, konnten sich die anderen vor Lachen kaum noch einkriegen. Vadder lag am Ufer und trommelte wie ein Verrückter mit den Händen auf den Boden. Ich hatte es geschafft, die Aufmerksamkeit aller noch Anwesenden auf mich zu ziehen, obgleich ich keine Erklärung dafür hatte, wie das passieren konnte. Beim Versuch wieder an Land zu kommen, war dann alles klar. Es gab überhaupt kein Ufer, denn vom Rasen ging es sofort in die Tiefe. Mit einiger Mühe und nach mehreren Versuchen schaffte ich es, wieder aus dem Wasser zu kommen. Dort zog ich mir schnell meine Sachen an und holte mir auf diesen Schreck als erstes ein neues Bier, denn das andere lag irgendwo in der Tiefe des Teiches.

Da es sich inzwischen mächtig abgekühlt hatte, war kaum noch jemand vor dem Zelt. Die restlichen Partygäste hatten sich nach drinnen verzogen, so dass es dort jetzt richtig voll war.

Ich war nach dem Baden wieder einigermaßen klar im Kopf und hielt Ausschau nach Iris, konnte sie aber nirgendwo entdecken. In der hintersten Ecke saß Irina neben Markus und zwei Mädchen, die ich nicht kannte, und ich ging zu ihnen herüber.

"Das war ja ein wirklich großer Auftritt vorhin", empfingen sie mich und fingen an zu kichern.

"Ich habe bloß versucht, die Stimmung anzukurbeln, und das ist mir ja wohl gelungen, oder?" redete ich mich raus.

"Also, das kannst du laut sagen. Mit dem Auftritt wirst du in die Geschichte der Teichfeten eingehen. Soviel ist mal sicher", klopfte mir Markus auf die Schulter. "Aber um ehrlich zu sein, du bist nicht der erste, dem das passiert ist, und du wirst auch nicht der letzte gewesen sein."

"Wie ist das denn nun schon wieder gemeint?" erkundigte ich mich.

"Was meinst du wohl, warum Vadder und die anderen euch haben vorgehen lassen?" fragte mich Markus, und ohne eine Antwort abzuwarten, fügte er hinzu: "Alle, die schon mal an den Teichen waren, wissen doch Bescheid, dass es gleich tief ins Wasser reingeht..."

"... außer den doofen Neulingen, die zum ersten Mal dabei sind", beendete ich seinen Satz. "Jetzt ist mir alles klar", lachte ich laut los und brauchte eine Weile, um mich wieder zu beruhigen. "Was wäre denn gewesen, wenn wir keine Lust zum Baden gehabt hätten?" sprach ich nach kurzem Nachdenken.

Markus zuckte mit den Schultern. "Bis jetzt hat es immer geklappt."

"Was soll's, in der Schule ich bin auch der Klassenclown. Warum soll es dann hier anders sein?"

"Kann ich mir gut vorstellen", blinzelte mich Irina an.

Plötzlich wurde es laut vor dem Zelt, und es waren mehrere aufgebrachte Stimmen zu hören. Ich schwankte nach draußen, um zu gucken, was dort los war und erkannte im Kerzenlicht unter anderem Peter und Vadder.

"Was ist denn los?" wollte ich wissen.

"Ach, die Russen machen wieder Ärger, wie im letzten Jahr. Gerade ist einer von denen hier gewesen und hat uns voll gequatscht, dass es ihnen zu laut ist, weil sonst die Fische nicht beißen." Vadder machte eine wegwerfende Handbewegung. "Als ob die Arschgeigen hier überhaupt offiziell angeln dürfen."

"Ich hätte da ja eine ganz gute Idee", meldete sich ein Typ zu Wort, den ich nicht kannte.

"Ich meine, wenn die uns nicht feiern lassen, dann lassen wir sie eben auch nicht angeln. Ist doch logisch, oder?"

"Na gut und was willst du dagegen machen?" fragte ihn Mike, der inzwischen aus dem Zelt gekommen war und interessiert zugehört hatte.

"Hier liegen doch überall Steine herum. Wir sammeln einfach ein paar davon und schmeißen die rüber ins Wasser, wo die Russen angeln. Das ist alles", sagte er.

Sofort machten sich die ersten auf die Suche nach Wurfgeschossen.

"Ich glaube nicht, dass es eine so gute Idee ist", mischte sich eines der Mädchen ein. "Was ist denn, wenn die ihre Waffen dabei haben? Ich meine, das kann man bei denen doch nicht wissen."

Sie hatte recht, so betrunken wie einige waren, musste man damit rechnen, dass vielleicht jemand das Ziel verfehlte und die Russen sich angegriffen fühlen könnten. Außerdem war es stockfinster und man konnte kaum seine Hand vor Augen sehen.

Bevor ich versuchen konnte, die anderen davon abzuhalten, flogen bereits die ersten Steine und es entwickelte sich eine gespenstische Atmosphäre. Von der anderen Seite brüllten sie etwas zu uns herüber, aber wir konnten nicht genau verstehen, was sie riefen. Es hörte sich wie lautes Fluchen an und war es wahrscheinlich auch. Nach wenigen Minuten hatten wir unsere Munition verschossen und es kehrte eine beängstigende Ruhe ein. Die Russen hatten Hals über Kopf das Weite gesucht und waren mit ihren zwei Autos davon gerauscht.

Ich hatte kein gutes Gefühl bei der Sache, denn ich konnte mir nicht vorstellen, dass die Russen es auf sich beruhen ließen, aber für die anderen war die Schlacht geschlagen und es wurde ausgelassen weitergefeiert.

Im Zelt wurde es zunehmend ruhiger, und einige hatten bereits ihre Schlafsäcke ausgebreitet und sich hingelegt, um ihren Rausch auszuschlafen. Es waren noch höchstens 20 Leute da, denn die meisten hatten sich schon auf den Heimweg gemacht.

Ich suchte mir einen Platz für meinen Schlafsack und drängelte mich neben Mike, der seelenruhig schlief. Irina legte sich daneben und wir unterhielten uns leise.

"Hat Iris vorhin irgendwas über mich gesagt?" versuchte ich sie auszufragen.

"Nein, nicht viel. Wir hatten ja kaum Zeit, alleine zu reden. Die meiste Zeit war schließlich ihr Freund mit dabei, und lange waren sie ja auch nicht hier", antwortete sie und fügte hinzu: "Sie hat ihm das von gestern aber erzählt. Als er nicht davon abzubringen war, unbedingt hierher zu fahren, wollte sie nicht das Risiko eingehen, dass er es von jemand anderem erfährt".

"Ach du Scheiße und wie hat er reagiert?" fragte ich.

"Darüber hat sie nicht viel gesagt, aber er hat ihr wohl eine mächtige Szene gemacht und es hat sie viel Überredungskünste gekostet, dass er hier keinen Ärger angefangen hat. Deshalb sind sie auch so schnell wieder verschwunden."

"Hoffentlich kann sie das wieder hinbiegen. Tut mir wirklich leid, dass es sich so entwickelt hat", sagte ich bedauernd.

"Darüber mach dir mal nicht zuviel Gedanken!", tröstete sie mich.

Kurze Zeit später war auch ich eingeschlafen.

Es dauerte nicht lange, und ein raschelndes Geräusch riss mich aus dem Schlaf. Im Zelt war alles dunkel, und ich konnte nichts erkennen, deshalb legte ich mich wieder hin, aber wenig später war es wieder zu hören, und diesmal wusste ich auch, woher es kam. Hinter meinem Schlafsack lag ein Pärchen, und jetzt konnte ich die Umrisse eines Körpers sehen, der sich langsam hob und senkte.

"Mann, sei doch etwas leiser, sonst kriegen die anderen noch was mit!" flüsterte sie so laut, dass ich jedes Wort verstehen konnte.

"Hab dich nicht so. Noch leiser geht es nun wirklich nicht", antwortete er keuchend.

"Los, mach schon schneller. ...Oooh ja. ... komm schon. ... Oooh, oooh...."

"Mir kommt's gleich", stöhnte er, und seine Bewegungen wurden immer schneller.

Ist ja wie im Kino hier, dachte ich und hoffte auf ein baldiges Ende, um endlich weiterschlafen zu können.

Lange dauerte es auch nicht mehr, und es kehrte wieder Ruhe ein.

Irgendwann im weiteren Verlauf der Nacht wurde ich von Vadder geweckt. Schlaftrunken hob ich meinen Kopf.

"Was ist denn jetzt schon wieder los?" grantelte ich. "Kann man nicht mal in Ruhe schlafen?"

"Wir packen unser Zeug zusammen und verpissen uns. Weck mal Mike und Irina auf!"

"Wieso das denn?" fragte ich etwas ungehalten. "Es ist mitten in der Nacht."

"Das weiß ich selber, du Schlauberger, aber ich habe kein gutes Gefühl wegen der Sache mit den Russen. Im vorigen Jahr kamen die Bullen auch erst frühmorgens, als der Großteil der Leute nicht mehr hier war, und ich könnte drauf wetten, dass die hier noch auftauchen. Deshalb sollten wir zusehen, dass wir vorher weg sind." Nach einer Pause fügte er hinzu: "Ich hau auf jeden Fall ab, egal ob ihr mitkommt."

Ich versuchte, einen vernünftigen Gedanken zu fassen, aber da ich fürchterliche Kopfschmerzen hatte, war ich dazu momentan nicht fähig.

"Meinetwegen, dann wecke ich eben die anderen", antwortete ich widerstandslos.

Wenig später hatten wir unser Zeug zusammengepackt und machten uns zu viert auf den Heimweg. Besonders erfreut waren wir zwar nicht, im Halbschlaf durch die Finsternis zu laufen, aber sicherlich war das besser, als von der Polizei mitgenommen zu werden. Vorausgesetzt natürlich, dass die wirklich kommen würden, und da hatte ich so meine Zweifel. Mir kam es eher so vor, als ob Vadder keine Lust gehabt hatte, alleine nach Hause zu gehen und sich darum diese Geschichte ausgedacht hatte. Das war ja jetzt aber auch egal. Ich wollte nur noch schlafen...

Sofort nachdem wir an unserem Zelt ankamen, legten wir uns so wie wir waren hin, ohne die Sachen auszuziehen, denn dazu waren wir nicht mehr in der Lage. Sekunden später war ich eingeschlafen und fiel in einen tiefen Schlaf.

Ich träumte, dass ich mit Iris wieder bei der Disco zusammentanzte und sie sich an mich schmiegte. Sie flüsterte mir etwas ins Ohr, aber ich konnte nicht verstehen, was sie sagte. Ich guckte sie verliebt an und wir küssten uns. Es war, als ob wir auf einer Wolke schwebten, alles um uns herum vergessend. Mit einem Mal wurde diese Idylle zerstört, denn irgendjemand packte mich an der Schulter und schüttelte mich kräftig durch. Ich drehte mich herum, aber ich konnte nicht erkennen, wer es war. Plötzlich überkam mich ein böser Verdacht, aber noch ehe ich Zeit hatte, darüber nachzudenken, wurde ich abermals durchgeschüttelt. In meiner Angst versuchte ich mich loszureißen, und schließlich erwachte ich schweißgebadet.

Neben mir kniete Mike, und ich begriff, dass ich wohl nur geträumt hatte. Anscheinend hatte ich im Schlaf gesprochen, und er war deshalb aufgewacht, aber das war nicht der Grund, weshalb er mich geweckt hatte.

"Draußen ist irgendwer", flüsterte er und zitterte am ganzen Körper, "Mann, ich hab totalen Schiss. Was wollen die denn von uns?"

Er erzählte mir, dass er seit mindestens zehn Minuten draußen etwas Rascheln gehört hatte und jemand um unser Zelt schlich. Es mussten auf jeden Fall mehrere sein, denn die Geräusche kamen aus unterschiedlichen Richtungen. Nachdem er minutenlang vergeblich gehofft hatte, dass es vor unserem Zelt wieder ruhig werden würde, hatte er beschlossen, mich zu wecken.

Wir saßen mucksmäuschenstill nebeneinander und überlegten, was wir tun könnten. Mir war klar, dass Mike denselben Gedanken hatte wie ich, nur sprach er nicht aus, was er dachte. Es gab nur Iris' Freund, der ein Interesse daran haben konnte, uns oder besser gesagt mir, einen Streich zu spielen, um sich an mir zu rächen. Sollte das Ende meines Traums Wirklichkeit werden?

"Sitz doch nicht so da! Wir müssen uns was einfallen lassen", redete er aufgeregt. "Dir fällt doch sonst immer irgendwas ein."

Ich saß geistesabwesend da und nahm das, was Mike zu mir sagte gar nicht richtig wahr. Träumte ich noch, oder passierte das wirklich? Ich konnte es nicht mit Bestimmtheit sagen. Genau in diesem Moment gab es einen lauten Knall. Der Krach kam eindeutig vom Vorzelt. Vermutlich war jemand gegen unseren Tisch gestoßen und hatte die Flaschen, die darauf standen, umgeworfen. Also musste derjenige bereits im Zelt sein, nur wenige Schritte von uns entfernt.

Jetzt gab es kein zurück mehr, wir mussten uns verteidigen. Mit einem Satz nahm ich mein Taschenmesser aus dem Rucksack und klappte die Klinge nach oben. Mike nahm die Taschenlampe in die eine Hand und in der anderen Hand hielt er den kleinen Hammer, mit dem wir die Zeltstangen festgemacht hatten. Wir guckten uns an.

"Ich zähle bis drei und dann rennen wir mit lautem Gebrüll heraus. Die sollen uns kennen lernen, diese Schweine", sagte ich selbstsicher.

"Den zeigen wir es", antwortete Mike und nickte zustimmend.

Kurze Zeit später stürmten wir nach draußen und brüllten wie am Spieß.

"Wir machen euch fertig, ihr Dreckssäcke. Los, kommt doch her, wenn ihr Mut habt!"

Völlig von Sinnen rannten wir um das Zelt und waren wirklich zu allem bereit, aber es war niemand da. Wahrscheinlich hatten wir mit unserem Geschrei die Angreifer in die Flucht geschlagen. Weit entfernt, am Ende des Feldes hörten wir lautes Getrampel, als ob mehrere Leute davonrannten.

Vor Angst zitternd standen wir vor unserem Zelt und leuchteten mit der Taschenlampe umher.

Neben dem Eingang zum Vorzelt hatten unsere leeren Flaschen gelegen, welche jetzt überall im Umkreis verstreut herumlagen. Zwei Plastestühle, die ebenfalls dort gestanden hatten, waren umgeworfen worden, und dem spärlichen Licht unserer Lampe, bot sich ein erschreckender Anblick.

"Mann, das ist ja echt gespenstisch, wie im Gruselfilm", sagte Mike und schüttelte sich.

"Bloß gut, dass wir hier keine weitere Nacht mehr schlafen müssen", atmete ich tief durch. "Ich hätte mir fast in die Hosen gemacht."

Wir beschlossen für die restliche Nacht nacheinander Wache zu halten.

Ich war zuerst dran. Davon abgesehen, hätte ich jetzt ohnehin kein Auge zumachen können und daher war das auch in Ordnung so. Außerdem war Mike sicherlich sowieso sauer auf mich und höchstwahrscheinlich auch nicht zu unrecht, denn dass die Sache mir galt, war uns eigentlich beiden klar.

Noch bevor meine Wache abgelaufen war, wurde es wieder hell und hinter dem Berg im Osten ging glutrot die Sonne auf....

Irgendwann im Laufe des Morgens musste ich eingeschlafen sein, und als ich erwachte, war Mike schon auf.

"Ich habe schon alles aufgeräumt, bis auf einige Flaschen ist nichts kaputt gegangen", empfing er mich, als ich den Reißverschluss der Schlafkabine öffnete. "Wir müssen uns übrigens beeilen. In anderthalb Stunden kommt mein Onkel. Bis dann muss das Zelt ausgeräumt sein."

Pünktlich auf die Minute kamen sein Onkel und seine Cousine, und wir begannen mit dem Abbau des Zeltes. Zu viert dauerte es auch nicht lange, und wir brauchten gerade mal eine halbe Stunde dazu.

Nachdem wir die Sachen im Auto verstaut hatten, guckten wir uns noch einmal auf dem Platz um, wo unser Zelt gestanden hatte, um sicher zu gehen, wirklich nichts vergessen zu haben. Mikes Onkel ging zum Kohlrabi-Beet und begann laut zu fluchen.

"Diese blöden Viecher waren wieder hier. Die haben das ganze Beet umgepflügt. Wird Zeit, dass endlich wieder die Jagdsaison beginnt und das Schwarzwild geschossen werden darf", ereiferte er sich. "Eine Sauerei ist das, jedes Jahr dasselbe", schnaubte er vor Wut.

"Wieso, was ist denn mit dem Schwarzwild?" erkundigte ich mich vorsichtig.

"Was soll schon sein? Das sieht man doch, oder?" Er deutete mit seiner Hand auf die zertrampelten Kohlrabi-Pflanzen. Es sah aus, als wäre jemand mit einer Walze drüber gegangen und nun dämmerte es mir, welcher Art unser Besuch in der letzten Nacht gewesen sein musste. Mike war natürlich auch sofort klar, wer uns solche Angst eingejagt hatte und wir brachen in ein schallendes Gelächter aus. Sein Onkel sah uns ziemlich verständnislos an und auch Mikes Cousine wunderte sich über unsere Reaktion. Wir erzählten den beiden danach aber von der vergangenen Nacht, und danach mussten wir alle lachen.

"Ich sehe schon, ihr habt euch also köstlich amüsiert", witzelte seine Cousine, "und soviel neue Leute kennen gelernt."

"Ja, die waren wirklich nett, nur fein weggehen kann man mit denen nicht", lachte ich, "weil die sich meistens wie die Schweine benehmen."

"Meistens?" entgegnete sie lachend.

Zum Mittagessen waren wir zum letzten Mal bei Mikes Großeltern, und wir verabschiedeten uns schon von ihnen, obwohl unser Zug ja erst am frühen Abend zurückfuhr. Wir hatten aber versprochen, heute noch auf der Pflaume vorbeizuschauen und wollten uns dort soviel Zeit wie möglich lassen.

Unsere Rucksäcke schlossen wir am Bahnhof in den Schließfächern ein und kauften noch eine Flasche Rotwein zum Abschied feiern. Damit machten wir uns auf den Weg zum Treffpunkt.

Auf der Pflaume war es heute voller als sonst. Alle, die wir in der letzten Woche kennen gelernt hatten, waren gekommen, um uns zu verabschieden und wir wurden herzlich begrüßt. Sogar Iris war gekommen und damit hatte ich nun wirklich nicht gerechnet. Wir tauschten mit einigen Leuten die Adressen aus, unter anderem mit Irina und Peter, und Vadder lud uns ein, bald mal wieder hier vorbeizugucken.

Schließlich war es an der Zeit aufzubrechen, denn unser Zug fuhr um 19 Uhr und bis dahin waren es nur noch 40 Minuten.

"Also, dann werden wir mal losgehen, sonst fährt der Zug ohne uns", sagte ich wehmütig und guckte zu Mike herüber.

Er unterhielt sich gerade mit Irina und ich konnte ihm ansehen, dass er am liebsten hier bleiben würde. Mir ging es genauso, aber leider waren die Ferien nun mal zu Ende und wir mussten bald wieder zur Schule.

"Na gut, meinetwegen. Lass uns gehen!" sprach er.

Irina und Iris fragten, ob sie uns zum Bahnhof begleiten dürften und dieses Angebot nahmen wir natürlich dankend an.

Danach guckten wir noch ein letztes Mal in die Runde und verabschiedeten uns endgültig.

"Wenn ihr irgendwann mal wieder hier in der Nähe seid, kommt auf jeden Fall vorbei! Ihr seid hier oben immer willkommen." Vadder drückte uns zum Abschied die Hand.

"Wir müssen uns jetzt aber sputen", erklärte ich und zeigte Mike meine Uhr. Es war wirklich nicht mehr viel Zeit, und daher mussten wir uns beeilen.

Im Gehen drehte ich mich nochmals um.

"Wir kommen wieder im nächsten Jahr", rief ich ihnen winkend zu.

Auf dem Weg zum Bahnhof unterhielt ich mich mit Iris, aber es war anders, als noch vor einigen Tagen. Wir liefen hinter den anderen beiden und hatten Mühe, mit ihrem Tempo Schritt zu halten. Ich hätte Iris soviel zu sagen gehabt, aber mir fiel nichts Vernünftiges ein und so sprachen wir nur über belangloses Zeug, statt über uns.

Der Zug nach Berlin stand schon bereit zum Einsteigen, so dass wir schnell unser Gepäck aus dem Schließfach holten und ins Abteil brachten. Mike machte sofort das Fenster auf, um sich mit Irina noch unterhalten zu können bis zur Abfahrt, und ich ging noch mal hinaus auf den Bahnsteig.

Iris kam mir entgegen und wir fielen uns in die Arme. Sie weinte und ich strich ihr mit meiner Hand übers Gesicht und trocknete ihre Tränen mit dem Ärmel meines Pullovers.

"Ich habe alles vermasselt", stammelte sie leise, „alles, was man falsch machen kann, habe ich auch gemacht. Es lag wirklich nicht an dir, das musst du mir glauben. Der Abend mit dir bei der Disco war einfach toll, aber meine Gefühle haben danach völlig verrückt gespielt. Ich habe mich ja selber nicht mehr wieder erkannt." Sie schluchzte, und die Tränen liefen ihr die Wangen herunter.

Ich musste mich mächtig zusammenreißen, um nicht ebenfalls zu heulen.

"Lass mal gut sein, so schlimm ist es doch auch nicht", versuchte ich sie zu trösten, "unseren gemeinsamen Abend werde ich niemals vergessen, und alles andere ist sowieso nicht mehr rückgängig zu machen. Wenn du willst, können wir uns ja schreiben, und vielleicht sehen wir uns in den nächsten Ferien wieder. Was meinst du?"

"Ja, das wäre schön", antwortete sie und ihr Gesicht hellte sich etwas auf.

"In den Zug nach Berlin bitte einsteigen!" tönte es aus den Lautsprechern.

"Ich werde dir schreiben, sobald wie möglich", sagte Iris und gab mir einen letzten Kuss.

"Tschüß und hoffentlich bis bald", gab ich zur Antwort und stieg in den Zug ein.

Als sich unser Zug langsam in Bewegung setzte, schauten wir noch aus dem Fenster und winkten den beiden zu, bis sie immer kleiner wurden und irgendwann nur noch winzige Punkte auf grauem Untergrund waren.

Nachdenklich setzte ich mich auf meinen Platz und starrte in den kommenden Stunden unbeweglich und innerlich aufgewühlt aus dem Fenster, bis es draußen finstere Nacht wurde.

Kurz nach Mitternacht kamen wir erschöpft in Berlin an und wurden von Mikes Eltern mit dem Auto abgeholt und so ging die aufregendste Woche meines bisherigen Lebens zu Ende.

4

Nichts als Ärger

Inzwischen hatte ich die ersten Tage des neuen Schuljahres hinter mir und sehnte mich schon wieder danach, Ferien zu haben. Da es sich unsere Lehrer anscheinend vorgenommen hatten, das in der schulfreien Zeit Vergessene möglichst schnell wieder in unser Gedächtnis zurückzubefördern, bekamen wir in den meisten Fächern so viele Hausaufgaben auf, dass an Freizeit gar nicht zu denken war. Deshalb hatte ich bisher auch keine Zeit gehabt, bei Sina vorbeizugehen, obwohl ich mir eingestehen musste, dass es doch eher einen anderen Grund dafür gab.

Sollte ich ihr erzählen, was im Harz passiert war? Ich hielt das für keine gute Idee. Eigentlich war ja auch nichts Schlimmes geschehen, und deshalb war es bestimmt besser, die Sache für mich zu behalten. Mike hatte mir versprochen, den Mund zu halten, wenn ich dasselbe tun würde, und das war doch wohl logisch.

Trotzdem war mir etwas mulmig bei dem Gedanken an unser Wiedersehen. Auf der anderen Seite war es aber komisch, dass sie sich auch noch nicht gemeldet hatte und ich beschloss, all meinen Mut zusammenzunehmen und sie am morgigen Donnerstag vor dem Fußballtraining zu besuchen. Vielleicht war sie ja krank und konnte deswegen nicht zu mir kommen.

Ich war ziemlich aufgeregt und merkte, dass mein Pulsschlag schneller wurde, aber jetzt hatte ich schon auf den Klingelknopf gedrückt und es gab kein Zurück mehr. Ganz ruhig bleiben, sagte ich mir und atmete tief durch.

Nachdem ich mehrere Male vergeblich geklingelt hatte, setzte ich mich wieder aufs Fahrrad und fuhr zum Sportplatz. Auf dem Weg dorthin ärgerte ich mich, dass ich nichts zu schreiben dabei hatte, um Sina eine kurze Nachricht zu hinterlassen.

Gerade in dem Moment, als ich in Gedanken versunken vom Fahrrad abstieg, stand sie plötzlich vor mir.

"Hallo, mein Schatz", begrüßte sie mich, "dachte ich mir doch, dass ich dich hier treffe."

Ich war eine Sekunde lang völlig verdutzt und stand vor ihr wie ein Trottel.

"Du könntest mir auch Hallo sagen, wenn du willst. Wir haben uns schließlich eine Ewigkeit nicht mehr gesehen."

"Ich freue mich riesig, dich zu sehen. Du glaubst gar nicht wie", stammelte ich und nahm sie liebevoll in meine Arme.

Wir standen ziemlich lange so umschlungen und ich erzählte ihr, dass ich gerade versucht hatte, sie zu besuchen. Leider hatte ich vor dem Training nicht mehr viel Zeit für Sina und daher verabredeten wir uns für nachher bei ihr. Ihre Mutter war in dieser Woche auf einem Seminar und sie hatte sturmfreie Bude.

Das Fußballtraining war diesmal nicht besonders. Weil nur acht Leute gekommen waren, hatten wir Konditionstraining und da ich in den Ferien überhaupt keinen Sport gemacht hatte, taten mir nach wenigen Minuten alle Knochen weh. Zum obligatorischen Spielchen am Ende des Trainings war ich so ausgelaugt, dass ich fast jeden Zweikampf verlor.

"Bloß gut, dass am Wochenende noch nicht die Meisterschaft anfängt, sonst könnten wir das Spiel nämlich gleich absagen", meckerte unser Trainer und hatte damit nur allzu recht. "Ich kann nur hoffen, dass ihr nächste Woche wieder vernünftig mitmacht, so und jetzt seht zu, dass ihr Land gewinnt! Mir reicht's für heute."

Er war mächtig sauer auf uns, aber das war auch verständlich, denn in diesem Jahr hatten wir uns Einiges vorgenommen. Wir wollten ganz oben mitspielen, und dafür mussten alle an einem Strang ziehen, und nun das.

Auf dem Weg zu Sina dachte ich noch über das Training nach und nahm mir vor, mich beim nächsten Mal besonders anzustrengen.

Bei Sina angekommen, klingelte ich einmal kurz, und sie öffnete mir strahlend die Tür.

"Da bist du ja schon", begrüßte sie mich, "komm rein!"

Sie hatte sich umgezogen und offensichtlich extra für mich schick gemacht, oder bildete ich mir da vielleicht zuviel ein? Auf jeden Fall trug sie ein rotes Samtkleid, das ihr bis kurz über die Knie reichte, und ihre langen Haare hatte sie zu einem Zopf geflochten, was ich bei ihr noch nie gesehen hatte. Es sah unheimlich süß aus.

Im Flur zog ich meine Schuhe aus und legte meine Jeansjacke über die Wäschetruhe. Danach trat ich ins Wohnzimmer ein.

Drinnen war es dunkel. Nur auf dem Tisch standen etliche Kerzen, die eine sehr gemütliche Atmosphäre verbreiteten und dem Raum etwas sehr Intimes gaben. Sie hatte sich sehr viel Mühe gegeben, und ich war davon sehr beeindruckt.

"Setz dich schon mal hin!" forderte sie mich auf und zeigte auf den Stuhl an der rechten Tischseite, "ich bin auch gleich da. Ich muss bloß noch die Soße fertig machen. Wenn du willst, kannst du ja schon die Weinflasche öffnen. Der Korkenzieher liegt neben der Serviette."

"Soll ich dir in der Küche etwas helfen?" fragte ich sie, aber sie winkte nur ab.

"Das schaffe ich schon."

Wenig später brachte sie das Essen herein, und zu meiner großen Überraschung war es Spaghetti mit Tomatensoße mit zwei Buletten, mein Lieblingsgericht. Ich konnte mich beim besten Willen nicht daran erinnern, dass wir uns jemals darüber unterhalten hatten, aber woher sollte sie es sonst wissen? War es vielleicht einfach nur Zufall?

"Ich hoffe, es schmeckt dir, auch wenn es nicht von deiner Mama zubereitet ist. Auf jeden Fall ist das Rezept dasselbe und daher wird es hoffentlich nicht soviel anders schmecken."

Ich verstand mal wieder nichts, aber Sina erklärte mir nun alles. Sie war in der letzten Ferienwoche bei mir gewesen, um mich zu besuchen. Da ich bis zuletzt selbst nicht gewusst hatte, ob es mit der Harzfahrt klappen würde, hatte ich ihr davon auch nichts geschrieben. Meine Mutter saß gerade beim Kaffee, als Sina geklingelt hatte und lud sie zu einer Tasse ein und sie unterhielten sich lange. Dabei kam dann auch mein Lieblingsessen zur Sprache und um die Überraschung nicht zu verderben, hatte mir meine Mutter von ihrem Besuch nichts erzählt.

Das Abendessen war vorzüglich, es war kaum ein Unterschied zu sonst festzustellen. Zum Nachtisch gab es Birnenkompott mit Vanille. Sinas Mutter weckte jedes Jahr welche aus dem Garten ein und sie waren deshalb auch viel schmackhafter als die gekauften.

Nachdem ich alles aufgegessen hatte, wollte sie wissen, ob es mir denn einigermaßen geschmeckt hat, und das konnte ich nur bejahen.

"Es war hervorragend", antwortete ich und das war noch untertrieben.

"Willst du noch einen Schluck Wein oder hast du vielleicht einen anderen Wunsch?" Sie guckte neckisch zu mir und formte ihre Lippen zu einem Kussmund.

"Ich glaube zwei Gläser Wein reichen mir. Wenn ich noch ein drittes trinke, muss ich wahrscheinlich mein Fahrrad nach Hause schieben und morgen die Schule schwänzen, aber ansonsten würde mir schon noch was einfallen", erwiderte ich und blinzelte sie an.

Langsam kam sie zu mir und setzte sich auf meinen Schoß. Wir guckten uns tief in die Augen und begannen uns leidenschaftlich zu küssen. Auf Dauer war es auf dem Stuhl aber doch zu ungemütlich und wir beschlossen, lieber in ihr Zimmer zu gehen. Vorher räumten wir noch schnell den Tisch ab und pusteten die Kerzen aus, bis auf eine, die wir nach nebenan mitnahmen.

Dort angekommen, machte Sina Musik an, und wir ließen uns auf der Kante ihres Bettes nieder.

Im Lichtschein der Kerze konnte ich zwar nur noch ihre Umrisse erkennen, aber ihren Körper konnte ich Stück für Stück ertasten und ich streichelte sie überall, während sie mich mit ihren feuchten Küssen immer heißer machte. Mein T-Shirt hatte Sina mir bereits ausgezogen und ich war nun meinerseits dabei, den Reißverschluss ihres Kleides zu öffnen, als sie mir mit ihrer Hand Einhalt gebot.

"Tut mir leid, Niko, ich dachte, ich bin endlich bereit für mehr, aber ich will das doch noch nicht", sagte sie leise und fügte nach einer kleinen Pause seufzend hinzu: "Sei mir bitte nicht böse, ja!"

"Nicht böse sein", dachte ich innerlich aufgewühlt und konnte Sina nicht verstehen.

Danach saßen wir lange, ohne etwas zu sagen, nebeneinander.

"Ich muss los", unterbrach ich die peinliche Stille. "Es ist spät geworden, und zu Hause gibt es bestimmt wieder Ärger, weil ich erst nachts komme." Ich holte tief Luft. "Aber es ist mir vollkommen egal, Ärger hin oder her, wenn ich nur einen so schönen Abend mit dir verbringen kann."

Das war die Wahrheit, aber trotzdem war ich vom Verlauf des Abends ziemlich enttäuscht und obwohl ich versuchte, es mir nicht anmerken zu lassen, konnte Sina es meinem Gesicht wohl ansehen.

Zum Abschied gab sie mir einen dicken Schmatzer und versprach mir, am Wochenende vorbeizukommen.

Auf dem Heimweg machte ich mir allerlei Gedanken, konnte Sina aber beim besten Willen nicht verstehen. Schließlich hatte sie mich eingeladen zum Essen bei Kerzenschein, und der Vorschlag, in ihr Zimmer zu gehen, kam auch von ihr und sie war es auch, die angefangen hatte, mich auszuziehen und nicht umgekehrt. Ich war ratlos.

Zu Hause schlich ich mich ganz leise in mein Zimmer. Alles war ruhig und anscheinend hatte ich mal wieder Glück gehabt.

Auf das Zähneputzen und Waschen verzichtete ich aber lieber, um keinen Krach zu machen und die anderen aufzuwecken. Ich zog mich schnell aus und ab ging es ins Bett.

Ich lag noch lange wach und dachte über Sina und mich nach. Je länger ich so dalag und vor mich hin träumte, desto erregter wurde ich bei der Vorstellung, dass wir heute Abend vielleicht zum ersten Mal miteinander geschlafen hätten.

In meiner Klasse gab es einige, die von sich behaupteten, schon mit einem Mädchen geschlafen zu haben, aber ob das wirklich stimmte, wusste niemand genau, und wenn ich ehrlich war, glaubte ich es ihnen auch nicht. Die wollten sich bestimmt nur wichtig machen.

Bis zum heutigen Abend hatte ich über so etwas eigentlich nie ernsthaft nachgedacht. Ich hatte zwar schon mit einigen Mädchen Petting gemacht, so mehr oder weniger, aber zu mehr war es nie gekommen, und jetzt lag ich im Bett und konnte an nichts anderes denken. Mein Penis war inzwischen so steif, wie ich es erst ein- oder zweimal frühmorgens nach dem Aufstehen erlebt hatte und ich begann ihn vorsichtig zu massieren. Es dauerte nicht lange und ich ejakulierte mit einem Mal in die Bettdecke. Im letzten Moment hatte ich noch versucht, mein Stofftaschentuch unterm

Kopfkissen hervorzukramen, aber dazu war es nicht mehr gekommen, denn alles ging unwahrscheinlich schnell.

Eine schöne Sauerei hatte ich angerichtet und ich versuchte, die feuchten Stellen mit dem Taschentuch trocken zu reiben, so richtig wollte es mir aber nicht gelingen.

Ich war ziemlich durcheinander, denn mir gingen etliche Dinge durch den Kopf, zum Beispiel wie ich meiner Mutter die Flecken erklären sollte und was mit dem schmutzigen Taschentuch zu machen sei, aber letztlich überwog dieses Gefühl, dass ich bisher nicht kannte, irgendwie eine Mischung aus Entspannung und Glück. Ich konnte es mir nicht erklären, aber in dieser Nacht schlief ich zufrieden ein.

Als meine Mutter mich am nächsten Morgen wecken wollte, log ich ihr vor, dass ich erst später zur Schule muss, weil die erste Stunde ausfällt.

"Ich stehe in einer halben Stunde auf und frühstücke dann in der Schule. Nach der zweiten Stunde ist ja schon die große Pause, da lohnt sich das jetzt gar nicht", flunkerte ich ihr vor.

"Na gut, meinetwegen", antwortete sie, "aber nicht wieder einschlafen. Ich muss nämlich los jetzt, sonst fährt der Zug ohne mich. Also, bis heute Abend."

"Tschüß, bis heute Abend."

Nachdem die Wohnungstür ins Schloss gefallen war, sprang ich auf, zog schnell den Bettbezug ab und packte ihn, zusammen mit dem Taschentuch, zur restlichen Schmutzwäsche, die im Bad lag.

Das war also erledigt und nun musste ich mich beeilen, um wenigstens pünktlich zur zweiten Stunde in der Schule zu sein, was ich schließlich gerade so mit Ach und Krach schaffte.

Von nun an hatte mich der Alltag wieder fest im Griff. Mit Sina war eigentlich alles wie immer, wir trafen uns regelmäßig am Treffpunkt, gingen zusammen spazieren, und auch beim Fußballtraining kam sie meistens kurz vorbei, aber irgendetwas war seit dem letzten gemeinsamen Abend anders. Hätte man mich gefragt, was denn anders war, ich hätte es nicht sagen können. Tatsache war aber, dass sich unser Verhältnis verändert hatte.

Sina schien es nicht viel anders zu sehen, denn aus irgendeinem Grund ging sie mir aus dem Weg und ich fragte mich, ob vielleicht Mike über unseren Urlaub mit ihr geplaudert hatte. Um der Sache nachzugehen, sprach ich Mike darauf an, aber er schwor mir hoch und heilig, dass er sich seit den Ferien nicht mehr mit Sina unterhalten hatte.

"Also, das musst du mir wirklich glauben. Ich habe niemandem etwas gesagt, damit würde ich mir ja mein eigenes Grab schaufeln, weil ich dann ja Angst haben müsste, dass du auch was erzählst. Ehrlich, Niko, ich habe nichts erzählt."

"Konnte ich mir ja auch nicht vorstellen", sagte ich versöhnlich, "aber sie ist in letzter Zeit so komisch, und deshalb dachte ich..., na ja du weißt schon. Tut mir leid deswegen."

"Mach dir mal nicht so viele Gedanken", sagte er fachmännisch, und mit einer wegwerfenden Handbewegung, die für ihn typisch war, sprach er: " Weiber sind nun mal so. Das war immer so und das wird auch immer so bleiben."

Im Prinzip war dem nichts hinzuzufügen, aber trotzdem stimmte etwas nicht, und ich musste herausfinden was.

Am Freitag hatte ich einen Brief von Iris bekommen, worüber ich mich natürlich riesig gefreut hatte. Sie schrieb über Gott und die Welt, die Schule, ihren bescheuerten Freund, mit dem sie sich wieder vertragen hatte und zuletzt über die "Pflaume" und darüber, dass es ohne Mike und mich dort nur noch halb so schön war. Außerdem wurde es schon zeitig dunkel und war inzwischen abends recht kühl, weshalb nicht mehr allzu viel los war dort. Da es keinen Jugendklub oder etwas Ähnliches gab, wussten sie nicht, wo sie sich in nächster Zeit treffen konnten. Dieses Problem kannte ich nur zu gut, denn bei uns war es genauso. Es wurde eben allmählich Herbst und um sich draußen zu treffen, war es abends wirklich zu kalt. Wir hatten wenigstens unsere Eisdiele, aber dort waren wir nicht gerade die gern gesehenen Gäste. Weil mit uns kein großes Geschäft zu machen war, versuchte der Besitzer, uns zu vergraulen, und es war nur eine Frage der Zeit, wann ihm das gelingen würde.

Am Sonntagmittag erwarteten wir auf dem Sportplatz den gegenwärtigen Tabellenführer "Motor Braunfeld". Nach den ersten drei Spieltagen waren wir zur Überraschung aller 3. der Tabelle und damit weit entfernt von den Abstiegsrängen, auf denen wir im vergangenen Jahr fast immer gestanden hatten. Erst am vorletzten Spieltag hatten wir uns den Klassenerhalt gesichert.

In dieser Saison hatten wir aber zwei gute neue Leute dazu bekommen, die unsere Abwehr verstärkten, und dank ihrer Hilfe rechneten wir uns etwas mehr aus als im Vorjahr. Mit dem Abstieg wollten wir diesmal jedenfalls nichts zu tun haben.

Das Spiel gegen unseren Erzfeind und Ortsnachbarn "Motor Braunfeld" war diesmal aber ein ganz besonderes Spiel, da wir ihnen bei einem Sieg unsererseits die Tabellenführung abjagen konnten. Viel wichtiger als das war es aber zu zeigen, wer hier die Nummer 1 war. Ortsderbys hatten ja ihre eigenen Gesetze und obwohl wir seit Jahren nicht mehr gegen "Motor" gewonnen hatten, waren wir heute davon überzeugt, es mal wieder schaffen zu können.

Um Punkt 13 Uhr pfiff der Schiedsrichter an. Das Spiel war sehr ausgeglichen, und die meiste Zeit spielte sich das Geschehen dann auch im Mittelfeld ab, große

Torchancen gab es nicht, weder hier noch da.

In der Pause stauchte unser Trainer uns mächtig zusammen.

"Also was zum Teufel ist mit euch los? Ihr spielt eine Scheiße zusammen, dass einem schlecht wird", brüllte er herum. "Tommy, was ist los, schläfst du noch? Diese Pfeife mit der 9 rennt jedes Mal an dir vorbei, als wärst du eine Fahnenstange. Wenn es nicht anders geht, dann hau ihn einfach mal um! Spielen wir hier Fußball oder Schach? Wenn ihr das nicht könnt oder keine Lust dazu habt, bleibt zu Hause bei Mutti. Fußball ist was für Kerle und nicht für Waschlappen."

Das hatte gesessen. Langsam guckte er uns an, jeden einzelnen und dann schrie er so laut er konnte: "Also, seid ihr Männer: ja oder nein?"

Einige von uns antworteten leise mit ja, aber das reichte ihm nicht aus.

"Ich kann euch nicht hören, Männer: ja oder nein?"

Diesmal brüllten wir alle so laut es ging zurück: "JA."

"Na, warum nicht gleich so. Dann geht jetzt raus und besiegt diese Flaschen. Es wird Zeit, dass wir ihnen zeigen, wer hier der Herr im Hause ist. Alle, die in der 1. Hälfte gespielt haben, spielen auch in der 2. Ich weiß, dass wir sie heute packen können, davon bin ich fest überzeugt. Los jetzt!"

So wie eben hatten wir ihn noch nie erlebt, aber er hatte noch eine alte Rechnung offen mit "Motor", und jedes Spiel gegen sie war für ihn so etwas wie eine Revanche. Vor vier Jahren war er als Trainer der ersten Männermannschaft bei unserem Gegner tätig gewesen und dort nach nur einem halben Jahr abgeschoben worden, obwohl er gute Arbeit geleistet hatte und zum Zeitpunkt der Entlassung immerhin Tabellendritter war. Ausschlaggebend dafür waren aber Streitereien mit dem Vorstand gewesen und keine sportlichen Gründe. Seit er nun hier als Trainer der Jugend arbeitete, hatte es Jahr für Jahr gegen "Motor" empfindliche Niederlagen gegeben, meistens stand es schon zur Halbzeit 2 oder 3:0, aber heute war es anders. Er spürte, dass eine kleine Sensation in der Luft lag.

In der 2. Hälfte spielten wir wie ausgewechselt und erarbeiteten uns eine Chance nach der anderen, etwas Zählbares wollte aber nicht herausspringen. Ich hatte eine sogenannte "Hundertprozentige", als ich nach einem Eckball aus etwa zehn Metern Entfernung frei zum Schuss kam. Ich nahm den Ball direkt aus der Luft und ballerte ihn an den Außenpfosten. Das Tor war völlig leer und ich hatte den Siegtreffer auf dem Fuß gehabt. Wie ein totaler Versager kam ich mir vor und wäre am Liebsten im Erdboden versunken, aber noch waren 5 Minuten zu spielen, und weiter ging es.

Wir waren zwar die bessere Mannschaft, aber uns rannte nun die Zeit davon und als alle sich bereits mit dem 0:0 abgefunden hatten, passierte tatsächlich noch das Unfassbare. Es waren schon einige Minuten nachgespielt worden und wir erwarteten jeden Moment den Schlusspfiff, als wir zirka 30 Meter vor dem gegnerischen Tor einen Freistoß zugesprochen bekamen. Daraufhin gingen bis auf unseren Torhüter alle in den Strafraum, und Frank brachte den Freistoß hoch hinein. Im Strafraum tummelten sich 21 Spieler, es wurde mit Haken und Ösen geschoben, gerempelt, am Trikot gezogen und in diesem unübersichtlichen Gewühl ließ ich mich geschickt fallen. Für den Schiedsrichter gab es keinen Zweifel daran, dass ich gefoult worden war und er zeigte sofort auf den Elfmeterpunkt, was verständlicherweise zu heftigen Protesten der Gäste führte. Von den folgenden Sekunden konnte ich mich später nur noch daran erinnern, dass ich von meinem Gegenspieler bespuckt und unschön an den Haaren am Boden entlang geschleift wurde, was dazu führte, dass sich nun auf dem Platz tumultartige Szenen abspielten und es einige Zeit brauchte, um wieder für Ordnung zu sorgen.

Nachdem der Schiedsrichter meinen Gegenspieler; den linken Verteidiger; sowie unseren Libero wegen Tätlichkeit vom Platz stellte, flippte der Kapitän von "Motor" völlig aus, was zur Folge hatte, dass ihm auch die rote Karte gezeigt wurde wegen Schiedsrichterbeleidigung. Nun eskalierte die Situation vollends, indem die gegnerische Mannschaft einfach den Platz verließ und so das Spiel auf diese unsportliche Weise beendete. Richtig zu mir kam ich erst wieder in unserer Umkleidekabine. Um mich herum standen viele Leute und mein Trainer redete auf mich ein.

"Mann, so was habe ich ja noch nie erlebt, der ist ja völlig durchgedreht, wie der dich immer wieder mit dem Kopf auf den Rasen geknallt hat. Das ist vielleicht ein Arschloch. Erst foult der dich und dann regt der sich noch auf, unglaublich", redete er sich in Rage.

Ich zog es vor, im Moment lieber nichts dazu zu sagen. Außerdem tat mir das Gesicht fürchterlich weh, und erst jetzt bemerkte ich, dass mir Blut am Mundwinkel herunter lief und das ich ein geschwollenes rechtes Auge hatte. Ich kam mir vor, wie ein Boxer nach dem Kampf, der nicht mitbekommen hat, ob er gewonnen oder verloren hatte. Ganz klar war das ja hier auch nicht. So wie es aussah, würde es sicherlich eine Entscheidung bei der nächsten Spielleitersitzung geben. Eines war aber glasklar: das heutige Spiel hatte in der langen Tradition dieses Ortsderbys Geschichte geschrieben.

Nach dem Duschen wollte ich sofort nach Hause und als ich aus der Umkleidekabine kam, stand plötzlich Sina vor mir. Ich hatte sie während des Spiels nicht gesehen, aber sie meinte, sie wäre von Anfang an da gewesen und hätte das gesamte Spektakel verfolgt.

"Freust du dich denn überhaupt nicht, mich zu sehen?" wollte sie wissen.

Ich wusste nicht so recht, was ich darauf antworten sollte, schließlich wollte ich sie nicht verletzen, aber eigentlich wollte ich jetzt niemanden sehen.

"Natürlich freue ich mich", log ich sie an, "mir geht es nur leider nicht so gut, weißt du? Ich habe tierische Kopfschmerzen."

Ich hoffte, dass sie die Botschaft meiner Worte verstehen würde. Diesen Gefallen tat sie mir allerdings nicht.

"Wir müssen miteinander reden", sagte sie ernst.

"Ja natürlich, wann?" fragte ich etwas gereizt.

"Was ist mit jetzt? Wir hätten das schon seit längerem tun müssen. Ich finde, wir sollten es nicht noch weiter aufschieben. Meinst du nicht auch?"

Das hatte mir nun noch gefehlt zu meinem Glück. Ich fühlte mich elend genug und nicht annähernd in der Lage, jetzt mit ihr eine große Diskussion zu führen. Ich hatte im Moment einfach keine Lust dazu und außerdem war ich nicht vorbereitet, aber das konnte ich ja schlecht sagen. In meinem Kopf gab es viele ungeklärte Fragen: zum Beispiel, woher hatte sie erfahren, was in den Ferien passiert war? Sollte ich schnell noch alles beichten, in der Hoffnung, sie damit aus dem Konzept zu bringen und mir so einen kleinen Vorteil zu verschaffen, oder vielleicht doch lieber alles leugnen? In einer schönen Zwickmühle befand ich mich da.

"Gut, meinetwegen", antwortete ich nach einer kleinen Ewigkeit, " bringen wir es hinter uns."

Es war ein wunderschöner Spätsommertag. Der Himmel war in ein strahlendes Blau gehüllt und die Sonne schien und erwärmte die Luft. Obgleich es bereits früher Nachmittag war, mochten wohl noch gute 15 Grad sein und deshalb beschlossen wir, zu Sina zu gehen und uns dort in den Garten zu setzen.

Auf dem Weg dahin redeten wir sehr wenig miteinander und je näher wir kamen, desto mehr fühlte ich mich unwohl, aber nun gab es kein Zurück mehr. Mir kam der Gedanke, dass sie sich möglicherweise ja auch nur entschuldigen wollte, wegen dem in meinen Augen misslungenen Abend bei ihr, aber irgendwie glaubte ich nicht daran.

"Setz dich schon mal an den Tisch!" forderte sie mich auf. "Ich gehe uns etwas zu trinken holen."

Als sie zurückkam, hatte sie zwei große Gläser mit Vita - Cola in der Hand, stellte sie auf dem Tisch ab und setzte sich mir gegenüber auf einen runden Korbstuhl, der normalerweise immer auf der Veranda stand.

Nun saßen wir also hier und musterten uns gegenseitig. "Ich musste dir schon an unserem ersten Abend nach den Ferien etwas sagen, aber dann war es so schön mit dir, dass ich mich nicht getraut habe", begann sie zögerlich. "Ich wollte uns nicht den Abend verderben. Verstehst du das?"

"Nein, nicht so richtig", antwortete ich wahrheitsgetreu, denn ich wusste nicht im Geringsten, auf was Sina hinauswollte.

"Mensch, Niko, du bist manchmal vielleicht schwer von Kapee. Was denkst du denn, warum ich dir seit Wochen aus dem Weg gehe?"

"Keine Ahnung, ehrlich. Ich weiß es nicht", fing ich an zu stottern. "Ich meine, dass irgendetwas nicht stimmt oder eben anders war als vorher, habe ich schon gemerkt, aber..."

Sina fiel mir ins Wort. "Hast du wirklich keine Idee, was los sein könnte?" fragte sie gereizt.

Wenn ich ehrlich war, hätte ich gestehen müssen, dass ich überhaupt keine Idee hatte. Ich saß einfach nur da und fühlte mich wieder wie ein Boxer, der nach dem Kampf bei der Pressekonferenz sitzt und etwas gefragt wird. Ich kann die Frage zwar hören und verstehe auch die Bedeutung, aber als ich antworten will, versagt mir die Sprache und meine Lippen wollen die Wörter, welche in meinem Kopf sind, nicht formen, und ich sitze nur da mit groß aufgerissenen Augen und starre den Fragesteller an. Genau so musste ich jetzt wahrscheinlich auf Sina wirken.

"Ich dachte, dass du vielleicht sauer bist auf mich, wegen letztem Mal. Na ja, ich meine, ich hatte mir schon ein wenig mehr erhofft, verstehst du? Du lädst mich schön zum Essen ein bei Kerzenlicht und alles ist total romantisch und bevor es richtig losging, war es auch schon wieder vorbei. Ich war halt ein bisschen traurig deswegen, und wenn ich dich das habe spüren lassen, tut es mir leid", sagte ich und machte eine kurze Pause. Flüsternd sprach ich weiter. "Ich hatte mich eben total darauf gefreut, zum ersten Mal mit dir zu schlafen, das war alles."

"Das hatte ich mich doch auch, Niko, aber an diesem Abend konnte ich es einfach nicht."

"Warum denn nicht?" bohrte ich nach. "Wovor hattest du denn Angst, davor, dass es weh tun würde oder vor was?"

"Also davor sicherlich nicht", sagte sie leise und guckte mir genau in die Augen, während sie tief Luft holte." Ich hatte Angst dich zu verletzen, und das ist das allerletzte, was ich möchte."

"Das verstehe ich nicht", sagte ich ratlos.

"Ja, ich weiß. Woher sollst du das auch wissen." Sina machte eine lange Pause und plötzlich fing sie an zu schluchzen. Über ihre Wange lief eine Träne, und die nächste machte sich schon bereit. Trotzdem klang ihre Stimme fest, als sie weiter sprach. "Ich will dir nicht wehtun, aber ich kann nicht mehr. Ich will dich nicht länger anlügen. Du hast überhaupt nichts falsch gemacht, aber ich habe einen Fehler gemacht. In den Ferien bin ich früher wieder von diesem "Lager für Arbeit und Erholung" zurückgekommen, weil ich mich ein wenig erkältet hatte. Ich hatte mich darauf gefreut, dich wiederzusehen und erfuhr erst von deiner Mutter, dass du doch noch mit Mike weggefahren warst. Also hing ich die letzten Ferientage hier ab. Ich bin dann einen Tag mit Sonja aus meiner Klasse nach Berlin zum Einkaufen gefahren und da haben wir zwei Typen kennen gelernt, die total nett waren. Mit denen haben wir uns am nächsten Tag wieder getroffen und sind Eis essen gewesen. Sonja war von dem einen, Bernd, sofort hin und weg und ich musste ihr versprechen, Tobias, seinen Freund, auszufragen, ob sie denn eine Chance bei ihm hätte. Die beiden luden uns für das Wochenende zu einer Party in Berlin ein, und Tobias erklärte mir, dass ihm schon etwas einfallen würde, um Sonja mit Bernd zu verkuppeln, und auf dieser Party ist es dann passiert."

"Was ist auf der Party passiert?" wollte ich es nun genau wissen.

"Es war eine tolle Party, die Leute waren alle supernett und es gab allerlei Alkoholisches zu trinken. Davon habe ich leider zuviel Gebrauch gemacht und als mir schlecht wurde, hat sich Tobias um mich gekümmert."

"Ja, das kann ich mir gut vorstellen", unterbrach ich sie.

Ohne darauf einzugehen, redete sie weiter. "Auf jeden Fall bin ich mit ihm abgeschoben. Ich kann nicht einmal genau sagen, ob es nicht auch passiert wäre, wenn ich nüchtern gewesen wäre. Ich weiß es nicht. Im Moment weiß ich überhaupt nichts mehr, außer dass ich dich ganz doll lieb habe und dich nicht verlieren will."

Ich saß auf meinem Gartenstuhl wie angenagelt und brachte kein Wort heraus. Mit vielem hatte ich ja gerechnet, aber damit? Mit dem Strohhalm rührte ich die Reste der Eiswürfel im Glas herum und mein Blick, der ins Leere ging, war genauso kalt wie diese vor einigen Minuten.

"Eigentlich hatte ich mir vorgenommen, es dir sofort zu erzählen, nachdem du wieder aus dem Harz zurück warst, aber dann habe ich es mich nicht getraut. An diesem Abend hatte ich dich schließlich zu mir eingeladen, um dir endlich die Wahrheit zu sagen. Letzten Endes war es so, dass ich es nicht übers Herz gebracht habe, und weil ich dir gegenüber so ein schlechtes Gewissen hatte, konnte ich beim besten Willen nicht mit dir schlafen. Ich hatte Angst, dass du dich von mir ausgenutzt fühlen würdest."

Sie begann zu weinen, und die Tränen liefen an ihr immer schneller herunter. Mit einem Taschentuch wischte Sina sie sich aus dem Gesicht so gut es ging, aber das war ein aussichtsloses Unterfangen, denn es kamen unaufhörlich welche nach.

Leise sprach sie weiter. "Seitdem konnte ich dir nicht mehr in die Augen gucken. Nicht nur wegen der Sache mit Tobias, sondern auch wegen dem anderen. Ich meine, ich habe doch gemerkt, wie enttäuscht du an dem Abend gewesen bist."

Obwohl ich schon seit einigen Minuten vollkommen bewegungslos dasaß und auf den Tisch starrte, konnte ich im Augenwinkel spüren, dass sie zu mir herübersah. Die Stelle, wo mein Glas stand, kannte ich inzwischen in- und auswendig. Rechts daneben war ein kleiner Brandfleck auf der Tischplatte und ich versuchte mir vorzustellen, wie der dort wohl hingekommen sein konnte, wo doch Sina und ihre Mutter beide nicht rauchten. Schließlich verwarf ich diesen Gedanken wieder, denn im Moment erschien es mir dann doch unpassend, darüber nachzudenken, und im nächsten Augenblick unterbrach Sina die Stille.

"Niko, ich weiß sehr gut, dass ich dir wehgetan habe. Ich habe einen großen Fehler gemacht und dafür muss ich die Verantwortung übernehmen, aber was noch viel schlimmer gewesen ist, ich hätte dir sofort die Wahrheit sagen müssen, und das habe ich leider versäumt. Ich kann nichts anderes tun, als dich darum zu bitten, mir dieses eine Mal zu verzeihen und mir eine zweite Chance zu geben." Nachdem sie sich erneut die Tränen aus dem Gesicht gewischt hatte, fügte sie hinzu: "Ich liebe dich mehr als alles andere, das kannst du mir glauben und auch wenn du mir nicht vergeben kannst, wird sich daran nichts ändern. Du bist etwas ganz Besonderes, und jemanden wie dich trifft man nicht alle Tage. Ich hoffe du kannst mir verzeihen."

Sina wollte noch weiter sprechen, aber die Stimme versagte ihr, während die Tränen an ihrer Wange herab liefen. Ich wusste überhaupt nicht, wie ich darauf reagieren sollte. Die ganze Situation überforderte mich. So wie sie jetzt in sich zusammengesunken dasaß, wie ein Häufchen Elend, tat sie mir irgendwie leid. Ich stand auf und ging zu ihr, während sie sich ebenfalls erhob und langsam auf mich zukam. Wir fielen uns in die Arme, und ich drückte sie fest an mich. Sie zitterte am ganzen Körper, und ich streichelte besänftigend ihre Wange und strich ihr ab und zu durch ihre Haare. Eigentlich war das jetzt ein guter Moment, um Sina zu beichten, dass ich ebenfalls fremdgegangen war, aber aus welchem Grund auch immer, ich tat es nicht.

Später fragte ich mich oft, warum ich es ihr nicht erzählt hatte. Bis heute habe ich darauf keine Antwort.

Was wirklich in der besagten Nacht in Berlin passiert war, habe ich nie erfahren, denn Sina erzählte es nicht von sich aus, und ich habe sie nicht danach gefragt. Ich glaube, ich wollte es auch gar nicht wissen. In meiner Phantasie spielte ich einige Möglichkeiten durch und keine davon gefiel mir besonders. Ich konnte den Gedanken nicht ertragen, dass er möglicherweise das bekommen hatte, was Sina mir verwehrte, und aus diesem Grund konnte ich ihr nicht verzeihen.

Wir trennten uns im Guten und nahmen uns vor, weiterhin Freunde zu bleiben.

In der Realität sah das leider anders aus, denn es tat schon sehr weh, wenn man die ehemalige Freundin bei der Disco oder auf einer Party mit einem anderen Jungen zusammen sah. Ich tröstete mich einerseits damit, dass es Tag für Tag tausenden Menschen auf der Welt genauso ging, obwohl das kein wirklicher Trost für mich war und andererseits natürlich mit anderen Mädchen.

In den Wochen danach lernte ich einige kennen, von denen mich allerdings keine richtig interessierte. Meistens war es dann auch nur eine Angelegenheit von wenigen Tagen oder eines Abends bei der Disco, wo man rumknutschte, aber eine zweite Sina war nicht in Sicht.

Die Tage bis zu den Bewerbungen waren gezählt und obwohl ich, wenn auch nur mit Ach und Krach, die Karte fürs Abi in der Tasche hatte, musste ich mir seit dieser gottverdammten Elternversammlung ständig anhören, dass es damit noch längst nicht getan wäre und noch ein schweres letztes Schuljahr vor mir liegen würde. Mutti argumentierte damit, dass später niemanden das Zeugnis der 9. interessieren würde, sondern das Abschlusszeugnis der 10. Klasse und deshalb verlangte sie von mir, mich weiterhin etwas mehr anzustrengen. Daher gab es öfter dicke Luft zu Hause, und um meine Ruhe zu haben, tat ich ihr den Gefallen.

Für andere Dinge hatte ich kaum Zeit, außer zum Fußball, auf den ich nicht verzichten wollte, gerade jetzt, wo es so gut lief. Wir waren immer noch Tabellenführer, da man uns wie erwartet die Punkte gegen "Motor" zugesprochen hatte. Auch um weiterhin zum Fußball gehen zu dürfen, hatte ich meiner Mutter versprechen müssen, für die Schule zu büffeln, vor allem in Mathematik und Physik, den beiden Fächern, die mich am meisten ankotzten und wo ich folgerichtig auch nicht besonders gut war.

Gerade Mathe war für mich ein rotes Tuch, denn unser Lehrer Herr Thiem hatte meiner Meinung nach eine Vollklatsche, was von Mal zu Mal extremer wurde. Die Aufgaben, welche er uns gab, waren völliger Blödsinn, und ich zweifelte allmählich ernsthaft seinen Geisteszustand an. Sein Sohn war bei der Armee und wurde dort zum Flieger ausgebildet. Nicht nur, dass wir uns in jeder Stunde anhören mussten, wie stolz er auf seinen Sohn war, weil er unser Land verteidigt gegen die bösen Imperialisten, nein, es war noch viel schlimmer. Das gesamte Schuljahr mussten wir Sachen berechnen, die damit zu tun hatten.

"Also, ihr wisst ja, dass mein Sohn Christoph bei der Nationalen Volksarmee ist. Wie wichtig das ist, muss ich euch ja nicht erzählen..."

Er redete ohne Pause, und ich gähnte ein ums andere Mal. Auf der Ablage unter der Tischplatte hatte ich das neueste "Mosaik" zu liegen. Ich begann, darin zu lesen und amüsierte mich prächtig.

Die Abrafaxe hatten das Schiff sofort nach der Ankunft im Hafen über eine kleine Hängeleiter verlassen und entkamen in die Dunkelheit, noch ehe die Piraten selber an Land gingen. Abrax, der Größte von ihnen, lief wie immer mit riesigen Schritten vorneweg, so dass Califax und Brabax Mühe hatten, ihm zu folgen. Als sie endlich die Lichter des Hafens hinter sich gelassen hatten und außer Gefahr waren, wartete Abrax unter einer Laterne auf seine beiden Gefährten, die schließlich laut keuchend und völlig atemlos aus der Finsternis auftauchten. Brabax' Gesicht hatte die Farbe seiner roten Haare angenommen, und er leuchtete im Mondschein wie eine Fackel kurz bevor sie verglüht und Califax brachte erst mal keinen Laut hervor und schnappte nach Luft, als würde er zum ersten Mal seit langer Zeit wieder Sauerstoff atmen können. Nachdem beide etwas verschnauft hatten, kamen die Lebensgeister zu ihnen zurück.

"Wie oft sollen wir dir denn noch sagen, dass du nicht so rennen sollst, du langer Lulatsch"? ereiferte sich Califax. "Du weißt ganz genau, dass meine Beine für so was zu kurz geraten sind."

"Wenn es nur das wäre, dann würdest du schon hinterherkommen, Califax, aber das ist es ja nicht alleine. Habe ich nicht Recht"? stichelte Abrax. "Vielleicht solltest du beim Essen nicht jedes Mal einen Nachschlag holen."

Das war nun aber wirklich zu viel. Califax sprang mit einem Satz auf und wollte Abrax gerade an die Gurgel gehen, als Brabax laut zu schreien begann.

"Jetzt war alles umsonst. Die Tasche mit dem Zauberkelch ist nicht mehr da. Ich muss sie wohl unterwegs verloren haben", jammerte er.

"Was ist los?" riefen sie entsetzt.

Es war um einiges spannender als die Ausführungen vorne an der Tafel, bis mich Ralf in die Seite stupste. Ich guckte von meinem Comic hoch.

"Was ist los?" wollte ich wissen, aber er deutete nur vorsichtig mit einer Kopfbewegung in Richtung unseres Lehrers.

"Niko, du scheinst das ja sicher beantworten zu können. Das ist sehr erfreulich. Dann kannst du ja bitte mal nach vorne kommen und es deinen Mitschülern auch erklären, nicht wahr?" In seiner Stimme konnte man die Genugtuung regelrecht heraushören.

In der falschen Annahme, dass ich eine Aufgabe berechnen sollte, antwortete ich frech: "Ich glaube, ich kann die Aufgabe leider doch noch nicht lösen. Eben dachte ich schon, dass ich die Lösung habe, aber jetzt nicht mehr. Tut mir wirklich leid."

Einige konnten sich das Lachen nicht mehr verkneifen, und ich fühlte mich schon wie der moralische Sieger.

"Komisch ist das schon, dass du die Aufgabe erst gelöst hast und nun wieder nicht. Noch komischer ist es allerdings, dass ich die Aufgabe überhaupt noch nicht gestellt habe, ich wollte eigentlich nur von dir wissen, wo ich stehen geblieben war", sagte er mit seiner überheblichen Arroganz.

Jetzt prusteten natürlich alle los und ich stand da wie ein Idiot. Ich musste mir schnell eine passende Antwort einfallen lassen.

"Weißt du nun, worüber ich gesprochen habe oder nicht?"

"Natürlich weiß ich das", sagte ich schnippisch und versuchte, genauso überheblich zu klingen wie er. "Sie haben davon geplaudert, was für ein guter Mensch ihr Sohn ist, dem wir alle danken, dass er uns vor dem bösen Klassenfeind beschützt."

Das hatte gesessen. Im Raum war es mit einem Schlag still und alle warteten gespannt auf die Reaktion von Herrn Thiem, die nicht lange auf sich warten ließ.

"Ja, das will ich meinen, dass es mein Sohn zu etwas gebracht hat", sprach er mit voller Überzeugung, und mit großer Abscheu sagte er zu mir gewandt: "Wenn ich mir dagegen dich so angucke, dann kann ich mir nicht vorstellen, dass du es mal zu etwas bringen wirst, aber wer weiß, vielleicht überraschst du uns ja alle noch mal. Du kannst damit gleich mal anfangen und an die Tafel gehen."

Widerwillig ging ich nach vorne, wo er mir die Kreide in die Hand drückte.

"Ich werde euch jetzt einige Eckdaten angeben, die Niko anschreiben wird, und diese übernehmt ihr bitte in eure Hefte, denn das macht ihr zur kommenden Stunde als Hausaufgabe."

Während er nachdachte, fuhr er sich mit der rechten Hand durch seinen Bart und zupfte ihn etwas zu recht." Also stellt euch vor, dass mein Sohn mit seiner MIG 21 mit einem kontinuierlichen Anstellwinkel von 35 Grad startet, der Winkel bleibt dabei wie gesagt gleich!"

Mit einer Kopfbewegung bedeutete er mir, dass ich die 35 Grad hinschreiben sollte, was ich auch tat.

"Mmh, wie jetzt weiter", murmelte er in sich hinein, " so, ja genau, also 35 Grad ist der Winkel. Nach exakt 8800 Metern erreicht mein Junge also die Höchstgeschwindigkeit seiner MIG, nämlich genau 748 kmh."

Ich malte dazu halbwegs erkennbar ein Dreieck an die Tafel und schrieb die Zahlen daran. Als ich damit fertig war, guckte ich kurz zu Ralf herüber, der kopfschüttelnd auf seinem Stuhl saß.

"Eure Aufgabe besteht nun darin, auszurechnen, wie hoch das Flugzeug an dieser Schnittstelle ist und welchen Weg es auf dem Boden zurückgelegt hätte. Ist eigentlich ganz simpel", und mit einem Blick auf mich fügte er hinzu, " sogar der Dümmste dürfte das schaffen auszurechnen."

Das sahen meine Mitschüler und ich aber ganz anders. Alle saßen stirnrunzelnd und fragend da, und keiner hatte auch nur annähernd eine Ahnung, wie man diese

Aufgabe ausrechnen könnte.

Alle außer Nina, unserer Streberin. Sie war nicht so schnell zu beeindrucken, geschweige denn von solch einer für sie einfachen Aufgabe zu erschrecken. Zu meinem Glück konnte sie mich anscheinend ganz gut leiden, denn sie hatte mir schon mehrmals aus der Patsche geholfen, indem sie mir Hausaufgaben erklärt oder sogar direkt für mich gemacht hatte. Als ich von der Tafel wieder zu meinem Platz ging, um meine Sachen einzupacken, kam ich bei ihr vorbei und sie deutete auf ihr Buch.

"Steht alles da drin", sagte sie leise und hielt mir ihr "Mathematik in Übersichten" unter die Nase, "auf Seite 118 und 119. Ist ganz einfach, ehrlich."

Während ich mich noch bedankte, ertönte die Pausenklingel. Das ist die Erlösung, dachte ich bei mir, doch in genau diesem Moment hörte ich jemand meinen Namen rufen.

"Niko, du kommst, bevor du raus gehst, noch mal zu mir!" forderte mich Herr Thiem auf. "Die anderen können dann gehen. Ich wünsche noch einen schönen Tag."

Nachdem alle den Raum verlassen hatten, ging ich langsam zu ihm, mit einem mulmigen Gefühl im Magen. Ich war mir zwar nicht sicher, was er jetzt wieder von mir wollte, aber ich konnte es mir schon vorstellen.

"Ich will dir nur kurz mitteilen, dass ich mir deine Frechheiten nicht länger bieten lasse", begann er ruhig und musterte mich dabei. "Du bekommst für dein ungehöriges Betragen heute eine 5 in Mathematik. Außerdem werde ich mit dem Direktor über dich sprechen, und dann wollen wir doch mal sehen, ob du dann immer noch diese ungeheure Frechheit besitzt, meinen Sohn zu verunglimpfen. Es sollte dir eigentlich bewusst sein, dass du damit nicht nur ihn, sondern unsere gesamte Nationale Volksarmee in ein schlechtes Licht stellst, und das sage ich dir, mein Freundchen, das werden wir an dieser Schule nicht dulden. Das kannst du mir glauben."

Er redete sich ziemlich in Rage, hielt mir unter anderem vor, dass ich die sozialistische Moral, was auch immer das war, untergraben würde, und natürlich wäre ihm jetzt auch klar, warum ich letztes Jahr nicht an der Jugendweihe teilgenommen hatte und so weiter.

Meine Rettung kam erst in Form des neuerlichen Ertönens der Pausenklingel und so konnte ich mich endlich von dem vollkommen wirren Geschwafel meines Mathelehrers befreien. Für mich stand nun endgültig fest, dass dieser Mann verrückt war. Leider war mir allerdings auch klar, dass er mein Lehrer war, mit dem ich noch ein dreiviertel Jahr irgendwie auskommen musste. Gerade in der jetzigen Situation, wo die Zensuren im Hinblick auf das Schulabschlusszeugnis äußerst wichtig waren, konnte ich es mir überhaupt nicht leisten, mich mit einem Lehrer anzulegen, der ein Fach unterrichtete, welches ohnehin zu meinen Hassfächern gehörte. Dazu war es nun aber zu spät. Ich konnte nur noch versuchen, das Beste daraus zu machen und ich nahm mir vor, die Hausaufgaben so gut zu erledigen wie irgendwie möglich, um eventuell darauf eine Zensur zu bekommen. Ich überlegte sogar, ob ich mich wegen vorhin entschuldigen sollte, aber zum Glück war ich stolz genug, es nicht zu tun. Was hätte das schon geändert? Nichts.

Draußen musste ich Ralf und Bernd, die extra auf mich gewartet hatten, erzählen, was er noch von mir gewollt hatte, und nachdem ich mit meinem Bericht fertig war, guckten mich beide mitleidig an.

"Da hast du dir eine schöne Scheiße eingebrockt", begann Ralf, "gerade jetzt, wo dieses Arschloch seine Macht ausspielen kann."

"Nun mach mal halblang!" unterbrach ihn Bernd. "So schlimm ist es nun auch wieder nicht, obwohl es besser gewesen wäre, wenn du dich bei ihm entschuldigt hättest. Na ja, das ist nun nicht mehr zu ändern." Er runzelte seine Stirn, und das war ein untrügliches Zeichen dafür, dass ihm bestimmt gleich etwas einfallen würde. "Also, ich bin mir ziemlich sicher, dass du bei der nächsten Stunde bloß etwas mehr mitarbeiten musst, und schon ist der glücklich, weil er denkt, dass seine Standpauke bei dir gewirkt hat", sagte Bernd mit voller Überzeugung, "aber was noch viel wichtiger ist, du musst dich unbedingt zur Abwechslung mal zu Hause hinsetzen und die Hausaufgaben machen."

Damit hatte er natürlich Recht, und das wusste ich nur allzu gut. Heute war Donnerstag und unsere nächste Mathestunde war glücklicherweise erst am kommenden Dienstag. Ich hatte also genau fünf Tage Zeit, mich mit dem Problem auseinanderzusetzen und ich nahm mir vor, gleich am heutigen Nachmittag damit zu beginnen. Zuerst ging ich aber zum Fußballtraining, und danach hatte ich es auch schon wieder vergessen.

Die Tage vergingen, und von meinem guten Vorsatz war nicht viel übrig geblieben. Ich hatte keinen Gedanken mehr daran verschwendet, bis mich Bernd am Montag, auf dem Heimweg von der Schule, schmerzlich an den morgigen Tag erinnerte.

"Und für morgen alles klar?" fragte er mich beiläufig.

"Ja, ja alles klar. Was soll schon sein?" antwortete ich nebenbei, ohne zu ahnen, worauf er hinaus wollte.

"Ich meine doch wegen Mathe, wegen den Hausaufgaben."

Jetzt verstand ich endlich. Mit einem Mal wurde mir unheimlich schlecht, und mein Herz begann zu pochen.

"Verdammte Scheiße", brüllte ich los, "so eine verdammte Scheiße. Das habe ich total vergessen." Ich war völlig außer mir und begann zu zittern. "An diesen Mist habe ich echt nicht mehr gedacht. Bloß gut, dass du mich dran erinnert hast. Mann, das wäre morgen was geworden. Ich darf gar nicht daran denken", schüttelte ich mich.

Es blieb mir nicht mehr genug Zeit, um die Hausaufgaben selber vernünftig zu machen, soviel war mir klar, und während ich überlegte, ob ich Bernd fragen sollte, mir zu helfen oder noch besser, ihn bitten sollte, von ihm abschreiben zu dürfen, schien er meine Gedanken zu erahnen.

"Ich würde dir ja gerne helfen, Niko", sagte er und ich merkte, dass es ihm wirklich Leid tat, "aber ich bin morgen Vormittag nicht in der Schule. Ich muss wegen meinem Heuschnupfen zum Arzt, meine jährlichen Spritzen abholen. Deshalb bin ich vom Unterricht freigestellt und muss nur zu Hause einige Aufgaben machen. Weißt du, es ist so, dass man von den vier Spritzen immer tierische Kopfschmerzen bekommt", erklärte er mir und fügte weiter hinzu, "Ich wusste das ja bei der letzten Stunde schon und darum habe ich mich auch nicht mit dieser blöden Aufgabe beschäftigt."

Das war nur verständlich. Mir wäre das auch lieber gewesen, damit nichts zu tun zu haben, aber leider hing für mich eine Menge davon ab. Ich verabschiedete mich schnell von Bernd und rannte nach Hause.

Dort nahm ich mir ein Glas Cola und schloss mich in meinem Zimmer ein. Es war Montag, kurz nach 16 Uhr. Ich erinnerte mich daran, was Nina zu mir gesagt hatte und es war mir, als könnte ich ihre Stimme hören.

"Steht alles da drin, Niko, auf Seite 118 und 119."

Schnell kramte ich aus meinem Schrank das bewusste Buch, "Mathematik in Übersichten", hervor und schlug die Seite 118 auf. Es musste wohl ziemlich lange her sein, dass ich dieses Buch in den Händen gehabt hatte.

"C 11 Trigonometrische Berechnungen" stand dort als Überschrift und ich überlegte, ob ich davon jemals etwas gehört hatte, konnte mich aber nicht erinnern. Ich las weiter: "Die Frage, ob ein Dreieck durch gegebene Stücke eindeutig bestimmt ist, kann mit Hilfe der Kongruenzsätze entschieden werden."

In der Hoffnung, vielleicht wenigstens etwas von dem zu verstehen, was da stand, überflog ich noch die nächsten Zeilen, aber so sehr ich mich auch bemühte, es hatte einfach keinen Sinn. Ich verstand nur Bahnhof und wusste mit diesem Kauderwelsch nichts anzufangen. Tatsache war nun mal, und es war an der Zeit, mir das einzugestehen, dass ich alleine nicht in der Lage war, die Aufgabe zu lösen.

Da es inzwischen bereits 17 Uhr 30 war, musste ich schleunigst was unternehmen. Es gab eigentlich nur zwei Möglichkeiten, aus diesem Dilemma herauszukommen. Zum einen hätte ich morgen einfach ohne die Hausaufgaben zur Schule gehen können, was allerdings eine ganz blöde Idee gewesen wäre, und zum anderen war es ja noch nicht zu spät, um bei jemandem vorbeizufahren und die Lösung abzuschreiben. Im Prinzip gab es noch eine weitere Möglichkeit, nämlich die, morgen nicht zur Schule zu gehen, aber dann hätte ich das Problem nur aufgeschoben und daher verwarf ich diese Variante sofort wieder, genauso wie die erste. Blieb also nur die zweite übrig.

Ich überlegte, zu wem ich am besten fahren könnte und ging in Gedanken die potenziellen Namen meiner Mitschüler durch. Zu blöd, dass Mike, der ja gleich schräg gegenüber wohnte, bei solchen Dingen keinerlei Hilfe war. In schulischen Angelegenheiten war bei ihm nichts zu holen und wenn überhaupt, dann war ich derjenige, von dem er die Hausaufgaben abschrieb. Meine anderen besten Freunde aus der Klasse waren in Mathematik auch nicht viel besser als ich, was die Sache ein wenig eingrenzte, und am Ende blieben nur zwei Namen übrig: Ralf und Peter.

Meine Mutter war noch nicht zu Hause, und wo sich meine Schwester herumtrieb, wusste ich nicht, war mir auch vollkommen egal. Bei meinem Problem hätte sie mir ohnehin nicht helfen können, denn in Mathe war sie keinen Deut besser als ich.

Ich holte mein Fahrrad aus dem Keller und beschloss, zu Peter zu fahren. Er wohnte etwa einen Kilometer entfernt und es erschien mir günstiger, zuerst bei ihm zu klingeln. Ich hoffte, dass er mir helfen würde, denn dann könnte ich mir den Weg zu Ralf sparen, der am allerletzten Ende wohnte, mindestens drei Kilometer weiter weg und die meiste Strecke davon Sandweg mit großen Löchern. In der Dämmerung musste man dort immer aufpassen, dass man sich nicht das Fahrrad kaputtmachte oder schlimmer noch, dass man hinfiel, weil es keine Straßenbeleuchtung gab, seit im vergangenen Winter die alte Buche während eines Sturmes umgekippt war und dabei die Stromleitung heruntergerissen hatte.

Ich radelte also zu Peter. Dort angekommen klingelte ich dreimal kurz, unser Klingelzeichen, damit er gleich wusste, wer es war. Leider tat sich auch nach wiederholtem Läuten nichts, und so machte ich mich auf den Weg zu Ralf, wo ich ziemlich durchgeschwitzt ankam, weil ich wie verrückt in die Pedale getreten hatte. Auch bei ihm drückte ich mehrmals auf die Klingel, ohne dass sich jemand rührte, obwohl ich von draußen sehen konnte, dass im Inneren Licht brannte. Sollte vielleicht die Klingel kaputt sein? Mir fiel ein, dass Ralf immer, wenn ich bei ihm war, seine Zimmertür ein wenig geöffnet ließ, um die Klingel besser hören zu können. Ich drückte ein letztes Mal lange auf den Knopf, aber nichts passierte, worauf ich beschloss, es mit der Faust zu probieren. Ich bummerte wie wild gegen die Haustür und plötzlich konnte ich hören, wie drinnen eine Tür geöffnet wurde. Irgendjemand kam langsam schlürfend näher, blieb hinter der geschlossenen Haustür stehen und guckte anscheinend durch den Spion.

"Was zum Teufel ist jetzt schon wieder los? Hat man hier denn nie seine Ruhe?" brüllte mich eine männliche Stimme an, die ich nicht kannte.

Das konnte nur der Opa von Ralf sein, dachte ich mir. Er hatte zwar erzählt, dass demnächst sein Opa einziehen würde, weil er nach dem Schlaganfall vor zwei Monaten ein Pflegefall war. Dass er schon hier wohnte, wusste ich allerdings nicht.

"Ich wollte bloß fragen, ob Ralf da ist", antwortete ich und wartete auf eine Antwort seinerseits.

"Welcher Ralf?" fragte er allen Ernstes zurück. "Ich kenne niemand, der so heißt."

Etwas verwirrt sagte ich: "Ich meine ihren Enkel Ralf. Wir gehen in dieselbe Klasse."

Es vergingen einige Sekunden ohne eine Antwort, und daher stellte ich ihm die Frage erneut.

"Ich wollte Ralf eigentlich nur kurz etwas fragen. Ist er zu Hause?"

"Wer?"

"Na, ihr Enkel", sprach ich etwas unwirsch.

"Hier ist niemand außer mir. Die sind alle weg", brüllte er durch den Spion. "Was wollen sie überhaupt?"

"Ich wollte ihren Enkel sprechen", wiederholte ich.

"Was?"

Ich gab es auf. Die Wahrscheinlichkeit, dass Ralf da war, lag sowieso bei null. Außerdem hatte ich keine Zeit mehr für solche wenig ergiebigen Gespräche, und Lust dazu hatte ich schon gar nicht. Ich verabschiedete mich aus Höflichkeit, erhielt aber keine Antwort. Auf jeden Fall, musste der Schlaganfall wohl schlimmer gewesen sein, als Ralfs Eltern angenommen hatten, und ich beneidete ihn nicht darum, mit seinem Großvater unter einem Dach zu wohnen.

Dadurch, dass ich ihn auch nicht angetroffen hatte, steckte ich in einer mächtigen Klemme. Mit meinem Fahrrad fuhr ich ziellos umher und zerbrach mir den Kopf, was jetzt zu tun wäre.

Es war bereits dunkel und ich hatte nicht mehr viel Zeit, etwas zu unternehmen. Schließlich konnte ich ja nicht mitten in der Nacht meine Klassenkameraden herausklingeln.

Genau in diesem Moment kam ich beim Haus von Nina vorbei und ich sah, dass in ihrem Zimmer, es war das kleine Fenster oben links, Licht brannte. Das war für mich die Erleuchtung. Warum war ich eigentlich nicht sofort zu ihr gefahren? Nach einer kurzen Überlegung wusste ich nur zu gut, warum ich das bisher vermieden hatte.

Nina war unsere Klassenstreberin und niemand wollte deshalb etwas mit ihr zu tun haben. Aber das war nicht der alleinige Grund dafür, dass sie in unserer Klasse kaum Freunde hatte. Ihre Eltern arbeiteten beide beim Ministerium des Inneren, ihr Vater war sogar Major oder so, und keiner traute sich daher, sich mit ihr richtig zu unterhalten. Man konnte ja nie wissen, was Nina zu Hause so alles von der Schule erzählte, nicht einmal böswillig, sondern einfach nur so. Ich war, Nina betreffend, immer genauso vorsichtig gewesen wie die anderen.

Nun stand ich vor dem Haus ihrer Eltern und verlangte Eintritt in die "Höhle des Löwen". Aber ich hatte keine andere Wahl, auch auf die Gefahr hin, mich vor ihr vollkommen zu erniedrigen. Alleine die Tatsache, dass ich jetzt hier war, kam einer Demütigung gleich. Bloß, was hätte ich anderes tun können?

Nina öffnete nach dem dritten Klingeln selbst, wodurch mir ein kleiner Stein vom Herzen fiel. Noch peinlicher wäre es mir gewesen, wenn ihr Vater aufgemacht hätte.

"Hallo, Niko", begrüßte sie mich sichtlich überrascht, "was gibt es denn?"

"Guten Abend, Nina", ich komme gerade von Ralf und dachte ich sage mal Hallo", begann ich herumzudrucksen. Sehr überzeugend klang das nicht, was mir auch selber klar war, aber mir fiel kein besserer Anfang ein. Noch ehe ich weiter sprechen und mich zum Grund meines späten Besuchs vorarbeiten konnte, hatte sie mich durchschaut.

"Du bist wegen der Matheaufgabe da, nicht wahr?"

"Ja, im Prinzip schon, aber es ist nicht so, wie du denkst", gab ich zur Antwort und erzählte ihr alles haargenau, "... und jetzt bist du meine einzige Rettung", stammelte ich zum Schluss.

Nina musterte mich und schien etwas zu überlegen.

"Also gut, du brauchst meine Hilfe, und die wirst du bekommen", sagte sie. "Du musst dann aber auch für mich etwas tun", fügte sie hinzu.

"Okay, kein Problem, was ist es?"

"Das erfährst du später. Lass uns zuerst die Hausaufgaben machen! Gegen 22 Uhr kommen meine Eltern wieder, da müssen wir fertig sein, sonst gibt es Ärger."

Wir gingen nach oben in ihr Zimmer, und während ich die Aufgaben aus ihrem Heft in meines übertrug, holte sie uns etwas zu trinken. Das dauerte nur einige Minuten, und nachdem ich damit fertig war, erklärte sie mir alles noch idiotensicher. Erstaunlicherweise verstand ich sogar das meiste davon, zum ersten Mal in diesem Schuljahr.

"So, meinen Teil der Abmachung habe ich erfüllt", meinte sie schließlich, nachdem sie mir alles gezeigt hatte, "jetzt bist du dran."

"Zuerst muss ich mich mal bei dir bedanken. Du glaubst nicht, was für einen großen Gefallen du mir getan hast", sagte ich wahrheitsgetreu, "ohne die Hausaufgaben hätte ich morgen nicht in Mathe auftauchen brauchen. Also, womit kann ich dir helfen?"

"Na ja, es ist folgendermaßen. Am Wochenende findet doch bei Robert diese große Party statt und es werden fast alle aus der Klasse da sein. Ich würde da auch sehr gerne hingehen, aber er hat mich nicht eingeladen."

"Ja, ich weiß. Fand ich auch ziemlich bescheuert", fiel ich Nina ins Wort. "Wenn du willst, frage ich ihn noch mal. Ist überhaupt kein Problem."

"Ich will überhaupt nicht, dass du ihn fragst, Niko", antwortete sie. "Du gehst doch sicherlich auch hin, oder?"

"Natürlich. Ich habe zwar meiner Mutter versprechen müssen, in nächster Zeit etwas kürzer zu treten und auf keine Party zu gehen, aber diesmal wird sie bestimmt eine Ausnahme machen", hoffte ich zumindest.

"Ich möchte, dass du mit mir zu der Fete gehst, dann muss ich Robert, dieses Arschloch, nicht deswegen anbetteln. Das wäre dann dein Teil unserer Abmachung. Ich hoffe, du bist damit einverstanden."

Bei dem Gedanken daran, war mir nicht sehr wohl. Ich soll mit der größten Streberin unserer Klasse zur wichtigsten Party seit Wochen gehen. Das würde einen schönen Klatsch geben, aber versprochen war versprochen. Außerdem hätte es wirklich schlimmer kommen können. Rein äußerlich brauchte man sich mit Nina auf jeden Fall nicht zu verstecken. Ich musste, was das betraf, also keine Angst vor blöden Sprüchen haben.

"Gut, einverstanden. Ich werde dich am Samstagabend um 19 Uhr abholen."

5
Die Fete bei Robert

Am nächsten Tag ging ich seit langem wieder mit einem sehr guten Gefühl zur Schule, fast schon ein wenig euphorisch. Die Mathestunde konnte kommen, denn heute hatte ich keine Angst davor. Warum sollte ich auch? An meinen Aufgaben würde er rein gar nichts aussetzen können. Ich war mächtig gespannt darauf, sein Gesicht zu sehen, wenn ich an der Tafel die Lösung anschreiben würde, während ich all seine Fragen zur vollsten Zufriedenheit beantwortete. Ich malte mir das alles in den schönsten Farben aus und konnte die Stunde kaum erwarten. Endlich war es soweit.

Unser Lehrer betrat den Raum und begann mit dem Unterricht. Anders als sonst, fing er aber nicht mit den Hausaufgaben an, was Herr Thiem eigentlich immer zuerst machte, sondern ließ uns das Mathebuch aufschlagen und erklärte uns eine Aufgabe darin, welche wir jeweils gemeinsam mit dem Tischnachbarn lösen sollten. Die Zeit verging und das Ende der Mathestunde rückte näher, ohne dass er uns nach den Hausaufgaben fragte. Es blieb mir also nichts weiter übrig, als das Thema selbst darauf zu lenken und deshalb meldete ich mich.

"Ja, Niko, was gibt es?" fragte er mich gutmütig und kam langsam herüber zu unserem Tisch. "Zeigt mal her, wo kommt ihr denn nicht weiter?"

Er guckte in mein Heft und stellte überrascht fest, dass wir mit der Aufgabe schon fertig waren und nickte uns anerkennend zu.

"Alle Achtung, ihr zwei", lobte er uns und mit dem Blick zu mir gewandt, sagte er so laut, dass es alle hören konnten: "Es klappt doch ganz gut, wenn man richtig mitarbeitet. Dann macht der Unterricht doch gleich viel mehr Spaß..."

Sicherlich stimmte das, aber aus diesem Grund hatte ich mich nicht gemeldet. Ich brauchte eine Zensur für diese beschissenen Hausaufgaben und wartete darauf, dass er eine Pause machte, um ihm nicht ins Wort fallen zu müssen. Es dauerte eine halbe Ewigkeit, bis er etwas Luft holen musste, und diesen Augenblick nutzte ich sofort aus.

"Ich wollte eigentlich fragen", räusperte ich mich, "ob ich nicht vielleicht die Hausaufgaben an der Tafel vortragen könnte?"

"Welche", guckte er mich verdutzt an, "die von letzter Woche?"

"Ja, genau die. Wir sollten doch ausrechnen..."

Ich kam nicht dazu, weiter zu reden, weil mich Herr Thiem unterbrach.

"Du musst mir die Aufgabe nicht erklären, Niko, ich weiß noch sehr gut, was ich euch aufgegeben habe, aber wir müssen auch mal wieder im normalen Stoff weitermachen. Außerdem glaube ich nicht, dass deine Mitschüler sich heute schon wieder damit beschäftigen wollen, denn im Gegensatz zu dir, haben sie sich ja bereits in den letzten Stunden darüber Gedanken gemacht."

"Ja, das weiß ich auch", sagte ich etwas erregt und versuchte äußerlich ruhig zu bleiben, "aber ich dachte..."

Wiederum ließ er mich nicht ausreden, allerdings klang das, was er jetzt zu mir sagte keineswegs böse, eher versöhnlich.

"Ich finde es schon mal gut, dass du wieder anfängst mitzudenken, dich mit den Mathematikaufgaben befasst und im Unterricht mitarbeitest. Dann wirst du auch Gelegenheiten bekommen, Noten zu kriegen, wie alle anderen."

Damit war das Thema für ihn erledigt und ich musste mich wohl oder übel damit abfinden, dass ich mich gestern völlig umsonst verrückt gemacht hatte. Wenigstens hatte ich das Gefühl, dass er mir noch einmal eine Chance geben würde, wenn sich eine Möglichkeit anbieten würde. Das war ja schon mal etwas. Mir war natürlich klar, dass ich ab jetzt wieder vernünftig mitarbeiten musste, und vorerst tat ich das auch.

Der kommende Samstagabend war inzwischen das Gesprächsthema Nummer 1. Je näher die Fete rückte, desto mehr fühlte ich mich unwohl in meiner Haut. Außer Mike und Ralf hatte ich bisher niemandem von meiner Verabredung mit Nina erzählt. Ihnen gegenüber hatte ich es aber nicht verheimlichen können, weil wir zuerst zusammen hingehen wollten. Erstaunlicherweise schienen mich beide dafür sogar ein wenig zu beneiden, was ich doch ziemlich seltsam fand. Gerade Mike war immer einer derjenigen gewesen, die nicht sehr nett über Nina sprachen, aber jetzt hörte sich das auf einmal ganz anders an.

"Sag mal, was für Nachhilfe hat sie dir eigentlich gegeben?", stichelte Mike.

"Ich glaube, wenn überhaupt, dann hat Niko ihr bestimmt Nachhilfe erteilt, oder?", mischte sich Ralf ein.

"Kriegt euch mal wieder ein", meldete ich mich zu Wort, "so witzig finde ich es nämlich nicht! Robert wird bestimmt sauer sein auf mich, und für meinen "guten Ruf" ist das auch nicht unbedingt das Beste. Die werden sich alle das Maul zerreißen."

"Hast du das gehört, Ralf?", lachte Mike lauthals los. "Da hat er doch wirklich Angst, dass er sich seinen "guten Ruf" kaputt machen könnte. Ich glaub's ja nicht."

"Welchen meint er denn?", fragte Ralf. "Kannst du dich noch an die Party bei Tobias erinnern?"

"Na, wer kann das nicht", antwortete Mike. " Ich kann mir nicht vorstellen, dass es irgendjemand hier im Ort gibt, der noch nicht von dieser Fete gehört hat, vor allen Dingen davon, was unser lieber Niko da angestellt hat."

"Kann ich mir auch nicht vorstellen. Wahrscheinlich erzählt man sich das noch in hundert Jahren."

"Also, so schlimm war es nun auch nicht", verteidigte ich mich, obwohl sie durchaus Recht hatten.

Tobias' Eltern waren über das Wochenende zu seiner Tante gefahren und hatten ihm erlaubt, eine kleine Party zu feiern. Unten im Keller hatte sein Vater einen Raum extra dafür ausgebaut und diesen hatte Tobias mit Girlanden und Luftballons ausgeschmückt. Aus unserer Klasse waren wir 13 Leute. Dann waren noch Frank und Karl da, die im selben Haus wohnten. Karl war schon über 18 und hatte für uns die Getränke besorgt, mit dem Geld, das wir am Tag zuvor gesammelt hatten. Außerdem hatten einige noch etwas zum Trinken mitgebracht, so dass es im Keller aussah, wie in einer Kneipe.

Als ich mit Christian hinkam, waren die Ersten schon angetrunken, allen voran Tobias.

Christians Eltern durften nicht wissen, dass er zu der Party ging, weil er in letzter Zeit einigen Blödsinn angestellt hatte, und deshalb hatten sie es ihm verboten. Also hatte er zu Hause erzählt, dass er bei mir ist, um Hausaufgaben zu machen und Musik zu überspielen. Seine Mutter arbeitete in unserem Konsum und kannte mich und meine Mutter sehr gut. Daher hatte sie auch nichts dagegen, dass wir zusammen lernen wollten, zumindest schien sie das wirklich zu glauben. Um spätestens 19 Uhr musste er allerdings wieder zu Hause sein, aber jetzt war es gerade erst 16.30 Uhr.

Es war wie immer sehr lustig. Wir probierten die unterschiedlichen Getränke durch, was sich später böse rächen sollte.

Im Keller war es stockfinster. Man konnte die Hand vor den Augen nicht sehen, zum Teil auch deshalb, weil viel geraucht wurde. Ralf hatte seinen Kassettenrekorder mitgebracht und machte so gut es ging Musik, zu der auch viel getanzt wurde. Die Zeit verging und ehe wir uns versahen, war es 19 Uhr durch. Christian hätte schon längst zu Hause sein müssen. Inzwischen war er mächtig angetrunken und wir mussten uns unbedingt etwas einfallen lassen, wie wir ihn wieder einigermaßen nüchtern bekamen. Karl hatte einige Tricks auf Lager, flößte ihm unter anderem ein Glas mit Salzwasser ein, woraufhin er sich prompt auf der Treppe übergeben musste. Eigentlich wollte ich Christian nach Hause begleiten. Dazu war ich aber selbst nicht mehr in der Lage. Irgendwann war er schließlich verschwunden.

Zusammen mit Karl, Frank und Thomas tranken wir um die Wette und ich merkte, wie sich alles in meinem Kopf zu drehen begann. Nach einem weiteren Glas Kirschlikör, der mir bereits zu den Ohren rauskam, musste ich plötzlich aufstoßen. Mein Mund füllte sich langsam mit einer widerlichen Flüssigkeit, einer Mischung aus Bier, Wein, Likör, Speichel und den Dingen, die ich vorhin gegessen hatte. Ich konnte eindeutig den Nudelsalat von Katrin herausschmecken. Genau in dem Moment, wo ich mit der

Analyse meines Mundinhaltes fertig war, kotzte ich vor mir auf den Boden. Meine Jeans hatten zum Glück nicht viel abbekommen. Ich stand torkelnd auf und schleppte mich zur Kellertür. Karl und Frank halfen mir dabei, indem sie mich unterhakten und hinaus begleiteten. Einige Sekunden lehnte ich an der Hauswand und versuchte, tief durchzuatmen. Ich kam mir vor wie ein Vulkan kurz vor dem Ausbruch, der gleich unwiderruflich explodieren musste. Genauso war es dann auch. Als ich mir dessen bewusst wurde, dass ich mich gleich nochmals übergeben musste, nahm ich all meine Kraft zusammen und versuchte, die zehn Meter zum Komposthaufen zu gehen, um nicht direkt auf den Betonweg zu kotzen, auf dem ich jetzt stand. Karl probierte noch, mich festzuhalten, hatte damit aber keinen Erfolg. Wie in Zeitlupe bewegte ich mich in Richtung der Ecke im Garten, wo sich der Komposthaufen befand, der eingerahmt war von großen Brombeersträuchern. Im Sommer hingen die immer mit den leckersten Früchten voll. Ich setzte behutsam einen Schritt vor den anderen und hatte das Gefühl, über den Rasen zu schweben. Alles war so unwirklich. Im Hintergrund vernahm ich undeutlich eine Stimme, aber ich konnte nicht verstehen, was sie sagte. Hatte ich nicht gerade meinen Namen gehört? Ich drehte mich um, wobei ich das Gleichgewicht verlor und mit dem Gesicht zuerst auf den Boden stürzte. Ich lag wohl schon einige Sekunden so auf dem Rasen, bis ich realisierte, dass an meiner Wange irgendetwas Feuchtes herunterlief. Mit der rechten Hand, die ich mühsam unter meinem Körper hervorkramte, wischte ich mir über das Gesicht und musste dabei feststellen, dass mein ganzer Kopf in einer riesigen Pfütze lag. Karl half mir, mich aufzurichten, so dass ich mich hinsetzen konnte. Ich guckte an mir herab und bemerkte jetzt, dass alle meine Sachen nass geworden waren, aber wovon? Ich nahm meine Hand und strich mir eine triefende Haarsträhne von der Stirn. Mit dem Daumen und dem Zeigefinger zog ich die Strähne glatt und hielt mir danach die Finger vor die Nase. Es stank barbarisch. Nun wusste ich auch, was los war, aber ehe ich reagieren konnte, würgte ich schon wieder und kotzte mir auf den Schoß. Viel kam zum Glück nicht mehr heraus, aber das war nur noch nebensächlich, denn ich saß von oben bis unten vollgekotzt inmitten der frischen Jauche, die Tobias' Vater am Vormittag auf den Rasen gepumpt hatte, damit die Grube bei der Party nicht überläuft, wie es beim letzten Mal passiert war. Die anderen waren aufgrund des Lärms, den ich beim Hinfallen gemacht haben musste, aus dem Keller nach draußen gekommen und standen allesamt um mich herum. Man konnte ihnen deutlich ansehen, dass sie eine Mischung aus Mitleid und Ekel für mich empfanden.

Erstaunlicherweise schienen sich die Mädchen weniger zu ekeln als die Jungen, was ich eher andersrum erwartet hätte. Auf jeden Fall waren alle ziemlich geschockt von meinem Anblick, was ich gut verstehen konnte und glücklicherweise wagte es niemand zu lachen. Ich überlegte, ob ich es in derselben Situation geschafft hätte, das Lachen zu unterdrücken, aber schadenfroh, wie ich nun mal war, hätte ich wahrscheinlich laut losgelacht.

Nachdem mir Katrin und Karl behutsam hoch geholfen hatten, führten sie mich, so gut es ging, zur Treppe vor dem Eingang zum Keller und setzten mich auf die Stufen. Dort sackte ich vollkommen zusammen und verlor das Bewusstsein, zumindest konnte ich mich später nicht mehr daran erinnern, was danach passiert war.

Irgendwann kam ich wieder zu mir. Ich hatte geträumt, dass mich meine Mutter am Arm rüttelte und auf mich einredete, ich solle endlich aufstehen. Das Bett wackelte fürchterlich und es kam mir vor, als ob es sich bewegte. Ich öffnete im Halbschlaf die Augen und sah zu meinem Erstaunen Sterne über mir. Mit meinen Händen versuchte ich sie zu greifen, aber es gelang mir nicht. Das Bett blieb auf einmal mit einem Ruck stehen. Es beugte sich jemand zu mir herunter und schüttelte mich kräftig durch.

"Jetzt reiß dich gefälligst zusammen und steh auf!", sagte eine Stimme, die ich nur zu gut kannte. Es war die Stimme meiner Mutter und mit einem Mal war ich hellwach und richtete mich auf.

Ich saß auf einem Handwagen. Um mich herum standen meine Mutter, meine Schwester, Karl, der anscheinend den Wagen gezogen hatte und dahinter Katrin. Wir waren etwa 300 Meter von unserem Häuserblock entfernt in der Nähe der Kleingartenanlage, wo die Berliner ihre Wochenendgrundstücke hatten. Ich kletterte vorsichtig herunter und versuchte ihnen zu sagen, dass es mir schon wieder ganz gut ging, aber komischerweise schien mich niemand zu verstehen und so gab ich es auf.

"Niko, kannst du uns überhaupt verstehen?", fragte mich Sabine und ich nickte. "Also gut, ab jetzt geht es zu Fuß weiter. Wirst du das schaffen, wenn Mutti und ich dich unterhaken, oder sollen wir dich lieber mit dem Handwagen nach Hause fahren?"

"Geht schon", lallte ich immer noch unverständlich.

"Das will ich auch hoffen", mischte sich nun meine Mutter ein, "schließlich hast du uns für heute schon genug blamiert. Du kannst dir ja nicht vorstellen, wie peinlich das gewesen ist, als Christians Mutter vorhin zu uns kam, um mir mitzuteilen, wie sehr sie von dir enttäuscht sei. Ihr Sohn kam völlig betrunken nach Hause und hat erzählt, dass er bei uns gewesen ist und ihr Hausaufgaben gemacht habt. Ich möchte bloß mal wissen, was ihr euch dabei gedacht habt. Eins verspreche ich dir mein Lieber, ab Morgen werden andere Seiten aufgezogen. Das war die letzte Fete, auf der du gewesen bist."

Ich war viel zu müde, um ihr zu widersprechen und wollte nur noch in mein Bett. Irgendwie schafften sie es auch, mich einigermaßen unauffällig in unsere Wohnung zu bringen. Es war schon späte Nacht und die meisten Leute in unserer Straße schliefen wohl schon, so dass keiner etwas davon mitbekommen hatte, als wir zu Hause ankamen.

Das hatte damals natürlich die Runde gemacht und sich verbreitet wie ein Lauffeuer und in den darauffolgenden Wochen war ich häufiger dem Spott der anderen ausgesetzt gewesen.

"Wenn du nach dem Auftritt bei Tobias' Fete wirklich noch Angst hast, dir deinen "guten Ruf" kaputtzumachen, musst du dir schon etwas mehr einfallen lassen, als mit Nina zur Party zu gehen", sprach Ralf und fügte schmunzelnd hinzu, " vielleicht solltet ihr nackend auf dem Tisch tanzen. Das wäre doch mal was."

"Ja, genau, das würde ich auch gerne sehen", rief Mike dazwischen. "Dann üb mal schön! Ich muss los. Bis heute Abend."

"Bis nachher und seid zur Abwechslung ruhig einmal pünktlich", verabschiedete ich mich von ihnen.

Bereits eine gute halbe Stunde vor 19 Uhr machte ich mich auf den Weg zu Nina, denn ich wollte auf keinen Fall zu spät kommen. Im Prinzip hätte es für die anderthalb Kilometer locker ausgereicht, 20 Minuten früher loszugehen, aber sicher war sicher. So hatte ich noch etwas Zeit, mir ein Gesprächsthema auszudenken, aber mir wollte nichts Vernünftiges einfallen. Ich hatte daher auch kein gutes Gefühl bei der Sache. Worüber in alles in der Welt sollte ich mich mit jemandem unterhalten, mit dem ich überhaupt keine Gemeinsamkeiten hatte? Meine Interessen lagen auf gänzlich anderen Gebieten als bei ihr. Ich war, solange ich denken konnte, an Sport interessiert, spielte ja schon länger Fußball im Verein und vorher hatte ich viele Jahre nebenbei noch in der Arbeitsgemeinschaft Leichtathletik, Weitsprung und 100 Meter trainiert. Gerade das damalige Training im 100- Meterlauf kam mir jetzt beim Fußball zugute. Ich war in unserer Mannschaft mit Abstand der Schnellste auf dem Platz, und meine Gegner hatten es immer schwer, mit mir Schritt zu halten. Soweit ich von Nina wusste, machte ihr Sport keinen großen Spaß, es war eher so, dass ihr die Unterrichtsfächer, in denen man den Kopf anstrengen musste, sehr viel besser lagen. Damit fiel das Thema Sport schon einmal unter die Kategorie, sollte man nicht ansprechen. Was gab es denn sonst noch? Musik? Auch da konnte ich nichts entdecken, wo wir auf einen Nenner kommen konnten. Bei den Schuldiscos war es mir jedenfalls noch nicht aufgefallen, dass wir schon einmal zur selben Musik getanzt hätten. Eigentlich hatte ich auf Nina aber noch nie sonderlich geachtet, was die Sache nicht unbedingt einfacher machte. Ganz genau wusste ich nur, dass sie viel Deutschsprachiges hörte, solches Zeug wie Maffay und Nicole, aber auch Silly und Karat. Das hatte sie mir nämlich erzählt an dem Abend, als ich bei ihr war und bereits da hatte sich in meinem Körper alles gesträubt. War also wahrscheinlich auch nicht sehr ergiebig. Was blieb denn sonst noch? Politik? Mit Sicherheit nicht bei ihrem Elternhaus. Das konnte nur schief gehen. Dann doch schon lieber Maffay und Konsorten.

Als ich bei ihr klingelte, war mir immer noch mulmig zumute, aber inzwischen hatte ich mich damit abgefunden.

"Da bist du ja schon, pünktlich auf die Minute", begrüßte sie mich mit einem leicht ironischen Unterton, während sie das Gartentor einen kleinen Spalt öffnete, durch den sie vorsichtig hindurch schlüpfte.

"Bei Verabredungen bin ich meistens pünktlich im Vergleich zu anderen Dingen", gab ich zur Antwort und spielte etwas den Beleidigten.

"Ach so ist das also", lächelte sie mich an, "dann ist mir ja alles klar. Die Schule zählt dazu sicherlich nicht, oder?"

"Du sagst es. Außerdem weißt du ja, wie es ist. Die Leute, die am nächsten dran wohnen, kommen immer als letzte. Das ist sozusagen ein ungeschriebenes Gesetz."

"Ja, da ist schon was dran", meinte sie nachdenklich. " Dafür ist unser Bruno ja das beste Beispiel."

"Genau das meine ich damit", fiel ich ihr ins Wort. "Er wohnt gerade mal 30, vielleicht 40 Meter entfernt. Muss nur die Tür aufmachen, einmal nach links und einmal nach rechts gucken, über die Straße gehen und schon ist er auf dem Schulhof, und wann ist er in der Schule?" Ohne eine Antwort abzuwarten, gab ich sie gleich selbst: " Auf jeden Fall noch nach mir."

"Da hast du allerdings Recht. Dieser böse, böse Bruno", sprach sie mit fester Stimme und tat so, als ob sie sich darüber entrüstete.

"Gut, wollen wir los?", fragte ich.

"Klar, meinetwegen gerne."

Der Bann war nun gebrochen und wir unterhielten uns auf dem Weg zu Robert prächtig, womit ich wirklich nicht gerechnet hatte.

Überhaupt hatte sie teilweise sehr ähnliche Ansichten, wie ich sie selber hatte. Ich erkannte sehr bald, dass ich Nina bisher in einigen Dingen Unrecht getan hatte, aber es gab Einiges, wo ich sie schon ganz richtig eingeschätzt hatte, zum Beispiel fand sie es völlig normal, zum Nationalfeiertag das FDJ-Hemd anzuziehen, als Zeichen, dass man stolz ist auf sein Vaterland. "Was für ein Mist", dachte ich bei mir. Davon hielt ich nicht besonders viel. Für mich war das einfach eine Art von Uniformierung, und ich sah keinen vernünftigen Grund, warum alle an diesem Tag so herumlaufen sollten. Ich hatte ja prinzipiell nichts gegen die Leute, die das tun wollten, aber warum mussten es denn alle? Zu solchen Anlässen zog ich mir seit einiger Zeit zwar wie alle das FDJ-Hemd an, damit niemand etwas sagen konnte, allerdings trug ich darüber entweder eine Jacke oder einen Pullover, so dass nur der Kragen hervorguckte. Mir war klar, dass es einigen Lehrern missfiel, bloß, was konnten sie dagegen machen? Das war mein eigener kleiner Protest gegen diesen ganzen Blödsinn. Nina konnte das nicht nachvollziehen.

Robert wohnte in der Straße" Am Fuchsbau", und wie man es vom Namen her erwarten konnte, befand sich die Straße am äußersten Ende der Ortschaft inmitten eines Kiefernwaldes. Es gab dort nur wenige Grundstücke, die ganzjährig bewohnt waren. Hauptsächlich hatten in dieser Straße, die eigentlich mehr ein Weg war, Berliner ihre Datschen und waren meistens nur in den Sommermonaten draußen. Roberts Eltern hatten auf ihrem Grundstück, auf dem zuerst nur ein kleiner Bungalow ohne Wasseranschluss gestanden hatte, vor fünf Jahren ein großes Haus gebaut und waren aus dem Norden Berlins in unser kleines verschlafenes Städtchen gezogen. Seitdem arbeiteten sie beide in Braunfeld, er als Vermesser beim Rat der Gemeinde und sie als Kindergärtnerin. Da sie noch viele Kontakte nach Berlin hatten, war Robert häufig übers Wochenende mit seiner Schwester Ines alleine zu Hause und konnte machen, was er wollte, so auch diesmal.

Zu seiner Geburtstagsfeier erwartete er etwa 30 Leute, den Großteil davon aus unserer Klasse. Sein Zimmer war unten im Keller. Da hatte er sein eigenes Reich, seit sein Vater den Raum im vorletzten Jahr für ihn ausgebaut hatte. Vorher hatte er sich mit seiner vier Jahre älteren Schwester im 1. Stock ein Zimmer geteilt, aber das ging irgendwann nicht mehr gut. Sie hatte jetzt das ehemalige Kinderzimmer für sich alleine.

Den gesamten Keller mit Ausnahme des Heizraumes hatte er ausgeschmückt, also nicht nur sein Zimmer, sondern auch den breiten Gang und den Abstellraum für die Fahrräder und Gartengeräte, so dass genug Platz war zum Tanzen. An beiden Seiten des Ganges hingen Partylampen herab, rechts die waren verschiedenfarbig und links schien es sich um eine Lichterkette von Weihnachten zu handeln.

Im Nebenraum war Roberts Stereoanlage aufgebaut. Die zwei großen Lautsprecherboxen hatte er im Raum verteilt. In der Ecke hing so ein rundes silbernglänzendes Ding von der Decke, das sich langsam drehte. In einigen Discotheken hatte ich so etwas schon mal gesehen. Bei meinen Besuchen war mir diese Kugel bis jetzt nie aufgefallen. Ich vermutete, dass er sie sich von Thomas geborgt haben musste, dessen Vater ab und zu bei Betriebsfesten oder Hochzeiten mit seiner eigenen Anlage Musik machte, allerdings nur nebenberuflich.

Nachdem wir geklingelt hatten, waren wir von Robert, Ines und ihrem Freund reingelassen worden. Roberts Schwester war schon jetzt ziemlich angetütert und lachte ununterbrochen, schaffte es aber gerade noch, uns zu erklären, dass wir zur

Party durch den Eingang hinter dem Haus kamen, also durch die Kellertür.

Die Party war bereits in vollem Gang. In der einen Ecke wurde ausgiebig getanzt und wohin man auch schaute saßen auf dem Boden Leute auf Decken und Matratzen, ins Gespräch vertieft, knutschend, kuschelnd, einfach nur vor sich hinstarrend, mit der Musik mitwippend und einer sogar schlafend. Schließlich waren ja auch viele schon seit dem frühen Nachmittag hier, und das hinterließ offensichtlich seine Spuren.

Obwohl es nicht total finster war, hatten wir alle Mühe, um in der Dunkelheit jemand zu erkennen. Es dauerte eine Weile, bis wir Ralf entdeckten, der allein in Roberts Zimmer saß.

"Da seid ihr ja endlich, ich dachte schon ihr kommt nicht mehr", empfing er uns etwas säuerlich, freute sich aber, uns zu sehen.

"Wo ist denn Mike? Ich dachte, ihr wolltet zusammen losgehen, oder habe ich das vorhin falsch verstanden?", antwortete ich überrascht.

"Nein, das hast du schon ganz richtig verstanden, aber als ich Mike abholen wollte, war niemand zu Hause."

"Das ist ja sehr seltsam", wunderte ich mich, "aber jetzt sind wir ja hier und du brauchst keine Angst mehr zu haben."

"Ach, ihr seid viel zu gut für mich", bedankte er sich theatralisch, mit einer Mimik wie bei "Der Hofnarr", den er bestimmt vorhin im Fernsehen gesehen hatte. Im Dämmerlicht der Kerze hinter ihm wirkte das sehr überzeugend. Nina und ich zollten ihm dafür spontan Beifall.

"Ich würde ihnen für diese grandiose schauspielerische Leistung sehr gerne einen ausgeben", sprach ich überwältigt. " Was möchten sie denn trinken, großer Meister?"

"Heute möchte ich nur ein einfaches Bier vom Fass, das soll ungemein lecker schmecken."

"Ihr Wunsch ist mir Befehl. Kommt sofort", und mit einem Blick zu Nina, die sich inzwischen neben Ralf gesetzt hatte, sagte ich: "Und was kann ich Ihnen bringen, Madame?"

"Ich nehme ein Glas Cola mit einem Zipfelchen Zitrone", erwiderte sie majestätisch.

"Aber, Madame, da muss ich Sie leider enttäuschen. Das hier ist doch kein Kindergeburtstag. Cola gibt es nur in Zusammenhang mit dem Genuss von Wodka und Weinbrand. Sollten Ihnen diese Getränke nicht zusagen, kann ich Ihnen noch unseren allseits beliebten "Moulin Rouge" servieren, ein äußerst edles Getränk aus dem fernen Paris, gemixt aus dem Wein roter Trauben und dem leckeren Saft kubanischer Apfelsinen und natürlich nur echt mit dem Zuckerrand. Wir haben außerdem noch mindestens 20 verschiedene Mixgetränke im Angebot, welche ich Ihnen kurz in 2, 3 kleinen Sätzen vorstellen möchte. Da hätten wir zuallererst..."

"Ich nehme doch lieber den "Moulin Rouge", Sie haben mich überzeugt", schnitt sie mir das Wort ab.

"Bitteschön, kommt sofort", sagte ich und verschwand im Nebenraum, wo ich die Getränke vermutete. Dort klärte mich jedoch ein Typ, den ich nie zuvor gesehen hatte, darüber auf, dass alles was an Essbarem und Trinkbarem im Hause war, oben in der Küche stand. Daraufhin ging ich nach oben.

Dort begegnete ich dem Gastgeber, der auf mich einen mächtig angeschlagenen Eindruck machte und unterhielt mich kurz mit ihm.

Er sagte mir, dass die ersten Gäste schon um 16 Uhr gekommen waren. Da war er, zusammen mit Ines, Frank und Torsten noch mitten in der Vorbereitung. Zum einen war das auch ganz gut, weil alle mithalfen, den Keller auf Vordermann zu bringen, aber andererseits hatten sie bereits da mit dem Saufen angefangen, und jetzt ging es ihnen nicht mehr so gut.

Ich holte nun schnell die gewünschten Getränke. Bei Ralf musste ich ein wenig schummeln, denn es gab kein Fassbier, also nahm ich für ihn extra einen Bierkrug aus dem Schrank und füllte das Flaschenbier hinein. Ich selbst nahm mir ein Berliner Pilsener aus dem Kühlschrank und ging vorsichtig, bewaffnet mit einer Flasche und zwei unhandlichen Gläsern wieder hinunter, wo ich bereits sehnsüchtig erwartet wurde.

"Bloß gut, dass wir nichts zu essen bestellt haben, dann wären wir garantiert längst verhungert", wurde ich von Ralf empfangen.

"Ja, ja das Personal heutzutage. Nichts als Ärger hat man damit", blinzelte mir Nina zu.

"Es tut mir sehr leid, dass Sie so lange warten mussten, aber die Rotweinflasche war gerade alle und eine von unseren Aushilfen hat sich den Arm gebrochen beim Öffnen der neuen Flasche", flunkerte ich ihnen vor." So was Ungeschicktes habe ich noch nie gesehen, das können Sie mir glauben. Ich musste erstmal einen Krankenwagen anfordern und Sie wissen ja wie das ist am Samstagabend, alle sitzen vorm Fernseher und gucken "Ein Kessel Buntes", das dauert einfach ewig, bis da mal jemand rangeht. Aber dafür bringe ich Ihnen nun die Getränke, die Letzten, die ich heute serviere, denn ich habe nun meinen wohlverdienten Feierabend."

"Wenn das so ist, dann leisten sie uns doch ein wenig Gesellschaft", sprach Nina und machte mir Platz, damit ich mich neben sie setzen konnte.

"Das ist wirklich sehr freundlich, gnädige Frau. Ich bin hocherfreut und nehme Ihr Angebot dankend an", antwortete ich unterwürfig, wie es sich für einen Kellner in gehobenen Kreisen gehört.

Den ganzen Abend ging das nun so weiter. Wir sponnen uns ganz schön aus und hatten viel zu lachen.

In den folgenden zwei Stunden gingen nacheinander entweder Nina, Ralf oder ich nach oben in die Küche und sorgten für Nachschub an Getränken und so langsam merkte ich, dass mir das Bier zu Kopf stieg. Ich bekam etwas Probleme beim Sprechen, was für mich ein eindeutiges Zeichen dafür war. Den beiden neben mir erging es aber nicht anders. Es war eher so, dass ich im Vergleich zu ihnen noch am nüchternsten war.

Ralf hatte bestimmt schon fünf oder sechs große Bier getrunken und hatte nun Schwierigkeiten, sich vernünftig zu artikulieren. Unseren Gesprächen konnte er kaum noch folgen und immer öfter fielen ihm die Augen zu, bis er schließlich seinen verzweifelten Kampf gegen die vom Alkohol ausgelöste Müdigkeit aufgab.

Nina hielt sich dagegen erstaunlicherweise noch ziemlich tapfer, versuchte aufrecht zu sitzen, was ihr auch halbwegs gelang und antwortete auf meine Fragen, aber an der Art wie sie antwortete, ganz langsam und bedächtig, konnte ich erkennen, dass sie auch etwas betrunken war.

Seit wir hier angekommen waren, hatten wir uns in diesem Raum aufgehalten, in dem außer uns die meiste Zeit über niemand gewesen war. Erst in den letzten Minuten waren zwei Pärchen hier hereingekommen, die offensichtlich etwas Ruhe haben wollten und hatten sich von uns entgegengesetzt in die dunkelste Ecke des Raumes verzogen. Gerade eben waren dann noch drei Typen, die ich nur flüchtig von der Schuldisco her kannte, hereingekommen und hatten sich uns gegenüber gesetzt.

Die eigentliche Party fand im Nebenraum statt, deshalb waren die meisten Gäste auch dort und ich beschloss, dass es jetzt an der Zeit sei, uns in das Getümmel zu stürzen.

"Also von mir aus gerne", lallte Nina etwas, "aber was machen wir mit Ralf? Wir können ihn ja nicht einfach hier liegenlassen, oder?"

"Wieso nicht?", gab ich zurück. "Der soll sich ruhig ein bisschen ausruhen, der Abend fängt doch gerade erst an. Nachher wird er uns sicher dankbar sein, dass wir ihn schlafen gelassen haben."

"Wenn du meinst."

Nebenan war es sehr voll. Man konnte fast nichts sehen, da nur noch die Lichterkette auf der rechten Seite an war. Wir hatten Mühe, uns durch die halb tanzende und halb auf- und abhüpfende Meute von schwitzenden Gestalten zu drängeln. Schließlich schafften wir es mit letzter Anstrengung und erreichten den Raum, aus dem die Musik kam. Zum Glück war es dort nicht ganz so überfüllt und wir konnten einen Platz an der Seite ergattern, wo wir nicht so doll im Gedränge stehen mussten.

Obwohl wir dadurch, dass wir in der Nähe der Tür standen, einen guten Platz hatten und der Keller nicht besonders groß war, konnte man aufgrund der Dunkelheit fast niemand erkennen und nach kurzer Zeit, in der ich intensiv versucht hatte, bestimmte Leute ausfindig zu machen, zum Beispiel Mike, der bestimmt noch gekommen sein musste, gab ich es auf.

Früher oder später würde man sich schon über den Weg laufen, nahm ich an und sollte damit Recht behalten.

Nina schien ebenfalls jemanden zu suchen, zumindest machte es auf mich den Anschein, da sie angestrengt im Raum umherblickte. Vielleicht bildete ich mir das auch nur ein. Genau genommen hatte ich aber keine Ahnung, aus welchem Grund sie heute unbedingt hierher wollte. Ich meine, klar es war sozusagen eine Party von überaus wichtigem Interesse, nach dem Motto: "Sehen und gesehen werden", bloß sonst machte sich Nina doch auch nicht so viel aus solchen Feten, oder schätzte ich sie damit falsch ein? Nein, es musste einen besonderen Grund geben, das war mir jetzt klar und ich musste herausfinden welchen.

Die Musik wechselte und auf der Tanzfläche wurde es mit einem Mal leerer. Der DJ, im Licht einer Taschenlampe erkannte ich Thomas, hatte die schnelle Musik gegen ruhigere Töne getauscht und die ersten Pärchen begannen, langsam zu tanzen.

Ich überlegte mir, dass dieser Moment ideal war, um Nina beim Tanzen auszufragen und ehe ich mich versah, tanzten wir eng umschlungen.

Es war sehr schön und Nina schmiegte sich richtig eng an mich.

Inzwischen hatte irgendjemand die Partybeleuchtung ausgemacht und nun brannte überhaupt kein Licht mehr. Ich konnte meine Hand vor den Augen nicht mehr sehen, aber dafür waren unsere Körper sich so nah, dass ich spürte, wie sich ihre Brust erst hob und gleich darauf wieder senkte. Ich konnte ihr Parfum riechen; sie war ganz eingehüllt von einem lieblich süßen Geruch, den ich bisher noch nie an ihr wahrgenommen hatte und der mich jetzt in hohem Maße in Erregung versetzte.

Ich zog Nina noch fester an mich und es schien ihr nichts auszumachen, im Gegenteil, sie ließ sich darauf ein und umarmte mich noch mehr. Mit meiner linken Hand strich ich ihr über die Wange und mit der anderen Hand rutschte ich vom Rücken langsam abwärts in Richtung Po. Dort angekommen begann ich ihn zärtlich zu kneten und nahm zur Verstärkung die linke Hand dazu. Unsere Wangen rieben sich währenddessen aneinander, aber wir küssten uns nicht. Meine Hände ließ ich mutig wieder nach oben gleiten und strich vorsichtig mit der flachen Hand gegen die Spitzen ihrer Brüste. Sie atmete unterschiedlich stark, mal ganz schwach, aber im nächsten Moment wieder kräftiger. Mit meinen Händen umfasste ich nun vollends ihre Brüste und presste sie zusammen. Nina krallte sich daraufhin mit ihren Händen in meinem Rücken fest, zum Glück aber ganz sachte, was mich nur noch mehr beflügelte. Als ich schließlich versuchte, ihr unter die Bluse zu fassen, hielt sie meine Hand zurück.

"Das möchte ich lieber nicht", flüsterte sie.

"Warum denn nicht?", gab ich leise zur Antwort. "Hast du Angst, dass uns einer sehen könnte? Davor musst du wirklich keine Angst haben, so duster wie es hier ist", versuchte ich sie zu beschwichtigen.

"Nein, das ist es nicht. Ich finde nur, dass wir schon viel zu weit gegangen sind, verstehst du?"

"Weshalb sind wir schon zu weit gegangen, Nina? Bis jetzt ist doch überhaupt noch nichts passiert."

"Genau und dabei sollten wir es auch belassen, Niko."

"Ach komm schon nur noch ein bisschen, ja?", probierte ich Nina zu überreden, aber das war zwecklos. Sie schob meine Hände beiseite und ging auf Distanz.

Vom Alkohol benebelt und nicht mehr Herr meiner Sinne, nahm ich fälschlicherweise an, dass Nina mit mir ein Spielchen spielte und fühlte mich davon nur noch mehr angestachelt. Ich umarmte sie noch fester als zuvor und startete einen erneuten Versuch, ihr die Bluse hochzuschieben, um mit meiner Hand ihre Brust zu umklammern.

Jetzt war es Nina endgültig zuviel. Zu meiner Überraschung, riss sie sich von mir los, befreite sich aus meiner Umklammerung und machte einen Satz zurück.

Mit einem Mal holte sie mit voller Wucht aus und gab mir eine Ohrfeige auf die rechte Wange, die einschlug wie eine Bombe.

Wie betäubt stand ich da und fasste mir vorsichtig an die Stelle, wo sie mich getroffen hatte. Langsam ließ der Schmerz nach und ich begriff allmählich, was ich für einen Mist angestellt hatte. Von einer Sekunde zur anderen war ich wieder halbwegs nüchtern.

Nina war sofort, nachdem sie mich geohrfeigt hatte, den Kellergang entlang zum Ausgang gestürmt und hatte mich alleine stehen gelassen. Ob viele von denen, die ebenfalls auf der Tanzfläche waren, die Situation mitbekommen hatten, konnte ich nicht einschätzen, aber ich glaubte, dass die meisten mit sich selber beschäftigt waren, und außerdem war es so dunkel, dass man fast nichts und niemanden erkennen konnte. Ich hatte auf jeden Fall die ganze Zeit über, als wir getanzt hatten, nicht sehen können, wer neben uns tanzte, obwohl ich es anfangs versucht hatte.

Das beruhigte mich etwas, denn das wäre vielleicht eine Blamage gewesen. Daran durfte ich überhaupt nicht denken. Auweia.

Ich musste mich unbedingt bei ihr entschuldigen, soviel war sicher. Vorsichtig tastete ich mich, durch die sich bewegende Masse, nach draußen, um sie zu suchen. Sie war bestimmt noch irgendwo im Garten oder dort in der Nähe, denn ihre Sachen hatte sie bei der überstürzten Flucht nicht mitgenommen und ohne ihre Tasche war sie vermutlich nicht nach Hause gegangen.

Zu meiner Überraschung war es im Freien viel heller als unten bei der Party. Es war ein wunderschöner Vollmond und der gesamte Himmel war übersät mit Sternen. Der große Wagen befand sich genau über mir und ich konnte mich nicht erinnern, wann ich ihn das letzte Mal so deutlich gesehen hatte. Ab und zu huschte in großer Höhe eine Wolke vorüber, so hauchdünn wie ein durchsichtiges Blatt Papier und die Sterne funkelten als wären sie hinter einem Schleier aus Nebel und Rauch gefangen.

Im Garten gab es drei Leuchten, die den betonierten Weg entlang angebracht waren, der zum Schuppen führte und dadurch konnte ich alles gut überschauen, aber von Nina war keine Spur. Ich ging um das Haus herum in Richtung Gartentor, aber auch da konnte ich sie nicht finden. Sie schien vom Erdboden verschluckt worden zu sein. Als ich die Suche schon aufgeben wollte, hörte ich nicht weit entfernt, es musste wohl außerhalb des Grundstücks sein, ein leises Wimmern. Ruhigen Schrittes näherte ich mich der Stelle, aus der das Geräusch kam.

"Nina, bist du das?", fragte ich mit zittriger Stimme.

Obwohl keine Antwort kam, war ich nun nah genug, um sie erkennen zu können. Sie lehnte mit dem Oberkörper über dem Zaum und hielt ihren Kopf zwischen den Händen verborgen. Ich lehnte mich ebenfalls an den Zaun, allerdings mit dem Rücken und verschränkte die Arme. So standen wir eine ganze Weile stumm nebeneinander. Ich betrachtete den Himmel und überlegte, was ich jetzt am besten sagen könnte.

"Nina", setzte ich zum zweiten Mal an.

"Was willst du?", fiel sie mir gereizt ins Wort.

"Ich wollte mich bei dir entschuldigen", sprach ich schnell weiter.

"Lass mich bloß zufrieden!"

"Es tut mir wirklich leid wegen vorhin, das musst du mir glauben", stammelte ich.

"Überhaupt nichts muss ich dir glauben, gar nichts", unterbrach sie mich.

"Ob du es mir glaubst oder nicht, Nina, was eben passiert ist, tut mir sehr leid. Ich wollte dich nicht kränken. Ich habe gedacht, dass du es genauso willst wie ich. Das war anscheinend nicht so", sagte ich resignierend.

Nina drehte sich zu mir um und fing an zu weinen.

"Im Prinzip hätte ich ja auch nichts dagegen gehabt", schluchzte sie.

"Aber, wo ist dann das Problem?", fragte ich überrascht.

"Das kann ich dir nicht mit drei Sätzen erklären."

"Gut, dann erkläre es mir mit so vielen Sätzen, wie du dafür brauchst! Ich bin ganz Ohr", erwiderte ich erwartungsvoll.

"Nein, das geht nicht."

"Warum denn nicht?", drängelte ich.

"Weil das nicht geht", sagte sie trotzig.

"Dann fange ich eben an und du berichtigst mich einfach, wenn etwas falsch ist. Also, das du heute unbedingt hier auf die Party wolltest, hing ja sicherlich nicht mit mir zusammen. Habe ich Recht?"

Da sie nicht antwortete, wertete ich das als ja.

"Dann ist natürlich die nächste Frage: Weswegen bist du heute hier hergekommen?"

"Das geht dich überhaupt nichts an, Niko."

"Doch, das geht mich sehr wohl etwas an", widersprach ich. "Meine Wange schmerzt nämlich immer noch."

"Das hast du dir selbst zu zuschreiben", antwortete sie schroff, "und ansonsten ist das mein Problem und nicht deins."

"Also gut, wenn du nicht darüber reden willst, dann werde ich dich nicht dazu drängen, dann werde ich jetzt einfach wieder gehen. Du kannst ja alleine hier draußen bleiben und noch ein bisschen heulen, aber solltest du es dir anders überlegen, kannst du jederzeit zu mir kommen", bot ich ihr an. "Ich bin ein sehr guter Zuhörer."

Ich löste mich vorsichtig vom Zaun, mit dem ich fast eins geworden war in den vergangenen Minuten. Nina stand schweigend neben mir.

"Ich werde wieder hineingehen", sagte ich schließlich und machte einen Schritt vorwärts. Ich hatte mich keine fünf Meter entfernt, als Nina mich bat zurückzukommen.

"Versprichst du mir, dass alles, worüber wir sprechen, unter uns bleibt?", fragte sie ängstlich.

"Natürlich, wenn du mir dasselbe wegen vorhin versprichst."

"Okay, abgemacht, von mir erfährt niemand etwas", sagte sie feierlich und begann nach einer kurzen Pause, in der sie ihre Gedanken ordnete, zu erzählen: "Der Grund, warum ich zu der Fete wollte, war der, dass ich gehofft hatte, eine Gelegenheit zu kriegen, jemand Bestimmtes näher kennenzulernen. In der Schule hängen ja immer dieselben Leute zusammen und da bietet sich nie eine Gelegenheit, vor allem wenn man nicht zu denen dazu gehört. Ich dachte, dass es auf der Party leichter ist, mit ihm ins Gespräch zu kommen, aber das war leider ein Trugschluss", sagte sie traurig. "Ich bin ja noch nie auf einer solch riesigen Fete gewesen und hatte eine völlig andere Vorstellung davon, wie so etwas abläuft. Ich hatte mir vorher alles genau ausgemalt, aber der ganze Abend verlief total anders. Kannst du das verstehen?", fragte sie mich, beantwortet die Frage aber gleich selber. "Wahrscheinlich nicht. Für dich ist das heute sicher nur eine Party unter vielen. Ist ja auch egal. Auf jeden Fall war er schon betrunken, als wir ankamen und ich glaube, er hat mich nicht einmal bemerkt und das, obwohl er dich und Ralf begrüßt hat, während ich daneben stand."

"Du redest von Robert, nicht wahr?", meldete ich mich zu Wort.

"Wie hast du das erraten?", tat sie erstaunt.

"Das war ja nicht schwer, allzu vielen Leute haben wir nicht gerade "Hallo" gesagt, bevor wir in sein Zimmer gegangen sind."

"Das stimmt", bestätigte Nina. "Es war trotzdem ein sehr lustiger Abend mit dir und Ralf, wirklich, aber ich hatte die Hoffnung nicht aufgegeben, dass sich später vielleicht doch noch etwas mit Robert ergeben würde. Deshalb habe ich mich gefreut, als du mich zum Tanzen aufgefordert hast, weil ich dachte, er würde auch tanzen und wer weiß..."

"Ach so ist das", sagte ich in meiner Eitelkeit gekränkt, "du hast nur mit mir getanzt, um Robert auf dich aufmerksam zu machen, und da kam ich gerade recht als Köder."

"Nein so war es nicht", ereiferte sich Nina. "Es war wunderschön, mit dir zu tanzen, vor allem bei den langsamen Liedern, falls du das nicht gemerkt haben solltest. Ich habe eine richtige Gänsehaut bekommen, als du mich überall gestreichelt hast."

"Aber wenn du sagst, dass es dir gefallen hat, warum zum Teufel hast du mich dann geohrfeigt? Das verstehe ich nicht."

"Als wir so eng aneinander gekuschelt tanzten, fand ich es toll und als du mit deiner Hand unter meine Bluse gehen wolltest, hatte ich im ersten Moment überhaupt nichts dagegen. Ich hatte die Augen geschlossen und alles geschah wie im Trance, die Musik war irgendwie weit weg, deine Hände waren so zärtlich und ich ließ dich gewähren. Um dich zu küssen, öffnete ich meine Augen und genau in diesem Augenblick sah ich hinter dir Robert mit einem Mädchen tanzen und mit einem Mal spielte in mir alles verrückt. Ich wusste nicht, was ich machen sollte."

"...und deshalb hast du mir eine gescheuert, weil du dachtest, dass Robert uns zusammen gesehen hat."

"Genauso war es", entschuldigte sie sich bei mir.

"So ist das also. Jetzt wird mir ja einiges klar".

Ich begann darüber nachzugrübeln, ob ich Nina nicht in irgendeiner Form helfen könnte. Leider hatte ich keine vernünftige Idee und heute war da sowieso nichts mehr zu machen, aber das konnte ich Nina schließlich nicht ins Gesicht sagen. Stattdessen versuchte ich, sie zu überreden, wieder hineinzugehen.

"Pass auf, wir gehen einfach wieder nach unten und da organisiere ich das schon irgendwie, dass Robert auf dich aufmerksam wird! Was hältst du davon?"

"Was denkst du denn, was ich davon halte?", schniefte sie. "Robert war schon besoffen, als wir ankamen. Ich glaube nicht, dass er seitdem nüchterner geworden ist, wenn du verstehst, was ich meine."

Das verstand ich nur zu gut.

"Nein, Niko, lass mal gut sein! Für heute habe ich definitiv genug. Ich werde nach Hause gehen."

Ihr Entschluss stand felsenfest und ich machte mir erst gar nicht die Mühe, sie zu etwas anderem überreden zu wollen, denn das hätte nichts gebracht. Wahrscheinlich war es auch besser so. Die Enttäuschung war ihr anzumerken, obwohl sie bemüht war, mir ihre Gefühle nicht zu offenbaren.

"Okay, dann gehe ich auch. Wir sind zusammen gekommen und gehen auch wieder zusammen."

"Das kommt überhaupt nicht in Frage", sagte sie entschlossen. "Es reicht, dass ich mir den Abend verdorben habe. Ich will keine Schuld daran haben, dass dieser Abend für dich genauso blöd endet, nur weil du mit mir hergegangen bist."

"Jetzt mach aber mal einen Punkt!", fuhr ich sie an, "also mir hat der Abend sehr gut gefallen, zumindest bis auf die Sache mit der Ohrfeige und hättest du mir vorher erzählt, dass du was von Robert willst, hätte ich vielleicht sogar etwas machen können. Ist eben ein wenig dumm gelaufen."

"So schlimm ist es auch wirklich nicht. Ich bin bloß müde und habe keine Lust, noch länger zu bleiben, aber das hat nichts mit dir zu tun."

"Ich komme trotzdem mit. Ich kann dich doch jetzt nicht alleine gehen lassen."

"Das möchte ich nicht", redete sie zu mir. " Wenn du mir einen Gefallen tun willst, kannst du so nett sein und mir meine Jacke und die Tasche aus dem Keller holen."

Ich versuchte noch etwas dagegen einzuwenden, aber sie duldete keine Widerrede. Es war schlichtweg zwecklos, sie von ihrem Vorhaben abzubringen und daher holte ich ihr die Sachen. Ich begleitete Nina bis zur nächsten Straßenecke und bot ihr nochmals an, sie nach Hause zu begleiten, aber das lehnte sie, wie ich es erwartet hatte, ab.

An der Kreuzung verabschiedeten wir uns.

Einen Augenblick schaute ich ihr noch hinterher, solange ich sie im Licht der Straßenlaternen sehen konnte.

Unschlüssig darüber, was ich jetzt machen sollte, stand ich da und ließ mir den bisherigen Verlauf des Abends durch den Kopf gehen. Eins war klar, so oder so musste ich noch mal zurück, weil ich noch meine Jacke in Roberts Zimmer hatte. Andererseits war es ohnehin noch viel zu früh, um schon heimzugehen und ich entschloss mich dazu, nachzugucken, was aus Ralf geworden war.

Als erstes ging ich in die Küche und traf dort an der Tür auf Tobias, Frank und

Jochen, die wie immer in ein Gespräch über Fußball vertieft waren. Jochen war einer der wenigen BFC- Fans an unserer Schule und musste sich der wütenden Proteste der beiden anderen erwehren, weil sein Verein heute wieder durch einen zweifelhaften Elfmeter in der Nachspielzeit gewonnen hatte. Es war Woche für Woche dasselbe, wenn der BFC nicht nach den regulären 90 Minuten als Sieger feststand, wurde eben solange gespielt, bis irgendwie doch noch der Siegtreffer fiel. So auch dieses Mal. Ich konnte allerdings nicht verstehen, wie man sich darüber noch aufregen konnte, die gesamte Oberliga war doch nur eine Farce und jeder, der sich für Fußball interessierte, wusste das. Warum spielten denn wohl alle guten Leute beim BFC, in Dresden oder Leipzig? Gerade vor ein paar Wochen hatte es einen typischen Fall gegeben. In Rostock gab es einen 20-jährigen Mittelstürmer, der seit Monaten hervorragende Leistungen brachte und das blieb natürlich dem BFC nicht verborgen. Nun sollte Rostock, die in der Tabelle wie jedes Jahr im unteren Drittel zu finden waren, zum Wohle unseres Fußballs den Spieler nach Berlin zum Meister delegieren, aber die dachten ja nicht daran und der Spieler selber wohl auch nicht. Das muss einige Herren ziemlich sauer gemacht haben, denn kurze Zeit später wurde er zur Armee eingezogen und das mitten in der entscheidenden Meisterschaftsphase. Ihres besten Spielers beraubt, befand sich Rostock seitdem im Abstiegskampf, und es sah nicht sehr gut aus für sie. Dieser Fall war aber eher die Ausnahme. Normalerweise setzten die großen Clubs immer ihre Wünsche durch, dieses Beispiel zeigte allen nochmals eindringlich, wer am längeren Hebel sitzt und das es eigentlich keinen Sinn machte, dagegen zu protestieren. Warum also diese blödsinnige Diskussion?

Als ich um die Ecke ging, um mir aus dem Kühlschrank ein Bier zu holen, standen dort zu meinem Erstaunen Mike und Ralf. Sie waren ebenso verwundert, mich zu sehen wie ich meinerseits.

Ralf machte auf mich keinen guten Eindruck. Er lehnte mit dem Rücken an der Tiefkühltruhe, die links neben dem Kühlschrank stand und hielt verkrampft in seinen Händen eine Flasche Selters, konnte aber seine Augen kaum geöffnet halten. Mike dagegen trank gerade aus einem Glas mit einer bräunlichen Flüssigkeit und schien gegenüber Ralf noch recht munter zu sein.

Erfreut sie zu sehen, ging ich zu ihnen.

"Na, auferstanden von den Toten?", klopfte ich Ralf auf die Schulter.

"Ich will nach Hause", lallte er mit geschlossenen Augen. "Mann, bin ich müde."

"Das ist das Einzige, was er von sich gibt, seitdem ich ihn unten entdeckt habe", meldete sich Mike zu Wort.

"Wann habt ihr euch denn getroffen?", fragte ich.

"Getroffen ist gut gesagt. Vor zehn Minuten etwa."

"Hat er immer noch unten gesessen und gepennt?"

"Nein, das nicht gerade", fing er an zu lachen. " Ich war auf dem Weg, um mir etwas Trinkbares zu holen und musste durch den stockfinsteren Raum. Plötzlich bin ich über irgendetwas auf dem Boden gestolpert."

"Über Ralf, oder was?"

"Ganz genau. Der lag bäuchlings auf dem Fußboden, alles von sich gestreckt. Ich muss ihm wohl auf das rechte Bein getreten sein.

Jedenfalls jaulte er auf, wie ein Köter, dem man auf seinen räudigen Schwanz tritt."

"Au Scheiße, das muss ja weh getan haben", sagte ich mitfühlend.

"So ist es", rief Ralf dazwischen und wies mit dem Zeigefinger zu Mike, "das hast du mit Absicht gemacht."

"Blödsinn", verteidigte sich Mike. "Woher hätte ich denn wissen sollen, dass du dort rumliegst? Das kann ich ja schließlich nicht riechen."

Ralf wackelte mit dem Kopf und brubbelte etwas in sich hinein.

"Außerdem wusste ich zuerst gar nicht, dass es Ralf war, der da lag. Das habe ich erst gesehen, nachdem ich das Licht angemacht hatte und nicht nur das."

"Was meinst du mit: und nicht nur das?", fragte ich gespannt.

"Ich machte also den Schalter an, um zu sehen was passiert ist. In der Mitte des Raums liegt zusammen gekauert Ralf und hält sich vor Schmerzen das Bein, aber viel interessanter war, dass hinten in der Ecke noch zwei weitere Leute waren, nämlich Peggy mit einem Typen. Den habe ich aber noch nie gesehen und was soll ich dir sagen: die waren doch tatsächlich gerade beim Ficken. Ehrlich."

"Das glaube ich dir nicht", empörte ich mich. "Wie kommst du denn darauf?"

"Weil ich es selber gesehen habe, oder ich sag's mal so: es war mehr als offensichtlich. In dem Moment, als ich das Licht angemacht habe, brüllte sie mich völlig hysterisch an, dass ich es schleunigst wieder ausmachen soll, was ich auch sofort gemacht habe, aber die kurze Zeit hat schon ausgereicht. Ich konnte sehen, das er sich schnell die Hose hochzog und sich am Hosenschlitz zu schaffen machte und sie hatte oben nichts an und hielt sich die Hände davor. Ihr Rock war hochgeschoben. Jetzt sag mir bloß noch, dass die da im Dunkeln Strippoker gespielt haben. Das glaubst du doch selbst nicht."

"Ist ja echt ein Ding", sagte ich schmunzelnd. "Die sind im gleichen Raum wie unser Ralf, vögeln zusammen oder machen sonst was und Ralf bekommt nichts mit davon, weil er seinen Rausch ausschläft."

"Genau", mischte sich Ralf ein, "hab ich nichts von mitgekriegt."

"Ist ja besser als im Fernsehen. Schade, dass ich das nicht miterleben durfte", sagte ich kopfschüttelnd und beschloss, darauf erstmal einen zu trinken.

Inzwischen hatte ich auch von Mike erfahren, was sich in seinem Glas befand. Es war eine Mischung aus Cola und Weinbrand, und er machte für uns zwei neue Gläser fertig.

Mit Ralf war leider nichts mehr anzufangen und als Frank sich von uns verabschiedete, überredeten wir ihn dazu, Ralf mitzunehmen, da beide nicht weit voneinander entfernt wohnen.

Nachdem Ralf gegangen war, ging ich mit Mike wieder runter. So nach und nach lichtete es sich auf der Party. Das war auch kein Wunder, denn es musste schon 2 Uhr sein. Vielleicht sogar noch später; ich hatte kein Zeitgefühl mehr. Das hing unter anderem damit zusammen, dass ich schon wieder ziemlich betrunken war. Der Cola-Weinbrand schmeckte einfach zu gut, als dass ich die Finger davon lassen konnte.

Es waren nur noch zwei Dutzend Leute da, wovon die meisten in irgendwelchen Ecken lagen und schliefen. Mike lag neben mir und schnarchte vor sich hin. Ich hatte ihm gerade von meinem letzten Wochenende erzählt, als er unvermittelt zur Seite umfiel und sich nicht mehr rührte. Seit geraumer Zeit hatte sowieso nur noch ich erzählt, und er hatte da schon Mühe gehabt, mir zu zuhören, deshalb ließ ich ihn schlafen.

Mir war ziemlich schlecht und ich stand auf und torkelte zur Küche. Dort suchte ich verzweifelt nach einem Saft oder einer Selters, aber die antialkoholischen Getränke waren alle. Ich öffnete den Wasserhahn und trank etwas Leitungswasser, um den ekligen Geschmack zu bekämpfen.

Im Hintergrund hörte ich etwas, das so klang, als ob sich gerade jemand übergeben musste. Es kam aus der oberen Etage, wahrscheinlich aus dem Badezimmer.

Ich ging die Treppe hoch, um nachzugucken, wer dort solche Geräusche zum Besten gab und als ich die angelehnte Tür vorsichtig aufstieß, entdeckte ich Ines, Roberts Schwester.

Sie hockte vor dem geöffneten Klodeckel und hatte sich einen Finger in den Hals gesteckt. Als ich hereinkam, drehte sie sich zu mir um und stierte mich mit weit aufgerissenen Augen an.

"Was willst du denn hier?", fragte sie verdutzt.

"Ich habe Geräusche gehört und wollte nur mal nachschauen, was los ist", antwortete ich. "Kann ich dir helfen?"

"Ja, gerne. Ich versuche seit mindestens einer Viertelstunde zu kotzen, indem ich mir den Finger in den Hals stecke, aber es klappt nicht. Es kommt nur Luft heraus." Zum wiederholten Mal rülpste sie. "Hast du nicht eine andere Idee, was ich tun kann, um mich zu übergeben?"

"Weshalb willst du das denn machen?"

"Ich habe die Hoffnung, dass es mir danach etwas besser gehen wird. Mir ist total schlecht."

"Mir auch, aber ich habe auch keine Idee. Vielleicht Salzwasser", schlug ich vor.

"Igitt, das trink mal schön alleine! Dann versuche ich es lieber weiter so", sprach sie und lehnte sich wieder über das Becken.

Ich stand immer noch in der Tür und musterte sie verwundert. Obwohl Ines mächtig betrunken zu sein schien, war ihr das rein äußerlich nicht anzumerken. Sie hatte ein schickes blaues Kleid an, welches ihr trotz der eigenartigen Situation eine ganz besondere Ausstrahlung verlieh und ich musste zugeben, dass mich ihr Anblick irgendwie faszinierte.

"An deiner Stelle würde ich es aufgeben", sagte ich nach einer Weile, "Leg dich lieber ins Bett und versuche zu schlafen! Das ist die beste Medizin."

Sie ließ ihren Kopf auf den Deckel sinken und umklammerte mit beiden Händen die Kloschüssel.

"Ich glaube, du hast Recht", sagte sie schließlich, "aber alleine schaffe ich das nicht. Hilfst du mir dabei?"

"Natürlich, sehr gerne", antwortete ich.

Ich half ihr beim Aufstehen und zog sie so gut es ging hoch. Zusammen torkelten wir aus der Tür nach rechts. Nun mussten wir noch etwa fünf Meter geradeaus, was uns sichtlich schwer fiel, denn wir stießen erst an die eine Wand und danach an die andere. Am Ende des Ganges befand sich ihr Zimmer. Die Tür stand glücklicherweise offen. Gemeinsam drängelten wir uns hindurch.

Drinnen angekommen, wollte ich Ines langsam auf ihrem Bett absetzen, verlor aber das Gleichgewicht und wir purzelten beide auf das Bett. Sie begann zu kichern und hörte gar nicht mehr auf, so wie vorhin, als ich mit Nina angekommen war.

Ich richtete mich auf und wollte aufstehen, aber Ines hielt mich zurück.

"Willst du schon gehen?", fragte sie mich mit einem komischen Unterton und kicherte erneut.

"Ich denke schon."

"Wenn du meinst, dann bringe ich dich zur Tür", sagte sie, stand schnell auf und machte einen großen Schritt, so dass sie vor mir da war, aber statt sie aufzumachen, trat sie dagegen und die Tür fiel ins Schloss. Von innen drehte sie den Schlüssel herum.

Ich verstand nicht, was Ines jetzt vorhatte, aber langsam dämmerte es mir.

Sie zog mich an sich und streichelte meine Wange.

"Ich kann doch meinen Retter nicht ohne Belohnung gehen lassen, oder?", schnurrte sie wie ein Kätzchen und küsste mich zärtlich. Ihre Zunge bohrte sich in meinen Mund und ich war sehr froh, dass vorhin ihre Versuche, sich zu übergeben nicht von Erfolg gekrönt waren.

Ohne richtig zu begreifen, auf was ich mich hier einließ, erwiderte ich ihre Küsse, die immer stürmischer wurden. Ich ließ sie machen, wozu sie Lust hatte und schnell wurde mir klar, dass Ines keine Schmusekatze war, sondern eine richtige kleine Raubkatze. Ihre Fingernägel bohrte sie mir regelrecht ins Fleisch und obwohl das etwas wehtat, war es angenehm. Plötzlich machte sie sich an meiner Hose zu schaffen, fasste zuerst in die hinteren Taschen und knetete meinen Po und dann glitten ihre Hände in die Vordertaschen und begannen die Innenseiten meiner Schenkel zu massieren. Ich spürte wie mein Penis immer größer wurde und danach verlangte, aus seinem Gefängnis in die Freiheit entlassen zu werden. Ines hatte das natürlich längst bemerkt und öffnete mit ihren sehr geschickten Fingern meinen Hosenschlitz und nestelte meinen steifen Schwanz hervor, der schon jetzt, kurz davor war zu explodieren.

Ich war von Ines' Fingerfertigkeiten und der ganzen Art und Weise, wie sie das machte, so beeindruckt, dass ich ihr jegliche Aktivität überließ und keinerlei Eigeninitiative entwickelte. Dazu war ich im Moment auch nicht in der Lage, so erregt war ich. Außerdem war es für mich das allererste Mal, dass ich mich überhaupt in solch einer Situation befand, und ich hätte beim besten Willen nicht gewusst, was zuerst zu machen gewesen wäre. Bis heute war es ja nie dazu gekommen, dass mich ein Mädchen dort mit der Hand angefasst hatte, geschweige denn, dass ich mit einem Mädchen richtig intim geworden wäre. Nein, soweit war es nie gekommen, und ich genoss das alles in vollen Zügen. Man merkte schon einen großen Unterschied von Ines zu meinen bisherigen Erfahrungen mit Sina oder Katrin. Sie war halt einige Jährchen älter und im Gegensatz zu mir, war das hier sicherlich kein Neuland für sie.

Ich glaube, ihr schien das auch nichts auszumachen, dass sie fast alles selbst machen musste. Vielleicht war sie darüber ja mal ganz froh, der aktive Teil zu sein, wer weiß.

Nachdem sie meinen Penis herausgefummelt hatte, setzte sie sich aufs Bett und schob ihr Kleid ruckartig nach oben. Es kam ein weißer Slip zum Vorschein, der an der Außenseite mit Rüschen verziert war. Diesen zog sie sich herunter. Nun lag ihr Venushügel nackt vor mir. Es war zwar sehr dunkel, aber ich konnte trotzdem ihr volles schwarzes Schamhaar sehen, das sie zu einem kleinen Dreieck rasiert hatte. So deutlich hatte ich das noch nie gesehen, geschweige denn anfassen können. Wie von einem Magnet angezogen, streckte ich meine Hände danach aus und fuhr ihr mit der Handinnenfläche darüber, fasste die Schamhaare zu einem Büschel zusammen und streifte sie glatt. Das erregte sie anscheinend, denn mit einem Mal begann Ines schwerer zu atmen und zog mich auf sie.

Unsere Körper lagen übereinander und ohne genau zu wissen, wo sich mein Penis eigentlich befand, bewegte ich mich auf ihr hin und her. Ich konnte nicht deuten, ob ich wirklich in ihr war, denn es dauerte nicht lange bis ich merkte, dass es mir kam. Ich vermute, es war keine Minute vergangen, wahrscheinlich sogar weniger, aber das Gefühl, das ich danach hatte, war überwältigend.

Erschöpft blieben wir liegen. Ich hechelte nach Luft, als ob ich gerade eine wahnsinnige Anstrengung vollbracht hätte, so wie nach einem 100 Meter-Lauf.

Ines atmete schon wieder normal und begann mich liebevoll zu streicheln, sagte aber nichts.

"Das war echt Spitze", durchbrach ich das Schweigen.

"Meinst du, ja?", antwortete sie.

"Ja wirklich, ich fand es toll", gab ich etwas unsicher zurück, "hat es dir etwa nicht gefallen?".

Ich war davon ausgegangen, dass es ihr genauso viel Spaß gemacht hatte wie mir, aber ihre kurze Antwort machte mich stutzig. Sie war bestimmt Besseres gewöhnt und sicher ein wenig enttäuscht von mir.

"Keine Angst, es hat mir schon ganz gut gefallen", sagte sie schließlich und strich mir durch die Haare. "Wenn ich es mir recht überlege, war es sogar sehr schön, nur leider etwas zu kurz. Verstehst du was ich meine?"

"Na ja, ich glaub', ich weiß was du meinst. Ich war viel zu schnell fertig."

"Trotzdem war es schön. Hätte ich nicht erwartet", sagte sie mit einer gewissen Arroganz.

"Wieso hättest du das nicht erwartet? Weil ich jünger bin als du, oder warum?"

"Nein das nicht. Ich habe mir nur gerade versucht vorzustellen, wie mein kleiner Bruder, der so alt ist wie du und mit dem du in eine Klasse gehst, dasselbe mit einem Mädchen macht, was wir gemacht haben. Also, das ist wirklich jenseits meiner Vorstellungskraft. Mein kleiner, vertrottelter Bruder..."

"Bei Robert kann ich mir das allerdings auch nicht vorstellen, genauso wenig wie bei meiner Schwester. Das stimmt schon."

Es trat wieder ein längeres Schweigen ein, das diesmal von Ines unterbrochen wurde.

"Hast du eigentlich noch Lust?", fragte sie provokant.

"Wozu denn?", gab ich abwesend zur Antwort, nicht gleich begreifend, worauf sie hinauswollte. Nach einigen Sekunden dämmerte es mir. "Ach, das meinst du. Im Prinzip habe ich schon noch Lust, aber das wird wohl nicht mehr gehen", zeigte ich auf mein schlaffes Glied, das müde an mir herabhing.

"Lass mich mal machen, das kriege ich bestimmt wieder hin!", sprach sie und fing sogleich an mit ihren Händen mein bestes Stück zu umschließen und sanft zu massieren. Es dauerte tatsächlich nicht lange und er stand wieder wie eine Eins.

"Na, was habe ich gesagt, das klappt schon irgendwie", triumphierte sie und streifte mir die Hosen runter, welche ich bis jetzt noch auf dem Boden liegend halb angehabt hatte. Als nächstes zog sie mir auch noch den Slip aus, so dass ich bis auf meinen Pulli nackt neben ihr saß.

"Los, komm mal nach oben!", forderte sie mich auf und ich folgte ihrer Aufforderung. Ines hatte sich inzwischen ihres Kleides entledigt, saß völlig nackt auf der Bettkante, spreizte ihre Beine und ließ sich nun langsam auf ihren Rücken gleiten. Ich stand vor ihr und beugte mich jetzt vorsichtig über sie, mit den Händen abstützend.

"Nun mach ihn endlich rein!", flehte sie mich an, übernahm aber, ohne meine Reaktion abzuwarten, sofort selbst die Initiative. Mit einer Hand öffnete sie ihre Schamlippen und mit der anderen Hand steckte sie mein festes Glied hinein. Dieses Mal gab es keinen Zweifel: ich schlief zum ersten Mal mit einem Mädchen.

"Keine Hektik, Niko, ganz ruhig", stöhnte sie und ich versuchte ruhig zu bleiben, aber das war leichter gesagt als getan. Bei jeder Bewegung durchzuckte mich mein ganzer Unterleib und ich konzentrierte mich nur darauf, nicht wieder so schnell zu kommen. Ines' Stöhnen wurde immer lauter und erregte mich nur noch mehr und ich konnte meinen Orgasmus nicht weiter hinauszögern. Ich merkte, dass es jeden Moment soweit sein würde.

Plötzlich bummerte es an der Tür und irgendjemand brüllte, was denn hier los sei. Es war Roberts Stimme.

"Verdammte Scheiße", fluchte Ines und setzte sich ruckartig auf. Das war ein großer Fehler, denn mein Penis rutschte daraufhin zum Bersten gespannt heraus und ehe ich etwas unternehmen konnte, spritzte ich mein Sperma quer über das gesamte Bett und über Ines, die davon wenig begeistert war, währenddessen Robert draußen weiter wie ein Verrückter gegen die Tür klopfte und immer lauter schrie.

"Macht gefälligst die Tür auf, sonst trete ich sie ein, das könnt ihr mir glauben!", brüllte er immer wieder, "ich zähle jetzt bis zehn; eins,..."

Mit einem Satz sprang ich auf und suchte im Dunkeln meine Sachen. In Sekundenschnelle streifte ich mir den Slip über, was aufgrund der Erektion meines Schwanzes alles andere als einfach war. Zum Glück ging es halbwegs. Die Hose anzuziehen war schon schwieriger, weil sie ziemlich eng an lag, aber mit einigem Bemühen klappte auch das.

Mein T-Shirt hatte zwar einige Spritzer abbekommen und es wäre besser gewesen, es in die Hose zu stecken, dann hätte man die Ausbeulung allerdings erst richtig gut sehen können, weshalb ich es lieber vorzog, es über der Hose zu lassen. Im Dunkeln würde Robert garantiert nicht so genau darauf achten.

Ines hatte, so gut es eben ging in der kurzen Zeit, das Sperma vom Körper und vom Bett abgewischt mit dem Nachthemd, das unter ihrem Kopfkissen gelegen hatte und beeilte sich jetzt, ihr Kleid überzuziehen.

Unsere hektischen Blicke trafen sich, als Robert bis neun gezählt hatte. Ich schaute mich im Raum um. Vielleicht gab es ja irgendeinen Ausweg: im Schrank verstecken war nicht möglich, weil es nur eine kleine Kommode neben dem Fenster gab und ein Nachttischchen. Ein Bettkasten existierte leider nicht, wohin man sich hätte verkriechen können und aus dem Fenster klettern war aus der Höhe und meiner alkoholisierten Verfassung lebensmüde, obwohl ich ehrlich mit dem Gedanken spielte.

"Vergiss es, da brichst du dir alle Knochen!", schien sie meine Gedanken erraten zu haben. "Von hier oben gibt es keinen anderen Ausgang."

"...zum letzten Mal. Macht die Tür auf, oder es passiert etwas ... zehn!", rief er. "Macht ihr jetzt endlich auf, oder was?"

"Also gut, was machen wir nun?", fragte ich sie achselzuckend.

"Was schon, wir machen einfach die Tür auf und du gehst an ihm vorbei, als wäre nichts geschehen. Seit wann schreibt mir mein bekloppter Bruder vor, wen ich in mein Zimmer mitnehme", ereiferte sie sich.

Überzeugend fand ich den Vorschlag nicht unbedingt, aber es half ja nichts. Bevor Robert hier wirklich die Tür aufbricht und durchdreht, bei Betrunkenen weiß man ja nie genau, wie die reagieren, war es ratsamer, von alleine zu öffnen, daher hatte es keinen Sinn, Ines zu widersprechen.

"Meinetwegen, dann werde ich mal gehen", sagte ich.

"Warte, ich mache die Tür auf!", sprach sie und fügte leise hinzu, "Es war übrigens toll, ehrlich."

"Fand ich auch."

"Das bleibt aber unter uns, ja?"

"Natürlich. Von mir erfährt niemand etwas, Ehrenwort."

Vor der Tür war es auf einmal ruhig. Anscheinend überlegte Robert, was er jetzt machen sollte, nachdem sein Ultimatum erfolglos verstrichen war.

"Ich drehe den Schlüssel rum und du gehst ganz in Ruhe an ihm vorbei! Also los!", versuchte sie mir Mut zu machen.

Vorsichtig öffnete sie die Tür, die nach innen aufging und vor uns stand Robert.

Er hatte sich wohl gerade darauf vorbereitet, sich mit dem Gewicht seines Körpers gegen die Tür zu stemmen, weil er nicht erwartet hatte, dass jemand von alleine die

Tür aufmachen würde. Als er mich in der Tür stehen sah, erstarrte er zur Salzsäule und guckte mich vollkommen fassungslos an, so als ob ihm ein Geist erschienen wäre. Damit, dass ich aus dem Zimmer seiner Schwester kommen würde, hatte er augenscheinlich nicht im Entferntesten gerechnet. Er war völlig irritiert, mich zu sehen. Seine Augen hatte er weit aufgerissen, der Mund stand halb offen und seine Gesichtszüge waren entglitten, es war eine teils traurige, teils lächerliche Gestalt, die mir den Weg versperrte. So mussten die Figuren in einem Wachsfigurenkabinett aussehen.

"Was machst du denn hier?", stotterte er, nachdem er seine Sprache wiedererlangt hatte.

"Wenn ich dir das alles erklären wollte, bräuchte ich einige Stunden, deshalb lasse ich es lieber gleich sein."

"Niko hat mich bloß in mein Zimmer gebracht, weil ich nicht mehr selber laufen konnte", mischte sich Ines ein. "Er hat mich im Bad gefunden, wo ich kotzend über dem Klobecken hing."

"Genau", sagte ich schnell und malte die Geschichte von ihr weiter aus. "Ich habe ihr nur geholfen, vom Bad in ihr Zimmer zu kommen. Sie war so betrunken, dass sie den Weg nicht mehr schaffte und ich musste sie unterhaken, sonst würde sie wahrscheinlich jetzt noch vor dem Klo hocken."

" ...und kurz nachdem er mich auf dem Bett abgesetzt hatte, kamst du an und hast wie ein Verrückter gegen die Tür gebummert. Sag mal bist du völlig bescheuert, oder was? Was sollte das denn?", ereiferte sie sich.

Robert war nun vollends verunsichert und rang nach Worten. "Das konnte ich ja nicht wissen, ich meine, es hätte ja sonst was los sein können."

"Da hast du ja Recht", besänftigte ich ihn, "das konntest du schließlich nicht wissen. Woher auch."

"Tut mir echt leid", entschuldigte sich Robert bei uns.

"Halb so wild, ich hätte bestimmt genauso reagiert", sagte ich und rechnete jeden Moment damit, dass er uns fragen würde, weshalb die Tür von innen verschlossen war, aber so perplex wie Robert war, kam ihm dieser Gedanke glücklicherweise nicht in den Sinn.

"Ich muss jetzt unbedingt schlafen", begann Ines zu gähnen, "Danke noch mal, Niko."

"Schon okay, war ja kein Problem", antwortete ich, "ich muss nun aber auch los. Tschüß, ihr zwei."

Schnell ging ich an Robert vorbei, der immer noch wie versteinert vor der Tür stand, schnappte mir unten meine Jacke und beeilte mich, das Haus zu verlassen. Ich hatte das Gartentürchen gerade von außen zugemacht, als die Haustür aufging und Robert herauskam.

"Niko, komm gut nach Hause und Entschuldigung noch mal! War wirklich nicht böse gemeint", rief er mir hinterher.

"Ich bin dir nicht sauer, Robert. Schwamm drüber", rief ich zurück.

"Na dann, bis Montag."

"Bis dann, Tschüß."

Bloß weg hier, dachte ich, bevor ihm einfallen würde, dass die Tür zugeschlossen war, aber so besoffen wie er war, würde er sich morgen wahrscheinlich nicht mehr daran erinnern können, und das war auch besser so.

Auf dem Heimweg ließ ich den ganzen seltsamen Abend Revue passieren. Mir gingen unheimlich viele Dinge durch den Kopf, vor allem aber die Sache mit Roberts Schwester.

Seit Monaten hatte ich mich in meinen Gedanken darauf vorbereitet, zum ersten Mal mit einem Mädchen zu schlafen. Ich hatte unzählige Male davon geträumt, wie es sein würde und nun war es passiert, aber die Realität hatte nichts mit meinen Träumen gemein. Das war schon irgendwie komisch.

Im Prinzip konnte ich es noch nicht richtig fassen, was sich gerade eben abgespielt hatte.

Von meinen Freunden hatten schon fast alle mit einem oder sogar verschiedenen Mädchen geschlafen, zumindest erzählten sie das. Es gab einige darunter, denen ich das aber nicht abnahm. Ich glaube, sie wollten sich nur wichtig machen und damit angeben. Immer, wenn das Gespräch auf dieses Thema kam, waren es dieselben, die eine große Klappe hatten. Ich hielt mich dann meistens heraus. Was hätte ich auch dazu beitragen sollen?

Ganz genau wusste ich nur von Mike, dass er mit seiner Freundin sexuellen Kontakt hatte, weil er mir das in allen Einzelheiten berichtet hatte. Sein erstes Mal war ziemlich chaotisch abgelaufen. Bei ihm hätte es mich aber auch gewundert, wenn alles glatt gegangen wäre. Ansonsten war ich mir nur bei Frank, der immer noch mit Sinas Freundin Antje zusammen war, sicher, dass er mich nicht angelogen hatte und natürlich bei Jens, aber der war ja auch etwas älter als ich.

Ich überlegte mir, wie viele meiner Freunde wohl schon einmal mit einem Mädchen gebumst hatten, dass mehrere Jahre älter war als sie selbst. Ich kam zu dem Schluss, dass ich bestimmt der Einzige war, dem das bisher widerfahren war, und das machte mich ein wenig stolz. Ines war sogar schon über 18 und eigentlich kein Mädchen mehr, sondern eine junge Frau und darauf konnte ich mir ganz schön etwas einbilden, auch wenn ich davon niemandem erzählen durfte. Das würde mir nicht sehr gut bekommen, wenn etwa Ines' Freund davon erfahren sollte. Auweia, daran mochte ich überhaupt nicht denken im Moment.

Obwohl es für mich mit Ines wirklich toll war, fragte ich mich insgeheim, ob es nicht vielleicht doch noch etwas schöner gewesen wäre, wenn man das erste Mal mit jemandem erlebt hätte, in den man richtig verliebt war. In diesem Zusammenhang musste ich seit längerer Zeit mal wieder an Sina denken.

Frank war jetzt mit Antje auch schon über ein halbes Jahr zusammen, und ihre Beziehung war laut seiner Aussage noch genauso schön wie am Anfang. Ab und zu am Wochenende erlaubten es ihre Eltern, dass sie jeweils beim anderen übernachten durften. Er hatte mir irgendwann beim Fußballtraining berichtet, wie sie sich gemeinsam aufs erste Mal vorbereitet hatten.

Wenn ich mit Sina noch zusammen gewesen wäre, hätte ich mir sehr gut vorstellen können, dass es mit ihr wunderschön geworden wäre.

Was machte sie überhaupt? Ich konnte mich nicht entsinnen, wann wir uns zuletzt über den Weg gelaufen waren, ich wusste nur durch Frank, dass Sina wieder einen Freund hatte. Er kam aus dem Nachbarort und war ein Jahr älter, aber ich kannte ihn nicht persönlich und wollte ihn auch nicht kennen lernen, aber Sina hätte ich gerne mal wieder getroffen.

Endlich kam ich zu Hause an, schlich mich leise in mein Zimmer und zog meine Sachen aus. Im Schein meiner Stehlampe, die rechts neben meinem Bett stand, sah ich jetzt erstmal richtig die Flecken auf meinem Pulli. Einer war in Höhe des Bauchnabels und der andere in Brusthöhe, aber alle beide waren so groß, dass Robert sie eigentlich nicht hatte übersehen können. Als nächstes zog ich meine Hose aus und danach meinen Slip, der noch etwas feucht war und einen sehr eigenwilligen Geruch versprühte. Ich packte die Klamotten zusammen und legte sie in meinem Schrank hinter die Sportsachen. Morgen, wenn die Luft rein war, würde ich sie in die Wäsche tun.

Erschöpft und todmüde warf ich mich aufs Bett und schlief wenig später selig ein.

Um wie viel Uhr ich gestern Nacht heimgekommen war, wusste ich nicht genau. Es musste allerdings sehr spät gewesen sein, vielleicht drei oder so. Punkt 8.30 Uhr wurde ich von meiner Mutter geweckt. Ich konnte es nicht fassen.

"Los, raus aus den Federn! Wenn du noch eine Kleinigkeit frühstücken willst, dann musst du jetzt aufstehen", forderte sie mich auf und verschwand wieder aus dem Zimmer.

Demonstrativ drehte ich mich auf den Bauch und stülpte mir das Kopfkissen über, in der Hoffnung, dass sie mich zufrieden lassen würde, aber es dauerte nicht lange und sie stand erneut in der Tür.

"Was ist jetzt: stehst du von alleine auf oder soll ich nachhelfen?"

"Ich bin müde", beklagte ich mich.

"Das ist deine eigene Schuld, wenn du erst mitten in der Nacht nach Hause kommst. Du wusstest ganz genau, dass wir heute alle in die Kirche gehen."

"Was?", fragte ich entsetzt, "wieso das denn?"

"Nun tu mal nicht so, als ob du davon nichts gewusst hättest!", sagte sie ärgerlich. "Seit einer Woche reden wir schon darüber."

Jetzt fiel es mir tatsächlich wieder ein. Tante Frieda und Onkel Heinz waren gestern Abend zu Besuch bei Oma und Opa eingetroffen.

Die wohnten in Thüringen, in einem kleinen Dorf in der Nähe von Gera, und am Sonntag gingen sie immer bei Wind und Wetter in die Kirche, weil man das als guter Christ nun mal so machte. Aber was zum Teufel hatte das mit mir zu tun? Manchmal ging ich ja auch zur Kirche, so war es ja nicht, aber doch nicht an solch einem Tag bzw. nach solch einer Nacht.

"Mutti, ich kann heute wirklich nicht", versuchte ich mich herauszureden. "Ich habe totale Kopfschmerzen."

"Das interessiert mich nicht, mein Lieber", blieb sie hart. "Entweder du stehst von alleine auf oder ich komme beim nächsten Mal mit einem nassen Waschlappen zurück. Ganz wie du willst."

Kaum war sie wieder verschwunden, schlief ich seelenruhig weiter.

Wie lange ich danach geschlafen hatte, weiß ich nicht mehr. Auf jeden Fall machte sie zusammen mit Sabine ihre Ankündigung wahr. Sabine hielt mich fest, und meine Mutter drückte mir einen eiskalten, triefenden, nassen Waschlappen aufs Gesicht. Das Wasser lief mir am Hals abwärts in den Schlafanzug. Es war eklig und feucht, und ich musste einsehen, dass ich diesmal keine andere Möglichkeit hatte, mich dem barbarischen Gemeinheiten meiner Familie zu widersetzen, als aufzustehen und ohne Murren den Gang zur Sonntagsmesse zu ertragen.

Nachdem ich geduscht und noch schnell eine Tasse Kaffee in mich hineingeschüttet hatte, ging es mir gleich ein wenig besser, aber müde war ich trotzdem.

Mit dem Fahrrad ging es zu meinen Großeltern, die uns bereits erwarteten.

"Da seid ihr ja endlich", begrüßte uns mein Opa sichtlich genervt, "wir müssen uns jetzt aber beeilen. Die anderen sind schon längst losgegangen, damit sie einen Platz in der ersten Reihe bekommen."

"Warum das denn?", fragte ich ihn verwundert.

"Woher soll ich das wissen?" Er überlegte kurz. "Wahrscheinlich, weil sie zu Hause auch immer in der ersten Reihe sitzen. Zumindest könnte ich mir das vorstellen."

Bis zur Kirche brauchten wir zu Fuß etwas mehr als zehn Minuten. Da es schon nach halb zehn war, mussten wir uns mächtig sputen, um noch pünktlich zu kommen. Am

Sonntag war es meistens sehr voll, wer zu spät kam, musste hinter der letzten Sitzreihe stehen, da es nicht genügend Plätze für alle in der Kirche gab. Ich hoffte inständig, dass ich einen Sitzplatz würde ergattern können, denn zum Stehen während der einstündigen Messe fühlte ich mich heute nicht in der Lage.

Gerade noch rechtzeitig kamen wir an. Die Kirche war zwar gut gefüllt, aber zu unserem Glück waren in der hintersten Reihe noch einige Plätze frei, auf die wir uns setzten.

Nachdem ich mich kurz zum Begrüßungsgebet hingekniet hatte, setzte ich mich wieder auf die Bank und hielt Ausschau nach Onkel Heinz und Tante Frieda. Ich hatte beide zum letzten Mal bei der goldenen Hochzeit meiner Großeltern gesehen. Das war nun schon über drei Jahre her, und ich war mir nicht sicher, ob ich sie auf Anhieb erkennen würde. Mein Blick wanderte von Bank zu Bank, aber ich sah sie nirgends. Meine Schwester bemerkte meinen suchenden Gesichtsausdruck und zeigte mit dem Finger nach vorne.

Dort saßen sie genau neben dem Eingang, durch den die Ministranten und der Pfarrer die Kirche betraten. Sie hatten sich tatsächlich in die erste Reihe gedrängelt, wo immer dieselben Leute sitzen, alles Frauen im Rentenalter, die da seit jeher, solange ich denken konnte, ihre angestammten Plätze hatten. Niemals hätte es von den Einheimischen jemand gewagt, sich auf dieser Bank niederzulassen, es war sozusagen ein ungeschriebenes Gesetz, dass diese Plätze fest reserviert waren für die alten Frauen mit ihren Kopftüchern. Unsere Verwandten konnten das natürlich nicht wissen. Auf jeden Fall saßen jetzt dort dicht aneinander gedrängt zehn Personen, während es normalerweise schon mit acht Leuten ziemlich eng war.

Der Organist begann die ersten Takte eines Liedes anzuspielen und wie von allein öffnete sich plötzlich vorn die Tür und vier Ministranten erschienen in feierlichen rot-weißen Gewändern. Nach ihnen betrat der Pfarrer den Raum und fing sogleich an, die erste Strophe des Eröffnungsliedes zu singen.

"Nun danket all und bringet Ehr, ihr
Menschen in der Welt, dem, dessen Lob der
Engel Heer im Himmel stets vermeldt."

Die Messe war, die Weihnachts- und Osterfeiertage mal ausgenommen, wie jedes Mal langweilig. Ich hatte alle Mühe, meine Müdigkeit zu unterdrücken und nicht einzuschlafen. In den Passagen mit den Messgesängen und den Liedern ging es ja noch, aber als der Pfarrer minutenlang aus dem "Neuen Testament" vorlas und im Anschluss daran die Andacht hielt, konnte ich meine Augen beim besten Willen nicht mehr offen halten und nickte ein ums andere Mal ein. Nachdem das mehrmals passiert war, stupste mich meine Mutter in die Seite.

"Jetzt reiß dich gefälligst mal zusammen!", wisperte sie mir leise ins Ohr.

"Ich versuche es ja", schmollte ich.

Von der anderen Seite schaute mich mein Opa strafend an, legte seinen Finger auf die Lippen und machte "Psst".

"Hoffentlich ist es bald vorbei", dachte ich und guckte von nun an ständig auf die Uhr, aber die Zeit wollte einfach nicht vergehen.

Endlich war ein Ende in Sicht, denn der Pfarrer bereitete die Kommunion vor, und danach dauert es glücklicherweise nicht mehr allzu lange. Unser Pfarrer segnete die Gaben und die Ministranten schwangen dazu die Weihrauchbehälter auf und ab. Die gesamte Kirche war augenblicklich von dem Duft erfüllt. Der Rauch drang in jeden Winkel, was bei mir eine unheimliche Übelkeit auslöste. Ich saß da und merkte, wie in meinem Mund der Speichel zusammenlief und ich zu schlucken anfangen musste. Um mich nicht in der Kirche übergeben zu müssen, sprang ich unvermittelt auf, wobei mein Gesangbuch herunterfiel, verließ überstürzt meinen Platz und ging schnell in Richtung Ausgang. Im Augenwinkel sah ich noch die überraschten Gesichter der Leute und die zornigen Augenpaare meines Opas. Vor der Tür schnappte ich schwer nach frischer Luft und atmete mehrmals ganz tief durch, so dass es mir nach einigen Augenblicken wieder besser ging und die Übelkeit nachließ. Lange konnte der Gottesdienst jetzt nicht mehr dauern und ich überlegte, ob es Sinn hatte, nochmals hinein zu gehen. Vorsichtig machte ich die Tür auf und lugte um die Ecke.

Ich war etwa acht Minuten draußen gewesen, die Kommunion war jetzt schon vorbei. Der Pfarrer stand vor dem Altar und sprach ein Gebet. Als er damit fertig war, erhoben sich alle und fingen an, ein Lied zu singen. Ich erkannte es auf Anhieb, denn das wurde fast immer zum Abschluss der Messe gesungen. Also brauchte ich nicht mehr hinein zu gehen, und das war mir auch ganz recht so. Ich blieb einfach dort stehen und wartete darauf, dass die ersten aus der Kirche kamen.

Meine Mutter war eine der ersten, die herauskamen und steuerte sofort auf mich zu.

"Was war denn los?", wollte sie wissen.

"Mir ist schlecht geworden von dem Weihrauch", verteidigte ich mich, "Außerdem war die Luft drinnen zum Schneiden."

"So ein Quatsch", fiel mir Opa barsch ins Wort, der sich inzwischen zu uns gesellt hatte. "Du bist doch kein kleines Kind mehr, dem von so etwas übel wird, oder?"

Normalerweise hatte ich damit auch kein Problem, aber heute schon aufgrund des gestrigen Abends, bloß sagen konnte ich das natürlich nicht und deshalb schwieg ich lieber.

"Nun lasst mir mal den Jungen zufrieden", mischte sich nun auch noch meine Tante ein und umarmte mich herzlich zur Begrüßung. "Na du bist vielleicht groß geworden.

Man erkennt dich ja fast nicht wieder."

"Hat euch die Messe gefallen?", fragte ich sie aus Höflichkeit.

"Ja, es war sehr schön, nur leider für meinen Geschmack ein wenig zu voll", antwortete sie. "Bei uns sind sonntags nie so viele Leute in der Kirche."

"Das kannst du doch nicht miteinander vergleichen, Frieda", meldete sich mein Onkel zu Wort, "Neuhaus ist ja viel kleiner. Wo sollen denn da so viele Menschen herkommen?"

"Da hast du natürlich recht", sagte sie, "aber zu den großen Feiertagen ist es auch immer so voll."

"Ist doch vollkommen egal, oder meinst du wirklich, dass das hier jemand interessiert?", grantelte Onkel Heinz in seiner typischen Art und ließ keinen Zweifel daran, dass ihn solche nutzlosen Gespräche aufregten.

Das konnte ja noch ein heiterer Tag werden.

Die Leute waren jetzt alle aus der Kirche gekommen und das allwöchentliche Begrüßungsritual konnte beginnen. In großen und kleinen Grüppchen standen sie auf dem Platz davor und erwarteten, dass der Pfarrer sich für jeden etwas Zeit nahm. Er tat mir dabei immer leid, denn ich konnte mir beim besten Willen nicht vorstellen, dass ihm das Spaß machte. Ich vermutete, dass es eine alte Tradition in unserer Gemeinde war, die aber ganz sicher nicht von ihm eingeführt worden war, sondern von einem seiner Vorgänger.

Schließlich waren wir an der Reihe. Er gab jedem einzelnen die Hand und Mutti stellte ihm Onkel Heinz und Tante Frieda vor.

"Ach, sie kommen aus Thüringen?", fragte er interessiert. "Hat ihnen die Messe denn gefallen? War sicherlich ein wenig anders, als sie es von zu Hause gewöhnt sind, nicht wahr?"

"Also mir hat es sehr gut gefallen, aber bei uns ist es nie so voll", gab meine Tante als Antwort. Mein Onkel verdrehte die Augen und guckte sie von der Seite strafend an.

"Hier ist es auch nicht immer so voll, das können sie mir ruhig glauben", sprach er und wünschte uns noch einen schönen Sonntag.

Der restliche Tag zog sich für meinen Geschmack endlos hin. Ich war schon froh über unseren Besuch, denn man sah sich ja leider nur alle paar Jahre, aber trotzdem empfand ich es am heutigen Tag als ziemliche Belastung. Lieber wäre ich im Bett liegen geblieben und hätte in meinem Buch "Das Puppenheim von Pinnow" weiter gelesen, welches ich am vergangenen Wochenende zu lesen begonnen hatte.

Nach dem Abendessen verabschiedeten sie sich und luden mich für den nächsten Sommer nach Thüringen ein.

"Niko, wenn du Lust hast, kannst du uns jederzeit besuchen kommen. Du musst nur vorher kurz schreiben, wann du kommen möchtest, damit wir alles vorbereiten können! Also überleg es dir!", redete meine Tante auf mich ein.

"Ich überlege es mir auf alle Fälle. Danke für die Einladung", sagte ich.

"Keine Angst, wir beißen nicht und du hättest dort auch ein eigenes Zimmer."

"Mit einem separaten Eingang", blinzelte mir mein Onkel zu.

Ihre Sachen hatten sie bereits vor dem Abendbrot ins Auto gepackt. Nun stiegen sie in ihren alten klapprigen Wartburg und es fiel mir schwer zu glauben, dass sie damit heute noch bis nach Neuhaus fahren wollten. Eigentlich konnte ich es mir gar nicht vorstellen, dass diese rostige Kiste den Weg hierher geschafft hatte, aber mein Onkel war, was improvisieren anging, ein echter Teufelskerl und bastelte gerne an seinem Auto herum. Allerdings hatte er auch keine andere Wahl. Ihre Anmeldung für den neuen Wartburg lief ja schon seit 1973, seit fast zwölf Jahren. Aber vor einigen Wochen hatten sie aus Eisenach endlich einen Brief erhalten, worin ihnen mitgeteilt wurde, dass sie eventuell, wenn alles klappt, im Dezember ihr neues Auto abholen könnten, also beinahe zwei Jahre früher, als sie es erwartet hatten. Bis dahin musste der Alte noch durchhalten.

Meine Tante kurbelte das Fenster herunter und gab ein letztes Mal jedem die Hand.

"Dann bis zum Sommer", verabschiedete sie sich von mir.

"Ich freue mich schon darauf", rief ich ihnen nach, als sie in ihrem Wartburg knatternd davonfuhren, eine riesige Rauchwolke hinter sich herziehend.

In der Schule war die Fete von Robert in aller Ausführlichkeit ausgewertet worden und zu meinem Glück hatte weder einer etwas von der Ohrfeige mitbekommen, geschweige denn von Ines und mir. Nina war ich die meiste Zeit aus dem Weg gegangen und Ines hatte ich seitdem noch nicht wieder gesehen. Ihr Freund war mir vorgestern auf der Straße begegnet und als ich ihn bemerkte, hatte ich ein mulmiges Gefühl im Magen und wechselte vorsichtshalber unauffällig die Straßenseite, aber er nahm keine Notiz von mir und darüber war ich sehr froh. Ich musste in dieser Woche sehr oft daran denken, was in Ines' Zimmer passiert war und hätte nichts dagegen einzuwenden gehabt, das irgendwann zu wiederholen, aber mir war klar, dass es kein zweites Mal geben konnte.

Robert war zu mir ganz normal, so wie immer und ich wurde das Gefühl nicht los, dass er sich an unsere Begegnung in der Nacht nicht mehr erinnern konnte, sonst hätte er mich sicherlich darauf angesprochen. Ich für meinen Teil unterhielt mich mit ihm nur sehr allgemein über die Fete und vermied jegliche Konkretisierungen. Außerdem log ich ihm vor, dass mir einige Dinge nicht mehr einfielen. Eigentlich war das auch nicht gelogen, denn an alles konnte ich mich tatsächlich nicht erinnern.

6
Die fehlenden Beziehungen

Endlich war es soweit. Wir bekamen von unserem Klassenlehrer die Bewerbungsunterlagen überreicht, mit denen wir uns ab kommender Woche um eine Lehrstelle bemühen mussten. Dass ich zu guter Letzt doch eine Bewerbungskarte erhalten hatte, die mich dazu berechtigte, mich für eine Facharbeiterausbildung mit Abitur zu bewerben, hatte bei einigen Eltern und Lehrern, laut meinem Klassenlehrer, heftige Diskussionen verursacht. Es gab einige, Namen wollte er nicht nennen, die der Meinung waren, dass ich zwar gegenüber anderen Mitschülern das bessere Abschlusszeugnis der neunten Klasse vorweisen konnte, aber sich im neuen Schuljahr meine Leistungen abermals verschlechtert hatten und es daher ungerecht wäre, mich anderen vorzuziehen. Irgendjemand hatte sich sogar darüber beklagt, dass ich nicht an der Jugendweihe teilgenommen hatte und allen Ernstes behauptet, dass unsere Schule mich deshalb nicht vorschlagen könnte, weil sonst ein schlechtes Licht auf unsere Schule fallen würde. Dieser Einwand konnte, da war ich hundertprozentig sicher, nur von unserem Direktor gekommen sein, der nebenbei auch mein Staatsbürgerkundelehrer war und mit dem ich seit jeher auf Kriegsfuß stand. Herr Ferner hatte gegenüber meiner Mutter gesagt, dass es einen Vater in unserer Klasse gab, der erst neulich wieder von ihm verlangt hatte, seine Entscheidung vom vergangenen Juli rückgängig zu machen, aber darauf hatte er nur erwidert, dass er seinen damaligen Entschluss zusammen mit den Eltern des Elternaktivs getroffen habe und daran nicht zu rütteln sei.

Am Wochenende schrieb ich die Bewerbung und den Lebenslauf und meine Mutter half mir dabei so gut wie möglich.

Im Berufsberatungszentrum unserer Kreisstadt hatte ich mir beim letzten Besuch ein Heftchen mitgenommen, in dem verschiedene Beispiele abgedruckt waren, wie man sich am besten bewarb. Das leistete mir jetzt gute Dienste. Ich entschied mich dafür, den Lebenslauf in Stichpunkten zu schreiben, weil ich der Meinung war, dass es dadurch übersichtlicher wirkte. Sabine hatte es bei ihrer Bewerbung damals zwar anders gemacht, riet mir aber genauso dazu wie meine Mutter.

Damit brachte ich das gesamte Wochenende zu, aber wenigstens war ich mit dem Ergebnis einigermaßen zufrieden.

Das Einzige, was mir Kopfzerbrechen gemacht hatte, war im Bewerbungsschreiben die Erklärung darüber, warum ich gerade den Beruf als Ausbaufacharbeiter mit Abitur erwählt hatte. Was sollte ich bloß schreiben? Es gab im Prinzip keinen Grund dafür, denn ich hatte, anders als beim Großteil meiner Klassenkameraden, keinen

Traumberuf, den ich unbedingt erlernen wollte. Mir war es eigentlich egal, was ich werden würde. Vielleicht würde ich später versuchen zu studieren, aber im Moment war das alles noch ganz weit weg. Tatsache war aber, dass ich mich ab Morgen bewerben musste, ob mir das nun passte oder nicht.

Ich hatte mich im letzten halben Jahr viel über die verschiedensten Berufszweige informiert, aber die Erleuchtung war mir dabei nicht gekommen, so dass mir alle möglichen Leute gut gemeinte Ratschläge gaben. Wirklich weiter halfen sie mir allerdings auch nicht.

Auf den Ausbaufacharbeiter brachte mich schließlich mein Klassenlehrer, der meinte, dass ich ja dabei eigentlich mehrere unterschiedliche Berufe erlernte, zum Beispiel Stuckateur und ich mich später immer noch spezialisieren könne, wenn ich erstmal das Abitur hatte.

Das leuchtete mir von allem noch am ehesten ein und ich beschloss, mich dafür zu bewerben.

In meiner Bewerbung las sich das wie folgt:

"...deshalb ist es mein Berufswunsch, Ausbaufacharbeiter mit Abitur zu werden. Ich wurde auf diesen Beruf aufmerksam gemacht durch die Fernsehsendung" Berufe im Bild" sowie durch Broschüren, welche ich vom Berufsberatungszentrum erworben hatte. Da in unserer Republik die Industrialisierung und Modernisierung immer weiter voranschreitet, sehe ich für diesen Beruf eine große Perspektive..."

Es war soweit. Der große Tag war da und ich hatte kein gutes Gefühl. Zum Glück begleitete Mutti mich zum Termin beim VEB Elektrobild.

Kurz nach 11 Uhr waren wir angekommen und hatten noch über zwanzig Minuten Zeit bis zum Bewerbungsgespräch. Am Pförtnerhäuschen fragten wir einen Mann nach dem Weg zum Personalbüro.

"Sie gehen einfach immer geradeaus!", zeigte er vorwärts in Richtung einer grauen Fabrikhalle, "dann kommt rechts hinter der großen Halle ein Parkplatz und gleich dahinter ist ein Haus aus rotem Backstein. Da drin ist das Personalbüro. Können Sie nicht verfehlen".

Wir bedankten uns und betraten das Fabrikgelände. Mein Blick wanderte über das riesige Areal. Überall lagen Berge von Dreck, teilweise verrosteter Schrott, der aus den aufgestellten Müllcontainern quoll. In einer Ecke stapelten sich zerbeulte Ölfässer, die anscheinend mehrere lecke Stellen hatten, denn auf dem Boden bildeten sich an verschiedenen Plätzen kleinere Öllachen. Der Wind trieb ständig Papierfetzen und andere Kleinteile über die betonierte, mit Schlaglöchern übersäte Freifläche.

Im Vorbeigehen nahm ich als nächstes die heruntergekommene Fabrikhalle wahr.

Welche Farbe das Gebäude ursprünglich mal gehabt hatte, war nicht mehr zu rekonstruieren. Ich vermutete, dass es irgendwann einmal weiß gestrichen worden sein musste. Auf jeden Fall machte es auf mich den Eindruck, dass in den letzten Jahrzehnten keine Malerarbeiten mehr daran durchgeführt worden waren. Die restliche Farbe, die aufgrund der Vergilbung durch die Wettereinflüsse grau erschien, war vom Untergrund abgeblättert. Die großflächigen Fenster an der Längsseite der Halle, ließen gar keine Farbe mehr erkennen und waren völlig verrostet. Einige Fenster fehlten ganz und waren von innen notdürftig mit Pappe oder anderen Dingen abgedichtet.

Mein Gesichtsausdruck musste wohl Bände sprechen.

"Nun lass dich mal nicht gleich davon erschrecken!", versuchte mir Mutti Mut zu machen, was aber nicht viel Erfolg hatte.

"So schlimm habe ich mir das nicht vorgestellt", sagte ich enttäuscht, "hier soll ich drei Jahre lang zubringen? Das ist ja eine echte Horrorvorstellung."

"Warte doch erstmal ab! Die haben ja verschiedene Betriebsteile. Du weißt doch überhaupt nicht, wo die Ausbildungsstätten sind. Vielleicht ist es ja ganz woanders."

"Wer weiß, wie es da aussieht?", antwortete ich resignierend.

Am Ende der Fabrikhalle kam der Parkplatz zum Vorschein, den uns der Pförtner angekündigt hatte und dahinter das Backsteingebäude. Dort sah das Betriebsgelände schon viel freundlicher aus, und ich beruhigte mich wieder etwas.

"Wir sind zwar etwas zu früh dran, aber wir können ja trotzdem schon einmal hineingehen", schlug Mutti vor.

"Meinetwegen."

Auf dem Flur hielt sie mich kurz fest und zottelte an meinem Pullover herum, der sich verdreht hatte.

Einer Tafel, die an der Wand befestigt war, entnahmen wir, dass sich das Personalbüro im Obergeschoß befand, im Raum 141. Wir gingen die Treppe hinauf und fanden auch sofort das richtige Zimmer. Es war gleich der erste Raum auf der linken Gangseite. Neben der Tür war mit Reißzwecken ein per Hand geschriebener Zettel angebracht, der die Bewerber aufforderte, im Warteraum Platz zu nehmen. Man würde uns dann zum Bewerbungsgespräch hereinbitten.

Bis zum Termin waren noch ungefähr fünf Minuten Zeit und wir setzten uns im Aufenthaltsraum hin. Außer uns war niemand sonst da.

Ich war fürchterlich aufgeregt und hatte schweißnasse Hände. Vorsichtig wischte ich sie an einem Taschentuch ab, welches ich schnell aus der Hosentasche kramte, um damit fertig zu sein, bevor man mich hineinrufen würde.

Kaum hatte ich das Taschentuch wieder verstaut, tauchte eine Frau auf. Sie war so um die 40 und sehr ordentlich gekleidet. Um den Hals trug sie ein buntes Tuch, das sich von ihrem hellblauen Kleid abhob, dazu elegante schwarze Schuhe.

Nachdem sie mich nach dem Namen gefragt und freudig festgestellt hatte, dass ich pünktlich auf die Minute erschienen war, wandte sie sich meiner Mutter zu.

"Sie sind bestimmt die Frau Mutter", sagte sie schnippisch und musterte meine Mutter argwöhnisch.

"Ja genau, einen schönen guten Tag."

"Den wünsche ich Ihnen auch", sprach sie mit einer gespielten Freundlichkeit. "Wenn Sie wollen, können Sie Ihren Sohn zum Gespräch begleiten. Möchten Sie das?"

Meine Mutter hatte damit wohl nicht gerechnet und schaute zu mir hinüber, um herauszukriegen, ob mir das überhaupt recht war.

"Wenn Niko nichts dagegen hat, würde ich sehr gerne mit hineinkommen", antwortete sie.

"Von mir aus gerne", beeilte ich mich zu sagen und mir fiel ein Stein vom Herzen. Auch wenn sie mir da drinnen nicht würde helfen können, so war doch ihre Anwesenheit für mich schon eine Beruhigung, sozusagen als moralischer Beistand.

"Gut, dann folgen Sie mir bitte!"

Sie führte uns in einen hellen Raum mit einem großen Fenster. Am Schreibtisch saß eine Frau, ebenfalls um die 40 Jahre alt und erwartete uns bereits.

Zur Begrüßung gab sie uns die Hand und forderte uns auf, auf den beiden Stühlen vor ihr Platz zu nehmen. Selber setzte sie sich wieder in den offensichtlich bequemen Schreibtischstuhl, auf dem sie gesessen hatte, als wir den Raum betreten hatten.

"Ich bin sehr erfreut, Sie heute hier zum Vorstellungsgespräch begrüßen zu können", begann sie. "Sie wissen sicher, dass wir wirklich nur die Besten zu diesem Gespräch einladen, und ich hoffe; ich darf Sie doch Niko nennen, ja? Ich hoffe, Niko, daß Sie sich dieser Ehre bewusst sind."

"Ja, natürlich und ich bin sehr froh darüber", strich ich ihr Honig ums Maul.

"Gut, dann erzählen Sie mir doch bitte mal etwas über sich, über Ihre schulischen Leistungen, Ihre gesellschaftlichen Interessen und Hobbys und zu guter Letzt darüber, warum Sie sich gerade bei uns um eine Lehrstelle bemühen und was Sie sich von dem Beruf des Ausbaufacharbeiters versprechen!"

Nun war ich an der Reihe und musste mich so gut wie möglich aus der Affäre ziehen. Ich begann meine Aufzählungen mit der Schule und versuchte gleich, die für die Ausbildung relevanten Fächer mit einzubeziehen. Ab und zu stellte sie mir dazu Fragen, auf die ich aber zum Glück immer irgendeine Antwort parat hatte. So redete ich fast zwanzig Minuten ununterbrochen; es klappte viel besser, als ich angenommen hatte und die Aufregung verschwand zusehends.

"Das hört sich ja wirklich alles recht gut an", sagte sie und blickte mir in die Augen. "Ich habe dann nur noch ein paar kurze Fragen." Sie räusperte sich ein wenig. "Sie haben sich ja sehr intensiv mit unserem Betrieb beschäftigt. Dann wissen Sie ja bestimmt, dass wir auch eine große Exportabteilung besitzen, die hauptsächlich mit unseren sowjetischen Freunden zusammenarbeitet. Daher ist es natürlich unabdingbar, dass unsere Auszubildenden in den dementsprechenden gesellschaftlichen Strukturen Mitglied sind. Ihrem Lebenslauf konnte ich entnehmen, dass Sie in der FDJ und in der DSF organisiert sind. Das stimmt doch, oder?"

"Ja, ich bin FDJ- und DSF- Mitglied."

Zu meiner Mutter gewandt, fuhr sie fort: "Sie arbeiten doch an der Universität, nicht wahr?"

"Ja, im Bereich Kunstwissenschaften", gab sie überrascht zur Antwort, weil sie sich nicht vorstellen konnte, was diese Frage mit mir zu tun hatte.

"Na also, dann ist die folgende Frage für dich ja bestimmt sowieso schon klar", sprach sie triumphierend an mich gewandt. "Wenn deine Mutter an der Universität arbeitet, ist sie ja sicherlich in der Partei."

"Wie bitte?", unterbrach Mutti sie.

"Ich meine doch nur, dass es für Niko sehr gut wäre, wenn er später ebenfalls in die Partei eintreten würde. Schließlich möchte er ja mal studieren."

"Ich arbeite zwar seit über 20 Jahren an der Universität, aber deshalb bin ich doch nicht automatisch Parteimitglied", ereiferte sich meine Mutter nun. "Ich wüsste aber nicht, was das mit meinem Sohn zu tun hat. Wenn er alt genug ist, diese Entscheidung zu treffen, wird er bestimmt das Richtige tun."

"Hast du dir denn darüber schon einmal Gedanken gemacht, Niko?", wandte sie sich wieder an mich.

"Ehrlich gesagt ja und das kommt für mich nicht in Frage."

Völlig verdutzt guckte sie mich an, und Mutti schlug ihre Augen nieder, weil sie wusste, was jetzt kommen würde.

"Und aus welchem Grund kommt das nicht in Frage für dich, wenn ich das erfahren dürfte?"

"Ich bin katholisch und finde, dass sich Kirche und Partei nicht soweit miteinander in Einklang bringen lässt, um sich in beidem zu engagieren. Das ist alles."

"Ehrlich gesagt kann ich diese Meinung nicht teilen", schüttelte sie heftig den Kopf, "ich sehe da überhaupt kein Problem drin. Das Eine hat mit dem Anderen doch nichts zu tun. Vielleicht überlegst du es dir ja noch einmal anders. Na gut, dann sind wir fürs Erste durch", sagte sie überfreundlich.

In diesem Moment war mir klar, dass ich höchstwahrscheinlich kein zweites Mal in diesem Büro sitzen würde.

Zum Abschied schüttelte sie uns die Hand und versicherte mir im Rausgehen, dass die politischen Fragen rein gar nichts mit meinen Chancen auf den Ausbildungsplatz zu tun hatten. Natürlich, ließ sie mich wissen, waren bereits 14 Plätze vergeben und auf die restlichen 12 Plätze kamen über dreißig Bewerber, und da wäre die Auswahl nicht ganz einfach und so weiter.

Als wir wieder draußen waren außer Sicht- und Hörweite des Büros konnte Mutti sich nicht mehr beherrschen und ereiferte sich.

"Wie kann die es nur wagen, solche Fragen zu stellen? Das ist ja wohl die Höhe. Beschweren müsste man sich über diese Person", redete sie sich in Rage. "Eine absolute Frechheit ist das."

Wenn Mutti sich über jemanden ärgerte, verwendete sie häufig den Begriff "Person". In ihrem Wortschatz war es das Synonym für "Arschloch" und aus ihrem Munde kam es einem ungebührlichem Ausdruck schon sehr nahe.

Jedenfalls schien sie das Bewerbungsgespräch ziemlich mitgenommen zu haben.

Mir hingegen war es scheißegal. Wenn ich nur eine Chance hatte, eine vernünftige Lehrstelle zu ergattern unter solchen Bedingungen, dann konnte ich gut darauf verzichten. Irgendeinen Ausbildungsplatz würde ich schon bekommen, da war ich mir vollkommen sicher.

Um den Tag noch irgendwie zu retten, überredete mich Mutti dazu, auf den Kulturpark zu gehen, der noch bis zum letzten Tag im Oktober geöffnet war. Dort war es ziemlich voll, so dass wir bei den meisten Sachen, unter anderem beim Riesenrad und bei der Achterbahn, anstehen mussten, aber es war trotzdem eine gute Idee und unsere Laune verbesserte sich wieder.

Als wir nach fast zwei Stunden Heimfahrt zu Hause ankamen; der nur stündlich verkehrende Regionalzug war uns gerade vor der Nase weggefahren; war es schon dunkel und ich ging sofort nach dem Abendessen auf mein Zimmer und las weiter in meinem spannenden Buch.

In dem Buch ging es über das Leben in einem Internat auf dem Lande, nicht so wie hier, eher weit weg von der nächsten größeren Stadt mitten auf dem Dorf. Die Hauptfigur war ein Mädchen im ersten Lehrjahr, die dort ihre Ausbildung zum Facharbeiter der Landwirtschaft absolvierte. Es handelte von den positiven wie negativen Seiten des Internatlebens.

Im vergangenen Sommer hatte ich mich mit einigen aus meiner Klasse, aber auch mit meinen Kumpels vom Fußball, darüber unterhalten, ob man sich nicht im Herbst lieber um eine Lehrstelle außerhalb des Kreises und Berlin bewerben sollte. In meiner Klasse gab es jetzt sechs Schüler, die das tatsächlich machen wollten, wenn auch aus ganz unterschiedlichen Gründen. Bruno zum Beispiel sollte später einmal die Schmiede von seinem Großvater übernehmen und es gab für diesen Beruf nur einen Ausbildungsbetrieb, in der Nähe von Neubrandenburg, deshalb hatte er keine andere Wahl, als dort ins Internat zu gehen, obwohl er keinen Hehl daraus machte, dass ihm das überhaupt nicht passte. Bei Katrin wiederum hatte den Ausschlag dafür der ständige Knatsch mit ihrem Stiefvater gegeben, mit dem sie sich, seit er zu Hause eingezogen war, andauernd stritt und nichts sehnlicher erwartete, als endlich dort ausziehen zu können. Für ihren Berufswunsch, ich glaube sie wollte Gärtnerin werden, hätte sie natürlich hier in der Nähe viele Möglichkeiten gehabt bei ihren guten Zensuren. Aber sie hatte mir gesagt, dass sie sich so weit weg wie möglich bewerben würde.

Ich hatte mir auch einige Gedanken darüber gemacht, aber letzten Endes hatte ich mich dagegen entschieden. Ich hätte meine Familie und Freunde ja nur noch selten sehen können und darauf wollte ich nicht verzichten. Außerdem konnte ich doch meine Fußballmannschaft nicht im Stich lassen, gerade in dieser Saison lief es grandios. Wir waren noch Tabellenführer und das hatten wir auch vor, bis zum Ende zu bleiben. Auf der anderen Seite hatte ich auch keinen Bock drauf, irgendwo im tiefsten Sachsen abzuhängen, allein wegen dieser grauenhaften Sprache. Nein danke, dann doch lieber in Berlin.

Ich war sicher, die richtige Entscheidung für Berlin getroffen zu haben, selbst auf die Gefahr hin, dass ich dieses Mal mit einer Ablehnung rechnen musste. Immer positiv denken, Niko, redete ich mir ein und sagte mir, dass meine Chancen gar nicht so schlecht stünden, immerhin fifty-fifty.

In den kommenden Tagen hielt ich immer gegen Mittag Ausschau nach unserem Briefträger und stürmte, sobald er die Post eingeworfen hatte, zum Briefkasten, in der Hoffnung, eine Antwort auf meine Bewerbung vorzufinden.

Die Woche näherte sich dem Ende, aber zu meinem Bedauern war auch am Sonnabend keine Post für mich gekommen.

Von Mike wusste ich, dass er bereits am Mittwoch einen Brief erhalten hatte, in dem ihm mitgeteilt wurde, dass er ab kommenden September als Lehrling anfangen kann.

Beim Fußballtraining vergangenen Donnerstag hatten ebenfalls mehrere schon Antworten bekommen. Sogar unser Libero Harald, der in Sinas Parallelklasse ging und bei den letzten Zeugnissen mit Ach und Krach versetzt wurde, war vom VEB Unterbau als Maurer angenommen worden.

Allmählich wurde ich etwas unruhig. War es nun ein gutes Zeichen, dass es bei mir so lange dauerte oder war das Gegenteil der Fall?

Inzwischen hatte der Unterricht wieder begonnen und in unserer Klasse hatten alle, außer Steffen, Molle und mir und von den Mädchen Kathleen und Simone, Antworten von den Betrieben bekommen, wo sie sich beworben hatten. Überraschenderweise hatte Christian eine Ablehnung erhalten, genauso Bernd und Karsten. Zumindest wussten sie nun aber, woran sie waren und konnten sich schnell um eine andere Stelle bemühen.

Bei uns war das leider etwas schwieriger, denn je länger es dauerte, desto weniger freie Ausbildungsplätze gab es logischerweise.

In der Berliner Zeitung hatte ich gestern gelesen, dass bereits über achtzig Prozent der Lehrstellen für das nächste Jahr vergeben waren. Andererseits wurden die Betriebe aufgefordert, spätestens bis zum Wochenende alle Bewerber über Aufnahme oder Ablehnung zu informieren, um den abgelehnten Jugendlichen noch etwas Zeit für eine erneute Bewerbung einzuräumen. Im Prinzip musste aber bis Mitte November jeder irgendwo untergekommen sein, ansonsten bedeutete das, dass man es erst wieder im neuen Jahr versuchen konnte. Das waren nicht gerade erfreuliche Aussichten.

Freitag nach der Schule war es endlich soweit.

"Auf dem Tisch im Wohnzimmer liegt ein Brief für dich", empfing mich Sabine, kaum dass ich die Tür geöffnet hatte.

Ich schmiss meine Tasche zur Seite und hechtete in das Wohnzimmer, konnte auf dem Tisch aber keinen Brief entdecken.

"Wo soll der denn sein? Hier ist nichts."

"Dann musst du deine Augen mal aufsperren!", brüllte sie aus der Küche.

Ich durchwühlte abermals alles, was auf dem Tisch lag, aber es war kein Brief darunter. Es lag nur die Zeitung und einige Prospekte darauf.

Ich ging in die Küche.

"Sabine, da ist wirklich nichts. Wo hast du es denn hingetan?"

"Blödsinn, der muss doch da sein", fauchte sie mich an.

"Was war es denn für ein Brief, groß oder klein?"

"Groß oder klein", äffte sie mich nach." Es war ein ganz normaler Brief."

"Ja gut, aber von wem? War es vom VEB Elektrobild?", fragte ich aufgeregt.

"Von wem wohl sonst? Als ob dir freiwillig jemand schreiben würde, du Giftzwerg."

Im Wohnzimmer suchte sie vergebens nach der Post und nach kurzem Überlegen, fiel ihr ein, dass sie die Sachen, die sie aus dem Briefkasten geholt hatte, im Bad auf die Waschmaschine gepackt hatte.

Mein Brief lag als unterstes und war ein wenig feucht, da Sabine wie immer, wenn sie die Waschmaschine benutzte, die nasse Wäsche vor dem Aufhängen auf der Waschmaschine ablegte und sie danach nicht abtrocknete. Das regte mich jedes Mal auf. Diesmal war es mir allerdings egal.

Mit meiner Zahnbürste öffnete ich den Umschlag und zog hastig den Brief heraus.

"Lies mal laut vor!", verlangte sie und ging zurück in die Küche.

"Interessiert mich ja schließlich auch, ob mein kleiner Bruder bald Berlin unsicher macht."

"Sehr geehrter Herr... Sie haben sicher schon auf eine Antwort unsererseits gewartet...Leicht haben wir uns die Entscheidung nicht gemacht...Aufgrund des regen Interesses und der über fünfzig Bewerber müssen wir Ihnen leider mitteilen, dass wir uns gegen Sie entschieden haben...Die Unterlagen liegen bei...Viel Erfolg für weitere Bewerbungen...Mit freundlichen Grüßen."

"Also eine glatte Abfuhr", rief sie aus der Küche herüber, "das war ja fast zu erwarten."

Ich setzte mich auf die Kante der Badewanne und las mir den Brief nochmals in Ruhe durch. Eigentlich hatte sie ja Recht, richtig dran geglaubt, dass sie mich nehmen würden, hatte ich nach dem Vorstellungsgespräch wirklich nicht mehr. Jetzt hatte ich es aber schriftlich.

Sabine erschien in der Tür.

"So schlimm ist es ja nun auch wieder nicht", tröstete sie mich auf ihre Art. "Ich bin damals auch nicht gleich beim ersten Mal angenommen worden. Kopf hoch, beim nächsten Mal wird es bestimmt klappen!"

Sie hatte gut reden, aber ich widersprach ihr nicht. Es war schon erstaunlich genug, dass sie versuchte mich zu trösten.

Nach dem Abendessen setzten wir uns zusammen und hielten Kriegsrat, was jetzt am besten zu machen sei. Wir beschlossen, dass ich morgen in der Schule meinen Klassenlehrer Herr Ferner aufsuchen sollte, der zugleich an unserer Schule verantwortlich war für die Berufsberatung, um ihn zu bitten, vom Berufsberatungszentrum eine aktuelle Liste mit freien Stellen zu organisieren.

Als ich ihn in der ersten großen Pause darauf ansprach, erzählte er mir, dass er im Laufe des Tages eine neue Liste erwartete und ich nach meiner letzten Stunde im Lehrerzimmer danach fragen konnte.

Zusammen mit Steffen, der gestern auch seine Absage erhalten hatte, ging ich nach dem Unterricht zu Herrn Ferner.

"Da seid ihr ja, ihr zwei. Setzt euch!", empfing er uns. "Ihr habt Glück, der Mensch mit der druckfrischen Liste ist gerade eben hereingeschneit."

Aus seinem Schreibtisch zog er sie hervor und präsentierte sie uns.

"Es gibt nur ein Problem. Ich habe nur diese hier und deshalb brauche ich sie morgen unbedingt zurück. Heute könnt ihr sie aber mitnehmen. Steffen, deine Eltern sind doch sicher schon zu Hause, oder?"

"Mein Vater kommt erst um 19 Uhr, aber meine Mutter hat heute frei und ist da", antwortete er.

"Das ist gut. Dann würde ich vorschlagen, dass zuerst du die Liste mit nach Hause nimmst und sie ganz in Ruhe mit deiner Mutter durchguckst! Entweder du bringst sie danach bei Niko vorbei, oder er holt sie sich bei dir ab. Wie ihr das regelt ist euch überlassen, Hauptsache ich habe sie morgen wieder. Viel Erfolg".

Mit Steffen machte ich aus, dass ich erst gegen 19.30 Uhr vorbeikommen werde, damit sein Vater auch kurz die Gelegenheit haben würde, hineinzuschauen. Meine Mutter kam sowieso nicht vor 20 Uhr, weil sie heute eine Versammlung nach der Arbeit hatte.

"Und was gefunden?", fragte ich Steffen, als ich bei ihm ankam.

"Geht so, ein oder zwei interessante Sachen sind dabei. Die sind aber alle in Berlin. Ich wollte viel lieber hier im Kreis was lernen."

"So weit weg ist Berlin ja auch nicht", sagte ich mitfühlend.

"Erstmal sehen, ob davon etwas klappt."

"Wird schon. Bei mir sehe ich da mehr Schwierigkeiten wegen des Abiturs. Herr Ferner hat gesagt, dass in Berlin fast alle, die einen Facharbeiter mit Abi machen, gleich nach den Zeugnissen ohne Bewerbungskarte zu den Betrieben gelatscht sind. Deshalb sind auch viele Plätze längst vergeben gewesen. Außerdem haben natürlich viele ihre Beziehungen ausgenutzt, die wir halt nicht haben."

"Keine Angst, du wirst schon noch was finden", sprach er mir Mut zu und überreichte mir die Liste. "Na dann, viel Glück."

"Tschüß, bis morgen in alter Frische."

Mutti saß am Tisch, als ich das Zimmer betrat und hatte bereits gegessen. Für mich hatte sie extra noch eine Kleinigkeit auf dem Herd warm gehalten; Bratkartoffeln mit Spiegelei, und die schlang ich schnell hinunter. Danach räumten wir den Tisch ab und ich wischte ihn mit einem feuchten Lappen sauber, um die Liste darauf ausbreiten zu können.

"Sind das jetzt nur die freien Stellen aus Berlin oder sind auch die der umliegenden Kreise dabei?", wollte sie wissen.

"Keine Ahnung", gab ich zur Antwort, "ich vermute mal, dass ist nur von Berlin."

"Lass mich mal schauen!" Sie blätterte darin herum. "Mmh, ich glaube du hast Recht. Das sind alles Adressen aus Berlin. Na gut, dann wollen wir doch mal sehen, ob wir etwas Brauchbares finden."

Wir benötigten fast eine Stunde, bis wir alle Seiten genau durchgeschaut und die einigermaßen interessanten Sachen raus geschrieben hatten. In Frage kamen für mich sowieso nur handwerkliche Berufe, weil ich, wenn überhaupt, dafür noch das meiste Interesse besaß. Am Ende blieben lächerliche drei offene Stellen übrig, die eventuell in Frage kamen. Eine Lehrstelle als Ausbaufacharbeiter mit Abitur war nicht darunter.

"Groß war die Ausbeute ja nicht gerade", meinte sie denn auch und las vor, was wir gefunden hatten. "Also wir haben einmal den Elektronikfacharbeiter beim VEB Berliner Farbe. Da fahre ich jeden Tag vorbei. Das ist in Adlershof. Wäre demzufolge nicht ganz so weit entfernt. Gut, als nächstes wäre der Zerspanungsfacharbeiter bei der Reichsbahn, na ja ist eher nicht so toll, aber immerhin mit Abitur und zum Schluss bleibt noch der Elektromonteur beim VEB Elektrotechnische Armaturen. Das ist in der Nähe vom Bahnhof Treptow, würde von der Fahrzeit auch noch gehen. Tja, was meinst du?"

"Ist alles nicht der Hit, oder?"

"Das stimmt leider, aber für irgendwas musst du dich entscheiden. Es sei denn, du willst riskieren, in diesem Jahr ganz leer auszugehen."

"Das weiß ich ja selber", sprach ich frustriert.

"Hast du denn mal darüber nachgedacht, ob es nicht vielleicht ratsamer wäre, auf das Abitur zu verzichten? Ich meine, es ist ja nicht sicher, ob du später studieren kannst."

"Wie kommst du jetzt darauf?", fragte ich verwundert.

"Es ist doch bekannt, dass junge Leute, die studieren wollen, entweder in die Partei eintreten müssen oder zumindest drei Jahre zur Armee gehen, statt der anderthalb Jahre Grundwehrdienst. Soweit ich weiß, möchtest du beides nicht."

"Natürlich nicht, aber ich bin mir sicher, dass letztlich die Leistungen darüber entscheiden, wer studieren darf und wer nicht."

"Schön wärs, aber du hast doch selber gerade das Gegenteil erlebt, oder etwa nicht? Glaubst du wirklich, dass deine Zensuren schlechter gewesen sind, als die von denen, die statt deiner die Lehrstelle bekommen haben? Glaubst du das?"

"Was weiß ich. Möglicherweise war es ja nur dort so, weil die viel mit den Russen zusammen arbeiten."

"Nein, das ist überall das Gleiche. Bei mir an der Universität ist es doch nicht anders. Ich halte doch jeden Tag die Akten unserer Studenten in den Händen. Im aktuellen Studienjahr gibt es keinen, der sich nicht für drei Jahre verpflichtet hat und es gibt etliche, die in die Partei eingetreten sind."

"Aber doch bestimmt nicht alle. Es gibt sicherlich wie immer Ausnahmen", resümierte ich nüchtern.

"Sicherlich gibt es auch Ausnahmen, aber das sind dann meistens die Kinder von Leuten in höheren Positionen, verstehst du? Die besitzen, im Gegensatz zu uns, die nötigen Beziehungen. Ohne Beziehungen läuft nun mal gar nichts. So ist das."

"Vielleicht ändert sich das ja mal."

"Davon würde ich lieber nicht ausgehen. Das war schon immer so und das wird immer so bleiben, so sicher wie das Amen in der Kirche."

"Trotzdem möchte ich das Abitur machen", sagte ich bestimmt. "Später wird man ja sehen, wozu es gut war und selbst, wenn ich nicht studieren sollte, habe ich mir wenigstens die Möglichkeit offen gehalten."

"Na gut. Dann musst du dich jetzt für eine der Stellen entscheiden und am Montag werde ich von Arbeit sofort anrufen und mich erkundigen, ob die Stelle wirklich noch frei ist. Wenn ja, fahren wir am Dienstag gleich dort hin. Also?"

"Am besten ist noch die Dritte, würde ich sagen."

"Der Elektromonteur?"

"Ich denke ja."

"Wie du willst. Am Montag rufe ich gleich als erstes da an. Falls die Stelle schon weg ist, soll ich dann bei den anderen auch noch anrufen?"

"Ja klar, aber dann bitte zuerst bei Berliner Farben. Reichsbahn muss wirklich nicht unbedingt sein."

"Wird schon schief gehen", beendete sie das Gespräch und scheuchte mich mit einer Handbewegung in mein Zimmer. "Ab ins Bett mit dir, du musst ja bald wieder aufstehen."

Nachdem ich mich gewaschen und die Zähne geputzt hatte, kam sie noch kurz ins Zimmer.

"Jetzt wird geschlafen. Morgen sieht die Welt schon wieder besser aus. Mach dir nicht zu viele Sorgen, mein Schatz! Gute Nacht."

"Gute Nacht und danke für deine Hilfe", sagte ich leise.

"Keine Ursache."

Wie abgesprochen, rief sie am Montagvormittag beim VEB Elektrotechnische Armaturen an und glücklicherweise war die Stelle noch nicht vergeben. Für Mittwoch um 11 Uhr machte sie bei der Personalabteilung einen Termin aus. Am folgenden Tag bat ich in der Schule darum, am Mittwoch vom Unterricht befreit zu werden, was kein Problem darstellte.

Von nun an ging alles seinen Gang.

Das Vorstellungsgespräch fand in einer sehr angenehmen Atmosphäre statt und niemand stellte Fragen, die nichts mit der eigentlichen Bewerbung zu tun hatten. Nach nur fünfzehn Minuten waren wir bereits wieder draußen, und ich hatte ein sehr gutes Gefühl, dass sich auch, nach weiteren qualvollen Tagen des Wartens, als richtig erwies.

In der Post vom Sonnabend erhielt ich einen Brief, in dem mir mitgeteilt wurde, dass man sich darauf freut, mich ab kommenden September als Lehrling begrüßen zu dürfen. Mir fiel ein riesiger Stein vom Herzen. Ich hatte es geschafft.

Die vergangenen zwei Wochen waren der absolute Horror gewesen. Ich hatte an nichts anderes denken können, als an diesen Mist. Zum Glück hatte es in dieser Zeit keine Punktspiele gegeben, so dass ich nichts versäumt hatte, was das anbetraf. Ansonsten hatte ich mich ziemlich zurückgezogen, keine Leute getroffen oder ähnliches und daher beschloss ich, mal wieder an der Eisdiele vorbeizugehen, um nach dem Rechten zu gucken.

Ich war schon länger nicht mehr dort gewesen und da aus meiner Klasse, außer Mike und ab und zu Christian, keiner mehr regelmäßig hinging, hatte ich keine Ahnung, was mich erwarten würde und ob überhaupt noch jemand da sein würde von der alten Truppe.

Donnerstag nach dem Training fuhr ich mit Mike vorbei.

Vor der Eisdiele war niemand, aber das war auch nicht verwunderlich, denn es war Anfang November und draußen nicht mehr besonders warm. Wir stellten unsere Räder am Zaun ab und gingen hinein.

Drinnen waren nur wenige Tische besetzt. An einem saß ein älteres Ehepaar mit zwei Kindern, wahrscheinlich den Enkeln und an dem Tisch daneben saß eine ganze Gruppe von Frauen, die anscheinend eine Besprechung hatten, denn alle hatten Papier und Kugelschreiber vor sich liegen und machten sich ab und zu Notizen.

In der hintersten Ecke am Fenster entdeckten wir einen großen Tisch, an dem etwa zehn Personen saßen, von denen wir einige flüchtig kannten. Wir steuerten ihn an und begrüßten sie.

"Hallo, Niko, dich gibst auch noch?", sagte Sven, als ich ihm die Hand schüttelte.

"Logisch, Unkraut vergeht doch nicht. Sieht man ja an dir", konterte ich.

"Setzt euch mit ran, wenn ihr Bock habt!", sprach Rico und rückte seinen Stuhl zur Seite, so dass wir uns vom Nachbartisch zwei Stühle nehmen konnten und dazu stellten.

Wir quatschten über die guten alten Zeiten. Darüber, was hier draußen immer los war.

"Jetzt war es hier meistens ziemlich trostlos", meinte Sven und führte das darauf zurück, dass es sich kaum einer leisten konnte, öfter hierher zu kommen, weil das auf Dauer viel zu teuer war.

"Außerdem gibt es ständig Stress mit dem Besitzer, der es nicht gerne sieht, wenn wir hier stundenlang sitzen, aber nur einen Saft bestellen", redete sich Sven den Frust von der Seele.

"Der droht uns laufend damit, uns rauszuschmeißen", warf ein Mädchen ein, das ich nicht kannte.

"Ja, Leute, es wird Winter", stellte Mike fest.

"Das ist schon klar, aber wo sollen wir denn sonst hin?", fragte nun wieder Sven. "Also ich habe keine Lust, jeden Tag nach der Schule zu Hause abzuhängen. Ihr etwa?"

Das verneinten natürlich alle.

Nun kam der Wirt an unseren Tisch.

"Was kann ich euch bringen?", sagte er unfreundlich an Mike und mich gewandt.

"Ich hätte gerne ein Glas Tee mit Zitrone", sagte ich.

Mike blätterte die Karte durch. "Für mich ein Glas Apfelsaft."

Nachdem er unsere Bestellung notiert hatte, blickte er in die Runde. "Und was ist mit euch?"

Von den anderen bestellte sich nur Franziska noch einen Kaffee.

Bevor er ging, baute er sich drohend vor uns auf. "Ich sage es euch zum letzten Mal; das ist hier keine Wärmehalle und auch kein Jugendklub. Wenn ihr nichts verzehrt, bleibt ihr beim nächsten Mal draußen, damit das mal klar ist."

In diesem Moment stand für mich fest, dass ich hier nicht wieder hergehen würde und es lag mir auf der Zunge, ihm das auch zu sagen, aber mit Rücksicht auf die anderen, verkniff ich es mir.

Wir diskutierten noch ein wenig, wohin man im Winter denn ansonsten gehen könnte, aber viele Möglichkeiten gab es ja nicht. Hier im Ort gab es zwar den Jugendklub, aber der schloss bereits um 18 Uhr und am Nachmittag hingen da immer Kinder rum, zwischen 10 und 12 Jahre alt, die dort bastelten oder so ähnlich. Im Prinzip war es ein besserer Schulhort, aber eben nichts für Jugendliche. Dann war da noch die Gaststätte "Zur Eiche", in die einige unserer Freunde seit neuestem gingen. Viel anders als hier war das logischerweise auch nicht. Blieb in den Wintermonaten nur noch, sich gegenseitig zu besuchen, was bei vielen aufgrund der kleinen Wohnungen auch nicht funktionierte.

Resigniert stellten wir abschließend fest, dass es hier im Winter wirklich scheißlangweilig war und sehnten die wärmere Jahreszeit herbei.

Wieder waren mehrere Wochen ins Land gezogen. Unwiderruflich näherte sich das Ende des Jahres.

Die Tage waren gezeichnet von Langeweile, Langeweile und nochmals Langeweile.

Ab und an besuchten mich Freunde oder ich besuchte sie, aber meistens sah es so aus, dass ich von der Schule nach Hause kam, Hausaufgaben machte; zumindest manchmal, danach vor der Glotze abhing und abends entweder Radio hörte oder etwas las.

In dieser besinnlich, tristen Zeit vor Weihnachten gab es nur noch einen Höhepunkt, der jährlich am zweiten Samstag im Dezember wiederkehrende Vereinsball, der sich von den im Frühling stattfindenden Sportlerball nur darin unterschied, dass nicht nur die Sportvereine vertreten waren, sondern ebenfalls die Mitglieder des Gemeindechors und der Freiwilligen Feuerwehr.

Während des Tages fanden Veranstaltungen der unterschiedlichen Vereine statt, unter anderem ein Fußballturnier der 1. Männermannschaft auf dem Sportplatz, ein Schauturnier der Turner in der Sporthalle und natürlich das große Blitzschachturnier im Rat der Gemeinde, woran wie in jedem Jahr auch der Bürgermeister teilnahm, sehr zur Belustigung der Zuschauer, denn obwohl er seit nunmehr fünf Jahren dabei war, hatte er noch nie die 2. Runde erreicht.

In der Aula unserer Schule fand auch in diesem Jahr wieder das Treffen des Chores statt, dessen Einladung insgesamt acht weitere Chöre aus allen Teilen der Republik gefolgt waren. Für uns Schüler bedeutete das, dass wir schulfrei hatten, weil mehrere Klassenräume für diese Gäste hergerichtet wurden. Man stellte von der Armee ausgeliehene Feldbetten auf, da es nicht genügend Unterbringungsmöglichkeiten für die fast einhundertfünfzig Menschen bei Familien im Ort gab.

Die organisierten Skatspieler trafen sich zu ihrem Turnier in der Gaststätte "Zur Eiche". Da ging es wie immer hoch her. Begreifen konnte ich es zwar nicht, dass man sich zum Skatspielen in einem Verein zusammenschloss, aber meinetwegen sollten sie das ruhig tun, wenn ihnen der Sinn danach stand. Bei den Anglern hatte ich ja auch meine Zweifel zu verstehen, was daran Sport sein sollte, aber egal.

Die Abschlussveranstaltung des Tages, der Vereinsball, fand im größten Saal der Gemeinde statt, in dem innerhalb der Woche manchmal Tanzschule und verschiedene andere Aktivitäten stattfanden. Die Jugendweihe wurde zum Beispiel auch immer dort abgehalten.

Der Saal bot Platz für mehrere hundert Gäste und für alle ortsansässigen Vereine gab es im Vorverkauf eine bestimmte Anzahl an Eintrittskarten, die prozentual nach der jeweiligen Mitgliederzahl berechnet wurden. Restkarten gab es keine. Da wir Fußballer die mit Abstand meisten Mitglieder hatten, waren wir sehr gut mit Karten versorgt, so dass wir teilweise sogar Freunde von uns hereinschmuggeln konnten.

Die drei langen Tische für den Bereich Fußball befanden sich links vor der Bühne. Der kleinste Tisch davon war für die Jugendabteilung vorgesehen.

Ich setzte mich mit Frank und Rene zusammen, und wir gossen uns ein Glas Brause ein, die auf dem Tisch für uns bereitstand.

Der Saal füllte sich von Minute zu Minute mit Leuten und um kurz nach acht, ergriff der Bürgermeister zur Begrüßung das Mikrofon und hielt eine kleine Rede.

"...Ich hoffe doch, dass Sie heute bei ihren Veranstaltungen erfolgreicher gewesen sind als ich es war. Es wird sich bestimmt herumgesprochen haben, dass ich beim Schachturnier auch diesmal nicht über die erste Runde hinausgekommen bin, aber ich gebe es nicht auf und werde es im kommenden Jahr aufs Neue probieren".

Das Ende seiner Rede ging im Gelächter unter und irgendjemand an einem der vorderen Tische rief laut und vernehmlich: "Üben!"

Danach gaben einige Mitglieder des Chores ihr Können zum Besten. Ich war sehr froh, als sie sich wieder verabschiedeten und klatschte deshalb nur ganz kurz Beifall.

Beim nächsten Programmpunkt, versuchte ein Bauchredner sein Glück, musste aber nach kurzer Zeit einsehen, dass seine Darbietung hier keine Würdigung erfuhr und verschwand genauso schnell wie er aufgetaucht war.

Zum Ende des vorbereiteten Programms erschien auf der Bühne eine Frau mit drei Musikern und trällerte deutsche Schlager. Das war definitiv das Schlimmste, was ich seit langem ertragen musste, aber nachdem sie ihren Auftritt beendeten, begann die eigentliche Party mit Musik vom Band und viel Bier vom Fass.

Mit einem Mal war die Tanzfläche gerappelt voll und es wurde ausgelassen gefeiert.

Ich verbrachte die meiste Zeit an unserem Tisch, an dem es sehr lustig zuging. Aufgrund des Bieres dauerte es nicht lange und meine Pionierblase meldete sich zu Wort: "Immer bereit." An den Tanzenden vorbei drängelte ich mich in Richtung der Toiletten, und da sah ich sie sitzen: Sina. In der Annahme, dass sie mich nicht gesehen hatte, machte ich einen großen Bogen um ihren Tisch, um mich erstmal zu sammeln. Nachdem ich auf dem Klo war, lehnte ich mich hinten an die Wand und versuchte herauszufinden, an welchem Tisch sie da saß und vor allem mit wem. Bisher hatte ich sie anscheinend nicht gesehen, weil ich während des Programms nur auf die Bühne geguckt hatte. Jetzt wurden unsere Tische durch die Tanzfläche geteilt, so dass es unmöglich war zu sehen, wer auf der anderen Seite saß.

Ich machte einen langen Hals, den ich mir dabei fast verrenkte. Im Moment konnte ich Sina zwar nicht mehr sehen, aber der Tisch, an dem sie gesessen hatte, gehörte zum Gemeindechor, denn ich erkannte ein paar Leute wieder, die vorhin oben gestanden hatten.

"Suchst du etwas bestimmtes?", tippte mir jemand auf die Schulter.

Ich musste mich nicht umdrehen, um zu wissen, dass es Sina war. Auch wenn sie nichts gesagt hätte.

"Ich gucke nur ein bisschen, wer so alles da ist", stotterte ich drauflos.

"Und?"

"Was und?"

"Hast du jemanden Bekanntes entdeckt?", fragte sie.

"Viele kennt man ja vom Sehen, aber niemand bestimmtes."

"Ich habe dich vorhin gesehen, als du raus gegangen bist und dachte, du hättest mich auch gesehen", sagte sie.

"Wann denn?", tat ich unwissend.

"Gerade eben."

"Nein, da habe ich dich nicht gesehen", log ich sie an. "An welchem Tisch sitzt du eigentlich?"

"An dem da vorne", zeigte sie in seine Richtung und erklärte mir, dass ihre Mutter seit über zehn Jahren im Chor singt und sie öfter bei den Proben zuschaute.

"Singst du auch im Chor?"

"Nein, das nun wieder nicht. Ich hatte bloß Lust, heute mit hierher zu gehen, Leute zu treffen und so weiter."

"Ach so, ich dachte schon". Ich machte eine kurze Pause. "Wir haben uns lange nicht gesehen. Wie geht es dir denn?"

"Ganz gut und dir?"

"Nach dem ganzen Stress mit der Bewerbung wieder okay. Hat bei dir alles geklappt mit der Lehrstelle?"

"Ja bestens, ich kann mich nicht beklagen."

"Was wolltest du noch mal werden? Warte, nicht verraten, ich komme gleich selber drauf! Ich weiß: Chemielaborantin wie deine Tante, stimmts?"

"Stimmt genau. Ich habe mich bei dem Betrieb von meiner Tante beworben, und die haben mich glücklicherweise genommen", sprach sie stolz.

"Herzlichen Glückwunsch. Wo lernst du dann? In Berlin?"

"Schön wärs, nein, das ist in der Nähe von Erfurt."

"Von Erfurt", rief ich entsetzt, "das ist ja am Arsch der Welt."

"Du sagst es, aber woanders hätte ich den Beruf nicht mit Abitur lernen können. Das geht leider nur dort. Ich hatte keine andere Wahl."

Auf diesen Schrecken musste ich sofort etwas trinken. Ich lud Sina zu einem Drink an der Bar ein, die sich in einem Nebenraum befand.

Heute nahm es hier niemand so genau mit dem Alkoholausschank. Jeder, der hier auf dem Ball war, wurde behandelt wie ein Erwachsener und durfte etwas trinken, egal ob man wirklich schon volljährig war oder nicht. Es war so etwas wie die Ausnahme von der Regel, sozusagen: Saufen unter der Anleitung der Eltern und Übungsleiter.

Beim Fußball war es ohnehin gang und gäbe, dass nach dem Spiel oder dem Training im Sportlerheim zusammen mit dem Trainer ein Bierchen getrunken wurde. Wir waren ja auch keine kleinen Kinder mehr, die noch nicht selber laufen konnten und inzwischen alt genug, um zu entscheiden, was gut war für uns.

Ich bestellte mir ein großes Bier und für Sina ein Glas Rotwein. Im hinteren Teil des Raumes war ein kleiner Tisch frei, und da ließen wir uns nieder.

"Es ist schön, dass wir uns mal wieder sehen", sprach ich mit belegter Stimme, nachdem wir mit unseren Gläsern angestoßen hatten.

"Das finde ich auch. Um ehrlich zu sein, hatte ich gehofft, dich heute hier zu treffen."

"Wirklich?", fragte ich ungläubig.

"Ja, wirklich. Frank hat mir gesagt, dass du da sein würdest. Ich bin eigentlich nur mit her gegangen, weil ich dich treffen wollte, wenn du es genau wissen willst."

"Das hat er mir gar nicht erzählt."

"Ich habe ihn auch darum gebeten, nichts zu sagen."

"Das verstehe ich nicht. Warum denn?", wunderte ich mich.

"Ich war mir nicht sicher, ob du hierher gehen würdest, wenn du durch Frank gewusst hättest, dass ich da sein werde."

"Welchen Grund sollte ich denn haben, dich nicht sehen zu wollen?"

"Wahrscheinlich den selben Grund, aus dem du mir seit Monaten aus dem Weg gehst", sagte sie vorwurfsvoll.

"Das mache ich doch gar nicht", verteidigte ich mich, aber mir war klar, dass sie Recht hatte. Seitdem wir uns bei ihr ausgesprochen hatten, versuchte ich instinktiv zu vermeiden, dass wir uns begegneten. Ich hatte mich zurückgezogen in mein Schneckenhaus und ging nirgendwo hin, wo die Gefahr bestand, Sina über den Weg zu laufen. Ich war die ganze Zeit viel zu sehr mit mir beschäftigt, als dass ich ernsthaft daran gedacht hatte, wie es ihr nach unserer Aussprache gegangen sein musste.

"Doch, Niko, genau das machst du. Klar kann ich nachvollziehen, dass du von mir sehr enttäuscht wurdest und ich dich in deinem Stolz gekränkt habe, aber so von einem zum anderen Tag jeglichen Kontakt abzubrechen, fand ich ziemlich gemein."

"Tja, was soll ich darauf sagen? Wenn du das so empfunden hast, tut es mir natürlich leid. Das war nicht meine Absicht", redete ich mich heraus.

"Das soll ich dir glauben? Weißt du, ich hatte gedacht, dass wir nach der schönen Zeit, die wir zusammen waren, wenigstens weiterhin Freunde bleiben würden, aber das scheint dir ja egal zu sein, oder täusche ich mich da?" Sie nahm einen kräftigen Schluck aus dem Glas. "Ich hatte die ganze Zeit die Hoffnung, dass du bei mir vorbei kommen würdest, damit wir uns richtig aussprechen können, aber da du bis heute nicht kamst, habe ich mich entschlossen, den ersten Schritt zu machen. Nur deshalb bin ich heute hier."

Einen kurzen Moment herrschte Stille.

"Du hättest doch genauso gut, zu mir kommen können", sagte ich so daher.

"Meinst du nicht, dass du zur Abwechslung mal an der Reihe gewesen wärst, den ersten Schritt zu tun?", ereiferte sie sich. "Schließlich hast du mit mir Schluss gemacht und nicht umgekehrt."

"Was hat das denn damit zu tun?", fragte ich beleidigt.

"Also, wenn du das wirklich nicht weißt, dann tust du mir leid. Anscheinend habe ich mich in dir doch getäuscht", stellte sie sichtlich enttäuscht fest und erhob sich von ihrem Stuhl. "Ich kann dir nur einen gut gemeinten Rat geben Niko, werde endlich ein bisschen erwachsen."

Sie ging wieder in den großen Saal und ließ mich völlig konsterniert alleine zurück.

Mir war zum Heulen zumute. Endlich nach so langer Zeit hatte ich die Gelegenheit gehabt, wieder ein wenig mit ihr zusammen zu sein, und ich hatte es auf der ganzen Linie vermasselt. Das Schlimme daran war, sie hatte in allem Recht, was sie sagte, und ich wusste es.

Immer, wenn ich mir vorgestellt hatte, wie es sein würde, sie wiederzusehen, hatte ich es mir wunderschön ausgemalt. Es gab soviel Dinge, die ich Sina fragen wollte, so vieles, dass ich ihr erzählen wollte und was war jetzt? Scheiße.

Mein Trainer sah mich alleine am Tisch sitzen und gesellte sich zu mir.

"Was machst du denn hier ganz alleine? Wir dachten schon, du schläfst irgendwo deinen Rausch aus", witzelte er.

"Danach ist mir heute nicht", antwortete ich geknickt.

"Was ist denn los? Ist etwas passiert?"

"Nein alles in Ordnung", druckste ich herum.

"Schon klar, Liebeskummer", stellte er fachmännisch fest", wenn du willst, kannst du mir ja mal sagen, was los ist. Vielleicht kann ich dir einen Rat geben."

"Das kann ich mir nicht vorstellen."

"Wieso, meinst du dein Trainer kennt so etwas nicht, Niko? Was denkst du wohl, was ich schon alles erlebt habe. Also, raus mit der Sprache!"

Ich begann ihm die Geschichte mit Sina zu berichten, ließ aber einige Details aus, die ihn nun wirklich nichts angingen. Er hörte sehr aufmerksam zu. Als ich fertig war, dachte er lange über alles nach.

"Da steckst du in einer ganz schönen Zwickmühle", meinte er, "so schlimm ist es nun aber auch nicht. Ich an deiner Stelle würde mich bei ihr entschuldigen und ihr versuchen zu erklären, warum du dich nicht bei ihr gemeldet hast. Gib ruhig zu, dass es ein Fehler gewesen ist, auch wenn das nicht leicht ist, einen Fehler einzugestehen!"

"Das kann ich nicht."

"Blödsinn. Natürlich kannst du das. Du musst es nur wollen. Ist dir ihre Freundschaft nun wichtig oder nicht?"

"Logisch ist mir das wichtig", antwortete ich.

"Dann gibt es doch keine Frage. Hoch mit dir und ab durch die Menge!", forderte er mich auf.

"Jetzt sofort? Ich weiß nicht, ob das eine gute Idee ist."

"Sag mal, so kenne ich dich ja überhaupt nicht! Ich weiß nicht, ich kann nicht, besser nicht ...bla, bla ,bla...nun überwinde dich endlich und gehe zu ihr! Worauf wartest du noch?"

Langsam erhob ich mich von meinem Sitz, trank im Stehen mein Bier aus und machte mich auf den Weg zu ihrem Tisch.

"Viel Erfolg", rief er mir hinterher.

Im großen Saal war die Party in vollem Gange. Die Tanzfläche war gerappelt voll und überall wurde ausgelassen gefeiert. Trotz Klimaanlage war der Raum total verqualmt, so dass man im wechselnden Licht der Disco- Beleuchtung sich wie Nebelschleier an der Decke entlang ziehende Rauchschwaden bemerkte, die ständig ihre Farben änderten.

Sina war weit und breit nicht zu sehen; sie saß weder an ihrem Platz noch in der Nähe davon. Ich nahm an, dass sie tanzen würde und postierte mich deshalb an der Bühne, wo einige aus meiner Mannschaft standen. Von da hatte man einen guten Überblick.

So vergingen bestimmt zwanzig Minuten, ohne dass ich Sina zu Gesicht bekam, als Frank auf mich zukam.

"Du hättest mir ruhig sagen können, dass sie heute da sein würde!", empfing ich ihn.

"Wen meinst du?", fragte er irritiert.

"Na wen wohl?"

"Sina?"

"Sina."

"Das konnte ich dir nicht sagen. Es sollte ja eine Überraschung sein. Außerdem hätte ich sonst Ärger mit Antje bekommen, wenn ich es ausposaunt hätte."

"Du bist mir ja ein schöner Freund", sagte ich.

"Bist du sauer deswegen, oder was?"

"Nein, nein, überhaupt nicht", lenkte ich versöhnlich ein.

"Worüber habt ihr euch denn gestritten?", wollte er nun wissen.

"Wieso, hat sie das gesagt?"

"Zumindest war sie nicht sehr gut auf dich zu sprechen, als ich sie eben getroffen habe", meinte er ernst.

"Du hast sie getroffen? Wo denn?", fragte ich gespannt.

"An der Garderobe. Sie hat gerade ihre Sachen abgeholt."

"Sie ist also gegangen", stellte ich frustriert fest.

"Ja, sie kriegen morgen Besuch von ihren Verwandten aus Thüringen und ihre Mutter wollte daher nicht so spät nach Hause kommen, weil sie noch die Wohnung auf Vordermann bringen müssen", sprach er bestens informiert.

"Ich dachte schon, sie ist wegen mir so früh abgehauen."

"Bild dir bloß nicht zu viel ein, du Nase!", zog er mich auf und schüttelte mich kräftig durch.

"Wollen wir etwas trinken gehen?", fragte er gut gelaunt.

"Nein danke", lehnte ich ab, "ich werde auch losdüsen. Mir reicht es für heute."

"Gut, wie du meinst. Ich hole mir mal ein neues Bier. Bis dann."

"Bis Donnerstag beim Training", verabschiedete ich mich von unseren Leuten und trat nachdenklich den Heimweg an.

Es war unangenehm kühl und ich benötigte zu Fuß fast eine dreiviertel Stunde, bis ich durchgefroren nach Hause kam.

Ich hatte viel nachgedacht während des Weges, über meine Beziehung zu Sina und darüber, was ich tun konnte, damit wir wieder normal miteinander umgehen konnten. Vielleicht war es ja möglich, ab und zu etwas gemeinsam zu unternehmen und wenn nicht, wenigstens wie mit jedem anderen auch, wenn man sich begegnete, miteinander zu reden. Das konnte doch weiß Gott nicht so schwierig sein.

Anscheinend lag ihr daran ja ebenfalls, warum war sie sonst heute auf dem Ball gewesen?

Irgendjemand, mir fiel nicht mehr ein wer, hatte mir letztens gesagt, dass sie wieder einen neuen Freund hatte. Ich fragte mich, ob sie noch mit ihm zusammen war. Bisher hatte ich immer so getan, als ob mir das nichts ausmachen würde, aber das war schlichtweg gelogen, gegenüber den anderen und mir selbst. Es interessierte mich sehr.

Ich konnte mir das Chaos, welches sich in meinem Kopf momentan abspielte, nicht erklären. Reichte es mir aus, nur gut mit Sina befreundet zu sein? War es nicht vielmehr so, dass ich mir plötzlich wieder mehr als das vorstellen konnte?

Es war schon seltsam, kaum das wir uns wieder gesehen hatten, spielten meine Gefühle total verrückt und ich musste mir eingestehen, dass sie mir alles andere als gleichgültig war.

Sonntag fuhr ich mit dem Fahrrad zu ihr, um mich zu entschuldigen und einige Missverständnisse auszuräumen.

Es hatte vormittags ein bisschen geschneit und auf dem Boden lag eine kleine weiße Schicht, glatt genug, um vorsichtig fahren zu müssen, aber nicht so tief, dass man mit

Gleitschuhen hätte entlangfahren können, wie ich es im Winter seit Jahren machte, wenn der Schnee tief genug lag.

Es war der 3. Advent und das Wetter ließ mich hoffen, endlich einmal wieder weiße Weihnachten zu erleben. Das war für mich immer wie ein Traum, denn war es überhaupt ein richtiges Weihnachtsfest ohne Schnee? Für mich jedenfalls nicht, soviel war klar.

Aufgrund der rutschigen Straße, kam ich nur mühsam vorwärts. Seit kurzem war der Schneefall stärker geworden und ich hatte meine Kapuze aufgesetzt, die an meinem dunkelgrünen Parka mit Knöpfen befestigt war.

Kurz vor der Kreuzung, von der es nur noch hundert Meter bis zu Sina waren, stieg ich vom Rad und lehnte es an einen Gartenzaun. Ich wollte nicht wie ein Volltrottel aussehen, wenn ich bei ihr klingelte; setzte daher die schreckliche Kapuze wieder ab und schüttelte mir den Schnee von meinen Sachen.

Plötzlich hörte ich, wie nicht weit entfernt ein Moped angemacht wurde und nichts Gutes ahnend, schlich ich so vorsichtig wie möglich zur Ecke. Hinter einer Kiefer versteckt, die im Eckgrundstück majestätisch in den Himmel ragte, schaute ich durch die Zweige.

Das Moped war genau vor dem Haus, in dem Sina wohnte. Daneben stand ein Typ, den ich im immer stärker werdenden Schneetreiben nicht erkennen konnte. Die Person neben ihm erkannte ich allerdings auf Anhieb. Es war ohne Frage Sina, und ich sah, wie sie ihm einen Kuss auf die Wange gab. Damit war die Identität des anderen auch klar, dachte ich mir und blieb wie angewurzelt stehen, wie ein begossener Pudel, der vor seinem Hundehäuschen im Regen angebunden wurde und darauf wartete, wieder losgemacht zu werden, um vor der Nässe ins Trockene fliehen zu können.

So war das also. Zumindest beantwortete es meine Frage, ihren Freund betreffend, zur Genüge.

Sina hatte sich inzwischen den Helm über ihre langen Haare gezwängt, stieg ebenfalls auf das Moped und im nächsten Moment fuhren sie an. Weil das Moped mit dem Lenker voraus entgegengesetzt der Kreuzung stand, hatte ich angenommen, dass sie in die andere Richtung davonbrausen würden, aber jetzt wendete der Fahrer sein Vehikel und kam mir entgegen. Ich war völlig perplex und wurde mit einem Mal aus meiner Erstarrung gerissen. Sie durfte mich hier definitiv nicht zu Gesicht kriegen. Wie hätte das denn ausgesehen: Niko der Spanner, der seiner Ex- Freundin hinterher schnüffelt.

Schnell rannte ich die wenigen Meter zu meinem Fahrrad zurück, setzte währenddessen mit einer hektischen Bewegung die Kapuze wieder auf, hockte mich vor meinem Rad nieder und fummelte am Hinterrad herum, als ob ich dabei wäre, eine Panne zu beheben. "Hoffentlich fahren sie nur schnell vorbei", dachte ich deprimiert.

Sekunden später fuhren sie an mir vorüber. Als sie sich entfernten, drehte ich mich traurig um und schaute ihnen nach. Sina hatte ihre Arme fest um seine Taille gelegt und ihr Kopf lehnte zärtlich an seiner Schulter.

Ich fühlte mich beschissen, gedemütigt, deprimiert, enttäuscht und was nicht noch alles. Eigentlich hatte ich es aber auch nicht anders verdient, und diese Lektion geschah mir ganz recht.

Ich machte mich auf den Nachhauseweg. Mein Fahrrad schob ich neben mir her und trottete lustlos durch den Schnee. Mehrmals liefen mir feucht-warme Tränen über die Wangen. Ich trocknete sie nicht ab, sondern ließ ihnen freien Lauf, erst als ich in meine Straße einbog, schnaubte ich mir die Nase und wischte mein Gesicht trocken.

Das Rad brachte ich sofort in den Keller und verzog mich drinnen grußlos auf mein Zimmer, das wie immer so etwas wie meine Fluchtburg darstellte, und ich war froh, ein eigenes Zimmer zu besitzen. Das war ja nicht gerade eine Selbstverständlichkeit, wenn ich da an einige meiner Freunde dachte, die sich ihre Zimmer mit Geschwistern teilen mussten und wo es ständig Streitereien gab.

Als ich einigermaßen zu mir gekommen war, machte ich mich daran, ihr einen Brief zu schreiben. Zwar erschien mir das feige und ich vermutete, dass sie es ebenso empfinden könnte, aber ich wusste mir einfach keinen anderen Rat. Ich wollte ihr unbedingt meine Gefühle mitteilen, sie wissen lassen, dass sie immer noch sehr wichtig für mich war, auch wenn ich Schwierigkeiten hatte, ihr das direkt ins Gesicht zu sagen. Von meinem heutigen Versuch, sie zu besuchen, erwähnte ich lieber nichts.

Den Brief schleppte ich die gesamte nächste Woche in meiner Schultasche mit herum. Ich konnte mich einfach nicht dazu entschließen, ihn in den Briefkasten zu werfen, und als ich ihn am Sonnabend noch nicht weggeschickt hatte, nahm ich ihn aus der Tasche und packte ihn in meine Schreibmappe, wo er wahrscheinlich jetzt noch liegt.

Nicht einmal das schaffte ich also. Ich fühlte mich wie ein Versager und ärgerte mich riesig über mich selbst.

7

Zahnschmerzen und andere Schwierigkeiten

Die Weihnachtsferien vergingen wieder viel zu schnell. Die richtigen Feiertage waren genauso wie jedes Jahr. Der Schnee war längst weggetaut und wie nicht anders zu erwarten gewesen, war kein neuer Schnee gefallen.

Heiligabend waren Sabine, Mutti und ich bei Oma und Opa eingeladen. Dort war es sehr gemütlich mit einem großen geschmückten Baum, unter dem die Geschenke darauf warteten, geöffnet zu werden. Die Bescherung fand nach alter Tradition nach dem Kaffeetrinken statt. Danach sangen wir Weihnachtslieder und plünderten in aller Ruhe unsere bunten Teller, die mit reichlich Süßigkeiten bedeckt waren.

An den folgenden Tagen besuchten wir uns gegenseitig. Zuerst kamen meine Großeltern zu uns und am 2. Feiertag gingen wir vormittags zusammen in die Kirche und verbrachten den Nachmittag bei Fernsehgucken und "Mensch-ärgere-dich-nicht"-Spielen.

Silvester war diesmal auch ziemlich trostlos. Den ganzen Tag hatte es geregnet, so dass der Boden an vielen Stellen aufgeweicht war und man Mühe hatte, die Knaller so zu schmeißen, dass sie auch wirklich explodierten. Natürlich versuchten wir deshalb, so spät wie möglich loszulassen, aber das war nicht ungefährlich und so richtig Spaß machte es daher auch nicht.

Am Nachmittag und späten Abend zog ich mit Mike, Matthias, Mario und Thomas um die Häuser. Natürlich machten wir einigen Blödsinn; bei Klingelstreichen angefangen, wo wir warteten bis jemand öffnete und dann alle Mann sofort Knaller in Richtung der Eingangstür warfen, aber wir versuchten auch, einen Holzbriefkasten in die Luft zu jagen. Obwohl wir Massen von Knallern daran befestigten, funktionierte es nicht. Es gab nur einen lauten Knall und eine Verpuffung, aber das war es auch schon. Das Spannendste war noch, dass wir vor dem Besitzer, welcher kurze Zeit später aufgebracht aus dem Haus stürmte, flüchten mussten.

Gegen 23 Uhr 30 ging ich bereits wieder heim, denn ich hatte meiner Mutter versprochen, um Mitternacht mit ihr anzustoßen, da Sabine in diesem Jahr mit ihrer Freundin bei Kumpels in einem anderen Ort feierte.

Unsere Nachbarn waren auch da und eine Arbeitskollegin meiner Mutter, die nicht weit entfernt auf der anderen Seite des Bahndamms wohnte.

Im Fernsehen lief irgendeine grauenhafte "Gute- Laune Sendung" mit Stimmungsliedern.

Punkt 24 Uhr gingen wir vor das Haus, wo jetzt alle ihre Raketen in den Nachthimmel schossen und mit Knallern, Wunderkerzen und bengalischem Licht das neue Jahr begrüßt wurde.

Unsere eigenen Raketen stellten wir nacheinander in eine leere Sektflasche, die wir gerade erst ausgetrunken hatten und bejubelten jede, die nach dem Anzünden mit zischendem, funkensprühendem und ohrenbetäubendem Krach in die Luft gingen. Wegen des schlechten Wetters, es regnete auch jetzt noch etwas, konnte man leider nicht allzu weit schauen und lange hielten wir uns deshalb nicht draußen auf, sondern zogen uns bald wieder in die gemütliche warme Stube zurück.

Vom Feuerwerk in Westberlin, welches per Luftlinie höchstens acht Kilometer entfernt war, konnte ich diesmal fast gar nichts sehen. Bei guter Sicht hatte man von der Eisenbahnbrücke immer einen hervorragenden Überblick, aber heute lohnte es sich nicht, zum Gucken dorthin zu gehen. Soviel anders war es ja auch nicht, nur ein wenig farbenfroher, und es gab halt ein paar andere Raketen, zum Beispiel die, wo zuerst ein Schweif, wie bei einem Kometen hinterher gezogen wurde und sich am Schluss fünf verschiedenfarbige Kugeln öffneten.

Kurz nach Weihnachten bekam ich auf einmal höllische Zahnschmerzen, garantiert ausgelöst von den Süßigkeiten auf meinem bunten Teller, den ich seit Heiligabend immer wieder aufs Neue nachgefüllt hatte. Ich kam nicht drum herum, mir einen Termin beim Zahnarzt zu holen. Alleine der Gedanke daran ließ mich verzweifeln, aber es gab keinen Ausweg; wenn ich die Schmerzen loswerden wollte, musste ich dadurch.

Donnerstag nach dem Unterricht war es soweit. Ich nahm im Wartezimmer Platz, nachdem ich mich bei der Schwester angemeldet hatte. Vor mir waren noch etliche andere Patienten dran, mindestens sieben oder acht. Ich setzte mich auf den letzten freien Stuhl und harrte der Dinge, die auf mich zukommen würden.

Der Raum war sehr spärlich eingerichtet. Die Stühle waren längs der Wände aufgestellt und links neben dem Eingang gab es einen Garderobenständer. In der Mitte war ein quadratischer Tisch, auf den Zeitschriften älteren Datums und einige Prospekte über Zahnpflege auslagen. An einer Wand hatte jemand einen Bilderrahmen angebracht, in welchem der Kunstdruck eines Stillebens zu sehen war, was ich als äußerst hässlich empfand. Die Wände selbst waren ockerfarben, allerdings schon mächtig vergilbt. An der Decke löste sich an einigen Stellen bereits die Farbe. Über der Tür befand sich ein Lautsprecher, der aber, solange ich denken konnte, nicht funktionierte. Ob er überhaupt einmal in Ordnung gewesen war?

Die Stimmung im Zimmer war gedrückt. Wahrscheinlich lag es daran, dass niemand gerne zum Zahnarzt ging; ich kannte zumindest niemanden, und jeder wollte es nur schnell hinter sich bringen.

Mir gegenüber saß ein kleiner Junge, nicht älter als zehn, zusammen mit seiner Oma und wimmerte die ganze Zeit vor sich hin, während die Oma versuchte, ihn zu trösten. Er gab ein Bild des Jammers ab und tat mir leid, aber ich war viel zu sehr mit meinen eigenen Schmerzen beschäftigt, um ihn bemitleiden zu können.

Inzwischen saß ich über eine Stunde dort, und es waren nur noch zwei Leute vor mir an der Reihe. Im Behandlungszimmer war jetzt ein Mann mittleren Alters. Es drangen Geräusche nach draußen, die bei mir eine Gänsehaut auslösten und mich stutzig werden ließen. Wollte ich wirklich da hinein? Das säuselnde Geräusch des rotierenden Bohrers, der sich mal langsam und sogleich wieder schneller drehte; die ständig zu hörende Maschine, mit der man den Speichel aus dem Mund saugte; das Rauschen des Wassers beim Nachfüllen des Bechers und vor allen Dingen die immer häufiger wiederkehrenden Schreie des Mannes raubten mir den ganzen Mut. Verängstigt und in mich gekehrt saß ich auf meinem Platz.

 Am liebsten wäre ich einfach aufgestanden und gegangen.

"Der Nächste, bitte!", rief die Schwester.

Ich schreckte hoch.

"Junger Mann, was ist jetzt? Sie sind an der Reihe", zeigte sie auf mich.

"Bin ich schon dran? Ich dachte die Dame da hinten ist noch vor mir", sagte ich und schaute die Frau überrascht an.

"Nein, ich warte nur auf meinen Mann", sprach sie freundlich.

"Na also, dann gehen Sie schon einmal rein! Der Doktor kommt gleich."

Mit zitternden Knien erhob ich mich und ging in das Behandlungszimmer. Eine Schwester nahm mich in Empfang und forderte mich auf, auf dem Stuhl Platz zu nehmen.

"Wo tut's denn weh", begrüßte mich der Arzt. Ich schilderte ihm meine Schmerzen und deutete auf die Stelle, wo es wehtat.

"Dann gucken wir das doch mal an", meinte er,"setzen Sie sich mal richtig hin, lehnen den Kopf zurück auf diese Kopfstütze da und machen den Mund bitte ganz weit auf!"

Ich machte alles, was er sagte und versuchte, tief durchzuatmen. Über mir machte die Schwester eine Lampe an, die mich genau in die Augen blendete, so dass ich nichts mehr erkennen konnte. Mit einem metallenen Gegenstand klopfte er vorsichtig die in Frage kommenden Zähne ab.

"Zeigen Sie mir mal genau, wo die Schmerzen am stärksten sind!", verlangte er, und ich fuhr mit dem Finger zu der Stelle.

"Genau hier", nuschelte ich so gut es ging, da er noch immer den Metallstab in meinem Mund hatte.

"Ach ja, ich sehe schon", murmelte er und tastete die Stelle mit dem einem dünneren Stab ab. Als er begann, an dem Zahn zu kratzen, traf er anscheinend den Nerv. Ich brüllte los wie von der Tarantel gestochen.

"Es ist also der Dreizehnte", stellte er trocken fest. "Schwester Inge, gucken Sie bitte auf der Karte nach, ob wir da schon mal etwas hatten."

"Spülen Sie ruhig kurz aus!", sagte er an mich gewandt.

"Das ist der Zahn, den Sie im Vorjahr bereits geröntgt hatten."

"Kann ich mich nicht erinnern. Zeigen Sie mal her!"

"Hmh, so so. Was machen wir denn jetzt?", grübelte er. "Das sieht leider nicht gut aus, muss ich Ihnen sagen."

"Wieso, was ist denn los?", fragte ich ängstlich.

"Tja, folgendes: Im vergangenen Jahr habe ich diesen Zahn geröntgt, weil ich gucken wollte, ob er innen noch in Ordnung ist. Das war nicht mehr der Fall, aber wir haben dann doch noch ein letztes Mal eine Füllung reingemacht. Ich schaue mir das jetzt noch mal genau an, aber viel Hoffnung mache ich mir nicht, dass wir den Zahn noch retten können."

"Sie meinen, Sie müssen ihn womöglich ziehen?"

"So ist es. Aber keine Bange, es tut nicht weh und geht ganz schnell."

"Kann man denn wirklich nichts anderes machen?", bettelte ich.

"Da hätten Sie Ihre Zähne besser putzen müssen. Das ist nun einmal so. Im Nachhinein lässt sich das nicht mehr ändern."

"Aber dann sehe ich ja aus wie Festus", brubbelte ich niedergeschlagen zu mir selbst.

"So schlimm ist es doch nicht. Die Zahnlücke ist unten rechts, wer soll das schon sehen?", sagte er gutmütig, "Machen Sie den Mund wieder auf, ich taste es noch mal ab!"

Es hatte keinen Sinn. Der Zahn war nicht mehr zu retten und in Ermangelung einer Alternative fügte ich mich meinem Schicksal.

Zuerst bekam ich zwei Spritzen ins Zahnfleisch, die mit einem Narkotikum gefüllt waren, um die Gegend des kranken Zahns zu betäuben. Ohne die Wirkung abzuwarten, begann er augenblicklich damit, eine große Zange anzusetzen. Er zog und zerrte mit aller Kraft an dem Zahn, aber der bewegte sich kein bisschen.

In meinem Mund lief der Speichel zusammen und ich bekam kaum noch Luft, aber die Watte, die mir von der Schwester in beide Kiefer gesteckt worden war, hinderte mich am Schlucken. Durch den "Ministaubsauger", der ununterbrochen im Einsatz war, kriegte ich wenigstens etwas Luft.

Der Doktor hatte die Zange einen Moment abgesetzt und suchte einen Punkt, wo er den Zahn besser umklammern konnte, um eine optimale Hebelwirkung zu erreichen. Als er annahm, diesen Punkt gefunden zu haben, setzte er erneut an und zog daran. Mit einem Mal rutschte er ab und riss eine Wunde in das Zahnfleisch, aus der sofort

Blut herausströmte. Dabei zersplitterte der Zahn in drei Teile.

Ich musste den Mund wieder ausspülen. Das kalte Wasser beruhigte ein wenig mein entzündetes Zahnfleisch.

"Das hat mir jetzt gerade noch gefehlt", fluchte er und wischte sich den Schweiß von der Stirn. "So was gibt es doch nicht."

Die Wirkung der Spritzen ließ immer weiter nach, so dass ich das nun einsetzende Martyrium im Prinzip ohne Betäubung über mich ergehen lassen musste.

Wie von Sinnen ruckelte er an den Resten des Zahnes und versuchte, sie herauszuziehen, aber er rutschte immer wieder ab, wobei er das offene Zahnfleisch streifte und ich vor lauter Schmerzen fast das Bewusstsein verlor. Ich probierte mehrmals, einfach den Mund zu schließen, aber die Schwester verhinderte das, in dem sie mit einer Hand den Speichel absaugte und mit der anderen meinen Kopf umklammert hielt. Es war der blanke Horror.

Endlich hatte er es geschafft, zwei Teile herauszuziehen. Die Schwester wischte mit einem Tuch die Zange ab und der Arzt sich den Schweiß von der Stirn, als ich das Gefühl hatte zu ersticken. Mein Mund war gefüllt mit Blut und Speichel, der sich dort jetzt ansammelte und vermengte. Ich musste unbedingt ausspucken und hob ruckartig meinen Kopf hoch, verschluckte mich dabei, worauf die schleimige Flüssigkeit aus meinem Mund sich über meinen hellbraunen Pullover ergoss und daran herunterlief.

Mit Zellstoffpapier versuchte die Schwester, die blutigen Flecken abzutupfen, aber das hatte keinen Sinn mehr. Der Pullover war hinüber.

"Tut mir wirklich leid", sagte der Arzt sichtlich genervt zu mir, "aber das können Sie mir glauben, so was habe ich noch gar nicht erlebt. Unglaublich ist das."

Nachdem ich den Mund ausgespült hatte, ließ ich auch den Rest tapfer über mich ergehen. Für das letzte Stück brauchte er mindestens eine weitere Viertelstunde, aber dann war es endlich vorbei. Ich bekam einen dicken Mullstapel in die Hand, der getränkt war mit einer Flüssigkeit und drückte damit einige Minuten auf die nun freie Stelle, um die Blutung zu stillen.

Fast eine ganze Stunde hatte ich auf dem Behandlungsstuhl zugebracht. Solch einen Horror hatte ich bis zum heutigen Tag nicht erlebt, und als er zu mir sagte, dass es doch gar nicht so schlimm gewesen wäre, dachte ich, ihn erwürgen zu müssen. Dazu war ich leider im Moment nicht fähig, was für ihn auf jeden Fall besser war.

Bevor ich den Raum verließ, versuchte ich noch etwas zu sagen, aber meine Zunge war wie gelähmt und ich brachte nichts Verständliches hervor. Anscheinend begannen nun endlich die Spritzen zu wirken; mit einer Stunde Verspätung. Meine rechte Backe war total angeschwollen, und wenn ich versuchte den Mund zu öffnen, spannte es fürchterlich, und ich gab es auf.

"Wenn es sich entzündet, müssen Sie sofort wieder herkommen!", rief mir Schwester Inge hinterher, aber eines war klar; weder sie noch Dr. Frankenstein würden mich jemals wieder zu Gesicht bekommen.

Eigentlich hatte ich Matthias, der in meiner Straße wohnte und mit dem ich in letzter Zeit nachmittags manchmal etwas zusammen unternahm, versprochen, ihn zur Sporthalle zu begleiten, aber besondere Lust verspürte ich im Moment nicht gerade dazu.

Er war ein Jahr jünger als ich und ging in die 9. Klasse. Wir kannten uns schon von klein auf und hatten in all den Jahren einigen Blödsinn zusammen fabriziert.

Einmal hatten wir, das war aber bestimmt vier oder fünf Jahre her, quer über unsere Straße von einem Baum zum anderen eine Strippe gespannt. Besser gesagt; es war das schwarze Garn aus dem Nähkasten meiner Mutter. Nachmittags war die Straße sehr wenig befahren, es kamen nur ab und zu einige Leute vorbei, die zum Konsum wollten oder ganz selten mal ein Fahrradfahrer. Wir spannten es im Großen und Ganzen für vorüberkommende Fußgänger auf, in Kniehöhe etwa, versteckten uns im dichten Gestrüpp des einen Baumes und beobachteten unsere Opfer. Aufgrund der langsamen Geschwindigkeit unserer "Testpersonen" und des daraus resultierenden geringen Drucks auf die Strippe bekamen die meisten nichts mit von unserem Hindernis. Es gab zwar ein paar, die etwas mitbekommen hatten und sich unvermittelt mit einem teils fragenden, teils verwunderten Gesichtsausdruck umdrehten, aber niemand entdeckte das zerrissene Garn auf dem Boden.

Nachdem minutenlang keine Menschenseele vorbeikam und es auf Dauer doch recht langweilig war, beschlossen wir, es für heute sein zu lassen. Matthias meinte, wir könnten ja die Strippe gespannt lassen. Da wir aber fast alles aufgebraucht hatten, wollte ich lieber das restliche Stück mitnehmen. Man konnte ja nie wissen, wozu man es noch gebrauchen konnte. Matthias begann, den Knoten zu lösen, hatte damit aber einige Schwierigkeiten und da mir das zu lange dauerte, ging ich schon auf die andere Straßenseite und machte die Strippe dort los. Plötzlich sah ich in ungefähr 200 Metern Entfernung einen Radfahrer auf uns zukommen und mir kam eine Idee.

"Hey, Matze. Pssst", rief ich leise rüber.

"Was ist?"

"Wollen wir den noch mitnehmen?", deutete ich in seine Richtung.

"Das merkt der sowieso nicht", winkte er ab.

Der Radfahrer näherte sich zügig.

"Heb einfach deine Hand nach oben, in Brusthöhe!", rief ich.

"Genial", meinte er bewundernd und sogleich hoben wir das Garn in die Höhe und zogen es straff.

Anscheinend hatten wir seine Schnelligkeit unterschätzt, denn genau in diesem Moment durchfuhr er unser unsichtbares Hindernis und nicht nur das: gerade eben hatte er seinen Kopf herunter genommen und unsere Strippe traf ihn nicht wie erwartet am Oberkörper, sondern erwischte ihn mit voller Wucht an der Stirn. Ich konnte die Aufschlagstelle sehen und wollte mich schon über unseren Erfolg freuen, als ich sah, dass der Aufprall bei ihm ein riesiges Büschel Haare herausgerissen hatte. Er bremste ab, kam sofort zum Stehen und begann fürchterlich zu schreien. Er musste ziemliche Schmerzen haben. Ich stand regungslos hinter dem Baum versteckt und traute mich nicht heraus, um ihm zu helfen.

Mir gingen die schlimmsten Sachen durch den Kopf. "Hatten wir ihm vielleicht die gesamte Kopfhaut aufgerissen und er würde dort verbluten? Nein, nein, das war doch nicht möglich", sagte ich mir und versuchte, mich selbst zu beruhigen. Es war doch nur ein lächerlich dünnes Stück Garn.

Matthias hatte schneller geschaltet als ich und war augenblicklich zu ihm geeilt, um zu helfen.

Der Fahrradfahrer hatte sein Rad an einem Baum abgestellt und fasste sich an die Stirn. Er war so um die 40, wahrscheinlich ein bisschen älter.

"Ist ihnen etwas passiert?", fragte Matze vollkommen außer sich und am ganzen Leib zitternd.

"Du bist wohl verrückt geworden, du Lausejunge", sprach er erregt und ohne Vorankündigung scheuerte er ihm eine.

Erleichtert ob der Tatsache, dass er nicht schwer verletzt war, verließ ich nun ebenfalls mein Versteck und rannte zu den beiden.

"Da ist ja noch einer von der Sorte", brüllte er mich an.

Jetzt stand ich ihm direkt gegenüber und stierte ihn mit offenem Mund an. Auf der Stirn hatte er einen roten Streifen und er war, bedingt durch die Aufregung sicherlich, puterrot im Gesicht, aber das Büschel Haare, welches ich durch die Luft fliegen gesehen hatte, war offensichtlich ein Toupet gewesen. Es war das erste Mal, dass ich so etwas in Wirklichkeit sah, und obwohl ich immer noch etwas geschockt war wegen eben, musste ich mir das Lachen verkneifen. Es sah absolut seltsam aus.

"Was habt ihr euch denn dabei gedacht? Ihr seid doch wohl alt genug, um zu wissen, was alles passieren kann bei solchen Dummheiten", ereiferte er sich.

"Das wollten wir doch gar nicht", stotterte Matthias und hielt sich die Wange.

"Wohnt ihr hier in der Straße?", fragte er.

"Ja", antwortete ich kleinlaut.

"Wo genau?"

"Ich gleich da vorne", zeigte ich mit der Hand, "und er wohnt in dem dritten Haus, links."

"Sind eure Eltern jetzt zu Hause?", wollte er es ganz genau wissen und guckte dabei zuerst mich an.

"Nein, meine Mutter kommt erst gegen acht", sagte ich wahrheitsgetreu.

"Meine Eltern sind einkaufen", sprach Matze zitternd, "aber weshalb wollen Sie das denn wissen?", fragte er überrascht.

"Ihr glaubt doch nicht, dass ich diese Sache einfach so auf sich beruhen lasse, oder was? Es hätte schließlich sonst was passieren können." Aus seiner Aktentasche kramte er einen Zettel hervor und einen Füllfederhalter und wir mussten ihm unsere Namen und Adressen notieren. "Ihr hört noch von mir!", sprach er mit ernster Miene und forderte uns auf zu gehen.

Ohne ein Wort miteinander zu reden, entfernten wir uns, bogen um die erste Kurve und verschwanden aus seinem Blickfeld hinter einer Häuserwand. Vorsichtig schlich ich mich zurück und lugte um die Ecke.

Dort war er damit beschäftigt, sein Toupet zu suchen. Er fand es auf dem Bürgersteig, mitten im Sand. Anscheinend war es schmutzig geworden, denn er setzte es nicht auf, sondern packte es in seine Aktentasche.

Wir setzten uns auf den Rasen und lehnten uns an die Hauswand.

"Meinst du, der verpfeift uns wirklich?", fragte Matze mich nach einer Weile.

"Ich weiß nicht. Ich glaube nicht."

"Und was wenn doch?"

"Wird schon nicht", beruhigte ich ihn.

Am nächsten Tag musste ich nach dem Ende der 3. Stunde zum Direktor. Als ich die Tür öffnete, sah ich zuerst Matthias und danach unseren Direktor ihm gegenüber sitzen. In dem Moment war mir klar, weshalb ich herkommen sollte.

Der Mann hatte sich über uns beschwert und nur den Überredungskünsten unseres Direktors hatten wir es zu verdanken, dass er nicht zur Polizei gegangen war, um uns anzuzeigen.

Als Strafe teilte er uns mit, dass wir beide einen Tadel erhielten. Außerdem gab er jedem einen Brief für zu Hause mit, in dem alles genauestens niedergeschrieben war. Am folgenden Tag mussten wir von unseren Eltern den Erhalt des Briefes quittieren lassen.

Das war nur eine Geschichte von vielen, wo wir unser Fett wegbekommen hatten.

In der Sporthalle war heute das Training vom Turnen. In der Schuldisco hatte Matthias ein Mädchen kennengelernt, und es gehörte zum Turnverein. Er hatte ihr versprochen, sie beim nächsten Mal abzuholen, traute sich aber nicht alleine hin. Weil ich dort einige Mädchen kannte, hatte er mich gebeten, ihn zu begleiten als moralischen Beistand sozusagen.

Da ich spät dran war, fuhr ich vom Zahnarzt direkt zu Matthias. Eigentlich wollte ich bei meinen Großeltern kurz reinschauen, aber dafür reichte die Zeit nun nicht mehr, da ich fest versprochen hatte, ihn spätestens um 17 Uhr abzuholen.

"Hallo, da bist du ja. Ich bin gleich soweit", begrüßte er mich wie immer, nachdem ich geklingelt hatte.

Ich versuchte vernünftig zu antworten, aber das war unmöglich. Meine Antwort hörte sich in etwa so an: "Isch war beim Schanascht."

Erschrocken von meinem Gesabbel, drehte er sich um und entdeckte nun meine dicke Backe.

"Aua, was haben die denn mit dir angestellt?", sprach er mitfühlend. "Das sieht ja gemeingefährlich aus."

Zum Glück konnte ich mich nicht im Spiegel sehen, aber nach seiner Reaktion zu urteilen, musste es sehr schlimm aussehen.

Auf dem Weg zur Sporthalle erzählte ich ihm alles, so gut es ging. Das meiste schien er auch zu verstehen, konnte es aber nicht fassen. Er war echt sprachlos.

"...und der hat wirklich zu dir gesagt, du sollst dich nicht so anstellen, nach all dem? Ich glaub's ja wohl nicht."

Meine gesamte rechte Gesichtshälfte konnte ich inzwischen nicht mehr fühlen. Ich kniff mich in die Wange, ohne dass ich etwas verspürte. Es kam mir fast so vor, als ob alles gelähmt war. Ich war mir aber nicht sicher, ob ich es überhaupt wollte, dass die Wirkung der Spritzen nachlassen würde. Wahrscheinlich war es so besser, denn die Schmerzen beim Zahnziehen, als die Betäubung noch nicht gewirkt hatte, waren mir noch gut im Gedächtnis.

Um 17.30 Uhr kamen wir beim Training an. Von nun an war es noch eine ganze Stunde, die wir bis zum Ende warten mussten. Matthias schien das nichts auszumachen. Er genoss es sichtlich, durch die großen Fenster beim Training zuzuschauen.

Die ganze Zeit schwärmte er mir von Katja vor, die er mir natürlich sofort gezeigt hatte. Entgegen seinen sonstigen Eroberungen, die bisher jedes Mal kurze dunkle Haare hatten und verhältnismäßig klein waren, sah Katja völlig anders aus. Ehrlich gesagt konnte ich nichts Interessantes an ihr entdecken, zumindest rein äußerlich. Sie war ziemlich groß, mindestens 1,75 Meter, vielleicht sogar noch etwas größer. Auf jeden Fall war sie größer als Matthias. Dann war sie dürr wie eine Bohnenstange und trug die langen Haare zu einem Zopf geflochten. Wenigstens die Haarfarbe stimmte, stellte ich fest und musterte sie durch die Glasscheibe. Je länger ich ihr zuguckte, desto mehr zogen mich ihre Bewegungen in den Bann und ich musste zugeben, dass es doch irgendetwas Besonderes an ihr gab. Bei ihr sahen die Übungen am graziösesten aus. Da gab es keinen Zweifel.

"Nicht schlecht, oder was meinst du?", fragte er mich gespannt auf meine Meinung.

"Isch kann mir nisch vorschtellen, wasch die von dir Caschanova will", schmeichelte ich ihm.

"Ich mir schon", lachte er.

Die Minuten vergingen und schließlich verließen die Mädchen den Raum und verschwanden für uns leider nicht sichtbar in den Umkleideräumen. Jetzt konnte es nicht mehr lange dauern, bis sie frisch geduscht herauskommen würden.

Katja war zusammen mit ihrer Freundin Grit, die ich vom Sehen kannte, als erstes draußen und freute sich riesig, dass Matthias sein Versprechen wahrgemacht hatte, sie abzuholen.

"Seid ihr schon lange da?", fragte sie uns scheinheilig und tat so, als ob sie uns jetzt zum ersten Mal sah, aber ich wusste genau, dass sie uns bereits während des Trainings ab und zu beobachtet hatte.

Matthias hatte davon anscheinend nichts mitbekommen. Vielleicht suchte er auch nur einen guten Anfang für ein Gespräch. Auf jeden Fall ging er begeistert darauf ein.

"So lange sind wir noch nicht da. Eine knappe halbe Stunde, oder?", blinzelte er mir zu und seinem Blick konnte ich entnehmen, dass er von mir eine Zustimmung erwartete. Wahrscheinlich war es ihm peinlich, dass wir uns hier schon seit über einer Stunde herumdrückten und wie Spanner beim Training zugeguckt hatten. Katja hatte ihn längst durchschaut, aber ließ ihn weiter in dem Glauben, uns vorher nicht gesehen zu haben.

"Ja, in etwa schon", sagte ich und versuchte so deutlich wie möglich zu sprechen, „vielleicht auch etwasch länger." Schnell schluckte ich den Speichel herunter, der sich in meinem Mund angesammelt hatte, in der Hoffnung, dadurch beim nächsten Mal verständlicher reden zu können.

Aufgrund meiner seltsamen Aussprache entdeckten sie nun meine dicke Backe.

"Autsch, was ist denn mit dir passiert?", fragte mich Grit voll Mitgefühl, welches ich im Moment auch ein wenig gebrauchen konnte.

Ich wollte gerade anfangen, die Sache mit dem Zahnarzt zu erzählen, aber Matthias war schneller und berichtete alles haargenau so, wie ich es ihm auf dem Weg hierher gesagt hatte. Die ekligen Stellen, die schon in Wirklichkeit der blanke Horror waren, schmückte er sogar noch etwas blutiger aus, so dass mich die beiden voll Mitleid bedauerten.

Jeder gab nun seine Erfahrungen mit Zahnärzten zum besten, und wir hatten damit einen abendfüllenden Gesprächsstoff.

Nach einer ganzen Weile meinte Katja, dass sie nach Hause müsse und fragte Matthias, ob er Lust hätte, sie noch ein Stück zu bringen. Er guckte kurz zu mir, um sich zu vergewissern, dass es mir nichts ausmacht, alleine loszugehen. Natürlich machte mir das nichts aus. Schließlich war ich ja nur seinetwegen mit hergegangen.

"Schon gut", flüsterte ich ihm augenzwinkernd zu, während Katja und Grit miteinander tuschelten.

"Wir können ja auch zusammen gehen, Niko", sagte auf einmal Grit und lächelte mich dabei an. "Du wohnst doch bestimmt noch in der "Rosa- Luxemburg- Straße."

Völlig perplex antwortete ich: "Woher weischt du dasch denn?"

"Das hast du irgendwann mal an der Eisdiele erzählt."

Ich dachte kurz darüber nach, konnte mich aber nicht erinnern, bis zum heutigen Tag jemals mit ihr ein Wort gewechselt zu haben. Diplomatisch sagte ich: "Das muss aber schon ewig her sein. Du hast ja ein sagenhaftes Gedächtnis."

"Ich behalte nur Dinge, die wichtig sind", entgegnete sie verschmitzt.

Ich wusste nicht so recht, wie ich reagieren sollte. Eigentlich hatte ich keine besonders große Lust, mich mit ihr zu unterhalten und sie zu begleiten, aber was sollte ich machen?

Kurz nachdem sich die anderen beiden von uns verabschiedet hatten, sie waren schon einige Meter entfernt, drehte sich Katja noch einmal um. Anhand ihres Gesichtsausdrucks war mir nun eines klar: Es war garantiert kein Zufall, dass ich jetzt mit Grit hier alleine zurückblieb. Sie hatte das so eingefädelt, um uns miteinander zu verkuppeln. Ob Matthias davon gewusst hatte? Nein, bestimmt nicht. Das hätte er mir nicht angetan, oder doch?

Langsam spazierten wir los. Glücklicherweise brauchte ich nicht viel sprechen, was mir nicht nur wegen meines geschwollenen Gesichts sehr zugute kam, sondern auch deshalb, weil ich keine Ahnung hatte, was ich mit ihr reden sollte.

Grit plapperte ununterbrochen über die Schule, das Turnen und ihren Papa, der irgendein hohes Tier bei der "Akademie der Wissenschaften" war, allesamt Dinge, die mich nun wirklich nicht interessierten, und ich musste mich ziemlich zusammenreißen, ihr das nicht zu sagen, obwohl es mir einige Male auf der Zunge brannte.

Es dauerte nicht lange und ihre Anwesenheit begann mich wirklich zu nerven und daher fragte ich sie, wo sie eigentlich hin muss.

"Na ja, ich wohne in der Straße hinter dem Bäcker", lautete die Antwort.

"Dem Bäcker?", guckte ich sie verwundert an, "aber da sind wir doch schon lange dran vorbei."

"Ich weiß."

"Musst du denn noch woanders hin?", fragte ich.

"Nein", druckste sie herum, "wenn du es genau wissen willst, wollte ich nur etwas länger mit dir zusammen sein. So jetzt ist es raus."

Während wir weiterliefen, wartete sie anscheinend auf irgendeine Antwort oder zumindest darauf, dass ich etwas zu ihr sagen würde, aber mein Mund blieb völlig stumm. Zum ersten Mal, seitdem wir von der Sporthalle losgegangen waren, trat eine bedrückende Stille ein und ich war nicht gewillt, diese zu unterbrechen.

Auf der gegenüberliegenden Straßenseite näherte sich langsam jemand. In der herrschenden Finsternis; nur wenige Lampen der Straßenbeleuchtung waren in Betrieb; konnte man nur die Umrisse erkennen. Es musste eine Frau sein, eventuell auch ein junges Mädchen. Das konnte man eindeutig am Geräusch der Schuhe hören.

Als die Person an uns vorüberging, befanden wir uns unter einer Lampe, so dass man uns gut sehen konnte.

"Du sagst ja gar nichts?", stellte Grit beunruhigt fest, baute sich vor mir auf und guckte mir tief in die Augen.

Im selben Augenblick tauchte wie aus dem Nichts hinter uns jemand auf. Es war die Person, welche eben noch auf der anderen Seite an uns vorbeigegangen war. Plötzlich erkannte ich sie, es war Sina.

"So ist das also. Das hätte ich mir ja denken können", sagte sie wütend zu mir und guckte Grit wie eine Katze mit feurigen Augen an.

Grit gewann als erste ihre Sprache wieder.

"Was willst du überhaupt von uns?", stellte sie sich provokativ vor Sina.

"Von euch will ich überhaupt nichts, du blöde Kuh", erwiderte sie in Rage und wandte sich an Grit. "Von dir will ich ganz sicher nichts".

"Ach nein, wirklich nicht?", antwortete sie herausfordernd.

Ehe ich mich versah, stand ich zwischen zwei keifenden Weibsbildern, die sich um mich stritten. Ich verstand zwar nicht, mit welchem Recht, aber das war jetzt auch nebensächlich. Mir war klar, dass ich unbedingt etwas tun musste, bevor es zu Handgreiflichkeiten kommen würde und versuchte mich als Schlichter, was sich im Nachhinein als grober Fehler herausstellen sollte. Ich stellte mich zwischen beide, mit meinem Gesicht zu Sina gewandt und versuchte beruhigend auf sie einzuwirken.

Grit und Sina kannten sich offenbar aus der Schule, und es war nicht schwer zu erahnen, dass sie alles andere als Freundinnen waren. Grit machte jedenfalls alle meine Versuche, Sina zu beruhigen wieder zunichte.

Schließlich hatte ich genug von dem Ganzen und fuhr Sina an. " Sag mal schpinnscht du jetzt, oder wasch? Krieg disch mal wieder ein! Dasch kann ja wohl nisch wa schein", schrie ich sie an. Ich wusste, dass es ungerecht war, nur gegenüber Sina laut zu werden, aber ich wusste mir halt keinen anderen Rat. Was hätte ich auch zu Grit sagen sollen? Ich kannte sie ja gar nicht richtig.

Ich dachte damit, die Situation in den Griff zu bekommen, was bestimmt auch geklappt hätte, wenn Grit nicht darauf folgendermaßen reagiert hätte.

"Da hörst du es, du Schlampe", brüllte sie Sina hysterisch an, worauf diese endgültig die Fassung verlor und mit der flachen Hand ausholte, um ihr eine zu scheuern. Ich versuchte, sie davon abzuhalten, aber alles ging so schnell, dass ich selbst nicht rechtzeitig ausweichen konnte und ihre Hand landete mit voller Wucht auf meiner entzündeten Wange.

Wie ein wilder Stier brüllte ich laut los und fasste vorsichtig an die höllisch schmerzende Stelle. In meinem Mund merkte ich, wie sich an dem Platz, wo der Zahn gezogen worden war, eine warme Flüssigkeit ausbreitete. Es begann wieder, ziemlich stark zu bluten.

Sina, die nicht wissen konnte, was auf einmal mit mir los war, war regelrecht geschockt. Ängstlich kam sie näher und entschuldigte sich bei mir. Grit kam ebenfalls und fragte mich, ob sie mir helfen kann, aber im Moment konnte mir niemand helfen. Das einzig Gute war, dass beide, in Sorge um mich, ihre Streiterei beendeten.

Mein Taschentuch, das ich aus der Hosentasche gezogen hatte, war blutdurchtränkt und ich hatte Mühe, eine freie Stelle zum Abtupfen des Blutes zu finden. Da ich nicht in der Lage war zu sprechen; bei jeder Bewegung des Mundes verzerrte sich mein Gesicht und tat schrecklich weh; erklärte Grit nun Sina die ganze Situation mit dem Zahnarzt und überließ mich, nachdem sie sich von mir verabschiedet hatte, widerstrebend ihrer Obhut.

Ich hatte mich an einem Zaun angelehnt. Sie stand neben mir, guckte abwechselnd mich an, wobei sie weinte und auf den Zaun.

"Das wollte ich nicht, wirklich nicht", stammelte sie immer wieder und wischte sich die Tränen aus dem Gesicht.

"Dasch weisch isch doch", sagte ich nach einer ganzen Weile. Das Sprechen fiel mir zwar sehr schwer, aber es ging und sie verstand mich sogar einigermaßen.

Das ich etwas sagte, ließ sie ein wenig ruhiger werden und sie fing an zu erzählen.

"Tut mir sehr leid wegen dem", sprach sie und zeigte auf meine Wange. Sachte strich sie mit ihren Fingern über die Stelle und streichelte sie. "und nicht nur deshalb. Ich war einfach total sauer auf dich. Das kannst du sicherlich nicht verstehen, ich meine, ich kann es ja selber nicht erklären, warum." Sie atmete tief ein und fuhr fort: " Als wir uns beim Vereinsfest sahen, habe ich mich riesig gefreut, obwohl wir uns dann später zankten. Trotzdem war es schön, mal wieder mit dir geredet zu haben. Danach hatte ich gehofft, dass du dich überwinden und vielleicht mal bei mir vorbeischauen würdest. Leider musste ich feststellen, dass sich meine Hoffnung nicht erfüllte und nachdem ich wiederum wochenlang nichts von dir hörte, beschloss ich heute abend zu dir zu gehen."

"Du warscht vorhin bei mir?", fragte ich überrascht.

"Ja. Irgendeiner von uns musste ja den Anfang machen. Meinst du nicht?"

"Doch schon", gab ich kleinlaut zu.

"Siehst du und da ich nicht mehr damit rechnete, dass du zu mir kommen würdest, wollte ich eben den ersten Schritt machen."

Jetzt wäre es an der Zeit gewesen, ihr einige Dinge zu sagen, unter anderem, dass ich ja nach unserer letzten Begegnung sehr wohl vorgehabt hatte, sie zu besuchen. Ich war ja sogar bis auf hundert Meter an ihrem Haus gewesen, aber was dann passierte, war mir noch allzu gut in Erinnerung. Sollte ich das tatsächlich erzählen? Aufgrund der komplizierten Lage, die nicht in einem Satz erklärbar gewesen wäre, verzichtete ich darauf. Mehr als einen kleinen Satz konnte ich momentan beim besten Willen nicht sprechen. Vielleicht werde ich es ihr ein anderes Mal beichten, überlegte ich.

"Niko, du bist für mich als Freund viel zu wichtig, als dass ich einfach so auf dich verzichten könnte. Du weißt ja, dass ich einen festen Freund habe, aber das, was uns miteinander verbindet, ist etwas absolut anderes. Für mich jedenfalls. Was ich sagen will ist, jemand wie dich, lernt man nicht jeden Tag kennen.

Du bist etwas besonderes, und ich würde gerne weiterhin mit dir befreundet bleiben. Ist es dir denn vollkommen gleichgültig?", jammerte sie mit verweinten Augen.

"Natürlich nicht", antwortete ich und langsam rannen auch mir die Tränen herab. Ich konnte nichts dagegen tun.

Sina redete sich ihren ganzen Frust von der Seele, nicht nur über unsere schwierige Beziehung, sondern auch über ihren Freund Detlef. Sehr glücklich schien sie mit ihm nicht unbedingt zu sein. Sie sagte zwar nichts Schlechtes über ihn, aber ich konnte zwischen den Zeilen heraushören, dass sie sich das alles wohl doch anders vorgestellt hatte. Er hing ständig mit seinen Kumpels ab und schleppte Sina dann dort mit hin, obwohl sie sicher lieber mehr Zeit nur mit ihm allein verbracht hätte. Außerdem mochte sie seine Freunde nicht sonderlich. In der Clique gab es immer nur ein Thema: Mopeds. Ihr Freund war ja über ein Jahre älter als sie, und ich nahm stark an, dass er mehr Zeit beim Rumschrauben an seiner S 50 zubrachte als mit ihr. Jedenfalls störte sie es, dass er im Kreise seinesgleichen mächtig damit angab, was er doch für eine tolle Karre hatte.

Ich hatte diese Rumschrauber-Typen noch nie verstanden. Ehrlich gesagt waren sie mir bisher immer etwas geistig beschränkt vorgekommen. Die Ausführungen Sinas bestätigten mich darin.

Jetzt wusste ich auch, zu welcher Clique er gehörte. Es waren dieselben Leute, von denen mir Jens schon mehrmals erzählt hatte, dass er und seine Kumpels mit ihnen in der Disco aneinander geraten waren. Zwischen unserem und dem Nachbarort gab es seit jeher Eifersüchteleien, unter anderem betraf das natürlich auch die Fußballmannschaften und die ungeklärte Frage, welcher Ort das bessere Team hatte. Bei der Disco saßen, zumindest laut Jens, die unterschiedlichen Cliquen an ihren Tischen, getrennt durch die Tanzfläche. Es war sozusagen ein ungeschriebenes Gesetz, dass keiner etwas auf der anderen Seite zu suchen hatte. Hielt sich jemand nicht daran, war der Ärger vorprogrammiert. Deshalb war es undenkbar, dass ein Junge der einen Gruppe mit einem Mädchen der anderen Seite ging und umgekehrt. Die Typen aus Braunfeld, hatte er mir letztens kopfschüttelnd erklärt, betrachten die Mädchen ihrer Clique als so was wie ihr Eigentum und Sina war also eine davon, musste ich nun feststellen.

Ich hörte mir alles geduldig an. Da es inzwischen sehr spät geworden war und die Müdigkeit allmählich von mir Besitz ergriff, wartete ich auf eine günstige Gelegenheit, um Sina klarzumachen, dass ich nach Hause musste, aber ich wollte ihr nicht ins Wort fallen.

"Du bist müde, nicht wahr", stellte sie selber fest, nachdem ich kurz eingenickt war. "Ich habe dich ja auch lange genug zugequatscht."

Ich schreckte hoch: "Isch halb so wild."

"Bestimmt habe ich dich gelangweilt", entgegnete sie, "tut mir wirklich leid."

"Du hascht mich nisch gelangweilt, ehrlisch", schluckte ich. "Isch find es schön, dasch du mir dasch allesch erzählt hascht."

"Wegen vorhin, möchte ich mich aber nochmal entschuldigen. Das war total bescheuert von mir, aber ich war sowieso schon sauer auf dich und dann kommst du mit dieser Ziege an. Da habe ich rot gesehen. Tut mir leid, das musst du mir glauben, ja?"

"Schon okay", gab ich zur Antwort. Sie hatte mich nun aber doch neugierig gemacht, warum die beiden sich nicht leiden konnten und ich fragte sie deshalb danach.

"Mit zwei Sätzen kann man das nicht erklären", wiegelte sie ab.

Ich weiß nicht, ob Sina annahm, dass ich etwas von Grit wollte oder was auch immer. Auf jeden Fall erklärte ich ihr, dass ich nichts mit Grit zu tun habe, was ja auch der Wahrheit entsprach und schilderte ihr die Situation, dass ich im Prinzip nur Matthias einen Gefallen getan hatte und nichts weiter.

Sie guckte mich skeptisch an, nahm mir aber die Geschichte ab und sah jetzt keinen Grund mehr, warum sie mir nicht ihre Abneigung gegenüber Grit berichten sollte.

"Sie geht in meine Parallelklasse und hat dort einen sehr zweifelhaften Ruf. Angeblich hat sie schon mit jedem Jungen aus ihrer Klasse etwas gehabt", sagte sie.

"Dasch kann isch mir nisch vorschtellen."

"Es ist aber so, Niko", entgegnete sie bestimmt. "Das wäre ja nicht so schlimm und ihr eigenes Problem, wenn sie nicht immer genau dann aktiv werden würde, wenn die Typen gerade eine andere Freundin haben. Ich schätze mal, dass es ihr einfach Spaß macht, anderen den Freund auszuspannen, und das finde ich total fies. Sie ist richtig hinterhältig."

"Hat sie dir auch schon einmal den Freund ausgeschpannt oder warum bischt du sauer auf sie?" (Meine Aussprache wurde etwas deutlicher, was vermutlich daran lag, dass ich die vorhin gelähmte Seite endlich wieder spüren konnte.)

"Nein, das nicht, aber anscheinend reicht ihr nun nicht mehr die eigene Klasse. Silvester war ich mit Antje und Frank auf einer Fete. Dort hat sie sich den ganzen Abend an Frank rangeschmissen und das, während Antje daneben saß. So eine Dreistigkeit habe ich noch nie erlebt", eiferte sie sich.

"Das ischt ja echt ein Ding", spielte ich den Bestürzten, empfand es aber eigentlich als Lappalie. "...und was passierte dann?", fragte ich interessiert.

"Frank wusste nicht so recht, wie er auf die Anmache reagieren sollte. Vielleicht fiel er auch einfach auf ihre Masche rein. Na ja, ich glaube, dass er einfach nicht unhöflich sein wollte und deshalb ließ er sich in ein langes Gespräch verwickeln. Antje war zwar stocksauer, ließ sich aber nichts anmerken. Irgendwann gingen wir zusammen aufs Klo. Da fing sie jämmerlich an zu heulen, und das eine Viertelstunde vor Mitternacht. Wir gingen dann wieder nach drinnen, setzten uns allerdings woanders hin. Kurz vor zwölf beschlossen wir alle vor das Haus zu gehen, um die Raketen hochzuschießen und als Grit in den Flur ging, folgte ich ihr und stellte sie zur Rede."

"Was hat sie geantwortet?", drängte ich sie zu einer Antwort. Allmählich fand ich die Geschichte nämlich doch recht spannend.

"Ich soll mich gefälligst um meinen eigenen Scheiß kümmern, hat sie mir frech ins Gesicht gesagt und überhaupt ginge mich das alles nichts an. Der Süße, also Frank, sei ja wohl alt genug, um zu wissen wer oder was gut für ihn ist. Daraufhin habe ich ihr gedroht, überall herumzuerzählen, dass sie einen Tripper hätte, woraufhin sie mich wild beschimpfte, aber von Frank ließ sie an diesem Abend die Finger", sagte sie und man konnte deutlich die Genugtuung in ihrer Stimme heraushören.

"Nicht schlecht. Das muss ich mir merken", sprach ich anerkennend. "Das ist ihr sicher eine Lehre gewesen."

"Ganz und gar nicht", schüttelte sie verächtlich den Kopf, "sie ließ zwar die Finger von Frank, aber bei ihrem nächsten Opfer war sie erfolgreicher. Gleich nachdem Ricos Freundin gegangen war, zog sie bei ihm dieselbe Show ab. Es dauerte keine Stunde und die beiden saßen knutschend in der Ecke. Die Frau ist echt widerlich", stellte sie abschließend fest. Mit ihrer Hand streichelte sie sanft meine Wange und fuhr dann fort: "Als ich euch vorhin gesehen habe, dachte ich schon...", sie hielt einen Moment inne und holte tief Luft, "na, du weißt schon, was ich gedacht habe. Das hätte ich jedenfalls sehr schade gefunden."

"Keine Angst, jetzt bin ich ja vorgewarnt", versuchte ich zu lächeln und zog verkrampft die Mundwinkel hoch. Das muss sehr komisch ausgesehen haben, denn Sina begann herzhaft zu lachen.

"Du Armer", sagte sie mitfühlend und gab mir ganz sachte einen Kuss, "das tut doch bestimmt immer noch weh, oder?"

"Es geht schon wieder", gab ich tapfer zurück, "aber ich muss jetzt schnell in mein Bett, ein wenig schlafen."

"Ja, du hast Recht." Sie schaute auf ihre Armbanduhr und erschrak. "Du hast sogar rechter als Recht. Ich sage dir besser nicht, wie spät es inzwischen ist, aber wir sollten uns sputen."

Bevor wir uns voneinander verabschiedeten, beschlossen wir noch, dass wir uns ab und zu besuchen wollen und dass wir jederzeit für den anderen da sein werden, wenn einer von uns Probleme haben sollte, aber nicht nur das. Wir nahmen uns vor, manchmal gemeinsam etwas zu unternehmen.

Das war leichter gesagt als getan, denn ich war mir im klaren darüber, dass es Sinas Freund sicherlich nicht gefallen wird, wenn seine Freundin sich mit ihrem Ex trifft, aber ich war zuversichtlich, irgendeine Lösung zu finden.

In den folgenden Wochen passierte nicht sehr viel Spannendes. Die meiste Zeit verbrachte ich zu Hause mit Lesen und Fernsehen. Manchmal am Wochenende spielte ich mit Mutti und Sabine Canasta oder "Mensch ärgere dich nicht". Das war nicht sehr aufregend, aber zumindest konnte man damit die Langeweile verdrängen.

Ansonsten traf ich mich einmal pro Woche zum Skatspielen und Musik aufnehmen mit Mike und Matthias. Jedes Mal fand dieses Treffen bei einem anderen statt, so dass jeder von uns mal in den "Genuss" kam, Getränke und Knabberzeug zu besorgen und vor allem danach das schmutzige Geschirr abzuwaschen. Diese Nachmittage waren stets sehr lustig, wenn nicht dieses blöde Skatspielen gewesen wäre. Mir machte das nicht den geringsten Spaß, weil die beiden richtige Profis waren und mich als Laie ständig anmeckerten, kaum dass ich eine ihrer Meinung nach falsche Karte gelegt hatte. Für mich war es einfach nur ein Spiel in geselliger Runde und nichts weiter, aber für Mike und Matthias ging es um mehr. Eigentlich war ich der geborene dritte Mann zum Skatspielen: Erstens verstand ich die Regeln nicht hundertprozentig, geschweige denn, dass ich richtig reizen konnte, was aber nie wirklich auffiel, weil ich einfach den selben Quatsch erzählte, wie die anderen beiden Strategen. Zweitens hatte ich keine Ambitionen, unbedingt gewinnen zu wollen und spielte nur so zum Spaß mit und drittens legten sie, da war ich mir sicher, nur aus einem Grund Wert auf meine Anwesenheit: man kann Skat halt nicht zu zweit spielen. Sie sagten mir das zwar nie, aber ich war fest davon überzeugt, dass es genau so war.

Mit einigen Tricks probierte ich später die Zeit, die wir mit dem gegenseitigen Überspielen unserer Kassetten zubrachten, zu verlängern. Das war allerdings selten von Erfolg gekrönt und irgendwann kam mir der Verdacht, dass sie es sowieso nur mir zuliebe machten, um mich bei Laune zu halten.

Alternativ dazu, als Kontrastprogramm sozusagen, ging ich natürlich auch in den Wintermonaten donnerstags zum Fußballtraining, aber außer einem Hallenturnier gab es bis zum Beginn der Rückrunde leider keine Wettkämpfe.

Zum Training durften wir die Schulsporthalle mitbenutzen, die aber zum Durchführen richtiger Spiele viel zu klein war. Den anderen Vereinen im Kreis ging es genauso. Alle hatten das gleiche Problem. So waren wir darauf angewiesen, an einem Hallenturnier außerhalb unseres Kreises teilzunehmen. Obwohl sich unser Trainer bemüht hatte, ging nur eine Einladung zum "Turnier um den Pokal des Jugendmeisters in der Halle" an unsere Adresse ein, zu dem aus den vier angrenzenden Kreisen die jeweiligen Tabellenführer, sowie der austragende Verein und eine Gastmannschaft aus Berlin startberechtigt waren.

In der Vorrunde gab es zwei Gruppen zu je drei Mannschaften und die jeweils Letzten schieden aus. In der Zwischenrunde fing somit wieder alles von vorne an und die beiden Besten jeder Gruppe spielten nun jeder gegen jeden. Am Ende spielten die Punktbesten im Finale und die anderen um Platz 3.

Wir hatten Glück bei der Auslosung und eine leichte Gruppe erwischt. Zusammen mit dem Gastgeber "BSG Aufbau Ziehlten", die in ihrem Kreis von zehn Mannschaften lediglich die Achtplazierte war und dem Tabellenführer des nördlich von uns gelegenen Kreises "Vorwärts Ribenow", die wir allerdings schwächer einschätzten als uns, spielten wir in einer Gruppe. Wir hatten keine Mühe gehabt und beide Spiele klar gewonnen: 4:1 und 5:3.

In der Zwischenrunde warteten schon einige schwerere Brocken auf uns, aber auch diese Begegnungen meisterten wir und zogen nach einem erneuten Sieg gegen die Gastgeber, diesmal etwas knapper mit 3:2, einem Unentschieden und einem weiteren

Sieg, unangefochten in das Finale ein.

Dort trafen wir auf die einzige Mannschaft, gegen die wir im Laufe des Turniers einen Punkt abgegeben hatten. In ihrem Kreis lagen sie mit zehn Punkten Vorsprung klar in Führung. Daher hatten sie hier auch schon von Anfang an als großer Favorit gegolten. Genauso wie wir hatten sie alle restlichen Spiele mehr oder weniger klar zu ihren Gunsten entscheiden können und nun kam es zum heiß erwarteten großen Endspiel.

In den ersten Minuten passierte nicht viel. Verständlicherweise wollte keiner in Rückstand geraten, denn das bedeutete bei der kurzen Spielzeit von zweimal zehn Minuten schon fast die sichere Niederlage. Allerdings wollte es auch niemand auf ein 9-Meterschießen ankommen lassen. Deshalb wurde es mit der Zeit ein munteres Finale.

Kurz vor Ende der ersten Hälfte gingen wir nach einem Eckball mit 1:0 in Führung. In der verbleibenden Zeit setzte unser Gegner uns mächtig unter Druck. Als wir schon fest damit rechneten, den Vorsprung über die Zeit retten zu können, mussten wir das Gegentor hinnehmen. Bernd war der Ball nach einem Freistoß unter den Handschuhen durchgerutscht. Zu seinen Gunsten muss man aber zugeben, dass der Ball wie eine Rakete angeflogen kam und schwer zu halten war. Jedenfalls endete auch dieses Spiel zwischen unseren Mannschaften 1:1, wie bereits in der Zwischenrunde, und da es keine Verlängerung gab, musste das Schießen vom 9-Meterpunkt die Entscheidung über den Sieger bringen.

Von jedem Team mussten fünf Leute antreten. Da wir auf Handballtore spielten, die ja viel kleiner waren als die Tore beim Fußball, hatten alle Schwierigkeiten, den Ball ins Tor zu kriegen. Die Chance für die Torhüter, einen Strafstoß zu halten, waren jedenfalls größer als normalerweise. Es war einfach unglaublich, aber nach je vier Schützen stand es immer noch 1:1. Keiner hatte getroffen; mein eigener Schuss war vom Torwart problemlos gehalten worden und das, obwohl ich entgegen meiner sonstigen Schussweise platziert in die untere rechte Ecke geschossen hatte. Dieses Scheißtor war eben zu klein, draußen wäre der Ball bestimmt unhaltbar gewesen, aber wie gesagt, so ging es ja allen.

Der Erste, dessen Schuss mit sehr viel Glück vom Innenpfosten langsam in das Tor trudelte, war der gegnerische Rechtsaußen. Nun lag die ganze Last auf den Schultern von Frank, unserem Strafstoßspezialisten. Er nahm einen mächtigen Anlauf und ballerte mit voller Wucht auf das Tor, aber der Torwart schaffte es, mit der Faust den Ball an die Latte zu lenken und von dort landete er im Seitenaus.

Enttäuscht und ein bisschen niedergeschlagen verfolgten wir die Freudenausbrüche der Sieger.

Bei der Medaillenübergabe waren wir dann schon wieder gut gelaunt und konnten uns auch über Platz 2 freuen, denn damit hatten wir mehr erreicht, als wir selbst vor dem Turnier erwarten konnten und hatten uns ehrenhaft geschlagen.

Dieses Hallenturnier war während der Winterpause allerdings der einzige Höhepunkt. Ansonsten hieß es, Kondition und körperliche Fitness aufzubauen für die Rückrunde, in der wir uns ja eine Menge vorgenommen hatten. Um Meister zu werden, das bleute uns der Trainer ein, war das eben notwendig, auch wenn ich nicht gerade ein Freund von Stangenklettern, gymnastischen Übungen und Liegestützen war. Ich hätte lieber mehr am Ball gearbeitet, denn meiner Meinung nach hatte ich da die größten Defizite, aber dafür gab es nun mal keine Möglichkeit in unserer winzigen Sporthalle.

Sina sah ich in diesen Wochen auch nur selten. Da ich nie genau wusste, wann ihr Freund bei ihr war, vermied ich es, aufs Geratewohl hinzugehen. Manchmal begleitete sie, wie in alten Zeiten, Antje zu unserem Training, wenn diese Frank abholte und dann unterhielten wir uns meistens recht lange. In den Ferien hatte sie mir sogar einmal unangekündigt einen Besuch abgestattet und war den ganzen Nachmittag geblieben.

Die Winterferien waren diesmal ohnehin schnell vergangen. Seit zwei Wochen hatte ich bereits wieder Unterricht, also musste Sinas Besuch mindestens drei Wochen her sein. Unglaublich mit welchem Tempo die Zeit verging. Nur noch ein halbes Jahr bis zu den letzten Zeugnissen und dem Ende der Schule. Unfassbar.

In der Schule war längst wieder der Alltag eingekehrt. In ein paar Fächern saß ich nur noch die Stunden ab, da sie für meine Ausbildung keine Rolle spielten und ich dort nicht zwischen zwei Zensuren stand. Herr Ferner hatte uns eindringlich davor gewarnt, im letzten Halbjahr die Zügel schleifen zu lassen, denn die mündlichen Prüfungen betrafen überwiegend die Fächer, in denen ein Schüler sich durch die Prüfung noch verbessern konnte. Im Klartext bedeutete es, dass niemand, der in einem Fach glatt 3 stand, damit rechnen musste, in die mündliche Prüfung zu kommen, aber wenn jemand 2,5 stand, dann war die Gefahr, in jenem Fach geprüft zu werden, ungleich größer. Das leuchtete natürlich ein und somit versuchte ich mit gewisser Akribie, meine genauen Zensuren herauszubekommen, um jetzt notfalls in bestimmten Fächern noch zuzulegen. Dass es größtenteils eine Milchmädchenrechnung war, wusste ich zwar selber, aber ich bildete mir ein, dass ich vielleicht mit etwas Glück die Dinge zu meinen Gunsten beeinflussen konnte.

Knapp dreieinhalb Monate danach sollte sich zeigen, dass ich nicht den geringsten Einfluss darauf hatte. Ich denke, unser Klassenlehrer hatte schlichtweg einen Trick angewendet, damit wir in den kommenden Wochen weiterhin vernünftig am Unterricht teilnahmen. Zumindest bei mir hatte er mit dieser Methode das Ziel erreicht, das er auch erreichen wollte.

Am 14. März, der in diesem Jahr auf einen Sonnabend fiel, feierte ich meinen 16. Geburtstag. Ich hatte lange überlegt, was ich gerne machen würde; etwas total Neues sollte es am besten sein oder wenigstens eine riesige Party, größer als alles bisher dagewesene. Als ich meine Mutter fragte, ob ich in unserer Wohnung eine Fete veranstalten dürfe, meinte sie zuerst, dass es kein Problem wäre, als ich ihr aber die Anzahl der zu erwartenden Gäste sagte, nahm sie ihre Erlaubnis umgehend zurück. Im Prinzip konnte ich sie ja sogar verstehen. Unsere Wohnung war nicht besonders groß und eine Garage oder ähnliches hatten wir nicht, wo man eine solche Feier veranstalten konnte, mal ganz abgesehen davon, dass es zu dieser Jahreszeit ohnehin zu kalt war für eine Garagenparty.

Natürlich hätte ich nur meine engsten Freunde einladen können wie all die anderen Jahre auch, aber das Problem war, wenn ich zum Beispiel Mike einladen wollte, konnte ich doch nicht zu ihm sagen. "Ich würde mich sehr freuen, wenn du kommst. Deine Freundin lass aber bitte zu Hause, ja!?" Nein, das ging nun wirklich nicht.

Mitte der Woche hatte ich immer noch keine zündende Idee, was ich an meinem Geburtstag anfangen sollte und die Zeit drängte allmählich.

Am Abend des 11. März begegnete ich zufällig meinem Kumpel Jens, den ich, seit er die Schule beendet hatte, nur noch gelegentlich zu Gesicht bekam. Wir redeten über allerlei Zeug und gelangten im Laufe der Unterhaltung zu meinem aktuellen Problem.

"So unrecht hat deine Mutter ja nicht", nahm er sie in Schutz, "eure Wohnung ist nun mal nicht gerade die größte, um eine Riesenparty zu feiern."

"Ich bin ihr doch auch nicht böse", verteidigte ich mich.

"Klar weiß ich selbst, dass es kompliziert geworden wäre. Trotzdem kotzt mich das tierisch an, jetzt nicht deswegen, mehr allgemein, verstehst du?"

"Was kotzt dich denn an?", hakte er nach.

"Zum Beispiel, dass ich in diesem Scheißwinter Geburtstag habe. Im Sommer könnte man schön draußen feiern, im Garten oder sonstwo."

"Das ist ja alles richtig, Niko, aber du hast nun einmal, und das jetzt bereits seit 15 Jahren, am 14. März Geburtstag. Daran wird sich die nächsten hundert Jahre auch nichts mehr ändern lassen. Finde dich damit ab!", sagte er ein wenig genervt.

"Ja, du hast ja Recht", antwortete ich kleinlaut. "dass es mit der Fete zu Hause nichts wird, damit habe ich mich längst abgefunden, aber es regt mich fürchterlich auf, dass ich keinen Plan wegen Sonnabend habe."

"Wieviel Leute seid ihr denn?", wollte er auf einmal wissen.

"Einladen würde ich schon gerne an die zwanzig Leute. Ich weiß natürlich nicht genau, wer alles kommt und wer wen mitbringen würde. So hundertprozentig genau lässt sich das ja nicht planen", lamentierte ich. "Du bist übrigens auch sehr herzlich eingeladen, wenn du Bock hast zu kommen."

"Eh, danke. Soll ich dir mal was sagen?", sprach er euphorisch und fuhr fort, ohne eine Antwort zu erwarten. "Ich glaube, ich habe eine ganz gute Idee."

"Dann lass mal hören!"

"Ein Freund von mir", er überlegte kurz, "den müsstest du sogar kennen, der hat ganz kurze schwarze Haare und immer Jeansklamotten an..."

"Wie heißt der denn?", unterbrach ich ihn.

"Olli. Ist ziemlich groß."

"Keine Ahnung. Nicht das ich es wüsste."

"Ist ja auch egal. Auf jeden Fall hatte er am Montag Geburtstag und feiert seinen am Sonnabend im Jugendklub nach. Er kennt dort den Chef. Deshalb kann er soviel Plätze reservieren, wie er braucht und muss höchstwahrscheinlich auch keinen Eintritt bezahlen oder nur ermäßigt. Wenn du willst, dann frage ich ihn mal, ob er für dich auch was klarmachen kann. Was hältst du davon?", fragte er.

"Die Idee ist echt cool, hat nur leider einen kleinen Schönheitsfehler", erklärte ich ihm. "Im Jugendklub ist Sonnabends soweit ich weiß "Disco ab 18" oder ist das neuerdings anders?"

"Das kann ich dir nicht sagen, aber ich gehe da bereits über ein Jahr fast jeden Sonnabend hin und mich hat noch nie jemand nach dem Ausweis gefragt", stellte er fest. "Außerdem kennt Olli den Leiter des Klubs, da kann ich mir nicht vorstellen, dass es irgendein Problem geben wird. Was ist, soll ich ihn fragen?"

"Wann siehst du Olli denn?"

"Ich könnte heute noch vorbeigehen, liegt bei mir auf dem Weg. Nachher kommt Fußball, da wird er bestimmt zu Hause sein, und beim Jugendklub wollte er sowieso erst morgen Nachmittag alles abklären. Hast du Donnerstag noch immer dein Training?"

"Klar, wieso?"

"Wir können das ja folgendermaßen machen. Ich sage ihm, dass er, wenn möglich, in unserer Ecke zwei Tische mitreserviert für zirka 15- 20 Leute. Wenn du abends nach deinem Training bei mir vorbeikommst, kann ich dir bestimmt Bescheid sagen, ob die Sache klar geht oder nicht. Das wird garantiert klappen", machte er mir Mut. "Also?"

"Okay, abgemacht. Ich komme so gegen 20 Uhr bei dir vorbei."

"Na, das ist doch ein Wort", entgegnete er optimistisch.

"Sag mal, was ist denn nachher für ein Spiel?"

"Europapokal, oder?"

"Ach so, stimmt ja", fiel es mir wieder ein. "Heute ist UEFA-Cup, Dresden gegen

Rotterdam übertragen sie im Osten und drüben kommt ... na, habe ich doch gerade noch die Vorschau gesehen, ja genau HSV gegen Real."

"Echt gegen Real? Das wird er sicherlich gucken als der größte HSV- Fan, den ich kenne."

"Da kennst du aber Matthias noch nicht", flachste ich. "Der wird am Sonnabend auch mitkommen, dann können die sich ja beide den ganzen Abend drüber austauschen."

"Ich hoffe nur, dass wir nicht daneben sitzen müssen, wenn die über Fußball labern", lachte er.

"Das hoffe ich genauso. Also, dann bis morgen", verabschiedete ich mich und stieg auf mein Fahrrad.

"Bis dann und viel Spaß beim Fußballglotzen", brüllte er mir hinterher.

Wie abgesprochen, ging ich am darauffolgenden Abend nach dem Training zu Jens. Er erwartete mich bereits und teilte mir freudestrahlend mit, dass Olli keinerlei Schwierigkeiten hatte, alles wegen Sonnabend abzuklären. Extra für uns wurden im hinteren Teil des Raumes mehrere Tische reserviert. Ich brauchte mich selbst um nichts zu kümmern, da ja im Klub nur die Tische zusammengestellt werden mussten. Das übernahmen die Leute vom Jugendklub. Weiterhin hatte er ausgehandelt, dass wir statt 5,10 Mark Eintritt nur die Hälfte bezahlen müssen und eine Flasche Sekt zum Anstoßen sowie einen Kasten Bier zum Selbstkostenpreis bekamen, alle weiteren Getränke sollten wir dann allerdings an der Bar kaufen. Diese Regelung gefiel mir persönlich sogar sehr gut, denn ich hatte ohnehin nicht vorgehabt, den gesamten Abend über die Getränke meiner Freunde zu bezahlen, mal ganz abgesehen davon, dass ich dann wahrscheinlich bei meiner Mutter einen Kredit hätte aufnehmen müssen. Ich bezahlte letzten Endes den Sekt zusammen mit dem Bier. Danach bezahlte jeder seine eigenen Getränke oder es wurde sich abgewechselt beim Bezahlen der Runden.

In der Hoffnung und Zuversicht, dass der Vorschlag von Jens funktionieren würde, hatte ich mir gestern und heute schon unzählige Gedanken darüber gemacht, wen ich überhaupt einladen wollte. Das hatte sich als viel schwieriger herausgestellt, als ich angenommen hatte. Was man nicht alles beachten musste: Bei Matthias fing der Stress schon an. Er würde garantiert Katja mitbringen, mit der er seit ein paar Tagen fest ging und die dann bestimmt ihre beste Freundin Grit. Sie war wegen der Sache mit Sina nicht gut auf mich zu sprechen, obwohl ich ja gar nichts dafür konnte. Bisher war mir das egal gewesen, eigentlich war mir das sogar sehr recht, bloß jetzt warf das leider ein Problem auf und das hieß Sina. Natürlich wollte ich sie gerne einladen, aber dann musste ich sie vorwarnen, dass eventuell Grit am gleichen Tisch sitzen würde. Deshalb hatte ich etwas Bedenken, dass sie möglicherweise meine Einladung ausschlagen würde. Ich dachte ernsthaft darüber nach, ob es nicht klüger wäre, Sina im Unklaren zu lassen; entschied mich aber schließlich dafür, ihr reinen Wein einzuschenken. Ich wusste ja nicht einmal, ob sie Lust oder Zeit hatte zu kommen und machte mich schon jetzt total verrückt damit.

Bevor ich schlafen ging, hatte ich auf einem Schmierzettel, eine sogenannte 1. Wahl Gästeliste entworfen, auf der die Namen von 18 Personen standen, einschließlich meiner Schwester und ihrer Freundin Susanne. Einige Leute, die ich vom Fußball kannte, brauchte ich nicht extra benachrichtigen, da sie sowieso fast an jedem Sonnabend in dieser Disco abhingen. Es gab ja weit und breit keine andere Möglichkeit, tanzen zu gehen. Meinen Klassenkameraden Bescheid zu geben, war ja auch nicht schwierig. Blieben also nur noch die Leute von der anderen Schule.

Tja, da wartete noch ein gutes Stück Arbeit auf mich, denn ich musste alle nacheinander mit dem Rad abklappern, es sei denn, dass ich Mike und sein Moped dafür einspannen konnte. Als ich ihn Freitagnachmittag vorsichtig danach fragte, meinte er sofort, dass er mir behilflich sein werde.

"Das ist doch Ehrensache. In einer Stunde kann es losgehen", brummte er in seiner gutmütigen Art und wußte nicht im Entferntesten, welch großen Gefallen er mir damit tat. Ich nahm mir fest vor, mich sobald wie möglich bei ihm zu revanchieren.

Auf ihn war wirklich immer Verlass.

Diese Stunde nutzte ich aus und fuhr bei Sina vorbei, obwohl ich nicht sicher war, was ich tun würde, sollte draußen die Karre ihres Freundes stehen. Irgendwie musste ich da jetzt durch, denn ich wollte sie nicht nur persönlich einladen, sondern unter vier Augen mit ihr sprechen, um die Sache mit Grit besser erklären zu können.

Trotz wiederholtem Klingeln machte niemand auf. Ich war fest davon ausgegangen, sie anzutreffen und hatte deshalb keinen Brief oder ähnliches vorbereitet. Das war eine ziemliche Pleite.

In der Nähe, maximal fünf Minuten mit dem Rad, wohnte Andy aus meiner Mannschaft. Ich fuhr zu ihm, um mir etwas zum Schreiben zu borgen.

"Hallo, altes Haus, was treibt dich denn hierher?", empfing er mich freundlich und lud mich ein, nach drinnen zu kommen, was ich allerdings ablehnte. Ich war spät dran und bat ihn nur darum, mir einen Stift, ein Blatt Papier und einen Briefumschlag zu geben.

Als er kurz danach herauskam und alle gewünschten Utensilien mitbrachte, bedankte ich mich und verschwand wieder genauso schnell wie ich gekommen war. Beim Fußballtraining gestern hatte ich ihm bereits wegen Sonnabend gesagt, was ich vorhatte und ihn herzlich eingeladen, wenn es damit klappen sollte. Bevor ich mich wieder von ihm verabschiedete, teilte ich ihm mit, dass alles genauso stattfinden würde wie geplant und sagte ihm, dass wir ab zirka 20 Uhr in der Disco auftauchen werden.

"Alles Paletti. Ich werde um acht da sein", rief er mir nach.

Von Andy fuhr ich zum Bahnhof, wo einmal in der Stunde der Zug nach und von Berlin hielt und setzte mich zum Schreiben auf die einzige Bank, die im Schalterraum links neben der Eingangstür stand. Es war vollkommen leer, bis auf die Frau mittleren Alters hinter dem Schalterfenster, die mich beim Hereinkommen misstrauisch beäugt hatte, aber nun weiter vor sich hindöste, den nächsten Fahrgast erwartend.

Ich war nicht besonders gut im Briefeschreiben, eher das Gegenteil und der auf mir lastende Zeitdruck machte die Sache nicht gerade leichter, weshalb ich beschloss, nur ganz kurz das Nötigste aufzuschreiben.

Liebe Sina!

Wie du vielleicht weißt, habe ich am 14. März Geburtstag. Aus diesem Anlass feiere ich am Samstag ein bisschen und möchte dich dazu ganz herzlich einladen. Du kennst ja mein kleines Zimmer. Dort ist es leider viel zu winzig für eine richtige Fete. Deshalb habe ich bei der Disco im Jugendklub zwei Tische reserviert. Wir treffen uns dort gegen 20 Uhr. Die Disco ist sonst eigentlich ab 18, aber keine Angst, meine Gäste können alle rein. Ich hoffe, dass du noch nichts anderes vorhast, weil es sehr kurzfristig ist, aber bis vorgestern wusste ich selber noch nicht, was ich am Samstag machen werde.

Nicht das du denkst, ich wäre feige und traue mich nicht, dich direkt zu fragen. So ist es zur Abwechslung mal nicht: Ich schreibe dir diesen Brief, da ich dich vorhin leider nicht zu Hause angetroffen habe.

Ach so noch etwas: Es kann sein, dass Grit auch kommen wird. Matthias ist mit Katja zusammen und ich befürchte, dass sie ihre beste Freundin mitbringen wird. Ich wollte nur, dass du darüber informiert bist. Ich finde es auch nicht so toll, aber was soll ich dagegen machen?

Dann hoffe ich, dich morgen zu sehen. Würde ich mich sehr drüber freuen.

Tschüssi sagt Niko

PS. Frank und Antje wollen übrigens auch kommen (Vielleicht weißt du ja schon längst durch Antje davon?), da könnt ihr doch zusammen hingehen.
Also, bis dann.

Endlich hatte ich die letzte Zeile fertig. Zufrieden war ich nicht mit dem Brief, ich fand er war einfallslos und hatte keinen Pepp, aber es musste eben schnell gehen, für Feinheiten brauchte ich halt viel mehr Ruhe.

Es war schon erstaunlich, dass ich es hier auf dem Bahnhof, wo ich jederzeit damit rechnen musste, von hereinplatzenden Passagieren gestört zu werden, die Fahrkarten kaufen wollen, überhaupt in dieser kurzen Zeit geschafft hatte, diesen Brief zu vollenden. Immerhin stand alles drin, was wichtig war und sie wissen musste, machte ich mir Mut und fuhr zu Sina, den Brief einzuwerfen.

Vorsichtshalber klingelte ich noch einmal, falls sie inzwischen zu Hause sein sollte, aber es rührte sich nichts. Ich öffnete den Briefkastenschlitz und warf das Briefchen hinein, das augenblicklich herunterpurzelte.

Der Metallbriefkasten war grau angestrichen, fast quadratisch und der Schlitz, der sich am Briefkasten befand war groß genug, um eine Tageszeitung hineinstecken zu können, anders als bei meinen Großeltern.

Mein Opa hatte vor zig Jahren ihren Kasten selber gebaut. Er bestand aus Holz und war eine Miniaturnachbildung ihres Hauses. Im ganzen Ort gab es keinen auch nur annähernd so schönen Briefkasten wie diesen. Er hatte jede Kleinigkeit nachgebaut, die man von außen sehen konnte und damit ein richtiges kleines Meisterwerk geschaffen, welches des Öfteren Vorbeikommende spontan dazu animierte, einfach stehenzubleiben und das winzige Häuschen, das auf einem Holzpfahl thronte, zu bewundern. Das Dumme war nur, dass er vor lauter Detailtreue, den Schlitz, der sich hinter dem "Balkon" verbarg, viel zu klein gemacht hatte, so dass er gerade zum Einwerfen von dünnen Briefen und Postkarten ausreichte. Er argumentierte immer, dass der "Balkon" eben nicht über die gesamte Breite des Kastens gehen könne, da er ja auch in Wirklichkeit genau in der Mitte des Hauses war. Damit hatte er sich seit Jahren nicht nur den Zorn meiner Oma auf sich gezogen, sondern auch den des Postboten, weil dieser jedes Mal extra klingeln musste, um die "Berliner Zeitung" abzugeben, die meine Großeltern abonniert hatten. Im Sommer und bei schönem Wetter, umging er dieses zeitaufwendige Ritual allerdings, indem er die Zeitung einfach zwischen die Latten des Holzzaunes steckte.

Verspätet wie meistens kam ich bei Mike an, der aber sowieso noch an seinem Moped zugange war. Nachdem er sich seine Hände gewaschen hatte, machten wir uns auf den Weg.

Wir erreichten schließlich alle bis auf Sven. Das war aber nicht weiter tragisch, weil Andy mir vorhin gesagt hatte, dass sie sich abends treffen wollten und ich ging davon aus, dass er ihm Bescheid sagen würde. Wahrscheinlich war er schon längst zu Andy gefahren, denn es war bereits ziemlich spät, als wir bei ihm ankamen.

8

Was für ein Tag

Mein Geburtstag begann mit einem riesigen Frühstück, das größtenteils von meiner Mutter vorbereitet worden war. Sabine stand zwar kurz auf, um mir zu gratulieren, zog sich danach aber sofort wieder zurück in ihr Zimmer. Mutti erzählte mir, dass sie zusammen mit einigen Kumpels, den letzten Zug verpasst hatte und erst nach 5 Uhr heimgekommen war.

In der Schule wurde mir von allen herzlich gratuliert, sogar von Herrn Thiem, bei dem ich die 3.Stunde hatte. Trotzdem war ich sehr froh, als gegen Mittag der Unterricht für diese Woche zu Ende ging.

Mit Bernd machte ich mich auf den Heimweg und bevor wir uns trennten, verabredeten wir uns noch für heute Abend.

Nachmittags gab es bei uns Kaffee und Kuchen, aber nur im kleinen Rahmen. Die eigentliche Familienfeier aus Anlass meines Geburtstages fand morgen statt. Oma und Opa wollten kommen, und Mutti hatte mir versprochen, meine Lieblingstorte zu backen.

Heute hatte sie den ganzen Vormittag damit zugebracht, einzukaufen und alle möglichen Sachen vorzubereiten und daher war keine Zeit übriggeblieben, die Torte schon zu backen.

Nach dem Kaffeetrinken überreichten sie mir die Geschenke, unter anderem einen schwarzen Pullover mit V- Ausschnitt, den ich mir vor einigen Wochen selbst ausgesucht hatte. Da ich unbedingt etwas zum Anziehen für die Übergangszeit brauchte, war ich letztens mit Mutti ins Zentrum - Warenhaus nach Berlin gefahren und hatte dort ein paar Sachen anprobiert. Dieser Pullover hatte mir mit Abstand am besten gefallen, war aber teurer als die meisten anderen. Deshalb hatten wir ausgemacht, dass ich ihn zwar haben könnte, aber erst zum Geburtstag.

Als um 19.30 Uhr Mike und Bernd klingelten, um mich abzuholen, war mit Sabine, die mit ihrer Freundin Susanne in die Disco mitkommen wollte, immer noch nicht viel anzufangen, aber sie versprach mir, dass sie etwas später nachkommen werde. Ich dachte mir meinen Teil dazu, denn ich nahm ihr die Geschichte, die sie uns erzählt hatte, sowieso nicht ab, von wegen der letzte Zug war weg. Bestimmt hatte sie bei diesem beknackten Typen übernachtet, der hier seit einigen Wochen laufend auftauchte und wollte Mutti nichts davon sagen, aber mir konnte sie nichts vormachen.

Auf dem Weg zur Disco machten wir einen kleinen Umweg und holten Jens ab. Von ihm ging es dann schnurstracks in den Jugendklub. Je näher wir kamen, desto aufgeregter wurde ich, obwohl es dafür keinen vernünftigen Grund gab. Was sollte denn schief gehen?

Am Eingang organisierte Jens alles für mich, und nachdem wir bezahlt hatten, gingen wir hinein. Ich war lange nicht mehr hier drin gewesen und erkannte den Raum fast nicht wieder. Anscheinend musste es seit dem letzten Mal einen Umbau gegeben haben, denn ich konnte mich nicht erinnern, dass die Theke gleich rechts neben der Tür war.

Als wir den Raum betraten, waren kaum Leute da, an unseren reservierten Tischen saß ebenfalls noch niemand. Wir waren die ersten.

Jens erklärte mir, dass es immer so leer war am Anfang und sich die Disco meistens erst nach 20 Uhr füllte. Seiner Meinung nach war das so, weil viele von den männlichen Besuchern zu Hause noch Fußball-Bundesliga zu Ende guckten. Das leuchtete mir ein. Normalerweise guckte ich samstags auch immer Fußball; 17.20 Uhr Oberliga im Osten und 18 Uhr Sportschau, das war selbstverständlich.

Während ich noch, den Saal musternd, in der Tür stand, entdeckte uns Olli und kam uns entgegen.

"Hallo, alles klar?", empfing er uns erfreut und reichte als erstes mir die Hand. "Du bist Niko, oder? Alles Gute zum Geburtstag. Der wievielte ist es denn?"

"Danke", antwortete ich, "der 16."

"Mensch, dann darfst du ja jetzt ganz offiziell und in aller Öffentlichkeit rauchen."

"Vorausgesetzt, dass ich rauchen würde, hättest du Recht", sagte ich verschmitzt.

"Dann mal nichts wie los!", entgegnete er und zog eine Schachtel F6 aus der Tasche und bot mir eine Zigarette an.

Ich war mir nicht ganz schlüssig, ob ich besser nein sagen sollte, denn ich machte mir eigentlich nichts aus Rauchen, aber Olli, Jens und sogar Mike duldeten keine Widerrede.

"Das ist so Brauch", klärte mich Jens auf, der schnell ein paar Getränke vom Tisch geholt hatte, "an seinem 16. Geburtstag muss man zuerst einen Schnaps trinken, diesen danach mit einem Bier runterspülen und zum Abschluss eine Zigarette rauchen, als Zeichen, der an diesem Tag einsetzenden Weisheit."

"Als Zeichen von was?", fragte ich zurück.

"Von Weisheit", gab Jens lachend zur Antwort, als wäre es das Normalste von der Welt.

"Komisch, dass ich bisher nie etwas davon gehört habe", fing ich nun ebenfalls an zu lachen, "und was soll das mit dem Rauchen? Wird man davon weise wie die alten Indianer, die bei "Winnetou" immer vor dem Wigwam sitzen und Pfeife rauchen?"

"Nicht, dass ich wüsste, aber ich weiß, wenn wir nicht sofort den Schnaps trinken, wird das Zeug warm und deshalb", er nahm sich ein Glas und gab uns auch jedem eins,

"...ein Trinkspruch: Meine Herren Offiziere- es könnte einer sein- Hopp, hopp- Rin in Kopp- Prost."

Ohne abzusetzen, goss er sich das Glas mit dem Klaren hinter und verzog keine Miene dabei.

Olli und Mike hatten es ihm gleichgetan, ohne mit der Wimper zu zucken. Nur ich musste zwischendurch das Glas kurz absetzen und mich schütteln, aber im zweiten Anlauf klappte es dann. Das Bier trank ich mit einem Zug hinterher, um damit den widerlichen Geschmack loszuwerden; leider erfolglos. Nun zündete Jens mir noch die zum Ritual gehörende Zigarette an, und wir gingen zu unseren Plätzen und setzten uns.

Nachdem ich auf das Drängen der anderen hin einen kräftigen Lungenzug genommen und mich daran verschluckt hatte, rauchte ich den Rest zu deren Belustigung mit Pustebacke. Den ganzen Abend musste ich mir daraufhin anhören, dass ich zwar im Klub der 16- jährigen aufgenommen bin, allerdings nur unter Vorbehalt und im Laufe eines Monats sollte ich den Beweis antreten, dass ich wie ein Erwachsener rauchen konnte. Ich begann das noch am selben Abend zu üben, wie ich glaube mit nur mäßigem Erfolg.

Langsam trudelten so nach und nach meine und Ollis Gäste ein und die Disco füllte sich gewaltig mit allen möglichen Gestalten. Erstaunlicherweise kannte ich sehr viele; teilweise Leute aus unserer Schule bzw. ehemalige Schüler. Manche kannte ich vom Fußball oder einfach nur vom Sehen. Es waren auch einige Kumpels meiner Schwester da, wahrscheinlich weil sie erzählt hatte, dass sie heute hier sein würde. Als ich ihnen sagte, dass ich nicht genau wusste, wann sie auftauchen wird, waren sie etwas verwundert, blieben aber trotzdem und warteten auf Sabine. Wie sie mir versprochen hatte, kam sie auch noch, aber erst nach 22 Uhr.

Alle die ich eingeladen hatte, waren auch wirklich erschienen und hatten ihrerseits noch andere Leute mitgebracht. Einige waren mit ihrer Freundin gekommen, wieder andere mit Bekannten und deren Bekannten. Die reservierten Plätze reichten bei weitem nicht aus, wenn jeder hätte sitzen wollen, aber im Laufe des Abends verlief es sich sowieso ein wenig, weil manche tanzten oder an die Bar gingen oder sich einfach nur die Beine vertraten. Auf jeden Fall waren immer ausreichend Sitzplätze frei.

Ziemlich als erstes waren Matthias, Katja und Grit an unseren Tisch gekommen. Damit war die von mir erwartete schwierige Konstellation eingetreten. Sollte Sina erscheinen, wovon ich fest ausging, musste ich sie eben an dem Nebentisch platzieren, weit weg von Grit.

Zur Begrüßung war mir Grit freudestrahlend um den Hals gefallen und hatte mir einen dicken Schmatzer auf den Mund gegeben. Ich war bloß froh, dass Sina zu diesem Zeitpunkt noch nicht anwesend war.

Überhaupt war Grit kaum wiederzuerkennen. Sie hatte sich heute ganz schön herausgeputzt. Obwohl ich sie bisher nie sonderlich hübsch gefunden hatte, musste ich zugeben, dass sie jetzt äußerst attraktiv aussah. Ich versuchte herauszufinden, was anders war an ihr und nach einer Weile, hatte ich die Lösung: Es waren die Haare, ganz eindeutig die Haare. Normalerweise trug sie einen Pferdeschwanz und dadurch sah sie meistens irgendwie streng aus, aber heute trug sie die Haare offen, und ihr Gesicht kam deshalb viel besser zur Geltung. Ihr welliges blondes Haar verteilte sich gleichmäßig auf den Schultern und bot einen wunderbaren Kontrast zu ihrem dunkelgrauen Pulli, den sie über einer eng anliegenden Jeans anhatte.

In den nächsten Minuten unterhielt ich mich mal hier, mal da; trank das ein oder andere Bier und die dazu gehörenden Schnäpse; guckte den zuckenden Körpern im Stroboskoplicht auf der Tanzfläche zu und hoffte, dass endlich Sina durch die Tür kommen würde.

Irgendwann entdeckte ich Frank, der sich durch das Gewühl kämpfte und etwas dahinter war Antje, aber von Sina keine Spur.

"Tut mir leid, dass wir erst so spät da sind", hechelte er, als er mich erreichte. "Meine Eltern sind gerade erst zurückgekommen. Ich musste auf meinen kleinen Bruder aufpassen."

"Von wegen", mischte sich Antje ein, "von wegen, du hast den Babysitter gespielt. Wer musste denn eine geschlagene Stunde lang aus "Alfons Zitterbacke" vorlesen? Du oder ich?"

"Na gut, du", gab er zu, "aber das Abendessen habe ich gemacht und das war ziemlich lecker." Er guckte sie von oben herab an und zog die Augenbrauen hoch. "Überlege dir gut, was du jetzt sagst!"

"Erst einmal sage ich dazu gar nichts, sondern gratuliere Niko zu seinem Geburtstag. Alles, alles Gute und ich hoffe, dass alle deine Wünsche sich erfüllen werden." Herzlich umarmte sie mich. Danach überreichten mir beide ein kleines Geschenk.

Ich war neugierig, ob Sina noch kommen würde, traute mich aber nicht, Antje direkt danach zu fragen, deshalb lud ich Frank an die Bar ein, um etwas aus ihm herauszuquetschen.

"Sage mal, hat Antje irgendwas gesagt wegen Sina?", fragte ich ihn ohne Umschweife, nachdem wir miteinander angestoßen hatten.

"Was meinst du?"

"Ich meine, na ja, ich habe gedacht, dass ihr zusammen kommt", stotterte ich.

"Mit Sina?"

"Ja mit wem denn sonst", sprach ich ein bisschen gereizt.

"Ich habe gar nicht gewusst, dass du sie eingeladen hast. Soweit ich weiß, ist sie mit ihrem Freund zu einer Party gefahren, zumindest hatte sie das vor, als ich sie am Donnerstag gesprochen habe. Antje hat jedenfalls nichts erzählt, dass Sina herkommen will. Da muss ich dich enttäuschen."

"Wieso enttäuschen?", wiegelte ich ab, "ich habe nur aus Neugier gefragt, weil die beiden doch fast immer zusammen weggehen."

"In letzter Zeit nicht mehr so oft", plauderte er und berichtete mir einige Neuigkeiten, unter anderem, dass Antje den Freund von Sina und ein paar seiner Kumpels nicht mochte und sie deshalb nur noch selten gemeinsam etwas unternahmen.

Ich war nach diesem Gespräch mächtig deprimiert und beschloss, mich richtig zu betrinken. Viel brauchte ich dafür ohnehin nicht mehr, denn die etlichen alkoholischen Getränke in Kombination mit dem Rauchen hatten bei mir längst ihre Wirkung entfaltet.

Inzwischen war Sabine aufgetaucht und lud mich, nachdem ich sie schwankend in Empfang genommen hatte, zu einem Saft ein, den ich aber dankend ablehnte und stattdessen einen Cola- Wodka bestellte.

"Und wie gefällt es dir hier?", wollte sie wissen.

"Nicht schlecht", antwortete ich. "Im Großen und Ganzen ist es wie auf der Schuldisco, nur etwas größer und vor allen Dingen, gibt es was Vernünftiges zu trinken."

"Na, wenn ich mir dich so angucke, glaube ich, dass es ganz gut wäre, hier auch nicht unbegrenzt, Alkohol auszuschenken."

"Wie kommst du denn jetzt darauf?", fragte ich verdutzt.

"Du kannst dich ja mal im Spiegel betrachten gehen, dann weißt du bestimmt, was ich meine."

"Noch geht es mir ganz gut."

"Wirklich?"

"Ja, wirklich."

"Dann kannst du deine alte Schwester ja mal zum Tanzen auffordern. Was hältst du denn davon, Niko?"

"Meinetwegen, aber nicht bei dieser Grütze", sprach ich in Anspielung auf "Hot Chocolate", die gerade zu hören waren.

"Dieser Mist ist gleich zu Ende", sagte sie fest überzeugt, "und dann wird tanzen gegangen, klar?"

"Von mir aus."

Sie sollte Recht behalten, denn nun folgte die obligatorische NDW- Runde, beginnend mit Nenas " 99 Luftballons". Nach solcher Musik konnte sogar ein Tanzmuffel wie ich tanzen, wenn man das, wie ich mich bewegte überhaupt wohlwollend als Tanzen definieren wollte. Es war mehr ein Rumgehampel in ekstatischer Vollendung oder anders ausgedrückt, ein wechselseitiges Aufstampfen des jeweils anderen Fußes mit gleichzeitig unterstützender Ruderbewegung der Arme und dem schwindelerregenden Wackeln des Kopfes unter Berücksichtigung der Schwerkraft. Alles in allem war ich leider ein ziemlich lausiger Tänzer und eine Gefahr für die Füße meiner Tanzpartnerin, in diesem Fall für meine Schwester. Trotzdem blieben wir einige Lieder auf der Tanzfläche und sie bescheinigte mir danach, dass ich doch ganz gut getanzt hätte. Ich wurde die Vermutung nicht los, dass sie mir an meinem Geburtstag nicht zu nahe treten wollte und deshalb nicht weiter einging auf meine völlige Unfähigkeit, beim Tanzen meine Bewegungen einigermaßen stilvoll zu koordinieren. Jedenfalls hatte es Spaß gemacht.

Wieder an unserem Tisch setzte ich mich neben Matthias und wir unterhielten uns ein wenig. Ich hatte allerdings Mühe, dem Gespräch zu folgen, da mir allmählich die Müdigkeit zu schaffen machte. Mein Alkoholspiegel war inzwischen auch beträchtlich angestiegen, aber das hinderte mich nicht im geringsten daran, weiterhin ein Bier nach dem anderen zu trinken.

Während wir so da saßen, begann die langsame Runde und es dauerte nicht lange, bis Katja meinte, dass sie jetzt Matthias entführen müsse, denn vorhin hatte er versprochen, mit ihr zu tanzen, sobald langsame Musik gespielt wird. Ich kannte ihn gut genug, um zu wissen, dass er sich aus solchen Dingen nichts machte. Er empfand es eher als notwendiges Übel, wollte sich aber anscheinend nicht wegen einer solchen Lappalie mit ihr streiten und fügte sich in sein Schicksal. In einem Abstand von gut einem Meter folgte er Katja zur Tanzfläche, schaute sich noch einmal zu mir um und zuckte mit den Achseln. Das sollte so viel heißen, wie bringen wir es bloß schnell hinter uns.

Nun saß ich alleine auf dieser Seite des Tisches die Tanzfläche im Rücken. Ich drehte mich um, damit ich besser mitbekommen konnte, wenn dort irgendetwas Interessantes bzw. Spannendes passieren würde. Außer vielen zusammentanzenden Pärchen gab es nichts zu sehen, und ich musste mich anstrengen, nicht einzuschlafen.

Anscheinend war ich kurz eingenickt, denn ich stellte mir vor, dass ich mit Sina eng umschlungen tanzte und ihr sagte, wie froh ich darüber war, dass sie doch noch gekommen sei. Sie antwortete mir, dass es ja wohl selbstverständlich wäre und alles andere nicht annähernd so wichtig sein konnte als meine Geburtstagsfeier. Glücklich darüber, dass sie bei mir war und ihrem Freund für heute Abend abgesagt hatte, setzte ich ein seliges Lächeln auf. Urplötzlich schreckte ich hoch und öffnete die Augen.

"Schläfst du etwa schon?", fragte Grit und grinste mich an.

Ich brauchte ein paar Sekunden, wieder zu mir zu kommen. "Natürlich nicht. Ich habe nur kurz meine Augen geschlossen, weil die etwas entzündet sind. Wird wahrscheinlich an dem Rauch liegen."

"Das kann gut sein. Die Luft hier drin ist echt zum Schneiden."

"Finde ich auch."

"Sag mal, wenn du nicht schläfst, könnten wir ja zusammen tanzen! Hast du Lust?"

Welch bescheuerte Frage. Ich hatte natürlich keine Lust, aber wie immer war ich zu feige, die Wahrheit zu sagen.

"Klar, gerne", sagte ich stattdessen und hätte mich im selben Moment am liebsten geohrfeigt. Warum konnte ich denn nicht einmal die Wahrheit sagen? Nur einmal. Dafür war es nun zu spät.

Ich umarmte sie sachte und versuchte, einen gewissen Sicherheitsabstand einzuhalten, aber Grit schmiegte sich augenblicklich enger an mich heran und machte mein Vorhaben zunichte. Wir drehten uns immer und immer wieder im Kreis, wie ein Karussell auf dem Weihnachtsmarkt. Der sich ständig wiederholende sanfte Rhythmus begann mich ganz allmählich zu hypnotisieren. Meine Augen fielen mir andauernd zu und irgendwann gab ich es auf, sie öffnen zu wollen. Wie im Trancezustand, mehr schwebend als tanzend oder abgehoben tänzelnd, drehte ich mich um meine eigene Achse und hatte das Gefühl in der Gondel eines Kettenkarussells zu sitzen, welches mit verminderter Geschwindigkeit kontinuierlich seine immergleichen Runden zog, ohne dass jemand in der Nähe wäre, um dem Spuk ein Ende zu bereiten.

Wie lange wir in dieser Zeitschleife gefangen waren, kann ich nicht sagen, aber es kam mir vor wie eine Ewigkeit. Waren es Minuten, Stunden oder vielleicht sogar Wochen und Monate? Wer konnte das schon sagen. Für mich war alles total unwirklich. Passierte das hier tatsächlich oder war es nur ein böser Traum? Was ist eigentlich Realität und was Phantasie; was Einbildung und was Verrücktheit? War ich verrückt? Nein das sicher nicht, aber im Moment kam es mir vor, als ob mein Geist den Körper verlassen hatte. Schlief ich oder war ich wach? Träumte ich vielleicht einfach nur? Was in diesen Minuten in mir vorging, war für mich nicht erklärbar. War ich einfach nur eingeschlafen? Das war doch nicht möglich, oder doch?

Ich war eingeschlafen; einfach so. Während sich Grit an mich gekuschelt und ihren Kopf an meine Schulter gelehnt hatte, war ich eingeschlummert. Ich wusste nicht einmal, ob sie das mitbekommen hatte, ich konnte nur hoffen, dass dem nicht so war, aber Tatsache war, dass ich mich aufgrund der gleichmäßigen Bewegungen wie ein kleines Kind, welches mit dem Kinderwagen geschoben wurde, in den Schlaf hatte wiegen lassen. Das war mir noch nie passiert und ich hatte keine Erklärung dafür. Es war äußerst seltsam.

Ich wachte auf, als Grit im Begriff war, mir mitten auf der Tanzfläche zwischen die Oberschenkel zu greifen und mit der flachen Hand anfing, die Innenseiten meiner Schenkel entlang zu gleiten. Sofort war ich hellwach und nicht nur ich, mein Penis begann sich augenblicklich aufzurichten und das hier, inmitten einiger weiterer Pärchen. Es war mir unsagbar peinlich, da ich annahm, dass von den neben uns Tanzenden jemand etwas mitbekommen haben könnte. Allerdings machte ich mir sicher zu viele Sorgen darüber, denn es war so dunkel, dass ich selbst fast niemand sehen konnte, außer vielleicht die Umrisse von Grit.

"Na, mein Süßer, gefällt dir das, ja?", flüsterte sie mir zu und rieb etwas fester an der Stelle. "Wenn du möchtest, können wir zu mir gehen; gleich jetzt. Meine Eltern sind nicht da. Na, was meinst du?"

Irgendwie bekam ich nur in Zeitlupe mit, was sich gerade abspielte. Ich war viel zu betrunken, um nachdenken zu können, ob ich mich wirklich darauf einlassen sollte. Andererseits, wann bekam man schon einmal solch eindeutige Angebote von einem Mädchen, das noch dazu wirklich höchst attraktiv und sexy aussah? Ich wusste ja nicht, wie das bei anderen so war, aber mir war Vergleichbares noch nicht passiert. Unschlüssig in meiner Entscheidungsfindung, versuchte ich ein bisschen Zeit zu schinden.

"Ich glaube, ich muss mal ganz schnell wohin", schob ich das älteste Bedürfnis der Welt vor, in der Hoffnung, dabei einen Entschluss fassen zu können.

"Gut, ich bin dann am Tisch", zwitscherte sie lieblich wie eine Amsel in einer lauen Sommernacht, die seit der Abenddämmerung auf dem höchsten Ast verweilte und von dort ihre freundlichen Laute von dem Wind an jeden Ort der näheren Umgebung bringen ließ. "Lass mich nicht so lange warten, ja!"

"Ich beeile mich", versprach ich und verschwand in der anonymen Masse, tanzender, schwitzender, sich unterhaltender, trinkender, küssender und lachender Menschen und begab mich auf den Weg zum Klo, welches für mich momentan der einzige Zufluchtsort in diesem vermeintlichen Chaos darstellte.

Jetzt erst merkte ich, dass der Gang dorthin längst überfällig war. Meine Blase meldete sich zu Wort, und wie.

Ich öffnete die Tür und fand die Toiletten und die beiden Pinkelbecken besetzt vor. Am rechten stand ein Typ, Mitte 20 etwa und hatte ganz offensichtlich eben erst begonnen. Neben ihm machte sich ein Betrunkener zu schaffen, der Schwierigkeiten hatte, gerade zu stehen und nestelte mit seinen Händen verzweifelt am Hosenschlitz. Es war beim besten Willen nicht zu erkennen, ob er fertig war oder noch gar nicht begonnen hatte. Auf jeden Fall konnte ich nicht mehr solange warten, es herauszufinden, da mein eigenes Bedürfnis immer dringlicher wurde.

An der Toilette am Ende des Raumes fiel mir nach Sekunden des Wartens auf, dass die Tür nicht richtig geschlossen war und richtig, dort war niemand drin. Ich ging hinein, warf die Tür hinter mir zu und begann sofort damit zu urinieren. Es war wie eine Erlösung, ich fühlte mich ungemein erleichtert. Es lief und lief und wollte nicht enden, was auch nicht verwunderlich war, denn seit wir gekommen waren, war ich nicht ein einziges Mal auf der Toilette gewesen. Das Bier lief literweise aus mir heraus. Ich konnte mir nicht vorstellen, dass ich heute wirklich soviel getrunken haben sollte, aber irgendwoher musste das ja alles kommen. Es dauerte sehr lange bis meine Blase wieder leer war und bereit, neue Flüssigkeit aufzunehmen.

Ich war gerade dabei, meinen Reißverschluss zu schließen, als ich draußen laute Stimmen hörte. Ich konnte nicht verstehen, worum es ging, aber irgendjemand hatte es anscheinend sehr eilig und beschwerte sich darüber, dass nichts frei war. Plötzlich flog hinter mir die Tür auf, welche ich unvorsichtigerweise nicht verschlossen hatte, haarscharf an meinem Rücken vorbei und im gleichen Augenblick stürmte ein junger Mann herein. Ohne eine Möglichkeit zu reagieren, erbrach er sich auf meine rechte Schulter. Ich weiß nicht, wer von uns mehr überrascht war; ich glaube er.

Verdattert standen wir uns gegenüber. Seine Augen waren geweitet und starrten mich ungläubig an. Einen Moment herrschte eine vollkommene Stille, bis auf die Spülung, die draußen betätigt wurde. Ich guckte angeekelt an mir herunter. Es lief mir ein Schauer über den Rücken, mein nagelneuer Pullover war über und über mit Kotze besudelt, es stank barbarisch.

Er erlangte als erstes die Sprache wieder und stammelte etwas von wegen, dass es ihm echt leid tut, aber ich eigentlich selber nicht unschuldig an diesem Dilemma war, da ich die Tür nicht zugeschlossen hätte.

"Du blödes Arschloch", fuhr ich ihn an, "du kommst hier reingestürmt wie ein Tier, ohne zu gucken, ob frei ist; kotzt mich voll und gibst mir die Schuld?"

"So war das ja nicht gemeint. Ich meine ja nur, dass ich nicht riechen konnte, dass du da drin bist. Wenn eine Tür nur angelehnt ist, gehe ich davon aus, dass niemand drin ist. Das ist alles", verteidigte er sich.

"Hier war aber jemand drin", jammerte ich dem Heulen nahe und setzte mich auf den Toilettendeckel.

Er rollte ein wenig Papier ab und begann damit meinen Pullover sauberzumachen, aber das war schlichtweg sinnlos. Selbst, wenn wir ihn wieder einigermaßen hingekriegt hätten, ich konnte aufgrund des fürchterlichen Geruches so nicht mehr hineingehen.

"Zieh das Teil mal aus!", sagte er nach einer Weile.

"Supertolle Idee und dann? Soll ich vielleicht im Unterhemd weitertanzen?"

"Nein, natürlich nicht. Ich habe eine Jacke drin. Die hole ich jetzt her und die ziehst du dann an. Einverstanden?"

Ich war drauf und dran, ihm eine in die Fresse zu geben, aber es tat ihm anscheinend wirklich leid und die ganze Sache war ihm sichtlich unangenehm.

"Gut, meinetwegen", willigte ich ein, "ich habe ja wohl gar keine andere Wahl."

"Also, bis gleich."

Sofort nachdem er gegangen war, schloss ich mich ein, um keine weiteren bösen Überraschungen zu erleben. Ich wartete geduldig auf sein Wiederkommen.

"Da bin ich wieder. Mach mal auf!"

"Das Ding soll ich anziehen?", plusterte ich mich auf, als er mir seine Stoffstrickjacke hinhielt. "Was zum Teufel soll das überhaupt sein?"

Die Jacke war mir mindestens zwei Nummern zu groß, aber das war noch das geringste Übel. Sie war altmodisch geschnitten, wie die Sachen, die mein Opa trug und aus einem kratzenden Stoff, der auf der Haut zu reiben anfing. Er war garantiert nicht dafür gedacht, ihn auf der blanken Haut zu tragen; eher über einem langen Unterhemd oder einem T-Shirt. Die Jacke war grau und hatte quer über den Rücken einen grünen Streifen. Die Knöpfe vorne waren überdurchschnittlich groß und hatten undefinierbare Zeichen darauf, die aussahen als gehörten sie zu einer Uniform.

"Mein Vater war Matrose", sagte er mit Wehmut in der Stimme, als er mich die Knöpfe betrachten sah.

"Ist das seine Jacke?", wollte ich wissen.

"Jetzt nicht mehr. Das ist so ziemlich das Einzige, was ich von ihm geerbt habe."

"Das tut mir leid. Das wusste ich nicht."

"Schon gut. Halb so wild", schmunzelte er etwas.

"Was ist?", fragte ich gereizt.

"Wenn ich mir dich so angucke, weiß ich auch, warum ich die Jacke nur im Winter anziehe."

"Ich denke sie ist ein Erbstück?", sprach ich verständnislos.

"Ja natürlich und sie ist schön warm, aber sie sieht trotzdem Scheiße aus, oder?"

Er hatte Recht. Sie mochte ja bei kaltem Wetter geeignet sein und durchaus gute Dienste leisten, aber unter Leute konnte man sich damit eigentlich nicht wagen.

"Danke", sagte ich voller Hohn.

"Wofür, dass die Frauen jetzt auf dich fliegen werden?", fragte er ebenso hämisch zurück.

"Auweia", entfuhr es mir daraufhin, "draußen wartet ja noch jemand auf mich. Das habe ich ja total vergessen."

"Solange, wie wir hier drin waren, hat die sicher nicht gewartet", meinte er fest überzeugt.

"Meinst du? Ich glaube, sie ist noch da", antwortete ich.

"Wenn du meinst. Sag mal, wie heißt du eigentlich?"

"Niko und du?"

"Sigmar", sprach er feierlich, "Falls deine Freundin übrigens nicht mehr da sein sollte, würde ich dich gerne zu einem Bier einladen, als Wiedergutmachung sozusagen."

"Das will ich ja wohl auch hoffen", scherzte ich schon wieder besser gelaunt. "Ich gehe mal kurz gucken und bin dann in ein paar Minuten an der Bar."

"Okay, dann bis gleich."

Als ich an unserem Tisch anlangte, brachen alle in Gelächter aus und guckten mich erstaunt an. Zuerst glaubten sie mir die Geschichte nicht und meinten, dass mir meine Phantasie heute wohl einen Streich gespielt hatte, aber als ich den zusammengerollten Pullover ausbreitete, wurden alle ganz still und schüttelten sich vor Entsetzen.

Grit war tatsächlich gegangen; wutschnaubend, wie mir Matthias berichtete, der nun alleine zurückgeblieben war, da Katja aus Freundschaft mitgegangen war.

"Hat sie noch irgendetwas zu dir gesagt, bevor sie abgehauen ist?", versuchte ich von ihm zu erfahren.

"Zu mir jedenfalls nicht, aber ich habe mitgehört, was sie zu Katja erzählt hat und das war keineswegs schmeichelhaft für dich", redete er drauflos. "Wenn du mich fragst, muß sie mächtig sauer gewesen sein."

Ich verstand das alles nicht, zuerst macht sie mich vor allen Leuten an und dann verschwindet sie mir nichts dir nichts von der Bildfläche?

"Vielleicht dachte sie, dass du nicht wiederkamst, weil du Sina getroffen hast und war deswegen stinkig", wendete er ein.

"Wieso Sina? Was soll das denn nun wieder bedeuten?", entgegnete ich.

"Hast du sie denn noch nicht gesehen?", fragte er mich überrascht. "Sie rennt hier irgendwo rum. Als sie Hallo gesagt hat, warst du gerade tanzen."

"Das darf doch wohl nicht wahr sein", jammerte ich, "etwa mit Grit?"

"Ich glaube schon."

"Das glaube ich einfach nicht", schüttelte ich den Kopf und machte mich daran, Sina im Gedränge zu suchen. Ich fand sie nirgends, aber Antje fand mich.

"Niko, wir hauen jetzt ab. War eine wirklich tolle Idee mit der Disco", drückte sie mich zum Abschied. "Übrigens ich habe an unserem Tisch noch ein kleines Geschenk für dich. Kommst du schnell mit, damit ich es dir geben kann?"

"Ihr habt mir doch vorhin schon etwas geschenkt", wiegelte ich ab.

"Es ist auch nicht von uns, sondern von Sina. Sie wollte es dir eigentlich selber überreichen, aber du hast gerade getanzt, als sie kurz da war", klärte sie mich auf.

"Matthias hat mir gesagt, dass sie hier ist. Ich bin auf der Suche nach ihr gewesen, als du mich entdeckt hast."

"Da brauchst du nicht länger suchen, sie ist bloß ganz kurz da gewesen. Ist bestimmt zwanzig Minuten her", zerstörte sie meine Hoffnung in einem Atemzug.

"Schade", wisperte ich kaum hörbar.

Aus ihrer Tasche kramte sie einen Plüschelefanten hervor.

Er war hellgrau, mit einer rosa Schleife um den Hals, auf der "Herzlichen Glückwunsch" stand und hatte in etwa die Größe eines Handballs. Der Rüssel war überproportional groß und zeigte nach oben, so wie man es im Tierpark bei den richtigen Elefanten beobachten konnte, wenn diese sich mit ihren Rüsseln gegenseitig mit Wasser vollspritzten. (Das hatte ich im letzten Sommer einmal selbst gesehen, als wir mit der Klasse einen Wandertag dorthin gemacht hatten.) Außerdem hatte er riesige Ohren, und ich versuchte mich zu erinnern, bei welchen der Elefanten dieses ein typisches Merkmal war, aber ich war mir nicht ganz sicher: vermutlich waren es die indischen.

An einem Bein war ein kleiner Zettel befestigt, den ich abmachte und zu lesen begann:

Lieber Niko!

Ich wollte dir das Geschenk nur schnell überreichen, da ich nicht den ganzen Abend hier sein kann. Leider war ich schon verabredet, als ich deinen Brief gefunden habe, ansonsten wäre ich sehr gerne gekommen, aber wie ich sehe, amüsierst du dich ja auch so recht gut. Ich möchte dich auch nicht stören, deshalb verschwinde ich wieder und gebe Antje den kleinen süßen Elefanten für dich. Gib ihm bitte einen Namen, ja?

Alles Liebe und Gute zum Geburtstag und ich hoffe, dass alle deine Wünsche für das neue Lebensjahr in Erfüllung gehen werden.

Tschüß   Deine Sina

Sie hatte mich also mit Grit tanzen sehen, ich konnte es nicht fassen. Ob sie auch Grits Annäherungsversuche mitbekommen hatte? Hoffentlich war sie da bereits wieder gegangen. Ich brauchte jedenfalls etwas zu trinken und begab mich zur Bar, wo Sigmar immer noch ausharrte, obwohl die fünf Minuten schon lange vorüber waren.

"War das deine Freundin?", deutete er auf Antje, die mir im Gehen, nochmals zugewinkt hatte.

"Nein, das ist nur eine gute Freundin", antwortete ich wahrheitsgetreu. "Sie ist mit einem Kumpel von mir zusammen."

"Und was ist mit der anderen?", fragte er neugierig.

"Gegangen."

Er verstand das zwar nicht, aber ich hatte auch keine Lust, ihm das zu erklären und ließ mir zu diesem Thema nichts weiter entlocken.

Mit meinem Elefanten, den ich kurz und bündig "Tita" getauft hatte, saß ich auf meinem Barhocker, und wir unterhielten uns.

Sigmar kam aus Balitz, einer kleinen Ortschaft südlich von hier. Mit dem Motorrad brauchten er und seine Kumpels nicht mehr als eine halbe Stunde bis zum Jugendklub, der am Sonnabend weit und breit die einzige Disco veranstaltete. Bei ihnen gab es nichts dergleichen, deshalb fuhren sie seit vergangenem Jahr fast jedes Wochenende her. Heute versicherte er mir glaubhaft, war er aber nur Beifahrer im Auto. Da er sonst kaum Alkohol trank, hatten die paar Bier, welche er zu sich genommen hatte, mächtig eingeschlagen.

"Ich denke, Saufen ist nur Gewöhnungssache", philosophierte er wild gestikulierend, "je mehr man trinkt; ich meine auf einen längeren Zeitraum gesehen, desto mehr verträgt man auch. Kannst du mir folgen?"

"Ja, da ist schon etwas dran", pflichtete ich ihm bei.

"Siehst du und da ich normalerweise mo-to-ri-sier-t bin" (Das Wort "motorisiert" auszusprechen, bereitete ihm äußerste Schwierigkeiten und er benötigte mehrere Anläufe, bis es endlich klappte), "bin ich diesen Fusel nicht gewöhnt. So ist das nämlich."

"Ich bin zwar nicht motorisiert, aber vertrage trotzdem nichts. Was sagst du nun?", forderte ich ihn heraus.

"Was weiß ich", antwortet er schleppend und fügte nach einer Weile hinzu: "Da fällt mir nur noch eins ein: Prösterchen."

Die Disco näherte sich allmählich dem Ende und der Saal leerte sich zusehends. Sigmar verabschiedete sich, obwohl er noch gerne geblieben wäre, aber sein Fahrer wollte los, und da er keine andere Möglichkeit hatte, nach Hause zu kommen, fügte er sich in sein Schicksal. Andererseits konnte er froh sein, dass jemand so nett war, ihn nach Balitz zu bringen, denn alleine hätte er es heute nirgends mehr hingeschafft, so sturzbetrunken wie er war.

Wir verabredeten uns für den kommenden Samstag hier, zum einen, weil er seine Jacke wiederhaben wollte und zum anderen, weil es einfach sehr lustig war, bis auf den Moment des Kennenlernens vielleicht.

Kurz nach ihm machte ich mich zusammen mit Sabine ebenfalls auf den Heimweg.

Der Abend meines Geburtstags hatte mein bisheriges Leben schlagartig verändert, denn von nun an gab es nicht nur Schule, Fußball und das obligatorische Skatspielen mit Mike und Matthias, welches mich meistens sowieso nervte, sondern jeden Samstagabend die Disco im Jugendklub, die ich Woche für Woche regelrecht herbei sehnte.

Seit dem bewussten Abend trafen wir uns dort immer mit den "Balitzern", die alle sehr nett waren, und der Samstag entwickelte sich für mich zum Höhepunkt der Woche.

Zu der Clique von Sigmar gehörten etwa 15 Leute, wovon ein Drittel Mädchen waren, aber die waren allesamt schon in festen Händen. Leider.

Es gab da auch ein Mädchen, das mir sehr gut gefiel. Ihr Name war Franka. Sie war mir bereits an dem Abend aufgefallen, als ich Sigmar kennen gelernt hatte. Sie war für ihr Alter ziemlich groß, schätzungsweise 1,75 Meter, vielleicht sogar etwas darüber und wegen ihrer Größe wurde sie in ihrer Klasse häufig gehänselt, aber ich fand, dass sie diesen vermeintlichen Makel an körperlicher Ausstattung geradezu majestätisch einzusetzen verstand. Große Frauen faszinierten mich ohnehin seit jeher, was wahrscheinlich daran lag, dass in meiner Verwandtschaft niemand größer war als 1,65 Meter, meine Mutter war gerade mal 1,62 Meter. Ich selbst war ja auch nicht unbedingt groß im herkömmlichen Sinne. Von allen meinen Freunden war ich zwar der erste gewesen, der mit 14 Jahren die magische 1,70 Meter- Marke übertroffen hatte, aber seitdem war ich fast nicht mehr gewachsen. Vermutlich war Franka sogar ein wenig größer als ich. So genau wusste ich das allerdings nicht, da sie nie Schuhe mit einer flachen Sohle trug. Immer wenn wir uns begegneten, hatte sie Jeans an, die zu meinem Bedauern, ihre Beine verdeckten. Da sie mir und allen anderen in der Disco den Anblick ihrer unendlich wirkenden schönen langen Beine vorenthielt, strengte ich meine Phantasie an.

Ich stellte mir vor, dass es Sommer war und ich an einem See auf meiner Decke lag, als plötzlich Franka auftauchte. Sie sah mich nicht und stolzierte in einem Bikini an mir vorbei in Richtung des Wassers. Von hinten sah ich im Glitzerlicht der Sonne die sich auf dem Wasser spiegelte, ihre Umrisse. Die schwarzen Haare waren zu einem Zopf gebunden und der braungebrannte Oberkörper wurde nur verunstaltet von einem schmalen Bändchen, welches mit einem festen Knoten das Oberteil des Bikinis zusammenhielt. Unter dem Bändchen schimmerte zwar nur schwach, aber doch sichtbar, die weiße Haut durch, die zum restlichen Rücken einen eigenartigen Kontrast darstellte; ein Kontrast, der in der Umgebung des Bikini- Unterteils sonderbarerweise nicht zum Vorschein kam, was mich zu der Annahme verleitete, dass sie ansonsten zum Sonnenbaden etwas anderes trug, so dass man heute die sicherlich vorhandenen unterschiedlichen Farben ihrer Haut, die sich unter dem Bikini verbargen, nicht zu sehen bekam. Mit jedem Schritt, der sie von mir forttrieb, konnte ich die langen gertenschlanken Beine besser sehen. Sie waren sehr wohlgeformt. Unten beginnend mit der schlanken Ferse zogen sie sich an der dünnsten Stelle entlang, welche man ohne Mühe mit einer Hand umfassen konnte, weiter zu den zwei gleichmäßig kleinen Aushöhlungen in der Kniekehle und dort gingen sie unter dem Gesäß wie ein Blumenstrauß auseinander. Inzwischen hatte sie das Ufer erreicht. Geschwind wie eine Gazelle tauchte sie ihre Beine in den See. Mit jedem weiteren Schritt stakste sie vorsichtig hinein. Dabei spritzte das Wasser an ihren Körper und perlte von da wieder ab. Schließlich verschwand sie vollends in dem glatten, vom Sonnenlicht reflektierten, funkelnden Untergrund, als ob der Erdboden sie verschluckt hätte.

Frankas Beine habe ich bis heute nicht zu Gesicht bekommen. Ich war mir sicher, dass sie keine Kleider trug, um genau das zu vermeiden; natürlich nicht wegen mir, vielmehr wegen irgendwelchen blöden Sprüchen, die sie anscheinend beim Anblick ihrer Beine erwartete. Ich persönlich fand das sehr schade.

Genauso schade fand ich es, dass sie mit Gerd zusammen war, der meiner Meinung nach überhaupt nicht zu ihr passte, aber da er ein guter Freund von Sigmar war, hütete ich mich davor, Franka anzubaggern. Trotzdem musste ich zugeben, dass alleine ihr Anblick mich magisch anzog und dieses einer der Gründe dafür war, dass ich jeden Samstag in den Jugendklub musste.

Der Hauptgrund für meine allwöchentlichen Besuche des Jugendklubs war der, dass ich mich mit Sigmar und den anderen angefreundet hatte und gerne mit ihnen zusammen war, was in der Woche aber nicht möglich war, da Mollin und Balitz zu weit auseinander lagen, zumindest wenn man so wie ich kein Moped besaß.

Eigentlich waren beide Ortschaften nur zwölf Kilometer voneinander entfernt, aber sie gehörten unterschiedlichen Kreisen an. Mit unserer Regionalbahn konnte man zwar nach Berlin fahren und in unsere Kreisstadt, mit Balitz gab es aber keine Zugverbindung. Unser Bus fuhr ebenfalls stündlich nach Berlin und verband die umliegenden Gemeinden, aber eben nur diese aus unserem Kreis.

Mit meinem Großvater hatte ich mich vor einigen Tagen darüber unterhalten und ihm mein Unverständnis mitgeteilt, warum es denn zwischen den beiden größten Ortschaften der Umgebung keine direkte Verbindung gab. Mein Großvater erklärte mir dies so, dass in jedem Kreis für die Verkehrspolitik bestimmte finanzielle Mittel zur Verfügung standen, die vorne und hinten nicht ausreichten und daher jeder Kreis darauf bedacht war, diese vorhandenen Summen für die eigenen Belange auszugeben, also hauptsächlich für Projekte im eigenen Kreis. Ich fand das auf eine Weise nachvollziehbar, aber doch irgendwie recht seltsam, weil es für mich nicht sehr weitsichtig war, so zu verfahren. Eine Freundin von Sabine machte in Balitz seit letztem Jahr ihre praktische Ausbildung in der dortigen Wäscherei und musste immer dienstags und donnerstags hinfahren. Sie benötigte für den Weg, die zwölf Kilometer Luftlinie, fast zwei Stunden und das nur für eine Strecke. Zuerst musste sie mit dem Zug nach Berlin fahren und dann einige Stationen mit der S-Bahn bis Grünau, wo sie in eine andere Bahn umsteigen musste. Mit dieser fuhr sie dann bis zur Endhaltestelle. Von dort ging es weiter mit einem Bus. Wenn alles gut ging und keiner der verwendeten Verbindungsstücke, die auf mich wie kleine Mosaiksteinchen wirkten, Verspätung hatten oder gänzlich ausfielen, was nach ihren Erzählungen allerdings des Öfteren passierte, ja dann brauchte sie diese Zeit. Verpasste sie aber den Bus, musste sie sage und schreibe vierzig Minuten auf den nächsten warten. Kein Wunder, dass sie auf unsere Verkehrsbetriebe schimpfte, wenn man bedachte, dass man in der gleichen Zeit mit dem D-Zug von Berlin nach Dresden fahren könnte und das für eine Entfernung von ungefähr zweihundert Kilometern statt unserer zwölf.

Auf jeden Fall trafen wir uns immer nur am Wochenende. Das hing aber nicht nur mit dem leidigen Problem der schlechten Verbindung zusammen, sondern hatte auch noch andere Ursachen.

Die Schule näherte sich schleichend dem Ende. Bis zu den Prüfungen waren es nur noch vier Wochen. Allmählich wurde ich unruhig, weil ich keine Ahnung hatte, in welchen Fächern ich damit rechnen musste, eine mündliche Prüfung abzulegen. Bisher war nichts zu erfahren.

Ich strengte mich deshalb in bestimmten Fächern an und in anderen wiederum überhaupt nicht, in der Hoffnung dort auf einen glatten Zensurendurchschnitt zu kommen. Vor allen Dingen in Mathematik wollte ich es vermeiden, Herrn Thiem einen Grund zu liefern, mich in seine Prüfung zu nehmen.

Im Vorjahr hatte ich bei ihm auf dem Abschlusszeugnis noch mit Müh und Not eine 2 erreicht, aber auf dem Halbjahreszeugnis stand diesmal nur eine 3. Ich war mir sicher, dass er mich nicht leiden konnte, auch wenn er das gegenüber meinem Klassenlehrer jedes Mal verneinte. Da ich keine Möglichkeit mehr sah, mich in Mathematik wieder auf eine 2 zu verbessern, hatte ich seit einigen Wochen damit begonnen, seinem Unterricht fernzubleiben oder demonstrativ zu boykottieren. Ich versprach mir davon, dass er keine Anzeichen meinerseits mehr sehen würde, mich verbessern zu wollen und hoffte, von ihm in Frieden gelassen zu werden.

In Chemie war es genau andersherum. Ich stand eigentlich schon seit Einführung dieses Fachs zwischen 1 und 2 und hatte beim letzten Mal unter Vorbehalt von Frau Weinhold eine 1 bekommen, aber nur weil sie mir nicht meine Bewerbung mit einer schlechteren Zensur verderben wollte. Ich hatte ihr versprechen müssen, mich im letzten Schuljahr bei ihr besonders anzustrengen. Das tat ich auch. Es war das einzige Fach, in dem ich mich wirklich klar verbessern konnte, trotzdem war ich nicht scharf darauf, in die Chemie- Prüfung zu müssen.

Aufgrund des schulischen Stresses blieb kaum Zeit für andere Dinge übrig, außer meinem Fußball natürlich und den Samstagabenden.

Von Sina hatte ich nichts gehört seit ihrem Brief, den mir Antje am Abend meines Geburtstags überreicht hatte. Es war nicht so, dass ich ihr aus dem Wege ging, es kam mir eher so vor, dass sie mir nicht begegnen wollte. Ich selber war nicht gewillt, ihr hinterher zu rennen und zu erklären, was sich an diesem Abend abgespielt hatte, in dem Moment, als sie mich mit Grit auf der Tanzfläche gesehen hatte. Sie würde mir doch sowieso nicht glauben, wenn ich ihr die Wahrheit sagen würde. Die Situation war rein äußerlich ja auch mehr als deutlich gewesen. Ich war mir sicher, dass es Sina nicht entgangen war, wo Grit ihre Hände gehabt hatte. An ihrer Stelle hätte ich garantiert genauso reagiert und mir meinen Teil gedacht, was hätte sie auch tun können?

Durch Frank erfuhr ich wenigstens ab und zu Neuigkeiten über Sina und war so einigermaßen auf dem Laufenden. Genauso wie ich und alle anderen kurz vor den Abschlussprüfungen verbrachte sie die meiste Zeit zu Hause und lernte für die Schule. Sie war ja ohnehin schon immer eine der Besten in ihrer Klasse gewesen, aber ich nahm an, dass sie sich unbedingt weiter verbessern wollte, da sie in dem Betrieb ihrer Tante anfing. Frank meinte, dass Antje und sie kaum noch Kontakt hatten außerhalb der Schule und dass sie stattdessen viel mit Ricarda aus der Parallelklasse unternahm. Ich überlegte, ob ich Ricarda kannte oder zumindest wusste, wer sie war, aber nachdem sie mir von Frank beschrieben wurde, war ich hundertprozentig sicher, ihr noch nie begegnet zu sein.

Grit hatte ich glücklicherweise nur einmal kurz beim Bäcker getroffen, sie war grußlos an mir vorüber gegangen, ohne mich eines einzigen Blickes zu würdigen. Im Prinzip konnte mir das nur recht sein, aber verstehen konnte ich es nicht. Was hatte ich ihr denn getan?

Grit war der Meinung, dass ich sie vor allen Leuten blamiert und gedemütigt hatte, weil ich sie solange hatte warten lassen, zumindest hatte sie das Katja so gesagt. Sie war zwar ihre beste Freundin und ließ ansonsten nichts auf sie kommen, aber in diesem Fall konnte sie Grit nicht verstehen. Letztens hatten sie sich sogar deswegen gestritten, als Katja ihr erzählte, was an diesem Abend wirklich vorgefallen war und ich auf der Toilette ausharren musste, bis mir Sigmar etwas zum Anziehen brachte. Grit glaubte ihr kein Wort und warf ihr vor, sie schamlos anzulügen, nur um mich in Schutz zu nehmen, da ich ein guter Kumpel ihres Freundes war. Um die Sache nicht weiter eskalieren zu lassen, hatte Katja das Thema seitdem nicht wieder angesprochen.

Vermutlich konnte es Grit nicht verwinden, dass ich der erste war, der sich von ihren Verführungskünsten nicht hatte beeindrucken lassen, auf jeden Fall weniger, als sie es sicherlich gewohnt war und was für sie bestimmt viel schlimmer sein musste, dass ich ihre Erzfeindin Sina vorgezogen hatte. Ich ließ sie in dem Glauben, denn ich sah keinen Anlass dafür, das Missverständnis aufzuklären.

Wie in jedem Jahr freuten sich alle auf den 30. April und den 1. Mai und die damit verbundenen Feierlichkeiten: der Fackelzug für die Kinder, das Anzünden des Maifeuers, das Kino auf der Freilichtbühne, das Volksfest rund um den "Platz der Freundschaft", die Modenschau, die Theateraufführung, die den Tag beendende Open - Air Disco. Aber diesmal gab es einen weiteren, weitaus wichtigeren Höhepunkt: das Meisterschaftsrückspiel zwischen Mollin und Braunfeld am 1. Mai.

Die Verantwortlichen für die Spielansetzungen unserer Liga hatten sich das ausgedacht, weil sie der Meinung waren, dass an einem Feiertag, noch dazu dem Tag der Arbeiterklasse, ein solch brisantes Spiel viele Besucher anziehen würde und dadurch auch in Braunfeld so etwas wie Festtagscharakter Einzug halten würde. Damit lagen sie natürlich richtig, denn es hatte sich in beiden Orten eine regelrechte Hysterie um dieses Spiel entwickelt, welche aufgrund der Tabellensituation und des skandalumwitterten Hinspiels noch gesteigert wurde.

Als Auslöser des damaligen Spielabbruchs, den ich durch meine Schwalbe in der Nachspielzeit in ihren Augen provoziert hatte, stand ich plötzlich im Mittelpunkt des Interesses und musste mir seit einiger Zeit anhören, dass man sich schon noch an mir rächen werde. Am vergangenen Samstagabend hatte mich auf der Tanzfläche ein Typ angerempelt, den ich nie zuvor gesehen hatte und stieß mir seinen Ellenbogen in die Rippen.

"Hey, wen haben wir denn hier", quatschte er mich von der Seite an, "bist du nicht der Wichser, der uns versucht hat, den Aufstieg zu vermasseln."

"Was willst du denn?", lachte ich ihm ins Gesicht. Ich war mal wieder betrunken, wie meistens im Jugendklub und dadurch hatte ich keine Angst vor ihm, obwohl er fast ein halben Kopf größer war als ich.

"Ich an deiner Stelle würde nächste Woche lieber nicht mitspielen, wenn du verstehst was ich meine."

"Ach ja und warum sollte ich das deiner Meinung nach nicht?", fragte ich frech.

Ohne darauf einzugehen, drohte er mir unverblümt. "Falls du wirklich auflaufen solltest, dann verspreche ich dir, dass wir dich fertig machen werden. Ich gebe dir einen guten Tipp unter Freunden", dabei umklammerte er meine Schulter, " bleibe zu Hause! Ansonsten wirst du danach ohnehin viel Zeit bei Mami verbringen. Das verspreche ich dir."

"Wenn du meinst", gab ich lässig zur Antwort", ich habe keine Angst vor dir und vor eurer Mannschaft schon gar nicht. Alles Weitere werden wir ja bald sehen, Großmaul."

Ich befreite mich geschickt aus seinem Griff und ließ ihn stehen.

"Hey, noch was", rief er mir hinterher.

Ich drehte mich um und guckte ihm direkt in die Augen. "Was ist?"

"Vergiss deine Schienbeinschützer nicht! Die wirst du brauchen." Grinsend verschwand er von der Tanzfläche.

Beim darauffolgenden Training hatte ich meinem Übungsleiter von dem Vorfall berichtet, woraufhin er eine Mannschaftsbesprechung einberief. Dort appellierte er eindringlich an uns, sich nicht auf Provokationen einzulassen und keineswegs selber etwas zum Hochschaukeln der Situation beizutragen. Er erhoffte sich davon Vorteile beim Schiedsrichter, wenn dieser sah, dass diese Unfairness vom Gegner ausging.

Nachdem die anderen Spieler gegangen waren, fragte er mich, ob ich am Ortsderby lieber nicht teilnehmen möchte und falls ja, dann könnte er das gut verstehen und überhaupt würde mir niemand einen Vorwurf machen.

"Trainer", antwortete ich mit fester Stimme, "ich habe keine Angst und ich will spielen. Wenn sie mich nicht aufstellen wollen, kann ich nichts dagegen tun, aber ich hoffe, dass ich spielen darf und mithelfen kann, diese Arschlöcher zu besiegen."

"Ich habe nichts anderes erwartet", sagte er stolz auf mich. "Mit genau dieser Einstellung werden wir gewinnen, davon bin ich fest überzeugt. Wir können sie schlagen."

"Das glaube ich auch", entgegnete ich.

Nachdenklich fügte er hinzu: "Auf jeden Fall musst du vorsichtig und auf der Hut sein. Ich bin mir sicher, dass sie alles versuchen werden, um dich auszuschalten und das bestimmt nicht mit fairen Mitteln. Entweder setzen sie jemand auf dich an, der dich auf Schritt und Tritt verfolgt oder sie werden versuchen, eine rote Karte für dich zu provozieren. So oder so musst du aufpassen!"

"Das weiß ich, aber ich schaffe das schon", antwortete ich optimistisch.

Das große Spiel und seine Folgen

Am 1. Mai um Punkt 15 Uhr war es endlich soweit.

Zum ersten Mal seit Jahren gab es an diesem Tag wieder ein Volksfest in unserer Nachbargemeinde. Braunfeld war zwar ein wenig größer als Mollin, aber solange ich denken konnte, fanden dort keine Veranstaltungen zu Ehren des "Tages der Arbeiterklasse" statt. Woran das lag, wusste niemand so genau, man konnte nur spekulieren. Ich erinnerte mich daran, was mir einmal meine Mutter über die Feindschaft der beiden Ortschaften gesagt hatte.

"Niko, es geht nur darum, besser zu sein und etwas auf die Beine zu stellen, dass der andere nicht kann. Als ich noch zur Schule ging, haben wir zum Beispiel in einem Jahr eine riesige Karnevalsfeier für die ganze Schule organisiert. Sie war ein toller Erfolg und alle waren begeistert, die Schüler ebenso wie die Lehrer und die Eltern. Eine Woche später fand in Braunfeld eine Karnevalsfeier statt, die unsere völlig lächerlich aussehen ließ. Die Schule hatte nicht nur die Schüler dazu eingeladen, sondern außerdem alle Eltern und wichtige Persönlichkeiten des Ortes. Es ging ihnen nicht darum, für die Kinder eine schöne Feier zu veranstalten, nein, es ging nur darum, wer das größere Aufsehen damit erreichte. Das ist alles."

Ich vermute, dass aus einem ähnlichen Grund die Feierlichkeiten nur noch in Mollin abgehalten wurden und viele der benachbarten Gemeinden dazu unseren Ort besuchten. Wahrscheinlich war Mollin als erstes auf die Idee gekommen, an diesen beiden Tagen ein großes Volksfest zu veranstalten. Inzwischen hatte es im gesamten Kreis Tradition und war nicht mehr wegzudenken und das garantiert zum Leidwesen der Braunfelder.

Wie auch immer dem war, heute war es anders.

Auf dem Sportplatz waren so viele Leute wie seit langem nicht mehr. Am Kassenhäuschen bildeten sich lange Schlangen. Da keiner der Verantwortlichen mit einem solchen Andrang gerechnet hatte, war man nicht auf die Idee gekommen, bereits auf dem Weg zum Eingang, Karten zu verkaufen, was den armen Kassenwart von "Motor Braunfeld" entlastet hätte. So saß er schwitzend hinter dem Fensterchen und tat sein Bestes, aber er konnte nicht verhindern, dass unser Spiel erst mit Verspätung beginnen konnte.

Er hatte fast 500 Karten verkauft und das für ein Spiel zweier Jugendmannschaften. Wir selber hatten normalerweise zu Hause einen Zuschauerschnitt von knapp 50. Meistens waren nur die Freunde da und von einigen Spielern die Eltern und andere Verwandte, manchmal auch die Freundin des einen oder anderen, aber das war es dann schon. Ich glaube nicht, dass hier ansonsten mehr los war als bei uns, und das Chaos beim Kartenverkauf ließ nur einen Schluss zu: heute war das Interesse erheblich höher.

Allein aus Mollin waren etwa doppelt soviel Leute da, wie bei unseren Heimspielen. Das war für uns eine tolle Sache, aber die Mehrheit der Besucher waren gegen uns. Natürlich war uns klar, dass wir hier keine Fairness erwarten konnten, weder von unseren Gegenspielern auf dem Rasen noch vom Publikum, denn sie wollten nur eines: Rache.

Vielleicht reichte es ihnen auch, uns verlieren zu sehen und somit die in ihren Augen erlittene Schmach vom letzten Herbst zu vergessen. Es war ja auch egal.

Tatsache war, dass derjenige, der heute verlieren sollte, kaum noch hoffen konnte, Meister zu werden.

Im Verlauf der Saison hatte sich herauskristallisiert, dass die restlichen Mannschaften nicht stark genug waren, um auf Dauer oben mitzuspielen. Seit unserem letzten Aufeinandertreffen hatten wir nicht mehr verloren und Braunfeld ebenso wenig.

Durch die Punkte, welche man uns am grünen Tisch zugesprochen hatte (2:0 Punkte und 3:0 Tore), waren wir immer noch punktgleich mit ihnen Tabellenführer und "Traktor Siedenau", der 3. der Tabelle, hatte bereits elf Punkte Rückstand. Obwohl bis zum letzten Spieltag noch sieben Partien offen und somit theoretisch vierzehn Punkte zu vergeben waren, zweifelte keiner der hier Anwesenden daran, dass der künftige Jugendmeister des Kreises heute während dieses Spieles ermittelt werden würde. Die Erwartungen waren demzufolge auf beiderlei Seiten hoch.

In der ersten Halbzeit passierte nicht viel. Die meiste Zeit verbrachten wir damit, den Ball sobald wir ihn in unserem Besitz hatten, im Mittelfeld hin- und herzuschieben, um dem Gegner keine Angriffsmöglichkeiten zu eröffnen. Es funktionierte auch ganz gut. Eigentlich funktionierte es sogar genauso, wie wir alles vorher besprochen hatten, nur mit einer Ausnahme, wir ließen Braunfeld nicht über die Mittellinie kommen, aber die uns ebenso wenig. Daher war das Spiel für die Zuschauer langweilig, denn es spielte sich fast alles in der Nähe des Anstoßpunktes ab und Torschüsse waren selten. Genauer gesagt, gab es nur zwei auf jeder Seite.

Unsere beste Chance hatten wir kurz vor dem Ende der ersten Hälfte. Nach einem Eckball von rechts, der wie immer von Frank scharf und in Kopfhöhe hereingegeben wurde, bildete sich am Fünfmeterraum eine Spielertraube und unser Libero Andy sprang am höchsten, konnte den Ball aber nicht nach unter drücken, so dass der Ball einige Zentimeter über den Querbalken ging.

In die Pause wurden wir mit einem gellenden Pfeiffkonzert entlassen, was für uns weniger tragisch war als für die Gastgeber. Sollte es am Ende ebenfalls 0:0 stehen, würde für uns keine Welt zusammenbrechen. Insgeheim dachte ich, würde uns ein Unentschieden auf des Gegners Platz dem Ziel Meisterschaft erheblich näher bringen, und ich war mir sicher, dass einige von uns dasselbe dachten, nur zu sagen traute sich das natürlich niemand.

"Na also, Jungs, so schlecht sieht es doch nicht aus", begann unser Trainer, "bisher läuft alles wie gewünscht. Andy, das machst du hinter ganz prima, wie du die Löcher stopfst. Du musst dich nur etwas mehr mit Stefan abstimmen, wenn der 10-er von hinten kommt, musst du ihn spätestens am 16-er übernehmen. Tim, du kannst ruhig mal einen weiten Pass auf Niko schlagen, der bekommt ja vorne überhaupt nichts zu tun, oder ihr bringt den Ball einfach mal in den gegnerischen Strafraum, um etwas Verwirrung zu stiften. Wenn der Ball die ganze Zeit in der Nähe des Mittelkreises ist, kann das bei der kleinsten Unachtsamkeit verheerende Folgen haben, aber alles in allem bin ich bisher ganz zufrieden."

Das waren ja ganz neue Töne von ihm. Normalerweise kritisierte er uns in der Halbzeitpause selbst bei einer klaren Führung und zeigte uns die eigenen Schwächen auf.

"Gut, wir spielen vorerst so weiter. Tommy ist mit deinem Fuß alles in Ordnung?", wollte er wissen.

"Na logisch", antwortete er.

"Okay, dann wechseln wir erst mal nicht", stellte er klar. "Niko, ich vermute, die werden jetzt deinen Gegenspieler vom letzten Mal reinbringen. Also Vorsicht, ja?"

"Ja."

"Na dann, geht raus und spielt genauso konzentriert weiter wie bisher! Denkt immer daran, dass wir nicht unbedingt gewinnen müssen, aber die! Irgendwann wird ihnen die Zeit davonrennen und dann schlägt unsere Stunde. Wir brauchen nur auf ihre Fehler zu warten und sie ausnutzen", philosophierte er, wie ich es bei ihm noch nie erlebt hatte.

Ich konnte seinen grenzenlosen Optimismus nicht hundertprozentig teilen, denn die Gefahr bei einem solchen Spiel war nicht zu unterschätzen. War es nicht auch möglich, dass jemand von uns einen Fehler begehen würde? Schließlich gab es genug Beispiele, wo das Spiel zweier gleichwertiger Teams durch eine Einzelaktion entschieden wurde.

Die 2. Hälfte begann so, wie die erste geendet hatte. Der Ball wurde im Mittelfeld gehalten solange wie möglich, aber sobald er dort verloren wurde, zog sich der Gegner zurück an den eigenen Strafraum. Bloß nicht die Abwehr entblößen, lautete die Devise. Es war für die Zuschauer wirklich kein ansehnliches Spiel. Der Unmut darüber steigerte sich von Minute zu Minute und allmählich kippte die Stimmung etwas zu unseren Gunsten. Schließlich wussten alle, dass ein 0:0 nur für uns einem Punktgewinn gleichkam, aber Braunfeld bei diesem Ergebnis, sollte es nach Spielschluss Bestand haben, seine Meisterträume so gut wie aufgeben konnte. Das Publikum erwartete einfach mehr Engagement ihrer Spieler.

In der 70. Minute setzte der Trainer von "Motor Braunfeld" alles auf eine Karte und wechselte zwei neue Leute ein, auf die Gefahr hin, dass sie bei einer Verletzung mit einem Mann weniger zu Ende spielen müssten. Es kam ein neuer Stürmer, für den der Rechtsaußen seinen Platz räumen musste. Außerdem ging der Libero in das zentrale Mittelfeld, stattdessen wurde ein neuer Verteidiger eingewechselt. Zu unser aller Überraschung war es nicht mein Gegenspieler des Vorjahres, aber ich hatte trotzdem schon Bekanntschaft mit ihm geschlossen, es war der Typ, von dem ich in der Disco angepöbelt worden war.

Nachdem er den Platz betreten und sich ordnungsgemäß beim Schiedsrichter angemeldet hatte, nahm er Kurs auf mich und blieb kurz hinter mir stehen, während wir darauf warteten, dass unser Freistoßspezialist Tommy den Ball in Richtung 16-er brachte.

"Jetzt kannst du dich frisch machen", flüsterte er mir ins Ohr und grinste mich mit seiner widerlichen Visage an.

Ich versuchte, ihn zu ignorieren und konzentrierte mich einzig und allein auf den Freistoß. Tommy schlug eine seiner halbhohen Flanken, die aber leider zum wiederholten Mal nicht bis in den Strafraum gelangte. Beim Hochspringen drückte mir mein neuer Gegenspieler die Faust in die Nierengegend und ich ging mit schmerzerfülltem Gesicht zu Boden. Er hatte sich im Gewühl sofort entfernt, und weder der Schiedsrichter noch der Linienrichter hatten die unfaire Aktion gesehen. Meine Mitspieler forderten vehement Elfmeter und bedrängten den Schiri, aber dieser ließ sich nicht erweichen, auf den Punkt zu zeigen. Nicht nur, dass er uns einen klaren Elfmeter versagte, er zeigte Frank auch noch die gelbe Karte wegen Reklamierens.

Ich rappelte mich nach einiger Zeit wieder auf und atmete tief durch. Mit den Händen stützte ich meinen Rücken und machte mich ganz lang, so dass mein Brustbein weit hervorstand. Allmählich bekam ich wieder besser Luft.

Von nun an wurde das Spiel hektisch. Die bisher zurückhaltenden Sticheleien und kleinen versteckten Ruppigkeiten nahmen in erheblichem Maße zu.

Braunfeld versuchte nun mit der Brechstange, unsere sichere Abwehr zu überwinden. Das eröffnete uns, die von unserem Trainer vorhergesagten Kontermöglichkeiten. Bei einem dieser Tempogegenstöße war ich auf und davon geeilt, verfolgt von meinem "Freund", der nicht annähernd so schnell war wie ich. Nachdem ich den Vorstopper umdribbelt hatte, passte ich in die Mitte zu Tim, der alleine und völlig frei vor dem Torwart stand und nur noch einschieben brauchte, aber statt den Ball zu stoppen und sich dann in aller Ruhe eine Ecke auszusuchen, wollte er die Vorlage direkt verwandeln, wobei er in Rücklage geriet und den Ball in die Wolken drosch. Diese sogenannte Hundertprozentige war die beste Chance des gesamten Spiels und er vergab sie kläglich. Ich brüllte ihn an und war fürchterlich sauer auf Tim und auf mich: Vielleicht hätte ich selber schießen müssen, aber wenn ich sie dann vergeben hätte? Bestimmt würde man mir vorhalten, zu eigennützig gewesen zu sein, denn Tim stand eindeutig besser zum Tor. Egal, weiter ging es. Im Vorbeigehen entschuldigte ich mich bei Tim, der auch nicht böse auf mich war, denn er kannte als mein Sturmpartner nur zu gut meinen Ehrgeiz.

Das Spiel ging hin und her und auch wenn es keine riesigen Torchancen gab, war es jetzt für die Zuschauer recht ansehnlich und sie fingen an, ihre Mannschaft mit einem ohrenbetäubenden Lärm anzufeuern. Jede Aktion von "Motor Braunfeld" wurde euphorisch gefeiert. Selbst der geringste Ballgewinn in der eigenen Hälfte wurde nun mit Beifall bedacht. Sobald wir uns den Ball erkämpften, von Erspielen konnte wirklich keine Rede mehr sein, stimmten über vierhundert Kehlen in ein gnadenloses Pfeiffkonzert ein, welches solange anhielt, bis sie den Ball wieder zurückeroberten. Von unseren immerhin fast einhundert Freunden, Verwandten, Mitschülern und anderen Fußballern aus Mollin, die hergekommen waren, um uns in der Höhle des Löwen zu unterstützen, war auf dem Platz nichts zu hören, was allerdings nicht an ihrem fehlenden Engagement lag, sondern einfach daran, dass die Einheimischen einen Höllenlärm veranstalteten, der alles andere übertrumpfte.

Nach dem Spiel bestätigte uns jeder von unserem Anhang, dass sie sich die Seele aus dem Leib geschrieen hätten und so wie sich einige anhörten, gab es daran auch keinen Zweifel, aber sie waren eben zu wenig, um sich Gehör zu verschaffen.

Unabhängig von diesem Handikap, dass der 12. Mann eindeutig hinter der gastgebenden Mannschaft stand, was wir natürlich sowieso erwartet hatten, gab es ein viel größeres Problem: Der Schiedsrichter entwickelte sich im Verlaufe der Partie meiner Meinung nach zum 13. Mann für Braunfeld.

Spätestens nach dem von uns geforderten Elfmeter, den er uns verweigerte und stattdessen noch die gelbe Karte an Frank gegeben hatte, war ihm das Spiel entglitten. Vermutlich gab er uns die Schuld dafür, dass es danach hektisch wurde und er fing damit an, uns offen zu benachteiligen. Ob er das mit Absicht tat oder aus eigener Unsicherheit heraus wurde nicht ersichtlich. Es war ohnehin müßig, darüber zu diskutieren, wer verantwortlich für die aufgekommene Hektik war. Sie war nun einmal da und jetzt hieß es, kühlen Kopf zu bewahren.

Trotz der ganzen unangenehmen Begleiterscheinungen zogen wir uns weiterhin sehr achtbar aus der Affäre. Wir kontrollierten das zentrale Mittelfeld, und sobald ein gegnerischer Spieler versuchte, mit dem Ball am Fuß in Richtung unseres Strafraumes zu gelangen, wurde er vom nächststehenden Mann angegriffen.

Auf der Hut sein mussten wir eigentlich nur bei Standardsituationen und einem daraus resultierendem sogenannten "ruhenden Ball", weil dann sofort alle bis auf den Torhüter und dem Libero unseren 16-er bevölkerten und Bernd durch das Gewimmel der vielen Leute in seinem Strafraum die Sicht versperrt wurde und jederzeit ein Schuss abgefälscht werden konnte. Zum Glück überstanden wir diese Situationen allesamt unbeschadet.

Mein Gegenspieler verfolgte mich regelrecht über den Platz. Ich musste bei jedem Anspiel damit rechnen, von ihm gefoult zu werden und ging demzufolge sehr vorsichtig in die Zweikämpfe, aber da er zu langsam in seinen Bewegungen war, konnte ich ihn meistens geschickt umdribbeln. Das reizte ihn allerdings nur noch mehr.

Unser Konzept schien aufzugehen, denn es waren bereits 85 Minuten gespielt, und es stand immer noch 0:0.

Braunfeld versuchte es jedes Mal durch die Mitte mit hohen Flanken oder langen Abschlägen vom Tor, doch damit konnten sie uns nicht gefährlich werden, da wir uns seit Beginn der 2. Hälfte auf ihr wenig abwechslungsreiches Spiel eingestellt hatten.

Wieder hatten sie eine Chance vertan.

Nach einem Eckball, dem 7., hatte die Nummer 9 den Ball mindestens fünf Meter daneben geköpft. Bernd legte sich den Ball zum Abschlag zurecht und drosch ihn mit voller Wucht nach vorne. Kurz hinter der Mittellinie nahm Ronny, der gerade erst für Frank eingewechselt worden war, den Ball aus der Luft herunter, führte ihn einige Meter gekonnt eng am Fuß, stoppte ihn schließlich und schob ihn sachte zu Andy. Der hatte von ihm den Ball gefordert, weil er gesehen hatte, dass mein Gegenspieler zu weit weg von mir stand und passte sofort auf mich. Ich nahm den Ball an und mit einer schnellen Drehung ließ ich den zwar kräftigen, aber langsamen Klotz ins Leere laufen und hatte plötzlich freie Bahn zum Tor. Ich war noch nicht im 16-er, als der Torwart auf mich zugestürzt kam. Zwischen uns lagen etwa acht Meter. Ich hatte also genug Zeit, um mir zu überlegen, was ich nun machen musste und ich entschied mich, noch einen Schritt vorwärts zu gehen auf ihn zu und dann mit einer Körpertäuschung links an ihm vorbeizudribbeln. Genau in dem Moment, als ich zur Körpertäuschung ansetzte, preschte in meinem Rücken Braunfelds Kapitän heran, grätschte mir von der Seite gegen mein Standbein, ohne auch nur den Versuch zu starten, den Ball spielen zu wollen und traf mich unerwartet in der rechten Wade mit seinen Aluminiumstollen.

Das Erste, was mir durch den Kopf ging, war meine Hoffnung, dass er nicht auf denselben kleinen Trick zurückgriff wie ich. Seit Jahren schon hatte ich es mir angewöhnt meine Schraubstollen, die aus Aluminium waren, ein wenig anzufeilen. Dadurch bildete ich mir ein, auf glattem Rasen oder glitschigem Boden eine bessere Standfestigkeit zu bekommen; eine etwas abgewandelte Form von den Spikes, welche die Sprinter bei der Leichtathletik benutzten. Das war zwar verboten aus genau den Gründen, vor denen ich jetzt Angst hatte, aber ich wusste von vielen Spielern, dass sie es ebenfalls taten. Es ging ja schließlich nicht darum, jemand damit zu verletzen, aber auszuschließen war das natürlich nie. Ich selbst hatte heute zum Beispiel Schuhe mit Noppenstollen an, da der Rasen hier eher stumpf war. Das war allerdings nur die halbe Wahrheit, denn bei einem Spiel wie diesem, wo extra ein Schiedsrichter aus dem Nachbarkreis angesetzt wurde, musste man damit rechnen, dass er sich beim Betreten des Rasens die Fußballschuhe etwas genauer anguckte, so wie es die Regeln forderten. So war es auch gewesen. Jeder musste ihm seine Schuhe zeigen.

Glücklicherweise schlitzte mir Braunfelds Spielführer bei dieser Aktion nicht die Wade auf. Bevor ich mit dem Torwart zusammenprallte, schoss dieser den Ball kraftvoll und mit letztem Einsatz über meinen Kopf hinweg, konnte mir aber nicht mehr ausweichen und im Fallen stürzte er über mich. Beide blieben wir verletzt und von Schmerzen erfüllt liegen. Ich war der festen Überzeugung, dass der Schiri auf den Punkt zeigen würde und fragte mich, ob es das wert war, solchen Schmerz zu erleiden für einen blöden Elfmeter. Langsam rappelten wir uns hoch und hielten uns die verletzten Stellen. Außer uns war niemand im Umkreis von dreißig Metern. Er hatte tatsächlich weiterspielen lassen. Unglaublich. Dachte er wirklich, dass ich so ein Foul simulieren konnte? Ich war doch nicht Schauspieler bei der DEFA und spielte irgendeinen Indianer in einem dieser minderbemittelten Winnetou-Filme, der bei einem Angriff auf das Fort der Cowboys mit einer Ladung Schrot vom Pferd geschossen wurde.

Immer noch ungläubig und viel zu müde, um gegen seine erneute Fehlentscheidung zu protestieren, erhob ich mich und schaute zu unserem Strafraum. Anscheinend gab es einen Freistoß für Braunfeld und ich wunderte mich darüber, dass wir keine Mauer stellten. Ich konnte das Unheil förmlich kommen sehen.

"Stellt 'ne Mauer, Mann!", brüllte ich hysterisch über den ganzen Platz, aber es war zu spät, der Ball zappelte bereits im Netz. Bernd hatte keine Abwehrmöglichkeit gehabt.

Was nun passierte, verstand ich überhaupt nicht. Alle, einschließlich unserer Betreuer stürmten wutentbrannt zum Schiedsrichter und bedrängten ihn und seinen Assistenten. Es gab, wie schon im Hinspiel, unschöne Szenen, diesmal waren wir aber die Übeltäter. Ich stand wacklig auf meinen Füßen und verstand überhaupt nichts mehr. Vorsichtig humpelte ich vom Platz, auf dem linken Bein hüpfend.

In diesem Chaos ging meine Verletzung völlig unter. Ich musste mir die Eisflasche, nachdem ich unsere Bank erreicht hatte, selber heraus nehmen und sprühte mir aus einiger Entfernung auf die schmerzende rechte Wade. Es war eine Sache von Sekunden, bis die besprühte Stelle vereiste. Augenblicklich linderte es meinen Schmerz.

Die Tumulte auf dem Rasen klangen allmählich wieder ab. Das Spiel wurde mit einem Anstoß unserer Mannschaft fortgesetzt. Ich konnte beim besten Willen nicht mehr weiterspielen, und da wir schon zweimal gewechselt hatten, mussten wir in den letzten Minuten mit einem Mann weniger auskommen.

Das Tor war in der 88. Minute gefallen. Das bedeutete, dass uns nicht mehr viel Zeit blieb, um das Ergebnis noch zu korrigieren. Wir drängten Braunfeld in deren Hälfte und erarbeiteten uns sogar noch einige gute Chancen, aber am Sieg der Gastgeber gab es nichts mehr zu ändern.

Nach exakt 93 Minuten pfiff der Schiedsrichter ab und beeilte sich, an meinen aufgebrachten Mannschaftskameraden vorbei in seine Kabine zu gelangen. Auf seinem fluchtartigen Abgang dorthin stellte sich ihm unser Trainer in den Weg. Es entwickelte sich sofort ein Handgemenge, in welches sich augenblicklich eine unüberschaubare Anzahl an Personen beteiligte, und einen Moment sah es so aus, als würde die Situation eskalieren. Es dauerte eine Weile, bis die herbeigerufenen Ordner die Sache wieder unter Kontrolle hatten und sich die Menschenmenge wieder auflöste.

Meine Wade war inzwischen bläulich angelaufen und ich konnte mit dem Fuß nur unter großen Schmerzen auftreten. Frank half mir und stützte mich, so dass ich wenigstens zu den anderen in die Kabine gelangen konnte. Dort war die Stimmung auf dem absoluten Tiefpunkt angekommen. Alle saßen mit versteinerten Mienen da oder starrten vor sich ins Leere.

Plötzlich hörten wir draußen im Gang das Klirren von Glas und irgendjemand brüllte: "Das werden wir uns nicht bieten lassen. So was gibt es ja wohl nicht. Das wird eine Anzeige geben wegen Rowdytum, jawohl."

Abends erfuhr ich, dass Andy beim Betreten des Kabinentraktes die Eingangstür mit voller Wucht zugeschlagen hatte. Dabei war eine der beiden Glasscheiben kaputtgegangen, die oben in der Tür als Verzierung eingelassen waren. Es war mit Sicherheit keine Absicht seinerseits gewesen, auch wenn das der Platzwart etwas anders sah.

Nachdem wir geduscht hatten, verließen wir den Ort unserer Niederlage mit gesenkten Häuptern und unter dem Spott der verbliebenen Zuschauer. Kurz vor unserem Lkw, den wir wie bei jedem Auswärtsspiel von unserer örtlichen Armee geborgt bekommen hatten, da unser Trainer dort als Sportoffizier arbeitete, mussten wir an einigen Braunfelder Spielern vorbei, die uns hämisch auslachten.

"Tut das Beinchen etwa weh?", rief mir mein widerlicher Gegenspieler zu, "ach, das tut mir aber leid."

"Du kannst was in die Fresse haben, du dämlicher Wichser, mal gucken wie leid dir das dann tut", antwortete ich und humpelte hasserfüllt in seine Richtung. Frank und Tommy hielten mich zurück und zerrten mich zu unserem Lkw.

"Da habe ich aber Angst, auweia", machte er sich über mich lustig.

"Pass bloß auf, du Arsch!", brüllte ich zurück, bevor ich von den anderen in den W 50 geschoben wurde.

Wenig später fuhren wir ab. Unser Trainer überredete uns dazu, zum Volksfest auf den "Platz der Freundschaft" zu fahren, um ein Bier auszugeben, welches wir uns seiner Meinung nach trotz des 0:1 redlich verdient hatten.

Endlich erfuhr ich nun, was sich nach dem Foulspiel an mir ereignet hatte. Dem Schiedsrichter war bei der Aktion die Sicht versperrt gewesen, so dass er nicht sehen konnte, ob ich wirklich gefoult worden war oder eine Schwalbe provozieren wollte. Das hatte er bei dem Disput nach Spielschluss zugegeben. Er guckte daher zum besser platzierten Linienrichter, der sich auf Ballhöhe befand, aber der hob seine Fahne nicht und aus diesem Grund ließ er das Spiel weiterlaufen. Da der Torhüter den Ball sehr weit in unsere Hälfte beförderte, entging ihm, dass wir beide uns bei dem Zusammenprall verletzt hatten und liegengeblieben waren. Der Ball landete etwa dreißig Meter vor unserem Tor und wurde von einem Spieler von Braunfeld gestoppt. Er machte eine kurze Drehung nach links und wollte gerade abspielen. Bei der Ballabgabe rannte Ronny in sein Abspiel und bekam den Ball an die Hand, worauf der Schiri seinen Arm hob und einen indirekten Freistoß anzeigte. Bis zum Tor waren es mindestens 25 Meter. Da der 10-er alleine zur Ausführung antrabte, machte unsere Verteidigung keine Mauer, sondern nahm die sich am Strafraum aufbauenden Spieler in Manndeckung. Alle warteten auf eine Flanke in den Strafraum, aber stattdessen schoss er direkt aufs Tor, vorbei an Freund und Feind. Niemand reagierte auf den Schuss, weder Bernd noch sonst jemand, denn bei einem indirekten Freistoß durfte natürlich nicht direkt geschossen werden. Der Ball landete durchaus haltbar im Tor und zur allgemeinen Überraschung zeigte der Schiedsrichter zum Anstoßpunkt. Den anschließenden hitzigen Diskussionen war also ein irreguläres Tor vorausgegangen.

Soweit, so gut, dachte ich mir, aber was konnten wir schon dagegen machen?

Unser Trainer und unser Vorsitzender der Abteilung Fußball, Herr Walter, hatten sofort nach Spielschluss schriftlich Protest gegen die Wertung des Ergebnisses eingelegt und wollten versuchen, in der kommenden Woche beim DFV- Kreisverband die Durchführung einer außerordentlichen Sitzung herbeizuführen, aber so recht glauben konnten wir nicht daran, da es sich hier um eine Tatsachenentscheidung handelte, gegen die eigentlich kein Kraut gewachsen war. So wie es aussah, sollte uns dieses ungerechte Tor die Meisterschaft kosten.

Wie zu erwarten war, blieb es beim Molliner Volksfest nicht bei einem Bier. Wir waren alle schwer frustriert und die alkoholischen Getränke flossen daher in Strömen. Einige unser Zuschauer, die das Debakel miterlebt hatten, waren inzwischen eingetroffen und versuchten uns Trost zuzusprechen, was sie auch großzügig im Ausgeben von Bier und Schnaps demonstrierten, zur Gesundung der Seele, wie sie es ausdrückten.

Als es anfing zu dämmern und sich der Platz leerte, beschloss der Großteil von uns weiterzuziehen in die jährlich am 1. Mai stattfindende Disco im größten Saal unseres Ortes, wo normalerweise innerhalb der Woche die Kurse der Tanzschule stattfanden, aber auch die Jugendweihefeiern, der Vereinsball und ähnliches.

Allerdings wurden wir nun mit einem Problem konfrontiert, womit wir nicht gerechnet hatten. Das Problem war klein, rot oder weiß, echt oder unecht, mit einem grünen Stiel oder einem Drahtgeflecht mit grüner Ummantelung: eine sogenannte Mai-Nelke. Wir brauchten dringend neun Stück davon.

Unser Trainer erklärte uns, dass er schon seit 1973 in Mollin lebte und schon damals war es so, dass am 1. Mai zur Disco kein Eintritt verlangt wurde, sondern nur mit einer Mai-Nelke im Knopfloch der Eintritt gewährt wurde.

Jetzt, wo er davon erzählte, konnte ich mich daran erinnern, dass meine Mutter letzte Woche Sabine so ein Teil von Arbeit mitgebracht hatte, aber da hatte ich nicht gewusst, wofür sie es brauchen würde. Sie verkaufte in ihrem Sekretariat an der Universität diese Mai-Nelken an ihre Studenten für eine Mark. Das Geld wurde später gespendet für solidarische Zwecke. Ich glaube, das wurde organisiert von der Gewerkschaft oder war es die FDJ? Keine Ahnung, auf jeden Fall mussten wir schnell welche auftreiben.

Ich machte den Vorschlag, dass wir ja kurz bei mir vorbeigehen könnten, um meine Mutter zu fragen, ob sie noch einige davon zu Hause hatte, aber da es für uns einen großen Umweg dargestellt hätte, lehnten sie dankend ab.

"Ich hab 'ne bessere Idee", sagte Stefan geheimnisvoll, "und da müssen wir auch keinen Umweg machen."

"Lass mal hören, du Schlaumeier!", zog ihn Rene auf.

"Nein, verraten wird nichts, das werdet ihr dann schon sehen", antwortete er. "Los geht's!"

Als wir ankamen, verriet er uns endlich seinen Plan. Er war zwar weniger spektakulär, als wir zunächst angenommen hatten, aber er war nicht schlecht. Er meinte, dass er das schon einmal gemacht hatte und war sich vollkommen sicher, dass nichts schief gehen konnte.

Die Toiletten waren letztens umgebaut worden und befanden sich nun hinter dem großen Saal in einem Extra-Gebäude. Dort gab es draußen keine Lampen und bisher auch keine Gitter an den Fenstern. Er hatte einfach vor, hineinzuklettern und dann drinnen von allen Leuten, die er kannte, deren Nelken einzusammeln und uns rauszubringen. Wir sollten auf ihn warten und er rechnete damit, dass es nicht länger als zehn Minuten dauern würde.

Als die verabredete Zeit um und nichts von Stefan zu sehen war, gingen wir in die Offensive und versuchten Leuten, die herauskamen, ihre Nelken abzuschwatzen, leider ohne Erfolg. Plötzlich öffnete sich die Tür erneut und zwei kräftige Typen von der Ordnungsgruppe erschienen. Sie hatten jemand im Schwitzkasten und waren gerade dabei, ihn vor die Tür zu setzen. Ich guckte genau hin und erkannte, wer es war: Stefan. Aber ich erkannte noch jemand: Olaf, ein Bekannter meiner Schwester, der eine Zeit lang bei uns ein- und ausgegangen war. Er erkannte mich ebenfalls und nachdem er Stefan losgelassen hatte, begrüßte er mich freundlich wie immer, wenn wir uns trafen.

"Schön dich zu sehen, Niko. Ich habe gehört vom Spiel. Mann, was für eine Scheiße."

"Ja, ist dumm gelaufen", meinte ich.

Der Rest kümmerte sich um Stefan, dessen Arm wehtat. Wahrscheinlich hatten sie ihm diesen eben umgedreht.

"Ich habe dich drin noch gar nicht gesehen", sagte er schließlich, "wann bist du denn gekommen?"

"Ich war noch nicht drin", antwortete ich und deutete rüber, "wir haben keine Mai-Nelken."

Jetzt dämmerte es ihm. "Also gehört der Spezi zu euch", grinste er mich an.

"Kann man so sagen."

"Wie viele seid ihr denn?"

"Neun."

"Alle vom Fußball?", fragte er interessiert.

"Ja, alle", gab ich zurück.

"Dann will ich mal ein Auge zudrücken", sagte er gutmütig, und wir durften auch ohne das erforderliche Utensil eintreten. Er geleitete uns sofort zur Bar und gab uns allen, also auch Stefan einen aus.

"Wenn ihr beim nächsten Mal hier rein wollt, fragt am Einlass einfach nach Olaf, dann klapp das schon irgendwie und euer Kumpel muss nicht mit 3,5 im Turm durch das Klofenster klettern. Der hat sich dabei nämlich fast das Genick gebrochen." Nach einer kurzen Pause, in der er Stefan von oben bis unten musterte, fügte er hinzu: "Das mit seinem Arm waren nicht wir, ich vermute, dass es passiert ist, als er sich vom Fensterbrett herunterlassen wollte. Dabei muss er wohl das Gleichgewicht verloren haben, würde ich mal schätzen. Wie dem auch sei, einen schönen Abend noch und Kopf hoch. Noch ist die Saison nicht zu Ende."

Olaf hatte mir einmal erzählt, dass er sich nicht im Entferntesten für Fußball interessierte, außer vielleicht für Welt- und Europameisterschaften, aber da waren ja unsere Fußballer nie dabei.

Nachdem Olaf gegangen war, um sich wieder seiner Arbeit zu widmen, setzten wir uns an einen freien Tisch in der Nähe der Bar. Von dort konnte man hervorragend die Tanzenden beobachten und was viel wichtiger war, die Kellnerin musste jedes Mal, auf ihrem Weg mit dem Tablett voller Bier, zuerst an unserem Tisch vorbei. Das hatte für uns den Vorteil, immer die ersten zu sein, die etwas bestellen konnten und wir machten davon nur allzu gern Gebrauch.

Obwohl wir schon mehr als genug intus hatten, orderten wir eine Trommel Bier nach der anderen. Es passten genau zwölf kleine Biere auf das metallene Tablett, das einer durchgeschnittenen Radkappe ähnelte, auf die man von oben herabschaute.

Da es nie lange dauerte, bis wir die Gläser leerten, stellte uns Silvia, so hieß unsere Kellnerin, gleich die ganze Trommel hin und wenn wir unsere Gläser ausgetrunken hatten, tauschte sie diese gegen zwölf neue aus. Das ging so zügig, dass ich den eigentlichen Wechsel nicht immer mitbekam und überrascht war, vor mir ein neues Bier vorzufinden.

Ich war von dieser mysteriösen Arbeitsweise fasziniert und teilte es Rene mit, der rechts neben mir Platz genommen hatte, aber er guckte mich nur verständnislos an. Seinen glasigen Augen konnte ich nicht ablesen, ob er anderer Meinung oder einfach nicht mehr fähig war, meinen minutenlangen Ausführungen zu folgen. Vermutlich war beides der Fall, denn während ich auf ihn einredete, sank sein Kopf wie in Zeitlupe auf die Tischplatte und blieb dort, vergraben zwischen seinen Händen, liegen.

Daraufhin wendete ich mich meinem linken Tischnachbarn zu. Dort hatte sich gerade eben Tommy hingesetzt. Um ihn nicht mit derselben Geschichte zu langweilen, mit der ich schon Rene in den Schlaf gewiegt hatte, begann ich ein philosophisches Selbstgespräch über die Herkunft des Wortes *Trommel.*

"Woher stammt dieser Begriff, he? Also wenn du mich fragst, dann würde ich sagen, dass er folgendermaßen entstanden ist", begann ich bedächtig, um Tommy für meine Gedanken zu diesem Thema zu interessieren, "Pass auf!"

"Was?"

"Hörst du mir zu, oder was?", blaffte ich ihn an.

"Klar doch", antwortete er erschrocken.

"Also, warum denkst du, heißt die Trommel Trommel, he?"

"Was meinst du?"

"Na hier, das da." Ich hob das kreisrunde Tablett mit den wiederum vollen Gläsern in die Höhe. Es war viel schwerer als ich angenommen hatte und beim vorsichtigen Versuch, es wieder abzusetzen, hatte ich zu viel Schwung. Bei einigen Gläsern schwappte das Bier über, so dass nicht nur die Tischdecke sondern auch meine Hände nur so voll Bier trieften.

"Ich weiß, dass du das da meinst", zeigte er auf die Trommel.

Ich trocknete mir die Hände an meiner Hose ab und folgte mit den Augen der Richtung, in die er zeigte, aber verstand nicht, was er wollte.

"Ich meine, ich weiß was du meinst, aber was meinst du?", betonte er jetzt beide Satzteile unterschiedlich, und ich begriff nun endlich.

"Pass auf!", fing ich erneut an, "das ist ja bekannt, dass die in einer Werkstatt des Öfteren mal einen trinken. Also im Prinzip trinken die ja in jeder Werkstatt, aber in einer Autowerkstatt noch mehr als woanders."

"Wer erzählt denn so einen Quatsch?", mischte sich mein Trainer ein.

"Das weiß man doch", entgegnete ich, keine Widerrede duldend. "Auf jeden Fall müsst ihr euch vorstellen, wie die da sitzen."

"Wer sitzt wo?", fiel mir nun Tommy ins Wort.

"Die Typen von der Autowerkstatt, natürlich", ereiferte ich mich und bedeutete ihm mit einer Handbewegung, den Mund zu halten. "Die sitzen also am Freitag seit ein Uhr Mittags zusammen. Der Kasten Bier ist alle und es ist nichts mehr zu trinken da, die nächste Kaufhalle ist mindestens fünf Kilometer entfernt, Auto fahren kann keiner mehr, aber alle sind noch durstig. Da kommt der Stift auf die Idee..."

"So ein Quatsch", redete mein Trainer dazwischen, "ich habe noch nie erlebt, dass beim obligatorischen Besäufnis am Freitagnachmittag zu wenig Suff da gewesen wäre. Schließlich habe ich einige Zeit als Mechaniker gearbeitet. Irgendeiner hatte immer noch Reserven in seinem Spind."

"Da kommt der Stift auf die Idee", fuhr ich unbeirrt fort, "man könnte ja schnell zur Kneipe um die Ecke gehen und von dort einen Kasten holen. Sein Kollege wendet allerdings ein, weil er die Kneipe nämlich kennt, dass es da kein Flaschenbier gibt.

"Das gibt es doch gar nicht", meldete sich Tommy, der jetzt hellwach zu sein schien. "Alle Kneipen, die ich kenne, verkaufen Bier aus der Flasche."

"Diese aber nicht", beharrte ich. "Was glaubt ihr, machen die?"

"Vielleicht geht einer von denen in die Gaststätte und holt für alle eine Trommel Bier?", antwortete Tommy zaghaft, der mit Abstand am nüchternsten von uns dreien war.

"Na ja, das ist schon ganz gut, aber woher haben die denn die Trommel? Die gab es ja noch nicht", hakte ich nach.

Mein Trainer und Tom guckten sich ratlos an und zuckten gleichzeitig mit den Schultern.

Triumphierend gab ich ihnen meine Theorie zum Besten. "Ich glaube, es könnte so gewesen sein, dass jemand auf die Idee gekommen ist, ein Behältnis zu suchen, welches folgende Eigenschaften besaß: fest, handlich, stabil und geeignet zum Tragen von Getränken über eine größere Entfernung. Dafür war es erforderlich, dass dieses Behältnis beziehungsweise Tablett einen hohen Rand besaß, vergleichbar einem Geländer oder ähnlichem. Solch ein Tablett gab es leider nicht, bis dahin. Also suchten die in ihrer Werkstatt nach einem geeigneten Etwas und fanden... Wisst ihr es?"

"Nein, keine Ahnung. Mach es nicht so spannend", lautete die einhellige Antwort.

"Ihr wisst es immer noch nicht?", erkundigte ich mich nochmals, "na gut, dann werde ich es euch sagen. Einer von denen sah in einer dunklen Ecke eine alte Radkappe liegen. In dem Moment wusste er, dass er eine große Entdeckung gemacht hatte. Er ließ es sich nicht nehmen, selber das Bier für seine Kollegen zu besorgen, genau zwölf kleine Gläser brachte er zurück, und obwohl er die weite Strecke über den unebenen Bürgersteig laufen musste, waren alle Gläser in Ordnung und nicht eins kaputtgegangen. Genauso ist es gewesen", beendete ich stolz meine Hypothese.

"Das ist doch der totale Schwachsinn, Mann", sagte mein Trainer und machte eine abwertende Handbewegung.

"Deine Idee ist nicht schlecht, aber ich habe definitiv eine bessere", mischte sich Frank ein, der uns anscheinend die ganze Zeit von der gegenüberliegenden Seite zugehört hatte.

"Lass mal hören!", ermunterte ich ihn.

"Für mich gibt es nur einen Grund, warum diese Dinger im Volksmund *Trommeln* genannt werden." Wie immer, wenn er betrunken war, machte er eine seiner üblichen Kunstpausen, in denen er darauf wartete, dass ihm jemand ein Stichwort gab, mit dem er den angefangenen Satz fortführen konnte.

"Und, weiter", lieferte ich ihm die Möglichkeit dazu.

"Ihr habt doch bestimmt schon mal eine Waschmaschine von innen gesehen, oder?" Mit seinen kaum noch sichtbaren, vom Alkohol und Qualm zugeschwollenen Augen guckte er uns an.

"Ja, sicherlich hat das jeder schon mal, aber was zum Teufel hat das damit zu tun?", fragte ich wenig begeistert.

"Du fragst allen Ernstes, was das damit zu tun hat? Mann, Niko, überleg doch mal ein bisschen!", sagte er mit diesem typischen Oberlehrerton, der mich immer sofort an meinen ungeliebten Mathelehrer erinnerte. "Wenn du die Waschmaschine aufmachst, was siehst du dann?"

"Das kann ich nicht genau sagen", stammelte ich.

"Warum nicht?"

"Ich meine, dass kommt immer drauf an."

"Du erzählst einen Mist", schüttelte er den Kopf, "worauf soll das ankommen bei einer Scheißwaschmaschine?"

"Es gibt doch mindestens tausend verschiedene Waschmaschinen", schrie ich ihn an. Augenblicklich waren alle Blicke auf uns gerichtet. Ich mäßigte meine Lautstärke, um nicht noch mehr aufzufallen.

"Wir zum Beispiel haben so eine, da muss man den Deckel von oben aufmachen", redete ich leise weiter.

"Meine Tante hat auch so ein Ding", rief Rene dazwischen, der anscheinend wieder unter den Lebenden weilte. "Ich glaube, die heißen Toplader oder so ähnlich."

"Da hörst du es", fühlte ich mich bestätigt.

"Ich weiß doch selber, dass es unterschiedliche Arten gibt, aber darum geht es doch überhaupt nicht."

"Hab ich es doch gewusst", fiel ich ihm ins Wort.

Frank war jetzt ziemlich angesäuert, versuchte aber trotzdem einen neuen Anlauf, uns seine Theorie zu erklären.

"Egal in welche beschissene Waschmaschine ihr guckt", begann er mit fester Stimme, die seinen Worten Nachdruck verleihen sollte, "drinnen ist jede gleich. Ihr macht also den Deckel auf, vielleicht von oben oder auch von vorne, wer weiß, vielleicht sogar von der Seite, aber immer seht ihr zuerst die *Trommel*. Sie ist nicht zu übersehen, weil es das Teil ist, wo man die Wäsche rein steckt. Ohne sie funktioniert es nämlich nicht", triumphierte er mit einer zur Schau gestellten Überheblichkeit.

"Echt super, Frank", verhöhnte ich ihn, indem ich aufstand und ihm Beifall klatschte.

Sofort standen wir wieder im Blickpunkt und ich setzte mich wieder auf meinen Stuhl.

"Deiner Meinung nach hat also irgendjemand, nachdem er seine blöde dreckige Wäsche bei Muttern in die Maschine gesteckt hat, den Einfall gehabt, daraus ein Tablett für eine Kneipe zu machen? Das ist ja noch viel bescheuerter als meine Idee."

"Bist du völlig besoffen?", ereiferte er sich. "Ich sage ja nicht, dass derjenige unsere *Trommel* gebaut hat. Wenn man beide Trommeln vergleicht, stellt man allerdings zwei

Dinge fest: Erstens sind beide aus demselben Material und zweitens haben sie dieselbe Form. Ich denke, dass es beide bereits gegeben hat, nur unsere hieß zu diesem Zeitpunkt noch ganz normal Tablett. Der Typ geht also am Abend mit ein paar Freunden in seine Stammkneipe. Sie bestellen eine Runde Bier und als der Kellner mit dem Bier kommt, brüllt der Typ total hysterisch: "He, das sieht ja aus wie eine Trommel!" Seit dem Abend heißt das Ding bei ihm und seinen Freunden nur noch so und wie das mit der Mundpropaganda funktioniert, brauch ich ja wohl nicht zu erklären, oder?"

Nachdem er fertig war, redeten alle wild drauflos und man konnte nichts verstehen, solch ein Durcheinander herrschte. Schließlich ergriff unser Trainer das Wort, der sich aus der bisherigen Diskussion herausgehalten hatte und nur ab und zu heftig mit dem Kopf geschüttelt hatte.

"Alles was ich euch jetzt erzählen werde, muss unter uns bleiben", begann er geheimnisvoll, "Ist das klar?"

"Logisch, Trainer", antworteten wir im Chor, wie wir es gewöhnt waren, wenn er in der Kabine das Wort ergriff.

"Ich will euer Ehrenwort darauf", flüsterte er kaum hörbar.

Wir mussten schwören, dass wir nichts von dem, was hier ab jetzt gesprochen wurde, weitersagen werden.

"Rückt etwas näher zusammen", forderte er uns auf", und dann hört mal ganz genau zu! Eigentlich habe ich versprechen müssen, niemandem von dem zu erzählen, was ich euch nun anvertrauen werde, aber ich weiß, dass ich mich auf euch hundertprozentig verlassen kann und deshalb werde ich eine Ausnahme machen."

Wir saßen auf engstem Raum beieinander, steckten erwartungsvoll die Köpfe zusammen und lauschten angespannt seinen Worten.

"Wisst ihr überhaupt, woher der Begriff *Trommel* in diesem Zusammenhang herkommt? Nachdem er uns, einem nach dem anderen, angeguckt hatte, beantwortete er seine Frage selber: "Natürlich nicht. Deswegen kann man euch ja auch keinen Vorwurf machen, woher auch. Was glaubt ihr, in wie vielen Ländern der Welt nennen die Leute diese Dinger so?"

"Ich würde denken, fast überall", antwortete Frank zuerst und zog sich damit augenblicklich den Unmut unseres Trainers zu.

"So ein Quatsch", entgegnete er unwirsch. "Schätzt doch einfach mal!"

"Vielleicht in zwanzig Staaten?", sagte Rene zaghaft.

"Das hört sich auf jeden Fall schon ein wenig besser an als überall, oder? Niko, was ist mit dir? Hast du eine Idee?"

"Ich habe keine Ahnung. Ehrlich nicht", grübelte ich, "ich könnte mir vorstellen, daß eventuell nur regional dieser Begriff verwendet wird, zum Beispiel nur in Europa oder so ähnlich."

"Na also, jetzt kommen wir der Sache doch schon näher. Denkst du das ebenfalls, Tommy?", wendete er sich ihm zu.

"Wäre durchaus möglich, ich meine, wer weiß das schon genau?"

"Tommy, wie viele Länder?", bohrte er weiter.

"Wenn ich mich festlegen muss, dann sage ich ...", er zermarterte sich seinen Schädel und zog seine Stirn so in Falten, dass er aussah wie Tom, nachdem er wieder einmal etwas von Jerry auf den Deckel bekommen hatte, "... fünfzehn."

"Es gibt nur zwei, ganze zwei", verblüffte er uns mit seiner Antwort, " in der Sowjetunion und in der DDR, in allen anderen Ländern, egal wo, sind es normale Tabletts. Das hat einen ganz einfachen Hintergrund, denn in der SU wird immer bei jeder Gelegenheit Wodka gesoffen, aber nicht wie bei uns aus Schnapsgläsern, sondern aus Gläsern, die von der Größe vergleichbar sind mit unseren Biergläsern, und in der DDR wird weltweit im Pro-Kopfverbrauch das meiste Bier konsumiert. Das ist statistisch erwiesen, da kommen nicht einmal die Tschechen ran."

Für einen Moment war er sprachlos und hatte anscheinend aufgrund seines ziemlich hohen Alkoholpegels den Faden verloren.

"Das erklärt aber noch lange nicht den Namen", gestikulierte Tommy wild mit dem Zeigefinger, so als versuche er, ein Orchester zu dirigieren.

"Bis hierher war alles verhältnismäßig nachvollziehbar, aber warum nennt man es hier denn nun Trommel?", fragte ich unruhig und neugierig zugleich.

"Gut, Leute, es ist folgendermaßen. Der Begriff stammt ursprünglich von den Russen ab. Dieses Land ist riesig; guckt euch mal einen Globus an und ihr wisst, was ich meine und überall gibt es die Armee, in jedem Kaff mit drei Häusern gibt es einen Stützpunkt der Armee und was denkt ihr kann man dort anstellen? Nichts, rein gar nichts."

"Nichts außer saufen", lallte Rene, prostete uns zu und trank sein Bier auf Ex.

"So sieht's aus, nichts außer saufen", bestätigte der Trainer uns. "Bei den Russen herrschen andere Bedingungen bei der Armee als bei der NVA, versteht ihr das? Für die Neuen ist es dort der blanke Horror, sie müssen sich den Alten anpassen. Das erste Jahr werden sie wirklich von ihren Kameraden erniedrigt. In manchen Gebieten ist weit und breit keine Ortschaft, und die Neuen sind monatelang auf sich gestellt, eingeschneit im Ural oder auf Kamtschatka. Dort vertreiben sich dann alle die Zeit und Langeweile mit irgendwelchen Späßen, die meistens auf Kosten der "Frischlinge" gemacht werden. Einer davon ist das von diesen Leuten als Mutprobe erdachte Russisch- Roulette. Schon mal gehört?"

"Klar, das kennt doch jeder", sagte ich und erklärte es den anderen. "Mehrere Personen sitzen an einem Tisch, auf dem eine Pistole liegt. Diese hat nur eine Patrone drin und nacheinander halten die sich die Knarre an den eigenen Kopf und drücken ab. Wer zuerst aussteigt hat verloren."

"Entweder das, oder ... Bumm", machte Frank und deutete einen Kopfschuss bei sich an.

"Es kam schon mal vor, dass sich wirklich jemand seinen Kopf weggepustet hat mit einem dieser Trommelrevolver, wie die auch genannt werden", sagte unser Trainer.

"Daher kommt also der Begriff?", fragte Frank.

"Im Prinzip ja", lautete seine Antwort, "aber ihr dürft nicht vergessen, wie und wann das entstanden ist. Zwischen dem ersten und dem zweiten Weltkrieg wurden die ersten Trommelrevolver hergestellt, die man aber nicht im Entferntesten mit denen von heute vergleichen kann. Die Dinger waren nicht nur viel schwerer als jetzt, sondern auch erheblich größer, mindestens dreimal so groß. Wie bei denen üblich, waren die Revolver fast gänzlich aus einem Stück, nur die Trommel nicht, weil die ja beweglich mit dem Lauf verbunden sein musste. Bei einem dieser aufgrund des reichlich fließenden Wodkas schnell in Aggressivität umgeschlagenen Saufgelage wurde einer der neuen Soldaten gegen seinen Willen dazu verpflichtet, bei einem dieser grausamen Spiele mitzumachen. Es war im Jahr 1931, mitten im sibirischen Winter. Die Kaserne befand sich ungefähr zehn Kilometer entfernt von der nächsten kleinen Ortschaft und es herrschten Temperaturen von minus 20 Grad oder mehr. Einer der Offiziere kam auf die Idee, dass es sicher ziemlich lustig wäre, den Neuen beim Russisch- Roulette mitspielen zu lassen, um ihm eine Lektion zu erteilen, die er seiner Meinung nach bitter nötig hatte. Völlig verängstigt und zitternd saß er mit am Tisch und weigerte sich, an diesem lebensmüden Spiel teilzunehmen. Zu diesem Zeitpunkt waren bereits alle anwesenden Offiziere und höheren Dienstgrade betrunken und der Vorrat an weiteren alkoholischen Getränken ging zur Neige, was einen der Anwesenden veranlasste, darüber nachzudenken, wo man noch etwas zu trinken herkriegen könnte. Er schlug letztlich vor, den Neuen vor die Wahl zu stellen, den Trommelrevolver in die Hand zu nehmen oder ihn in den Ort zu schicken, um einige Flaschen Wodka zu holen. Er selber entschied sich dafür, lieber bei dieser eisigen Kälte und einem schrecklichen Schneetreiben zu Fuß in den Ort zu laufen. Wahrscheinlich sah er das in diesem Moment als einzige Möglichkeit an, weiterer Drangsalierungen aus dem Weg zu gehen, aber er traf die falsche Entscheidung und bezahlte das mit seinem Leben. Er erfror, bevor er die Ortschaft erreichte. Später machte sich der Offizier, welcher ihn vor die Wahl gestellt hatte, über ihn lustig und bei einer Verhandlung vor dem Militärgericht antwortete er auf die Frage, ob es ihm leid täte, dass der junge Mann gestorben sei: "Er hätte ja auch die *Trommel* nehmen können" und dabei lachte er hämisch.

Irgendein Witzbold in dieser Kompanie erkannte schließlich die Ähnlichkeit, die ein kreisrundes Tablett mit der Trommel eines dementsprechenden Revolvers hatte. Eines Abends in der Kneipe des Ortes, es war sehr spät und eigentlich hätten beide längst wieder in die Kaserne zurückkehren müssen, wozu sie allerdings überhaupt kein Verlangen verspürten, sagte er in Anspielung auf den traurigen Fall zu seinem Freund: "Lass uns lieber die Trommel da nehmen!" und zeigte auf ein Tablett, dass auf dem Tresen stand. Seit diesem Tag heißt es *Trommel.*"

Damit endeten fürs erste seine Ausführungen zu diesem Thema. Ich musste neidlos anerkennen, dass diese Theorie so ziemlich der größte Mist war, den ich seit langer Zeit gehört hatte und unsere zurechtgesponnenen Hypothesen weit in den Schatten stellten. Bis heute hatte ich ihn immer für einen halbwegs intelligenten Mann gehalten, dem ich eine solche Phantasie nicht annähernd zugetraut hätte. Vielleicht war ja auch der Alkohol schuld daran, dass er sich hier von einer anderen Seite zeigte. Nach übermäßigem Genuss desselben reagierte ja so mancher etwas komisch, aber insgeheim stellte ich mir doch die Frage, ob er nicht möglicherweise Recht hatte oder zumindest ein Quäntchen Wahrheit darin verborgen war.

"Glaubst du mir etwa nicht?", fragte er mich gereizt.

"Doch schon", entgegnete ich hastig.

"Worüber grübelst du dann nach? Ich sehe doch, dass du über irgendetwas nachdenkst."

"Also ehrlich gesagt verstehe ich den Zusammenhang nicht so ganz. Ich meine, sie haben gesagt, dass dieser Begriff nur in der DDR und der SU benutzt wird. Stimmt doch, oder?"

"Genau so ist es."

"Sehen sie, genau das begreife ich nicht", sagte ich zögerlich und fuhr fort: "Sie sagten, dass sich dies im Jahr 1931 in Russland ereignet hat, aber wie kam diese Sprachschöpfung danach zu uns und warum nur zu uns?"

Ich war mir sicher, ihn nun endgültig aus der Reserve zu locken und malte mir aus, wie er sich langsam im Dickicht seiner eigenen Fallstricke verfangen würde, aber diesen Gefallen tat er mir nicht. Stattdessen übernahm er sofort wieder die Initiative.

"Wusste ich es doch, dass du mir nicht glaubst, Niko. Eigentlich habe ich gedacht, dass ihr auf den Rest selber kommt, aber dem ist anscheinend nicht so. Also", räusperte er sich, "dann hört mal genau zu! Wir machen jetzt mal ein wenig Geschichtsunterricht. Als der 2. Weltkrieg vorbei war, wurde unser Land, beziehungsweise die Reste davon, unter den Alliierten aufgeteilt. Der Osten fiel in die

Hände der Russen oder der sowjetischen Behörden, wie auch immer. Auf jeden Fall wurden wir hier ab diesem Moment der wichtigste Stützpunkt von denen außerhalb ihres Landes und deshalb kamen in den folgenden Jahren zehntausende Soldaten, um hier ihren Wehrdienst zu leisten. Aufgrund der besonderen Situation bildeten sich Freundschaften heraus zwischen unseren Leuten und den Russen oder Ukrainern oder wo auch immer die herkamen. Von staatlicher Seite versuchte man natürlich das zu fördern, um Streitereien zu vermeiden, und aus diesem Grund wurde die Gesellschaft für Deutsch- Sowjetische Freundschaft gegründet. Die DSF organisierte gemeinsame Veranstaltungen zum Kennenlernen. Zum Beispiel machte man zusammen Sportwettkämpfe oder feierte das russische Neujahrsfest und solche Sachen. Dabei wurde bestimmt nicht wenig getrunken und irgendwann verständigte man sich über dieses und jenes und so wechselte der Begriff in unseren Wortschatz über."

"Das mag sich ja alles so abgespielt haben, aber für mich erklärt das noch lange nicht, warum die Tschechen oder Polen, selbst die Ungarn diesen Begriff nicht kennen. Dort sind doch ebenso wie bei uns viele sowjetische Militärstützpunkte."

"Das kannst du überhaupt nicht miteinander vergleichen", brauste er auf und zog zum wiederholten Mal die Aufmerksamkeit der umliegenden Tische auf uns, "hier hat sich aufgrund der viel größeren Präsens deren Armee eine Situation ergeben, die sich zum Beispiel nicht auf Ungarn übertragen hat. Dort ist das Verhältnis zu den sowjetischen Streitkräften viel distanzierter, eher schon kühl, versteht ihr?"

Ich verstand zwar nicht, hatte allerdings auch keine Lust, diese Diskussion fortzuführen und nickte als Antwort nur mit dem Kopf.

"Jetzt haben wir uns ganzschön die Köpfe heißgeredet, was?", sagte er und erblickte die seit geraumer Zeit leere Trommel. "Wisst ihr was, ich bestelle eine Neue und dazu gebe ich einen Schnaps aus. Einverstanden?"

"Jawoll", ertönte es aus allen Mündern.

Es dauerte nicht lange und seine Bestellung für unseren Tisch kam an. Er hatte sie direkt an der Bar gemacht, als er von der Toilette zurückkehrte.

Ich traute meinen Augen kaum, als die Kellnerin die beiden Trommeln fast gleichzeitig absetzte. Er hatte nicht etwa ein normales Schnapsglas für jeden bringen lassen, sondern zwei Trommeln mit gleichgroßen Gläsern; je zwölf Stück, auf der einen Seite das Bier und auf der anderen Wodka. Alleine bei dem Gedanken daran wurde mir übel.

Feierlich erhob er sich von seinem Stuhl, guckte uns mit seinen glasigen Augen an, nahm erstaunlich würdevoll für seinen Zustand das Glas mit dem Wodka in die rechte Hand und forderte uns auf, ebenfalls aufzustehen und es ihm gleichzutun.

Widerspruchslos, und ich für meinen Teil willenlos, folgten wir seinem Beispiel.

"Jungs, ich sage euch jetzt mal etwas: "Ich bin stolz auf euch. Das könnt ihr mir glauben". Vor Rührung kamen ihm fast die Tränen und er musste einmal kurz schniefen, um die Tränen herunterzuwürgen. "Ich bin stolz, mit welcher Moral ihr heute diese Ungerechtigkeit ertragen habt und ich verspreche euch, dass wir alles versuchen werden, dagegen anzugehen. Lasst uns das Glas erheben zu einem Trinkspruch: Meine Herren Offiziere- es könnte einer sein- Hopp, hopp- Rinn in Kopp. Prost."

Mit einem einzigen Zug trank er sein Glas leer, Sto-gramm auf Ex. Es war widerlich. Alles in mir sträubte sich dagegen, mein Glas zum Mund zu führen, aber ich hatte keine andere Wahl, denn schließlich wollte ich nicht als Feigling vor den anderen dastehen. Synchron mit Rene, Tommy, Frank und Stefan, der sich gerade erst wieder an unserem Tisch niedergelassen hatte, kippten wir den Wodka, ohne abzusetzen herunter. In meinem Mund lief langsam der Speichel zusammen, und ich hatte Mühe, mich nicht zu übergeben. Um den ekligen Geschmack zu neutralisieren, trank ich schnell ein Bier hinterher, was die Angelegenheit auch nicht gerade verbesserte. Mit einem Mal wurde mir schwindelig und ich beschloss, lieber vorsichtshalber die Toiletten aufzusuchen. Sicher war sicher.

Nachdem ich mir das Gesicht nass gemacht hatte, ging es mir etwas besser, aber es war nicht zu leugnen, dass ich schwer betrunken war. Ich konnte meine Umgebung nur noch schemenhaft wahrnehmen und stolperte auf dem Weg zurück an meinen Tisch in die Arme von Dieter, den ich aus der Schule kannte. Er war ein Jahr älter als ich und im vergangenen Sommer mit der Schule fertig geworden. Danach hatte er eine Lehre zum Bauzeichner angefangen. Seitdem sahen wir uns leider nur noch selten. Umso größer war die Freude, als wir uns begegneten.

Ich setzte mich an seinen Tisch, und wir plauderten über alte Zeiten. Er war mit seiner Freundin Anja da, die mit ihm in dieselbe Klasse gegangen war. Außerdem saßen noch deren Freundin Irene, Tobias, Karl, den ich von Tobias' Fete kannte und Lutze mit am Tisch, am entgegengesetzten Ende des Saales.

Kurz nach Mitternacht kündigte der Diskjockey an, dass spätestens um 0.30 Uhr Schluss sei, weil sich nach dem Vereinsball im Dezember die Anwohner über den Krach beschwert und der Gemeinderat daraufhin beschlossen hatte, keine Veranstaltungen mehr zu dulden, die erst nach Mitternacht enden.

Zusammen mit etlichen anderen Leuten, machte ich mich auf den Heimweg.

Wir waren schätzungsweise zu zehnt, aber aufgrund meines Alkoholspiegels, der jenseits von Gut und Böse war, hatte ich arge Orientierungsschwierigkeiten, welche von der frischen Luft und der damit einsetzenden Frischluftzufuhr verheerende

Formen annahm.

Die gesamte Straße ausnutzend, torkelte ich in einer Reihe mit Irene und Lutz hinter den anderen her. Unser Abstand betrug nur wenige Meter und durch die ständigen Aufforderungen von Irene, nicht den Anschluss zu verlieren und uns doch bitte etwas zu beeilen, konnten wir tatsächlich Schritt halten. Wahrscheinlich hatte sie Angst, dass wir von ihrer Freundin getrennt werden könnten, da sie den weitesten Heimweg hatte.

Anscheinend wollte sie heute bei Anja schlafen, war sich aber nicht sicher, ob sie alleine den Weg zu ihr wiederfinden würde, den sie vorhin zum ersten Mal gegangen war. Deshalb trieb sie uns unerbittlich an.

Außer Irene, die aus dem drei Kilometer entfernten Bassow stammte, wohnten wir alle in Mollin und daher konnten wir auch einige Querstraßen zusammengehen, bis wir an die Karl-Marx/ Ecke Georgi - Dimitroff kamen. An dieser Kreuzung hielten wir an, um uns zu verabschieden, aber so richtig Lust hatte niemand dazu. Anja und Irene mussten nach links in die Georgi - Dimitroff, die geradewegs in den Molliner Ortsteil "Wiesengrund" führte. Auf dieser Straße war das noch ein schönes Stück Weg. Es gab zwar eine kürzere Verbindung, aber die beiden trauten sich nicht, den Weg zu nehmen, da es stockfinster war und die Abkürzung zwischenzeitlich mitten durch ein kleines Wäldchen führte. Außerdem musste man kurz bevor das Waldstück begann einige Straßen durch feindliches Gebiet, denn an dieser Stelle gehörten die Häuser bereits zu Braunfeld. Genau dieser Umstand brachte uns auf die Idee, die Mädchen, sozusagen als Begleitschutz, nach Hause zu bringen. Wessen Einfall das war, konnte ich nicht mehr sagen, aber es wäre besser gewesen, wenn wir uns an der Kreuzung getrennt hätten und jeder seines Weges gegangen wäre.

Nachdem wir uns wieder in Bewegung gesetzt hatten, blieb ich am Ende des Pulks zurück, um zu pinkeln und hatte danach Mühe, den Rückstand aufzuholen. Wenigstens Irene hatte auf mich gewartet.

"Geht's dir jetzt besser?", empfing sie mich.

"Das kannst du laut sagen", antwortete ich.

"Wir müssen uns beeilen, wenn wir die Bande einholen wollen. Kriegst du das hin?"

"Also ich weiß nicht", sagte ich, "zu Höchstleistungen bin ich nicht mehr fähig. Soviel ist mal sicher."

"Du kannst dich ja bei mir einhaken. Vielleicht geht es ja dann", meinte sie und ging sofort zur Tat über.

Arm in Arm stolperten wir den Trampelpfad am Feld entlang und nach anstrengenden Minuten konnten wir in der Nähe die aufgeregte Stimme von Anja hören, die sich mit irgendjemand zu streiten schien. Als wir näher kamen, sahen wir sie und Dieter im

Dunklen neben einer Laterne stehen.

"Was ist denn passiert?", wollte Irene wissen.

"Karl, dieser Vollidiot...", war alles, was Anja hervorbrachte.

"Sie haben vor, auf dem Friedensplatz etwas Unordnung zu machen, als Rache für das Spiel", erklärte uns Dieter, "na ja und Anja will nicht, dass ich da mitmache."

"Echt? Das muss ich sehen", rief ich aufgeregt und rannte augenblicklich los Richtung Park. Ich war völlig aus dem Häuschen, ohne es erklären zu können.

Dieter hielt nun nichts mehr bei seiner Freundin, lief ebenfalls los und holte mich nach einigen Schritten ein.

"Bleibt hier! Spinnt ihr jetzt total oder was!", brüllte uns Anja hinterher, aber wir reagierten nicht darauf.

Der Friedensplatz befand sich nur zwei Straßen weiter in einer kleinen Parkanlage mit mehreren Sitzbänken, welche kreisförmig um einen Hügel errichtet wurden, der von allen Seiten mit Blumen bepflanzt war.

In der Mitte stand eine Bronzestatue, die einen arbeitenden Menschen zeigte, der eine Teddymütze auf dem Kopf trug und dessen Gesicht zerfurcht war. Ob die zerklüfteten Gesichtszüge von der schweren Arbeit mit dem Presslufthammer herrührten oder sein Leben für die Arbeit und den Aufbau des Sozialismus symbolisieren sollten, war nicht genau zu identifizieren und wahrscheinlich vom Künstler auch genauso beabsichtigt. Die eingravierte Inschrift lautete: UNSERE ARBEIT ZUM WOHLE DES SOZIALISMUS STÄRKT DEN FRIEDEN IN DER WELT

Zu beiden Seiten der Statue stand je ein Fahnenmast, an denen immer zu den staatlichen Feiertagen die DDR-Fahne und das rote Banner der Arbeiterklasse aufgehängt wurden.

Der Platz selbst war fast quadratisch. Zum Hügel in der Mitte führten diagonal vier Betonwege, die an den Seiten begrenzt wurden durch Sträucher und kleinere Bäume wie Birken und Obstbäume. Der Rasen dazwischen durfte nicht betreten werden und war meistens fein säuberlich gemäht. Im Frühling blühten dort immer viele Krokusse, und im Sommer war alles übersät mit Gänseblümchen. Eigentlich war es ein schöner Ort zum Ausruhen und Verweilen, wovon auch reichlich Gebrauch gemacht wurde von den Braunfelder Bürgern. In den warmen Monaten trafen sich dort hauptsächlich die Jugendlichen des Ortes. Nun begann es mir zu dämmern, was Karl vorhatte.

Als wir am Platz eintrafen, waren fast alle Straßenlaternen rings um den Platz erloschen. Tobias kam uns entgegen und erklärte uns mit stolzgeschwellter Brust wie einfach es doch sei, die Lampen auszutreten.

"Ist ein totales Kinderspiel, wirklich. Ihr müsst nur einmal mit voller Wucht unten gegen treten, und schon geht das Licht aus!", sprach er fröhlich und demonstrierte es sofort an der ersten Lampe, die seinen Weg kreuzte. Er hatte nicht zuviel versprochen, denn mit einem Mal, ganz langsam, ging das Licht aus, so als ob man einen Dimmer betätigte. "Probiert es auch mal! Da drüben, die Lampen müssen noch aus", forderte er uns auf und wir ließen uns nicht zweimal bitten. Sofort stürmten wir hin und taten unser Bestes, um es den anderen gleichzutun.

Es dauerte nicht lange, und alle Beleuchtungen innerhalb des Platzes waren aus, genauso wie die außerhalb. Da es bewölkt war und der Mond nur spärlich schien, konnte man jetzt kaum mehr seine Hand vor Augen erkennen.

"Wir haben etwa zwei Minuten, dann gehen die Lampen wieder an und sobald das passiert, gibt es nur noch eins, weg hier. Klaro, Leute?" Karl zeigte mit der Hand in Richtung Friedensstraße, die in das Waldstück mündete, welches wir auf dem Weg nach "Wiesengrund" durchqueren mussten.

Wie in einem Rauschzustand, nicht mehr Herr der eigenen Sinne, fielen wir jeweils zu zweit über die Sitzbänke her, rissen sie mit ungeheurer Wucht aus den Verankerungen und stürzten sie um. Dann versuchten wir mit harten Tritten, die Latten der Holzbänke zu zerbrechen, aber das erwies sich als schwieriger als zuerst angenommen, da sie ziemlich stabil gebaut waren. Ich gab nach wenigen Tritten auf, weil ich Angst hatte mir dabei die Schuhe kaputtzumachen. Außerdem wollte ich nicht das Risiko eingehen, mir eventuell den Fuß zu verstauchen.

Ich drehte mich um und sah wie zwei unserer Leute zum Hügel gingen. Es war zu dunkel, um genau sehen zu können, wer es war, aber ich folgte ihnen.

Einer machte sich an der DDR-Fahne auf der linken Seite zu schaffen und versuchte, sie runterzureißen, was ihm allerdings nicht gelang und der andere, ich glaubte Tobias erkennen zu können, rüttelte an der Bronzestatue herum, die sich aber kein bisschen bewegen ließ.

"Niko, hilf mir mal!", sagte Karl und ohne zu überlegen, begann ich ebenfalls an der Fahne zu zerren. Schließlich kam noch Tobias hinzu und mit vereinten Kräften gelang es uns, die riesige DDR-Fahne herunterzureißen. Der Stoff hatte letztlich seinen Kampf gegen uns verloren, sauste mit einem zischenden Getöse herab und begrub uns unter sich.

Das Geräusch dabei erinnerte mich an eine Stelle im Film, den ich vor nicht allzu langer Zeit gesehen hatte. Dort war eine Frau unter der Dusche getötet worden und mit den sie verlassenden Kräften versuchte sie, sich am Vorhang hochzuziehen. Dieser gab aber unter dem Druck ihres Körpergewichtes nach und die verkrampfte Hand riss wie in Zeitlupe langsam den Vorhang runter, immer einen Haken nach dem anderen.

Genau dasselbe Geräusch, dachte ich, während ich wie im Trance zur anderen

Fahne ging, an der sich bereits alle außer Dieter versammelt hatten. Er trat noch immer mit seinen schweren Stiefeln, die ihm ein Kumpel von der Armee organisiert hatte, gegen die Sitzfläche der Bank.

Wir zogen mit all unserer verbliebenen Kraft an der Fahne, aber der Stoff hielt sich tapfer und gab einfach nicht nach. Stattdessen begann sich der Fahnenmast zu biegen und genau in dem Augenblick, wo wir es erneut probierten, raste Dieter heran, nahm einen großen Anlauf, sprang mit einem Satz nach oben und umfasste dabei die Fahne. Dadurch, dass wir die Fahne bis zum Bersten gespannt hatten, reichte dieser ungeheure Druck aus, um den Fahnenmast wie ein Streichholz durchzubrechen und mit einem mächtigen Krachen brach der Mast entzwei und sauste auf Dieter nieder, der regelrecht von ihm begraben wurde. Zum Glück verletzte er sich nicht dabei, da der Fahnenstoff den Fall abschwächte.

Im selben Moment gingen einige der Lampen außerhalb des Parks wieder an und der Platz wurde dadurch etwas beleuchtet. Es war nur noch eine Frage der Zeit, wann die anderen Lampen sich ebenfalls wieder einschalteten.

"Los, nichts wie weg, bevor hier alles hell erleuchtet ist und wir wie auf dem Präsentierteller dastehen!", rief Lutz und deutete in Richtung des Parkausgangs rechts des Hügels. Dort war es noch dunkel, denn auf dieser Seite hatten wir die Straßenlaternen zuletzt ausgetreten. Uns blieben daher noch einige Sekunden länger, bis sie neu aufleuchteten.

Plötzlich rannten alle los. Dieter rappelte sich nur mühsam auf. Ich half ihm dabei, den Fahnenmast hochzuheben, damit er sich befreien konnte. Als wir endlich den Platz verließen und in die Friedensstraße einbogen, begannen bereits wieder die ersten Lampen im Park zu brennen. Ich drehte mich ein letztes Mal um und sah im Lichtschein das verheerende Bild unserer Verwüstungen, und ein Schauer lief mir den Rücken hinunter.

Die ganze Aktion hatte nicht länger als fünf Minuten gedauert, aber es kam mir vor wie Stunden.

Am Waldanfang warteten Anja und Irene auf uns. Sie waren total sauer und begannen auf uns einzureden, ob wir jetzt völlig den Verstand verloren hätten und so weiter. Bei mir trafen sie mit ihren Vorwürfen auf taube Ohren. Was hatte ich schon mit ihnen zu tun? Dieter allerdings tat mir etwas leid, denn schließlich war Anja seine Freundin, und deshalb musste er sich das ganze Gelaber anhören. Irene versuchte bei der Streiterei zu schlichten und hatte letzten Endes auch Erfolg damit. Sie war als einzige von allen nicht betrunken und ich vermutete, dass sie die Sinnlosigkeit erkannte, Dieter und uns anderen natürlich genauso die Tragweite von dem begreiflich zu machen, was wir eben veranstaltet hatten.

Im Wäldchen empfingen uns die anderen mit großem Hallo.

"Na, war das geil oder was?", klopfte mir Karl auf die Schulter und reichte mir eine Rotweinflasche, aus der ich einen kräftigen Schluck nahm. Den brauchte ich auch.

Alle redeten und gestikulierten wild durcheinander und prahlten vor den Mädchen mit ihren Taten. Dieter krümmte sich vor Lachen, als Tobias erzählte, wie er den Fahnenmast zerbrochen hatte und ohne sich zu bewegen, darunter liegengeblieben war.

"Ich dachte echt, dass du dir alle Knochen gebrochen hast."

"Ich doch nicht", gab er an.

"Ihr habt den Fahnenmast zerbrochen, an dem die DDR-Fahne hing", mischte sich nun aufgeregt Irene ein.

"Nein, den anderen", lachte Karl, "die DDR-Fahne haben wir schon davor runtergerissen."

"Das ist nicht euer Ernst, oder?", fragte sie.

"Logisch, was denkst du denn?", prustete er los. "Den haben wir es richtig gezeigt. Mann, die werden Augen machen."

"So bescheuert könnt ihr doch nicht wirklich gewesen sein", sagte Anja fassungslos.

"Wieso, was soll schon dabei sein?", fragte ich.

"Was dabei sein soll?", ereiferte sich nun Irene.

"Plustere dich mal nicht so auf!", herrschte Tobias sie an.

"Ihr kapiert es nicht, oder?", entfuhr es nun Anja, die sichtlich darum bemüht war, die Ruhe zu bewahren. "Dann werde ich es versuchen, euch zu erklären. Dass ihr im Park gewütet habt wie die Blöden ist schon schlimm genug gewesen, aber die Sache mit der Fahne war ein Riesenfehler."

"Quatsch mit Soße", rief Dieter dazwischen und lachte wirr.

"Ich bin noch nicht fertig", schrie sie und starrte ihn wutentbrannt an. "Ein paar Bänke kaputtmachen ist Rowdytum, ganz normales Rowdytum, wie es tagtäglich irgendwo passiert. Was ihr gemacht habt ist aber kein normales Rowdytum mehr, sondern politisch motiviertes Rowdytum. Was denkt ihr denn, werden die machen, wenn die herauskriegen, wer das gewesen ist? Seid ihr wirklich so naiv?", schluchzte sie.

"Warum erzählst du so eine Scheiße? Willst du uns Angst machen, oder was ist los?", regte sich Tobias auf.

"Genau, woher willst du das überhaupt wissen?", brüllte ich sie an.

Anja brach daraufhin in Tränen aus und Dieter nahm sie in seine Arme und schob sie einige Meter von uns weg. Freundlich redete er auf sie ein und versuchte, sie zu beruhigen. Eine Zeitlang sagte keiner mehr etwas, und es herrschte eine ungeheure Anspannung. Irene unterbrach als Erste das Schweigen.

"Ich glaube nicht, dass Anja uns Angst machen will. Wahrscheinlich hat sie Recht mit dem, was sie gesagt hat. Soweit ich weiß, arbeitet ihr Onkel beim Ministerium des Innern. Vielleicht weiß sie es daher."

Anja hatte sich wieder beruhigt und auf unser Bitten erzählte sie alles, was sie in den vergangenen Jahren bei Familienfeiern so von ihrem Onkel gehört hatte. Vieles hatte sie den Unterhaltungen der Erwachsenen entnommen, da er ihr gegenüber sehr wenig über seine Arbeit redete. Auf jeden Fall hatte er einmal davon berichtet, dass zwei Bauarbeiter nach einer Weihnachtsfeier in der Betriebskantine völlig besoffen waren und mit je einem Bierglas auf das obligatorische Bild von Erich Honecker geworfen hatten, welches danach mit einem lauten Knall von der Wand auf den Boden gefallen war. Es dauerte keine fünf Minuten, und die Volkspolizei war erschienen und hatte beide verhaftet. Nach diesem Vorfall wurde beiden gekündigt und der Prozess gemacht wegen Zerstörung öffentlichen Eigentums, Herabwürdigung von irgendwas und staatsfeindlicher Aktivität usw. Was genau aus ihnen geworden war, wusste ihr Onkel angeblich nicht, aber das Drumherum ließ wahrlich nichts Gutes erahnen.

"Um jemandem den Prozess zu machen, müssten die doch erstmal genau wissen, wer daran beteiligt war", philosophierte schlaftrunken Ronny, der zum ersten Mal seit längerem wieder etwas zum Besten gab.

"Da ist definitiv etwas dran", pflichtete ich ihm bei.

"Ich meine, wir sind...", er zählte mit dem Finger jeden Einzelnen durch, „... acht Mann, äh, ich meine natürlich wir sind zu acht."

Anja und Irene kicherten los und bedankten sich mit einem angedeuteten Knicks dafür, dass er sich selbst verbessert hatte und lockerten damit die Spannung etwas auf.

"Wenn wir alle zusammenhalten und niemandem etwas von alledem sagen, dann werden die Bullen nie erfahren, wer die Fahnen runtergerissen hat. Habe ich nicht Recht?", fragte Ronny.

"Ja, so sieht es nämlich aus", entgegnete Lutz euphorisch.

"Und was ist, wenn uns irgendjemand gesehen hat?", jammerte ich los, "so duster war es schließlich auch wieder nicht, und leise waren wir auch nicht gerade."

"Wer soll uns denn gesehen haben?", antwortete Karl. "Erstens sind da viele Wochenendgrundstücke, die im Moment noch unbewohnt sind. Die anderen Leute gehen doch alle mit dem Testbild im Fernsehen zu Bett. Selbst wenn tatsächlich noch irgendein Idiot wachgewesen sein sollte und gehört hat, dass draußen etwas los ist, es war viel zu dunkel, klar."

"Du weißt doch selber, dass einige Lampen wieder angegangen sind, als wir auf dem

Hügel standen", protestierte ich mit meiner angeborenen Skepsis.

"Jetzt hör schon auf zu spinnen, Niko! Du fängst ja an wie Dieters Freundin", regte sich Tobias auf.

"Hey, jetzt lass mal Anja aus dem Spiel!", mischte sich nun Dieter ein und drohte ihm mit der Faust.

"Schluss jetzt mit der Streiterei", sprach Karl ein Machtwort. "Eins ist sicher, Leute, wenn wir uns nicht einig sind, haben wir keine Chance und können gleich zu den Bullen gehen und uns stellen. Es hat auch keinen Sinn, sich verrückt zu machen, weil uns eventuell, vielleicht oder möglicherweise irgendjemand gesehen bzw. erkannt haben könnte. Gehen wir einfach davon aus, dass niemand uns gesehen hat, dann brauchen wir nur die Klappe halten, und alles wird gut. Also sind wir uns einig?"

"Lasst uns schwören, dass keiner von uns acht von dem, was heute Nacht passiert ist, etwas erzählt- zu niemandem", sprach ich aufgeregt.

"Kinderkacke", ereiferte sich Lutz.

"Nun mach schon, Lutz, du fängst an!", befahl Karl, der offensichtlich genug hatte von der Diskussion und die Sache zu Ende bringen wollte.

"Ach, das ist doch echt Scheiße", lamentierte er, fügte sich aber widerspenstig. Er winkelte den Arm rechtwinklig an und formte mit dem Mittel- und Zeigefinger ein V-Zeichen und murmelte dazu: "Ich schwöre."

Nach und nach kam jeder an die Reihe und wiederholte dieselben zwei Worte: "Ich schwöre."

Nachdem wir das hinter uns gebracht hatten, beschlossen wir, uns jetzt zu trennen, um nicht als Gruppe gesehen zu werden. Dieter brachte Anja und Irene nach Hause, da es den Mädchen alleine unheimlich war, aber wir anderen gingen im Abstand von einigen Minuten jeweils solo los. Karl schärfte uns ein, sehr vorsichtig zu sein, keinen Krach zu machen und jeden Kontakt mit anderen Personen zu vermeiden.

"Wenn ihr ein Auto kommen seht oder ein Motorrad, dann versteckt euch am besten hinter einem Baum, notfalls hinter einer Hecke oder was da gerade steht. Auf jeden Fall müsst ihr vermeiden, dass ihr gesehen werdet! Also dann", verabschiedete er sich als Erster.

Wir hatten gelost. Ich hatte das zweitkürzeste Streichholz gezogen und war somit als Vorletzter dran.

"Mach's gut, Tobias. Bis Montag in der Schule", sagte ich zu ihm und verschwand einen kurzen Augenblick später in der Nacht. Ich war inzwischen todmüde und wählte daher den allerkürzesten Weg. Statt wie auf dem Hinweg am Feld entlang zu laufen, entschloss ich mich, querfeldein über das Feld zu rennen. Ich rannte so schnell mich meine Füße tragen wollten und kam dabei einige Male zu Fall, stürzte, rappelte mich auf, rannte erneut los, stürzte wieder. Das ging bestimmt vier- oder fünfmal so weiter, bis ich endlich die Straße auf der anderen Seite erreichte. Dort klopfte ich mir den Dreck von meinen Klamotten und wischte mit Gras den Staub von den Schuhen.

Als ich die Böschung nach oben zur Straße gehen wollte, hörte ich plötzlich Stimmen. Sie konnten nicht weit entfernt sein, da ich sehr deutlich verstehen konnte, worüber sie sich unterhielten. Mein Herz begann zu rasen und ich hielt die Luft an. Ich war völlig überrascht, hier um diese Zeit, es musste ungefähr 2.30 Uhr sein, Leuten zu begegnen, aber eins war mir klar, sie durften mich auf keinen Fall sehen.

Ich warf mich, wo ich gerade stand, zu Boden und presste meine ganzen 72 Kilo so flach wie nur möglich in das Unterholz, welches hier leider nur sehr spärlich gewachsen war. Stattdessen gab es Disteln und Dornen, die sich in mein Fleisch bohrten und unglaubliche Schmerzen verursachten. Am liebsten hätte ich laut losgebrüllt, aber ich biss die Zähne zusammen und hoffte darauf, dass sie mich nicht entdecken werden, noch dazu in dieser unwürdigen Lage. Ungeheure Angst stieg in mir auf, und ich begann am ganzen Körper zu zittern.

Anscheinend handelte es sich bei den sich Unterhaltenden um zwei Männer älteren Jahrgangs, die zu betrunken waren, um noch auf ihren Fahrrädern zu fahren und sich dazu entschlossen hatten, diese lieber zu schieben. Zu meinem Glück gab es an dieser Stelle der Straße keine Laterne. Ich lag etwa fünf Meter unterhalb der Fahrbahn im Dunkeln, so dass sie mich nicht sahen. Trotzdem dauerte es eine Ewigkeit, bis die beiden weit genug entfernt waren und ich es wagen konnte, mein Versteck zu verlassen.

Ich war fix und fertig, müde und ausgelaugt, durchgefroren, und mit kleinen Wunden von den Dornen übersät und wollte nur noch in mein Bett.

Wie ein Strauchdieb schlich ich mich nach Hause. Wenigstens hatte mich keiner gesehen.

Montagfrüh auf dem Schulweg fing mich Tobias ab, der ziemlich aufgeregt war.

"Niko, ich glaube wir sind am Arsch", waren seine Begrüßungsworte.

"Bist du völlig bescheuert?" antwortete ich kühl, "haben wir nicht abgesprochen, dass wir uns ganz normal benehmen wollen, so wie immer? Mann, ich fasse es nicht." Ich machte eine kleine Pause, um nachzudenken. "Wann im letzten Schuljahr sind wir gemeinsam zur Schule gegangen, na, wann war das? Weißt du es noch?"

"Keine Ahnung, was weiß ich denn."

"Ich weiß es genauso wenig. Genau das ist es, Tobias", entgegnete ich gereizt. "Du wohnst in der vollkommen entgegengesetzten Richtung. Wir gehen deshalb nie zusammen zum Unterricht, aber heute, genau einen Tag nachdem in Braunfeld der

"Friedensplatz" zerstört wurde und die Fahnen unseres Arbeiter- und Bauernstaates heruntergerissen wurden, kommen wir beide als die dicksten Kumpels zur Schule. Also ehrlich, für mich würde das sehr verdächtig aussehen. Was meinst du?"

"Darum geht es ja gerade. Ich habe meine Eltern gestern zu einem Sonntagnachmittagsspaziergang überredet. Ganz zufällig kamen wir auch am "Friedensplatz" vorbei..."

"Bist du noch zu retten", fiel ich ihm ins Wort.

"Lass mich doch ausreden!" winkte er ab, „...und was soll ich dir sagen: Es war alles wieder in Ordnung, und nicht nur das: Beide Fahnen wehten im Wind, an zwei nagelneuen, stabilen Fahnenmasten aus Metall, schöner als je zuvor."

"Nein."

"Und ob wohl."

"Das gibt es doch nicht", stellte ich geplättet fest.

"Wir waren etwa um 15 Uhr dort. Die Heinzelmännchen müssen ziemlich früh aufgestanden sein. Es waren keine Handwerker mehr da."

"Was zum Teufel kann das bedeuten?" grübelte ich.

"Ich hatte gehofft, dass du eine Idee hast. Ist es nun ein gutes Zeichen oder eher nicht? Was glaubst du?"

"Das kann alles oder nichts bedeuten. Jedenfalls macht mir das Angst und zwar gewaltig."

"Mir auch, Niko."

"Okay, Tobias, danke für die Vorwarnung, aber wir müssen uns jetzt so unauffällig verhalten wie möglich. Wir dürfen nicht öfter zusammen gesehen werden als sonst auch, weder außerhalb der Schule noch innerhalb. Verstanden?"

"Ja. Ich wollte dich nur warnen", entgegnete er etwas ruhiger. "Fahr du vor, ich fahre noch einmal ums Karree!"

"Gut, dann bis gleich", erwiderte ich und trat in die Pedale.

In der Schule gab es an diesem Morgen nur zwei Themen: zum einen unsere Niederlage vom Samstag und dann das Gerücht, dass Rowdys in der Nacht zum Sonntag in Braunfeld auf dem "Friedensplatz" gewütet hätten. Allerdings wusste niemand, außer Tobias und mir natürlich, etwas Genaues. Ich für meinen Teil beteiligte mich auch nicht an den wilden Spekulationen, die im Umlauf waren. Diese reichten von blankem Vandalismus bis hin zur Fortführung der jahrzehntelangen Feindschaft von Mollin und Braunfeld mit neuen Mitteln.

Auf den tatsächlichen Grund kam aber keiner. Anscheinend konnte sich niemand vorstellen, dass ein verlorenes Fußballspiel für jemand der Grund sein könnte, aus purer Rache den schönsten Platz im Ort des Gewinners zu verwüsten, und ich hoffte, dass es dabei bliebe. Schließlich war das die einzige Verbindung, die es zu entdecken gab. Ohne Motiv würden es die Ermittler jedenfalls nicht einfach haben, eine vernünftige Spur zu finden.

In der 3. Stunde hatten wir Musik bei Frau Pander. Heute spielte sie uns ihre Lieblings-Klassikplatte vor. Ich glaube, es war irgendeine Sinfonie von Brahms, vielleicht aber auch von dem, der "die Moldau" gemacht hatte. Zumindest hörte es sich sehr ähnlich an, aber ehrlich gesagt, interessierte es mich nicht im Geringsten, welchen Mist sie uns dort vordudelte. Der Unterricht bei ihr war in etwa das Langweiligste, was man sich vorstellen konnte und taugte nur dazu, Blödsinn zu machen, zu quatschen oder Hausaufgaben für die folgenden Fächer abzuschreiben. Ich war heute zu nichts davon aufgelegt und döste nur mit geschlossenen Augen vor mich hin.

"Hey", stieß mich Ralf in die Seite, " weißt du, was Markus vorhin erzählt hat?"

"Welcher Markus?" antwortete ich leise.

"Das ist dieser Typ mit den roten Haaren, der aussieht wie Pumuckl."

"Dieser Idiot aus der Neunten mit den Stoppelhaaren?"

"Genau den meine ich", flüsterte er zurück.

"Wo bitteschön, sieht der denn aus wie Pumuckl. Das Einzige, was die beiden gleich haben, ist die hässliche Haarfarbe, aber das war es dann auch schon."

"Ja, schon gut, dann sieht der ihm eben nicht ähnlich", sagte er beleidigt. "Auf jeden Fall ist er der Meinung..."

"Psstt", zischte uns Katrin an und verdrehte die Augen.

"...Markus ist der Ansicht", fuhr Ralf ganz leise fort, "dass Wildschweine im Park wilde Sau gespielt haben."

"Na, das dann aber im wahrsten Sinn des Wortes", unterbrach ich ihn und lachte in mich hinein.

"Stimmt", entgegnete er und lachte ebenfalls.

Erneut drehte sich Katrin um. "Könnt ihr nicht mal die Klappe halten? Ich möchte das hören", giftete sie uns an.

Frau Pander hatte die Unruhe bemerkt und kam langsam an unseren Tisch.

"Was ist denn los?" sagte sie leise.

"Nichts", gab ich zurück, "überhaupt nichts."

"Das freut mich aber", sprach sie in ihrer gewohnt schnippischen Art und entfernte sich wieder.

Nach einiger Zeit stieß mich Ralf in die Rippen.

"Blöde Ziege", deutete er auf Katrin und ich nickte stumm mit dem Kopf.

"Wie kommt der überhaupt darauf?" fragte ich ihn.

"Wer?"

"Wer?" fragte ich verdutzt zurück. "Wer wohl, der Weihnachtsmann natürlich."

"Äh", murmelte er und zog die Stirn in Falten.

"Mann, worüber haben wir uns denn unterhalten. Du bist vielleicht manchmal schwer von..."

"Ach so, das meinst du", fiel er mir ins Wort. "Seine Großeltern wohnen an diesem Wäldchen, ganz in der Nähe und die haben ihm erzählt, dass dort öfter Schwarzkittel auftauchen und in den Gärten die Komposthaufen umgraben, auf der Suche nach was Essbarem."

"Das mag schon sein, aber doch nicht zu dieser Jahreszeit. Im Winter vielleicht."

"Ich glaube das ja auch nicht", entgegnete er.

"Was glaubst du denn?" versuchte ich vorsichtig nachzuhaken, aber bevor er antworten konnte, war die Platte zu Ende, und wenige Sekunden später klingelte die Pausenglocke.

Zur nächsten Stunde erwartete uns der Staatsbürgerkunde-Unterricht von Herrn Schnitzler, unserem Direktor. Seinen Unterricht, der Woche für Woche einer Art Gehirnwäsche im Dienste des Sozialismus diente, konnte man nur überstehen, indem man zu Beginn der Stunde das Gehirn ausschaltete und sich ja nicht auf eine Diskussion mit ihm einließ. Wenn man diese Kriterien beherzigte, war mit ihm auszukommen.

Seit dieses Fach unterrichtet wurde, hatte ich immer eine Eins gehabt. Im Prinzip war es das *einzige* Fach, wo ich ohne Lernaufwand und lästige Hausaufgaben Eins stand, weil ich ihm immer genau das sagte, was er gerne hörte. Er war in etwa so berechenbar wie ein Schäferhund, der nur zwei Begriffe kannte: "Aus" und "Sitz". Solange man nur diese zwei Worte sagte, verstand er, worum es ging, aber wehe, man benutzte ein anderes Wort, dann verstand er nichts.

Als wir den Raum betraten, saß unser Direktor apathisch an seinem Tisch und kritzelte irgendetwas in sein Buch. Das war mehr als ungewöhnlich, denn normalerweise betrat er erst nach uns den Klassenraum. Dann mussten wir uns immer so schnell wie möglich erheben und ihn willkommen heißen. Das war ein regelrechtes Ritual, und ich konnte mich nicht daran erinnern, dass es jemals anders gewesen wäre. Zu unserer Überraschung saß auch Herr Ferner hinten in der letzten Bank und machte einen recht nervösen Eindruck.

"Setzt euch, bitte!" begrüßte uns Herr Schnitzler mit seiner festen, militärisch geschulten Stimme.

Nachdem wir uns gesetzt hatten, schritt er die Bankreihen ab, wobei er seine Arme vor dem Oberkörper verschränkt hielt und mit Argusaugen jeden Tisch, mit den daran sitzenden Schülern, musterte. An seiner stolzgeschwellten Brust glänzte das SED-Parteiabzeichen und verlieh seinem grauen Anzug wenigstens einen Hauch Farbe.

"Aufgrund des unglaublichen Vorfalls vom Wochenende, wo in unserer Nachbargemeinde von staatsfeindlichen Subjekten mit ungeheurer Dreistigkeit unser Staat beschmutzt und verunglimpft wurde, habe ich mich heute entschlossen in den Oberstufen darüber zu diskutieren, wie man mit solchen "Verrätern am Aufbau unseres sozialistischen Vaterlandes" umgehen sollte. Außerdem wurde mir berichtet, dass in der Schule viele Gerüchte unterschiedlichster Natur verbreitet worden sind, in denen von Wildschweinen und sonstigem Unfug die Rede ist. Bestrafen sollte man so viel Dummheit", redete er sich in Rage. "Wie dem auch sei. Ich habe euren Klassenlehrer, Herrn Ferner, gebeten, aus diesem aktuellen Anlass an unserem Unterricht teilzunehmen, da ich der Meinung bin, diese Problematik betrifft uns alle: jeden einzelnen hier in der Schule, in der Gemeinde, dem Kreis, dem Bezirk und überhaupt jeden Bürger unserer Deutschen Demokratischen Republik. Ich bin mir sicher, dass die Täter gefasst werden und ihre gerechte Strafe erhalten werden. Nun gut, zuerst werde ich euch darüber informieren, was sich in der Nacht zum 2. Mai in Braunfeld abgespielt hat und danach möchte ich eure Gedanken dazu erfahren."

In Feldwebelmanier postierte er sich vor der Tafel und hielt einen gut viertelstündigen Monolog. Wer auch immer ihn über die Umstände informiert hatte, musste sehr genau gewesen sein, denn er zählte exakt auf, wie viele Bänke umgestürzt wurden, wie viele Sträucher niedergetrampelt worden waren und so weiter. Am meisten entsetzt war er allerdings nicht von diesen Dingen oder der Tatsache, dass sich die Zerstörungen auf dem "Friedensplatz" ereignet hatten, sondern davon, dass mit äußerster, staatsverachtender, gegen den Sozialismus gerichteter Energie vorgegangen wurde. Ohne Umschweife machte er die ganze Angelegenheit damit zu einem Politikum, ganz so wie es Anja vorausgesagt hatte.

"... nicht nur die Ehre unseres Landes ist mit Dreck besudelt worden, sondern die Ehre eines jeden von uns. Wir werden mit vollster Härte gegen diese Verbrecher vorgehen, das verspreche ich euch." Damit beendete er seine hasserfüllte Rede und versuchte, seine Haltung zurückzugewinnen, was ihm offenbar nicht so leicht fiel.

Herr Ferner hatte das ebenfalls bemerkt und begann nun seinerseits, das Wort an uns zu richten. Wahrscheinlich wollte er unserem Direktor nur eine kleine Verschnaufpause verschaffen.

"Ihr seid jetzt also im Bilde. Bevor wir, oder besser gesagt ihr selber, die Diskussion eröffnet, möchte ich noch dringend an euch appellieren: Sollte jemand etwas darüber wissen oder gehört haben, auch wenn es noch so unwichtig erscheinen mag, meldet es den Genossen der Volkspolizei oder kommt notfalls zu mir und Herrn Schnitzler.

Jeder Hinweis kann von Bedeutung sein", sagte er und schnaubte sich kurz die Nase. "Ich würde vorschlagen, wir machen es so, dass Tanja als FDJ- Sekretärin den Part des Moderators übernimmt, damit nicht alle durcheinanderreden. In Ordnung?"

"Ja", antwortete ein einstimmiger Chor.

Die Unterrichtsstunde war bereits weit fortgeschritten und eine wirkliche Diskussion wollte nicht zustande kommen, so dass Tanja dazu übergegangen war, einzelne Mitschüler direkt aufzufordern, sich zu den Vorfällen zu äußern. Zuerst hatte sie Simone am Wickel, und wie nicht anders zu erwarten, plapperte diese alles nach, was Herr Schnitzler schon gesagt hatte. Karstens Beitrag im Anschluss daran war genauso langweilig. Tanja musste ihm fast jedes Wort aus der Nase ziehen. Schließlich fiel ihr Blick auf unsere Bank, und ich merkte deutlich, wie mir das Herz in die Hose rutschte, aber zu meinem Glück wollte sie mich nur darauf hinweisen, dass mein Kugelschreiber auf den Boden gefallen war. Vor lauter Nervosität hatte ich die ganze Zeit mit ihm rumgespielt und nicht gemerkt, dass er heruntergefallen war.

Ihr nächstes Opfer war Bruno, der nicht gerade unser Vorzeige- FDJler war, seit er genauso wie ich aus kirchlichen Gründen nicht an der Jugendweihe teilgenommen hatte und dessen Eltern ohnehin wenig am Hut hatten mit solchen Dingen. Ich könnte mir gut vorstellen, dass sein Vater, der beim Kohlenhandel beschäftigt war, bestimmt nicht zu den Leuten im Ort zählte, die fürchterlich entrüstet waren über eine blöde heruntergerissene Fahne, eher im Gegenteil. Nach dem, was Bruno über seinen Alten erzählte, vermutete ich, dass der sich ziemlich ins Fäustchen gelacht haben wird, als er davon erfuhr. Wahrscheinlich hat er nur Angst gehabt, dass sein Sohn etwas mit der Sache zu tun haben könnte.

"Ich weiß auch nicht, wer das gewesen sein könnte", stotterte er wie immer, wenn er nicht weiter wusste und zog sich dabei nervös am Ohrläppchen, während seine Augen auf der Federmappe ruhten. Wenn ich es nicht besser gewusst hätte, wäre er mir ziemlich verdächtig vorgekommen.

"Du musst doch eine Meinung dazu haben, Bruno Gerland", mischte sich unser Direktor entrüstet ein. "Denkst du, dass jemand mit Absicht den Park verwüstet hat oder was? Vielleicht ist ja auch aus purem Zufall jemand dort vorbeigegangen und hat sich gedacht: Oh wie schön das hier ist, das werde ich mal alles kaputt machen", sagte er zynisch.

"Ich könnte mir vorstellen, dass diese Sache nicht vorsätzlich geplant war", sprach er leise und wagte es nicht, Herrn Schnitzler dabei anzugucken. Stattdessen starrte er mit demütigem Blick auf den Tisch vor ihm.

"Wie kommst du darauf?" quetschte ihn Tanja aus.

"Es ist einfach so ein Gefühl. Ich denke, dass ein Betrunkener oder auch mehrere dafür verantwortlich sind. Jedes Jahr am 1. Mai finden Veranstaltungen statt, auf denen viele Leute sich betrinken..."

Zum Weitersprechen kam er nicht, da ihm Herr Schnitzler empört das Wort abschnitt.

"Wenn dem so wäre, wie Bruno sagt, dann hätten die Ermittler sicherlich Spuren über Spuren finden müssen, nicht wahr?" fragte Herr Schnitzler in den Raum, um wenig später die Antwort selbst zu geben. "Laut dem, worüber ich heute früh unterrichtet worden bin, gibt es aber fast keine solchen Spuren, was eindeutig darauf hinweist, dass es sich um eine durchorganisierte und geplante Provokation handelte und nicht um ein Werk von betrunkenen Randalierern."

Die Pausenklingel unterbrach ihn in seinem Redeschwall. Augenblicklich sprangen alle auf und begannen, ihre Sachen einzupacken.

"Nicht so schnell, ich bin noch nicht fertig", sprach er herablassend. "Zum nächsten Mal möchte ich von jedem einen mindestens dreiseitigen Aufsatz, in dem ihr schriftlich eure Gedanken zu dieser Angelegenheit äußern werdet. Ich will, dass ihr euch damit grundlegend auseinandersetzt und nicht einfach zur Tagesordnung übergeht, so als wäre nichts passiert. So, jetzt könnt ihr gehen."

Für heute hatten wir die Gehirnwäsche hinter uns, aber das mulmige Gefühl in der Magengegend sollte bei mir noch einige Wochen andauern.

Die folgenden Tage vergingen, ohne dass sich etwas Schlimmes ereignete. Allmählich keimte in mir die Hoffnung auf, nicht mehr von den Ereignissen dieser Nacht heimgesucht zu werden.

Über Tobias, mit dem ich mich manchmal während der Hofpausen unauffällig traf, erfuhr ich jeden Tag, ob sich bei den anderen irgendetwas getan hatte, was uns beunruhigen müsste, aber da war rein gar nichts. Er war meine einzige Verbindung zu den anderen an der Tat beteiligten Personen, was aber nicht das Schlechteste war, denn so war es nicht leicht, eine Verbindung zwischen uns herzustellen.

Am Sonntag war ich mal wieder mit Oma und Mutti in der Kirche gewesen. Nicht dass ich zur Beichte gegangen war, um dem Pfarrer meine Sünde zu beichten und ihn damit einzuweihen in mein kleines Geheimnis. Nein, deshalb nicht. Es war eher so, dass ich in einem Gebet den lieben Gott darum gebeten hatte, die Sache für uns gut ausgehen zu lassen. Irgendwie war es schon komisch, dass ich in solchen Situationen das Vertrauen hatte, dass dort oben jemand saß, der mir helfen wird. Wie kam ich nur darauf. Als ob er nichts Besseres zu tun hatte, als sich mit solchen Kinkerlitzchen zu befassen.

Trotzdem drehten sich in diesen Tagen meine Gedanken nur um dieses eine Thema, obwohl längst viel größere Probleme im Anmarsch waren.

10

Eigenartige Dinge geschehen

Ich musste eigentlich den Kopf frei haben, um mich auf meine schriftlichen Prüfungen vorzubereiten, die unweigerlich, ohne Rücksicht auf meine momentane Verfassung, näherrückten.

Kommenden Mittwoch war Deutsch an der Reihe, dem ich allerdings ganz entspannt entgegensehen konnte, weil ich sicher war, spätestens an diesem Wochenende die Prüfungsthemen zu erfahren. Sigmar hatte mir erzählt, dass er im vergangenen Jahr seine Deutschprüfung locker mit Eins gemacht hatte, da die Mutter eines Kumpels von ihm beim Kreisschulrat arbeitete und dort seit mindestens zehn Jahren in dem Auswahlgremium saß, welches für die Prüfungsthemen im Bereich Deutsch zuständig waren. Ungefähr eine Woche vor dem eigentlichen Termin brachte dessen Mutter immer die Unterlagen mit nach Hause und arbeitete daran noch einige Dinge aus. Ihr Sohn versorgte seit schätzungsweise vier Jahren seine Freunde mit dem Material, entweder gegen einen kleinen Obolus oder nur, um Kumpels einen Gefallen zu tun. Jedenfalls hatte mir Sigmar versprochen, Sonntag im Laufe des Tages vorbeizukommen und mir die Prüfungsblätter zu bringen. Er meinte, das wäre für ihn überhaupt keine Frage, mir zu helfen, wo er kann und ich solle lieber für die anderen Fächer lernen, denn dort konnte er mir leider nicht weiterhelfen.

Von den schriftlichen Prüfungen machte mir die in Mathematik sowieso die meisten Sorgen, da ich im gesamtem Schuljahr überhaupt nicht mehr mit dem Stoff klargekommen war, obwohl ich mich bemüht hatte, aber meine Faulheit in diesem Fach, die ich seit der achten Klasse an den Tag gelegt hatte, war in den letzten Wochen nicht mehr aufzuholen. Dafür fehlte mir schlichtweg zu viel Grundwissen. Mir war klar, daß ich trotz meiner zwischenzeitlichen Anstrengungen im ersten Halbjahr keine reale Chance hatte, eine Zwei zu bekommen und hoffte inständig, dass ich nach der schriftlichen Prüfung so oder so glatt stehen würde, damit ich Herrn Thiem keine Gelegenheit geben würde, mich in seiner mündlichen Prüfung fertig machen zu können. Diesen Triumph gönnte ich ihm nun wirklich nicht. Jedenfalls folgte Mathe bereits am Freitag, und das machte mir einiges Kopfzerbrechen, wie man sich vorstellen kann.

Gestern war in Berlin die "Friedensfahrt" mit dem Prolog eröffnet worden, und auf dem Weg zum ersten Etappenziel in Magdeburg sollten heute kurz nach 12 Uhr die Radrennfahrer auch Mollin durchqueren. Wie in jedem Jahr gab es in der Schule in der ersten Etage, gegenüber dem Lehrerzimmer, eine Wandzeitung, die täglich über den aktuellen Stand bei der "Friedensfahrt" informierte. Unsere Sportlehrerin hatte es, zusammen mit einigen Schülern aus der AG Radsport, übernommen, sich darum zu kümmern.

Auf dem heutigen Tagesabschnitt hatte sie auf der Karte unsere Gemeinde rot angestrichen und danebengeschrieben, dass der Direktor die Lehrer angewiesen hatte, nach der 4. Stunde den Unterricht zu beenden, damit alle sportbegeisterten Schüler pünktlich zum Durchfahren des Pulks an der Strecke sein konnten.

Diese Großzügigkeit hatte Tradition an unserer Schule und hatte ihren Ursprung mal wieder in der Rivalität mit Braunfeld. Als vor 30 Jahren, zu der Zeit eines Täve Schur, zum allerersten Mal die "Friedensfahrer" durch unsere beiden Orte fuhren, schließlich verlief die Landstraße sozusagen als Trennlinie zwischen Mollin und Braunfeld, hatte es in beiden Schulen große Diskussionen gegeben, ob man den Unterricht während der Durchfahrt ruhen lassen sollte oder nicht. Der Kreisschulrat hatte damals, als er von den Diskussionen Wind bekam, die Schuldirektoren aufgefordert, ganz normalen Unterricht durchzuführen, aber der Direktor unserer Schule, der gleichzeitig der Sportlehrer war, hielt sich nicht an den Beschluss und gab allen Schülern, Lehrern und Angestellten frei, damit sie an der Straße den Fahrern zuwinken konnten. Zur selben Zeit mussten die Schüler im Nachbarort die Schulbank drücken.

Viele im Ort machten daraus eine weitere Episode im Kampf der Gemeinden, aber wahrscheinlich war es einfach nur so, dass die landesweite Hysterie um Täve Schur vor unserem Direktor nicht halt gemacht hatte und er sich deshalb über die Weisung aus der Kreisstadt hinweggesetzt hatte. Das brachte ihm zwar einigen Ärger ein, aber eine neue Tradition war begründet worden, welche bis zum heutigen Tage anhielt.

Ich konnte mich nicht mehr genau erinnern, wann ich zuletzt bei der "Friedensfahrt" war, denn normalerweise zählte Radsport nicht unbedingt zu meinen favorisierten Sportarten. Im Prinzip hatte ich nie viel übrig für sportliche Aktivitäten ohne Ball, außer Leichtathletik natürlich, und was Radsport anbetraf, begriff ich seit jeher die Trennung zwischen Amateuren und Profis nicht richtig. Wo zum Teufel war denn dort ein Unterschied? Na ja, war ja auch schnuppe.

Diesmal ließ ich mich auf jeden Fall von Mike überreden, mit ihm hinzugehen. Er war schon immer ein kleiner Sadist gewesen und erklärte mir, dass es in diesem Jahr ein großes Spektakel geben würde und ich mir das nicht entgehen lassen dürfte. Das überzeugte mich und da ich ohnehin seit Tagen nur zu Hause abgehangen hatte, kam mir diese Abwechslung gerade recht, obwohl das Wetter nicht sehr einladend auf mich wirkte. Den ganzen Tag über war es nun schon diesig und nur eine Frage der Zeit, wann es beginnen würde zu regnen und ich hoffte inständig, dass wir wenigstens davon verschont bleiben würden, denn so viel Lust hatte ich nun auch wieder nicht und außerdem hatte ich nur einen dicken Pullover an, aber keine Jacke.

Mit seinem Moped braustern wir los Richtung Versicherung. Auf dem Weg dorthin mussten wir am Bahnhof vorbei, und wie immer waren die Schranken heruntergekurbelt. Ein Zug war weit und breit nicht zu sehen, aber die Schranken waren zu. Vielleicht war der Typ bloß wieder zu faul gewesen, die Schranke zwischen den beiden entgegengesetzten Regionalzügen hoch zu machen. Seltsamerweise war nämlich immer genau in diesen acht Minuten kein Durchkommen hier.

"Warum fahren wir nicht anders rum?" fragte ich Mike, nachdem er seine Karre ausgemacht hatte.

"Geht nicht, da ist die Straße schon gesperrt", antwortete er und schniefte dabei, "da fahren die zuerst lang."

"Dann lass uns doch dorthin fahren! Sonst verpassen wir die noch", sagte ich.

"Nein, an der Stelle ist es total öde", klärte er mich auf, "völlig langweilig, verstehst du? Ich kenne eine viel bessere Stelle."

"Inwiefern besser? Ist es denn nicht egal, wo man steht?" fragte ich ihn. "Schließlich sieht man sowieso nicht viel von den Fahrern. Die haben doch garantiert 40 Sachen drauf."

"Ja schon, aber nicht da, wo wir hinfahren", schmunzelte er. "Wir gucken uns die nämlich in der 90°- Kurve beim Ortseingang an, und wenn wir Glück haben und es regnet, wovon ich bei dem Wetter mal ausgehe, dann gibt es einen Heidenspaß."

"Nennst du das wirklich Glück, dass es gleich anfängt zu gießen?" starrte ich ihn entgeistert an. "Du verarschst mich doch hoffentlich bloß. Also ich habe keinen Bock darauf, echt nicht."

Endlich kam ein Güterzug und ratterte mit verhaltener Geschwindigkeit über die Schienen. Mit ihm kam der Regen; nur ganz leicht zuerst, aber er war da.

Mikes Maschine sprang schon beim ersten Versuch an, und darüber freute er sich diebisch, mit einem Grinsen, wie nur er es hatte.

"Am Wochenende war mein Bruder zu Besuch, und wir haben die ganze Zeit am Moped geschraubt", erklärte er stolz. "Mit Erfolg, oder?"

"Nicht schlecht, sprach der Specht und hämmerte im Sturzflug", gab ich meinen neuen Standardspruch zum Besten.

Die Schranke wurde geöffnet und gab die Straße endlich wieder frei. Mit lautem Aufheulen des Motors knatterten wir los, der Schlange von stinkenden Autos folgend.

An der nächsten Kreuzung verließen wir die Hauptstraße und bogen in den Sandweg ein, der eigentlich nur für Fußgänger und Fahrradfahrer angelegt worden war, aber genauso häufig von Mopeds befahren wurde, obwohl das eigentlich verboten war.

Etwa hundert Meter vor der 90°-Kurve, stiegen wir von unserem "Feuerstuhl". Mike schob ihn zur Seite und lehnte ihn an die Straßenlaterne.

"Der Ständer ist leider kaputt", deutete er nach unten.

"Du wolltest mir noch sagen, weshalb wir gerade hierher fahren mussten", stichelte ich.

"Okay, Niko, bleib kurz stehen!" sagte er fordernd und hielt ebenfalls inne, "was genau siehst du vor uns? Guck es dir ganz genau an!"

Ich blieb wie angewurzelt stehen und guckte voraus. Die Landstraße, auf der die Radfahrer jeden Moment auftauchen mussten, führte geradewegs in unseren Ort. Ungefähr zweihundert Meter vor der Kurve war das Ortseingangsschild, und an dieser Stelle endete der Teerbelag der Straße. Ab da an bestand die Straße aus Pflastersteinen; akkurat eingelassen im Straßenbett. Irgendwann einmal hatte die Straße geradeaus weitergeführt, aber vor etlichen Jahren, lange vor meiner Zeit, war ein kleiner Wall aufgeschüttet und die Hauptstraße mit einer 90°-Kurve nach rechts verlagert worden. Das wusste ich daher, weil Opa öfter alte Geschichten über damals erzählte und sich heute noch darüber ärgerte, dass man fortan mit dem Rad an dieser Stelle absteigen musste, wollte man nicht die längere neue Straße benutzen. Ich glaube, er hielt allgemein nicht sehr viel vom so genannten Fortschritt, und wenn etwas für ihn von Nachteil war, dann war seine Meinung unwiderruflich. Basta. Ansonsten fiel mir auf, dass im Halbkreis der Kurve massenhaft Zuschauer standen, aber nur dort. Auf den langen Geraden vor und hinter der Kurve stand niemand und das überraschte mich. Ich grübelte nach, warum das so war, konnte aber keinen triftigen Grund entdecken. Alles das sagte ich Mike und er stellte mit Genugtuung fest, dass ich ein sehr guter Beobachter war.

"Du hast keine Idee, warum die Leute gerade hier stehen und nicht da zum Beispiel", zeigte er mit der Hand auf einen schönen Platz hinter der Kurve.

"Ich glaube, jetzt weiß ich es", platzte ich heraus, "na klar, das ist es. An der Stelle müssen alle ein wenig langsamer fahren und dadurch kann man sie besser und länger sehen. Logisch."

"Logisch ist es zwar, aber leider vollkommen falsch", entgegnete er wieder grinsend.

"Es ist so: Den meisten Zuschauern hier ist es völlig egal, welche Fahrer am Start sind. Es interessiert sie nicht."

"Das ist doch Quatsch", widersprach ich, heftig mit dem Kopf schüttelnd.

"Das ist kein Quatsch, sondern Tatsache", sprach er ruhig. "Die Leute, die am Wegesrand stehen, auf gerader Strecke, am Start oder Ziel oder sonst wo, jene sind sportbegeistert. Wer hier in dieser Kurve zuguckt, ist nur aus einem Grund da und der heißt: Sensationsgier. Alle hoffen, dass es in dieser gefährlich engen Kurve zu einem Sturz kommt und sie dann hautnah dabei sind."

"Glaubst du das ehrlich?" fragte ich ihn. "Und du, aus welchem Grund bist du denn hier?"

"Also wenn du es wissen willst: Ich bin hier, weil ich hoffe, dass es zu einer Massenkarambolage mit etlichen Verletzten und tragischen Helden kommen wird, so wie jedes Jahr bei der "Tour de France", wenn die auf diesen höchsten Berg in den Alpen fahren und die gesamte Straße gesäumt ist von Menschen, durch die sich die Fahrer irgendwie einen Weg bahnen müssen. Das fetzt echt ein." Er machte eine kurze Pause. "Das Potential dafür ist jedenfalls vorhanden. Es gibt eine gepflasterte Straße, eine enge 90°-Kurve und mit etwas Glück Regen, der den Untergrund schmierig und glatt machen wird. Es sieht wirklich gut aus."

"Bist du als Kind eigentlich mal gegen einen Bus gelaufen oder etwas Vergleichbares?"

"Nein, ist mir nicht bekannt", lachte er mich aus.

"Lass uns lieber nach vorne gehen, am besten ganz nach vorne! Möglicherweise hast du ja Glück und einer der stürzenden Fahrer fährt dich über den Haufen und erlöst dich von deinem Elend", verarschte ich ihn.

"Die müssten ohnehin längst da sein."

Wir drängelten uns an Müttern mit ihren kleinen Kindern, Mitschülern, Bauarbeitern, Parteifunktionären mit Wimpelelementen und etlichen wildfremden Leuten vorbei und ergatterten einen hervorragenden Platz in der allerersten Reihe. Nun konnten sie kommen.

Das Wetter wollte nicht richtig mitspielen bei dieser hinterhältigen Gemeinheit und ließ nur zu, dass es ein kleines bisschen nieselte. Da die Fahrer auf sich warten ließen, reichten die wenigen Tropfen trotzdem aus, um die Pflastersteine rutschig werden zu lassen und das steigerte natürlich bei Mike die Erwartungshaltung.

Meine Haare begannen, sich durch die Feuchtigkeit zu kräuseln und die ungeliebten Locken kamen zum Vorschein, die ich so sehr verabscheute, und ich nahm mir vor, zu Hause sofort Sabine zu bitten, mir die Haare zu schneiden. In der kälteren Jahreszeit ließ ich meine Haare immer ein wenig wachsen, da ich nur selten eine Mütze aufsetzte. An den Ohren war es dadurch wärmer und solange es keinen Niederschlag gab, war auch nichts auszusetzen daran. Aber wehe es fing an zu regnen oder zu schneien, dann dauerte es keine fünf Minuten, und ich sah aus wie ein begossener Pudel oder noch schlimmer.

Ich war mir sicher, dass es um meine gegenwärtige Haarpracht einfach grauenhaft bestellt war und es kam mir vor, als würden mich alle anstarren, aber bestimmt bildete ich mir das nur ein. Wer weiß so etwas schon? Es kommt ja keiner auf einen zu und sagt: "Au weia, siehst du Scheiße aus. Geh bloß mal zum Friseur!" Ich würde mich das jedenfalls nicht trauen. Eher würde ich denjenigen entgeistert angucken, still in mich hineinlachen oder abwertend grinsen, und genau diesen Gesichtsausdruck entdeckte ich unzählige Male in meiner Umgebung. Meinten die wirklich mich?

Um mich von den Gedanken an meine strähnig - verfilzten, fettig - gelockten Haare abzulenken, versuchte ich mit Mike ein Gespräch in Gang zu bringen und hoffte damit, die Zeit bis zum Eintreffen des Pulks von durchnässten Radrennfahrern zu verkürzen.

"Wo bleiben die bloß?" begann ich sehr geistreich.

"Würde mich auch interessieren", sagte er mürrisch. "Hoffentlich ist nichts passiert."

"Das kann ich mir nicht vorstellen, aber selbst wenn...", ich machte eine Pause und dachte nach, wie ich es am besten sagen konnte, ..."als ob dich das besonders ärgern würde."

Mit funkelnden Augen schaute er mich an.

"Natürlich würde mir das etwas ausmachen", giftete er mich an und fügte beinahe flüsternd hinzu, "meinst du etwa, ich habe mir die ganze Arbeit umsonst gemacht?"

"Welche Arbeit?" flüsterte ich zurück.

"Das wirst du schon noch sehen."

"Los, nun sag schon!" verlangte ich mit Nachdruck.

"Also gut, lehn dich so wie ich auf das Geländer und tu so, als guckst du auf den Boden, klar!"

Neugierig geworden, lehnte ich mich über das Geländer und stützte mich auf meinen Ellenbogen ab. Vorsichtig wendete ich den Kopf zur Seite, um herauszufinden, ob uns jemand beobachtete, aber keiner schien auf uns zu achten.

Die Menge war inzwischen unruhig geworden, weil die Fahrer immer noch nicht aufgetaucht waren.

Jeder war mit sich selber beschäftigt und machte sich so seine Gedanken, was wohl der Grund dafür sein könnte.

Ich war Mike jetzt ganz nah. Ich konnte ihn praktisch atmen hören und wenn wir leise sprechen würden, hätte niemand die Möglichkeit, unsere Unterhaltung zu belauschen, es sei denn, unter uns wäre ein Mikrofon versteckt worden.

"Wir müssen vorsichtig sein", fing er an und stockte sofort wieder.

"Mann, jetzt lass dir nicht jedes Wort aus der Nase ziehen! Das nervt, verstehst du? Erst schleppst du mich mit her, obwohl ich keine Lust hatte und ..."

"Ist ja schon gut", unterbrach er mich.

"Weshalb müssen wir deiner Meinung nach vorsichtig sein, hä?"

"Ist doch logisch", räusperte er sich. "Falls in dieser Kurve nachher etwas passieren sollte, wovon ich fest überzeugt bin, dann werden die Untersuchungen anstellen und rauskriegen, dass es kein Zufall gewesen ist, o nein, und dann wird es einen

Mordsärger geben, das ist so sicher wie das Amen in der Kirche. Hundertprozentig."

"Ich verstehe kein einziges Wort", entgegnete ich angesäuert, "kannst du es vielleicht mal sein lassen, in verdammten Rätseln zu quatschen und endlich auf den Punkt kommen."

Er beugte sich noch tiefer und flüsterte regelrecht in seine Jeansjacke, so dass man denken konnte, da drinnen befindet sich ein kleines unsichtbares Etwas, mit dem er sich unterhalten würde.

"Ich bin gestern Nacht, nachdem meine Eltern eingeschlafen waren, hier gewesen und habe die Pflastersteine mit flüssiger Seife beträufelt, in der Hoffnung, dass der blöde Wetterbericht zur Abwechslung mal recht hat und es heute im Laufe des Tages regnet. Wie du siehst, hat der es tatsächlich richtig vorhergesagt."

Ich glaubte ihm kein Wort von dem und lachte ihn aus.

"Du bist ein totaler Spinner, hat dir das schon mal jemand gesagt."

"Glaubst du mir etwa nicht?" ereiferte er sich.

"Genauso sieht es aus. Null", antwortete ich.

"Als ob man sich das ausdenken könnte", schüttelte er frustriert den Kopf.

In diesem Moment kamen einige Autos angebraust, die offensichtlich zu den unterschiedlichen Mannschaften gehörten. Auf den meisten waren Fahrräder und die verschiedensten Ersatzteile montiert. Direkt dahinter folgte ein Einsatzwagen der Polizei mit eingeschaltetem Blaulicht, der sozusagen das nun kommende Peloton ankündigte.

Im Publikum herrschte eine angespannte Atmosphäre und die Ordner verteilten sich nun ruhig und gut organisiert vor den Absperrgittern, um zu verhindern, dass kleine Kinder oder andere Personen den Platz betraten.

Plötzlich ging ein Raunen durch die Menge und wie aus dem Nichts tauchten die ersten Radfahrer aus dem wolkenverhangenen Schleier auf und näherten sich unwiderruflich der wartenden Menschenmenge in der 90°-Kurve.

Vorneweg, maximal 50 Meter entfernt, fuhr ein Motorrad, auf dessen Rücksitz ein Kameramann mit einer artistischen Einlage die Bilder für die Liveübertragung im DDR- Fernsehen lieferte.

Das Motorrad erreichte den gepflasterten Teil der Straße und wackelte mächtig hin und her. Die Fernsehübertragung übernahm jetzt wahrscheinlich eine andere Kamera, denn in der Kurveneinfahrt auf der rechten Seite gab es noch eine und direkt in der Kurve eine weitere.

Die Radfahrer verließen nun ebenfalls die Teerstraße und holperten über das Pflaster auf uns zu. Offensichtlich gab es keine Ausreißer oder dergleichen, da das Feld noch geschlossen beieinander war. Ich konnte nichts Genaues entdecken; weder ließen sich die Farben der Trikots den verschiedenen Mannschaften zuordnen, noch konnte ich Fahrer eines bestimmten Teams erkennen.

Eine glibberige, wabernde Masse, unüberschaubar verschwommen mit bunten Partikeln versetzt, bewegte sich unaufhaltsam zur Einfahrt in die Rechtskurve. Zu Hause spielte ich manchmal beim Frühstück gelangweilt mit dem Essen herum. Meine Mutter und Sabine machte das immer nervös und sie regten sich darüber tierisch auf. Je mehr sie sich über mich ärgerten, desto mehr Freude hatte ich daran, ihnen mein Durchgekautes zu zeigen oder den Joghurt ganz langsam in einer kaum wahrnehmbaren Schräglage in meinen Mund einzufüllen. An letzteres erinnerte ich mich im Moment, weil der Pulk der Radfahrer sich ähnlich eines zähflüssigen Joghurts bewegte.

Der Untergrund sah ziemlich glitschig aus und aufgrund des ununterbrochenen Regens, war die Straßendecke jetzt bestimmt rutschig.

Sollte Mike tatsächlich die Wahrheit gesagt haben, dann hatte das Motorrad die gefährlichste Stelle für meine Begriffe etwas zu locker durchfahren. Es hatte keinerlei Anzeichen gegeben, dass es in der Kurve glatter war als anderswo und bestätigte mich darin, Mikes Geschichte keinen Glauben zu schenken.

Jetzt fuhren die ersten Pedaleure in die Kurve. Die Geschwindigkeit im Feld war nicht sehr hoch. Sicherlich lag das daran, dass alle Fahrer über die Gefährlichkeit dieser Kurve Bescheid wussten, und da es in einer engen 90°-Kurve jederzeit zu Stürzen kommen konnte, fuhren alle etwas verhaltener. Unabhängig davon wollte wahrscheinlich keiner das Risiko eingehen, bereits in der Anfangsphase der Etappe und der Friedensfahrt überhaupt durch eine Unachtsamkeit wertvolle Zeit zu verlieren, die einem in der Endabrechnung fehlen könnte oder schlimmer noch, schon am Beginn der Tour jegliche Chancen im Gesamtklassement zu verspielen.

Vorsichtig, darauf bedacht, Abstand zum Nebenmann zu wahren, rollten sie höchstens vier, fünf Meter entfernt an uns vorbei, und die Zuschauer klatschten euphorisch Beifall und trieben sie damit regelrecht an. Mütter zeigten ihren Kindern den einen oder anderen Fahrer, die man nun wenigstens anhand der Trikots identifizieren konnte und einige hatten in diesem ganzen Gewimmel das gelbe Trikot ausgemacht und feuerten dessen Träger mit lautstarken Sprechchören an: "Olaf, Olaf."

Ungefähr die Hälfte der Fahrer hatte die Kurve schon hinter sich gelassen, ohne daß es Probleme gegeben hatte, und der Gesichtsausdruck von Mike verfinsterte sich immer mehr, während die Stimmung um uns herum hervorragend war und alle viel Spaß hatten.

Urplötzlich gab es einen lauten Knall und mitten im verbliebenen Feld stürzte ein

Fahrer zu Boden. Im Fallen riss er einen anderen mit. Dieser versuchte sich noch abzufangen, verlor aber die Kontrolle über sein Rad, welches sich auf der Fahrbahn querstellte und löste dadurch eine Massenkarambolage aus.

In den folgende Sekunden schien die Zeit stillzustehen und die Ereignisse wirkten auf mich, als ob sie in Zeitlupe stattfanden, wie ich es aus dem Fernsehen kannte, wenn zum Beispiel beim Fußball Tore wiederholt oder strittige Entscheidungen verlangsamt dargestellt wurden.

Der Sturz löste ein unglaubliches Chaos aus.

Die rechte Seite der Kurve war durch das auf dem Boden liegende Rad, mal ganz zu schweigen von dem Fahrer, praktisch unpassierbar und stellte eine regelrechte Barrikade dar, durch die es keinen Ausweg gab und die dahinter kommenden "Pedalritter" hatten keine Möglichkeit auszuweichen. Von überall waren zwar die quietschenden Geräusche der Bremsen zu hören, aber der gesamte Pulk war so dicht beieinander, dass es für viele zu spät war. Einige versuchten noch, sich nach links durchzuschlängeln und machten somit diese Seite ebenfalls zu. Es gab kein Entrinnen, für keinen der hinten Fahrenden. Mindestens 30 Fahrer waren betroffen von dieser Karambolage und rasten ineinander.

Ich sah einen Fahrer, der ein rot-weißes Trikot anhatte. Anscheinend gehörte er zur polnischen Mannschaft. Er war rechts im hohen Bogen über das auf dem Boden aufgetürmte Hindernis geflogen, wie ein Stuntman, und unsanft neben der Straße im Graben gelandet. Als er sich benommen aufrappelte, standen seine Haare zu Berge, von seiner Mütze war nichts mehr zu entdecken, und dass sein Hemd einmal weiß gewesen war, davon war auch nichts mehr zu sehen. Sein Trikot war vollkommen mit Dreck beschmiert und an den Knien blutete er etwas. Glücklicherweise ging es ihm ansonsten gut. Sofort guckte er sich den Schaden an seinem Rad an, musste aber feststellen, dass er damit das Rennen definitiv nicht mehr fortsetzen konnte: die Federgabel war gebrochen.

Einem anderen Fahrer, der asiatisch aussah und entweder zur mongolischen oder zur sowjetischen Mannschaft gehörte, war bei dem Versuch abzubremsen, der Bowdenzug gerissen, und er war mehr oder weniger ungebremst aufgefahren und hatte seinen Vordermann derart eingequetscht, dass dieser vor Schmerzen schrie wie am Spieß.

Neben uns rutschte ein Fahrer gegen das Absperrgitter und prallte mit der Schulter heftig dagegen. Völlig bleich im Gesicht hielt er sich den Arm.

Während ich ihn mitfühlend anschaute, konnte ich im Augenwinkel sehen, wie ein weiterer Fahrer bei dem Versuch, einem Gestürzten auszuweichen, ins Straucheln geriet. Mit letzter Kraft bremste er und probierte den Lenker herumzureißen, aber durch die Nässe blockierten die Reifen und er raste auf das Gitter zu. Genau neben Mike rammte er gegen die Absperrung, wobei sein Körper hoch geschleudert wurde und sekundenlang einem Zeppelin gleich durch die Luft segelte, bis die Erdanziehung zu wirken begann und ihn wie einen Stein auf die Zuschauer fallen ließ. Wie durch ein Wunder verletzte sich niemand ernsthaft bei diesem spektakulären Stunt, der jedem Actionfilm alle Ehre gemacht hätte.

Durch die Wucht des Aufpralls hatte sich ein Teil der Absperrung aus der Verankerung gerissen und drohte umzukippen. Nur der Geistesgegenwart einiger Zuschauer, die sofort mit aller Kraft das Metallgitter wieder nach vorne drückten, war es zu verdanken, dass niemand darunter begraben wurde und der Unfall glimpflich ausging.

Ich stand unter Schock, und so wie mir ging es vielen hier, vor allen Dingen den Kindern, die zu schreien anfingen und total verängstigt Schutz suchten bei ihren Eltern. Entsetzt über das Geschehen vor mir, stand ich fassungslos da.

Langsam wendete ich meinen Kopf zu Mike. Er war kreidebleich und jammerte, dass ihm der Arm wehtat.

"Hast du was abgekriegt?" stammelte ich abwesend.

Meine Augen guckten ihn unbeweglich an. Ich war nicht in der Lage, meinem Körper ganz normale Impulse zu geben und kam mir vor, als ob ich gelähmt wäre. Alles war unwirklich, die gesamte seltsame Situation. Träumte ich vielleicht bloß mit meinen offenen, weit aufgerissenen blauen Augen?

"Scheiße, Niko, mein Arm tut höllisch weh. Der ist voll dagegen geknallt", schrie er mich an und zitterte am ganzen Körper.

Augenblicklich kehrte mein Geist wieder zurück in die geschockte Hülle. Ich musste jetzt schnell einen klaren Kopf kriegen.

"Okay, schon gut, schon gut, alles okay, Null Problemo", stotterte ich hilflos, "wir müssen hier zuerst einmal raus und einen Arzt suchen, genau, einen Arzt."

Leicht war es nicht, sich einen Weg durch die Menge zu bahnen, aber mit vereinten Kräften schafften wir es. Ich ging vorneweg und schuf so vorsichtig eine kleine Gasse, durch die Mike unbedrängt schlüpfen konnte, ohne mit seinem schmerzenden Arm irgendwo anzustoßen.

In der Nebenstraße, wo wir auch das Moped abgestellt hatten, trafen mehrere Krankenwagen ein und innerhalb weniger Minuten versammelten sich dort die Verletzten. Aus den Zuschauern waren es mit Mike sieben Leute, die etwas abbekommen hatten, und einer der Ordner musste ebenfalls behandelt werden.

Wie viele der Radrennfahrer bei diesem Chaos verletzt wurden, hatte ich nicht genau gesehen. Sie wurden auch nicht hierher gebracht, sondern direkt an der Straße versorgt, von den beiden Krankenwagen, die während der Friedensfahrt immer mitfuhren, damit jederzeit erste Hilfe geleistet werden konnte, falls es notwendig werden sollte.

"Dann kommen sie mal rein!" forderte einer der Sanitäter Mike auf, und zu mir gewandt sagte er: "Das wird nicht lange dauern, höchstens fünf Minuten." Mit diesen Worten schloss er die Autotür hinter sich, und ich blieb alleine zurück.

Ich war ein wenig unschlüssig, ob ich solange warten sollte, bis sie ihn untersucht hatten. Schlimmstenfalls konnte es passieren, dass sie ihn in ein Krankenhaus bringen würden, aber dann wäre es natürlich gut, wenn jemand bei ihm zu Hause Bescheid sagte, und so entschloss ich mich, auf jeden Fall zu warten.

Die anderen Verletzten hatten anscheinend Glück gehabt, denn keiner musste nach der Behandlung in einem der Krankenwagen abtransportiert werden. Am schwersten hatte es noch eine junge Frau erwischt, die eine blutende Platzwunde auf der Stirn hatte und von den Rettungssanitätern mit einigen Stichen genäht worden war, aber bei den restlichen Personen handelte es sich nur um Prellungen, Abschürfungen und kleinere Wunden, wo ein Pflaster oder eine Salbe zur Linderung der Schmerzen ausreichte.

Nach gut einer Viertelstunde, öffnete sich endlich die Tür.

"Tut mir leid für deinen Freund, aber wir müssen ihn leider mitnehmen", sprach der Doktor kurz und knapp, und als er mein verdutztes Gesicht sah, fügte er hinzu: "Na, nun mach dir mal keine Sorgen, wir wollen uns mit dem Arm nur ganz sicher sein und lieber im Krankenhaus kurz röntgen! Er könnte eventuell gebrochen sein, aber vielleicht ist er auch nur geprellt und deshalb angeschwollen. Wenn alles klappt, ist er garantiert heute Abend wieder zu Hause."

"Darf ich ihn noch kurz sprechen, ja?" bat ich ihn.

"Klar doch, wir müssen ohnehin noch auf einen Kollegen warten. Geh ruhig rein!"
"Danke."

Mike sah ziemlich mitgenommen aus und schluchzte, als ich mich neben ihn setzte.

"Tut es doll weh?" fragte ich.

"Nein, eigentlich nicht, der Arm ist irgendwie taub", antwortete er und wischte sich eine Träne aus dem Gesicht.

"Glaubst du, dass er gebrochen ist?"

"Weiß nicht, vielleicht."

"Mach dir mal keinen Kopp", tröstete ich ihn, "wahrscheinlich bist du abends schon wieder zu Hause und hast noch genug Zeit, für morgen die Hausaufgaben in Chemie zu machen."

"Na super, dann doch bitte lieber einen gebrochenen Arm", sagte er und versuchte gequält zu lachen.

"Soll ich bei dir vorbeigehen und sagen, was passiert ist?"

"Das wäre sehr nett, möglicherweise kann mich ja mein Vater abholen, wenn er schon da ist."

"Was ist mit dem Moped?" fragte ich weiter.

"Kannst du mir den Gefallen tun und zu Christian fahren? Das ist der einzige, dem ich meinen Hobel anvertraue und dir natürlich, wenn du endlich deine Fleppen machen würdest", bat er mich.

"Klar, ich fahre bei ihm vorbei. Versprochen."

Die Fahrertür öffnete sich und der Arzt fragte mich, ob ich mitfahren möchte ins Kreiskrankenhaus, aber ich lehnte dankend ab und stieg mit den Papieren und dem Schlüssel für das Moped aus dem Auto.

Seit dem Unfall waren mindestens 30 Minuten vergangen, und von den Zuschauern war weit und breit nichts mehr zu sehen. Die Straße war längst wieder für den normalen Verkehr freigegeben und in der Kurve waren die Helfer dabei, die Metallgitter abzubauen. Vor der Böschung parkte ein LKW, auf den die einzelnen Teile schnell verladen wurden.

Nichts aber auch gar nichts erinnerte mehr an das Geschehene, das sich noch keine halbe Stunde zuvor hier abgespielt hatte. Wäre ich nicht gerade eben aus dem Krankenwagen gestiegen, hätte man wirklich denken können, dass ich alles nur geträumt hatte. Alles kam mir seltsam vor.

Ich machte mich zu Fuß auf den Weg, ging kurz zu Mikes Eltern, um sie zu informieren und anschließend bei Christian vorbei, um ihn zu bitten, das Moped abzuholen, und deshalb benötigte ich fast eine Stunde bis zu mir. Der Riemen von meiner schweren Tasche mit den Schulklamotten war inzwischen mit meinem Schulterblatt zu einer Einheit verschmolzen und ich war froh, die Tasche endlich absetzen zu können. Bloß gut, dass Mike seine Sachen für den Unterricht immer nur in einer Tüte mit sich rumschleppte, die er nach der Schule unter dem Sitz seiner Karre verstaute. Ich durfte gar nicht daran denken, wenn ich sein Zeug außerdem hätte schleppen müssen...

Ich öffnete die Wohnungstür, verschwand augenblicklich dahinter und ließ sie mit einem lauten Scheppern ins Schloss fallen. Geschafft. Entgegen meiner sonstigen Gewohnheit, so schnell wie möglich in mein Zimmer zu gelangen, um unangenehmen Fragen durch meine Mutter zu entgehen, hatte ich heute alle Zeit der Welt und konnte die gesamte Wohnung in Beschlag nehmen. Sabine hatte in dieser Woche bei ihrer Ausbildung keine Schule, sondern musste stattdessen praktischen Unterricht machen. Das bedeutete, dass sie frühestens um 18 Uhr 30 nach Hause kommen würde, und Mutti hatte die verhasste wöchentliche Versammlung mit den wichtigen Abteilungsleitern, wo alle Kollegen anwesend sein mussten. Jedes Mal ereiferte sie sich abends über diese nutzlose Veranstaltung, die nie auch nur annähernd eine sinnvolle Entscheidung über eines der hundert angeschnittenen Themen zustande brachte und noch dazu todsterbenslangweilig war. Ihrer Meinung nach waren diese meistens vier Stunden absolute Zeitverschwendung, aber keiner in ihrer Abteilung wagte es, sich darüber öffentlich zu mokieren, und so ertrug sie es genauso wie ihre Kollegen und kam an diesem Abend grundsätzlich nicht vor 20 Uhr heim. Als ich kleiner war, holte ich sie manchmal an besagtem Tag vom Bahnhof ab, weil ich wusste, dass sie sich sehr darüber freute, und dann erzählte ich ihr immer allerlei Dinge, die sich zu Hause zugetragen hatten in ihrer Abwesenheit oder tagsüber in der Schule. Komisch, dass ich mich gerade jetzt daran erinnerte, und ich nahm mir vor, sie heute Abend wie in alten Zeiten vom Bahnhof abzuholen. Bestimmt würde ich ihr damit eine Freude machen.

Bis dahin hatte ich aber noch einige Stunden Zeit.

Im Flur zog ich rasch die durchgeweichten Klamotten aus und schmiss sie in die Wäschetruhe mit der restlichen Schmutzwäsche. Ich war ziemlich durchgefroren und setzte in der Küche schnell einen Topf mit Wasser auf, um mir ein Kännchen schwarzen Tee aufzubrühen. Ich brauchte nötig ein heißes Getränk, damit mein Körper wieder etwas von innen erwärmt wurde und die Lebensgeister zurückkehrten.

Mit einem Tablett, auf dem sich das Kännchen Tee, eine Zuckerdose sowie eine kleine Tasse befanden, ging ich in mein Zimmer und machte es mir auf dem Bett gemütlich. Verstohlen betrachtete ich das hässliche Mitropa - Kännchen, dass ich vor ein paar Monaten als Mutprobe am Bahnhofsimbiss geklaut hatte und seitdem regelmäßig benutzte für meinen Nachmittagstee. Es war abgenutzt, und man konnte nur noch rätseln, ob es irgendwann mal weiß oder grau gewesen war beziehungsweise welche Originalfarbe es vor Jahrzehnten gehabt hatte. Das Mitropazeichen selbst war überhaupt nicht mehr zu deuten; der grüne Aufdruck des Emblems war fast vollständig verwischt, aber trotzdem gefiel es mir. Wahrscheinlich deshalb, weil es der erste größere Gegenstand war, den ich alleine gestohlen hatte, Kaugummis an der Kasse des Konsum mal ausgenommen. Mann, war ich an dem Tag stolz gewesen, als ich das Kännchen vom Tisch eingesteckt hatte, ohne mich erwischen zu lassen. Eigentlich hielt ich ja nichts davon, Sachen zu stehlen, aber wer will schon gerne vor seinen Freunden als Feigling gelten? Ich jedenfalls nicht.

Ich kuschelte mich in mein Bettzeug, döste einfach vor mich hin und sinnierte darüber, ob dieses Kännchen wirklich das erste war, was ich geklaut hatte, denn im Prinzip stimmte das so ja nicht.

Im vergangenen Sommer, während der Ferien, wurde der Konsum in unserer Straße renoviert. Der Laden befand sich im Erdgeschoß eines normalen 4-stöckigen Hauses und war nicht allzu groß. Er nahm maximal den Raum einer größeren Wohnung ein. An der linken Seite wurde er begrenzt von einer Anhöhe, die wiederum im Sommer von allen möglichen Sträuchern und wild wachsendem Grünzeug überwuchert wurde, so dass man die linke Häuserwand vor lauter Gestrüpp nicht mehr erkennen konnte. Die Böschung hinauf führte eine Treppe, von der aus das Nachbarhaus erreicht werden konnte. Von der Treppe bis zur Hauswand waren es vielleicht fünf Meter, die in jedem Sommer total zugewachsen waren und sich seit meiner frühesten Kindheit hervorragend als Versteck eigneten. So auch letztes Jahr. Wir saßen dort oben und beobachteten durch das Grün die vorbeigehenden Leute. Mike und Matthias rauchten ihre, gerade eben erst im Konsum gestohlenen Karo und wir unterhielten uns über belanglosen Quatsch. Plötzlich hörten wir laute Geräusche, die offensichtlich aus dem Innern des Konsums nach draußen drangen. Jemand hämmerte gegen die Wand, und zuerst konnten wir uns nicht erklären, was die Bauarbeiter da machten und warum, aber später fanden wir heraus, dass sie vorhatten, das Lüftungsrohr auszutauschen.

Abends im Dunkeln, nachdem der Konsum längst geschlossen hatte, kletterten wir erneut in unsere kleine "Höhle" und erforschten mit einer Taschenlampe die im Verborgenen liegende Hauswand. Wir stellten zu unserer Überraschung fest, dass die Mauer des Entlüftungsschachtes nur anderthalb Steine breit und von innen nicht verschlossen war. Anscheinend hatten sie zwar die Verkleidung des Lüftungsrohres abgebaut, aber vergessen, sie wieder anzuschrauben. Das bedeutete, dass wir, wenn wir vorsichtig waren, ohne Schwierigkeiten hineingreifen konnten, wovon Matthias als erster Gebrauch machte und eine Tüte Erdnussflips hervorkramte.

In den folgenden Tagen wurden wir immer dreister, denn wir beschränkten uns natürlich nicht nur darauf, Dinge zu stehlen, die durch Zufall an der Stelle der Öffnung standen, sondern gingen nacheinander in zeitversetzten Abständen in den Konsum und postierten in dem Regal, hinter den dort stehenden Artikeln, die Dinge, die wir gebrauchen konnten, wie zum Beispiel Süßigkeiten aller Art, aber auch Spaghetti und Tomatenketchup, die wir dann am nächsten Tag abwechselnd bei mir oder bei Matthias kochten.

Es war ein bisschen wie im Paradies und obwohl wir jeden Tag damit rechneten, dass man uns erwischen würde oder zumindest, dass wir das Lüftungsrohr verschlossen finden würden und uns somit der tägliche kostenlose Einkauf versperrt wäre, passierte wochenlang nichts dergleichen. Am Ende der Ferien, die Bauarbeiten waren immer noch nicht beendet, wurden im Konsum die Regale umgeräumt und fortan standen an dieser Stelle keine Lebensmittel mehr, sondern Drogerieartikel wie Waschmittel und ähnliches. Von dem Moment an, war unsere Quelle, die uns einen billigen Sommer beschert hatte, versiegt und wir hatten keine Möglichkeiten mehr, Sachen herauszuschmuggeln. Trotzdem glaube ich nicht, dass das Umstapeln der Ware im Laden mit unseren Aktivitäten in Zusammenhang stand.

Ich war ziemlich sicher, dass von den Verkäuferinnen niemand etwas bemerkt hatte in all den Wochen. Weshalb war ich eigentlich darauf gekommen? Ach so, deswegen. Wenn ich es genau betrachtete, dann war das Mitropa - Kännchen nicht mein erstes Diebesgut, aber das war irgendwie was anderes gewesen im Sommer. Erstens war es ja nur Mundraub und zweitens hatten wir dort ja nicht vorsätzlich gestohlen. Nein, eigentlich wurden wir regelrecht dazu animiert, und es hieß ja nicht umsonst: Gelegenheit macht Diebe. Da war auf jeden Fall etwas dran.

Außerdem hatte ich das damals auch nicht alleine gemacht, und überhaupt war es ungefährlicher, nachts oder spätabends vorbereitete Dinge "einzusammeln", als am helllichten Tage vor etlichen möglichen Zeugen ein Kännchen oder was weiß ich für Dinge einfach so einzustecken, sozusagen vor aller Leute Augen. Das konnte man nun wirklich nicht miteinander vergleichen.

Wie lange ich so auf dem Bett lag und meinen Gedanken freien Lauf ließ, wusste ich nicht genau. Es war bestimmt über eine Stunde vergangen, als es an der Haustür klingelte und ich erschrocken zusammenfuhr. Wer konnte das denn sein, schoss es mir durch den Kopf, da ich niemanden erwartete.

"Ich komme gleich", brüllte ich durch die geschlossene Tür, während ich mir eine Trainingshose überstreifte.

Es klingelte erneut, mehrmals hintereinander und ich brüllte dem Klingler, so laut ich konnte, ein "Kleinen Moment noch" entgegen. Jetzt schien derjenige mich gehört zu haben und murmelte etwas, dass ich nicht verstehen konnte. Schnell zog ich mir ein Nicki über und schlurfte mit meinen abgewetzten Hausschuhen zur Tür.

Mir kam der Gedanke, dass es vielleicht Mike sein konnte, denn falls er schon wieder zurück wäre, würde er garantiert vorbeikommen und berichten, was beim Arzt herausgekommen war. Also hatte er sich den Arm doch nicht gebrochen, freute ich mich für ihn und öffnete in freudiger Erwartung die Haustür.

Vor unserer Wohnung stand ein Mann, den ich nicht kannte, und ich machte ein dementsprechend verwundertes Gesicht, da ich mich geistig darauf eingestellt hatte, Mike vorzufinden.

Überrascht musterte ich ihn. Er hatte eine graue Stoffhose an und trug darüber eine dunkelgrüne Parkajacke. Über der Schulter hatte er eine Umhängetasche aus schwarzem Leder, die etwa so groß war wie meine DIN A 4- Hefter für die Schule.

Irgendwie machte er auf mich einen seltsamen Eindruck, den eines Sonderlings. Hätte er eine blaue Jacke angehabt, dann hätte man ihn für einen Postboten halten können oder für jemanden, der Telegramme ausfuhr.

"Bist du der Niko?", fragte er in einem barschen Ton mit stark sächsischem Akzent.

Ich war total perplex, woher er meinen Namen kannte und brachte kein Wort hervor. Stattdessen nickte ich mit dem Kopf, zum Zeichen der Bejahung seiner Frage. Daraufhin hielt er mir einen Ausweis vor die Nase, den er schon in den Händen bereitgehalten hatte und erklärte mir, dass sein Name Herr Müller sei und diese Karte ihn ausweise als Mitarbeiter des Ministeriums für Staatssicherheit.

Ehe ich mir seinen Ausweis genauer betrachten konnte, zog er ihn auch schon wieder weg und steckte ihn in die Innentasche seines Parkas.

"Ich würde dir gerne ein paar Fragen stellen", sagte er. "Kann ich hereinkommen?"

"Natürlich", antwortete ich freundlich und bat ihn in das Wohnzimmer.

Da wir gestern Besuch hatten von einer Arbeitskollegin meiner Mutter, war es zum Glück nicht so verkramt wie sonst, wo allerlei Sachen quer im Raum verteilt waren. Diese war mit ihrem Mann bei Verwandten in der Nähe gewesen und hatte sich zum Kaffeetrinken angekündigt. Deshalb sah das Wohnzimmer ordentlich und aufgeräumt aus. Ansonsten durfte kein Besucher unangemeldet erscheinen...

Nachdem er auf dem Sessel Platz genommen hatte, fragte ich ihn, ob er eine Kleinigkeit trinken möchte, und er bat mich um ein Glas Brause. Ich ging in die Küche, um es zu holen. Die Spreequell-Flasche zischte beim Aufdrehen des Verschlusses und einige Spritzer der Kohlensäure entwichen aus der Flasche und landeten auf meiner Hand.

Mein Kopf arbeitete in diesen wenigen Sekunden, die ich unbeobachtet und allein in der Küche zubrachte, wie verrückt und versuchte zu ergründen, was der mysteriöse Gast von mir wollen könnte. Ich vermutete, dass sein Besuch nur mit dem Unfall bei der Friedensfahrt zu tun haben konnte und fragte mich, ob irgendjemand Mike und mich dort belauscht haben könnte. Wir hatten uns zwar ganz leise unterhalten, aber unmöglich war es nicht, dass einer der Umstehenden Teile unseres Gespräches mitbekommen hatte und Mikes Phantastereien für bare Münze nahm. So abwegig war es ja schließlich nicht, nach dem, was sich zugetragen hatte, aber warum war dieser Parkaträger dann bei mir? Glaubten die, dass ich etwas damit zu tun hatte oder wollte der mich nur über Mike ausfragen?

Mit zwei Gläsern betrat ich wieder den Raum, stellte sie auf dem Tisch ab und setzte mich ihm gegenüber auf die Couch.

Vor sich hatte er in meiner Abwesenheit irgendwelche Unterlagen ausgebreitet und spielte mit einem Kugelschreiber herum, indem er ständig den Stellknopf für die

Miene drückte und dadurch ein klackendes Geräusch erzeugte.

"Das ist sehr nett von dir", bedankte er sich für die Brause.

"Bitteschön", antwortete ich, "kein Problem."

"Du kannst dir ja sicherlich vorstellen, aus welchem Grund ich dich sprechen möchte, nicht wahr", begann er kameradschaftlich und verunsicherte mich damit aufs schärfste. Ich konnte kein bisschen einschätzen, was das nun wieder bedeuten sollte und stellte mich erst mal vollkommen ahnungslos.

"Nein, wenn ich ehrlich sein soll, habe ich keine Ahnung", sprach ich betont langsam und räusperte mich danach. "Ich habe heute einen Frosch im Hals", entschuldigte ich mich.

"Schon gut, das kenne ich", strich er mir Honig ums Maul, um sofort wieder in die Offensive zu gehen. "Hast du überhaupt keine Idee? Das kaufe ich dir nicht ab."

"Ist etwas passiert?" heuchelte ich Interesse.

"Das kann man wohl laut sagen, und zwar nicht weit von hier entfernt."

"Meinen sie den Unfall bei der Friedensfahrt", ließ ich mich aus der Reserve locken.

"Welchen Unfall meinst du denn?" fragte er überrascht.

"Na, heute gab es doch diesen Unfall, wo mehrere Radrennfahrer in der Kurve am Ortseingang gestürzt sind", entgegnete ich.

"Ich habe davon im Radio gehört, aber warum sollte sich die Staatssicherheit deiner Meinung nach damit befassen?" nahm er sofort die Spur auf, mit seiner übergroßen, hakenförmigen Spürnase.

"Woher soll ich das denn wissen?" zuckte ich mit den Schultern.

"Das sage ich ja nicht", brummte er und legte seinen Kugelschreiber zur Seite. Mit dem Ellenbogen stützte er sich auf die Tischplatte, und mit der rechten Hand kraulte er sein Doppelkinn. Seine Augen schauten mich durchdringend an. "Na ja, ist auch egal. Mit der Friedensfahrt geben wir uns jedenfalls nicht ab, da kümmern sich andere Leute drum. Obwohl, wenn ich es mir recht überlege, gibt es doch eine Gemeinsamkeit, denn bei beiden Dingen spielt das Wort "Frieden" eine große Rolle", stellte er sächselnd fest.

Diese Sprache war nicht zum Aushalten. Ich musste mich furchtbar anstrengen, damit ich seinen starken Dialekt verstehen konnte, und seine brummende tiefe Stimme wirkte auf mich ermüdend, aber ich versuchte, mir das nicht anmerken zu lassen. Für meine Verhältnisse war ich ziemlich ruhig, und die erste Anspannung war verflogen.

"Du kennst doch den "Friedensplatz", nicht wahr?"

"Natürlich, wer kennt den nicht?" sagte ich übertrieben lässig.

"Genau, den kennt jeder in der Umgebung. Du hast sicher davon gehört, dass er in der Nacht zum 2. Mai von staatsfeindlichen, kriminellen Elementen zerstört wurde, oder?"

"Das wurde uns in der Schule während des Staatsbürgerkunde-Unterrichts berichtet, ja", entgegnete ich, "ansonsten weiß ich nichts darüber."

"Das ist also alles, was du davon erfahren hast?" sprach er.

"Na ja, es gibt alle möglichen Gerüchte. Ich meine, jeder hat seine eigenen Theorien, und manche geben die halt zum Besten und quatschen einen damit voll. Aber meiner Meinung nach wollen sich diese Leute nur wichtig machen." Wie immer, wenn ich nervös war, begann ich an meinen Ohrläppchen zu ziehen. Ich kam mir allmählich vor wie ein Angeklagter beim Verhör, und genau das war es im Prinzip auch: er fragte und ich antwortete.

"Ich persönlich glaube, dass du weit mehr über diese Angelegenheit weißt als das, was euch in der Schule erzählt wurde, aber dazu komme ich später noch mal zurück." Er machte eine Pause zum Luftholen und fuhr fort: "Welche Gerüchte sind denn im Umlauf, Niko?"

Ich war sehr beunruhigt über das, was er zuvor gesagt hatte, aber ohne auch nur mit einer Silbe darauf einzugehen, erzählte ich ihm von den mir bekannten Gerüchten, mit einer Ausnahme: der Rache für unser verlorenes Spiel.

"Es gibt da noch ein Gerücht, dass man mir berichtet hat und ich bin mir sicher, dass dir dieses ebenfalls bekannt sein dürfte", sagte er herausfordernd.

"Von welchem reden sie?" stellte ich mich doof.

"Du hast doch mit deiner Fußballmannschaft am 1. Mai gegen Braunfeld gespielt, oder?"

"Ja, und leider haben wir unglücklich verloren", sagte ich, "allerdings wüsste ich nicht, was das damit zu tun hat."

"Das tut mir wirklich leid", heuchelte er. "Auf jeden Fall besagt dieses andere Gerücht, dass sich jemand mit dieser Aktion für eure Niederlage beim Spiel gegen Braunfeld rächen wollte, und wenn ich ganz ehrlich sein soll, muss ich sagen, dass dieses Gerücht meiner Meinung nach kein Gerücht ist, wenn du verstehst, was ich meine."

"Sie meinen wirklich, jemand hat aus Frust über das verlorene Spiel im Park randaliert?" sagte ich ungläubig.

"Genau, das ist es, was ich glaube, nur bisher fehlen mir die Beweise für diesen Tathergang. Tatsache ist, dass es bei allen anderen Möglichkeiten, die wir natürlich ebenfalls in Betracht ziehen, kein einziges relevantes Motiv gibt, aber eine Niederlage in einem so eminent wichtigen Fußballmatch zwischen zwei seit Jahrzehnten verfeindeten Nachbargemeinden... Für mich liegt dort eindeutig der Schlüssel dieses Falles und daher gehen meine Ermittlungen auch in diese Richtung. Ich hoffe, dass du mir bei der Lösung behilflich sein kannst, denn deshalb bin ich hier hergekommen."

"Ich wüsste nicht, wie ich ihnen helfen könnte", entgegnete ich und versuchte, mir meine Aufgeregtheit, die immer stärker wurde, nicht anmerken zu lassen.

"Dazu kommen wir noch. Also ehrlich, ganz im Vertrauen gesprochen, unter uns Männern sozusagen, werde ich dir mal darlegen, wie es sich meiner Meinung nach abgespielt hat. Die Täter, anders als meine Kollegen bin ich übrigens davon überzeugt, dass es sich um mehr als zwei gehandelt hat, haben diese Tat nicht vorsätzlich geplant. Die gesamte Vorgehensweise spricht vielmehr dafür, dass es sich um eine spontane Aktion handelte."

"Das sieht unser Direktor aber völlig anders", mischte ich mich ein.

"Ist mir bekannt und viele meiner Kollegen, die ebenso wie ich an dem Fall arbeiten, denken auch, dass die ganze Sache minutiös durchorganisiert war und ausgeführt wurde, um an diesem wichtigen Datum ein politisches Signal zu setzen. Ich denke das nicht, weil viele Kleinigkeiten eindeutig dagegen sprechen."

"Und was sind das für Kleinigkeiten, wenn ich fragen darf?" lockte ich ihn aus der Reserve.

"Darüber darf ich nicht reden, aber Tatsache ist, dass einige Dinge nicht zusammenpassen", antwortete er. "Ich glaube eher, dass die Tat mit eurem Spiel im Zusammenhang steht."

"Wieso sollte jemand das tun wegen einem Fußballspiel?" fragte ich.

"Nicht wegen eines normalen Fußballspiels, sondern wegen dieses besonderen", entgegnete er scharf. "Du als Spieler der Molliner Mannschaft müsstest es doch besser wissen, oder etwa nicht?"

"Es war natürlich ein wichtiges Spiel. Mehr aber auch nicht", log ich ihn schamlos an.

"Das kaufe ich dir nun wirklich nicht ab, und was du da sagst, widerspricht allem, was man mir bisher über die gespannten Beziehungen eurer beiden Ortschaften berichtet hat. Der Trainer hat in diesem Zusammenhang von einem verlorenen Krieg geredet. Obwohl ich diesen Vergleich ziemlich übertrieben finde, denke ich doch, dass er die Stimmung, welche nach dem Spiel bei einigen Leuten geherrscht hat, trefflich widerspiegelt. Nach dem, was er gesagt hat, bist du selber auch ziemlich niedergeschlagen gewesen."

"Na klar, bin ich nicht begeistert gewesen, das ist ja wohl verständlich, aber deshalb reagiert man sich doch nicht ab, indem man alles kaputtmacht", empörte ich mich und steigerte mich förmlich hinein in die glühende Rolle eines Verfechters des Guten.

"Das ist haargenau meine Rede", meinte er, "nur leider gibt es Menschen, bei denen brennen bei bestimmten Situationen die Sicherungen durch, und wenn dann noch der Teufel Alkohol dazu kommt... Weißt du eigentlich, dass an den Tagen nach dem 1.

Mai und dem 7. Oktober die Kriminalitätsrate fast hundert Prozent höher ist, als an normalen Tagen?"

"Nein, noch nie gehört", sagte ich überrascht.

"Ist aber wirklich so. Und warum ist das so? Weil sich an den besagten Feiertagen viele besaufen und danach im Suff Dummheiten machen; besonders Prügeleien und Randalieren, aber auch Einbruchsdelikte gibt es erheblich mehr als sonst. Das ist statistisch bewiesen", sächselte er. Seine Aussprache ging mir vielleicht auf die Nerven.

"Sie haben vorhin gesagt, dass ich ihnen möglicherweise helfen könnte, aber ich wüsste immer noch nicht wie", lenkte ich das Gespräch zurück zum Wesentlichen.

"Mehrere Zeugen, mit denen ich mich unterhalten habe, erwähnten mir gegenüber, dass du nach dem Match mit anderen Mitspielern zuerst auf dem Volksfest warst und abends noch ziemlich lange in der Diskothek."

"Ja, das stimmt, aber ich verstehe nicht, worauf sie hinauswollen."

"Hinaus will ich auf gar nichts", antwortete er schnippisch. "Ich weiß, dass du in der Disco an verschiedenen Tischen gesessen hast und mich würde interessieren, wer dort noch so alles anwesend war, damit ich mir ein genaueres Bild davon verschaffen kann."

"Wieso wollen sie das denn wissen? Denken sie etwa, dass die Täter in der Disco waren?"

"Das hast du jetzt aber gesagt und nicht ich", entgegnete er, "aber wenn ich ehrlich sein soll, dann ist es exakt meine Meinung. Ich bin überzeugt davon, dass die Täter, bevor sie ihr Werk begonnen haben, in demselben Raum gewesen sind wie du und deine Freunde aus der Mannschaft, und deshalb glaube ich, dass du sie kennst."

Das hatte gesessen. Den letzten Teil des Satzes hatte er ganz langsam ausgesprochen, um seinen Worten mehr Bedeutung zu verleihen, und ich brachte als Antwort nur ein gestottertes "Was?" hervor.

"Es ist doch so, Niko, wenn meine Theorie richtig ist, dann haben die Täter ein klares Motiv gehabt, nämlich sich symbolisch für das verlorene Spiel und die, in ihren Augen, beschmutze Ehre Mollins zu rächen und deshalb haben sie sich einen öffentlichen Platz ausgesucht. Für die muss es doch eine riesige Blamage gewesen sein. Kommst du soweit mit?"

"Was soll das denn heißen?" brauste ich auf, " von wegen Blamage. Wir haben nicht verloren, weil wir schlechter waren als die, sondern weil der Schiedsrichter jämmerlich gepfiffen hat. Braunfeld hat das Siegtor irregulär erzielt, indem sie einen angezeigten indirekten Freistoß, kurz vor Schluss direkt ins Tor geschossen haben. Ansonsten wäre es beim 0:0 geblieben und die Meisterschaft wäre noch längst nicht entschieden gewesen. Davon mal ganz abgesehen: unter einer Blamage stelle ich mir etwas anderes vor."

"Dafür, dass es nach deiner Aussage vor wenigen Minuten, ein ganz alltägliches Spiel um Punkte zwischen zwei normalen Mannschaften war, regst du dich ziemlich heftig auf. Meinst du nicht auch?" stellte er trocken fest.

"Ich wollte bloß klarstellen, dass wir uns nicht blamiert haben", sagte ich kleinlaut und wurde mir erst jetzt bewusst, welchen unverzeihlichen Fehler ich gerade gemacht hatte. Meine Reaktion musste ihn förmlich in seiner Vermutung über das Tatmotiv bestätigen, und was viel schlimmer war: ich hatte mich mit meinem unbedachten Auftreten selber als Verdächtigen empfohlen. Ich war ein gutes Stück in seine Falle getappt und hatte nur noch die Chance, diese nicht völlig zuschnappen zu lassen und schlimmstenfalls die anderen mitzureißen.

"Nach dem Spiel haben einige Leute die Nerven verloren, nicht wahr Niko?" legte er nach.

"Ich wüsste nicht wer."

"Soweit mir bekannt ist, hat der Platzwart, nachdem ihr die Umkleidekabine verlassen habt, beim anwesenden ABV Anzeige erstattet, wegen eines zerbrochenen Fensters, welches von einem deiner Mitspieler kaputtgemacht wurde. Stimmt doch, oder?"

"Niemand hat das mit Absicht getan", verteidigte ich Andy, der einfach nur die Tür zugeknallt hatte, wobei eine Scheibe durch den Druck heraus gefallen und auf dem Boden in tausend Einzelteile zerschellt war.

"Ich will ja auch nichts weiter sagen, als dass es vorstellbar wäre, dass irgendjemand, der sich über den Ausgang dieses Spieles geärgert hat, seinen Frust darüber in großen Mengen alkoholischer Getränke ertränkt hat und dann möglicherweise zum "Friedensplatz" ging und randaliert hat. Das ist natürlich rein hypothetisch, versteht sich."

Er war schon sehr nah an der Wahrheit und ich fragte mich, ob er wusste, wie nah. Andererseits war es auch gut möglich, dass er sich diese Dinge nur zusammenreimte, zum Beispiel aus den Gesprächen mit meinem Trainer, oder er wusste mehr als er mir gegenüber preisgab. Das einzige, was mich ein wenig beruhigte, war die Tatsache, dass er mich nicht gleich verhaftet hatte. War er hier, um dafür Beweise zu sammeln?

"Wie kommen sie eigentlich darauf, dass ich die Täter kennen würde?" ließ ich mich auf sein gefährliches Spiel ein, da ich das Gefühl hatte, selbst die Initiative ergreifen zu müssen.

"Ich habe nicht behauptet, dass du weißt, wer die Tat verübt hat, Niko. Ich habe ebenso wenig gesagt, dass du die Täter kennst", sprach er freundschaftlich zu mir.

"Alles was ich sagte, war, dass ich *glaube* du kennst sie. Das ist ein himmelweiter Unterschied."

"Ach so", murmelte ich kaum hörbar für ihn.

"Ich will dir mal erzählen, wieso ich heute zu dir gekommen bin", fing er an. "Ich habe mich in den letzten Tagen mit etlichen Personen über diesen Fall unterhalten, unter anderem mit deinem Trainer, ein oder zwei Mitspielern, dem Direktor deiner Schule, allen Mitarbeitern in der Disco an besagtem Abend, genauso in der Gaststätte in der Nähe des Bahnhofs. Ich komme nicht auf den Namen", entschuldigte er sich.

"Das ist der Gasthof ' Zur Eiche', aber im Volksmund heißt die Kneipe nur ' Eiche' ", klärte ich ihn auf.

"Ja richtig, danke. Auf jeden Fall habe ich bisher bestimmt zehn Stunden mit vermeintlichen Zeugen zugebracht, aber die Ausbeute ist leider nicht sehr groß." Mit einem großen Schluck trank er sein Glas leer und wischte sich danach den Mund ab. "Könnte ich bitte noch eins kriegen?" bat er mich.

"Natürlich, einen kleinen Moment", antwortete ich und verließ mit den leeren Gläsern das Wohnzimmer. Ich goss die restliche Brause ein und stellte die Flasche zurück in den Wandschrank, der sich unter dem Fensterbrett befand.

"Bitteschön", sagte ich und reichte ihm das Glas.

"Herzlichen Dank. Ich habe mir den Mund schon fast fusselig geredet. Wo war ich doch gleich noch mal?"

"Ihre Ausbeute war nicht sehr groß", half ich ihm.

"Genau, da bin ich gewesen", erwiderte er. "Also der Kernpunkt der Sache ist folgender: am 1. Mai gab es im Ort abends nur eine öffentliche Veranstaltung, nämlich die in der Disco. Das Restaurant war ab 20 Uhr geschlossen und dieser Gasthof ' Zur Eiche' oder wie der heißt, hatte den ganzen Tag über zu, weil die Angestellten auf dem Maifest einen Bierstand bewirtschafteten. Da ich nicht annehme, dass es sich um eine von langer Hand geplante Aktion gehandelt hat, bin ich davon überzeugt, dass die Täter irgendwo zusammen gesessen haben, dass ein oder andere Bier geflossen sind und danach, auf dem Nachhauseweg sozusagen, die Idee entstand, zum "Friedensplatz" zu gehen. Und wo in Mollin konnte man an diesem Abend einkehren?" Er guckte mich an und erwartete eine Antwort.

"In der Disco?" tat ich ihm den Gefallen, ihn danach zu fragen.

"Du sagst es", sprach er mit einem süffisanten Lächeln. "Nun kommen wir zu dir, Niko. Die, mit denen ich gesprochen habe, waren an besagtem Abend mehr oder weniger betrunken und können sich an vieles nicht erinnern. Außerdem saßen sie die meiste Zeit ausschließlich an einem Tisch und bekamen nicht besonders viel von dem mit, was um sie herum passierte, aber einige berichteten mir, dass du dich über den Abend verteilt an verschiedenen Tischen aufgehalten hast. Meine Hoffnung richtet sich nun einerseits auf deine Beobachtungen, ob dir an diesem Abend etwas komisch vorkam, und andererseits möchte ich wissen, mit wem du zusammen gesessen und geredet hast. Für mich könnte es auch von großer Bedeutung sein, dass du, laut Aussage eines Freundes, einen sehr weit gefächerten Bekanntenkreis besitzt."

"Wer hat denn das behauptet?" ereiferte ich mich.

"Meine Informanten kann ich nicht preisgeben, das wirst du sicher verstehen, aber es war nicht sehr schwierig, solche Dinge zu erfahren. Schließlich bin ich beim Ministerium für Staatssicherheit und demzufolge ist das eine meiner leichtesten Übungen. Ich weiß zum Beispiel, dass du engen Kontakt mit einigen aus deiner Schule beziehungsweise deiner Klasse hast, außerdem bist du viel zusammen mit deinen Fußballfreunden, Jugendlichen aus deiner Straße, du bist häufig Samstagabend im Jugendklub und gehst ab und an in die Kirche und zum Religionsunterricht. Nach dem, was man mir erzählt hat, scheinst du in der Umgebung bekannt zu sein, wie ein bunter Hund."

"So viel Leute kenne ich auch wieder nicht, wie derjenige gesagt hat", wiegelte ich ab. "Ich bin wahrscheinlich etwas vielseitiger interessiert als andere und habe dadurch unterschiedlichere Bekannte. Beim Fußball haben die meisten zum Beispiel keine anderen Hobbys, gehen zweimal in der Woche zum Training und am Wochenende erst zum eigenen Spiel und dann noch zu den Männern zugucken. Das wäre mir ehrlich gesagt zu langweilig, dazu hätte ich gar keine Lust. Ich treffe mich lieber mal mit Leuten, die mit Sport nichts am Hut haben, das ist alles."

"Man hat mir gesagt, dass du euren Tisch irgendwann verlassen hast und bis zum Ende der Disco nicht wieder zurückkamst. Kannst du dich denn erinnern, wen du an dem Abend noch alles getroffen hast, nachdem du gegen 23 Uhr von eurem Tisch weggegangen bist? Es wäre sehr wichtig für meine Ermittlungen."

Ich tat so, als ob ich mir den Kopf zerbrach und darüber nachdachte, aber in Wirklichkeit musste ich nicht eine Sekunde grübeln, um seine Frage zu beantworten. Obwohl ich stink besoffen war, konnte ich mich im Nachhinein an jeden einzelnen erinnern, dem ich in der Disco begegnet war. Das hing garantiert damit zusammen, dass ich seit dieser Sache ohnehin an nichts anderes denken konnte und sich meine Gedanken ständig um diesen Abend drehten. Jeden Tag fiel mir etwas Neues ein, von absolut unnützem Zeug bis hin zu vergessen geglaubten Details dieser Nacht. Es war fast unheimlich. Ich war mir im Klaren, dass er mir nicht glauben würde, wenn ich ihm vorgaukeln würde, zu betrunken gewesen zu sein und mich deshalb an nichts mehr erinnern zu können. Damit machte ich mich erst recht verdächtig. Nein, so ging es auf keinen Fall. Er wollte Namen und ich musste ihm welche geben, um nicht seinen Verdacht vollends auf mich zu lenken, bloß welche Namen durfte ich erwähnen und welche nicht? Es war doch so: sagte ich die Wahrheit, also listete ich exakt alles auf, dann bestand die Gefahr, dass er als nächstes die anderen befragen würde und ich dastand wie ein Verräter, weil ich ihre Namen ausgeplaudert hatte. Die andere Variante war allerdings genauso schlecht: woher konnte ich denn wissen, dass er meinen Namen nicht von einem meiner Mittäter hatte und jetzt versuchte, uns gegeneinander auszuspielen. Wenn ich starke Erinnerungslücken, aufgrund des Alkohols vorschieben würde, säße ich doch erst recht in der Falle und machte alles nur noch schlimmer. Ich durfte nicht zu viel verraten und mich keinesfalls verplappern.

"Ehrlich gesagt, war ich nicht unbedingt nüchterner als meine Tischgefährten", begann ich vorsichtig, "aber ich werde versuchen, mich daran zu erinnern, mit wem ich gesprochen habe, nachdem ich unseren Tisch verließ."

"Du hast fast den gesamten Abend an eurem Tisch gesessen, zumindest wurde mir das erzählt. Warum bist du dann plötzlich aufgestanden und später nicht wieder zurückgekommen? Hast du jemand bestimmtes erkannt und bist denjenigen begrüßen gegangen? War das der Grund, Niko?"

"Nein, das war es nicht. Ich musste nur nötig auf die Toilette, weil mir schlecht war und ich das Gefühl hatte, mich jeden Moment übergeben zu müssen", erklärte ich ihm wahrheitsgetreu.

"Und was passierte danach?" fragte er mich aus.

"Ich muss längere Zeit in der Kabine zugebracht haben. In der hinteren war ich, weil dort nicht alle vorbei müssen, um an diese Rinne zu gelangen. Vorne klopfen immer alle dagegen und man hat keine Ruhe... sie wissen schon. Ist ja egal, jedenfalls habe ich über dem Klo gehangen, aber es kam nichts. Bevor ich wieder an meinen Tisch gehen wollte, war ich kurz draußen frische Luft schnappen."

Mein Gegenüber wurde allmählich ein wenig unruhig und ich sah, dass er mehrmals auf seine Uhr schaute.

"Du bist ganz alleine nach draußen gegangen?" fragte er ungläubig.

Ich konnte ihn nicht länger hinhalten und entschloss mich dazu, ihm einige Namen zu nennen, von Leuten, mit denen ich mich, über den Abend verteilt, unterhalten hatte. So kam der eine oder andere Name zur Sprache, und er konnte meinetwegen gerne Nachforschungen anstellen und sie über mich ausfragen, sofern sie sich an unsere sinnlosen Gespräche erinnern konnten.

Klar würde er bei genauer Recherche herauskriegen, dass ich mich mit keinem davon lange unterhalten hatte, manchmal nur ein paar Sätze zwischen Tür und Angel, und dann würde er sich sicher die Frage stellen, wo ich den restlichen Abend eigentlich gewesen bin, aber dann konnte ich mich immer noch darauf berufen, betrunken gewesen zu sein und deshalb nicht mehr viel von diesem Abend zu wissen. Ich glaube, er war froh, doch noch etwas Brauchbares aus mir herausgeholt zu haben und ich war froh, ihm Namen genannt zu haben von Bekannten, die nichts zu befürchten hatten und dieses, ohne meine Freunde zu verraten. Ich konnte nur hoffen, dass er nichts von unserem gemeinsamen Verlassen der Disco erfahren würde.

Gerade setzte er an, mich weiter auszuquetschen, als im Flur die Klingel der Haustür erneut läutete. Verwundert starrte ich auf die Uhr auf der Kommode. Es war kurz nach 18 Uhr. Sabine und Mutti konnten es nicht sein, da beide niemals klingelten. Mutti öffnete die Haustür normalerweise sogar so leise, dass sie manchmal völlig überraschend im Wohnzimmer auftauchte, ohne dass wir sie gehört hätten beim Hereinkommen. Das war ohnehin eine ihrer Spezialitäten, in den unmöglichsten Momenten plötzlich in der Tür zu stehen. Zum Glück hatte sie sich das in letzter Zeit ein bisschen abgewöhnt, genauer gesagt seit dem Tag, als sie mich dabei erwischt hatte, wie ich mich gerade selbst befriedigte. Eigentlich stimmte das gar nicht, aber da mir die Angelegenheit schon peinlich genug gewesen war, hatte ich darauf verzichtet, ihr zu erklären, dass alles ganz anders war, als es für sie aussah. Es war vielmehr so gewesen, dass ich an diesem Sonntagvormittag mal wieder einen meiner aufregenden sexuellen Träume hatte, die sich seit einiger Zeit meiner Phantasie bemächtigten und immer damit endeten, dass ich noch im Schlaf ejakulierte und dann mit einer feuchten klebrigen Hose erwachte. Ich konnte wirklich nichts dagegen unternehmen, es passierte einfach und bereitete mir den ersten Stress des noch jungen Tages. Wenn mir dieses Missgeschick widerfuhr, stopfte ich meinen Schlafanzug schnell in meine Sporttasche, um zu vermeiden, dass meine Mutter ihn entdeckte, und später, nachdem die feuchten Stellen getrocknet waren, legte ich ihn in der Schmutzwäsche ganz nach unten. In dieser Nacht war es mir zu warm gewesen, um im Schlafanzug zu nächtigen und ich hatte nackt geschlafen. Als Mutti am nächsten Morgen hereinkam, weil sie Bescheid sagen wollte, dass ich zum Frühstücken kommen soll, hatte sich mein bestes Stück gerade mal wieder selbstständig gemacht. Da ich infolge der nächtlichen Temperaturen hüllenlos war, verteilte sich mein Sperma überall in meinem Bett und als sie hereinkam und mir zum Spaß die Decke wegziehen wollte, reagierte ich ziemlich unwirsch, brüllte sie an, ob sie nicht anklopfen könne und zog mir vor Scham die Zudecke über den Kopf. Ich weiß nicht genau, wie viel sie wirklich mitgekriegt und gesehen hatte, aber vermutlich war ihr die Situation ebenfalls peinlich gewesen, denn seitdem klopfte sie immer an, bevor sie in mein Zimmer kam. Wieso fiel mir das gerade jetzt ein?

Ich entschuldigte mich bei meinem sächsischen Gesprächspartner und ging zur Tür. Mike stand davor.

"Was willst du denn hier?" rief ich entsetzt aus, nachdem ich die Tür hinter mir angelehnt hatte, damit mein Besuch Mike nicht sehen konnte.

"Was zum Teufel meinst du mit: Was willst du denn hier?", fragte er fassungslos. "Ich komme nach dem Scheiß- Krankenhaus als erstes zu dir, weil ich dachte, du würdest dir Sorgen machen und du empfängst mich mit: Was willst du denn hier? Ich fasse es nicht."

"Ich habe jetzt keine Zeit, verstehst du?" flüsterte ich und machte mit dem Daumen eine Bewegung, die ihm zeigen sollte, dass in der Wohnung dicke Luft herrschte. Beim Fußball wendeten wir diese Technik häufig an, zum Beispiel um dem Mitspieler anzuzeigen, in welche Richtung er den Pass spielen sollte.

Mike war leider alles andere als ein sportlicher Schüler, und mit Fußball hatte er schon gar nichts am Hut, weshalb er mit meinem Fingerzeig nichts anzufangen wusste und die Geste völlig falsch interpretierte.

"Du hast keine Zeit?" schrie er mich verdutzt an. "Sag mal spinnst du, Niko?"

"Hör auf hier rumzubrüllen!" fuhr ich ihn an. "Ich habe Besuch."

"Das ist doch kein Grund, deinen besten Freund vor der Haustür abzufertigen. Komm schon, lass mich rein!"

"Das ist absolut unmöglich", gab ich ihm zu verstehen.

"So ein Quatsch", sagte er verärgert. Mit einem Mal änderte sich seine Miene und er grinste mich an. "Ach so ist das. Wer ist es? Kenne ich sie?"

"Wie bitte?"

"Tu doch nicht so! Aus welchem Grund willst du wohl nicht, dass ich hereinkomme, wenn nicht deshalb." Er malte mit den Händen einen Busen in die Luft und pfiff dabei durch die Zähne. "Nun lass mich schon rein!", flehte er mich an, "ich bleibe auch nicht lange."

"Es geht nicht", plusterte ich mich auf.

In diesem Augenblick wurde die Tür von innen geöffnet und mein ungebetener Gast trat heraus. In der rechten Hand hielt er ein Stück Papier.

"Guten Tag", begrüßte er Mike und reichte ihm die Hand zum Gruß. Dieser erwiderte verschüchtert seinen Händedruck, der mehr einem Berühren, denn einem Drücken der Hand entsprach.

"Ich muss mich jetzt auf den Weg nach Berlin machen. Ist schon viel später, als ich dachte", sprach er zu mir gewandt, "aber im Prinzip sind wir fürs erste auch durch. Danke für deine Hilfsbereitschaft und die Brause. Sollte dir noch irgendetwas einfallen, egal was es ist, lass es mich bitte wissen!" Er drückte mir einen Zettel in die

Hand, auf dem sein Name und eine Telefonnummer standen.

Ich guckte mir den Zettel, den er höchstwahrscheinlich aus seinem Notizblock gerissen hatte, genau an. Offensichtlich handelte es sich um eine Nummer in Berlin, da sie dieselbe Vorwahl hatte, wie bei der Arbeitsstelle meiner Mutter. Seltsam war nur, dass er keine richtige Visitenkarte hatte. Schließlich konnte man das bei einem Mitarbeiter der Staatssicherheit erwarten, aber vielleicht hatte er sie auch nur vergessen.

"Meine neuen Visitenkarten befinden sich in der Druckerei. Wir sitzen erst seit vergangenem Montag in unserer neuen Dienststelle in Friedrichsfelde und momentan sind wir noch dabei, unsere Kisten auszupacken", entschuldigte er sich und es kam mir vor, als ob er meine Gedanken gelesen hatte. "Du kannst übrigens auch zu deinem Direktor gehen, wenn dir noch etwas Wichtiges einfällt. Wir stehen mit ihm in regelmäßigem Kontakt. Also dann, auf Wiedersehen."

Ohne auf unsere Erwiderung zu warten, drehte er sich zackig um, nahm schnellen Schrittes die Stufen und verließ mit einem quietschenden Geräusch, welches von seinen Stiefeln verursacht wurde, das Treppenhaus. Die dicke Eingangstür fiel hinter ihm zu und brachte kalte Luft herein.

Seinen sicher ungewollt spektakulären Abgang verfolgten wir in einer Art vollkommener Erstarrung. Nachdem er hinter der Tür verschwunden war, lockerten sich unsere Lähmungserscheinungen ein wenig, und wir guckten uns erleichtert an.

"Wer war das denn bitteschön?" fragte Mike kopfschüttelnd, als wäre ihm gerade ein Geist über den Weg gelaufen.

"Das ist eine lange Geschichte", seufzte ich.

"Der war wegen mir hier, oder? Du kannst es ruhig zugeben, das ist mir jetzt auch schon egal", jammerte er.

"Los, komm rein!" forderte ich ihn auf und fügte flüsternd hinzu: "Hier draußen gibt es zu viele Ohren."

Wissend nickte er mit dem Kopf, und wir betraten die Wohnung. Wie überall im gesamten Viertel wurde viel getratscht, und es wimmelte nur so von Gerüchten über die unterschiedlichsten Dinge. Bei der Nachbarin, die links neben uns wohnte, hatte man immer das Gefühl, dass sie einen durch ihre geschlossene Haustür belauschte, und bei Frau Hufschmied und ihrer kleinen Tochter, welche direkt über uns wohnten, brauchte man nur das Haus verlassen, und sofort glotzten sie beide durch das Fenster im Wohnzimmer. Es war natürlich nicht ausgeschlossen, dass sie rein zufällig dort standen und rein zufällig hinter der großen weißen Gardine hervorlugten, sobald unten die Eingangstür geöffnet wurde, aber dann hätte es sich tagtäglich um etliche Zufälle gehandelt, und daran wiederum glaubte ich nicht. In der letzten Zeit hatte ich es mir aus Spaß angeeignet, immer wenn ich das Haus verließ und manchmal auch, wenn ich heimkam, nach oben zu schauen und freundlich zu grüßen, indem ich winkte oder eine Grimasse schnitt, und jedes Mal bildete ich mir ein, hinter dem Vorhang einen Schatten zu sehen oder eine sich bewegende Gardine. Wenn ich Mutti von meinen Beobachtungen erzählte, ärgerte sie sich immer mächtig über Frau Hufschmied.

"Diese olle Tratschtante mit ihrer schrecklichen kleinen Tochter", pflegte sie dann zu sagen und verzog das Gesicht zu einer verächtlichen Grimasse. "Die sollte sich lieber um ihren eigenen Mist kümmern."

Mike fläzte sich augenblicklich auf die Couch und achtete darauf, dass er nirgends mit seinem Arm anstieß. Er hatte offensichtlich Schmerzen, aber jedenfalls trug er keinen Gips.

"Was ist mit deinem Arm los?"

"Erzähl mir lieber, wer das gewesen ist! Hat er dich über mich ausgefragt?" verlangte er eine Aufklärung, und als er mein verstörtes Gesicht wahrnahm, begann er zu jammern: "Verdammte Scheiße, Niko, du brauchst mir nichts vorzumachen. Ich weiß, dass er wegen mir da war, aber wie haben die das so schnell herausgekriegt?"

"Hör auf zu spinnen!" antwortete ich.

"Sag mir bitte die Wahrheit: Hast du mich verraten?" Ihm war die Frage unangenehm, das merkte ich an seiner unsicheren Fragestellung, trotzdem konnte ich es nicht fassen, dass er in Erwägung zog, von mir verraten worden zu sein. Schließlich waren wir die dicksten Freunde, und ich für meinen Teil hätte ihm so etwas nicht zugetraut.

"Bist du bescheuert?" entgegnete ich aufgebracht. "Ich dachte, du würdest mich besser kennen. Als ob ich..."

"Ist ja schon gut", unterbrach er mich, "tut mir leid, ehrlich. Ich glaube es doch selber nicht, dass du mich verpfeifen würdest, ich weiß nicht, wie ich darauf komme, aber ich fand es komisch, dass er sich bei dir für deine Hilfsbereitschaft bedankt hat." Er fasste sich an die Stirn und legte die Hand sachte darauf. Es sah aus, als würde er mit der bloßen Hand versuchen, Fieber zu messen. "Irgendwie funktioniert heute mein Kopf nicht richtig. Entschuldigung."

"Das Gefühl mit deinem Kopf habe ich allerdings auch, wenn ich ehrlich sein soll", erwiderte ich garstig, um sofort freundlichere Töne anzustimmen. " Auf jeden Fall kann ich dich beruhigen, was den Typen von der Staatssicherheit angeht, der war nämlich wegen etwas ganz anderem hier, aber erst mal will ich wissen, ob mit deinem Arm alles in Ordnung ist, und danach denke ich, du solltest mir noch einige Dinge erklären, oder meinst du nicht auch."

"Du hast recht", begann er und erzählte mir zuerst von seinem Aufenthalt im

Kreiskrankenhaus. Seine Schmerzen waren durch eine schmerzstillende Spritze, welche man ihm bereits auf der Fahrt dorthin verabreicht hatte, nicht mehr so stark gewesen, als er im Krankenhaus ankam. Im Wartesaal für die Unfallpatienten musste er Platz nehmen und warten, bis er aufgerufen wurde. Das dauerte fast eine Stunde, da er mit seinem eventuell gebrochenen Arm nicht als schwerer Fall eingestuft wurde und einige weitaus schlimmere Fälle vorgezogen werden mussten.

Ausführlich berichtete er mir von einem älteren Herrn, der es ihm besonders angetan hatte. Mike konnte sein Alter nicht genau einschätzen, vermutlich war er zwischen 50 und 65, aber aufgrund der vielen Falten in seinem ausgemergeltem Gesicht und den wenig verbliebenen grauen Haaren nahm er an, dass er bereits Rentner war und sich beim Heimwerkeln verletzt hatte. Kurz nachdem Mike es sich auf dem Sitz neben der Tür zum Behandlungszimmer bequem gemacht hatte, war er laut wimmernd hereingestürzt und hatte sich Mike gegenüber gesetzt, wo er vollkommen geistesabwesend zu Boden starrte. Irgendetwas dort fixierte er an, und seine glasigen Augen mit den weißen Pupillen versetzten Mike in Angst und Schrecken. Aus unerfindlichen Gründen erinnerte der alte Mann ihn an einen Film, den er gerade vorgestern im Fernsehen gesehen hatte, an "Die toten Augen von London", der mit Abstand beste Edgar- Wallace- Film. Neben ihm nahm seine Frau Platz und zuletzt erschien ein, im Vergleich zu den beiden, weitaus jüngerer Mann und klopfte vehement gegen die Tür zum Behandlungsraum. Eine Schwester öffnete unwillig die Tür und klärte ihn auf, dass der Doktor beschäftigt sei und er wie alle anderen Patienten Geduld haben müsse. Flüsternd schilderte er ihr den Fall und sie ließ sich überreden, kurz nach dem älteren Herrn zu sehen. Mike strengte sich an zu hören, welchen Unfall er erlitten hatte, konnte aber nur Bruchstücke der Unterhaltung erfahren, zum Beispiel, dass er beim Arbeiten auf dem Wochenendgrundstück Bretter für den Dachgiebel bearbeitet hatte, als es passierte. Die Krankenschwester redete besorgt auf die Familie ein und nahm vorsichtig Blickkontakt mit dem Verletzten auf, den dieser nicht erwiderte. Auch auf ihre Fragen antwortete er nicht und machte auf Mike den Eindruck, als ob er sie überhaupt nicht wahrnahm, woraufhin sie, ohne weiter zu zögern zur Tat schritt und den Reißverschluss seiner Anorakjacke behutsam öffnete. Was da zum Vorschein kam, ließ Mike genauso wie die Schwester und seine Ehefrau übel werden. Die Jacke war innen total verschmiert mit Blut, welches aus dem Verband der linken Hand hervorsuppte. Dass der Verband einmal weiß gewesen war, konnte man sich nur noch vage vorstellen. Jetzt war alles in tiefstes Dunkelrot getunkt und bildete einen erschreckenden Anblick für Menschen, die nicht jeden Tag mit Verletzungen dieser Art konfrontiert wurden und nicht nur für die. Vorsichtig löste die Schwester den triefenden Verband und förderte einen einzigen Klumpen rohen Fleisches zu Tage. Ein sehr spitzer oder scharfer Gegenstand, möglicherweise eine Kreissäge oder eine Schleifscheibe, hatte auf seiner Hand gewütet und nicht viele Stellen heil gelassen. Entsetzt wendete sogar die Schwester den Kopf zur Seite und schrie nach ihrer Kollegin. Der Fußboden unter ihm verfärbte sich währenddessen langsam, und der Kontrast der einfarbig, hellgrauen Fließen mit dem roten Tropfen seines Blutes, gab ein unheimliches Bild ab. Später erfuhr Mike durch ein Gespräch, welches der Schwiegersohn mit dem Arzt führte, dass der Mann, trotz des Verlustes vom kleinen und dem Ringfinger, großes Glück gehabt hatte und die verbliebenen Finger gerettet werden konnten, durch das schnelle und besonnene Eingreifen von ihm. Die anderen Wunden auf der Handfläche konnten mit einigen Stichen genäht werden und außer ein paar deftigen Narben, teilte er ihm mit, würde er bald wieder beim Ausbau des Häuschens mithelfen können. Erleichtert nahm er seine Schwiegermutter in den Arm, die mit dem Schlimmsten gerechnet hatte und der nun ebenfalls ein Stein vom Herzen zu plumpsen schien. Ihr Mann musste aber für die kommende Nacht zur Beobachtung im Krankenhaus bleiben. Falls im Nachhinein unvorhersehbare Komplikationen auftauchen sollten, was bei der Schwere des Blutverlustes nicht abwegig war, wollte der Arzt kein unnötiges Risiko eingehen und den Patienten lieber in der Nähe von ausgebildeten Fachkräften wissen.

Mikes Begegnung mit dem Arzt verlief weniger spektakulär. Der Arm wurde abgetastet, und obwohl er keinen Bruch feststellte, schickte er Mike zur Sicherheit zum Röntgen. Danach war klar, dass nichts gebrochen oder gesplittert war, sondern die Schmerzen von einer Prellung des Ellenbogens und einer Überdehnung der Sehne des Unterarms herrührten. Man verpasste ihm einen Verband unterhalb des Ellenbogens, damit er in den nächsten Tagen diesen Bereich des Armes ruhig stellte und eine Salbe, die er frühmorgens auf der belasteten Stelle verreiben sollte.

Die Salbe hatte dieselben Wirkstoffe wie meine und einen sehr ähnlichen Namen: "Hepathromb". Ich benötigte sie fast jeden Sonntag nach dem Fußball, um an meinen Beinen die angeschwollenen Stellen zu behandeln, an denen ich gefoult wurde. Meistens hatte ich an den ersten beiden Tagen nach unseren Spielen mit Schmerzen zu kämpfen, und die Salbe linderte sie ein wenig.

"Da hast du mal wieder mehr Glück als Verstand gehabt", stellte ich scherzhaft fest, nachdem er mir alles berichtet hatte.

"Wohl wahr, Niko", entgegnete er und wirkte dabei erleichtert, "aber jetzt bist du mit Erzählen dran."

"Vergiss es, zuerst wolltest du mir noch etwas anderes sagen." wiegelte ich ab.

Widerwillig, aber sich seinem Schicksal fügend, begann er, mir alles von Anfang an zu berichten.

Seit einigen Jahren schon war er fasziniert davon, in der Kurve am Ortseingang die Friedensfahrer bei ihrer jährlichen Durchfahrt zu sehen. Begonnen hatte sein Interesse daran vor sechs Jahren, als sein Vater und Fred, sein älterer Bruder, ihn zum ersten Mal mitgenommen hatten an die Strecke. Kurze Zeit später hatte sein Vater ihn bei der AG Radsport angemeldet, aber dort blieb Mike nicht lange, da ihm das Training auf Dauer zu anstrengend war und er in den Augen des Übungsleiters nicht gut genug war, um an Rennen teilnehmen zu dürfen. Deshalb trat er nach nur einem halben Jahr wieder aus, aber seiner Begeisterung für den Radsport an sich, tat das keinen Abbruch. Obwohl er insgeheim davon träumte, selbst einmal an diesem Rennen teilzunehmen, wusste er nur zu gut, dass er niemals diese Möglichkeit bekommen würde. Je älter er schließlich wurde, desto mehr sehnte er jedes Jahr den Tag herbei, an dem das Peloton der Fahrer durch unseren Ort fuhr, und umso größer war danach immer die Enttäuschung, wenn alles nach wenigen Minuten wieder vorbei war, ohne dass irgendetwas besonders Spannendes, Sensationelles oder einfach nur Interessantes passiert war. Genau dieser Umstand brachte ihn beim letzten Mal auf seine Idee mit der flüssigen Seife. Sein Bruder hatte im vergangenen Jahr auf dem Nachhauseweg erklärt, dass er definitiv nie mehr zu dieser langweiligen Kurve gehen wolle, da es ohnehin immer das Gleiche sei.

"Zuerst steht man sich stundenlang die Beine in den Bauch und wartet und wartet, dann kommen die endlich, rauschen in der Kurve so schnell an uns vorbei, dass man sowieso keinen erkennt und nach einigen Minuten ist der ganze Spaß zu Ende und selbst wenn man einen der Fahrer wieder erkennt, muss man doch feststellen, dass keiner der ganz großen Fahrer bei der Friedensfahrt dabei ist. Wo sind denn die Fahrer, die bei der Tour de France fahren?" ereiferte er sich.

Mike empfand es für das Rennen nicht als Makel, dass nur die Nationalmannschaften aus den sozialistischen Staaten ihre besten Leute für die Friedensfahrt nominierten und aus den anderen Ländern fast immer unbekannte Fahrer teilnahmen, aber er stimmte mit Fred überein, dass es von Mal zu Mal öder wurde. In den Sommerferien hatte er regelmäßig die allabendlichen Zusammenfassungen von der Tour de France verfolgt und auf einer der Flachetappen war es in einer 90°-Kurve zu einer Massenkarambolage gekommen. Jetzt wo Mike mir davon erzählte, konnte ich mich erinnern, dass die Bilder damals in allen Fernsehsendern gezeigt wurden, und mir wurde klar, warum ihn diese Bilder zu seiner heutigen Tat animieren konnten: Es hatte sich um eine Rechtskurve gehandelt, mit fast demselben Profil wie hier in Mollin; genauso mit Gittern abgesperrt und mit einer kleinen Böschung dahinter.

"In dem Moment, als ich im Fernsehen gesehen habe, was sich nach dem

Massensturz abgespielt hat, ging mir ein Licht auf und mir war klar, was ich tun muss, damit es beim nächsten Mal nicht wieder langweilig wird."

"Dir war klar, was du tun musst?" schüttelte ich fassungslos den Kopf. "Bist du noch zu retten? Es hätte sonst was passieren können. Es hätte nur einer der Fahrer ohne Helm unglücklich mit dem Kopf auf die Pflastersteine fallen brauchen. Meinst du etwa, dann hätte der sich nur eine kleine Beule am Kopf geholt?"

"Ich wollte doch nicht, dass sich jemand verletzt", jammerte er. "Das musst du mir wirklich glauben."

"Davon kannst du doch nicht ausgehen, dass bei einem Sturz alles glatt geht und sich keiner ernsthaft verletzt", sagte ich aufgebracht. "Du bist schließlich kein Kindergartenkind mehr."

"Ich habe nicht damit gerechnet, dass es zu solch einem Massenunfall kommen könnte, weil in so einer engen Kurve keiner besonders schnell fahren kann", erklärte er mit seiner kindlich naiven Logik und fügte wie zum Beweis an: "Bei der Tour de France gab es ja auch keine Verletzten."

"Sowas nennt man Glück oder Zufall", spottete ich.

"Kann schon sein", antwortete er kleinlaut.

"Wie bist du eigentlich auf die Idee mit der Seife gekommen?" fragte ich ihn, um meine Neugier zu befriedigen.

"Purer Zufall. Ich habe im Keller einige Sachen ausprobiert und die Flüssigseife meiner Mutter war mit Abstand am besten geeignet."

"Das verstehe ich jetzt nicht. Es gibt doch besseres Zeug, damit der Untergrund rutschig wird, zum Beispiel Öl oder Maschinenfett."

"Na ja, es ging ja nicht nur darum", öffnete er mir seine verschrobenen Gedankengänge. "Ich wollte zwar, dass die Steine glatt und glitschig werden, aber wichtiger war natürlich, nicht erwischt zu werden, also musste ich mir etwas einfallen lassen, was auf beides gleichermaßen zutrifft. Öl und Fett wäre sofort aufgefallen, weil man die Flecken gesehen hätte und so habe ich mit verschiedenen Substanzen experimentiert, bis ich die Seife meiner Mutter in die Hand bekam."

Ich wusste nicht, ob ich lachen oder weinen sollte, während er mir seine Erkenntnisse in aller Ausführlichkeit darlegte. Ich konnte nur hoffen, dass Mike aus dieser Sache etwas gelernt hatte, aber im Prinzip war ich mir dessen sicher, wenn ich mir dieses Häufchen Elend anguckte, welches zusammengekauert vor mir saß. Andererseits musste gerade ich mich aufregen, wo ich doch allen Grund gehabt hätte, die Klappe nicht zu weit aufzureißen, nach meinen eigenen Verfehlungen.

Nachdem ich ihm versicherte, keinem sein Geheimnis zu verraten und es für mich zu behalten, wechselten wir augenblicklich das Thema und wendeten uns meinem unheimlichen Besucher zu. Ich hatte kurz darüber nachgedacht, ihn einzuweihen, aber damit hätte ich ihn im Ernstfall nur in eine schwierige Situation gebracht und behielt die Einzelheiten daher lieber für mich. Vielleicht würde ich ihm später, wenn ein wenig Zeit vergangen war, erzählen, was in der Nacht zum 2. Mai passiert war, aber für heute gab es schon genug Aufregung. Ich erzählte Mike nur das, was er bedenkenlos wissen konnte, ohne ihm zu sagen, dass ich selber beteiligt war.

"Ich verstehe nicht, warum der gerade zu dir kommt", grübelte er.

"Würde mich auch interessieren. Meinst du, der klappert alle ab, die in der Disco waren?"

"Kann ich mir nicht vorstellen", entgegnete er ungläubig, "dann müssten die ja bei hunderten Leuten ..."

"Stimmt", sagte ich knapp.

"Weißt du, was sein könnte, Niko: Irgendeiner hat vielleicht, unserem Direktor würde ich das zum Beispiel zutrauen, dem Typen von der Staatssicherheit erzählt, dass du keine Jugendweihe mitgemacht hast und ihr ab und zu Besuch von euren Verwandten aus dem Westen bekommt und solche Dinge. Ich meine, möglich wäre das doch."

"Der Gedanke ist gar nicht so abwegig", musste ich zugeben. "Die erkundigen sich also über die Leute, die in der Disco waren und statten denen einen Besuch ab, wo sie aufgrund ihrer Nachforschungen der Meinung sind, derjenige könnte ein potentieller Täter sein, weil er in der Kirche engagiert ist oder schon mal mit dem Gesetz zu tun hatte oder, so wie bei Matthias, ständig der Audi mit Westberliner Kennzeichen vor der Tür steht."

"Genau."

"Die Anzahl der Tatverdächtigen würde mit einem Mal überschaubar werden", rief ich aus. "Das ist es. Du hast Recht. So wird es sein."

"Aber das würden die doch nur machen, wenn sie keine Ahnung hätten. Da kann man ja gleich eine Stecknadel im Heuhaufen suchen", lamentierte er.

"Würde ich genauso sehen", versuchte ich, so gleichgültig wie möglich zu sagen, aber innerlich freute ich mich, denn unsere Überlegung ließ nur diesen Schluss zu: Sie suchten verzweifelt nach der Stecknadel im Heuhaufen.

11

Wie gewonnen, so zerronnen

Am Sonntagvormittag, Punkt 12 Uhr 15, mussten wir unseren ohnehin nur noch theoretischen Traum vom Gewinn der Fußball- Kreismeisterschaft endgültig abhaken. Beim Tabellenzehnten "Traktor Grassow" hatten wir uns so gut es ging blamiert und vollkommen zu Recht mit 0:1 verloren. Ausschlaggebend dafür war die fehlende Motivation vor den beiden letzten Spieltagen, aus eigener Kraft doch noch Meister werden zu können, nachdem unserem Verein gestern das Urteil über unseren Einspruch zum Spiel bei "Motor Braunfeld" mitgeteilt wurde:

"... Es handelte sich in der betreffenden Spielsituation zwar um einen Regelverstoß seitens des den Freistoß ausführenden Spielers, aber entscheidend für unser Urteil ist die Tatsachenentscheidung des Schiedsrichters, der diesen Regelverstoß nicht gepfiffen hat... Am Ergebnis der Partie ändert sich daher nichts... Braunfeld- Mollin 1:0 Tore, 2:0 Punkte... Mit sportlichen Grüßen..."

Damit war vor dem Spiel in Grassow klar, dass wir selbst bei einem Sieg dort auf ein Wunder hoffen mussten, denn Braunfeld hatte in der gesamten Rückrunde kein einziges Spiel verloren und bei zwei noch ausstehenden Partien, gegen den Tabellenvorletzten auswärts und am letzten Spieltag zu Hause gegen "Aufbau Strampe", war damit nicht zu rechnen. Unser Trainer brachte es bei der Besprechung vor dem Spiel auf den Punkt, als er das aussprach, was wir alle dachten: "So blöd, die noch fehlenden zwei Punkte zu holen, sind nicht mal die."

Mit hängenden Köpfen verließen wir den Ort unserer Niederlage. Wieder zurück in Mollin hatte keiner Lust, noch zum Spiel unserer Männer zu gehen, welches um 14 Uhr beginnen sollte. Ich war restlos bedient und verabschiedete mich mit der Ausrede, noch für die Prüfungen in der kommenden Woche lernen zu müssen. Das war nicht einmal gelogen, denn ich musste heute wirklich etwas dafür tun, vor allem für Mathematik.

Für die Prüfung in Deutsch, die schon am Mittwoch an der Reihe sein würde, hatte ich bisher noch nicht gelernt. Ich erwartete am Nachmittag Sigmar, der mir versprochen hatte, die Prüfungsaufgaben vorbeizubringen. Diese brauchte ich dann nur auswendig zu lernen und konnte mich auf die viel schwerere Mathematikprüfung konzentrieren.

Herr Thiem schien mich seit einigen Wochen wieder stärker auf dem Kieker zu haben und schikanierte mich, wo immer es ging. Ich bildete mir ein, den Grund dafür zu kennen, da seine neuerlichen Schikanen kurz nach der Sache auf dem "Friedensplatz" begonnen hatten. Es hätte mich nicht gewundert, wenn er die Staatssicherheit auf meine Fährte angesetzt hätte, aber mir gegenüber erwähnte er nichts dergleichen und ich verkniff es mir, ihn danach zu fragen. Jedenfalls musste ich es vermeiden, in seinem Fach in die mündliche Prüfung zu kommen, da mir klar war, was mich dort erwarten würde: ein allerletztes Kräftemessen zwischen ihm und mir.

Überhaupt war man im Ort inzwischen wieder zur Normalität übergegangen und die Geschichte vom 1. Mai weit weg. Es war gut möglich, dass Mike mit seiner Aktion bei der Friedensfahrt, bei der alle an einen unglücklichen Unfall aufgrund der glatten Straße glaubten, mit dazu beigetragen hatte, dass die andere Sache in Vergessenheit geriet. Mir sollte das nur recht sein, obwohl ich nicht glauben konnte, dass das Ministerium für Staatssicherheit den ungelösten Fall ebenso vergessen haben sollte wie die Einwohner von Mollin.

Trotzdem rechnete ich jeden Tag damit, dass man mich, wenn auch nicht als Verdächtigen, dann jedoch als Zeugen vorladen würde, aber es geschah nichts. Tobias hatte ich am Tag danach auf der Toilette der Sporthalle abgepasst und ihn von meinem Besuch unterrichtet. Er war sehr überrascht, beruhigte mich allerdings sofort und teilte meine Vermutung, dass sie ganz offensichtlich keine heiße Spur hatten. Deshalb versuchten sie, eventuelle Täter durch die Befragungen nervös zu machen, um eine unbedachte Reaktion heraufzubeschwören. Er hatte jedenfalls bisher keinen seltsamen Besuch bekommen und soweit er wusste, die anderen auch nicht, aber er versprach mir, mich auf dem Laufenden zu halten. Allerdings hatte er momentan keinen regelmäßigen Kontakt zu Dieter. Als sie sich das letzte Mal sahen, hatten sie beschlossen, dass es vorerst besser sei, nicht zusammen gesehen zu werden. Für den Notfall hatten sie ausgemacht, einen Zettel unter den großen Kasten am Bahnhof zu kleben, da wo immer die neuesten Informationen des Gemeindelebens ausgehängt wurden und es niemandem auffallen würde, wenn man dort stehen blieb, um zu gucken, was es an Neuigkeiten gab.

Gegen Abend, ich war gerade dabei in "Mathematik in Übersichten" zu blättern, stürmte Sabine in mein Zimmer.

"Besuch für dich."

"Ich komme schon", antwortete ich erfreut und ging zur Tür.

Es war Sigmar und ein Mädchen, das ich noch nie mit ihm zusammen gesehen hatte. Ich bat sie hinein, und wir verschwanden schnell in meinem Zimmer.

Er stellte mir zuerst ganz förmlich seine Begleitung vor. Sie hieß Alexandra. Er erwähnte mit keiner Silbe, ob das seine neue Freundin war, von der er mir schon so viel erzählt hatte, die ich aber bisher noch nicht zu Gesicht bekommen hatte.

"Mann ich hatte schon Angst, du kommst nicht mehr", sagte ich und bedeutete den beiden, sich auf den Teppich zu setzen.

"Ging leider nicht schneller", entschuldigte er sich ", aber mein Motorrad war kaputt.

Ich habe den ganzen Tag über daran rumgeschraubt. Als ich gemerkt habe, dass es mit meinem heute nichts mehr wird, habe ich Alex gefragt, ob sie mich herfahren kann. Wenn sie nein gesagt hätte..."

"Habe ich ja nicht", unterbrach sie ihn mit einem charmanten Lächeln, "sonst wären wir wohl kaum hier."

"Du hast ein eigenes Moped?", fragte ich überrascht, woraufhin Sigmar mich auslachte.

"Mann, du bist vielleicht lustig. Sie hat kein Moped, sondern eine 250-er Höllenmaschine."

"Eigentlich gehört sie meinem Vater, aber ich darf sie benutzen, wann immer ich will", erklärte sie mir freundlich.

"Auf jeden Fall hängt sie mich mit ihrer Karre um Längen ab", flachste Sigmar, "Mit meinem Ofen wäre ich jetzt gerade mal auf der halben Strecke."

"Von wegen, du Spinner", erwiderte sie und blinzelte ich an.

Während wir uns unterhielten, musterte ich Alexandra und ich fing an, Sigmar für sein Glück zu beneiden, dass er bei Mädchen hatte, denn sie war wirklich süß. Ihr herzliches Lachen bedeckte das ganze Gesicht und unter den Augen bildeten sich dabei kleine Lachfältchen, die ihr ein wenig das abenteuerliche Aussehen von Pippi Langstrumpf verliehen. Vielleicht trug aber auch meine Vorstellung dazu bei, sie wie einen Wirbelwind auf dem Motorrad entlang sausen zu sehen. Ansonsten hatte sie keine äußerlichen Ähnlichkeiten mit Pippi. Sie war sehr kräftig gebaut und verhältnismäßig groß, mindestens 1,70 m, hatte dunkelbraune Haare, die sie zu einem Zopf gebunden hatte und trug schwarze Lederklamotten, wie sie die meisten Leute trugen, die mit einem Motorrad unterwegs waren. Unter der Jacke hatte sie einen dicken Rollkragenpulli an und ich konnte darunter sehr gut die Konturen ihrer festen Brüste erkennen. Die Brustwarzen stachen regelrecht durch den Stoff ihres Pullovers. Ich musste mich ziemlich zusammenreißen, sie nicht fortwährend anzuglotzen und begann daher lieber irgendwelche Gegenstände in meinem Zimmer zu fixieren. Ich fühlte mich in ihrem Beisein mehr und mehr unwohl und gleichzeitig zu ihr hingezogen, aber auf eine Art und Weise, die mir völlig neu erschien. Mit der Zeit bekam ich Sigmar gegenüber ein schlechtes Gewissen. Wie konnte ich es wagen, seine Freundin so schamlos mit den Augen auszuziehen?

Wir redeten mindestens eine Stunde lang über belanglose Dinge. Außerdem informierte ich sie genauestens über meinen eigenartigen Besuch und was es sonst noch an Neuem gab in Mollin. Sogar bis nach Balitz hatte sich herumgesprochen, was am 1. Mai in Braunfeld vorgefallen war. Sigmar hatte mir bei unserem ersten Gespräch danach gesagt, wir sahen uns zufällig am Donnerstag darauf im Zug, dass er sehr erleichtert war, an diesem Tag nicht zur Disco nach Mollin gefahren zu sein. Er meinte, es gebe zwar keinen direkten Grund, warum er vor der Polizei oder Staatssicherheit Angst haben müsste, aber er wollte schlichtweg nichts mit denen zu tun kriegen, da ihm die ständigen Verkehrskontrollen schon mehr als nötig an seinen Nerven zehrten. Andauernd wurde er unter zur Hilfename dubioser Gründe angehalten und musste dann minutenlang alle Funktionen seines Motorrades vorführen. Da meistens alles funktionierte und trotz größter Anstrengung der Polizisten, kein Verstoß gegen die STVO festgestellt werden konnte; außer einmal im vergangenen Herbst, als das Bremslicht defekt war, funktionierte immer alles; hielten sie ihm einen lächerlichen Vortrag über die besondere Verkehrsgefährdung durch Motorradfahrer, einerseits wegen häufig anzutreffenden Geschwindigkeitsübertretungen sowie gefährlicher Fahrweise und andererseits wegen der permanenten Lärmbelästigung durch aufgebohrte Auspuffe. Kein Wunder, dass er keinen Wert darauf legte, seine negativen Erfahrungen mit den Gesetzeshütern zu vertiefen.

Die Prüfungsunterlagen hatte er mir gleich zu Beginn übergeben, verbunden mit der eindringlichen Bitte, sie nirgendwo mit hin zu nehmen und wenn überhaupt, dann wirklich nur den engsten Kumpels zum Abschreiben zu überlassen. Sein Freund, von dem er die Abschriften organisiert hatte, war sich nämlich nicht hundertprozentig sicher, ob man, sollte eine der im Umlauf befindlichen Abschriften entdeckt werden, herausfinden konnte, woher diese stammte. Das würde für seine Mutter garantiert einigen Ärger nach sich ziehen. Schließlich dürfte es ihr schwer fallen nachzuweisen, dass sie von den Machenschaften ihres Sohnes keine Ahnung hatte. Ich versprach Sigmar, gut auf die Mappe mit den Prüfungsthemen aufzupassen.

Bevor sie wieder losfuhren, verschwand Alex kurz zur Toilette und ich konnte meine Neugierde nicht länger im Zaum halten.

"Jetzt weiß ich endlich, warum du sie mir noch nie vorgestellt hast, Sigmar", zog ich ihn auf. "Du hast wohl Angst gehabt, dass ich sie dir ausspannen könnte. Hab ich Recht."

"Alex?", schmunzelte er, "du meinst, ich könnte Angst haben, dass du sie mir wegschnappst? Die ist doch viel zu alt für dich."

"Für dich etwa nicht?", grinste ich ihn an.

"Und zu groß ist sie auch für dich, du Gartenzwerg."

"So viel größer bist du ja selber nicht, langer Lulatsch", entgegnete ich süffisant und traf damit seinen wunden Punkt, denn solange ich ihn kannte, beschwerte er sich regelmäßig darüber, dass die Mädchen, welche sich für ihn interessierten zu klein waren und diejenigen, für die er sich interessierte, denen war er meistens wiederum zu klein. Offensichtlich hatte es diesmal endlich mal hingehauen.

"Wie findest du sie denn?", fragte er scheinheilig.

Ich war mir sicher, dass ihm meine Blicke vorhin nicht entgangen sein konnten und schnalzte nur mit der Zunge, was so viel bedeutete wie: "Wow".

Er wollte gerade anfangen, etwas zu sagen, als die Tür aufging und Alexandra herein trat.

"Na, über wen habt ihr euch gerade unterhalten?"

"Immer über den, der danach fragt", antwortete ich frech.

"So ist das also. Kaum dreht man euch den Rücken zu und schon wird über einen gelästert", beschwerte sie sich im Spaß.

"Nein, niemals", lachte Sigmar los, "das würden wir doch nicht machen."

"Niemals", bestätigte ich.

"Möchte ich auch hoffen", sagte sie und schaute auf meinen Wecker auf dem Nachttisch. "Wir müssen Sigmar", deutete sie auf die Uhr.

"So spät ist es schon", sprach er verwundert, nachdem er einen Blick auf den Wecker geworfen hatte.

Schnell zogen sie ihre warmen Klamotten über und einen Reißverschluss nach dem anderen zu. Alexandras Lederjacke schien aus zig einzelnen Stücken zu bestehen, die nur durch das Schließen der Verschlüsse eine Einheit bildeten.

Ich begleitete sie nach draußen und ging dabei hinter ihnen, so dass ich Alex' Hintern bewundern konnte. Sie hatte ein mächtiges Gestell und ich vermutete, dass ihre dicken Sachen daran schuld waren, den Po so riesig aussehen zu lassen. Es sah komisch aus und passte überhaupt nicht zu ihrer restlichen Figur. Hatte ich drinnen bloß nicht darauf geachtet oder war es mir nicht aufgefallen, weil ich ständig auf andere Körperpartien gestarrt hatte.

Während sie versuchte, das Motorrad zum Laufen zu bringen, kam Sigmar sich von mir verabschieden. Nachdem wir uns die Hände gereicht hatten, flüsterte er mir ins Ohr: "Was ist nun, wie findest du sie?"

"Nicht schlecht", flüsterte ich zurück. "Herzlichen Glückwunsch."

"Dankeschön, aber..."

Das Aufheulen des Motors unterbrach ihn jäh und der entstehende Lärm tat sein Übriges und verschluckte das Ende des Satzes. Alex bedeutete ihm, sich auf die Karre zu schwingen.

Bevor er sich zu ihr umdrehte, beendete er aber noch den Satz: "...sie ist nicht meine Freundin", sagte er und zwinkerte mir zu.

Mit weit aufgerissenem Mund und vielen Fragen im Kopf blieb ich vor dem Haus stehen und guckte zu, wie die zwei auf ihrem Feuerstuhl in der Dunkelheit verschwanden.

Ab jetzt konnte ich mich auf das Lernen für die Matheprüfung konzentrieren. Die Deutschprüfung hatte ich schon in Gedanken abgehakt, da ich dank Sigmars Unterstützung nicht nur die Fragen wusste, die man uns stellen würde, sondern ebenso die Antworten dazu kannte. Ich hatte ihm zwar versprochen, das nicht großartig zu erzählen, aber es sprach sich in der Schule herum wie ein Lauffeuer.

Tobias hatte über eine andere Quelle, die er genauso wenig verriet wie ich, die geheimen Unterlagen auch erhalten, so dass wir am Montagnachmittag unsere gesamte Klasse damit versorgten.

In Braunfeld, berichtete mir Christian, dessen Cousine in der dortigen Schule in die 10. Klasse ging, wussten seit dem Wochenende auch alle Bescheid und ich fragte mich, wie das bei soviel angeblicher Geheimhaltung innerhalb des Kreisschulamtes überhaupt möglich war.

Entspannt und zuversichtlich machte ich mich am Mittwoch auf den Schulweg, bereit zur ersten schriftlichen Prüfung und zur Einläutung der letzten Wochen meiner Schulzeit.

Zur Feier des Tages hatte ich mich sogar darauf eingelassen, das hässliche blaue FDJ- Hemd zu tragen. Unsere Deutschlehrerin Frau Gabrecht, in deren Aufgabengebiet an unserer Schule außer ihrem Unterricht in Deutsch und Russisch auch die Organisation der FDJ- Arbeit fiel und mit der man im Gegensatz zu anderen Lehrern gut auskam, hatte uns darum gebeten. Tanja gefiel diese Idee so gut, dass sie auf unserer FDJ- Versammlung vergangenen Dienstag den Vorschlag machte, bei allen bevorstehenden Prüfungen feierlich das FDJ- Hemd anzuziehen. Fast einstimmig mit wenigen Enthaltungen wurde der Vorschlag angenommen.

Ich musste zugeben, dass die Art, wie sie uns zu dieser für unsere Klasse völlig untypischen Verhaltensweise übertölpelt hatte, meinen Respekt verdiente.

Die Versammlung hatte sie nach dem Unterricht anberaumt, und da es viele Kleinigkeiten über den Ablauf der nächsten Wochen zu besprechen gab, zog es sich in die Länge. Der Tag war anstrengend gewesen und wir wollten nach Hause. Allmählich kam etwas Unruhe auf und jeder sehnte das Ende der Besprechung herbei, als Tanja sagte, dass es nur noch einen Punkt zu bereden gebe und danach die Versammlung sofort zu Ende sei. Sie kannte uns gut genug, um zu wissen, dass sich nach dieser Ankündigung keiner von uns auf eine große Diskussion mit ihr einlassen würde, weil dann die Gefahr bestand, hier noch mehr Zeit zu vergeuden und das Ergebnis der Abstimmung zeigte, wie sehr sie uns durchschaute.

Nach dem Motto: "Mitgehangen, mitgefangen" beugte ich mich dem klaren Votum der Klasse, selber hatte ich mich wie meistens der Stimme enthalten und kramte mein

FDJ- Hemd aus dem Schrank. Ich hatte es schon lange nicht mehr getragen und da es die letzten Monate über ein trauriges Dasein im untersten Ablagefach meines Kleiderschrankes gefristet hatte, war es nicht nur total zerknittert, sondern roch auch ziemlich muffig. Mutti hatte es am Wochenende für mich gewaschen und nachdem es getrocknet war, viel Zeit darauf verwendet, mit einem Bügeleisen wenigstens wieder ansatzweise eine Form hineinzukriegen, die es mir ermöglichte, mich beim Tragen desselben nicht vollends lächerlich zu machen.

Etwa zehn Minuten vor dem Beginn der Prüfung fanden wir uns im Raum 312 ein, der sich unter dem Dach befand und über eine breite Treppe zugänglich war.

Die Atmosphäre war relativ locker und von Prüfungsangst keine Spur, was mich auch nicht wunderte. Was konnte uns schon passieren? Eigentlich durfte sich nur keiner erwischen lassen beim Abschreiben seiner Notizen, aber darin sah ich nun wirklich kein Problem.

Nachdem wir den Raum betreten hatten, forderte uns Frau Gabrecht auf, außer einer Federtasche mit den erforderlichen Schreibutensilien unsere anderen Sachen in der hintersten Bank abzustellen, "um niemanden auf dumme Gedanken zu bringen", wie sie sich ausdrückte.

Unser Direktor hielt, zur Eröffnung der Prüfung eine kleine einleitende Rede und wünschte uns viel Erfolg, genauso unser Klassenlehrer und zu guter Letzt unsere Lehrerin.

Herr Schnitzler und Herr Ferner verließen schließlich den Raum. Die Prüfung konnte beginnen.

Erwartungsfroh saß ich auf meinem Stuhl und überprüfte in meiner Hosentasche zum tausendsten Mal, ob das Taschentuch mit den in mikroskopischer Schrift abgefassten Stichpunkten, vorhanden war. Es war da, und ich konnte beruhigt auf das Verteilen der Prüfungsblätter warten.

"Niko und Ralf, helft ihr mir bitte beim Verteilen?", winkte sie uns zu sich.

Sie drückte jedem von uns unterschiedliche Stapel in die Hand. Ralf bekam den Stapel mit den Aufgaben überreicht und ich einen Stapel mit leeren Blättern zum Schreiben.

"Jeder bekommt nur ein Blatt", instruierte sie uns und wir begannen, ohne zu zögern, von Reihe zu Reihe zu gehen und die Sachen zu verteilen.

Als wir damit fertig waren, gingen wir an unseren Tisch zurück und setzten uns.

Ich nahm mein Prüfungsbogen in die Hand, las mir kurz das Deckblatt durch und blätterte um. Dort waren numerisch gegliedert die auszuführenden Arbeiten aufgelistet und ich fing an, mir die erste Aufgabe durchzulesen.

Die Aufgabenstellung ergab für mich überhaupt keinen Sinn. Ich versuchte mich zu konzentrieren und las denselben Absatz erneut. Vielleicht hatte ich bloß etwas falsch gelesen, beruhigte ich mich, aber das war nicht der Fall: Die Aufgabe hatte definitiv nichts mit dem gemein, was ich von Sigmar als Prüfungsunterlagen erhalten hatte.

Mein Herz begann vor Schreck zu pochen und ich merkte, wie mir das Blut in die Adern schoss. Mit dem Ellenbogen auf die Tischplatte gestützt und der Hand an der Stirn, wendete ich vorsichtig die unter der Hand versteckten Augen Hilfe suchend zu Ralf. Er saß unbeweglich und erstarrt vor seinem Blatt Papier, die kurzen schwarzen Stoppelhaare noch mehr nach allen Seiten abstehend als normalerweise und begriff genauso wenig wie ich, was hier los war. Unser Augenkontakt verriet mir, dass er absolut ratlos und schockiert war.

Die Gesichtsausdrücke meiner restlichen Klassenkameraden sprachen Bände. Bei einigen hätte es mich nicht gewundert, wenn sie mit einem Mal graue Haare gekriegt hätten und am liebsten wäre ich im Erdboden versunken. Ich allein trug die Schuld an diesem Desaster. Ich allein hatte ihnen die vermeintlichen Prüfungsthemen zukommen lassen und ihnen gesagt, sie sollten lieber für die anderen Fächer lernen statt für Deutsch. Was für eine Katastrophe.

Ich guckte auf meine Armbanduhr. Zwölf Minuten waren bereits um, blieben noch exakt 108 Minuten. Das musste ausreichen, um etwas Vernünftiges aus der Deutschprüfung zu machen und wenigstens zu retten, was zu retten war. Ich konnte es mir beim besten Willen nicht erlauben, gleich die erste Prüfung zu versauen, noch dazu in einem meiner leichteren Fächer. Jedenfalls nützte es nichts, jetzt zu resignieren, soviel war sicher. Ich las mir die Aufgaben ein weiteres Mal durch und strengte endlich meine Gehirnzellen an.

In Deutsch war ich immer ganz gut gewesen und hatte, im krassen Gegensatz zu anderen Fächern, meistens sogar aufgepasst und interessiert am Unterricht teilgenommen. Heute war der Deutschunterricht für mich das einzig verbliebene Fach, auf das ich mich neben dem Sportunterricht ab und zu freute, was natürlich viel davon abhängig war, welches Thema gerade durchgenommen wurde. Vermutlich lag es daran, dass ich seit meiner Kindheit sehr gerne Bücher las, ja regelrecht verschlang, wie Sabine sich ausdrückte. So schwierig konnte es also nicht sein, machte ich mir Mut und nach dem erneuten Lesen des Aufgabentextes war ich zuversichtlich, wenigstens die ersten beiden Fragen beantworten zu können. Augenblicklich machte ich mich an die Arbeit.

Als die Zeit verstrichen war und Frau Gabrecht uns aufforderte, das Schreiben einzustellen und die Blätter abzugeben, schaute ich erschrocken auf meine Armbanduhr. Auf meiner Uhr verblieben noch fast drei Minuten und ich protestierte lauthals bei ihr darüber, aber sie winkte ab und meinte, wenn ich bis jetzt noch nicht fertig wäre, könne sie mir leider auch nicht weiterhelfen, und ich solle mir keine so großen Sorgen machen.

Was wusste sie denn. Ich hatte mit der letzten Aufgabe eben erst begonnen, weil ich zu lange für die anderen gebraucht hatte und war mitten drin, meine Gedanken niederzuschreiben. Mit den drei Minuten mehr, die mir meine Uhr anzeigte und mir deshalb meiner Meinung nach auch zustanden, aber die es auf der Taschenuhr von Frau Gabrecht nicht gab, hätte ich bestimmt noch den Großteil der Aufgabe erfüllen können. Ich war mir dessen sehr wohl bewusst, ignorierte ihre abermalige Aufforderung und schrieb und schrieb...

"Es ist Schluss, Niko. Das habe ich jetzt bestimmt schon zehn Mal gesagt und es gilt auch für dich", giftete sie mich gereizt an, als sie mir das Blatt Papier aus der Hand riss. "Du hast wie alle 120 Minuten Zeit gehabt. Das müsste für diese einfache Prüfung ja wohl genug gewesen sein."

Während sie das sagte, stellte ich überrascht fest, dass außer uns nur noch Steffen im Raum war, weil er auf dem Boden nach irgendetwas suchte und Bernd, der auf ihn wartete. Von den restlichen Schülern war keiner mehr zu sehen, sogar mein Banknachbar Ralf war längst gegangen, ohne das es mir aufgefallen war.

"Einfache Prüfung?", wiederholte ich aufgebracht, zog mit Wucht den Reißverschluss meiner Federtasche zu und erhob mich ruckartig von meinem Stuhl. "Für Sie vielleicht", sprach ich und wendete mich zum Gehen.

"Es war eine einfache Prüfung", beharrte sie energisch, "immer vorausgesetzt natürlich, dass man sich mit dem Stoff dieses Schuljahres befasst hat und...", sie machte eine Pause, "... für die Prüfung richtig gelernt und nicht auf andere Dinge vertraut hat."

Ich hatte den Ausgang des Klassenzimmers fast erreicht, aber statt hinauszugehen und ihre Äußerung zu ignorieren, hielt ich inne und drehte mich zu ihr um.

"Wie meinen sie das?", fragte ich scheinheilig.

"Du willst wissen, wie ich das meine?", antwortete sie mitteilungsbedürftig. "Es wird gemunkelt, dass in diversen Schulen im Kreis vorab nicht nur die Prüfungsthemen kursierten, sondern sogar die Lösungen. Da liegt es doch auf der Hand, dass sich die Schüler dieser Schulen nicht besonders mit dem Lernen für die Deutschprüfung beschäftigt haben werden. Hast du etwa nichts davon gehört?"

"Nein, natürlich nicht", sagte ich und versuchte dabei entrüstet zu klingen.

"Jedenfalls wurde am Montag der Kreisschulrat über das Gerücht informiert, und da er es nicht für vollkommen abwegig hielt, hat er kurzerhand mit Zustimmung der Schuldirektoren beschlossen, die vorgesehenen Prüfungsblätter durch neue zu ersetzen. Da nicht genug Zeit war, neue Aufgaben auszuarbeiten, wurden einfach die

Aufgaben des vergangenen Jahres wieder hervorgekramt."

"Das ging so ohne weiteres?", fragte Steffen überrascht, der seinen heruntergefallenen Kugelschreiber wieder gefunden hatte und gab ihr damit ein Stichwort, um weiterzureden, etwas, was sie sehr gerne tat.

"Es war nicht leicht, aber da bis gestern Nachmittag nur die Direktoren eingeweiht waren, konnte es geheim gehalten werden. Schließlich durften nur wenig Leute davon wissen, denn wenn das Gerücht keines war, wenn also wirklich jemand die Unterlagen in Umlauf bringen konnte, musste es dafür ja eine undichte Stelle geben, oder?"

"Richtig", pflichtete ich ihr bei.

"Seht ihr! Wir Lehrer haben die neuen alten Blätter erst gestern zum Feierabend bekommen. Bis spät in die Nacht habe ich alles für heute vorbereiten müssen. Ihr könnt euch nicht vorstellen, was das für eine Arbeit war und dieser Zeitdruck. Wie dem auch sei, ich kann nur hoffen, dass in unserer Schule alle fleißig gelernt haben und nichts von diesen Gerüchten erfahren haben. Ansonsten sehe ich ziemlich schwarz bei einigen."

"Ich auch", mischte sich Bernd ein und schaute grimmig zu mir.

Sein durchdringender Blick war mir unangenehm. Ich war nur froh, dass er die Unterlagen nicht von mir erhalten hatte, sondern von Tobias. Allerdings konnte ich gut verstehen, dass er nicht begeistert war vom Ablauf der Prüfung, denn seitdem er in unsere Klasse ging, er war eigentlich ein Jahr älter als wir und hatte vor ein paar Jahren die siebente Klasse wiederholen müssen, war er in Deutsch immer einer der schlechtesten Schüler gewesen. Für ihn musste es wie ein Wunder gewesen sein, als ihm Steffen am Montag die Prüfungssachen vorbeibrachte, die er kurz vorher von Tobias erhalten hatte. Bernd hatte auf dem Halbjahreszeugnis mit Ach und Krach eine 4 bekommen und sicherlich malte er sich aus, nach der schriftlichen Prüfung mit etwas Glück eine 3 erreichen zu können, was sich auf seinem anzunehmend äußerst bescheidenen Abschlusszeugnis natürlich gut gemacht hätte. Daraus würde nun garantiert nichts mehr werden, denn ich konnte mir beim besten Willen nicht vorstellen, dass Bernd unvorbereitet in der Lage war, auch nur eine der drei Fragen beantwortet zu haben, geschweige denn alle. So schlimm das für ihn auch war, aber im Prinzip machte es keinen Unterschied, ob er sich auf eine Prüfung vorbereitete oder nicht. Er war leider nicht nur in Deutsch schlecht, sondern eigentlich in allen Fächern, was nur teilweise an seiner grenzenlosen Faulheit lag. Vielmehr fehlte ihm das nötige Grundwissen, deshalb hatte er bei jeder Prüfung Schwierigkeiten. So gesehen hatte der heutige Verlauf, wenn man objektiv war, für ihn nichts verändert. Trotzdem nahm ich an, dass er diese Angelegenheit anders sehen könnte und suchte nach Verlassen des Schulgebäudes schnell das Weite.

In den nächsten Tagen klinkte ich mich aus allen sozialen Verpflichtungen aus, ich ließ mich sogar beim Training entschuldigen und am Sonntag das unwichtig gewordene letzte Punktspiel sausen. Stattdessen schloss ich mich in meinem Zimmer ein und büffelte für die anstehenden Prüfungen, mir durchaus bewusst, dass ich nach der katastrophalen Deutsch- und leider nicht viel besseren Mathematikprüfung etwas für die verbleibenden mündlichen Prüfungen tun musste. Wer wann in welche Prüfung musste, war noch nicht bekannt und die Listen, auf denen man das nachlesen konnte, wurden für übernächsten Freitag angekündigt, also drei Tage nachdem Chemie geschrieben wurde. Dann erfuhren wir auch erst die Ergebnisse und die sich daraus ergebenden Zensuren unserer Prüfungen.

Auch ohne große hellseherischen Fähigkeiten vermutete ich, wie sich später zeigen sollte völlig richtig, dass ich nach der unvorbereiteten Deutschprüfung meine gute Ausgangsposition, die zwischen 1 und 2 gelegen hatte, klar verschlechtert hatte und Frau Gabrecht nichts anderes übrig blieb, als mich in ihre mündliche Prüfung zu beordern, wollte ich wenigstens noch eine 2 retten.

Mutti nahm in diesen Tagen sehr viel Rücksicht auf mich und half mir, wo immer sie konnte. Wenn ich in meinem Zimmer lernte, brachte sie mir manchmal eine Kleinigkeit zur Stärkung und verwöhnte mich mit meinen Lieblingsessen: Königsberger Klopse oder Milchreis mit Zimt und Zucker. Sie freute sich darüber, dass ich endlich mal wieder Ehrgeiz für schulische Dinge entwickelte, die nicht mit dem Sportunterricht zu tun hatten, denn den hatte ich im letzten Schuljahr zugegebenermaßen meistens vermissen lassen. Sie hatte mich zwar von Zeit zu Zeit ermahnt, dass die Schule noch nicht beendet sei und im späteren Berufsleben immer nach dem Abschlusszeugnis geguckt wird und nicht nach dem Zeugnis im Bewerbungsjahr, aber ihre Appelle verhallten, ohne den von ihr beabsichtigten Erfolg im geistigen Niemandsland meiner dafür zuständigen Gehirnzellen.

Sogar mein Schwesterherz schien etwas Mitleid mit mir zu haben und bot mir, entgegen ihrer sonstigen ständigen Sticheleien und kleinen Niederträchtigkeiten, ihre Hilfe an. Nach der Matheprüfung, als ich niedergeschlagen und heulend in meinem Zimmer saß, kam sie herein und tröstete mich. Wahrscheinlich waren ihr noch gut ihre eigenen Prüfungen im Gedächtnis, so dass sie sich in meinen Gemütszustand hinein versetzen konnte.

So berauschend waren diese damals auch nicht gewesen, obwohl sie eine viel bessere Schülerin war als ich. Ich selbst hatte zwar keine Erinnerung mehr an Sabines Prüfungszeit, aber da sie auf dieselbe Schule gegangen war, bekam ich von manchen Lehrern ständig aufgetischt, was Sabine besser konnte als ich oder wo ich zur Abwechslung mal mehr wusste als sie. Diese Vergleiche nervten mich schon seit jeher und waren gerade im Moment wieder vermehrt zu vernehmen. Besonders von Herrn Thiem musste ich mir andauernd anhören, dass er nicht verstehen kann, wie der Bruder einer so guten Schülerin wie Sabine, so wenig Interesse für seinen Unterricht aufbrächte. Ehrlich gesagt, war es mir rätselhaft, dass Sabine bei ihm immer eine klare 1 gehabt hatte. Wenn ich mir unsere Klasse anschaute, hatte ich seit einiger Zeit so einen Verdacht, der natürlich nicht zu beweisen war, aber es war schon etwas eigenartig, dass in seinem Fach die Mädchen erheblich bessere Zensuren hatten. Ich glaube nicht, dass nur ich diesen Verdacht hegte, aber niemand in der Klasse hätte gewagt, ohne es beweisen zu können, sich darüber bei unserem Klassenlehrer Herr Ferner zu beschweren. Trotzdem war es manchmal regelrecht peinlich und geschmacklos, mit welcher Unverfrorenheit er den Mädchen in den Ausschnitt guckte. Das lief jedes Mal nach demselben Muster ab, er schrieb Aufgaben an die Tafel und forderte uns auf, diese zu lösen. Dann ging er langsam von Bank zu Bank, guckte hier nach dem Rechten, half dort ein wenig, erklärte einen besseren Lösungsweg und blieb an dem Tisch länger stehen, wo es für ihn am meisten zu sehen gab. Er suchte sich immer den Tisch mit dem Mädchen aus, welches an dem Tag die offenherzigste Kleidung trug. Während er sich auf dem Tisch abstützte, glotzte er für jeden sichtbar von oben in den Ausschnitt. Das war wirklich widerlich.

Irgendwann hatte ich mich mit Katrin über dieses Thema unterhalten und sie bestätigte mir, dass es ihr genauso vorkam.

"Dieser alte Drecksack glotzt mir bei jeder sich bietenden Gelegenheit dorthin", meinte sie lapidar und zeigte auf ihre Brust, ohne das Wort zu benutzen. "Was denkt der sich dabei? Manchmal ziehe ich extra wegen dem viel zu dicke Sachen an, wenn ich weiß, dass wir bei ihm Unterricht haben. Dieser miese alte Wichser."

Außerdem äußerte sie mir gegenüber den Verdacht, dass es ein paar Mädchen in der Schule gab, aus unserer Klasse zum Beispiel Kerstin und Franziska, die in seinem Unterricht regelmäßig figurbetonte Sachen anzogen oder Nickis mit besonders tiefen Einblicken. Ihrer Meinung nach versprachen sie sich davon, besser benotet zu werden, was im Fall von Franziska auch nicht so abwegig erschien.

"Achte mal drauf!", sagte sie.

In der Stunde nach unserem Gespräch achtete ich darauf und stellte kopfschüttelnd fest, dass sie Recht hatte. Herr Thiem drückte sich hauptsächlich am Tisch von Franziska und Irina herum und verschlang mit seinen Augen die großen Brüste von Franziska, welche nicht nur von oben gut zu sehen waren, sondern auch so. Durch die dünne Bluse waren sie für jeden gut erkennbar.

Natürlich war es möglicherweise nur Zufall gewesen, aber komisch war es schon, so oder so.

Allerdings musste man fairerweise zugeben, dass Herr Thiem nicht der Einzige war, dem beim Anblick einiger meiner Mitschülerinnen die Augen übergingen. Mir ging es manchmal genauso, weshalb ich mich beim Gespräch mit Katrin mit meiner Entrüstung für dieses verwerfliche Tun zurückhielt.

Ich konnte mich noch gut erinnern, dass wir beim Sportunterricht, der im Winter in der Sporthalle hinter dem Hortgebäude stattfand, beim Bodenturnen der Mädchen immer sehr aufmerksam zwischen deren Schenkel guckten und dabei unter großem Gejohle unter mal mehr, mal weniger Schambehaarung ihre Muschis hervorquellen sahen. Beim Unterricht auf dem Sportplatz machten wir uns öfter einen Spaß daraus, den vorbeilaufenden Mädchen ein "Schwapp, schwapp" zuzurufen, welches sofort mehrere Strafrunden nach sich zog, falls wir uns von Frau Siebert dabei erwischen ließen.

Gerade bei Franziska stimmte ich mit Katrin darin überein, dass sie es mit ihren stets sehr knappen, farbenfrohen Oberteilen und viel zu engen Hosen fast darauf anlegte, die Blicke der männlichen Schüler und Lehrer auf sich zu ziehen, aber das hatte meines Erachtens weniger direkt mit Herrn Thiem zu tun. Offensichtlich machte es ihr im allgemeinen Spaß, sich so zu präsentieren und vom optischen Aspekt ausgehend, hatte ich dagegen auch nichts einzuwenden. Im Gegenteil. Ich wäre liebend gerne einmal mit ihr ausgegangen und hatte bei unserer letzten Klassenfahrt versucht, sie bei der Disco in der Jugendherberge anzubaggern, aber ohne Erfolg. Bei unseren Schuldiscos tauchte sie fast nie auf und wenn doch, dann immer in Begleitung von wesentlich älteren Kerlen, mit denen sie sich vor allen herumknutschte und in eindeutiger Weise begrapschen ließ. Sie war in ihrer körperlichen Entwicklung den Jungen unserer Klasse um Längen voraus. Ihre geistigen Fähigkeiten waren dagegen eher unterentwickelt und meiner Ansicht nach nur schwer ausbaufähig, aber wen interessierte das schon bei solch einem Aussehen.

Ich hatte sogar einige Male vor dem Einschlafen an sie gedacht und mich dabei selbst befriedigt, während ich mir vorstellte ihre großen festen Brüste zu kneten und mit der Hand ihre muskulösen Schenkel zu streicheln. Wahrscheinlich war dieser Gedanke für mich deshalb so aufregend, weil ich genau wusste, dass sich zwischen uns niemals solche Dinge abspielen würden, was ich als äußerst schade empfand.

Am Montag fand die einzige Prüfung statt, vor der ich mich nicht zu ängstigen brauchte: Sport. Ich war zuversichtlich, bei den verschiedenen Disziplinen die Norm für die 1 zu erfüllen, denn mit Ausnahme des Kugelstoßens, wo ich aufgrund meiner fehlenden Armmuskeln und der damit nicht vorhandenen Kraft beim Abstoß noch nie allzu gut war, lagen mir die anderen Disziplinen um so mehr. Daher ging es für mich weniger um die zu erreichende Zensur, sondern darum, besser zu sein als meine Dauerkonkurrenten um die "Krone für die größte Sportskanone" unserer Klasse.

Solange ich denken konnte, lieferte ich mir Jahr für Jahr mit Steffen und Bruno ein erbittertes Duell. Beim Sportfest, welches gerade mal zwei Wochen her war, hatte in denselben Disziplinen 100 Meter, Kugelstoßen, Weitsprung und 3000 Meter ganz knapp Steffen die Nase vorn gehabt, allerdings nur, weil ich in meiner Lieblingsdisziplin Weitsprung nach zwei verunglückten Sprüngen auf Nummer sicher gehen musste, um wenigstens einen gültigen Versuch zu schaffen. Bruno wiederum stieß die Kugel immer so viel weiter als alle anderen, dass er damit seine Schwäche beim Springen kompensierte und erst der abschließende 3000 Meter-Lauf über Sieg und Niederlage entschied.

Ich hatte mir fest vorgenommen, es dieses eine Mal nicht zu solch einem Finale kommen zu lassen.

Frau Siebert unterstützte unseren kleinen Wettkampf und ließ sich, entgegen ihrer sonstigen Gewohnheit, dazu hinreißen, einen Tipp auf den Sieger abzugeben. Diesen verriet sie uns aber nicht, sondern schrieb ihn in ihrem Notizblock auf die hinterste Seite.

Als erstes war der 100 Meter - Lauf an der Reihe. Sie organisierte es so, dass wir gegeneinander antreten mussten, nachdem die anderen mit dem Laufen fertig waren.

Der Start verlief bei mir nicht ganz optimal, aber nach der Hälfte der Strecke hatte ich mich herangearbeitet und lag mit Steffen gleich auf. Von der Seitenlinie wurden wir mit einem Höllenlärm frenetisch von unseren Klassenkameraden angefeuert, was mir noch einen zusätzlichen Impuls gab und mich fast über die Bahn schweben ließ. Mit einem hauchdünnen Vorsprung kam ich als erster ins Ziel, gefolgt von Steffen und mit einigem Abstand Bruno.

Weiter ging es mit dem von mir ungeliebten Kugelstoßen, Brunos Paradedisziplin, in der er sogar schon einmal Spartakiadesieger des Kreises geworden war. Wieder ließ Frau Siebert uns drei zuletzt hintereinander stoßen und nicht, wie normalerweise üblich, nach der alphabetischen Reihenfolge der Nachnamen im Klassenbuch.

Für mich und Steffen ging es jetzt nur darum, den Rückstand auf Bruno in einem überschaubaren Rahmen zu halten. Das bedeutete, Bruno durfte die Kugel auf keinen Fall in die Nähe seiner Bestweite stoßen, denn das würde uns einige Probleme bereiten, die verlorenen Punkte in den ausstehenden Disziplinen aufzuholen. Normalerweise führte das Kugelstoßen eine Art Vorentscheidung herbei, weil Bruno nur eine Chance auf den Gesamtsieg hatte, wenn er sie mindestens drei Meter weiter stieß als wir, was er allerdings an einem guten Tag mit links schaffen konnte.

Heute war er zu unserem Verdruss offenbar in Höchstform und ließ uns ziemlich alt aussehen. So sehr ich mich auch anstrengte und mich mit jedem Versuch etwas steigern konnte, setzte er doch mit Leichtigkeit die Akzente in dieser Disziplin und stieß die Kugel 3,24 Meter weiter als ich. Sogar Steffen überflügelte mich und das nicht nur beim Kugelstoßen, sondern insgesamt, aber in Führung gegangen war vorerst ganz klar Bruno.

Nun war meine Paradedisziplin an der Reihe, der Weitsprung, und Frau Siebert ließ uns am Schluss springen. Als Drittplatzierter, oder anders ausgedrückt als Letzter unserer internen Wertung, musste ich zuerst antreten, was mir überhaupt nicht gefiel. Eigentlich war es mir lieber, auf die Ergebnisse der anderen zu reagieren, als selber eine Weite vorlegen zu müssen. Andererseits wusste ich sehr gut, dass man die Gegner mit einem überdurchschnittlich guten ersten Versuch beeindrucken konnte und somit einen psychologischen Vorteil hatte.

Nachdem ich meinen Anlauf ausgemessen hatte, wartete ich äußerst konzentriert darauf, endlich an die Reihe zu kommen und meinen Vorsatz in die Tat umzusetzen. Mit dem längsten Anlauf von allen sprintete ich los, der Weitsprunggrube entgegen. In Gedanken zählte ich die Schritte, nur noch drei, zwei, einer und Sprung. Ich segelte durch die Luft und der Boden unter meinen Füßen wollte einfach nicht wieder auftauchen. Noch niemals zuvor hatte ich dieses sagenhafte Gefühl des Fliegens so intensiv wahrgenommen. Meine Arme wirbelten beim Absprung, ähnlich den zarten weißen Flügeln von Engeln, die Frühlingsluft auf und trugen mich empor, während meine Beine Luftlöcher in den herrlichen blauen Himmel traten. Als ich im Sand der Grube landete, war es, als wäre ich gerade von einer der wenigen Wolken hinab gestiegen, die majestätisch wie Schlösser aus Watte am Himmel thronten und ohne ersichtlichen Zusammenhang kamen mir die Zeilen eines Gebetes in den Sinn, welches ich zu Ostern in der Kirche gehört hatte:

"... am dritten Tage auferstanden von den Toten
und aufgefahren in den Himmel,
er sitzt zur Rechten Gottes, des allmächtigen Vaters;
von dort wird er kommen,
zu richten die Lebenden und die Toten..."

Erschöpft von der Anstrengung und zugleich verwirrt von den Textfragmenten der Ostermesse in meinem Kopf, dessen Herkunft ich mir in der momentanen Situation nicht erklären konnte, blieb ich bewegungslos liegen.
Ich war etwas benommen, als ich mich endlich wieder aufrappelte. Verstört stellte ich

fest, dass mir meine Klassenkameraden Beifall klatschten und vereinzelt vernahm ich Bravo- Rufe.

"Niko, das war hervorragend", jubelte Frau Siebert, "weit über die Fünf- Metermarke." Sie bedeutete mir, einen Schritt zur Seite zu gehen, damit sie die Messung der Weite mit dem Bandmaß durchführen konnte. Gespannt warteten alle auf das Ergebnis.

"5,38 Meter", kreischte sie los, "das ist neuer Schulrekord. Super."

Bruno gratulierte mir als erster und klopfte mir anerkennend auf die Schulter.

"Alle Achtung. Das war es dann wohl", meinte er freundlich und machte kein Hehl daraus, dass er sich keinerlei Chancen mehr ausrechnete, obwohl er noch nicht einen Sprung absolviert hatte.

Steffen dagegen machte einen genervten Eindruck, was ich aus seiner Sicht gut verstehen konnte, denn dieser ganze Rummel um meinen Sprung behinderte ihn in seiner Konzentration für seinen eigenen Sprung. Er war nach mir dran und musste eine Ewigkeit warten, bis mein Abdruck im Sand verharkt wurde und er endlich springen durfte. Kein Wunder, dass ihm das gegen den Strich ging und wie fast zu erwarten, brachte er nur einen mittelmäßigen ersten Sprung zustande und blieb mit 4,78 Meter weit hinter seinen Möglichkeiten zurück.

Am Ende des Weitsprungwettbewerbes hatte ich mir von Bruno die Führung wieder zurückerobert. Allerdings waren meine andere Sprünge recht bescheiden ausgefallen: 4,90m, 5,08m und 4,79m. Dazu hatte ich noch zweimal übertreten, was mir aber jedes Mal passierte.

Steffen konnte im Nachhinein doch noch zufrieden mit sich sein, denn immerhin hatte er auch einen Fünf- Metersprung geschafft, 5,13m genau, und somit den Abstand zu mir in erträglichem Maße gehalten. Aufgrund seiner guten Ausdauerqualitäten konnte er sich für den abschließenden 3000- Meterlauf noch etwas ausrechnen, allerdings müsste er schon erheblich vor mir ins Ziel kommen, um noch gewinnen zu können. In Metern ausgedrückt, musste er ungefähr zweihundert Meter früher ankommen als ich. Brunos Rückstand war dagegen etwas geringer durch sein tolles Ergebnis beim Kugelstoßen. So oder so, die 3000 Meter mussten die Entscheidung bringen, wer aus unserer Klasse der beste Sportler war.

Nach einer kurzen Pause zum Erholen, die ich damit zubrachte, beim langsamen Auf- und Abgehen entlang der Weitsprunganlage tief durchzuatmen, ertönte der schrille Ton einer Trillerpfeife.

Frau Siebert verwendete dieses Utensil, ein Überbleibsel aus ihrer aktiven Zeit als Schiedsrichterin bei Handballspielen der weiblichen Jugendmeisterschaften unseres Kreises, bei jeder sich bietenden Gelegenheit, meistens allerdings um die Schüler zur Räson zu rufen. Dieses Mal hatte das Signal einen anderen Grund. Wir sollten

Aufstellung nehmen zum Start.

In der Pause hatte ich mir überlegt, dass ich versuchen sollte, mein Tempo beim Laufen mit Steffen und Bruno abzustimmen, damit ich jederzeit auf einen Ausreißversuch oder ähnliches reagieren konnte. Obwohl das meiner Überzeugung widersprach, dass es immer am besten war, sein eigenes Rennen zu gestalten und sich nicht darauf einzulassen, was die anderen machten.

Meine Taktik ging bis zur 3. Runde ganz gut auf. Ich lag mit Steffen an der Spitze des Feldes auf gleicher Höhe, während Bruno große Mühe hatte mitzuhalten. Mit dem Einsetzen der bei mir obligatorischen Seitenstiche änderte das Bild sich schlagartig. Steffen beschleunigte das Tempo und brauchte nicht lange, um einen nicht zu unterschätzenden Vorsprung herauszulaufen. Ich musste dem hohen Anfangstempo Tribut zollen und ärgerte mich darüber, mich auf *sein* Tempo eingelassen zu haben, statt mein eigenes zu absolvieren. Ich war ziemlich sicher, dass er genau das vorhergesehen und darauf seine Taktik aufgebaut hatte. Er wusste, dass ich besser war, wenn ich jede Runde ein kontinuierliches Tempo lief, aber Schwierigkeiten hatte, ein schnelles Rennen bis zum Ende durchzustehen. Deshalb suchte er sein Heil darin, von Anfang an ein hohes Tempo zu laufen und damit meine Gegenwehr zu brechen.

Wenn er das wirklich so vorausgesehen hat, dachte ich, dann verdiente er meine Anerkennung und es gab keinen Grund für mich, traurig zu sein, gegen ihn zu verlieren.

Während ich mit meinen Schmerzen zu kämpfen hatte, überholten mich einige Mitschüler, darunter auch Bruno und unversehens fand ich mich im hinteren Teil wieder. Als ob die Seitenstiche nicht schon schlimm genug wären, bekam ich dazu noch Magenkrämpfe, die ein Weiterlaufen fast unmöglich machten. Ich hatte das Gefühl, dass sich jeden Moment mein Mageninhalt entleerte, aber ich konnte nicht mit Sicherheit sagen, ob es unten oder oben herauskommen würde und vorsichtshalber kniff ich die Pobacken soweit zusammen wie möglich.

Auf der gegenüberliegenden Seite sah ich, dass Steffen inzwischen klar in Führung lag und in etwa die benötigten zweihundert Meter Vorsprung herausgeholt hatte.

Das war Mitte der 5. Runde. Glücklicherweise ging es mir wieder ein wenig besser. Die Seitenstiche hatten nachgelassen, und mein Magen hatte sich auch etwas beruhigt, ohne seinen Inhalt auf dem Sportplatz verteilt zu haben.

Noch war mein Rückstand auf Steffen nicht so groß, dass er nicht mehr aufzuholen wäre. Also beschloss ich, alles zu geben, wozu ich in der Lage war.

Plötzlich schickte sich der nächste an, mich überholen zu wollen. Dieser Versuch weckte in mir endgültig den Kampfgeist und brachte meine Lebensgeister zurück.

Solange ich denken konnte, hatte Molle es noch nie geschafft, beim 3000- Meterlauf schneller zu sein und ich schwor mir, dass es auch heute dabei bleiben würde. Ich war wütend auf ihn, dass er mich überholt hatte, obgleich das natürlich sein gutes Recht war, aber eigentlich war ich ja nicht wirklich böse auf ihn, sondern auf mich selbst, auf mein absolutes Unvermögen, einen sicher geglaubten Sieg zu behaupten.

Dies alles entzündete in mir ein Feuer sportlicher Leidenschaft und den unbedingten Willen zum Sieg.

Immerhin waren es noch mehr als sechshundert Meter bis zum Ziel, in denen, wie ich mir ausmalte, noch viel passieren konnte und mein Ehrgeiz trieb mich unaufhaltsam vorwärts. Mit riesigen Schritten näherte ich mich der Verfolgergruppe von Steffen, nachdem ich Molle, Ralf und Karsten hinter mir gelassen hatte. Ich erreichte sie etwa vierhundert Meter vor der Zielgeraden und wie von einem Turbo unter meinen Schuhsohlen angetrieben, überlief ich sie problemlos und machte mich auf zur Verfolgung von Steffen, dessen zwischenzeitlich uneinholbar erscheinender Vorsprung mächtig geschrumpft war und nur noch höchstens dreißig oder vierzig Meter betrug.

Verunsichert davon, ob sein Vorsprung bis zum Schluss reichen würde, drehte er sich einige Male um. Er ließ sich von meiner Aufholjagd offenkundig nervös machen, was mehr war, als ich von ihm erhoffen konnte und für mich ein großer Vorteil, da er jedes Mal wenn er sich zu mir umdrehte, wichtige Sekunden verlor, die am Ende über Sieg und Niederlage entscheiden konnten.

In der letzten Kurve machte ich so viel Boden gut, dass wir beinahe gleichauf herauskamen und fast nebeneinander auf die Zielgerade einbogen. Noch einhundert Meter bis zum Ziel, sagte ich zu mir und mobilisierte meine wirklich allerletzten Reserven.

Ich setzte zu einer Art Spurt an, zumindest kam mir das so vor und wild mit den Armen rudernd und ganz lange Schritte machend, liefen wir Seite an Seite Richtung Ziellinie.

An der 50- Meter Markierung hatte ich zum ersten Mal nach der Aufholjagd wieder die Führung zurückerobert und war einen knappen Schritt vor Steffen. Ich guckte statt gerade nach vorne, wie Frau Siebert es uns immer wieder eingebläut hatte, auch ein bisschen auf die weiße Linie rechts von mir, die meine Bahn von Steffens abtrennte, damit ich mich besser orientieren konnte auf den verbleibenden Metern. Da Steffen anscheinend ebenfalls mehr auf die Begrenzungslinie achtete, kamen wir uns plötzlich zu nahe und ohne Absicht trat er mir in den Hacken des rechten Schuhes.

Durch die Wucht des Aufpralls rutschte mein Schuh vom Fuß und flog in hohem Bogen durch die Luft. Augenblicklich verlor ich den Halt, strauchelte und stürzte mit den Armen rudernd hin, welche ich in der Hoffnung einsetzte, den Sturz damit abzufangen. Dabei riss ich Steffen mit zu Boden. Wie von einer Axt gefällt blieben wir beide benommen liegen und starrten uns Hilfe suchend an.

Hinter uns auf der langen Geraden konnte ich neben Peter Bruno ausmachen. Sie näherten sich uns unaufhaltsam und mir war klar, dass wir schleunigst aufstehen mussten.

"Alles in Ordnung, Steffen?"

"Ich glaube, ja", antwortete er wenig überzeugend, rappelte sich aber sogleich hoch, "Los komm hoch!", forderte er mich vehement auf, "oder willst du denen den Sieg überlassen."

"Keineswegs", entgegnete ich trotzig und stand auf. Meinen Schuh konnte ich nicht sehen und entschloss mich kurzerhand, ohne ihn loszuhumpeln. Zeit ihn anzuziehen, hätte ich sowieso nicht gehabt.

Untergehakt und ziemlich ramponiert; Steffens Knie waren aufgescheuert und bluteten leicht und an meinem rechten Fuß war die Haut abgeschürft und heruntergerissen; erreichten wir, unter dem Jubel unserer Mitschüler, die sich hinter dem Zielstrich versammelt hatten, gemeinsam die Ziellinie und überquerten sie kurz vor den anderen. Nur wenige Augenblicke danach kam Bruno als Dritter an. Auch er hatte sich im Verlauf des Rennens unglaublich gesteigert und war für seine Verhältnisse über sich hinaus gewachsen.

Auf dem Rasen neben der Tartanbahn ließ ich mich erschöpft in das saftige Grün fallen und freute mich über das Erreichte, wobei ich nicht merkte, dass meine grauen Socken inzwischen eine rötliche Färbung angenommen hatten.

"Zieh ihm vorsichtig den Socken aus!", hörte ich Frau Siebert zu jemandem sagen, den ich nicht sehen konnte, da meine Augen geschlossen waren, "und du bleibst schön so auf dem Rücken liegen!", forderte sie mich auf.

Ich öffnete die Augen wieder und zeigte ihr mit einem Augenaufschlag, dass ich all ihren Aufforderungen nachkommen werde. Ich schaute, wer sich dort unten an meinem Fuß zu schaffen machte und erblickte Nina, wie sie dabei war, mit einer Schere meinen Socken zu zerschneiden. Verständnislos wollte ich mich gerade aufrichten, um dagegen zu protestieren, als ich von einem stechenden Schmerz daran gehindert wurde.

"Aua", schrie ich und sah in diesem Moment, wodurch der Schmerz ausgelöst wurde.

Nina hatte die Socke abbekommen und das Blut, welches sich darunter gesammelt hatte, lief langsam an meinem Fuß hinab und versickerte im Erdboden. Jetzt kam in meiner Ferse ein silbern- schimmernder Gegenstand zum Vorschein. Was auch immer es war; so genau konnte ich es nicht deuten; es ragte wie ein Nagel heraus, den man zum Aufhängen eines Bildes in die Wand geschlagen hatte.

Frau Siebert untersuchte fachmännisch den Fuß und teilte mir und den Umstehenden ruhig mit, dass es sich bei dem seltsamen Gegenstand ohne jeden Zweifel um einen abgebrochenen Spike handelte, der wahrscheinlich aus dem Schuh von Steffen stammte.

Er war der Einzige aus unserer Klasse, der für die Laufdisziplinen immer sein Schuhwerk wechselte, weil er der Meinung war, mit richtigen Laufschuhen schneller zu sein, da die Spikes ihm eine bessere Bodenhaftung gaben.

"Keine Panik, Niko", beruhigte sie mich. "Du legst dich jetzt wieder hin, versuchst dich zu entspannen und dann zähle ich bis fünf! Bei fünf ziehe ich den Spike mit einem kurzen Ruck raus. Er kann nicht sehr tief stecken. Hast du verstanden?"

"Ja."

"Also, wollen wir?"

"Meinetwegen, ja", erwiderte ich zaghaft.

Ralf und Bruno drückten mein Bein auf den Boden, damit ich mich nicht bewegen konnte, während Frau Siebert begann zu zählen.

"Eins, zwei, drei."

Bei drei, nicht wie sie es angekündigt hatte bei fünf, zog sie das Stück Metall aus der Ferse. Ein brennender Schmerz ließ mich aufschreien.

Sofort legte Nina einen Verband an und umwickelte den Fuß so professionell, als ob sie noch nie etwas anderes gemacht hätte. Anscheinend hatte sich die Sanitäterausbildung, welche die Mädchen anstatt des Wehrlagers für die Jungen durchführen mussten, bei ihr ausgezahlt, zumindest erheblich mehr, als das Wehrlager bei den meisten meiner Klassenkameraden bewirkt hatte. Jedenfalls merkte ich nun nicht mehr viel, außer einem leichten Brennen.

"War doch gar nicht so schlimm", sagte Frau Siebert gutmütig und kontrollierte den Verband. "Der Spike saß nur ganz flach unter der Haut und dürfte dir keine größeren Beschwerden bereiten. Ich denke mal, dass der brennende Schmerz, den du verspürt hast, sowieso nicht daher rührte, sondern von der heruntergerissenen Haut an der Stelle. Solche Abschürfungen tun immer etwas weh, aber morgen ist das bestimmt vergessen."

"Ihren Optimismus hätte ich auch gerne", jammerte ich.

"Du kennst doch mein Motto: Denke immer positiv!", sprach sie und half mir beim Aufstehen.

Vorsichtig erhob ich mich und humpelte, von ihr und Ralf gestützt, zur Bank neben den Umkleideräumen, auf der Steffen saß und ließ mich neben ihm nieder.

Nina war gerade dabei seine aufgescheuerten Knie mit Sepso zu desinfizieren, weil sich Schmutz, hauptsächlich Sand und kleine Steinchen, in den Wunden gesammelt hatte. Während er diese schmerzhafte Prozedur über sich ergehen ließ, krallte er sich mit den Händen an der untersten Holzlatte der Bank fest und spannte alle Muskeln seines Körpers an. Die Zähne biss er zusammen, um nicht laut aufzuschreien. Er war stärker, dachte ich und beobachtete ihn von der Seite.

"Ich habe deinen Schuh gefunden", riss mich Katrin aus meinen Gedanken und hielt ihn mir vor die Nase.

Sie überreichte ihn mir wie eine Trophäe, und ich bedankte mich freundlich.

Es wunderte mich nicht, dass er kaputt war und ich musterte ihn von allen Seiten, um herauszufinden, ob man ihn reparieren konnte. So wie er aussah, war aber nichts mehr zu machen. Die gesamte Naht an der Stelle, wo sich der Spike in meine Ferse gebohrt hatte, war aufgetrennt und die dünne Plasteschicht darunter zerbrochen. Ich erkannte, dass es sich hier um einen typischen Fall für den Mülleimer handelte und dahin warf ich den Schuh auch augenblicklich.

"Meiner liegt auch schon dort", vernahm ich Steffens Stimme und schaute zu ihm herüber.

Nina legte in diesem Moment mit größter Vorsicht die dicken Mullstücken auf seine Wunden und befestigte sie mit Pflaster an den Knien. Frau Siebert war der Meinung gewesen, dass es so besser sei, als die Knie mit einem festen Verband zu umwickeln. "Wenn das Nachbluten geringer wird", so hatte sie es ihm erklärt, "machst du die Mullkissen vorsichtig ab, nimmst einen sauberen feuchten Lappen, tupfst die Wunde ganz sachte ab und dann kommt ein großes Pflaster drüber!"

"Ich weiß", antwortete ich und hielt ihm den heraus gebrochenen Spike hin. "Ohne den, vermute ich mal, läuft es sich bestimmt komisch."

"Tut mir wirklich leid", entgegnete er betrübt, "das habe ich nicht gewollt. Ich war einfach total fertig und bin irgendwie aus dem Tritt gekommen."

"Erzähl' nicht so einen Quatsch", sagte ich, "wenn überhaupt, dann waren wir alle beide Schuld an dem Sturz. Du wirst mir ja wohl kaum absichtlich in den Hacken getreten sein, oder?"

"Natürlich nicht", erwiderte er.

"Siehst du, dann ist doch alles in Ordnung."

"Na wie geht es unseren zwei Verletzten?", mischte sich Frau Siebert in unsere Unterhaltung. "Seid ihr bereit zur Siegerehrung und der anschließenden Bekanntgabe der Abschlusszensuren?"

"Klaro", antworteten wir im Chor.

"Dann kommt mal mit!", forderte sie uns auf. Langsam folgten wir ihr zur Weitsprunganlage, wo sich die restlichen Schüler schon versammelt hatten.

"So ein spannendes Finale gab es an unserer Schule höchstwahrscheinlich noch nie", begann sie ihre festliche Rede und fügte erleichtert hinzu, "und glücklicherweise sind die Verletzungen von Niko und Steffen auch nicht so schlimm, wie es zuerst ausgesehen hatte. Jedenfalls beginnen wir erstmal mit der Siegerehrung und kommen danach zur Bekanntgabe der Prüfungszensuren für alle."

"Auf wen haben sie getippt, Frau Siebert?", rief Karsten dazwischen, worauf einige ein kräftiges "Zeigen, Zeigen" anstimmten und auf den Notizblock deuteten, der in ihrer linken Hand ruhte.

"Also gut, wenn ihr es genau wissen wollt, dann muss ich ohne Umschweife zugeben, dass ich mit meiner Prognose falsch gelegen habe", sprach sie amüsiert und hielt dabei die letzte Seite ihres Notizblocks in die Höhe. In Blockschrift stand darauf der Name "Bruno".

"Buh", riefen nun einige.

"Moment mal, so verkehrt habe ich nun auch wieder nicht gelegen", verteidigte sie sich. "Bruno hat heute immerhin seine bisherige Bestmarke im Kugelstoßen verbessert, womit ich auch geliebäugelt hatte und hätte somit alle Chancen auf den Gesamtsieg gehabt, wenn, ja wenn Niko nicht so super gesprungen wäre. Damit hatte ich ganz ehrlich nicht gerechnet und es war meiner Meinung nach nicht zu erwarten gewesen. Schließlich war er in diesem Jahr erst wenige Male über die Fünf-Metermarke gesprungen und immer nur knapp drüber."

"Stimmt", bestätigte ich.

"Fangen wir mit dem 3. Platz an", sprach sie geheimnisvoll und musterte uns mit den Augen. " Der geht nach nochmaliger Auszählung aller Ergebnisse, für mich etwas überraschend an Steffen, zu dessen Verteidigung man aber sagen muss, dass er ohne die verlorenen Sekunden beim Sturz, eventuell sogar gewonnen hätte. Trotzdem Herzlichen Glückwunsch zu deinem sehr guten Gesamtergebnis und der klaren 1 in der Prüfung."

Traurig stand Steffen neben mir. Das aufmunternde Klatschen konnte ihm nur wenig Trost spenden.

"Kommen wir zum 2. Platz. Dieser geht mit knappem Vorsprung an Bruno, dessen heutige Leistung hervorragend war. Eine glatte 1 für dich, verbunden mit einer neuen Bestleistung im Kugelstoßen und ebenfalls einer neuen Bestleistung in unserem kleinen internen Mehrkampf. Du bist 45 Punkte besser gewesen als beim letzten Mal. Glückwunsch."

Bruno wurde bejubelt und ließ sich für seinen 2. Platz feiern. Immer wieder "Danke" rufend, verbeugte er sich im Spaß.

"Bleibt nur noch einer übrig", fing sie an. "Der Sieger heute heißt: ..."

"Niko, Niko", hallte es in Sprechchören, die von Ralf angestimmt wurden, über den Sportplatz und übertönten Frau Siebert.

"So ist es. Herzlichen Glückwunsch, Niko. Genauso wie Bruno hast du dich in einer Disziplin, dem Weitsprung, gesteigert und hättest ganz klar deine bisherige Gesamtleistung verbessert, wenn es nicht zu diesem tragischen Sturz gekommen wäre. Was mir allerdings viel mehr imponiert hat, ist deine Aufholjagd beim 3000-Meterlauf gewesen, dieser unbändige Siegeswille, mit dem du Meter um Meter an Steffen herangekommen bist. Alle Achtung, das war fast ein bisschen unheimlich. Ach so, ich habe es zwar nicht erwähnt, aber welche Prüfungszensur du hast, brauche ich wohl nicht extra dazu sagen, oder?"

Danach verkündete sie anhand der alphabetischen Auflistung der Namen im Klassenbuch, die restlichen Zensuren. Bei den Jungen war keiner schlechter gewesen als 3. Sogar Christian und Molle, der den Spitznamen seiner ständig zunehmenden Leibesfülle verdankte, hatten mit "Zudrücken aller vorhandenen und nicht vorhandenen Hühneraugen", wie sich Frau Siebert ausdrückte, ein für sie in höchstem Maße erfreuliches Ergebnis erzielt. Molle hüpfte vor Freude ähnlich einem Vollgummiball auf und ab und konnte sein Glück nicht fassen, denn für ihn bedeutete diese Zensur, dass er nun doch wieder darauf hoffen konnte, seinen Schulabschluss mit 3 zu machen.

Bei den Mädchen unserer Klasse gab es dagegen einige Tränen, als die Zensuren verkündet wurden.

Annette hatte gerade noch eine 4 geschafft und selbst das nur mit viel Wohlwollen unserer Lehrerin. Beim Weitsprung hatte Frau Siebert ihren vermeintlich besten Sprung gemessen, obwohl es nicht zu übersehen war, dass sie übertreten hatte und der Sprung damit eigentlich ungültig war. Diese großzügige Auslegung hatte verhindert, dass sie durch die Prüfung fiel.

Insgeheim fragte ich mich, worüber sie denn so herzzerreißend flennte. Schließlich konnte sie froh sein, nicht durchgefallen zu sein und diese Tortur sportlicher Aktivität kein zweites Mal aufnehmen zu müssen. Für mich stand es völlig außer Frage, dass sie die Sportprüfung in ihrer jetzigen körperlichen Verfassung niemals mit einer besseren Zensur als der erreichten 4 würde absolvieren können.

Wie viel eigene Schuld sie an ihrer massigen Körperfülle trug, ließ sich nicht genau sagen. Tatsache war aber, dass sie mit ihrem stets sehr gesunden Appetit durchaus mitverantwortlich war für ihre fast 80 Kilo, die ihrem Körper bei einer Größe von ungefähr 1,55 die Grundform einer Tonne verliehen und sie damit regelmäßig zum Spott für ihre Mitschüler machte.

Auch wenn ich mich mit eigenen spöttischen Kommentaren ihr gegenüber meistens zurückhielt, konnte ich nicht leugnen, dass einige der gemeinsten Sprüche nicht von der Hand zu weisen waren. Bernd hatte es unlängst mit seiner schnoddrigen Art auf den Punkt gebracht, als er sie während der Hofpause fragte, ob sie denn nun eigentlich höher oder breiter sei.

Jedenfalls tat sie mir leid. Sie hockte alleine und verlassen auf dem Rasen. Keiner machte Anstalten, sie zu trösten. Es machte mich wütend, dass sich niemand um sie kümmerte und kurzerhand entschloss ich mich, zu ihr hinüber zu gehen.

Auf dem linken Bein hüpfend, darauf bedacht mit dem schmerzenden rechten Fuß so wenig wie möglich den Boden zu berühren, näherte ich mich, hockte mich neben sie hin und streckte mit äußerster Geschicklichkeit die Beine aus.

"Alles in Ordnung?", fragte ich und merkte sofort, dass sich die Frage nicht sehr originell, geschweige denn aufmunternd anhörte.

Mit ihren großen verheulten Augen guckte sie mich überrascht an, wobei sie sich mit dem Ärmel ihrer Trainingsjacke den Rotz aus der Nase wischte.

"Was willst du denn?", sagte sie schroff.

"Ich weiß nicht", entgegnete ich. "Ich dachte, du brauchst vielleicht etwas Gesellschaft."

"Bestimmt nicht von dir", antwortete sie giftig.

"Warum nicht? Von deinen Freundinnen ist ja keine zu sehen und ich dachte..."

"Verarschen kann ich mich alleine. Danke auch", fiel sie mir ins Wort. "Ich weiß nicht, was ihr euch diesmal ausgeheckt habt, aber ich wäre dir dankbar, wenn du einfach wieder aufstehst und gehst."

"Ich habe keine Ahnung, ob die anderen irgendetwas Gemeines gegen dich aushecken, aber selbst wenn, dann habe ich damit nichts zu tun", erklärte ich ihr. "Ich bin hergekommen, weil ich dachte du brauchst jemanden zum Reden. Da habe ich mich wohl geirrt. Tut mir leid, Annette."

Ich versuchte, mich wieder zu erheben.

"Wie geht es deinem Fuß? Tut es noch doll weh?", fragte sie plötzlich.

"Na ja, es geht so", gab ich zur Antwort und stemmte meinen Körper mit den Handinnenflächen nach oben.

"Ist dir nicht kalt, so ohne Schuh meine ich?"

Jetzt erst entdeckte ich, dass ich immer noch nur auf dem schmutzigen und feuchten Socken umherhumpelte und fing an zu lachen.

"Wahrscheinlich passt überhaupt kein Schuh mehr drüber, bei dem fetten Verband, den Nina mir angelegt hat. Was meinst du?"

"Ich schätze, du müsstest dir schon einen von Roberts Quadratlatschen borgen, damit es funktioniert", sagte sie und unter dem verquollenen Gesicht trat ein Lächeln zu

Tage.

"So dick ist der Fuß nun auch wieder nicht", erwiderte ich und probierte mit meinem linken Fuß das Gleichgewicht zu halten.

Von der Baracke, in der sich die Umkleidungsräume befanden, winkte Ralf herüber und forderte mich auf, zu ihm zu kommen und auch Annette Bescheid zu sagen. Gemächlich trabten wir über den Platz. Dabei erzählte sie mir, dass sie zwar froh war, nicht durch die Prüfung gerasselt zu sein, aber dass sie mit sich selber unzufrieden war und sich daher nicht über die Zensur freuen konnte. Seit mehreren Wochen hatte sie sich, für ihre Verhältnisse gesehen, intensiv auf die 100 Meter und die 2000 Meter vorbereitet, weil sie genau wusste, eine Chance die Prüfung zu bestehen, hatte sie nur, wenn sie dafür trainierte. In den beiden anderen Disziplinen war jegliche Form von Training sinnlos, deshalb konzentrierte sie sich vollends auf die Laufwettbewerbe und genau in denen hatte sie heute kläglich versagt.

Ralf hatte uns herangewinkt, um uns von Frau Siebert mitzuteilen, dass alle nach dem Duschen abhauen konnten, weil die letzten Stunden ausfielen. Bisher hatten sich alle Zeit gelassen und herumgetrödelt, aber nun herrschte reges Treiben in den Dusch- und Umkleideräumen.

Mit dem Verband konnte ich natürlich nicht unter die Dusche und machte deshalb an einem der Waschbecken nur eine kurze Katzenwäsche. Dabei musste ich mit anhören, wie sich Bernd beim Duschen darüber lustig machte, dass ich Annette Gesellschaft geleistet hatte. Seine Bemerkungen waren absolut ekelhaft und seine abartige Phantasie kannte anscheinend keine Grenzen. Ich musste mich mächtig zusammenreißen, ihn nicht sofort zur Rede zu stellen, aber momentan war ich viel zu müde, um mich auf einen Disput mit ihm einzulassen, und ich ließ es auf sich beruhen. Es hatte ohnehin keinen Sinn, sich mit diesem Schwachkopf herumzustreiten, da nie etwas dabei herauskam, außer einem blauen Auge vielleicht.

Frau Sieberts Prognose, die Schmerzen meines Fußes betreffend und der damit einhergehende Heilprozess, bestätigte sich. Bereits nach wenigen Tagen war die abgeschürfte Stelle an der Ferse vollkommen verschorft. Dabei hatte es auch keinerlei Komplikationen gegeben. Das einzig Nervende war das ständige Jucken der Haut. Es kostete mich große Überwindung, nicht mit den Händen dort zu kratzen, was ich manchmal allerdings, trotz der guten Vorsätze nicht vermeiden konnte.

Die letzten schriftlichen Prüfungen hatten wir inzwischen hinter uns gebracht. Was mich betraf, waren sie vom Gefühl her etwas ordentlicher ausgefallen. Ob das an meiner besseren Vorbereitung lag oder ob die Prüfungsthemen einfach leichter waren, konnte ich nicht sagen, und im Prinzip war es mir auch egal. Jedenfalls hatte es keinen erneuten Totalausfall gegeben und das war das Wichtigste.

Am Freitagmittag erfuhren wir die genauen Ergebnisse. An dem schwarzen Brett neben dem Direktorzimmer hatte unsere Sekretärin die Listen mit den Zensuren für die einzelnen Prüfungen ausgehängt und direkt daneben konnte man nachschauen, wer für welche Theorieprüfung vorgesehen war.

Nach einem kurzen Unter 4 Augen- Gespräch mit Frau Gabrecht am gestrigen Tage wusste ich bereits, dass sie mich in ihre Prüfung nehmen wird. Für meine schriftliche Prüfung hatte es nur zu einer 4 gereicht, und damit war ich anscheinend noch gut bedient gewesen. Sie versicherte mir, dass sie davon überzeugt sei, beim Abrufen meiner durchaus vorhandenen Reserven in der mündlichen Prüfung wenigstens noch eine 2 zu retten, die sie mir momentan nicht ohne schlechtes Gewissen geben könne.

Das schwarze Brett war minutenlang so fest umlagert, dass ich außer dem breiten Holzrahmen, an dem verschiedentlich die Farbe abgeblättert war und die weitaus hellere Grundfarbe darunter zum Vorschein brachte, nichts erkennen konnte. Ich hatte keine große Lust, mich zwischen die anderen zu drängeln, nur um fünf Minuten früher deprimiert zu werden. Stattdessen lehnte ich mich an der gegenüberliegenden Seite an und beobachtete gelassen das kindische Spektakel.

Es war für mich schon seit jeher ein Rätsel, warum bei solchen Ansammlungen, zu denen ich auch Sportveranstaltungen, Kino, Theater und sogar Besuche im Tierpark zählte, die größten Menschen immer die erste Reihe bevölkerten und die kleineren in der hintersten Reihe standen und nichts sehen konnten, von dem, was vorne passierte, so sehr sie auch ihre viel zu kurz geratenen Hälse in die Höhe reckten. Es war ein Phänomen, über welches ich mir im Moment aus wissenschaftlicher Sichtweise den Kopf zerbrach.

Andererseits war es einfach nur urkomisch, meinen Mitschülern zuzugucken, mit wie vielen kleinen versteckten Tricks sie versuchten, sich durch Schubsen, Drängeln, Beinstellen und unzähligen anderen Dingen, einen Vorteil zu verschaffen, um dem schwarzen Brett näher zu kommen. Ganz vorne blockierten, wie sollte es anders sein, die körperlich größten Bernd, Robert und Karsten den Platz vor der Wandtafel und ließen aufgrund ihrer breiten Schultern die anderen nicht viel sehen. In der letzten Reihe stand Annette und versuchte, dem sich vor ihr hin- und herbewegendem Ralf auszuweichen, indem sie ständig seinen Bewegungen entgegenwirkte, in der Hoffnung, so einen Blick auf das zu erhaschen, was sich vor ihm abspielte. Aus meiner Position sah es fast so aus, als würden beide miteinander tanzen, nur eben nicht von Angesicht zu Angesicht, sondern hintereinander. Vielleicht gab es ja, überlegte ich, in irgendwelchen Naturvölkern solche rituellen Tänze. Auf jeden Fall war es witzig anzuschauen.

Es dauerte bestimmt eine Viertelstunde, bis ich als allerletzter an das schwarze Brett gelangte. Neben mir studierte Nina ihre Zensuren und schrieb sie ab.

"Auch schon da", sagte sie leicht spöttisch, ohne von ihrem Zettel aufzusehen.

"Das war mir eben viel zu voll hier", antwortete ich. Es hörte sich fast wie eine Entschuldigung an.

"Habe ich gemerkt. Die waren nun mal alle sehr gespannt."

"Du etwa nicht?", fragte ich sie.

"Nein, wozu", erwiderte sie verwundert und fügte hinzu. "Was ist denn mit dir? Bist du denn neugierig, Niko?"

"Nicht sehr viel. Ich schätze mal, dass ich ohnehin weiß, wo ich rein muss."

"Echt? Das glaube ich dir nicht", sagte sie und schaute von ihrem Zettel auf. "Schließe die Augen und beweise es!"

"Also gut", fing ich an, "ich bin mir sicher bei Deutsch und dann denke ich, dass es von den Naturwissenschaften Chemie sein wird. Bleibt noch eines übrig", grübelte ich, "eventuell Geschichte, aber eigentlich ist es egal, solange ich nicht Mathe dabei habe."

"Nicht schlecht", stellte sie anerkennend fest, "du hast drei von vieren richtig geraten."

Nachdenklich und zugleich beunruhigt öffnete ich die Augen. "Ich habe gedacht, dass jeder höchstens in drei Prüfungen muss".

"Tja, falsch gedacht", antwortete sie kühl, "mindestens drei und maximal fünf. Du bist sozusagen in der goldenen Mitte."

Ich ging einen Schritt näher an die Tafel heran und suchte in dem Wirrwarr von Zahlen die meinen. Ich brauchte etwas Zeit, um das System herauszufinden, nach denen unsere Sekretärin dabei vorgegangen war.

Blödsinnigerweise hatte sie keine Tabelle verwendet, die zuerst nach der alphabetischen Reihenfolge der Nachnamen geordnet wurde, wie ich es eigentlich erwartet hätte. Stattdessen hatte sie es genau umgekehrt gemacht. Sie hatte untereinander in Tabellenform die einzelnen Fächer aufgelistet, und in der waagerechten Linie dahinter standen die Zensuren. Seinen dazugehörenden Namen musste man sich auf der obersten Zeile suchen. Weil bei dieser Anordnung der Namen die Tabelle viel zu breit geworden wäre, hatte sie unsere Namen zwar nach Alphabet sortiert, aber hochkant geschrieben. Ich verrenkte mir fast den Hals bei der Suche meines Namens, da ich ihn schräg nach links klappen musste. Ich konnte es nicht fassen, wie man auf eine solche Anordnung kommen konnte.

Als ich meinen Namen endlich gefunden hatte, rutschte ich mit meinem Zeigefinger, den ich als Lineal benutzte, die abgetrennte senkrechte Linie hinunter.

"Soll ich sie für dich aufschreiben?", fragte Nina und kramte ein unbeschriebenes

Blatt Papier hervor.

"Ja gerne."

"Dann sage mal an!"

Nacheinander las ich ihr meine Zensuren und die dazugehörigen Fächer vor. Eigentlich gab es keine wirklichen Überraschungen, wenn ich mal von der 1 in Chemie absah. In Physik hatte ich zwar auf eine 2 gehofft, aber es hatte nur zu einer 3 gereicht, ebenso in Mathematik. Immerhin hatte ich auch bei Herrn Ferner in Erdkunde eine 1 geschrieben. Der Rest waren zweier und nicht zu vergessen, die 4 in Deutsch, von der ich aber schon wusste.

Nun wanderte mein Blick auf die andere Tabelle mit den Zuordnungen, welcher Schüler in welche mündliche Prüfung musste. Als Vorbild für diese Tabelle hatte anscheinend die andere gegolten, sie war genauso beknackt angelegt. Die Kreuze in den einzelnen Abschnitten zeigten die Prüfungen an. Wieder nahm ich zur besseren Orientierung den Zeigefinger zur Hilfe.

"Chemie, Deutsch, Erdkunde...", brubbelte ich in meinen kaum wahrnehmbaren Bartansatz.

"Und Mathematik", rief Nina dazwischen.

"Nein, bitte nicht", entfuhr es mir.

"Leider doch, da steht es", sprach sie und zeigte mit ihrem Finger auf die entsprechende Stelle auf der Tabelle.

Schockiert folgte ich ihrem Zeigefinger. Es gab keinen Zweifel, denn dort stand es schwarz auf weiß.

In der Hoffnung, mich ja vielleicht doch verguckt zu haben, setzte ich einen Finger der linken Hand auf das Wort Mathematik und den Zeigefinger der rechten Hand auf meinen Namen. Dann begann ich ganz langsam, die waagerechte und senkrechte Linie gegeneinander zu verschieben. Als sich meine Finger berührten, hielt ich inne und atmete tief durch. Nina verfolgte belustigt mein Tun, wagte aber nicht, einen gehässigen Kommentar abzugeben und beließ es dabei, mich zu beobachten.

Schließlich nahm ich meine Finger vorsichtig hoch. Darunter kam ein dickes schwarzes Kreuz zum Vorschein.

Herr Thiem hatte im Lehrerkollegium offenbar durchgesetzt, dass man mich in die Mathematikprüfung nahm, sich sehr wohl dessen bewusst, dass ich mich nach der 3 in der schriftlichen Prüfung keineswegs verbessern konnte. Wenn er den Ehrgeiz hatte, und den hatte er garantiert, mich in seinem Fach richtig abstürzen zu lassen, dann waren die Vorzeichen für ihn günstiger denn je.

"Mach dir nicht zu viele Sorgen deswegen", versuchte sie mich zu trösten, "du wirst das schon schaffen! Tschüß, ich muss los."

Alleine blieb ich in dem dunklen Gang zurück, der nur von den verblichenen Leuchtstoffröhren an der Decke erhellt wurde, unfähig den erstarrten Blick abzuwenden von dem schwarzen Brett mit der Unheil verkündenden Nachricht.

"Na wen haben wir denn da", riss mich Herr Thiems Stimme aus meiner Lethargie, "guckst du dir die Ergebnisse an, Niko?"

"Ja auch", stammelte ich.

"Wir beide haben ja noch ein letztes Mal das Vergnügen zusammen", sagte er gehässig und grinste mich an.

"Schön wenn es für Sie ein Vergnügen ist", entgegnete ich sarkastisch.

"Ich habe dich oft genug gewarnt, Niko, dass nur du für deine Leistungen verantwortlich bist und für alles, was du tust. Niemand sonst."

"Das ist ja alles richtig, aber ich verstehe nicht den Grund, warum Sie mich in Ihre Prüfung nehmen, wo ich jetzt doch glatt 3 stehe", ereiferte ich mich.

"Das verstehst du nicht? Sagen wir mal, es gibt immer so etwas wie den Tag der Abrechnung."

"Einen Tag der Abrechnung", antwortete ich völlig perplex, "für was?"

"Für was? Meinst du die Frage wirklich ernst?", sprach er. " Strenge doch mal deinen Kopf etwas an!"

"Ich habe keine Ahnung, was Sie meinen."

"Niko, du kannst vielleicht den Anderen etwas vormachen, aber nicht mir. Ich habe dich längst durchschaut und glaube mir. Du bist nicht halb so schlau, wie du denkst." Er machte eine lange Pause, in der er mich betrachtete. "Es kommt immer der Punkt, an dem man für seine Taten büßen muss, heißt es nicht so? Als Christ müsstest du das doch wissen."

"Worauf wollen sie hinaus?", brauste ich auf. " Wollen Sie sich an mir rächen, weil ich irgendwann mal etwas Negatives über Ihren Sohn gesagt habe oder passt ihnen nicht, dass ich eine eigene Meinung habe und diese auch offen vertrete? Möglicherweise können Sie ja nicht verstehen, dass man außerhalb der NVA die Haare ein wenig länger trägt", beendete ich meine Aufzählung mit einem erneuten Seitenhieb auf seinen bescheuerten Sohn.

"Deine Arroganz wird dir früher oder später zum Verhängnis werden, davon bin ich fest überzeugt, mein Lieber: Ich weiß genau, dass du auch etwas mit der Sache vom 1. Mai zu tun hast. An deiner Stelle würde ich jederzeit damit rechnen, ein weiteres Mal Besuch zu bekommen. Bist du wirklich so naiv zu glauben, dass man eine Fahne unseres Landes wie Abfall herunterreißen kann, ohne dafür bestraft zu werden."

"Was?", brüllte ich ihn an.

"Du hast schon verstanden, denke ich."

"Dann habe ich den Besuch der Staatssicherheit also Ihnen zu verdanken?", ereiferte ich mich.

"Du hast mich schon verstanden", erwiderte er nochmals.

Durch mein Geschrei alarmiert, öffnete sich die Tür des Sekretariats und Herr Schnitzler erschien in der Tür.

"Was ist denn hier für ein Lärm?", fragte er mit seiner brummenden Stimme, die wie immer furchteinflößend klang.

"Nichts", beeilte ich mich zu sagen.

"Ich habe Niko gerade erklärt, warum ich ihn in meine Prüfung genommen habe", sagte Herr Thiem ruhig.

"Was gibt es da zu erklären?", wunderte sich Herr Schnitzler.

"Das habe ich ihm auch gesagt. Schließlich gebe ich Niko die Möglichkeit, sich mit einer sehr guten Prüfung noch einmal zu verbessern", log er ihm frech ins Gesicht.

Noch immer absolut schockiert, stand ich stocksteif neben den beiden und brachte keinen Ton heraus.

Bevor sie zusammen im Sekretariat verschwanden, ließ mich unser Direktor noch wissen, dass alle Formalitäten zum Ablauf der mündlichen Prüfung in der nächsten Woche von unseren jeweiligen Lehrern verkündet werden.

Niedergeschlagen und zutiefst deprimiert verbrachte ich den Nachmittag in meinem Zimmer und grübelte darüber nach, was ich tun konnte.

Ich stellte meinen Stuhl an das Fenster, zog die Gardine einen kleinen Spalt breit zur Seite und schaute unbeweglich, mit geradem Blick hindurch.

Draußen regnete es ziemlich kräftig und die großen Tropfen landeten" Klack, Klack" auf dem Fensterbrett und ergaben eine monotone Melodie, die sich anhörte, als würde jemand in regelmäßigen Abständen mit einem harten Gegenstand auf ein Stück Metall einschlagen, immer und immer wieder.

Genauso schnell wie der Regenguss gekommen war, hatte er sich wieder verflüchtigt und Platz gemacht für die dahinter hervor scheinende Sonne. Die Blätter des Lindenbaumes vor meinem Fenster, deren saftiges Grün die von den Ästen aufgefangenen durchsichtigen Regentropfen noch stärker zur Geltung brachten, reflektierten manchmal die vereinzelten Sonnenstrahlen, welche sich keck einen Weg durch das engmaschige Geflecht der Äste erarbeiteten und unversehens in ihrer vollen Herrlichkeit erstrahlten.

Durch die vom Wind gepeitschten Blätter konnte ich ab und zu einen Blick erhaschen auf die dahinter liegenden kleinen Gärten. Jeder in unserem Haus besaß solch einen Garten, er gehörte zur Miete dazu genauso wie der Keller und der Boden.

Sie waren alle nicht sehr groß, schätzungsweise fünfzig Quadratmeter, und auf jedem gab es einen winzigen Schuppen, deren Funktion darin bestand, die Gegenstände und Materialien, die notwendig waren, für die Pflege und Nutzung des Gartens aufzubewahren. Viel mehr passte auch gar nicht hinein.

In unserem eigenen, den ich aus meinem Fenster allerdings nicht sehen konnte, weil er sich weiter rechts befand, bewahrten wir allerlei Krimskrams auf. Außer den Utensilien für das Bearbeiten der Beete und des Rasens und einer Schere zum Beschneiden der Heckenrosen, die jeden Sommer das kleine Eingangstor völlig zuwucherten, befanden sich noch vier Stühle und ein runder Tisch darin.

Opa hatte die Gartenmöbel im vergangenen Jahr billig abgekauft von seinem Nachbarn, als dieser seine Wohnung auflöste und in das neu gebaute Altersheim in der Nähe des Sportplatzes gezogen war. Seine Kinder und deren Familien waren nicht sehr oft zu Besuch bei ihm gewesen. Deshalb waren der Tisch und die Stühle fast neu. Für sich allein hatte er meistens nur einen Liegestuhl auf die Terrasse gestellt und sich darauf ein Mittagsschläfchen in der Sonne gegönnt, aber für die anderen Sachen hatte er nie wirklich Verwendung gehabt. Als Opa ihn nach den Gartenmöbeln fragte, hatte er sich gefreut und sofort zugesagt, dass er sie bekommen könne. Meine Mutter kannte er schon seit ihrer Kindheit und mochte sie. Er war froh zu erfahren, dass seine nie benutzten Gegenstände endlich der Nutzung zugeführt wurden, wozu sie da waren.

Das Problem war nur, dass der Tisch, der aus weißer Plaste bestand, verhältnismäßig groß war und sich leider nicht zusammenklappen ließ. Wollte man ihn aus dem Schuppen herausholen, war das jedes Mal ein tierischer Akt, denn die Tür war viel zu winzig, um ihn problemlos hindurch zu tragen. Es bedeutete, dass man zuerst alle größeren Gegenstände, welche sich im Innern des Schuppens befanden, nacheinander herausbringen musste, um irgendwann genug Möglichkeiten zum Drehen des Tisches zu haben. Es war zugegeben umständlich, aber leider auch nötig, da des Öfteren über Nacht Dinge aus den Gärten verschwanden. Wollte man nicht das Risiko eingehen, am darauf folgenden Tage verärgert festzustellen, dass zum Beispiel der Spaten oder die Stühle abhanden gekommen waren, musste man abends alles im Schuppen einschließen.

Das Schönste an unserem Garten war die Hollywood- Schaukel, die etwas versteckt hinter dem Schuppen stand und somit nicht von den Häusern einzusehen war. Mutti hatte darauf bestanden, sie dorthin zu stellen, weil ihr das ständige Gegaffe einiger Nachbarn fürchterlich auf die Nerven ging und sie im Garten ihre Ruhe haben wollte. Ich legte auch keinen Wert darauf, beim Zeitunglesen oder Briefeschreiben beobachtet zu werden, oder bei der Gartenarbeit mit Zurufen wie diesem konfrontiert zu werden: "Niko, so wie du die Hacke hältst, wird das nie etwas. Du musst sie schräger halten, damit du den Boden besser auflockerst." Unabhängig davon, dass die Kritik in dem einen oder anderen Fall durchaus berechtigt war, gingen mir diese sooo gut gemeinten Ratschläge mächtig gegen den Strich, aber ich war viel zu gut erzogen, um demjenigen das ins Gesicht zu sagen und bedankte mich meistens artig: "Danke für den Tipp."

Ohnehin war mir diese Art der Freizeitgestaltung suspekt, stundenlang aus dem geöffneten Fenster zu stieren und die Leute in den Gärten mit unqualifizierten, dämlichen Bemerkungen zu belästigen. Ich konnte mir nicht helfen, aber meiner Meinung nach führten diese Leute ein echt erbärmliches Leben. Zum Glück waren nicht alle Nachbarn so.

Mit Tränen in den Augen, die mir, in immer kürzeren Abständen, sporadisch die Wange herab liefen, schaute ich auf den Garten vor meinem Fenster. Durch die mit Regentropfen behangene Scheibe war nicht sehr viel zu sehen.

Der Garten gehörte der Familie Lindner aus dem Nachbaraufgang. Sie waren beide in Muttis Alter, zumindest nahm ich das an. Sie wohnten hier schon lange bevor wir hergezogen waren. Es war seltsam, dass ihr Garten immer aussah, als wäre gerade jemand dort gewesen und hatte im Tomatenbeet das Unkraut beseitigt oder den Rasen gemäht. Das Seltsame daran war nur, dass ich fast nie einen der beiden sah, wie sie das taten. Ich meine, wir waren im Sommer häufig in unserem Garten und hielten ihn so gut es ging in Schuss, aber so picobello wie der ihre sah unser niemals aus.

Ich beobachtete einen Spatzen, der unter einem dicken Ast des Apfelbaumes vor dem nun wieder einsetzenden Regen Unterschlupf suchte. Er hüpfte unruhig umher und wich immer wieder den Regentropfen aus, welche der Wind aus verschiedenen Richtungen auf ihn niederprasseln ließ. Als er merkte, dass diese Stelle ihm nicht den erhofften Schutz vor dem Regen bot, flog er davon, einen besseren Platz zu suchen.

Wenigstens saß ich hier drinnen im Warmen, dachte ich bei seinem Anblick und wünschte ihm auf seiner Suche viel Glück. So hatte jeder seine eigenen Probleme.

Mein Problem hieß Herr Thiem. Ich zermarterte mir den Kopf, was ich machen sollte, aber egal in welche Richtung ich auch dachte, keine Idee führte mich zum Ziel, sondern nur wieder in eine neue andere Sackgasse.

Würde ich Mutti von unserem Gespräch erzählen, dass wir vorhin geführt hatten, dann käme ich nicht umhin, ihr die Wahrheit zu sagen, von der Nacht des 1. Mai. Bisher hatte ich mit niemandem darüber gesprochen und ich fand, das war auch gut so gewesen, um nicht denjenigen in eine unangenehme Situation zu bringen. Nein, ich durfte keinen einweihen, was das betraf und Mutti schon gar nicht. Wenn es herauskommen würde, konnte das im schlimmsten Fall bedeuten, dass sie ihre Arbeit verlieren könnte.

Das traf eigentlich auf alle anderen Vertrauenspersonen genauso zu, egal ob Sabine, Oma, Opa, meine engsten Freunde, meinen Trainer und Herrn Ferner als meinem Klassenlehrer.

Ich konnte mit keinem darüber reden und musste versuchen, das Problem selber zu lösen. Nur wie? Sollte ich mich die verbleibende Zeit bis zur Prüfung nur mit Mathematik beschäftigen? Das ging auf gar keinen Fall.

Auf der anderen Seite fragte ich mich, ob es nicht ein Fehler sein würde, die Sache einfach auf sich beruhen zu lassen, denn das konnte für Herrn Thiem doch eigentlich nur eins bedeuten, er sagt nichts und wehrt sich auch nicht, also muss er schuldig sein. Bei dem, was sich in seinem verdrehten Kopf abspielte, war ich mir sicher, dass er genau das glauben würde.

Wenn er mich in Verdacht hatte, an der Aktion beteiligt gewesen zu sein, war es auch durchaus denkbar, dass er mich unter Druck setzen wollte, um ein Geständnis von mir zu provozieren oder eine unbedachte Reaktion. Dies wiederum ließ den Schluss zu, dass er nur eine Vermutung hatte und sonst nichts.

12

Der letzte Schultag

Die letzte reguläre Schulwoche plätscherte öde dahin. Im Unterricht ging es nur noch darum, die Termine für die Konsultationen in den Prüfungsfächern abzusprechen, die in der kommenden Woche stattfinden sollten. Diese Absprachen waren allerdings nur für die jeweiligen Schüler interessant, die sich mit dem Fach auseinandersetzen mussten. Die anderen langweilten sich dementsprechend zu Tode.

Ich verbrachte den Großteil des Unterrichts mit dem Lesen der neuen "Melodie und Rhythmus". Sabine war am Montag in Berlin gewesen und hatte sie mir am Kiosk gekauft, weil vorne ein Foto vom U2- Sänger drauf war, von denen sie wusste, dass mir deren Musik gefiel. Es war schon fast unheimlich, mit welcher Fürsorge sie mich momentan überhäufte.

Zu unserem letzten Schultag am Freitag hatten wir beschlossen, uns zu verkleiden, wie es die zehnten Klassen in Mollin immer gemacht hatten. Es war Tradition an diesem Tag, nach der Schule mit den wildesten Verkleidungen und ausgerüstet mit Tuten und anderen Lärminstrumenten in kleinen Gruppen durch den Ort zu ziehen und für die nachmittägliche Abschlussfeier Geld zu sammeln.

Genauso wie in den vergangenen Jahren fand an diesem Tag das letzte Kräftemessen mit dem Schuldirektor statt, der den Schülern diesen Spaß mit aller Macht verbieten wollte, denn nach seiner Meinung war es unwürdig für Schüler einer 10. Klasse, in Schlafanzügen zum Unterricht zu erscheinen. Er ließ uns über Herrn Ferner mitteilen, dass wir uns nach der Schule seinetwegen lächerlich machen konnten, aber während der vier Unterrichtsstunden würde er so etwas nicht dulden.

In der Hofpause am Mittwoch hatten wir darüber abgestimmt, ob wir uns seiner Drohung widersetzen und bereits umgezogen in die Schule kommen sollten. Fast alle hatten sich dafür ausgesprochen, da wir sein vehementes Veto dagegen als völlig kleinlich empfanden und er damit bei uns das genaue Gegenteil erreicht hatte. Schließlich war es der letzte Schultag und wir sahen nicht ein, uns diesen von Herrn Schnitzler verleiden zu lassen.

Ich hatte mir von Mutti eines ihrer ausrangierten Nachthemden stibitzt, das seit Jahren im Keller lag bei den Kleidungsstücken, die sie zum Wegschmeißen zu schade fand, welche aber ab dem Moment, wo sie dort unten landeten, niemals wieder benutzt wurden. Ich wusste, dass sie mir nicht böse sein würde, wenn ich dieses Nachthemd verunstalten würde. Vermutlich würde ihr nicht mal auffallen, dass es irgendwann einmal ihr gehört hatte.

In Mikes Zimmer machten wir uns frisch ans Werk und bemalten mit einigen dicken

Filzstiften unsere Klamotten für Freitag. Er hatte von seinem Vater einen alten schwarz- weißgestreiften Pyjama bekommen, der eher einem Sträflingsanzug glich, denn einem Schlafanzug. Mike sah total lustig darin aus, hatte nur ein wenig Probleme mit der Hose, die ihm viel zu groß war und deshalb mit einem Gürtel festgezogen werden musste.

Ich verwendete zum Beschriften meines Nachthemdes verschiedenfarbige Stifte und malte bunte Symbole drauf, unter anderem ein großes rotes Herz. Dazu schrieb ich so sinnvolle Sprüche wie "NIE MEHR SCHULE!!!" gut lesbar in Blockschrift auf den Rücken.

Am letzten Schultag vervollständigte ich mein Tagesoutfit, indem ich mir von Sabine einige Zöpfe in die Haare flechten ließ. Um den Hals trug ich einen Babyschnuller und über den Halbschuhen Socken in unterschiedlichen Farben; blau auf der rechten Seite und rot auf der anderen. Dazu hatte ich aus dem Keller meinen uralten Schulranzen hervorgekramt, den ich nun stolz auf dem Rücken durch die Gegend trug.

Erwartungsgemäß gab es in der Schule Ärger mit Herrn Schnitzler. Nachdem nach und nach alle Klassen von ihren Lehrern zum Unterricht abgeholt worden waren, blieben wir als Einzige auf dem Schulhof zurück. Als ungefähr zehn Minuten vergangen waren, ohne das sich Frau Gabrecht gezeigt hätte, bei der wir heute die erste Stunde haben sollten, gingen Nina und Tanja zum Sekretariat, um sich zu erkundigen, ob die Stunde ausfällt.

"Ich komme gleich nach draußen", teilte Herr Schnitzler ihnen in einem rauen Tonfall mit, der nichts Gutes erwarten ließ.

Einige Minuten später erschien er in seinem besten Anzug, und wir mussten vor ihm in Zweierreihe Aufstellung nehmen.

"Wie ihr sehen könnt, trage ich an eurem letzten Schultag, zur Feier des Tages sozusagen, meinen ordentlichsten Anzug und ich hatte eigentlich dasselbe von euch erwartet. Ehrlich gesagt, dachte ich, ihr tragt an diesem besonderen Tag eure FDJ-Hemden, um allen zu zeigen, wie stolz ihr auf den heutigen Tag seid. Ich muss schon sagen, dass ich enttäuscht bin von diesem Auftreten."

"Aber es ist doch der letzte Schultag", murmelte Christian leise.

"Ich bin noch nicht fertig gewesen", guckte er Christian giftig an, "Ich habe mich möglicherweise nicht ganz klar ausgedrückt, aber in diesem Aufzug muss ich euch den Zutritt in die Schule untersagen. Bis zum Beginn der 2. Stunde könnt ihr euch umziehen, ansonsten wird es Konsequenzen geben."

"Also ich ziehe mich ganz bestimmt nicht um", rief Bernd von hinten und löste damit augenblicklich einen Tumult aus. Einige begannen, in ihre Tröten zu blasen, und

Tobias blies mit voller Kraft in seine Trillerpfeife. Irgendjemand warf Konfettis in die Luft und verwandelte unseren Stellplatz in ein Farbenmeer. Ich nuckelte genüsslich an meinem Schnuller und grinste ihn dabei provokant an.

Endlich hatten wir keine Angst mehr vor ihm, die wir seit der Einschulung mit uns herumgeschleppt hatten als psychologischen Ballast. Zum allerersten Mal waren wir gemeinsam stärker als er und fügten ihm eine empfindliche Niederlage zu.

Intelligent genug, seine Schmach zu erkennen, machte er auf dem Absatz kehrt und ging schnurstracks zum Eingang des Schulgebäudes, wo er stehen blieb und sich nochmals zu uns umdrehte.

"Wenn ihr glaubt, dass ich mir diese Provokation gefallen lasse, dann habt ihr euch geschnitten. Eins verspreche ich euch, und wenn es das letzte ist, was ich machen werde, aber das hier wird ein Nachspiel haben", schrie er uns an, "ein Nachspiel." Dann verschwand er im Gebäude.

Unter frenetischen Jubelausbrüchen feierten wir unseren Sieg. Genau wussten wir nicht, was wir nun machen sollten, denn eigentlich hatten wir geplant, in der großen Pause den selbstgebackenen Kuchen einiger Mädchen an unsere Lehrer zu verteilen.

Wir verließen erstmal den Schulhof und zogen uns zur Beratung auf den nahen Spielplatz zurück, den wir des Öfteren für solche Zwecke benutzten, da er von der Schule nicht einsehbar war. Dort verständigten wir uns darüber, dass Tanja, die als FDJ-Sekretärin unser Bindeglied zu den Lehrern war, in der kleinen Pause zu unserem Klassenlehrer gehen sollte, um Bescheid zu sagen, dass wir anfangen, Geld zu sammeln. Außerdem sollte sie einen Treffpunkt mit ihm ausmachen, von wo aus wir am Nachmittag mit unseren Fahrrädern losfahren sollten.

Nina begleitete sie, da sie den Kuchen nicht allein tragen konnte.

Während die beiden unterwegs waren zur Erfüllung ihrer Mission, bildeten wir sechs Gruppen und teilten Mollin in ebenso viele Abschnitte ein. Jeder Gruppe wurde ein Gebiet zugeteilt und nachdem Nina und Tanja wieder zurück waren, trennten wir uns und begannen mit der "Samaritertätigkeit in eigener Sache", wie Tobias es vortrefflich ausgedrückt hatte.

Unsere Gruppe bestand aus Ralf, Mike, Tobias, Katrin, Ingrid und mir. Jeweils zu dritt klapperten wir einen Hauseingang ab oder ein Einfamilienhaus. Die meisten Leute waren freundlich und gaben uns ein paar Mark oder Naturalien, Süßigkeiten zum Beispiel oder manchmal auch Getränke wie Brause und Bier. Nur ganz wenige öffneten uns nicht, obwohl wir sehen konnten, dass jemand zu Hause war, aber das ärgerte uns überhaupt nicht, denn von den anderen bekamen viel mehr, als wir es uns vorgestellt hatten. Um 13 Uhr waren wir mit unserem Gebiet fertig und hatten über hundertzwanzig Mark zusammenbekommen, ganz zu schweigen von den

Mengen an Essen und Trinken. Es war ein voller Erfolg. Wir malten uns aus, was für eine Party es heute geben wird, wenn die restlichen Teams genauso viel Glück gehabt haben.

"Mann, das war ja wie Halloween", sagte ich zu Mike, der zustimmend nickte.

"Echt unglaublich", sagte er und wühlte in seinem Beutel nach irgendetwas.

"Was ist denn Halloween?", wollte Ingrid wissen.

Verständnislos schauten wir sie an.

"Du weißt nicht, was Halloween ist?", fragte Katrin und konnte es nicht fassen. "Du spinnst, oder?"

"Nein. Ich weiß es wirklich nicht", entschuldigte sie sich.

"Hast du noch nie diesen Gruselfilm gesehen? Der kommt doch andauernd in der Glotze", sprach Mike.

"Solche Sachen darf ich nicht gucken", erwiderte sie.

"Wer sagt das?", fragte Tobias.

"Meine Eltern."

"Deine Eltern verbieten dir allen Ernstes mit sechzehn Jahren Gruselfilme anzugucken? Au backe, das ist ja wohl die Härte", mischte sich Ralf ein und schüttelte den Kopf.

"Ich fasse es ja nicht", rief ich, "in welchem Jahrhundert leben denn deine Alten?"

"Eigentlich darf ich schon Gruselfilme gucken", beschwichtigte sie uns, "ich meine, im Prinzip hat mein Vater nichts dagegen."

Jetzt war mir klar, worauf sie hinaus wollte. Natürlich, das hätte ich mir auch denken können.

"Du darfst kein Westen gucken. Habe ich Recht?", rief ich aus.

"Ihr wisst doch, wo mein Papa arbeitet", antwortete sie.

"Ein schöner Grund ist das", winkte Ralf ab, "bloß weil er ein hohes Tier bei der NVA ist, hat er doch nicht das Recht dazu, dir das zu verbieten."

"So schlimm ist es nun auch wieder nicht", nahm sie ihren Vater in Schutz. "Außerdem gucke ich ohnehin nicht sehr viel fern."

"Wundert mich nicht bei nur zwei Sendern zur Auswahl", stellte Mike trocken fest.

"Mit welcher Begründung untersagt er dir das überhaupt?", fragte ich neugierig. "Ich meine, traut er dir nicht zu, alt genug zu sein, um sich eine eigenständige Meinung zu bilden?"

"Ich glaube, er hat Angst davor, dass in unserem Haus jemand mitkriegen könnte, wenn wir Westfernsehen gucken und uns dann verpfeifen könnte. In seiner Position kann er sich das nun mal nicht leisten."

"Blödsinn", entfuhr es Tobias.

"Passt mal auf Leute", begann Mike mit dem typischen Funkeln in den Augen, welches einen seiner Geistesblitze ankündigte, "wenn das nächste Mal Halloween gezeigt wird, machen wir bei mir zu Hause einen Fernsehabend mit Bier und Erdnussflips! Seid ihr einverstanden?"

"Gar nicht mal so schlecht die Idee", klatschte ich ihm Beifall und schaute zu Ingrid rüber. "Wie findest du den Vorschlag?"

"Bis auf die etwas einseitige Getränkeauswahl ist es eine Superidee. Ich bin dabei", entgegnete sie.

"Wenn Mike das Bier da hat, besorgen wir eben den Rest", sprach Katrin. "Abgemacht?"

"Abgemacht", gaben wir zur Antwort.

Zum Schluss erklärte Mike Ingrid noch die Bedeutung von Halloween. Sie pflichtete ihm bei, dass unsere Aktion sehr ähnlich gewesen war, wenn man von der Verkleidung mal absah.

Gegen 15 Uhr 30 trafen wir uns bereits wieder und machten uns, bewaffnet mit Taschen voller Bier und anderen alkoholischen Getränken, die wir mit einem Teil des gesammelten Geldes finanziert hatten, auf den Weg zum Tanndorfer See.

Mit unseren Drahteseln nahmen wir die knapp einstündige Route durch den Tanndorfer Forst und Herr Ferner radelte trotz des Ärgers, den er durch unsere Aktion in der Schule bekommen hatte, gut gelaunt vorne weg.

Die sandigen Wege durch den Forst, bereiteten einigen mehr Schwierigkeiten als ihnen lieb sein konnte. Es kam zu zwei kleineren Stürzen. Die beteiligten Fahrer taten sich aber nichts dabei und konnten sofort weiterfahren, da es auch an den Rädern keine Schäden gegeben hatte.

Trotzdem machte ich mir beim Anblick der Strecke, die kreuz und quer durch den Wald führte und wirklich höchste Konzentration erforderte, wenn man es vermeiden wollte zu stürzen, so meine Gedanken, denn denselben Weg mussten wir später ja wieder zurück. Allerdings war dann davon auszugehen, dass wir nicht mehr so nüchtern sein würden wie jetzt. Ich sprach Ralf, der neben mir fuhr, darauf an, aber er meinte nur lapidar, dass es ihm schnuppe sei. Nach dem Motto: Wo ein Weg hinführt, führt auch wieder einer zurück, hatte er keine Lust, sich jetzt schon damit zu befassen.

Ich genoss den schönen Waldweg und erfreute mich an den Sträuchern und Nadelbäumen, die ihn auf beiden Seiten säumten. Er führte über kleine Anhöhen, die wir mit kräftezehrendem Treten in die Pedalen erreichten und sobald wir diese passierten, fiel der Weg steil bergab und wir sausten mit einem Höllenzahn hinab, wobei unsere Haare durch die Luft wirbelten und dabei vom Wind zerzaust wurden.

Die Strahlen der Junisonne, welche sich durch die Baumwipfel einen Durchgang bahnten, wärmten uns, so dass wir den kühlen Fahrtwind beim Radfahren nicht als störend empfanden. Ganz im Gegenteil.

Gerade waren wir an der Stelle vorüber gefahren, in deren Nähe sich ein kleines Birkenwäldchen befand. Vom Rad aus konnte ich die Birken, die jetzt im Frühling durch die davor stehenden Kiefern und etliche wild wuchernde Sträucher verdeckt wurden, nur schemenhaft erkennen, aber da ich diese Stelle sehr gut kannte, wusste ich, wo genau sie waren.

Ich kannte die Stelle deshalb so gut, weil wir dort zwei- oder dreimal im Jahr unser Familienpicknick abhielten. An diesen Tagen wanderten wir von Mollin aus los, bewaffnet mit einem großen Korb voller Leckereien. Meistens gab es selbst gemachten Papageienkuchen, den Oma aus dem Grund am liebsten machte, weil es nicht so viel Zeit in Anspruch nahm, ihn zu backen und Mutti steuerte immer ihren in mühseliger Kleinarbeit ebenfalls selbst gemachten Kartoffelsalat bei und die kräftig gewürzten Fleischbällchen. Ansonsten befanden sich im Korb noch Süßigkeiten und Getränke, Kaffee für den Kuchen und Saft für die herzhaften Sachen. Opa als starker Mann der Familie war verantwortlich für die Wolldecken. Auf der kleineren wurde das Essen präsentiert und die größere war zum Hinsetzen vorgesehen.

Mit Sabine wechselte ich mich beim Tragen einer weiteren Tasche ab, in welcher sich in früheren Jahren ein Gummiball und Spielzeug befand. Später transportierten wir darin Karten- und Gesellschaftsspiele und das obligatorische Federballspiel, das bei keinem Picknick fehlen durfte.

Es gab aber noch einen weiteren Grund, warum mir diese Ecke im Wald besonders vertraut war. Etwas tiefer im Dickicht des Gestrüpps, fernab der Wege, gab es den besten Platz, um im Herbst nach Pilzen zu suchen. Von dem Birkenwäldchen musste man ungefähr zehn Minuten lang einem Trampelpfad folgen, bis dieser an einer kaum sichtbaren Gabelung endete. Dort angekommen, war der Boden teilweise morastig. Man brauchte auf jeden Fall vernünftiges Schuhwerk, wollte man hinter der Gabelung den rechten Pfad entlanggehen. Nach maximal fünf Minuten durch die feuchte aufgeweichte Erde erreichte man einen kleinen Hügel, der bewachsen war mit Moos, Gräsern und verschiedenen Farnen. Auch wenn es in manchen Jahren im ganzen Wald keine Pilze gab, an diesem Ort gab es immer welche. Wir hatten zwar keine logische Erklärung für dieses Phänomen, aber es war so.

Das letzte Mal waren Mutti und ich Ende September Pilze suchen gewesen. Wir waren damals mit zwei riesigen Körben voller Steinpilze und Maronen zurückgekommen, die einzigen Pilze, die wir außer Rotkappe und Birkenpilz hundertprozentig sicher erkennen konnten. Diese Ausbeute war für den späten

Zeitpunkt beachtlich gewesen und alle anderen Pilzsammler, denen wir im Wald begegneten, hatten leere Körbe gehabt.

Ich konnte mich erinnern, dass wir, als ich noch ein Kind war, niemals soweit gingen zum Pilze suchen. Oma und Opa war das stundenlange Suchen im Wald ein Gräuel und sie mochten es nicht, sich die Schuhe schmutzig zu machen oder Spinnweben ins Gesicht zu bekommen und daher bevorzugten sie es, Kremplinge zu sammeln, die man praktisch auf jeder Rasenfläche finden konnte. Oma erklärte uns Kindern, dass in den Kriegszeiten diese Pilze manchmal die einzige Nahrungsquelle gewesen sind und soweit ich mich daran entsinnen konnte, hatten mir Kremplinge immer gut geschmeckt. Irgendwann hieß es dann, dass im Zusammenhang mit diesen Pilzen Vergiftungen aufgetreten waren und man Abstand davon nehmen sollte, sie zu essen. Seit dieser Zeit drückte sich vor allen Dingen Opa darum, an einem Ausflug zum Pilze sammeln teilzunehmen und ließ nichts unversucht, eine hieb- und stichfeste Ausrede zu erfinden, die es ihm ersparte, uns begleiten zu müssen.

Kurz nach 16 Uhr 30 kamen wir endlich in Tanndorf an.

Es war ein Ort mit ungefähr fünfhundert Einwohnern, einer schönen alten Kirche aus dem 18. Jahrhundert, einer Schule, einem Konsum, einer LPG, einem Bahnhof und dem See. Hätte Tanndorf nicht die Wälder in der Umgebung und diesen wunderschönen See zu bieten gehabt, wo man Ruderboote ausleihen konnte, wüsste garantiert kein Mensch, wo der Ort lag und das vollkommen zu recht. Sollte tatsächlich ein Ort existieren, der das Gefühl von Langeweile widerspiegeln könnte, dann dieser hier.

Die Straßen waren wie ausgestorben, außer dem Gebelle eines weit entfernten Hundes, hörte man kein Sterbenswörtchen. Einzig und allein am Bootsverleih entdeckten wir jemanden.

Wir hatten für 16 Uhr 45 acht Boote bestellt, von denen wir aber nur noch sieben brauchten, da Annette und Thomas krank geworden waren und Franziska es vorgezogen hatte, den Tag lieber mit ihrem neuen Freund zu verbringen, als mit ihren Klassenkameraden.

In jedes Ruderboot passten vier Leute und bei 27 Personen bedeutete es, dass sechs Boote voll waren und das Siebente nicht ganz.

Die Einteilung, wer in welchem Boot saß, übernahm Herr Ferner. Er wollte vermeiden, dass während des Ruderns zu viel Dusseligkeiten gemacht wurden, womit natürlich gerechnet werden musste, bei den Mengen Alkohol, die in den Schulranzen, Rücksäcken und Beuteln schlummerten und nur darauf warteten, geleert zu werden. Aus diesem Grund teilte er jeweils zwei Jungen und zwei Mädchen den Booten zu. Er selbst teilte sich ein Boot mit Molles Mutter, die sich bereit erklärt hatte als Aufpasser mitzukommen und da es nicht anders aufging mit Molle, der davon verständlicherweise wenig begeistert war.

Nach seiner Einteilung fand ich mich in einem Boot wieder mit Mike, Tanja und Nina. Damit war ich ganz zufrieden.

Nachdem wir unser Ruderboot bestiegen und Mike vorerst die Rudertätigkeit übernommen hatte, nahmen wir Kurs Richtung Backbord, wenigstens sagte Mike das, und da wir anderen uns nicht mit diesen Begriffen auskannten, glaubten wir es ihm.

Insgeheim vermutete ich, er schlug diese Richtung nur deshalb ein, weil niemand sonst dort entlang fuhr. Wir wollten uns erstmal ein ruhiges Plätzchen suchen, wo wir unbeobachtet unsere Flasche Wodka mit der Cola mixen konnten. Die Mädchen hatten eine Flasche Weißwein dabei, die es zu öffnen galt.

Der See, dessen hinterer Teil an den Tanndorfer Forst angrenzte, war nicht sehr groß und die zwei Stunden waren lang genug, um ihn ausführlich zu erkunden, selbst wenn man zwischendurch Ruderpausen einlegte, so wie wir es geplant hatten.

Nach den ersten Schlucken unserer viel zu starken Cola-Wodkamischung und dem Austrinken einiger Bierflaschen, merkte ich bereits , dass mir der Alkohol in den Kopf stieg und ich löste Mike beim Rudern ab, in der Hoffnung durch die körperliche Tätigkeit, meinen Kreislauf zu stabilisieren. Langsam und gemächlich ruderten wir um den See herum, immer darauf bedacht, Abstand zu halten zu den anderen Booten.

Abwechselnd versuchten sich auch die Mädchen am Rudern und obwohl ihnen die nötige Armkraft fehlte, mir allerdings genauso, stellten sie sich weder besser noch schlechter dabei an als wir. Das Wichtigste war ja sowieso der Spaß an der Sache und den hatten wir unverkennbar.

Dreiviertel der Zeit war inzwischen vergangen und wir hatten etwa ebensoviel Fläche des Sees erkundet, als Mike aufgrund der vielen Biere, die er in sich hineingegossen hatte, nötig auf Klo musste.

Wir waren gerade an der Stelle, wo das Molliner Fließ in den See eintrat und er kam auf die Idee, geboren durch seine drückende Notdurft, dass wir ihn an das Ufer fahren könnten, damit er kurz an Land verschwinden konnte.

Das Wasser dort war sehr flach und der Boden war mit Ästen und Schlingpflanzen nur so übersät. Am Ufer gab es keinen Steg oder dergleichen, wo man bedenkenlos hätte anlegen können und mir gefiel dieser Vorschlag überhaupt nicht.

"Mann Niko, nun mach schon", jammerte er und zappelte auf seinem Sitz am Bootsanfang hin und her. "Ich muss wirklich pissen und zwar nötigst."

Tanja und Nina kicherten in sich hinein.

"Was trinkst du auch ein Bier pro Minute?", machte sich Nina lustig über ihn.

"Das wird ja lustig, wenn sich Mike die Hose nass macht", sagte Tanja, rieb sich die

Hände und machte ein unmissverständliches Geräusch: "Schhhhh...."

"Ich suche ja schon eine vernünftige Stelle", versuchte ich ihn aufzuheitern, "aber das ist leichter gesagt als getan. Hier unten sind überall große Äste im Wasser. Ich will schließlich nicht das blöde Boot kaputtmachen."

"Nun mach schon, sonst springe ich einfach so rein! Bitte", bettelte er mich an.

"Spring doch, spring doch!", gackerten die beiden Mädchen und es war nicht zu übersehen, dass die Flasche Wein bei ihnen die Wirkung nicht verfehlt hatte.

Endlich entdeckte ich am Ufer einen mit Schilf zugewachsenen Platz und steuerte diesen an, da es im Wasser keine Hindernisse zu bewältigen gab.

Wir waren ungefähr zehn Meter vom Ufer entfernt, als aus dem Schilfgürtel zwei schneeweiße Schwäne auftauchten. Sie schwammen in unsere Richtung, worüber wir sehr verwundert waren, denn wir gingen davon aus, dass Schwäne normalerweise den Kontakt mit Menschen mieden. Wahrscheinlich waren diese hier Menschen gewöhnt und erhofften sich etwas zu essen von unserem Besuch.

Mit einem Mal plusterten sich beide auf und kamen, wilde Geräusche von sich gebend, auf uns zu, ganz so, als wollten sie uns angreifen.

Mike, der an der Spitze des Bootes saß, bekam es mit der Angst zu tun und sprang unvermittelt auf. Durch seine ruckartige Bewegung geriet die Balance des Bootes aus den Fugen und bekam Schlagseite. Die Mädchen versuchten hinten das Gleichgewicht wieder herzustellen und ich hielt die Ruder so ruhig wie möglich, damit das Wackeln aufhörte.

In der Nähe tauchte ein anderes Boot auf und ich erkannte den dicken Molle, der es sich hinten gemütlich gemacht hatte. Herr Ferner jagte die Ruder kräftig in das Wasser und das Boot glitt schnell und uneben dahin. Er schrie aufgeregt etwas zu uns herüber, wovon wir aber nur Bruchstücke verstehen konnten.

"...verschwindet ...Ufer...rudert...rück....schnell", waren die Teile, die ich hörte.

Je näher sie uns kamen, desto mehr verstanden wir von seinem Geschrei.

"Haut ab dort, sonst greifen euch die Schwäne an", war der erste Satz, den wir problemlos verstanden, aber damit erzählte er uns auch nichts Neues.

Einer der Schwäne war inzwischen fast an unserem Boot angelangt, fuchtelte furchteinflößend mit seinen riesigen Flügeln vor uns herum und schnappte plötzlich mit dem Schnabel nach Mike, der darauf einen Schritt zurücksprang und das Boot erneut fast zum Kentern brachte.

Genau in diesem Moment machte ich mit den Rudern einen kräftigen Schlag, um vom Ufer wegzukommen, während Mike gerade dabei war, mit den Armen sein Stehen im Boot auszugleichen. Durch die für ihn unerwartete Bewegung, verlor er endgültig sein Gleichgewicht, verhedderte sich mit den Füßen in den Tragegurten seines Rücksacks und stürzte mit dem Rücken voraus ins Wasser. Sein Aufprall löste eine riesige Wasserfontäne aus, welche unser Boot augenblicklich in einen Tümpel verwandelte und unsere Klamotten völlig durchnässte.

Die Schwäne drehten ab und genossen ihren Erfolg mit lauten Geräuschen, die sich für mich so anhörten, als würden sie uns auslachen.

Ich hielt Mike ein Ruder hin, damit er sich daran festhalten konnte. Mit einem Mal gab es einen harten Aufprall und als ich mich umdrehte sah ich, dass Herr Ferner sein Boot, mit dem er uns zur Hilfe eilen wollte, nicht mehr hatte stoppen können und ungebremst auf uns drauf gefahren war.

Der heftige Aufprall hatte die Boote in mächtige Schwingungen versetzt, sie wackelten wie verrückt und drohten zu kentern. Herr Ferner probierte alles, um das zu verhindern, aber bei dem Versuch, das Boot auszubalancieren, stolperte er und fiel ebenfalls in das kalte Wasser.

Wir bemühten uns, die beiden schnell wieder in die Boote zu hieven, was nicht so leicht war, aber nach einigen Versuchen klappte es endlich und wir nahmen Kurs Richtung Anlegestelle.

Molle musste jetzt, da Herr Ferner außer Gefecht gesetzt war und frierend auf seinem Sitz kauerte, das andere Boot rudern und stellte sich dabei an wie der erste Mensch. Er kam kaum vorwärts und deshalb gaben wir ihm im Vorbeifahren Tipps, wie er die Ruder richtig halten musste. Außerdem erklärten wir ihm, dass er die Ruder nicht zu tief ins Wasser einstechen durfte, weil er dann zuviel Kraft vergeudete. Trotzdem nützten unsere gut gemeinten Ratschläge wenig und sie erreichten den Steg an der Anlegestelle erst Minuten später.

Nachdem wir unser Boot abgegeben hatten, der Zustand des Bootes und unser eigener hatte den Mann, der unser Boot entgegennahm zu einem schockierten Gesichtsausdruck verholfen, fragten wir bei den anderen nach, ob jemand zufällig noch trockene Sachen dabei hat, die sie Mike und Herrn Ferner borgen könnten. Mit einer Hose konnte niemand dienen, aber zum Glück hatten einige für abends dicke Pullover dabei, so dass sie wenigstens oben herum trockene Sachen anziehen konnten.

Davon abgesehen war es heute einigermaßen warm, da fast den ganzen Tag über die Sonne geschienen hatte, außer wenn sich eine der wenigen Wolken am Himmel dazwischen drängte, wie es jetzt gerade der Fall war. Jedenfalls ließ die Sonne unsere Klamotten ein wenig trocknen.

Als Mike erleichtert von der Toilette kam, wo er endlich seine Blase entleert und sich ein Sweatshirt von Karsten übergezogen hatte, das ihm viel zu groß war, musste er an einigen Mädchen vorbei, in deren Kreis auch Nina und Tanja standen. Sie waren gerade damit beschäftigt, den anderen alle Einzelheiten zu berichten von den Ereignissen auf unserem Boot. Bei seinem Vorbeigehen kicherten sie und machten sich über ihn lustig. Sonst war Mike immer derjenige, der seine Späße auf Kosten anderer machte, aber heute traf ihn der Spott zur Abwechslung mal selber und das geschah ihm ganz recht. Wäre nicht er das Opfer gewesen, konnte man hundertprozentig davon ausgehen, dass er sich am meisten belustigt hätte, wenn jemand anderem dieses Missgeschick passiert wäre.

"Habe ich nicht gesagt, dass es lustig wird, wenn du dir die Hosen nass machst", rief Tanja so laut zu ihm herüber, dass alle es hören konnten und sofort in schallendes Gelächter ausbrachen.

"Ha, ha, echt witzig, ihr Gänse", lächelte er sie müde an.

"Wenn schon, dann Schwäne", entgegnete Katrin. Dies führte dazu, dass sich einige gar nicht mehr ein bekamen und wie wild auf die Schenkel klopften.

Mike ließ sie links liegen und ging weiter.

"Wer weiß, wovon die Hose so nass ist", brüllte ihm jemand hinterher.

"Igitt ist das eklig", kreischte Katrin hysterisch und stellte sich lebhaft vor, was damit gemeint war.

"Genau, vielleicht war sie ja schon nass, bevor er Bekanntschaft mit dem feuchten Element gemacht hat", meinte Ingrid.

"Ich könnte wetten, dass seine Hose schon öfter feucht gewesen ist", quiekte Simone, die sich bisher zurückgehalten hatte und wieder fielen alle ein in ein Gejohle, das jedem Wolfsrudel zur Ehre gereicht hätte.

"Du musst es ja wissen", ließ sich Tanja gehässig vernehmen, und das Lachen blieb einigen im Halse stecken.

Seit Simone bei der Klassenfahrt mit Mike abgeschoben war, nur um Tanja damit eins auszuwischen, war das Verhältnis der beiden Mädchen nicht mehr zum besten bestellt. Sie benahmen sich wie richtige Zicken und suchten ständig nach einer Gelegenheit, die andere zu blamieren.

Tanja hatte seit der Zeit, in der sie und Mike miteinander gegangen waren, nur mit dem Finger zu schnippen brauchen und schon war er wie ein Hündchen angekrochen gekommen. Aus irgendeinem Grunde, der sich mir bis zum heutigen Tag nicht erschlossen hatte, war der Einfluss erschreckend gewesen, den sie auf ihn gehabt hatte, bis zu dem Vorfall bei der Klassenfahrt.

Höchstwahrscheinlich war es wirklich so wie alle sagten, dass man sich von seinem ersten Sexualpartner nicht so ohne weiteres lösen konnte. Nicht, dass ich es gewusst hätte, es war vielmehr so eine Ahnung. Was solche Dinge anbelangte, schwieg sich Mike nämlich aus und war ein vollendeter Gentleman. Zumindest erzählte er mir niemals bis ins Detail, was sich zwischen ihm und Tanja abgespielt hatte, aber wenn man die zwei in der Schuldisco beobachtete, wo schon mal seine Hand unter ihrer Bluse verschwand, fiel es nicht schwer, sich vorzustellen, was sie zu Hause im stillen Kämmerlein machten.

Sie spielte mit ihm und auch bei der Klassenfahrt war es so gewesen. Am letzten Abend hatte es eine Disco gegeben in unserer Jugendherberge und wie so oft, hatte sie ihn an der Nase herumgeführt. Vielleicht brauchte sie das für ihr Selbstbewusstsein. Auf jeden Fall forderte er sie mehrmals zum Tanzen auf, aber sie lehnte sein Ansinnen jedes Mal barsch ab und tanzte stattdessen mit ihrer Freundin Nina. Er saß traurig auf seinem Stuhl und als die langsame Runde kam, fragte Simone ihn, ob er nicht Lust hätte, mit ihr zu tanzen und er willigte ein. Im Laufe des Abends knutschten sie miteinander rum, als Tanja das sah, verließ sie wutschnaubend den Raum.

Simones Interesse an jenem Abend bestand allerdings weniger darin, Mike für sich zu gewinnen, sondern war eher eine Art Rache dafür, dass Tanja ihr einige Tage zuvor den Freund ausgespannt hatte. Mir kam die Sache gleich komisch vor, denn Simone hatte vorher nie etwas für Mike übrig gehabt, aber hätte ich ihn auf meinen bloßen Verdacht hin warnen sollen?

Eigentlich brauchte er sich nicht zu beklagen. Auch wenn er in dem Moment nur Mittel zum Zweck war, hatte er einen schöneren Abend verbracht als ich. Ich hatte im Vergleich zu ihm kein gut aussehendes Mädchen abbekommen, die aus unserer Klasse waren alle vergeben und von den Mädchen aus der anderen Klasse, die sich mit uns zur selben Zeit in der Jugendherberge aufhielten, war eine schrecklicher als die andere. Daher war ich lange vor Ende der Disco mit Kai und Ralf aufs Zimmer gegangen, und wir hatten Skat gespielt. Ich hätte liebend gerne mit Mike getauscht und das sagte ich ihm später auch, als er sich bei mir ausheulte, weil Simone ihn nur benutzt hatte.

Bevor die Situation zwischen Simone und Tanja eskalieren konnte, mischte sich Herr Ferner ein und forderte uns auf, unsere Fahrräder zu besteigen und den Rückweg anzutreten.

"Lasst uns mal etwas beeilen, damit sich keiner eine Erkältung wegholt!", sagte er und löste erneut ein Gekicher aus. "Auf geht's."

Im Wald war es nun erheblich kühler als auf der Hinfahrt, weil die Sonne so tief gesunken war, dass sie nicht mehr durch die Bäume schien. Es würde nicht mehr lange dauern, bis sie für uns nicht sichtbar am Horizont untergehen würde.

Ich fuhr mit Mike am Ende des Feldes. Seine Hose war zwar ein bisschen getrocknet, aber noch ausreichend feucht, um das Radfahren zu einer Tortur werden zu lassen.

Seine Stimmung wurde immer gedrückter, je mehr der Alkohol aus seinem Blut verschwand. Ich musste mir alle Mühe geben, ihn aufzuheitern.

Herr Ferner hatte uns zusammengestaucht wegen der Sache auf dem Wasser. An der Anlegestelle hing eine Tafel, auf der alle Stellen im See markiert waren, die nicht befahren werden durften und auf der Waldseite war es absolut untersagt, ans Ufer zu gehen oder zu nah am Ufer entlang zu rudern, da es dort Naturschutzgebiet war. Er hatte uns extra darauf aufmerksam gemacht, diese Karte genau zu studieren, bevor wir losruderten, aber wir hatten seine Aufforderung nicht wirklich als solche verstanden. Die Wahrheit war, dass wir nicht hingehört hatten wie meistens wenn Herr Ferner uns etwas erklärte.

Der Grund, warum man dem Ufer nicht zu nahe kommen durfte, war der, dass dort viele Wasservögel ihre Brutstätten hatten und während der Brutzeit nicht gestört werden sollten. Die Schwäne, so hatte er es aus der Entfernung sehen können, waren von uns aufgescheucht worden, als sie mit ihrem Nachwuchs unterwegs waren, den See zu erkunden. Als wir genau auf sie zusteuerten, fühlten sie sich bedroht und griffen uns an.

Ich war beeindruckt davon, dass sie keine Angst hatten vor der Größe unseren Bootes und erzählte ihm, dass ich gedacht hätte, sie würden sich eher zurückziehen, statt uns anzugreifen, aber er winkte ab und versuchte uns zu erklären, weshalb dem nicht so war.

"Tiere handeln nicht so wie Menschen. Sie handeln instinktiv, versteht ihr?"

"Das ist mir schon klar", antwortete Mike, "aber ich finde es seltsam, dass beide Schwäne auf uns zukamen. Was wäre denn passiert, wenn wir denen etwas Böses gewollt hätten? Dann wären die Jungen uns doch schutzlos ausgeliefert gewesen."

"Das habe ich euch im Biologieunterricht doch schon tausendmal erklärt, Mike. Tiere handeln nicht nur instinktiv, sondern immer der jeweiligen Bedrohung oder Situation angemessen", entgegnete er sachlich.

"Soll das etwa heißen, die Schwäne wussten genau, dass sie uns mit ein bisschen Aufplustern und Krach machen in die Flucht jagen würden und deshalb keine Absicherung benötigten für ihre Küken", fragte ich.

"Genau so sieht es aus", gab er zur Antwort. "Guckt mal, bei Tieren ist es doch anders als beim Menschen. Sie müssen mit ihren Energien haushalten und deshalb tun sie nichts Unnötiges! Ihr Lebensrhythmus besteht im Prinzip aus Nahrungsaufnahme, Fortpflanzung, Aufzucht des Nachwuchses und so weiter. Alle diese Dinge erfordern ihre ganze Kraft. Die Fortpflanzung dient ihnen zum Beispiel nicht zum Zeitvertreib oder Spaß, wie es bei uns Menschen heutzutage ja hauptsächlich der Fall ist, sondern nur zur Erhaltung ihrer Art. Daher findet der

Geschlechtsakt auch nur dann statt, wenn das weibliche Tier zur Empfängnis bereit ist und zwar nur dann."

"Das ist ja langweilig", meinte Mike nach einer Pause und stieß mich in die Seite.

"Das kommt immer auf den Betrachter drauf an", sagte Herr Ferner und radelte wieder in die Mitte, um zu gucken, ob dort alles in Ordnung war.

In der Abenddämmerung kamen wir wieder in Mollin an und dort verstreute sich das geschlossene Feld in alle Richtungen. Der Großteil war von der körperlichen Betätigung dermaßen ermüdet, dass sie sich auf den Heimweg machten, aber einige Wenige, der harte Kern sozusagen, machten sich auf zur Strohmiete, um den letzten Schultag dort ausklingen zu lassen.

Die Strohmiete war unser Treffpunkt, solange ich denken konnte. Es hatte inzwischen Tradition, dass Klassenfeiern oder Schuldiscos dort ihren Abschluss fanden.

Der Platz war etwas abseits der Hauptstraße hinter einem kleinen Wäldchen und nur über einen Sandweg zu erreichen. Sobald es dunkel wurde, mieden die meisten Leute diesen Weg, weil er ein wenig gruselig anmutete. Das lag wahrscheinlich daran, dass es keine Beleuchtung gab und demzufolge ziemlich finster war, es sei denn, der Mond schien hell genug, um den Weg zu erleuchten.

Gerade die Stille des Platzes und der Schutz vor unliebsamen Besuchern machte ihn für uns so attraktiv. Man war vollkommen ungestört und konnte soviel Blödsinn machen, wie man wollte.

Manchmal in den Sommermonaten machten wir sogar ein kleines Lagerfeuer und hielten dann ein Stück Brot oder eine Kartoffel hinein, während wir uns Gruselgeschichten erzählten. Die Gesprächsthemen richteten sich natürlich jedes Mal danach, wer gerade anwesend war.

Ich erinnerte mich an einen Abend, an dem nur Jungen anwesend waren. Da hatten wir uns die ganze Zeit darüber ausgesponnen, mit welchen Mädchen aus unserer Klasse wir gerne mal Rumfummeln würden und dabei kamen die sonderbarsten Konstellationen heraus, weil jeder seinen pubertären Phantasien freien Lauf ließ. Solche Unterhaltungen waren aber die Ausnahme, denn reine "Männergruppen" gab es äußerst selten, und das gefiel mir persönlich am besten dort.

Diese typischen Gespräche unter Jungen kannte ich vom Fußball zur Genüge. Es langweilte mich, immer über denselben Mist zu quatschen.

Manchmal wenn der Himmel mit Sternen übersät das Firmament erhellte und die Nacht in einem ganz besonderen Licht erstrahlen ließ, legten wir uns ins Stroh und beobachteten über uns die Sterne. Obwohl sich keiner von uns besonders gut auskannte in Astronomie und der große Wagen das einzige Bild dort oben war, welches wir mit Sicherheit identifizieren konnten, ließ uns der bloße Anblick dieser wunderschönen Himmelskörper von entfernten Planetensystemen träumen. Möglicherweise waren wir ja nicht allein in diesem riesigen Universum, und wir malten uns aus, wie es sein würde, wenn die Erde Besuch bekommen würde von Außerirdischen mit ihren Raumschiffen. Dann lagen wir da und stritten über die Entfernungen der Planeten in unserem Sonnensystem, über die Zusammensetzung des Mondes und darüber, wann der erste Kosmonaut zum Mars fliegen würde und ob es ein Amerikaner oder ein Russe sein wird. Unsere Gedanken in diesen phantastischen Momenten waren grenzenlos und führten oftmals nur kurze Zeit später zu der ernüchternden Erkenntnis, dass da oben Satelliten, Raumschiffe und die MIR um die Erde kreisten, aber wir niemals die Gelegenheit bekommen würden, das höchstens 20 km entfernte Westberlin zu sehen.

War das zu verstehen? Wir verstanden es jedenfalls nicht.

Heute war ich nicht mitgegangen zur Nachfeier an der Strohmiete. Ich war müde und nicht in Stimmung dazu. Na gut, vielleicht hatte ich mich auch von Mikes schlechter Laune, die er seit seinem "Badeunglück" hatte, anstecken lassen und hatte mich ihm zu liebe ausgeklinkt. Auf jeden Fall versprach ich den anderen, es mir noch mal zu überlegen, falls ich doch noch Lust kriegen sollte, aber das Versprechen gab ich ihnen mehr aus Höflichkeit, denn zu diesem Zeitpunkt stand mein Entschluss, nachher zu Hause zu bleiben, bereits felsenfest.

In meinem Zimmer fand ich einen Brief auf dem Tisch. Er war zwar verschlossen, aber nicht frankiert, woraus ich schloss, dass er nicht mit der Post gekommen sein konnte. Ich ging in das Wohnzimmer, um zu fragen, wer ihn vorbei gebracht hatte.

"Frage mal Mutti!", empfahl mir Sabine und fügte hinzu, "sie hat erzählt, dass am Nachmittag ein Kumpel von dir mit Moped da war."

Ich öffnete vorsichtig die Tür zur Küche, wo Mutti damit beschäftigt war, einen Kuchen zu backen. Am Sonnabend erwartete sie ein paar Arbeitskollegen zum Kaffee und hatte ihnen versprochen, den sensationellen Käsekuchen zu machen, den sie jedes Jahr als Geburtstagslage auf Arbeit mitbrachte. Als sie meinen sehnsüchtigen Blick auf den Kuchen mitbekam, versprach sie mir, mindestens ein großes Stück für mich wegzupacken, falls ich zum Kaffee nicht da sein sollte.

Ich hatte in Erfahrung gebracht, dass Sigmar nachmittags da gewesen war und den Brief hinterlassen hatte. Offensichtlich wusste er nichts davon, dass in Mollin und Umgebung in dieser Woche die letzten Schultage gefeiert worden waren. In Balitz, das zu einem anderen Kreis gehörte, hatten in dieser Woche bereits die ersten Konsultationen stattgefunden. Er war bestimmt davon ausgegangen, in Mollin wäre es genauso gewesen.

Im Brief schrieb er, dass ihm die Sache mit der Deutschprüfung Leid tue und er hoffe, dass ich trotzdem einigermaßen über die Runden gekommen sei. Er wusste nicht, welches Drama sich tatsächlich an jenem Tag abgespielt hatte, denn seit dem Abend, als er mit Alexandra zusammen bei mir zu Besuch gewesen war, hatten wir uns nicht mehr getroffen. Dann schrieb er noch über einige unser gemeinsamen Freunde und dass es Zeit wurde, mal wieder etwas zusammen zu unternehmen: "Ich habe ja keinen blassen Schimmer, ob du in den nächsten Wochen überhaupt Zeit hast oder ob du die ganze Zeit mit Büffeln für diese Scheiß- Prüfungen zubringen musst. Ich darf gar nicht daran denken, wie es im vergangenen Jahr bei mir gewesen ist, sonst bekomme ich sofort wieder Magenschmerzen...Falls du am Sonnabend noch nichts vor hast, würde ich dich gerne zu einer Fete einladen, die ich mit zwei Freunden in Frankenfelde veranstalte. Das ist der Nachbarort von Balitz... Ich glaube, Timmy und Jacob kennst du nicht, aber sie sind in Ordnung und deren Kumpels, soweit ich sie kenne, auch. Wir feiern in der Scheune von Timmys Onkel und rechnen mit ungefähr hundertfünfzig Leuten. Wir haben ausgemacht, jeder kann davon etwa ein Drittel einladen. Also Niko, wenn du Zeit und Lust hast, bist du herzlich eingeladen. Du kannst natürlich noch ein oder zwei Freunde mitbringen. Das ist echt kein Problem. Wo die Scheune ist, habe ich auf der Rückseite aufgemalt... Ach so, noch eine Kleinigkeit, nur falls es dich interessiert. Meine Freundin wird auch da sein, dann lernt ihr euch endlich mal kennen. Ansonsten gibt es da jemand, der sich genauso freuen würde, wenn du kommst wie ich. Du weißt bestimmt, wen ich meine, fängt mit "A" an und hört auch so auf. Sie ist total scharf auf dich und fragt mich ständig über dich aus. Ungelogen. Allerdings sollten wir uns mal kurz über sie unterhalten, bevor, na du verstehst mich schon. Ich hoffe doch, diese geheimnisumwitterte Anspielung, wird dich alles in Bewegung setzen lassen, damit wir uns am Sonnabend sehen. Alles weitere dann. Tschüß sagt Sigmar"

Das war ja eine schöne Überraschung, dachte ich und las die Zeilen, in denen es um Alexandra ging wiederholt durch. Was meinte er bloß damit? Ich hatte absolut keinen Plan, aber die Idee, sie wiederzusehen, gefiel mir, vor allen Dingen jetzt, wo ich wusste, dass sie nur eine gute Freundin von Sigmar war.

Eigentlich gab es keinen Grund, warum ich nicht nach Frankenfelde fahren sollte, denn die Konsultationen in der Schule begannen erst am Montag und vorher konnte ich sowieso noch nichts vorbereiten. Abgesehen davon sprach einiges dafür, die Ruhe vor dem Sturm auszunutzen, schließlich war es durchaus denkbar, dass es in den nächsten Wochen nicht viel Anlässe zum Feiern geben könnte.

Bei dem Gedanken daran, dass ich Alexandra wieder sehen werde, holte ich mir einen runter und schlief friedlich ein.

13
Das Wiedersehen

Am Frühstückstisch hatte ich mir Muttis Erlaubnis geholt, abends zur Fete fahren zu dürfen. Das Einzige, was mir Kopfschmerzen bereitete war, dass ich keine Ahnung hatte, wie ich nach Frankenfelde kommen sollte. Ich hatte auf der Landkarte nachgeschaut und dabei festgestellt, dass mindestens vierzig Kilometer zwischen Mollin und Frankenfelde lagen. Mit dem Fahrrad konnte ich also nicht fahren, mit Bus und Bahn gab es zwar die Möglichkeit hinzukommen, aber nicht wieder zurück, jedenfalls nicht vor dem nächsten Morgen. Deshalb sagte ich Mutti vorsichtshalber, dass ich wahrscheinlich bei Sigmar schlafen werde. So hatte ich mich für alle Eventualitäten abgesichert und brauchte kein schlechtes Gewissen haben, wenn ich in der Nacht wirklich erst sehr spät oder gar nicht heimkommen sollte. Zum ersten Mal ärgerte ich mich darüber, keine Fahrerlaubnis zu besitzen.

Blieb nur noch zu klären, wen ich fragen könnte, mich nach Frankenfelde zu begleiten. Viele meiner Freunde verplanten ihre Samstagabende schon Wochen im voraus und es war nicht einfach, so kurzfristig jemandem die Party schmackhaft zu machen, noch dazu, wenn sie sich "am Arsch der zivilisierten Welt" befand, wie Bernd jeden Ort bezeichnete, der nicht in unserem Kreis lag. Bei ihm hatte ich ohnehin immer den Verdacht, dass er nichts außerhalb davon jemals begreifen würde, aber das war einzig und allein sein Problem.

Es war am naheliegendsten, einfach mal Mike einen Besuch abzustatten, nicht nur weil er keine hundert Meter entfernt wohnte, sondern weil er Sigmar auch gut kannte und sich garantiert freuen würde, ihm mal wieder zu begegnen, vorausgesetzt er hatte noch nichts vor heute, was bei ihm aber ein großer Zufall gewesen wäre.

Tatsächlich war er, wie sollte es anders sein, längst für den Abend verabredet. Tommy hatte sturmfreie Bude und sie wollten im Partykeller seiner Eltern zu dritt irgendein Spiel spielen, dass der Onkel von Tommy aus dem Westen mitgebracht hatte. Wer der dritte Mann sein würde, wusste Mike selbst noch nicht, aber er rechnete mit Matthias, der ebenfalls in unserer Straße wohnte.

"Jetzt mal im Ernst, Mike, das Spiel rennt euch doch nicht weg", versuchte ich ihn zu überreden, mit mir nach Frankenfelde zu fahren.

"Du hast ja recht, wenn ich ehrlich sein soll, hätte ich dazu natürlich mehr Lust, aber es geht nicht", lamentierte er und zuckte knapp mit den Schultern. "Verabredet ist verabredet."

"Das weiß ich ja", gab ich kleinlaut zurück.

Mike wechselte geschickt das Thema. Wir ließen noch einmal den gestrigen Tag

Revue passieren. Heute konnte er schon wieder ganz gut über sein Missgeschick lachen. Er konnte noch immer nicht fassen, dass der Schwan versucht hatte, ihn mit dem Schnabel ins Bein zu beißen.

"Hast du das gesehen?", flachste er, während er probierte, die Laute nachzuahmen, welche die beiden Tiere gemacht hatten. Dazu breitete er seine Arme zu Flügeln aus und begann vor meinem Gesicht herumzufuchteln. Ich musste mein Gesicht mit beiden Händen vor seinen wilden Attacken schützen, damit er mir nicht aus Versehen seine Finger in die Augen bohrte.

"Schon gut, ich habe es gesehen", erwiderte ich und hoffte, dass er nun von mir abließ, was er glücklicherweise auch tat.

Schließlich wollte ich mich verabschieden, da mir die Zeit allmählich davonlief. Es war schon nach 13 Uhr. Ich überlegte mir, dass ich eventuell zu Jens fahren könnte. Er kannte Sigmar auch ganz gut, denn eine Zeit lang waren wir sonnabends immer gemeinsam in der Disco gewesen, in der ich Sigmar kennen gelernt hatte. Im Zusammenhang mit Sigmar erwähnte er nie seinen Namen, sondern redete nur von meinem "Kotzkumpel", wenn er ihn sah: "Eh, da kommt ja unser Kotzkumpel", begrüßte er ihn dann, klopfte ihm symbolisch auf die Schulter und wischte sich anschließend mit angeekelter Miene seine Hand an der Hosennaht ab. Sigmars Antwort darauf war immer dieselbe: "Na alter Kotzbrocken, wie geht's dir heute."

Auch wenn Nichteingeweihte bei dieser Art der Begrüßung denken mochten, dass die zwei sich nicht leiden konnten, war genau das Gegenteil der Fall. Sie hatten nur eine etwas urige Art, miteinander umzugehen und für viele war das nicht verständlich. Im Prinzip verarschten sie sich einfach ein wenig und amüsierten sich dabei köstlich.

Als ich Mike zur Verabschiedung die Hand geben wollte, schlug er sie aus.

"Was soll denn das nun wieder?", sprach ich.

"Weißt du, was wir jetzt machen?", entgegnete er und lächelte mich an. "Wir werden mal zu Tommy gehen. Ich ziehe mir nur schnell Schuhe an."

Während ich darauf wartete, dass er seine Schnürsenkel zumachte, fragte ich ihn, was er eigentlich vorhätte.

"Meinst du wir könnten noch zwei Leute mitbringen zu der Fete?", antwortete er.

"Jetzt geht mir ein Licht auf. Du meinst also, wir überreden sie mitzukommen."

"Genau. Das Spiel rennt uns ja wirklich nicht weg."

"Aber wie willst du das bewerkstelligen? Tommy ist ja nicht gerade das, was man einen Partyhengst nennt", sagte ich nachdenklich.

"Ach, das lass mal meine Sorge sein!", erwiderte er grinsend. "Wir sagen einfach, dass es eine Riesenparty wird und Sigmar versprochen hat, soviel Mädchen einzuladen wie nur irgendwie möglich. Das stimmt doch hoffentlich, oder?"

"Woher soll ich das denn wissen?"

"Du weißt es nicht?", empörte er sich.

"Ich weiß es natürlich nicht", verteidigte ich mich, "aber bei so vielen Gästen werden sicherlich ausreichend Mädchen da sein, und die werden ganz bestimmt nicht alle schon vergeben sein. Außerdem kennst du doch Sigmar. Der hat doch jedes Mal die hübschesten Balitzer Frauen im Schlepptau."

"Ja, ja, ja, Frankenfelde wir kommen!", rief er euphorisch aus und sprang wie Rumpelstiltzchen in die Luft. "Wir müssen es Tommy nur schmackhaft machen und dann geht es ab."

Insgeheim hoffte ich, dass er sich nicht etwas zu früh freute, was die Anwesenheit hunderter gut aussehender und vor allem noch nicht vergebener Mädchen betraf. Wenn ich ehrlich war, konnte ich seinen Optimismus darüber nur bedingt teilen, aber ich sparte mir lieber jeglichen Kommentar dazu. Ich vermied es auch, ihm den Hauptgrund zu nennen, warum ich unbedingt zu der Fete wollte, denn ich vermutete, dass es momentan nicht sehr klug war, davon anzufangen.

Tommy zeigte wenig Begeisterung für unseren Vorschlag und Mike musste seine ganze Überzeugungskraft in die Waagschale werfen, um ihn letzten Endes doch zu überreden.

"Das Kaff heißt wie?", wollte er wissen.

"Frankenfelde. Ist ein Nachbarort von Balitz", gab ich zurück.

"Noch hinter Balitz", lamentierte er. "Wie kommt man da überhaupt hin?"

"Gute Frage", fand Mike, worauf mich beide anstarrten.

"Leider gibt es nicht so viele Möglichkeiten", entgegnete ich. "Hinzu könnte man mit den Öffentlichen fahren, aber zurück habe ich ehrlich gesagt keine Idee."

"Mit Bus und Bahn ist doch Scheiße", stellte Mike kategorisch fest.

"Wir könnten Mario fragen, ob er den Lada von seinen Alten kriegt", schlug Tommy vor.

"Ich weiß nicht", warf ich ein, "wir können ja nicht mit halb Mollin da einreiten."

"Wie kommst du denn darauf?", fragte Mike.

"Mit Mario wären wir schon zu fünft, oder etwa nicht", erwiderte ich.

"Wieso fünf. Du, Mike, Mario und ich. Macht bei mir, laut Adam Ries, vier", zählte Tommy auf.

"Und was ist mit Matthias?", sagte ich und wartete auf eine Antwort.

"Jetzt verstehe ich, was du meinst", entgegnete Tommy, "Matthias hat heute Abend keine Zeit und deshalb hatte ich Mario zum Spieleabend eingeladen. Wir müssen ihn so oder so noch fragen."

"Lasst uns ihm mal einen Besuch abstatten", schlug Mike vor. Wir marschierten zu

Fuß die paar Meter bis zum Einfamilienhaus seiner Eltern.

Verschlafen öffnete er die Tür.

"Was gibt es denn?", rief er uns zu, als er die Treppe herunterkam und fing dabei an zu gähnen, wobei er den Mund bis zum Anschlag aufriss.

Wir erklärten ihm unser Anliegen, ließen aber erstmal den Aspekt mit dem Auto seines Vaters beiseite. Erstaunlicherweise gefiel ihm die Idee hervorragend.

"Cool Leute, ich bin dabei", sagte er und machte einen erheblich munteren Eindruck, als noch wenige Minuten zuvor.

"Es macht dir wirklich nichts aus, auf das Spiel heute zu verzichten?", hakte ich nach.

"Das Spiel rennt uns ja nicht weg", antwortete er mit denselben Worten, wie sie vorhin Mike verwendet hatte und ich konnte mich des Gefühls nicht erwehren, das die beiden froh waren, den Samstagabend anders zu verbringen als bei einem ruhigen Spieleabend in trauter Männerrunde.

Nachdem dieser Punkt also geklärt war, lenkte Mario das Thema von selbst auf das nun anstehende Problem.

"Sagt mal, wollen wir eigentlich mit dem Auto fahren?", fragte er uns. "Wenn ich meinen Vater nett frage, können wir es bestimmt bekommen."

"Das wäre der absolute Hammer", entgegnete Mike sofort überschwänglich.

"Dann könntest du aber nichts trinken", gab ich zu bedenken und fing mir damit finstere Blicke von Tommy und Mike ein, die von meinem Hinweis wenig erbaut waren.

"Soviel macht mir das nicht aus", winkte er ab, "meistens trinke ich sowieso nur ein oder zwei Bier. Wartet mal einen Moment, dann gehe ich meinen Vater kurz fragen."

Als er weg war, fragte mich Tommy, ob ich noch alle Tassen im Schrank habe.

"Tommy hat Recht, du hättest es fast vermasselt", meinte Mike.

"Von wegen", verteidigte ich mich, "ich wollte ihn nur nicht zu etwas überreden. Das war alles."

"Mario musst du auch zu nichts überreden. Er ist ja wohl alt genug", sprach Tommy.

"Wie alt ist er überhaupt?", wechselte ich geschickt das Thema.

"Er ist im April 19 geworden", gab Tommy zur Antwort.

"19 Jahr, blondes Haar, so steht er vor ihr", sang Mike seine selbst umgedichtete Textzeile dieses grauenhaften Schlagers und zeigte mit einer unmissverständlichen Geste an, was er damit meinte.

Wir kugelten uns vor Lachen und ahmten Mikes Handbewegung nach, in dem wir die Hände auf Höhe des Hosenschlitzes ansetzten und einen unsichtbaren, imaginären überdimensionalen Penis zu reiben begannen. Plötzlich ging die Tür auf und Mario trat heraus.

"Was ist denn mit euch los?", wunderte er sich, worauf wir lauthals die Textzeile extra für ihn nochmals anstimmten.

"Na, das kann ja was werden, mit euch zusammen in einem Auto", flachste er und hob die Schlüssel für den Lada in die Höhe.

Augenblicklich brach ein Jubelsturm los und wir ließen unserer Freude freien Lauf.

"Super", war das am häufigsten benutzte Wort in den folgenden Minuten.

Wir verabredeten uns, sofort nachdem die Sportschau vorbei war, bei Mario zu treffen und von dort gemeinsam loszufahren. Wir wussten nicht genau, wie lange wir bis Frankenfelde brauchen werden, rechneten aber mit ungefähr dreißig Minuten, so dass wir gegen 20.45 Uhr ankommen müssten. Das war genau richtig so, nicht zu früh und nicht zu spät.

Muttis Besuch war bereits eingetroffen. Es waren zwei Frauen und ein Mann. Die beiden Frauen stellte mir Mutti als ihre Kolleginnen vor. Der elegant gekleidete Mann gehörte zu der jüngeren davon. Ich sagte nur kurz "Hallo" und verdrückte mich danach auf mein Zimmer.

Mutti hatte Wort gehalten und zwei Stücke von dem Kuchen zur Seite gepackt. Ich brühte mir eine Tasse Kaffee auf und verschlang dazu den Käsekuchen in Sekundenbruchteilen. Mutti hätte mich dafür sicher wieder ausgeschimpft, denn sie mochte es nicht, dass ich jegliches Essen so schnell in mich hineinstopfte. Sie meinte, dass es nicht gut sei für den Magen und die damit verbundene Verdauung. Höchstwahrscheinlich hatte sie auch Recht damit, aber wer nahm schon die gut gemeinten Ratschläge seiner Eltern für voll? Auf mich traf meistens ein anderer Spruch aus ihrem reichhaltigem Wortschatz zu, der da lautete: "Wer nicht hören will, muss fühlen."

Es gab da zum Beispiel eine immer wiederkehrende Situation, auf welche diese Lebensweisheit mit ziemlicher Regelmäßigkeit zutraf.

Immer, wenn es etwas Heißes zu essen oder zu trinken gab, beispielsweise eine Suppe oder einen Kakao, ermahnte Mutti mich vorher, ganz vorsichtig zu kosten und notfalls erst zu pusten, bevor ich es mir einverleibe, aber ihre Appelle verhallten oftmals ungehört. Da ich es meistens nicht erwarten konnte, missachtete ich ihre Ratschläge und verbrannte mir auch prompt den Mund. Wenn ich danach jammernd am Tisch saß und dabei war, je nachdem, die Zunge oder die Lippe zu kühlen, dauerte es nicht lange und ich durfte mir ihren Spruch zum tausendsten Mal anhören: "Wer nicht hören will muss fühlen, Niko. Wie oft habe ich dir das nun schon erzählt und trotzdem machst du es immer und immer wieder."

Seit einem Zeitpunkt, den ich nicht mehr genau benennen konnte, hatte ich es aufgegeben, mich deswegen zu verteidigen und ließ sie auf mich einreden. Welchen

Sinn hätte es auch gemacht, über etwas zu diskutieren, von dem wir beide wussten, dass sie im Recht war?

Nachdem ich den Kuchen verzehrt hatte, suchte ich die Sachen raus, die ich heute anziehen wollte und musste mit Erschrecken feststellen, dass mein neuer Lieblingspullover, den ich zum Geburtstag geschenkt bekommen hatte, in der Wäschetruhe mit den schmutzigen Sachen lag.

Ich musste etwas improvisieren, und das war nicht einfach bei den wenigen annehmbaren Klamotten, die ich für nicht alltägliche Anlässe wie diesem in meinem Schrank hatte. Allgemein besaß ich fast keine Sachen, welche ich außerhalb des gewohnten Tagesablaufes tragen konnte. Ich war in meinem ganzen Leben noch nie im Theater gewesen, fiel mir in diesem Zusammenhang ein, aber für so besondere Ausflüge hätte ich auch nichts zum Anziehen gehabt. Komisch, dass ich mir darüber bis jetzt nie den Kopf zerbrochen hatte. Erst dreimal hatte ich einen Anzug getragen, zu meiner Kommunion, der Firmung und an dem Tag, als meine Mitschüler ihre Jugendweihe gefeiert hatten, und das nur aus dem Grund, damit es beim Mitfeiern am Abend nicht so auffiel, dass ich selber gar nicht daran teilgenommen hatte.

Ich kramte den eingestaubten Anzug aus dem Schrank und zog ihn spaßeshalber an. In die Hose kam ich gerade noch hinein, aber die Jacke passte nicht mehr richtig. Ich schaffte es mit Müh und Not, sie überzuziehen, nur bewegen konnte ich mich darin nicht. Sie spannte so stark, dass sie bei der kleinsten Bewegung meines Oberkörpers aus allen Nähten geplatzt wäre.

Ich zog aus dieser Modenschau die Erkenntnis, dass ich definitiv keine schicken Kleidungsstücke besaß, schick in dem Sinn, dass sie für feierliche Anlässe geeignet wären, aber wann brauchte ich so etwas schon mal?

Mit meinen normalen Klamotten war ich eigentlich ganz zufrieden. Ich bevorzugte einen etwas eigenwilligen Stil, wenn man in diesem Zusammenhang das Wort "Stil" überhaupt benutzen konnte. Vielmehr trug ich immer im Wechsel eine meiner Jeans und darüber ganz unspektakulär ein Nicki oder ein Sweatshirt, die alle so weit waren, dass sie schlabberig an mir herunterhingen. Bei den Schuhen war die Auswahl noch geringer, da ich nur zwei Paar hatte: ein Paar schwarzer Halbschuhe für die kälteren Tage und meine über alles geliebten dunkelblauen Adidas- Turnschuhe, die Onkel Alwin bei seinem letzten Besuch mitgebracht hatte.

Er wohnte in der Nähe von Mannheim und war Handelsvertreter für Sportartikel. Alle zwei Jahre fand in Westberlin eine Freizeitmesse statt, auf der seine Firma einen eigenen Stand hatte. Während dieser Woche besuchte er uns immer für einen Tag. Wenn ich mich recht erinnerte, war es jedes Mal der Mittwoch, denn an dem Tag war die Messe für normale Besucher geöffnet und er musste nicht anwesend sein. Wie dem auch sei, bei seinem Besuch vor drei Jahren hatte er mich gefragt, was ich mir wünsche und ich hatte in der Annahme, dass er es mir gleich nachdem er wieder zu Hause ankam schicken würde, geantwortet, ich könnte Turnschuhe aus Leder gut gebrauchen können. Als ich kein Paket von ihm erhalten hatte, ging ich davon aus, dass er es vergessen hätte und dachte irgendwann nicht mehr daran. Bei seinem nächsten Besuch nahm er mich zur Seite und überreichte mir die nagelneuen Schuhe, das Neueste auf dem Markt, wie er mir glaubhaft versicherte. Er erklärte mir, dass er meinen Wunsch keineswegs vergessen hatte, aber es war ihm sicherer, mir die Schuhe direkt zu übergeben, weil er unserer Post nicht vertraute. "Das Postgeheimnis gilt bei euren Leuten doch nur für Briefe und Pakete, die hier abgeschickt werden", sagte er abwertend, "aber wo eine Marke von uns draufklebt, ist das Postgeheimnis aufgehoben. Das könnte ich wetten."

Es war gut möglich, dass er damit gar nicht so verkehrt lag. Vor einigen Jahren war ein Brief an Oma und Opa abhanden gekommen, in dem sich fünfhundert Westmark befunden hatten, die Opas Bruder Gustav ihnen zur goldenen Hochzeit geschickt hatte. Ein Nachforschungsantrag bei der Post war erfolglos geblieben. Der Brief tauchte nie wieder auf, und die Post weigerte sich, für den Schaden aufzukommen und verwies darauf, dass es ohnehin verboten sei, Geldsendungen aus dem westlichen Ausland zu empfangen, womit für sie die Sache erledigt war.

Mal ganz abgesehen davon, dass mein Kleidungsschrank keine schicken Sachen hergab, waren sowieso nicht viele Dinge darin. Der Großteil meines Fundus bestand aus gebrauchten und zum Teil abgetragenen Klamotten meiner Cousins Frank und Hermann. Tante Luise schickte mehrmals im Jahr riesige Pakete, in denen sich außer den Kleidungsstücken für uns noch Süßigkeiten und allerlei Schnickschnack befand, aber trotzdem sich auch viel Schund darin ansammelte, war das Öffnen dieser Pakete vergleichbar mit der Bescherung zu Weihnachten, denn irgendetwas Besonderes gab es immer. Zum Beispiel hatte ich meine Lieblingshose; eine blaue Jeans mit einem breiten dunkelblauen Streifen, welcher sich von oben nach unten zog; aus einem dieser Pakete. Ganz zu schweigen von den "Hubba - Bubba"- Kaugummis, mit denen man die größtmöglichen Blasen machen konnte und die Tante Luise uns Kindern zuliebe hineinpackte.

Ich entschied mich, zur Feier des Tages die blaue Jeans mit dem Streifen anzuziehen und oben herum das schwarze T-Shirt. Bestimmt würde es in der Scheune nicht sonderlich warm sein und deshalb war es besser, außerdem einen Pullover darüber zuziehen und ich wählte den blauen mit dem dicken weinroten Streifen aus, der sich in Bauchhöhe um den Körper ringelte.

Zu guter letzt, Muttis Besuch hatte sich bereits wieder verabschiedet und war weitergefahren zum Wochenendgrundstück von Freunden, wo sie übernachten wollten, schloss ich mich längere Zeit im Badezimmer ein und nahm ein ausgiebiges Bad. Anschließend rasierte ich mich zur Abwechslung sogar mal wieder, obwohl es bei meinem geringen Bartwuchs kaum einen Unterschied machte, bis auf den vielleicht, dass der dünne Flaum oberhalb der Lippe verschwunden war.

Ich stand vor dem großen Spiegel, der über dem Waschbecken befestigt war und beobachtete mein Spiegelbild, als sähe ich mein Gesicht zum allerersten Mal und überlegte, was mich daran störte.

Die Nase war genau richtig, nicht zu groß und auch nicht zu klein, die grau-blauen Augen, die manchmal in den Augenhöhlen fast zu verschwinden drohten, hätten durchaus größer sein können, die Augenbrauen waren normal. Ich hatte nichts daran auszusetzen genauso wie die Stirn, die bisher zum Glück davon verschont geblieben war, von Pickeln übersät zu werden, wie es bei einigen meiner Klassenkameraden der Fall gewesen war. Tja, der Mund war nicht so toll, weder die Form, noch die ständig aufgesprungenen Lippen, gegen die ich einfach nichts machen konnte. Das Eincremen verhinderte leider nicht das Reißen der Haut, egal ob ich eine Spezialcreme verwendete oder eine für normale Haut.

Das Kinn wiederum war in Ordnung und nervte mich nur dann, wenn ich vermeintlich zum Ausdrücken bereite Pickel so lange quetschte, bis sie als entzündete rote Punkte zurückblieben und die Kinnpartie damit für einige Tage verunzierten, aber ebenso wie an der Stirn passierte das ziemlich selten.

Blieben noch die Ohren übrig und die waren nun wirklich mein Sorgenkind, denn ich hatte ausgeprägte Segelohren und nicht nur das, das rechte Ohr stand weiter ab als das linke, und beide Ohren waren am Kopf nicht gleichmäßig gewachsen, eines schien höher zu sein als das andere. Bis zu dieser Entdeckung hatte ich immer angenommen, dass die Ohren am Kopf von Natur aus symmetrisch angeordnet wären, aber wie ich an meinen eigenen feststellen konnte, war dem ganz offensichtlich nicht so. Diese Tatsache hatte mich damals in eine schwere Depression gestürzt. Jeder musste sich daraufhin meine Ohren angucken, um mir zu bestätigen, mit welchem Handicap ich geboren worden war. Ich wusste nicht mal, warum ich alle nach ihrer Meinung fragte, vielleicht wollte ich ja bemitleidet werden, aber den Gefallen tat mir keiner. Die Reaktionen reichten von Unverständnis bis hin zum Anzweifeln meiner geistigen Gesundheit, denn außer mir konnte niemand eine solche physische Abweichung entdecken. Auch wenn mich diese Reaktionen eigentlich hätten beruhigen müssen, fühlte ich mich stattdessen unverstanden und nicht ernst genommen, aber ich lernte mit dieser Unvollkommenheit, die sie in meinen Augen darstellte, zu leben. Um das Corpus Delicti nicht jedem zugänglich und mich zum

Gespött der Leute zu machen, ließ ich meine Haare immer etwas länger wachsen und kämmte sie dann über die Ohren.

Jetzt wusste ich auch, was mich an meinem Gesicht störte. Es waren nicht meine Ohren, sondern die Haare. Natürlich, es waren die Haare, warum war ich nicht viel früher darauf gekommen?

Vor jenem folgenschweren Tag, als ich das mit den Ohren entdeckte, hatte ich meistens kurze Haare getragen. aber danach nicht mehr, da ich ja die Ohren irgendwie verdecken musste. Meine Haare waren nur leider nicht dafür geschaffen, lang gelassen zu werden, da sie sich ab einer bestimmten Länge anfingen zu kräuseln. So verwuschelten sie sich in Höhe des Nackens und verweigerten das Weiterwachsen. Ich ärgerte mich darüber, welliges Haar zu haben, statt schönem glatten, welches man richtig lang wachsen lassen konnte. Mein Freund Jens hatte ziemlich lange Haare und ich beneidete ich darum, nicht nur weil es Klasse aussah, sondern auch darum, dass viele Mädchen von so etwas beeindruckt waren. Bei mir dagegen sahen die Haare fast immer Scheiße aus, was zur Folge hatte, dass die meisten Mädchen von mir recht wenig beeindruckt waren.

Ich hatte noch mindestens anderthalb Stunden Zeit und fragte meine Mutter, ob sie mir die Haare schneiden würde.

"Was jetzt?", wunderte sie sich, "was ist denn in dich gefahren?"

"Keine Ahnung", erwiderte ich, "ich glaube es ist an der Zeit, zu meinen Ohren zu stehen. Meinst du nicht?"

"Um Himmels Willen. Geht das schon wieder los", schlug sie die Hände über dem Kopf zusammen."

"Nein, nein, keine Angst", beruhigte ich sie. "Ich habe mich eben nur im Spiegel betrachtet und denke, dass ich mit kürzeren Haaren besser aussehen würde."

"Meinetwegen, dann werde ich mal schnell die Schere suchen und anfangen, bevor du es dir wieder anders überlegst", sagte sie und fügte hinzu, "du weißt ja, dass ich es viel schöner finde, wenn du kurze Haare hast."

Während sie mir in der Küche die Haare schnitt, kam Sabine herein, blieb ohne etwas zu sagen, im Türrahmen stehen und musterte mich nachdenklich.

"Was ist los?", fragte ich sie nach einer Weile.

"Das sollte ich dich wohl besser fragen, oder?"

"Wieso?"

"Wieso?", entgegnete sie. "Es ist Samstagabend. Im Fernsehen kommt die Sportschau und du guckst sie dir nicht an. Das alleine ist schon sehr merkwürdig, und dann lässt du dir auch noch die Haare schneiden. Von dir aus."

"Na und, was ist daran merkwürdig?", gab ich zur Antwort.

"Alles würde ich sagen", sprach sie und zwinkerte hinter meinem Rücken Mutti zu, die unauffällig zurückzwinkerte. "Wo fährst du heute doch gleich noch mal hin, Bruderherz?"

"Das geht dich gar nichts an", sagte ich mufflig zu ihr.

"Ach nun komm schon", bettelte sie. Da ich wusste, sie würde keine Ruhe geben, bevor ich ihr eine Antwort gegeben hätte, erzählte ich von Sigmars Brief und der Einladung zur Fete.

"Das kaufe ich dir nicht ab, dass du dir nur deshalb die Haare schneiden lässt und dich stundenlang im Bad eingeschlossen hast", meinte sie mich durchschauend und fragte hinterlistig: "Wen triffst du denn sonst noch dort?"

"Geht dich nichts an", wiederholte ich genervt.

"Komm schon Sabine, jetzt lass Niko mal zufrieden!", mischte sich endlich Mutti ein, "wenn er nichts erzählen will, kann man ihn auch nicht zwingen."

"Dann eben nicht", sagte sie beleidigt und trollte sich.

Nachdem Mutti fertig war, forderte sie mich auf, zum Spiegel zu gehen und zu gucken, ob ich mit dem Schnitt zufrieden war. Von allen Seiten betrachtete ich mich darin und obwohl die Haare so kurz geraten waren, dass ich sie nun nicht mehr zum Verdecken der abstehenden Ohren benutzen konnte, war ich zufrieden mit dem Ergebnis und bedankte mich bei ihr.

"Jederzeit wieder, mein Sohn", lächelte sie mich an und freute sich diebisch, dass es mir gefiel.

Schließlich war die Zeit zum Losgehen.

"Da hat sich aber jemand herausgeputzt", empfingen mich die anderen beeindruckt, als ich wie immer als Letzter auftauchte.

Mario hatte in der Landkarte den vermeintlich kürzesten Weg herausgesucht. Er führte über die umliegenden Dörfer, abseits der großen Fernverkehrsstraße. Diese war an den Wochenenden immer sehr stark befahren, da sie nach Berlin hereinführte und von allen benutzt werden musste, die ihren Samstagabend in der Hauptstadt verbringen wollten. Es gab nur diesen Weg.

Mario hatte seine Fahrerlaubnis noch nicht sehr lange, ein halbes Jahr ungefähr, und in dieser Zeit war er erst ein paar Mal alleine mit dem Auto gefahren.

"Es ist nicht so, dass ich Angst hätte, die große Straße zu nehmen", erklärte er uns, "aber ich finde, man sollte das Schicksal nicht herausfordern" und das leuchtete uns ein. Hauptsache wir kamen nach Frankenfelde, dachte ich, wie ist dabei nur nebensächlich.

"Wo hast du eigentlich die Fleppen fürs Auto gemacht?", fragte ich ihn neugierig, da ich ansonsten niemanden kannte, der mit 19 schon eine Autofahrerlaubnis besaß.

"Bei der GST", antwortete er. "Als ich im ersten Lehrjahr für eine Woche ins GST-Lager musste, wurden wir gefragt, was wir später bei der Armee machen wollen und ob wir schon für einen bestimmten Bereich gemustert worden sind. Ein Typ aus meiner Klasse meinte, ich solle mich für MiKra bewerben und denen erzählen, dass ich auch kein Problem hätte, länger zu dienen. Das war sozusagen die Grundvoraussetzung und es hat geklappt. Aus über hundert Bewerbern haben sie nur zehn genommen", fügte er stolz hinzu.

"Nicht schlecht", schnalzte ich mit der Zunge.

"Was bedeutet MiKra eigentlich ausgesprochen?", fragte Tommy an Mario gerichtet.

"Das ist nur die Abkürzung für Militärkraftfahrer", erklärte er uns. "Bei der NVA gibt es verschiedene Bereiche, für die man gemustert werden kann. Das ist einer davon. Die meisten Leute werden allerdings zu Mot - Schützen ausgebildet, weil das später der größte Einsatzbereich ist."

"Was bedeutet das nun wieder?", mischte sich Mike ein.

"Ich glaube es heißt Motorisierte Schützen", sagte er unsicher. "Auf jeden Fall sind das die Leute, die hinterm Panzer herlaufen, so was wie Artillerie früher würde ich denken."

Mike und Mario unterhielten sich angeregt weiter über dieses Thema. Mario musste ihm in allen Einzelteilen berichten, was genau im GST- Lager passierte, aber mich interessierte es nicht sonderlich. Ich zog es daher vor, aus dem Fenster zu schauen und den Sonnenuntergang zu beobachten. Aus den vereinzelten Wortschnipseln konnte ich entnehmen, dass es anscheinend ziemlich identisch war mit dem Wehrlager, welches ich in der 9. Klasse absolviert hatte. Der Unterschied bestand nur darin, dass es sich in der 9. Klasse ausschließlich um eine Grundausbildung gehandelt hatte und im GST- Lager während der Lehre einige wenige Jugendliche bereits auf ihre kommenden Aufgaben spezialisiert wurden.

"Was ist das überhaupt für ein Spiel, welches ihr heute spielen wolltet?", fragte ich Tommy, der neben mir auf der Rückbank saß.

"Monopoly", sprach er.

"Noch nie gehört", gab ich zurück.

"Du hast noch nie davon gehört? Du verarscht mich, oder?"

"Nein ehrlich, das sagt mir nichts", entgegnete ich achselzuckend. "Muss man das kennen?"

"Ich dachte eigentlich, dass es fast jeder kennt. Drüben ist es bestimmt so."

"Ich kenne es jedenfalls nicht", erwiderte ich grantelnd. "Worum geht es denn dabei?"

Tommy erzählte mir, dass er es bisher selbst noch nicht gespielt hatte, aber sein Onkel ihm schon lange davon vorgeschwärmt hatte. Soweit er es wusste, erklärte er mir das Spiel, aber alles verstand er auch noch nicht. Schließlich lud er mich ein zum Mitspielen, wenn es denn soweit wäre und ich nahm die Einladung an.

Kurz nach 21 Uhr erreichten wir die Scheune, die etwas außerhalb des Ortes lag. Die Beschreibung auf der Rückseite des Briefes war absolut idiotensicher gewesen und hatte sich als Glücksfall erwiesen, denn in der jetzt eingekehrten Dämmerung hätten wir den Weg nicht ohne weiteres gefunden. Man musste nämlich die Landstraße hinter Frankenfelde verlassen und in einen im Dunkeln kaum sichtbaren Sandweg einbiegen, der anfangs parallel zum Feld verlief und nach einigen hundert Metern über eine Wiese führte. Mittendrin stand dort die Scheune.

Auf dem Platz vor der Scheune wimmelte es nur so vor Menschen. Wir suchten uns erstmal etwas abseits davon einen Parkplatz. Offenbar waren einige der Gäste von weither gekommen, denn die Autokennzeichen waren nicht nur aus unserer Gegend. Außerdem standen zig Mopeds und Motorräder dort und etliche Fahrräder.

Wir machten uns auf die Suche nach Sigmar, und ich für meinen Fall hielt außerdem Ausschau nach Alexandra. Da er und sie draußen nicht zu finden waren, gingen wir in das Innere der Scheune und trauten unseren Augen und Ohren kaum.

Es sah überhaupt nicht aus wie in einer Scheune, in der Stroh aufbewahrt wurde und die Gegenstände zum Bearbeiten der Felder enthielt. Sie war fast gänzlich frei geräumt. Nur in der hintersten Ecke, die mit schweren Gerätschaften zugestellt worden war, damit keiner diesen Bereich betreten konnte, lagen vereinzelte Strohballen herum. In dem riesigen vorderen Bereich, dessen Boden teils betoniert und teils mit Pflastersteinen ausgestattet war, tanzten Massen von Leuten im bunten Scheinwerferlicht, das von überall auf sie herabzuleuchten schien. Die Musik kam von irgendwo im Nebel und konnte von uns nicht genau lokalisiert werden, da zwei Trockeneisnebelmaschinen die ganze Scheune einschwadronierten. In jeder Ecke entdeckten wir einen überdimensionalen Lautsprecher, der die Bässe mächtig wummern ließ. Ich kam mir vor wie in einer Großraumdiskothek und staunte nicht schlecht.

Es war höllisch laut, und ich konnte kaum verstehen, was Mike mir zu sagen versuchte, deshalb folgte ich mit den Augen seinem Finger, mit dem er aufgeregt in eine bestimmte Richtung zeigte. Hinter den tanzenden Leuten machte ich eine vom Nebel umhüllte Silhouette aus, von der Mike anscheinend annahm, dass es sich bei der Gestalt um Sigmar handelte, und wir steuerten darauf zu.

Er war es tatsächlich und freute sich, uns zu sehen.

"Habt ihr gleich hergefunden?", brüllte er förmlich, damit wir ihn verstehen konnten.

"Mit deiner Beschreibung war es kein Problem", schrie ich zurück.

"Was?", rief er und hielt seine Ohrmuschel an meinen Mund.

"Kein Problem", antwortete ich in der verkürzten Wiedergabe des Satzes.

Diesmal verstand er mich. "Gut." Mit den Händen begann er uns zu zeigen, wo wir etwas zu Trinken und zum Essen bekommen konnten. Es war aufgrund der Lautstärke weniger eine Unterhaltung als vielmehr ein Informationsaustausch, der für Umstehende den Anschein erwecken musste, als wendeten wir eine abgewandelte Form der Gebärdensprache an.

Als sich Tommy, Mike und Mario aufmachten, etwas zum Trinken zu besorgen und eine Kleinigkeit zum Knabbern zu holen, blieb ich kurz bei Sigmar zurück.

"Ist sie da", fragte ich ihn erwartungsvoll.

"Hä, was?", schrie er mir ins Ohr.

"Alexandra", brüllte ich ihn an.

"Ja."

"Du wolltest mir etwas sagen über sie."

"Über wen?", schaute er mich verständnislos an.

"Über Alexandra", rief ich, ohne dass ich mich selber hätte verstehen können.

"Ach so", verstand er endlich, drückte mir ein Bier in die Hand, welches er aus einem Kasten hinter der Absperrung nahm und deutete in Richtung der Strohballen. Er bahnte sich einen Weg hindurch. Ich folgte ihm vorsichtig bis zu einer winzigen Tür, die er öffnete und mit einem Mal standen wir im Freien.

"Das ist sozusagen unser Notausgang", erklärte er mit einem verschmitzten Grinsen.

"Ich bin ja schwer beeindruckt."

"Ich auch", entgegnete er, "dass es ein solches Spektakel wird, hat uns selbst überrascht. Hast du die ganzen Massen gesehen? Echt unglaublich."

"Kann man wohl sagen", bestätigte ich, "das sind garantiert keine hundertfünfzig. Ich würde auf das Doppelte schätzen."

"Ich auch, mindestens."

"Und die ganze Anlage ist auch ein Oberknaller. Woher habt ihr die denn?", fragte ich.

"Also die gesamte Anlage mit allem drum und dran gehört dem Vater von Jonas. Sein Vater ist seit einigen Jahren freiberuflich Diskotheker und macht hauptsächlich so Sachen in Nachtbars in Berlin und im Sommer "Open - Air" - Discos auf den Dörfern. Der hat echt seinen ganzen Kram hergeschleppt und macht auch selber die Musik heute."

"Wow, so einen Vater hätte ich auch gerne", schwärmte ich.

"Ja der fetzt", meinte er anerkennend.

"Was ist eigentlich mit der Scheune los?", sagte ich, "ich meine nur, weil die fast leer steht."

"Das war ja der Grund, warum Timmy die Idee hatte, unsere Fete hier zu veranstalten. Sein Onkel hat sie der LPG abgekauft, da sie vorhatten, die Scheune abzureißen. Erst im Sommer will er sie total umbauen und das Zeug, was jetzt noch drin steht, wollten die von der LPG nicht mehr. Deshalb steht es noch dort."

"Habe ich dir überhaupt schon gratuliert, Sigmar?"

"Wozu?"

"Ich dachte du hattest Geburtstag, oder warum beteiligst du dich an der Party?", sagte ich.

"Ach so, das meinst du", erwiderte er. " Ich hatte bereits im April, aber bei mir zu Hause kann ich keine Fete machen, weil es viel zu klein ist. Irgendwann hat Jonas mal erzählt, dass er zu seinem 18. eine Riesenparty machen möchte und da habe ich gesagt: "Okay, ich beteilige mich daran. Als Timmy uns von der freien Scheune berichtet hat, war uns klar, dass ist unsere Chance."

"Gesagt, getan. Nicht übel."

"Aber stressig. Das kannst du mir glauben."

"Glaube ich dir gerne", gab ich zur Antwort.

"Sei nicht sauer, Niko, aber ich muss wieder rein", entschuldigte er sich und wollte schon losgehen.

"Du wolltest mir etwas über Alexandra sagen!", erinnerte ich ihn.

"Richtig", hielt er inne und setzte sich wieder neben mich auf den Stapel getrockneter Holzbalken. "Gut , dass du mich noch daran erinnert hast."

"Sie gefällt dir oder?"

"Kann man wohl sagen", entgegnete ich, " zumindest soweit man das nach einem Mal sehen sagen kann."

"Wenn ich ehrlich sein soll, weiß ich nicht, wie ich es dir am besten sagen soll", druckste er herum. "Ich fange mal mit ihrem Alter an. Kannst du dich noch erinnern, dass ich dir erzählt habe, sie wäre zu alt für dich, ja?"

"Ja und ich habe geantwortet, wenn sie für mich zu alt ist, dann für dich genauso."

"Kurzum, sie ist 21", sagte er und fügte hinzu, "Das sie nicht annähernd so alt aussieht, wissen wir beide, aber Tatsache ist, Alexandra ist über fünf Jahre älter als du."

"Ich will sie schließlich nicht gleich heiraten", entgegnete ich.

"Das Alter ist leider nur die eine Sache", räusperte er sich. "Alexandra ist eine wirklich total nette Frau, mit der man Pferdestehlen kann und mit der man über alles, wirklich absolut alles, reden kann. Vom Aussehen mal ganz zu schweigen, aber sie ist nicht die Richtige für eine Beziehung, wenn du mich verstehst."

"Nun hör schon auf, um den heißen Brei herumzureden!", forderte ich ihn auf. "Worauf willst du hinaus, Sigmar?"

"Alleine von denen, die heute hier sind, gibt es bestimmt zehn oder mehr Typen, mit denen sie schon mal etwas hatte."

"Na und, das ist alles?", guckte ich ihn verständnislos an.

"Diese Variante war von mir sehr freundlich ausgedrückt. Es gibt in Balitz einige weniger schöne."

"Und die besagen was?", drängte ich ihn zu einer stichhaltigeren Antwort.

"Die besagen, dass halb Balitz schon mal drüber gestiegen ist, wenn du es genau wissen willst."

"Das glaubst du?", schüttelte ich den Kopf, "ich denke sie ist eine gute Freundin von dir."

"Sie ist sogar eine sehr gute Freundin von mir, aber leider weiß ich auch, dass diese Gerüchte der Wahrheit entsprechen. Alleine aus unserer Clique hat sie es mit fast allen gemacht und nicht nur mit denen, die gerade mal keine Freundin hatten."

"Du meinst, sie hat sich von der ganzen Clique durchvögeln lassen?"

"Natürlich nicht gleichzeitig. Wo denkst du hin? Aber so nach und nach, ja."

"Von dir auch?", verlangte ich zu wissen.

"Natürlich", verteidigte er sich, "Überleg doch mal, wenn sie heute Abend zu dir sagen würde: Niko, meine Eltern sind nicht zu Hause, hast du nicht Lust mitzukommen? Wir können es uns ja gemütlich machen. Würdest du da etwa nein sagen? Kann ich mir nicht vorstellen."

"Sicher würde ich mir ein solches Angebot nicht entgehen lassen", antwortete ich, "vorausgesetzt ich wäre gerade solo."

"Alexandra hat eine Masche drauf, dass es dir in dem Moment scheißegal ist, ob du eine feste Freundin hast oder nicht. Glaube es mir!"

"So ein Quatsch", entfuhr es mir, "du willst mir doch nicht weismachen, dass sie jeden rumkriegt."

"Darauf würde ich sogar Geld setzen", gab er zur Antwort, "wenn sie sich etwas in den Kopf setzt, dann macht sie das auch. Hundertprozentig. Davon kann ich ein Lied singen."

"Inwiefern?"

"Meine vorletzte Beziehung ist daran gescheitert."

"Die mit Karin?"

"Genau die, aber obwohl ich mich mit Karin gut verstanden habe, gab es mit ihr immer Stress wegen, na du weißt schon. Wir waren über ein halbes Jahr zusammen und außer ein bisschen Küssen und Streicheln lief nichts, kein Anfassen, weder ich bei ihr noch umgekehrt, und eines Abends hat Alexandra mich nach allen Regeln der Kunst verführt. Du kannst mir glauben, dass ich mich am nächsten Tag Karin gegenüber beschissen gefühlt habe. Deshalb habe ich es ihr gebeichtet, aber bereut habe ich es bis heute nicht. Der Sex mit Alexandra war grandios."

"War es dieses eine Mal wirklich wert, die Beziehung mit Karin sausen zu lassen."

"Ich sage mal so: unserer Beziehung fehlte das gewisse Etwas", sagte er. " Von dem, was Alex mit dir im Bett anstellt, wagen andere nicht einmal zu träumen. Da wo andere Mädchen aufhören, wird sie erst richtig geil."

"Was denn zum Beispiel?", versuchte ich ihn noch weiter auszuquetschen.

"Ich habe dir schon viel zu viel erzählt. Nur noch so viel: Wenn du dich darauf einlassen willst, dann tue es und finde es selbst heraus, aber mache nicht den Fehler und verliebe dich in sie, das war alles, was ich dir vorher sagen wollte."

"Du meinst, ich soll sie versuchen ins Bett zu kriegen?", starrte ich ihn bedeppert an.

"Ins Bett oder sonstwo. Sie ist da nicht so wählerisch und wenn du Angst hast, du könntest sie ausnutzen, dann vergiss es. Wenn überhaupt ist sie diejenige, die dich ausnutzt."

"Hat sie dir wirklich erzählt, dass sie sich freuen würde, wenn ich heute herkomme?", wollte ich zum Schluss noch wissen und Sigmar bejahte die Frage. Danach verschwand er in der kleinen Tür, um sich seinen anderen Gästen und seiner Freundin zu widmen, die er mir noch immer nicht vorgestellt hatte.

Ich holte mir eine neue Flasche Bier und stellte mich drinnen in eine dunkle Ecke, von wo aus ich die Tanzfläche gut übersehen konnte. Ich brauchte meine Ruhe, damit ich über alles nachdenken konnte, worüber ich mit Sigmar geredet hatte und wollte einen Moment lang keine Gesellschaft haben. Ich sah auf der gegenüberliegenden Seite Mike stehen, vermied es allerdings, dass er mich ebenfalls sah und beobachtete stattdessen gelangweilt die tanzenden Gestalten, deren Körper unwirklich im Grauschleier der Nacht den Raum durchzuckten.

Insgeheim, glaube ich, hielt ich Ausschau nach Alexandra, aber so sehr ich mich auch bemühte, sie ausfindig zu machen, ich konnte sie nirgends entdecken.

Plötzlich wurde ich angerempelt und meine Bierflasche, die ich sehr locker in der linken Hand gehalten hatte, entglitt mir und stürzte zu Boden. Völlig sinnlos versuchte ich den schon begonnenen Sinkflug der Flasche aufzuhalten. In einem Reflex nahm ich den linken Fuß zur Hilfe, als wollte ich einen Ball mit diesem aus der Luft stoppen. Mit der Öffnung zuerst tippte sie sachte auf meiner Fußspitze auf, so dass sich das Bier augenblicklich darüber ergoss, rutschte ab und landete, bevor ich mit der Hand zugreifen konnte, auf dem betonierten Boden, wo sie zerschellte. Die Glassplitter sprangen nach allen Seiten, und einige davon bohrten sich in meine Hand.

"Scheiße", brüllte ich vor Schmerz.

"Tut mir leid, tut mir leid", stammelte ein Mädchen und hockte sich sofort neben mich, um zu gucken, was mit meiner Hand passiert war. "Halte die Hand ganz gerade und bewege sie bitte nicht! Dann werde ich probieren, die Splitter herauszuziehen. Einverstanden?"

"Okay", antwortete ich und starrte auf den Boden.

Es war stockduster in dem Moment, da die langsame Runde gerade angefangen hatte. Wie in jeder normalen Disko störte Beleuchtung da nur. Deshalb verzichtete man während diesen Minuten auf die bunten Lichter. Vermutlich hatte sie mich in der einsetzenden Finsternis übersehen oder zumindest war sie mir zu nahe gekommen und hatte damit diesen folgenschweren Zusammenstoß ausgelöst.

Dass sie damit beschäftigt war, die Splitter zu entfernen, merkte ich nur anhand des Druckes, den ihre Finger manchmal auf meiner Hand hinterließen und dem einsetzenden Schmerz, wenn sie einen der winzigen Splitter herausdrückte. Sie hatte mir inzwischen den Rücken zugewendet und ich konnte nur ihre Umrisse sehen, aber eigentlich war es sogar dazu zu finster.

"Ich glaube, das waren alle", sagte sie mit einer lieblichen, fast vertrauten Stimme und pustete vorsichtig über meine Hand, "Tut mir leid, es war mit einem Mal so finster, dass ich dich anscheinend übersehen habe."

"Das passiert den meisten", sprach ich mit zittriger Stimme und versuchte witzig zu klingen, "dazu muss es nicht einmal duster sein."

Sie tupfte das Blut gerade mit einem Taschentuch ab, als ich das sagte und schnellte wie vom Blitz getroffen in die Höhe.

"Niko, bist du das?", rief sie freudig aus.

Unsere Gesichter waren nur Zentimeter voneinander entfernt. Nun erkannte ich sie ebenfalls. Es war Sina.

"Wie kommst du denn hierher", stotterte ich leise und merkte, wie mir langsam die Kehle zugeschnürt wurde.

Sina fiel mir um den Hals und umarmte mich. "Na das ist ja vielleicht eine Überraschung. Wir haben uns ja eine Ewigkeit nicht mehr gesehen."

"Wohl war", erwiderte ich.

"Ich hätte dich fast nicht erkannt", sagte sie, "wegen der kurzen Haare, meine ich. Seit wann trägst du sie denn so?"

"Noch nicht allzu lange" erwiderte ich.

"Sieht sehr gut aus".

"Dankeschön", gab ich erfreut zurück. "Ich fand, dass es an der Zeit war, endlich zu meinen Segelohren zu stehen."

"Von wegen Segelohren", begann sie zu lachen, "als ob du jemals welche hattest."

"Doch natürlich", wollte ich gerade zu einer Erklärung ausholen, aber Sina winkte bloß ab.

"Ist das laut hier drinnen", beschwerte sie sich stattdessen und zeigte zum Diskjockey, "die müssen doch alle taub sein, dass die es nicht selber merken."

Ich verstand sie nicht richtig und meinte stattdessen zu ihr, dass ich es mächtig laut finde in der Scheune, was sie kopfnickend bejahte.

"Bist du alleine hier?", fragte sie mich.

"Nein mit Mike und zwei anderen Kumpels", gab ich zur Antwort, "und du?"

"Ich bin mit ein paar Leuten aus der Clique da", entgegnete sie.

Es hätte mich brennend interessiert, ob sie ihren Freund nicht extra erwähnte, weil sie mich damit nicht kränken wollte oder ob sie ohne ihn hergekommen war, aber ich verkniff es mir, sie direkt danach zu fragen. Vermutlich hätte sie diese Frage als unangemessen empfunden, ich für meinen Teil hätte es jedenfalls, und eigentlich ging es mich ja auch nichts an.

"Hast du Lust, etwas an die frische Luft zu gehen?", rief sie mir ins Ohr, "wir könnten uns ein wenig unterhalten, hier drin versteht man ja kein Wort."

"Von mir aus gerne", sagte ich.

"Ich muss nur kurz zu den anderen, bin aber sofort wieder zurück."

"Lass dir ruhig Zeit", sprach ich und fügte hinzu, dass ich mich nicht wegbewegen werde, bis sie wieder da sei.

Die Zeit, in der ich auf sie wartete, verwendete ich dazu, die Wunden meiner Hand zu ertasten, denn zum Angucken war es definitiv zu dunkel. Die Schmerzen waren längst nicht mehr so stark wie zu Beginn, aber an einigen Stellen tat es noch höllisch weh. Besonders auf dem Handrücken gab es einen Punkt, der bei der leichtesten Berührung höllisch brannte, und ich vermutete, dass sich im Innern der Wunde möglicherweise noch ein Splitter befinden könnte. Vielleicht war dort aber auch nur ein Glasstück tiefer in die Haut eingedrungen und hatte einfach eine größere Wunde hinterlassen.

"So da bin ich wieder", hörte ich plötzlich ihre Stimme hinter mir. "Ich habe dir ein neues Bier mitgebracht. Von deinem letzten hattest du ja dank meiner Hilfe nicht sehr viel. Ich hoffe doch, du möchtest eins."

"Sehr gerne. Dankeschön."

"Wollen wir?", deutete sie Richtung Ausgang, ich nickte.

Zusammen drängelten wir uns langsam nach draußen.

Es war eine schöne Nacht, verhältnismäßig warm für diese Jahreszeit. Die Sterne funkelten wie gestern Abend wunderbar am Himmel. Wie ein überdimensionales kreisrundes Zirkuszelt, an dessen Decke tausende kleine Lichter befestigt waren, die alle eine unterschiedliche Leuchtkraft besaßen, kam es mir vor. Der einzige

Unterschied bestand darin, dass man im Zirkus jederzeit das Licht anknipsen und die herrschende Traumatmosphäre von einer Sekunde zur nächsten beenden konnte. Per Knopfdruck war es möglich, von Traum auf Realität zu schalten und umgekehrt. Hier draußen war das nicht möglich, denn der Sternenhimmel erstrahlte die ganze Nacht und ließ mich das Gefühl haben, in einem wunderschönen Traum zu sein.

Ich erinnerte mich daran, vorhin hinter der Scheune einen Wasserhahn gesehen zu haben. Er war dort, wo ich mit Sigmar gesessen hatte. Ich bat Sina, mit mir hinzugehen, um das Blut von meiner Hand abzuwaschen. Außerdem war man dort einigermaßen ungestört und konnte sich zum Reden auf das Holz setzten.

Ich wollte die Hand unter den Wasserhahn halten, aber Sina bestand darauf, ihr Taschentuch zu befeuchten und damit das teilweise bereits geronnene Blut zu entfernen und bedeutete mir, mich entspannt auf einen Strohballen zu setzen, der etwas seitlich davon lag. Liebevoll und aufs äußerste darauf bedacht, mir keinerlei Schmerzen zu verursachen, tupfte sie mir das Blut ab. Teilweise leckte sie sich dazu sogar ihren Zeigefinger mit Spucke an und rubbelte dann vorsichtig an den schwereren Stellen, bis sie auch damit zufrieden war. Sie bemutterte mich fast so, wie ich es von zu Hause kannte, wenn ich mich mal beim Brotschneiden geschnitten oder beim Kochen die Hand verbrannt hatte und das gefiel mir. Meinetwegen hätte sie ewig so weitermachen können.

"Ich glaube, du hast Glück gehabt", teilte sie mir nach eingehender Untersuchung aller Schnitte meiner Hand mit. "Auf jeden Fall scheinst du keine Splitter drin zu haben."

"Tut ja auch kaum noch weh", sagte ich tapfer.

"Das kaufe ich dir nicht ab, Niko", meinte sie, "wenn ich mir das am Handrücken angucke, muss es bestimmt wehtun. Da blutet es noch immer etwas."

"Ich bin im Moment abgehärtet, was solche Sachen betrifft."

"Wieso das?", fragte sie interessiert, woraufhin ich ihr meinen Unfall von der Sportprüfung schilderte. Sadistisch, wie ich manchmal veranlagt war, musste sie jede Einzelheit über sich ergehen lassen. Zum Schluss erzählte ich genüsslich von dem Herausziehen des Spikes. Inzwischen hatte ich diese Geschichte schon so oft zum Besten gegeben, dass sie mir selber nichts mehr ausmachte, aber bei anderen erzeugte ich damit regelmäßig eine Gänsehaut.

"Das ist ja schrecklich", schüttelte sie sich, "da tut einem ja sofort der eigene Fuß weh."

"So schlimm war es nun wieder auch nicht", schwächte ich ab.

"Na schönen Dank, also ich hätte auf so etwas verzichten können", erwiderte sie.

"Ich auch. So ist es ja nun nicht", sprach ich.

"Wie waren denn deine anderen Prüfungen?", wollte sie wissen und ich berichtete von der schlechten in Mathe und von der Katastrophe in Deutsch. Ihre schriftlichen Prüfungen waren dagegen fast durchgehend hervorragend, aber bei einem Zensurenschnitt von 1,2 war das ohnehin zu erwarten gewesen. Sina war seit der ersten Klasse immer eine der besten Schüler gewesen. Daran hatte sich bis heute nichts geändert.

Die Deutschprüfung war in ihrer Klasse nicht ganz so mies ausgefallen wie an unserer Schule, da nur ein paar wenige Mitschüler die Aufgaben am Abend vor der Prüfung erfahren hatten und deshalb die Zeit zu kurz war, den anderen die Unterlagen ebenfalls zukommen zu lassen. Sie selbst erfuhr erst nach der Prüfung davon.

"In welche mündlichen musst du denn?", fragte ich.

"Geschichte, Deutsch und Physik. Und du?"

"Deutsch habe ich auch, ansonsten Chemie, Erdkunde und mein Lieblingsfach Mathe."

"Du musst in Deutsch und Mathe?", wunderte sie sich, "ich dachte man kommt bei den Grundfächern entweder in das eine oder das andere Fach."

"Das habe ich auch gedacht", entgegnete ich, "bis ich am schwarzen Brett meinen Namen auf beiden Listen wieder fand", und erklärte ihr sogleich, dass ich die Vermutung hatte, Herr Thiem wolle mir eins auswischen. Allerdings erwähnte ich nichts von unserem Gespräch und hielt die Beschuldigungen gegen ihn allgemein.

"Wollen wir eigentlich wieder reingehen?", fragte sie nach einer Weile. "Deine Kumpels werden sich doch bestimmt schon Sorgen machen, wo du abgeblieben bist."

"Ach die werden sich schon ohne mich beschäftigen können", flachste ich, "sind doch genug hübsche Mädchen da, aber wenn du willst, können wir ruhig wieder hinein gehen. Sicher wirst du schon sehnsüchtig zurück erwartet", konnte ich mir eine kleine Stichelei nun doch nicht verkneifen in der Hoffnung, sie irgendwie aus der Reserve zu locken, um etwas über die Beziehung zu ihrem Freund aus ihr herauszukitzeln.

"Lass uns mal reingehen!", antwortete sie, ohne auch nur mit einer Silbe auf meinen letzten Satz einzugehen.

Auf dem Weg parallel zur Scheune zurück ins Gedränge der Party fragte ich sie, wie es eigentlich dazu kam, dass sie heute hier auf dieser Fete war und sie erzählte mir, Timmy sei ein Freund von Ulli aus ihrer Clique. Die beiden gingen in dieselbe Berufsschulklasse und Timmy hatte ihm gesagt, dass er heute zusammen mit zwei Freunden eine Riesenfete veranstalten würde, zu der Ulli soviel Leute mitbringen konnte, wie er wollte. Jetzt war mir klar, warum es hier so voll war, von wegen fünfzig Leute pro Mann, und ich stellte mir die Frage, ob Sigmar der Einzige gewesen war, der sich an die Abmachung betreffs der Größenordnung gehalten hatte.

Sina war überrascht zu hören, dass ich von einem der Gastgeber direkt eingeladen worden war. Ich hatte angenommen, dass sie Sigmar ebenfalls kennen würde und beschrieb ihr kurz sein Äußeres, aber sie kannte ihn nicht. Fröhlich verkündete Sina, dass sie hier außer den Leuten ihrer Clique und vom Sehen Timmy, nur noch Mike und mich kannte. Sie versicherte mir zudem glaubhaft, dass sie sich über unser Wiedersehen ganz besonders freute. Mir ging es nicht nur genauso, nein für mich war es Schicksal, die ganze Art unseres Zusammentreffens ließ keinen anderen Schluss zu. Statt Alexandra war ich meiner ersten richtigen Liebe wieder begegnet, nach so langer Zeit. Konnte dies ein Zufall sein?

Sekunden später ließ sie mich alleine zurück, nicht ohne mir noch auffallend unauffällig gezeigt zu haben, wo sich der Rest ihrer Leute befand. Vermutlich sollte das so eine Art unaufgeforderte Aufforderung sein, später am Abend um eine weitere Audienz oder so etwas ähnliches zu bitten, aber ich bezweifelte, dass ich dieser Aufforderung nachkommen würde, jedenfalls nicht, solange ich nicht herausgefunden hatte, ob ihr Freund anwesend war. Von meinem jetzigen Standort konnte ich nicht einmal Sina sehen, geschweige denn Detlef, den ich wahrscheinlich sowieso nicht wieder erkennen würde. Schließlich waren wir uns erst einmal kurz begegnet.

Völlig aufgekratzt durch unsere Begegnung sinnierte ich darüber nach, wann ich sie überhaupt das letzte Mal gesehen hatte und stellte fest, dass es einige Wochen vor meiner Geburtstagsparty war. Das war eine kleine Ewigkeit her. War wirklich so viel Zeit vergangen?

"Wo warst du denn die ganze Zeit?", riss Mike mich aus meinen Gedanken, "wir haben dich überall gesucht."

"Anscheinend nicht überall", antwortete ich schroff, "sonst hättet ihr mich ja wohl finden müssen, oder?"

"Witzbold", meinte Tommy und reichte mir eine Flasche Rotwein, "trink mal lieber einen Schluck!"

Ich musste unbedingt nüchtern bleiben, egal was passierte, dachte ich. Daher nahm ich nur einen klitzekleinen Schluck. Da derjenige, der die Flasche geöffnet hatte, so clever gewesen war, den Korken statt herauszuziehen, ins Flascheninnere zu drücken, war es gar nicht möglich, einen kräftigen Schluck aus der Flasche zu nehmen. So sehr man sich auch anstrengte und am Flaschenhals saugte, als wollte man jemandem einen dicken fetten Knutschfleck machen, so wenig Rotwein zwängte sich zwischen dem Korken und dem Flaschenhals hindurch und erreichte tröpfchenweise den Gaumen des Trinkers.

"Schlechte Laune?", fragte Mike und stieß mich kameradschaftlich in die Seite.

"Nein, im Gegenteil", sagte ich und erzählte ihnen von meinem Wiedersehen mit Sina, "ich bin nur etwas durch den Wind und mir gehen tausend Dinge durch den Kopf. Das ist alles."

Tommy kannte sie nicht und wollte sie gerne kennenlernen, aber ich hatte keine große Lust dazu, ihn in diesem Zustand mit ihr bekannt zu machen. Außerdem hätte es bedeutet, dass wir zu ihnen rüber gehen müssten und das hielt ich ebenfalls für keine gute Idee. Deshalb log ich sie an und erklärte ihnen, keine Ahnung zu haben, wo sie jetzt sei und überhaupt wäre ich mir nicht sicher, ob sie noch hier war.

Offenbar hatten sie in meiner Abwesenheit einen Trinkwettbewerb durchgeführt, dessen Ziel eindeutig darin bestand, als Erster besoffen zu werden und im Moment standen die Siegchancen für Tommy bestens, denn seine Schwierigkeiten, aufrecht zu stehen, waren beträchtlich. Mike dagegen wirkte noch relativ intakt, soweit ich es an der Körperhaltung ablesen konnte.

"Wo habt ihr eigentlich Mario gelassen?", brüllte ich, um mir Gehör zu verschaffen.

"Guck mal da drüben!", antwortete Mike und zeigte auf die Tanzfläche.

Ich musste meine Augen anstrengen, ehe ich Mario erkannte, der eng umschlungen mit einem Mädchen tanzte.

"Ich bin ja baff", rief ich.

"Die tanzen bestimmt schon seit einer Stunde", stellte Tommy fest und versuchte, auf seiner Armbanduhr die Zeit abzulesen.

"Mindestens", rief Mike dazwischen.

"Und knutschen andauernd", schrie Tommy so laut, dass sich eins der tanzenden Pärchen umdrehte.

"Das geht euch einen Scheißdreck an", keifte das Mädchen in unsere Richtung und ihr Freund oder Tanzpartner zeigte drohend seine zur Faust geballte Hand.

"Wir meinen euch doch überhaupt nicht", rief ich schlichtend herüber, aber sie hatten sich bereits abgewendet und tanzten wieder weiter.

Mike erzählte mir, dass sie alle in meiner Abwesenheit getanzt hatten, aber ihre beiden Tänzerinnen hatten nach zwei bzw. drei langsamen Liedern kein weiteres Interesse bekundet. Seitdem hatten sie sich mehr den anderen Genüssen hingegeben.

Die Rotweinflasche mit dem nach innen gedrückten Korken, erklärte er mir, ging auf die Kappe von Tommy. Neben ihnen hatten einige Mädchen gestanden, die zwar diese Flasche dabei hatten, aber dummerweise keinen Öffner dazu und der einzige Korkenzieher, den es gegeben hatte, war verschwunden. Ganz Gentleman hatten sie ihre Hilfe angeboten und die Mädchen hatten diese fatalerweise angenommen, im Glauben daran, dass Jungen mit jedem Korken fertig wurden und in der Vorfreude auf einen edlen Tropfen des köstlichen Getränks.

Nachdem Mikes idiotischer Versuch fehlgeschlagen war, den Korken durch Schlagen auf den Flaschenboden, mit dem Hacken seines rechten Halbschuhs, regelrecht herauszuprügeln, hatte Tommy ihm die Flasche abwinkend aus der Hand gerissen und gesagt, er werde ihnen mal zeigen, wie das gemacht wird. Aus seiner Hosentasche fummelte er ein Taschenmesser hervor, an dem sich ein Mini-Korkenzieher befand. Mit diesem machte er sich eiligst ans Werk, aber der Korken steckte so fest drin, dass es mit dem Spielzeugöffner unmöglich war, die Flasche zu öffnen. Durch seine vielen erfolglosen Versuche zerbröselte der Korken vollends und machte ein vernünftiges Öffnen nicht mehr möglich, so dass nur noch die letzte Variante blieb, den zerbröselten Korken nach innen zu drücken. Dadurch vermischten sich die Korkpartikel mit dem Wein und es hätte schon eines Siebes bedurft, um diese voneinander zu trennen. Die Mädchen waren davon verständlicherweise nicht begeistert und beschimpften Tommy als Vollidiot, bevor sie sich auf die Suche nach einer neuen Flasche machten und ihn mit dem Wein zurückließen. Seitdem versuchte er krampfhaft, etwas Flüssigkeit herauszukriegen, aber außer dem Kork, den er nach jedem Versuch abwechselnd ausspuckte oder mit dem Finger aus dem Mund fischte, gelang kaum etwas in seine Rachen.

"Ist sie mit ihrem Freund da?", fragte mich Mike.

"Gesehen habe ich ihn nicht", gab ich zur Antwort.

"Hast du sie nicht gefragt?", meinte er überrascht und ließ keinen Zweifel daran, dass er sich an meiner Stelle als erstes danach erkundigt hätte.

"Nein", sagte ich leise.

"Warum denn nicht?"

"Wir treffen uns seit Monaten endlich mal wieder und ich habe nichts besseres zu tun, als zu fragen, ob ihr beschissener Freund auch da ist?", ereiferte ich mich.

"Natürlich nicht so direkt", schrie er an gegen die wieder lauter gewordene Musik.

Ich stellte auf Durchzug und tat so, als würde ich ihn nicht verstehen. Mit dieser Taktik verschaffte ich mir einige Minuten Ruhe und umging seine lästigen Fragen. Ich hatte sowieso andere Sorgen, denn ich wusste nicht annähernd wie ich jetzt verfahren sollte. Ich konnte ja wohl kaum hingehen und sie einfach so zum Tanzen auffordern, wenn ihr Freund danebenstand, obwohl es genau das war, was ich liebend gerne getan hätte.

Ich stand an der Tanzfläche, die verliebten Pärchen beobachtend und schwelgte in Erinnerungen an unsere gemeinsamen Tänze, als ich ihren Herzschlag eng an meinem eigenen Herz gespürt hatte und sich die Knospen ihrer jungfräulichen Brust an meinen Körper geschmiegt hatten.

"Störe ich?", hörte ich Sinas sanfte Stimme von irgendwoher und für einen Augenblick wusste ich nicht, ob sie wirklich sprach oder meine Träumerei mir erneut einen Streich spielte.

"Wie geht es dir denn?", fragte Mike, nachdem sie wie aus dem Nichts auftauchte.

"Sehr gut und bei dir?"

"Könnte besser sein", erwiderte er. "Dieser ganze Prüfungsmist nervt tierisch, aber ansonsten ist alles okay."

"Du bist also Sina", laberte Tommy kaum verständlich und reichte ihr schwankend seine, vom missratenen Öffnungsversuch der Weinflasche, vollkommen verklebten Hände. Ehe ich sie warnen konnte, gab sie ihm die Hand und blieb an ihr hängen. Tommy belustigte das dermaßen, dass er wie irre anfing zu lachen und dabei gluckste, als wäre sein Magen dabei, die Korkfetzen langsam wieder herauszuwürgen. Mit einem Ruck entzog ich ihm ihre Hand und zog Sina von ihm weg.

Erstaunlicherweise war sie keineswegs böse auf ihn, sondern sagte nur zu mir gewandt "Oh, oh, der ist ja gut abgefüllt" und wischte die klebrige Hand so gut es ging an ihrer Jeans ab.

"Ich wollte dich fragen, ob du Lust hättest mit mir zu tanzen?", sagte sie und bevor ich antworten konnte, bot sich Mike an, mit ihr zu tanzen, natürlich nur, falls ich nicht möchte.

"Ich würde sehr gerne", beeilte ich mich zu sagen und schob Sina sachte von meinen betrunkenen Kumpels beiseite. Wer weiß, was sie sich als nächstes einfallen lassen, dachte ich, aber da war es auch schon zu spät.

"Ist dein Freund heute gar nicht da?", schrie Mike uns hinterher. Wir waren einige Schritte entfernt und eigentlich wäre es zu laut gewesen, um zu verstehen, was er sagte, aber genau in diesem Augenblick war ein Lied zu Ende und das neue fing noch nicht an. Alle im Umkreis von zehn Metern konnten seine Frage hören und es war so still, als warteten alle um uns herum auf ihre Antwort. Sogar der DJ schien sich mit dem Auflegen der nächsten Musik Zeit zu lassen, als warte er ebenfalls auf Sinas Reaktion.

"Nein", brüllte sie zurück, sich bewusst, dass sie es viel zu laut sagte, fast so, als wäre ihr gleichgültig, wer sie hören konnte.

"Siehst du Niko, dann hättest du ruhig mal rüber gehen können", rief Mike so laut, dass sich seine Stimme fast überschlug.

Die ersten Takte des einsetzenden Liedes schnitten ihm zwar das Wort ab, aber sicherlich hatte sie ihn ebenso gut verstanden, wie ich es hatte. Die frischen Nebelschwaden schoben eine Trennwand zwischen die Tanzfläche und die angrenzenden Bereiche.

Ich konnte nicht fassen, dass er das wirklich getan hatte, aber Sina machte es offenbar nichts aus. Im Gegenteil. Mit ihrem süßesten Lächeln guckte sie mir tief in die Augen, schlang ihre Arme um mich und lehnte wie damals ihren Kopf an meinen Oberkörper.

"Du bist süß. Weißt du das?", hauchte sie mir ins Ohr.

"Und du bist noch hübscher geworden", versuchte ich, ihr ein Kompliment zu machen, während mein Herz wie wild pochte.

"Vielen Dank", sagte sie sanft und küsste zärtlich meinen Hals.

Wir umklammerten uns ganz fest und ließen uns von der Musik treiben, treiben im unendlichen Strom der Leidenschaft.

"Wärst du wirklich nicht rüber gekommen?", fragte sie mich nach einer Weile. Es hörte sich ein wenig nachdenklich an.

Auf diese Frage hatte ich gewartet, da mir klar war, dass sie kommen würde.

"Ich wollte dich nicht in Verlegenheit bringen", gab ich unsicher zur Antwort.

"Weil du dachtest, mein Freund könnte hier sein oder weswegen?", quetschte sie mich aus.

"Ich hatte Angst, dir Unannehmlichkeiten zu bereiten, falls du mit deinem Freund da gestanden hättest", flüsterte ich, "und ich hatte Angst, mich selbst zum Obst zu machen. Ehrlich gesagt, ich weiß nicht genau, ob ich zu dir herübergekommen wäre. Das ist die ganze schlichte Wahrheit, Sina."

Ich glaube sie freute sich über meine Ehrlichkeit und ich freute mich, dass ich ihr gegenüber nicht wieder angefangen hatte, Lügen oder abgeschwächt ausgedrückt Halbwahrheiten zu erzählen. Hatte das nicht damals zu unserer Trennung geführt? Sie war so ehrlich gewesen und hatte sich mir offenbart und das Vertrauen entgegen gebracht, ihren Fehler mit allen möglichen Konsequenzen, die er für sie haben konnte, einzugestehen und was hatte ich getan? Nichts. Ich hatte versagt, kläglich versagt, denn ich war unfähig gewesen, angemessen auf ihr Eingeständnis zu reagieren, etwas Falsches getan zu haben. Mir hatte der Mut gefehlt, meine eigenen Unzulänglichkeiten auszusprechen. War ich in den Ferien nicht genauso untreu gewesen? Durch dieses Verschweigen, hatte ich ihr den "schwarzen Peter" ganz allein zugeschoben. Ihr die Schuld für alles zu geben, war nicht nur unfair gewesen, sondern schäbig. Wie sehr hatte ich ihr Vertrauen in mich enttäuscht, ohne dass sie auch nur etwas ahnte davon. Ich wusste zwar nicht was passieren würde, aber eines wusste ich genau, nochmals würde ich ihr Vertrauen nicht enttäuschen.

"Ich bin überglücklich, dass wir uns heute wieder getroffen haben", säuselte sie.

"Ich auch", antwortete ich und küsste sie auf die Stirn.

Warum war ich nur so feige und wagte nicht einmal jetzt, danach zu fragen, was mit ihrem Freund war. Aber war es nicht so, dass sie von sich aus etwas darüber erzählen würde, wenn sie dazu bereit war? Sollte ich etwa darauf bestehen, es genau zu erfahren, und war es nicht für diesen Abend vollkommen egal? Würden wir denn etwas bereuen müssen, dass sich vielleicht ereignete?

Mein Gehirn arbeitete in Höchstform und spuckte im Sekundentakt immer neue Fragen aus. Warum konnte ich nicht einfach diesen Abend genießen, ohne wenn und aber, schließlich hatte ich keine Freundin? Ich machte mir mehr Gedanken darüber, dass Sina etwas tun könnte, von dem sie nicht sicher war, ob sie es wirklich wollte.

"Was ist mit dir?", flüsterte sie mir zu, "du wirkst angespannt."

Damit traf sie den Nagel auf den Kopf. Ich fragte mich, woher sie mich so gut kannte, allein anhand meiner Körpersprache zu wissen, wie es in mir aussah.

"Tut mir leid, aber ich kann nichts dafür", entschuldigte ich mich, "mir gehen alle möglichen Sachen durch den Kopf. Mein Körper spielt völlig verrückt, so dass ich regelrecht zittere vor Aufregung."

Sie umklammerte mich so fest, als wollte sie mich erdrücken. Ich staunte über ihre ungeheure Kraft, welche sie darin entwickelte und die man ihr niemals zutrauen würde.

"Es gibt keinen Grund, aufgeregt zu sein", liebkoste sie mich, wobei sie meinen Hals mit ihren zarten feuchten Küssen bedeckte, "entspanne dich einfach!"

"Ich versuche es", gab ich zurück und küsste sie auf die Schläfe und ihr rechtes Ohr. Besonders die Stelle hinter dem Ohr, eröffnete sie mir später, jagte ihr angenehme Schauer über ihren Körper und löste eine Gänsehaut nach der anderen aus.

Wir tanzten noch etliche Lieder zusammen und die langsame Runde schien kein Ende nehmen zu wollen. Einmal tauchte sogar Mario mit seiner Eroberung neben uns auf, aber nur für einen kurzen Augenblick, und bevor ich einen neugierigen Blick auf seine Tanzpartnerin werfen konnte, verschwanden sie schon wieder im Gewühl der anderen Pärchen.

Der wummernde Bass von Deep Purples "Smoke on the Water" ließ uns aufschrecken und das grelle bunte Licht, welches damit einherging, beendete abrupt die Schmuserunde. Händchen haltend schlenderten wir zum äußeren Rand der Tanzfläche und machten Platz für die Wilden, die jetzt von allen Seiten das Areal stürmten. Augenblicklich verwandelte sich der eben noch von dutzenden Paaren bevölkerte ruhige Ort in ein Mekka von außer Kontrolle geratenen, alkoholisierten, ekstatisch herumstampfenden, ihre langen Haare empor wirbelnden Hardrockmonstern, die rücksichtslos umher sprangen und dabei alles und jeden anrempelten. Die Zuschauer dieses Spektakels wurden immer weiter abgedrängt und hatten alle Mühe, sich die umher fliegenden Arme und Beine der Tanzenden vom Leibe zu halten. Sina und ich setzten unsere Hände vor uns wie Schutzschilde ein und schoben jeden, der uns zu nahe kam, zurück in den Kreis. Im Getümmel entdeckten wir auch Tommy, dessen Zustand sich seit unserem letzten Zusammentreffen vor ungefähr dreißig Minuten rapide verschlechtert hatte. Er hatte Schwierigkeiten, sich auf den Beinen zu halten und torkelte mehr im Takt, als dass man tanzen dazu sagen konnte. Es war erschreckend, ihm dabei zusehen zu müssen, wie er sich blamierte, aber was hätte ich dagegen tun können?

"Wollen wir lieber etwas frische Luft schnappen gehen?", fragte sie und kniff mir dabei in den Oberschenkel.

Hand in Hand gingen wir hinaus. Die leuchtenden Sterne begleiteten uns auf unserem Spaziergang am Feldweg entlang. Es roch nach frischen Gräsern und nach dem Harz der Kiefern, die etwas entfernt den Beginn des Nadelwaldes markierten. Irgendwo dort oben saß eine Nachtigall und ließ ununterbrochen ihren wunderschönen melodischen Gesang hören, diese einzigartigen Laute von sich gebend, die dem einen Ziel dienten, einen Partner in dieser Einsamkeit zu finden. Es war bewundernswert, welche Mühe die Nachtigall sich gab bei diesem Unterfangen, aber bisher hatte die Suche offenbar keinen Erfolg gehabt, ansonsten wäre der Gesang längst verstummt. Obwohl ich wusste, dass es egoistisch war, wünschte ich mir fast, dass es dabei bleiben würde, um diese liebliche Stimme, weiterhin hören zu können.

Wir folgten dem Weg, der die ganze Zeit über parallel zum Feld verlaufen war, bis zu der Stelle, wo er einen Knick nach links machte und zwischen den hoch aufragenden Kiefern in den Wald hineinführte. Dort war es duster und irgendwie unheimlich, deshalb machten wir kehrt und schlenderten langsam zurück. Unser Interesse herauszufinden, was uns mitten in der Nacht da drinnen erwarten würde, war nicht besonders stark ausgeprägt.

Gerade hatte ich mich noch lustig gemacht über Sina, weil sie ein eigenartiges Geräusch gehört hatte, als ich es ebenfalls vernahm. Wir konnten es nicht richtig lokalisieren, aber es kam aus der Richtung, in die wir gingen. Neben dem Weg war ein breiter Streifen, der mit Farnen und Gräsern bewachsen war. Außerdem gab es kleine Sträucher und Disteln, die man durch das Schimmern des Mondes, der sich in der zunehmenden Phase befand, gut sehen konnte. Dahinter begann der vollkommen schwarze Wald und die Bäume waren so dicht gewachsen, dass nichts aus dessen Innerem nach außen drang. Zwischen den Bäumen und dem Feldweg lagen vereinzelte Strohballen; eigentlich schon den ganzen Weg lang, von der Scheune bis hierher.

An einer Stelle nah am Wald, waren mehrere Strohballen aufgetürmt zu einer Art

Pyramide und je näher wir kamen, desto lauter wurden die undefinierbaren Geräusche. In einem Moment hörte es sich an, als würde ein Baby leise wimmern, aber im nächsten hätte man denken können, dass irgendjemand oder irgendetwas in regelmäßigen Abständen mit dem Fuß aufstampfte. Ein bisschen hörte es sich auch an, wie die dumpfen Schläge bei einem Boxkampf, die auf dem Kopf des Gegners niederprasselten und dabei einen unterdrückten Schrei des Schmerzes auslösten. Jedenfalls war es gespenstisch, aber natürlich auch aufregend.

"Lass uns ganz leise vorbeigehen!", flüsterte mir Sina zu.

"Hast du etwa Angst?"

"Nein", entgegnete sie, " aber es ist unheimlich. Findest du nicht?"

"Etwas, ja", bestätigte ich.

"Na also, dann lass uns gehen!"

"Warte doch mal!", sagte ich und zog sie vorsichtig am Arm zurück. "Bist du denn überhaupt nicht neugierig, was dort ist?"

"Ganz bestimmt nicht so doll, um nachgucken zu gehen, Niko."

"Ich werde nachgucken gehen", prahlte ich, "was soll da schon sein? Es wird ein Igel sein oder ein Fuchs."

"Oder eine Horde Wildschweine, die dich quer über das Feld jagen werden oder..."

"Oder was?", unterbrach ich sie.

"Ist mir egal, ich will es jedenfalls nicht wissen", erwiderte Sina.

"Ich schon", sagte ich trotzig und suchte auf dem Boden nach etwas, das ich notfalls zur Verteidigung nehmen konnte. Ich hob einen kräftigen stabilen Ast auf, der ungefähr einen Meter lang war und gut in der Hand lag.

"Was hast du vor?"

"Du hast keine Angst, richtig?", fragte ich sie.

"Nein", beharrte sie erneut.

"Gut, dann werden wir jetzt dort hingehen und nachgucken, woher die Geräusche kommen."

"Du spinnst."

"Wir schleichen uns leise heran", flüsterte ich ihr zu. "Traue dich einfach! Ich bin ja dabei."

"Meinetwegen", sprach sie gedämpft, "sonst gibst du ja sowieso keine Ruhe, aber ich brauche auch einen Stock oder etwas ähnliches."

Jeweils mit einem großen Stock bewaffnet, den wir zum Zuschlagen bereit in der rechten Hand hielten, näherten wir uns Schritt für Schritt der vermeintlichen Quelle unserer Wahrnehmung.

Regelrecht auf Zehenspitzen schlichen wir uns vorwärts, um bloß keinen Lärm zu machen. Ich ging einen Schritt vor Sina. Es war keineswegs einfach, leise durch das Gestrüpp zu laufen, ohne bei der Dunkelheit den Boden unter uns sehen zu können. Einmal knickte ich mit dem linken Fuß in einem Erdloch um und musste mich mächtig zusammenreißen, nicht vor Schmerzen loszuschreien. Sina hob ihre Beine nacheinander wie Stelzen in die Höhe, weil sie für diesen huckligen Untergrund das völlig falsche Schuhwerk anhatte. Ihre Absätze waren nicht allzu dünn; es waren keine Pfennigabsätze oder so was in der Art; und daher brauchte sie auch keine Angst zu haben, im Boden stecken zu bleiben, aber dafür waren sie recht hoch. Aus diesem Grund stand sie recht wacklig auf den Beinen und stakste bewusst langsam durch das Dickicht.

Die Pyramide aus Stroh kam immer näher, es lagen keine zehn Meter mehr zwischen uns und ihr und die undefinierbaren Geräusche wurden etwas lauter. Ich blieb kurz stehen und lauschte. Es kam mir vor, als hörte ich menschliche Stimmen, zwar gedämpft und abstrakt, aber doch menschlicher Herkunft. Welches Tier des Waldes gab nur solche Laute von sich, überlegte ich. Als ich weitergehen wollte, hielt mich Sina zurück.

"Hör doch mal!", raunte sie mir zu und fuhr mit ihrem Finger über den Mund, was soviel bedeutete, dass ich leise sein und zuhören sollte.

Ich hörte dasselbe wie eben, aber nichts Genaues. Deshalb zuckte ich mit den Schultern, umklammerte meinen Stock fester, in der Erwartung, dass jeden Moment etwas Schreckliches passieren wird und ging weiter. Nach einigen kleinen Schritten hörte ich schließlich, worauf Sina mich aufmerksam machen wollte, stoppte augenblicklich ab und blieb in einer bewegungslosen Haltung stehen.

Eindeutige Wortfetzen drangen jetzt herüber und es gab keinerlei Zweifel daran, dass sich dort hinter (oder in?) den igluartig aufgetürmten Strohballen keine Tiere zu schaffen machten, sondern Menschen. Offenbar waren wir auf ein Liebespärchen gestoßen, welches es sich dort in der Abgeschiedenheit gemütlich gemacht hatte und neugierig lauschte ich ihren Geräuschen. Es war faszinierend, ohne etwas sehen zu können, allein anhand ihres Stöhnens und weniger Worte mit anzuhören, wie sie es miteinander trieben. Ich kam mir dabei vor wie ein Spanner.

"Oooh... oooh...oooh", stöhnte sie in regelmäßigen kurzen Abständen und holte dazwischen tief Luft, wobei sie verzückt aufjuchzte.

Er dagegen schniefte dabei, als würde er Schwerstarbeit leisten und brachte nur ab und zu ein brummendes "Ah, ah, ja" hervor.

Dazwischen konnte ich ein lautes Schmatzen vernehmen, welches anscheinend vom regen Rumgeknutsche stammte und darauf hindeutete, dass beide dieses mit sehr viel Speichelaustausch taten.

"Los, nun mach endlich!", forderte sie ihn zu irgendetwas auf, dass ich nur vermuten konnte.

"Ich versuche es ja schon", antwortete er hastig, "aber ich kann nichts sehen".

"Wozu musst du was sehen?", hörte ich ihre erregte Stimme. "Lass mich mal machen!"

"Aua", schrie er wenig später.

"Nun hab dich mal nicht so zimperlich", herrschte sie ihn an, "ich denke wir sind hier, um zu ficken."

Anscheinend war ihr Nachhelfen in dieser delikaten Situation erfolgreich gewesen, denn Sekunden nachdem sie das gesagt hatte, begannen beide laut zu stöhnen. Er schnaubte mit einem Mal wie ein Walross, während sie ihn ständig aufforderte, härter zuzustoßen.

"Oooh, ja, lass nicht nach. Nun komm schon... mmmh, ja!", sprach sie, wobei sich ihre Stimme fast überschlug.

Von ihm kam keine Antwort, stattdessen wurden seine Geräusche immer lauter und er schien nach Luft zu hecheln.

"Ein Fuchs ist es jedenfalls nicht", flüsterte mir Sina ins Ohr.

"Wildschweine aber auch nicht", gab ich zur Antwort.

"Wir sollten lieber wieder verschwinden. Meinst du nicht auch?", sagte sie, während das Stöhnen im Hintergrund allmählich in Schreien überging.

"Ja, komm schon, fick mich!", war schrill von dort zu vernehmen.

"Gehen wir!", erwiderte ich.

Mit meinem Stock herumfuchtelnd drehte ich mich ruckartig um, rutschte dabei auf etwas Glattem aus und verlor das Gleichgewicht. Bei dem Versuch mich abzufangen, ohne dabei Krach zu machen, stürzte ich kopfüber zu Boden und rammte mit dem Oberkörper gegen einen der herumliegenden Strohballen. Diesen drückte ich beim Aufprall zur Seite, wo er gegen einen anderen prallte und im Dominoprinzip gegen den nächsten stieß, der schließlich einen Teil des Strohiglus über den Köpfen des Pärchens, welches wahrscheinlich gerade kurz davor war, zum Höhepunkt zu gelangen, zum Einsturz brachte. Es war so, als wenn jemand in der Kaufhalle von einer Pyramide aus Konserven, die unterste wegnahm und daraufhin alles in sich zusammenfiel, genau derselbe Effekt.

Aus dem Innern kam jetzt ein gänzlich anderes Stöhnen, verbunden mit dem Röcheln nach Luft. Ich rappelte mich schnell auf, um den beiden zur Hilfe zu eilen. Zusammen mit Sina räumte ich die einige Kilo wiegenden Strohballen zur Seite und wir befreiten sie aus ihrer misslichen Lage.

"Verdammte Scheiße", war das erste, was wir zu hören kriegten und auf einmal erkannte ich, dass es Marios Stimme war.

"Hast du dir weh getan, Mario?", fragte ich besorgt und half ihm auf.

"Niko?", entgegnete er ungläubig.

"Ihr kennt euch?", rief Sina völlig verdutzt und starrte uns an.

"Niko?", schrie das Mädchen jetzt geschockt und stieß Mario weg, der ihr gerade aufhelfen wollte. Stattdessen richtete sie sich von selber auf, hielt sich die Hand vor das Gesicht, damit man sie nicht sehen konnte, was bei dem wenigen Mondscheinlicht sowieso unmöglich war und stürmte fluchend an uns vorbei Richtung Feldweg. So wie sie "Niko" ausgesprochen hatte, wusste ich nun auch, wer sie war: Alexandra.

Mario zupfte sich das Stroh aus den Klamotten und Sina war ihm dabei behilflich. Ich stand etwas abseits und beobachtete sie dabei.

"Du kennst sie?", unterbrach Mario das Schweigen.

"Wenn sie Alexandra heißt, ja", antwortete ich immer noch nach Fassung ringend.

"Ihr kennt euch?", mischte sich nun Sina in Bezug auf Alex ein und verlangte ebenfalls nach einer Erklärung.

"Woher soll ich denn wissen, wie die heißt?", ereiferte sich Mario, was Sina auf die Palme brachte.

"Ihr vögelt hier im Stroh und du weißt nicht einmal, wie sie heißt? Schöne Freunde hast du Niko", sagte sie verächtlich zu mir gewandt.

"Ich bin mir überhaupt nicht sicher, ob es Alexandra war. Aufgrund ihrer Stimme nehme ich es mal an", sprach ich und fuhr fort damit zu erklären, woher ich sie kannte. "Wenn sie es gewesen sein sollte, ist es eine gute Freundin von Sigmar. Er war mal mit ihr bei mir zu Hause zu Besuch."

"Einer der Gastgeber?", fragte Mario.

"Richtig", gab ich zurück.

"Liegen zusammen im Stroh und du kennst nicht einmal ihren Namen", ereiferte sich Sina erneut.

"Wenn ihr nicht unser Liebesnest zum Einsturz gebracht hättet, dann wüsste ich ihren Namen vielleicht längst", sagte er vorwurfsvoll und zu mir direkt meinte er, "aus ihrem eigenen Mund. Davon mal ganz abgesehen, würde mich doch brennend interessieren, was ihr hier überhaupt wolltet?"

Ich erzählte Mario die ganze Geschichte und machte ihn zum Schluss, nachdem wir uns alle wieder beruhigt hatten, ganz offiziell mit Sina bekannt. Mario war nach dieser Sache ausreichend bedient und eröffnete mir, dass er keinen Bock mehr hatte, noch länger zu bleiben, deshalb gingen wir zurück zur Scheune, um Mike und Tommy einzusammeln.

Zuerst suchten wir drinnen alles nach Alexandra ab, aber wie ich es vermutete, war sie nicht mehr anwesend und Mario gab es nach drei Versuchen auf, sie ausfindig machen zu wollen. Ich versprach ihm, Alex durch Sigmar etwas ausrichten zu lassen, aber er war ebenso wenig auffindbar.

Sina war etwas verärgert zu ihren Leuten gegangen und ich nahm an, dass sie wegen Mario auf mich sauer war.

Mike und Tommy waren inzwischen restlos besoffen und die Aussicht, dass einer der beiden ihm womöglich das Auto voll kotzen könnte, ließ seine Stimmung endgültig in den Keller sinken. Daher wollte er schnellstens nach Hause fahren. Gemeinsam hakten wir Tommy unter, Mike konnte glücklicherweise noch selber laufen und brachten ihn zum Auto. Kurz bevor wir das Auto erreichten, meinte Tommy, er müsse sich übergeben und wir ließen ihn dazu hinter der Scheune verschwinden. Diesen Moment benutze ich, Mario zu bitten, noch fünf Minuten zu warten, damit ich mich von Sina verabschieden konnte.

"Fünf Minuten, Niko und nicht eine länger, ansonsten musst du zusehen, wie du von hier wegkommst."

"Ich bin spätestens in fünf Minuten wieder da", versicherte ich und ging Sina suchen. Ich fand sie im Gespräch vertieft mit einem Typen, den ich noch niemals zuvor gesehen hatte.

Nachdem ich zu ihm ein kurzes "Hallo" gemurmelt hatte, sagte ich zu ihr, dass wir jetzt losfahren und ich mich bei ihr verabschieden möchte.

"Schade", sagte sie nur und guckte mich dabei traurig an.

"Ja, ich finde es auch schade", erwiderte ich und wollte schon gehen, aber im letzten Moment drehte ich mich noch mal um. "Es war toll, dass wir uns mal wieder begegnet sind und von mir aus muss es nicht wieder so lange dauern bis zum nächsten Mal. Der Abend war wirklich wunderschön", sprach ich nur zu ihr, die Anwesenheit ihres Gesprächspartners vollkommen ignorierend und gab ihr einen zaghaften Kuss auf die Wange. "Ich fand Marios Aktion übrigens auch nicht so gut, das ändert aber nichts an der Tatsache, dass er mein Kumpel ist."

"Ist schon in Ordnung", entgegnete sie.

"Gut, dann hoffentlich bis bald", sagte ich und ging los, ohne eine Erwiderung abzuwarten, denn die Tränen standen mir in den Augen, und ich wollte nicht, dass Sina sie sah.

Kurz bevor ich das Auto erreichte, holte Sina mich ein.

"Bekomme ich keinen richtigen Kuss?"

"Wenn du möchtest, kannst du soviel richtige Küsse kriegen, wie du willst", antwortete ich und küsste sie leidenschaftlich auf den Mund.

Mario ließ den Motor aufheulen, machte die Scheinwerfer an und hupte einmal kurz zum Zeichen, dass die fünf Minuten vorbei waren und er nicht gewillt war, noch länger auf mich zu warten.

"Habt ihr eigentlich noch einen Platz frei?", sagte sie auf einmal.

"Klar, für dich jederzeit."

"Kannst du ihn bitten noch eine Minute zu warten? Ich muss bloß Bescheid sagen, dass ich bei euch mitfahre", fragte sie.

"Kein Problem", gab ich an, obwohl ich nicht wusste, wie ich ihn dazu überreden sollte, und Sina hetzte los.

Mario hatte nichts dagegen einzuwenden, dass sie mitkam, aber er wollte endlich losfahren und war deshalb ein wenig genervt, dass sie erst nach etlichen Minuten wieder auftauchte.

"Wieso dauert es immer ewig, wenn Frauen sagen, dass sie gleich wieder zurück sind?", brubbelte er zu sich selbst, nachdem Sina eingestiegen war und neben mir auf der Rückbank Platz genommen hatte.

Zuerst wollte sie ihm darauf antworten, aber ich winkte ab und hinderte sie daran, um keine Grundsatzdiskussion mit ihm anzufangen.

Daraufhin erstarb die Unterhaltung im Auto für lange Zeit. Mario konzentrierte sich auf das Fahren durch die menschenleeren Dörfer auf unserer Heimfahrt. Außerhalb der Siedlungen gruben sich die Lichter der Scheinwerfer einen erleuchteten Tunnel zwischen die riesigen Straßenbäume, die unseren Weg zu beiden Seiten säumten und einmal sahen wir etwas im Wald verschwinden, deren schattigen Umrisse an einen Fuchs oder Marder denken ließen, aber so genau konnten wir es nicht sehen.

Tommy saß vorne und schlief friedlich schnarchend seinen Rausch aus. Mike schlief ebenfalls und ab und zu musste ich mich von seinem Kopf befreien, welcher regelmäßig in den Kurven an meiner Schulter landete. Gegen Sinas Kopf auf der anderen Seite hatte ich dagegen nichts. Sie lehnte ihn an meinen Oberkörper, während ihre Arme meine Taille umklammerten und sie gedankenverloren mit den Augen dem Scheinwerferlicht folgte.

Wir hatten das Ortseingangsschild von Mollin gerade passiert, als der Lada eigenartige Geräusche von sich gab und zu stottern anfing. Die ruckartigen Bewegungen rissen alle aus dem Schlaf und geistesgegenwärtig bremste Mario sofort ab, lenkte das Auto auf einen der abgesengten Bürgersteige, hielt an und stellte den Motor ab.

"Was is'n los?", lallte Tommy verschlafen.

"Woher soll ich das denn wissen?", gab Mario unwirsch zurück, "jedenfalls fahre ich mit dem Lada keinen Meter weiter, bevor noch mehr kaputt geht."

"Superidee", entgegnete Mike, "und wie kommen wir dann nach Hause?"

"Wo sind wir überhaupt?", guckte Tommy ratlos umher. Seine gegenwärtige Orientierungslosigkeit war erschreckend.

"Wir sind schon in Mollin", sprach Sina ruhig.

"Genau so ist es und die letzten Meter können wir auch laufen", sagte ich ermunternd.

"Meinst du, wir können den Lada einfach hier stehen lassen?", fragte mich Mario und ich bejahte es, worauf wir ausstiegen und uns zu Fuß aufmachten.

Ich hakte zusammen mit Sina Mike unter und Mario seinerseits Tommy, da sie alleine zu betrunken waren, um sich vernünftig vorwärts zu bewegen.

An der nächsten großen Kreuzung musste Sina allerdings in die Breitscheid-Straße abbiegen und ich bestand darauf, sie nach Hause zu bringen. Mario hatte nun die alleinige Aufgabe, dafür zu sorgen, dass Mike und Tommy auch wirklich wieder zu Hause ankamen und seine Begeisterung hielt sich verständlicherweise in Grenzen, aber letztlich sah er ein, dass es unmöglich war, zusammen mit den beiden diesen Umweg zu Sina zu machen, denn das hätte garantiert mehrere Stunden gedauert, und er war inzwischen so müde, dass er nur noch ins Bett wollte.

Nach einem zwanzigminütigen Fußmarsch erreichten wir das Haus von Sinas Mutter. Wieder wurden wir von dem lieblichen Gesang einer Nachtigall begleitet, die in dieser Nacht überall zu hören waren und als wir vor dem Gartentor zum Stehen kamen, schien sie nur für uns zu zwitschern.

"Da sind wir also", sagte sie und strich mir dabei zärtlich durch die kurzen Haare.

"Ja", antwortete ich.

"Vielen Dank für das Nachhausebringen. Es war sehr lieb von dir."

"Keine Ursache", gab ich zurück, "das habe ich sehr gerne gemacht."

"Ich kann mir auch vorstellen warum", flachste sie.

"Hä?", entgegnete ich begriffsstutzig und verstand nicht, auf was sie hinauswollte.

"Ist doch ganz logisch", sprach sie. "Wenn ich an deiner Stelle gewesen wäre, hätte ich auch lieber ein einigermaßen nettes Mädchen begleitet, als zwei total besoffene Kumpels, die alle hundert Meter stehen bleiben, weil sie pinkeln oder kotzen müssen."

"Das kannst du laut sagen", ging ich darauf ein, "vor allen Dingen dann, wenn das Mädchen nicht nur so nett und sympathisch ist wie du, sondern dazu noch sehr hübsch." Bevor Sina etwas antworten konnte, zog ich sie fest an mich und küsste sie.

"Dankeschön für das Kompliment, Niko", hauchte sie mir zu.

"Gern geschehen", nuschelte ich.

Gemeinsam lauschten wir der Nachtigall, die mich unterbrach: "Juhi, Juhi, Juhi" sang sie lauter als zuvor.

"Ich glaube, ich sollte mal los gehen, damit du wenigstens noch ein wenig Schlaf bekommst", sagte ich schließlich, "es wird ja bald wieder hell."

"Es ist kurz vor drei", erwiderte sie, "bis es hell wird, dauert es noch einige Stunden."

"Du weißt schon, wie ich es gemeint habe", stellte ich klar.

Schweigend hielten wir uns an den Händen. Nach einer Weile gab ich ihr zum Abschied einen Kuss, den sie feurig erwiderte. Als ich mich schweren Herzens zum Gehen wandte, ließ sie meine Hand nicht los und zog mich zurück.

"Weißt du, was die Nachtigall gerade gesagt hat?", fragte sie und deutete in die Richtung, aus welcher der Gesang zu uns herüber drang.

"Nein, ich konnte es nicht genau verstehen", sagte ich. "Was hat sie denn gesagt?"

"Sie wunderte sich über mich."

"Sie wunderte sich über dich?", wiederholte ich. "Warum?"

"Sie hat mir gesagt, dass sie nächtelang dort oben auf dem Ast sitzt und singt, in der Hoffnung einen Partner zu finden, aber bisher leider ohne Erfolg und ich stehe hier unten mit einem netten Jungen, ganz nebenbei bemerkt dem einzigen Jungen, mit dem ich hier stehen möchte, und statt ihn zu fragen, ob er nicht heute Nacht hier bleiben möchte, lass ich ihn einfach gehen."

"Darüber hat sie sich also gewundert?", sprach ich.

"Ja und sie hat Recht damit."

"Wenn du meinst, dass sie Recht hat und du selber gerne möchtest, dass ich jetzt nicht gehe, dann verstehe ich nicht, warum du mich nicht fragst, was ich möchte?", sagte ich nach einer kurzen Pause.

"Ich traue mich nicht", lautete ihre Antwort.

"Schade", entgegnete ich, "aber dann sollte ich jetzt wirklich..."

"Bitte gehe nicht, Niko!", unterbrach sie mich und schmiegte sich wie ein Kätzchen an, "ich würde mich riesig freuen, wenn du da bleibst."

"Ich würde sehr gerne bleiben", erwiderte ich gerührt und küsste sie.

Da ich Angst hatte, ihre Mutter aufzuwecken, ging ich im Flur, nachdem ich mich meiner Halbschuhe entledigt hatte, auf Zehenspitzen, während Sina offenbar keinerlei Gewissensbisse zu haben schien, weder wegen ihres späten Heimkommens, geschweige denn wegen mir. Als sie meine Versuche, leise zu sein, bemerkte, erzählte sie mir amüsiert, dass ihre Mutter über das Wochenende zu ihrer Tante gefahren war und erst Sonntagabend zurückkehren würde.

In ihrem Zimmer machte sie die Nachttischlampe an, deren spärliches Licht den Raum kaum erhellen konnte und uns trotzdem blendete, da wir fast die ganze Nacht in der Dunkelheit verbracht hatten und deshalb löschten wir sie sofort wieder.

In der totalen Finsternis tasteten wir uns vorsichtig zum Bett, setzten uns beide darauf und streichelten uns. Nach und nach zogen wir uns gegenseitig die Kleidungsstücke aus, welches bei mir ein unbeschreibliches Prickeln auslöste, besonders als sie mir das letzte Teil auszog und dabei behutsam meine Lenden entlang glitt. Mein Penis richtete sich unverzüglich auf, ohne dass ich etwas dagegen tun konnte und mir war es unheimlich peinlich, aber ihr schien das nichts auszumachen, im Gegenteil. Sie drückte meinen Körper leicht auf das Bett, bis wir beide auf dem Rücken lagen und zog dann flink die Zudecke über uns, die unsichtbar am Fußende gelegen hatte.

Unter der Decke erkundeten wir durch Befühlen, Streicheln und Küssen, den Körper des anderen.

Ihre Brüste fühlten sich wohlig weich an und jedes Mal, wenn ich sie berührte, zuckte sie vor Erregung zusammen und atmete schwerer. Meine Küsse auf ihren Ohren gefielen ihr anscheinend ebenfalls, genauso wie das Abschlecken ihres Halses mit meiner Zunge. Irgendwann wurde ich mutiger und wagte es mit meinen Fingern in tiefere Regionen ihres Körpers vorzudringen, und diesmal schien es sie nicht zu stören. Ich streichelte sie zwischen den Schenkeln und fuhr sachte mit den Fingern über ihren Po, aber ihren Venushügel zu berühren, traute ich mir vorerst nicht. Als ich meine Hand für kurze Zeit weiter nach oben rutschen ließ, kam es mir einmal sogar so vor, dass sie absichtlich meine Hand leicht dagegen drückte, aber ich war mir dessen nicht sicher. Es konnte genauso gut Zufall gewesen sein.

Sina liebkoste mich währenddessen mit äußerster Zärtlichkeit, deckte mich mit tausenden kleinen Küssen ein, umspielte mit ihrer Zunge meinen Mund und meine Ohrmuschel und ließ ihre Finger gekonnt über meinen Körper gleiten. Diese Streicheleinheiten jagten mir wohlige Schauer ein und durchzuckten einige Male meinen Körper mit allem was dazu gehörte. Mein erigiertes Glied war genauso häufig davon betroffen und obwohl Sina es bisher nicht angefasst hatte, musste ich mich mehrmals zurückhalten, damit es nicht passiert war, bevor es überhaupt angefangen hatte.

"Du kannst mich da ruhig streicheln, wenn du magst", flüsterte sie mir erregt zu, führte meine rechte Hand zwischen ihre Beine und legte sie dort ab.

Vorsichtig begann ich nun, mit den Fingern auf Entdeckungstour zu gehen. Ich rieb zärtlich ihr nicht vorhandenes Bäuchlein und ließ die Hand ab und zu durch ihre lockige weiche Schambehaarung wandern und umfasste schließlich etwas kräftiger ihren Venushügel, bei dessen Berührung sie sich unter meiner Hand zu winden begann und aufstöhnte. Während sie dabei ihr Becken kreisen ließ, um sich der sexuellen Spannung an dieser Stelle zu entziehen, verstärkte ich den Druck und ihr Stöhnen und Juchzen wurde immer lauter und erregter.

Plötzlich spürte ich ihre Hand an meinem Penis. Sie schloss ihre Hand um ihn und fing an, ihn mit rhythmischen Bewegungen zu massieren und nach wenigen Malen merkte ich, dass es nicht mehr lange dauern konnte, bis es soweit war.

"Stopp, stopp", keuchte ich und hielt ihre Hand fest, "sonst gibt es hier eine schöne Sauerei."

Sie nahm ihre Hand zur Seite und kniff mir damit neckisch in die Pobacken.

"Komm nach oben!", forderte sie mich auf und zog mich auf sich.

Ehe ich mich versah, war ich über ihr.

"Hast du Lust mit mir zu schlafen, Niko?", fragte sie.

"Natürlich ", stammelte ich mit einem dicken Klos im Hals.

"Ich möchte auch sehr gerne mit dir schlafen", sagte sie und fing an zu weinen, "seit damals habe ich es mir immer gewünscht."

"Nicht weinen, ja", versuchte ich sie zu trösten, nicht ahnend, dass ihre Tränen Freudentränen waren.

"Ist schon gut", erwiderte sie, "ich weine nicht, weil ich traurig bin, sondern weil ich im Moment überglücklich bin."

Wir küssten uns und dabei nahm Sina meinen Schwanz mit äußerster Geschicklichkeit zwischen Mittel- und Zeigefinger und wollte ihn gerade in ihre Scheide einführen.

"Warte mal einen Moment!", flüsterte ich. "Ich habe nichts dafür bzw. dagegen, na du weißt schon."

"Psst", machte sie und legte einen Finger auf meine Lippen, "keine Angst. Ich nehme seit einigen Monaten die Pille und jetzt versuche dich zu entspannen, okay?"

"Okay". Ich wusste nur zu gut, aus welchem Grund sie neuerdings die Pille nahm, aber daran wollte ich jetzt wirklich nicht denken. Nicht jetzt.

Unsere Vereinigung dauerte nur einen kurzen Augenblick, denn in der ganzen Aufregung und Erregung hatte mein gutes Stück nach wenigen Stößen sein ganzes Pulver verschossen und danach sofort schlapp gemacht, aber trotz allem war es wunderschön gewesen.

Vollkommen übermüdet schliefen wir kurz danach aneinander gekuschelt ein.

14

Als ich aus dem Traum erwachte

In der folgenden Woche fanden die Konsultationen in meinen Prüfungsfächern statt. Die Vormittage verbrachte ich größtenteils in der Schule, da ich bei vier Prüfungen mehr Termine hatte als die meisten meiner Klassenkameraden, die im Durchschnitt nur auf drei kamen. Manchmal hatte ich eine Freistunde zu überbrücken, welche ich meistens dazu nutzte, schnell nach Hause zu fahren und mich dort in aller Ruhe auf die nächste Konsultation vorzubereiten. Ein- oder zweimal traf ich mich aber auch mit anderen Mitschülern auf dem Spielplatz nahe unserer Schule und wir tauschten uns über unsere Probleme bei der Prüfungsvorbereitung aus.

Bis auf die Termine bei Herrn Thiem, welche von gegenseitiger Feindlichkeit, ja fast schon Hass geprägt waren, verlief alles sehr gut. Die Gespräche mit den anderen Lehrern waren äußerst konstruktiv und nahmen mir dadurch etwas von meiner Angst vor den Prüfungen. Gerade Frau Gabrecht machte mir Mut und ließ keinen Zweifel aufkommen, dass sie mir ohne weiteres eine Verbesserung in Deutsch zutraute. Dieses in mich gesetzte Vertrauen verfehlte auch nicht seine beabsichtigte Wirkung und steigerte mein Selbstbewusstsein ein wenig.

Mit Ausnahme der Mathematikprüfung war mir eigentlich nicht bange und ich fand, dass es ein gutes Zeichen war.

Nachmittags saß ich jeden Tag in meinem Zimmer und büffelte bis spät in die Nacht. Natürlich lernte ich für Mathe am intensivsten und versuchte, mir akribisch jede erdenkliche Lösungsformel einzuprägen, die möglicherweise in der Prüfung verlangt werden könnte und löste allerhand Beispielrechnungen aus meinem "Mathematik in Übersichten". Die Quote beim richtigen Lösen meiner Übungsaufgaben lag gerade mal bei sechzig Prozent und trug daher auch nicht dazu bei, im Hinblick auf den nächsten Mittwoch ruhiger zu werden.

Im Vorfeld hatte ich wenigstens einen kleinen moralischen Erfolg errungen, der den Termin meiner Prüfung bei Herrn Thiem betraf. Ohne ersichtlichen Grund, jedenfalls für meinen Klassenlehrer und meine Mitschüler, hatte er darauf bestanden, mich am Dienstagnachmittag zu prüfen, obwohl ich am selben Tag bereits für die Prüfung in Chemie vorgesehen war. Auf Nachfrage von Herrn Ferner, ob er denn keinen geeigneteren Termin für mich finden könne, der sich nicht mit der Chemieprüfung überschneiden würde, am Tag darauf zum Beispiel, hatte er uneinsichtig reagiert und erklärt, dass er auf solche Dinge keine Rücksicht nehmen könne und ein guter Schüler kaum Probleme damit haben dürfte. Außerdem hätte ich zwischen den Prüfungen über fünf Stunden Pause und somit genug Zeit, mich gewissenhaft vorzubereiten. Gegenüber meinem Klassenlehrer und seinem Kollegen erwähnte er natürlich mit keiner Silbe, warum er auf diesen Termin bestand, aber dass er es aus reiner Schikane tat, war selbst für Herrn Ferner nicht zu übersehen. Aufgebracht und wütend von seinem Gespräch mit Herrn Thiem war er von sich aus zu unserem Direktor gegangen und hatte sich erkundigt, ob es überhaupt statthaft war, an einem einzigen Tag zwei Prüfungen ablegen zu müssen und das als Einziger aus unserer Klasse. Herr Schnitzler war sich zwar selbst nicht genau sicher, ob es rein theoretisch gesehen zulässig war, einen Schüler zwei Prüfungen am Tag zuzumuten, aber er empfand es ebenfalls als unverständlich und verlegte daher gegen den Willen und Einspruch meines Mathelehrers den Termin meiner Prüfung auf Mittwoch.

Damit erwartete mich außer Donnerstag jeweils eine Prüfung pro Tag.

Mit Sina hatte ich ausgemacht, dass wir uns bis zum Abschluss unserer Prüfungen erstmal nicht sehen sollten, damit sich jeder nur darauf konzentrieren konnte und keinerlei Ablenkung hatte. Von ausgemacht in diesem Zusammenhang konnte man eigentlich nicht reden, denn die Initiative dazu war eindeutig von ihr ausgegangen. Ich hatte mich dem widerstandslos gefügt, da ich wusste, dass es in der gegenwärtigen Situation für uns beide das Beste war. Trotzdem hätte ich sie sehr gerne gesehen, aber ich vertröstete mich auf die Zeit danach. Darüber, was mich dann erwarten würde, war ich mir sowieso noch nicht im Klaren und ich versuchte dieses Thema möglichst aus meinen jetzigen Gedanken zu verdrängen.

Der Abend und die anschließende Nacht, die wir zusammen verbracht hatten, waren für mich wie die Erfüllung eines Traumes gewesen. Ich hatte jede Sekunde davon genossen. Allerdings war eine gemeinsame Nacht mit Sina in meinen Träumen nicht das Ende, sondern erst der Anfang, aber in der Wirklichkeit wusste ich leider nicht, ob es für uns eine gemeinsame Zukunft gab. Ich wusste auf jeden Fall, dass ich mir das wünschte; nur dazu gehörten nun mal zwei.

An dem Sonntagmorgen bei ihr, als wir beim Frühstück saßen, hatte ich sie vieles fragen wollen, unter anderem, ob sie noch mit ihrem Freund zusammen war, aber der Zeitpunkt erschien mir total unpassend und deshalb ließ ich es sein. Vielleicht hatte ich einfach Angst davor, dass ihre Antworten anders ausfallen könnten als ich es mir erhoffte.

Sina hatte von sich aus ebenfalls keine unangenehmen Fragen gestellt, obwohl ich das Gefühl hatte, dass ihr etwas auf dem Herzen lag.

Wenn die Prüfungen vorbei waren, nahm ich mir fest vor, würde ich zu ihr gehen und von meiner Seite reinen Tisch machen, also auch erzählen, was letztes Jahr im Urlaub vorgefallen war. Dann musste sie ja irgendwie reagieren. Länger hielt ich diese Ungewissheit jedenfalls nicht mehr aus.

Von dem, was sich zwischen Sina und mir abgespielt hatte, wusste außer uns beiden niemand etwas. Es war unser kleines Geheimnis, und genau das sollte es auch bleiben. Zu Hause hatte ich gelogen, dass ich bei Sigmar übernachtet hatte. Da ich es ja vorher angekündigt hatte, glaubte Mutti mir das auch. Ich musste nur daran denken, Sigmar einzuweihen, wenn ich ihn das nächste Mal sah, damit er sich nicht verplapperte. Ich war mir sicher, dass er mir den Gefallen einer Notlüge tun würde, sollte es die Situation erfordern. Nur was erzählte ich ihm, wo ich in dieser Nacht geschlafen hatte?

Mario hatte ich seither nicht gesehen, aber Mike meinte, er wäre noch ein bisschen böse auf mich, weil ich ihm die Tour versaut hatte. Außerdem musste er sich zu Hause Einiges anhören wegen des Autos. Nachdem sein Vater den ganzen Sonntagvormittag daran herumgeschraubt hatte, stellte er fest, dass schlicht und einfach kein Benzin mehr im Tank war, der Motor deshalb erst zu Stottern begonnen hatte und danach abgestorben war. Bis er zu dieser Erkenntnis gelangte, hatte er systematisch alle möglichen Ursachen, die in seinem Handbuch "Wie funktioniert mein Lada" vermerkt waren, durchgeforstet. Schließlich kontrollierte er die Benzinleitung, weil in seinem Buch stand, dass es dort ein Leck geben könnte, welches ein solches Geräusch auslösen könnte. Als er vorsichtig die Schraube zum Motor löste, erwartete er das Herauslaufen des Benzins, aber es kam keines. Da war ihm mit einem Mal klar, woher der Wind wehte und er erinnerte sich daran, seinem Sohn gesagt zu haben, dass er unbedingt tanken musste, bevor wir losfuhren. Mario hatte es offenbar vergessen.

Andererseits war es auch möglich, dass er die Warnung seines Vaters absichtlich ignoriert hatte, weil er annahm, für die Strecke nach Frankenfelde genug Sprit im Tank zu haben. Vielleicht hatte ihn auch nur die Berichterstattung der Fußballbundesliga, welche er sich vor unserer Abfahrt angeschaut hatte, daran gehindert. Sein Vater war jedenfalls stinksauer. In den kommenden Wochen durfte er das Auto nicht wieder benutzen. Ich für meinen Teil war ihm unbeschreiblich dankbar für diese Vergesslichkeit, denn ohne ihn wäre es in dieser Nacht nicht dazu gekommen, dass Sina und ich zum ersten Mal miteinander geschlafen hatten, aber das konnte ich Mario natürlich so nicht sagen.

Mikes Erinnerungsvermögen an diesen Abend ließ ziemlich zu wünschen übrig und offenbarte einige erstaunliche Lücken, aber dass ich Sina alleine nach Hause begleitet hatte, daran konnte er sich komischerweise noch erinnern. Immer wenn wir uns über den Weg liefen, stichelte er und versuchte, mir "die ganze Wahrheit und nichts als die Wahrheit" zu entlocken, wobei ich immer bei meiner Version blieb.

"Ich habe sie bis zu ihrem Gartentor gebracht und das war alles", beteuerte ich wenig glaubwürdig.

"Komm schon, Niko, spiel mal eine andere Platte!", antwortete er dann. Je öfter ich ihm meinen Spruch aufsagte, desto weniger glaubte er meinen Beteuerungen, dass sich zwischen uns nichts abgespielt hatte.

Am Sonnabend besuchte ich zum Kaffeetrinken meine Großeltern und lenkte mich damit etwas von den Prüfungsvorbereitungen ab. Ich war schon über zwei Wochen lang nicht mehr bei ihnen gewesen, obwohl ich normalerweise mindestens zweimal wöchentlich vorbeischaute. Irgendwas gab es schließlich immer zu helfen, so erledigte ich im Wechsel mit Mutti oder Sabine den Einkauf, da beide nicht mehr schwer heben konnten, machte den Abwasch oder goss die Blumen und Sträucher in ihrem winzigen Garten.

Leider hatten sich Opas gesundheitliche Probleme in den letzten Wochen verschlechtert, so dass er kaum noch aus dem Haus ging. Er bekam meistens keine Luft und hatte Schwindelanfälle, weshalb er es alleine nicht mehr wagte, seine über alles geliebten langen Spaziergänge zu unternehmen. Bei schönem Wetter verbrachte er aber trotzdem viel Zeit an der frischen Luft, indem er sich in den Garten setzte, wo er sich von Oma verwöhnen ließ, die für ihre 75 Jahre fidel war wie eh und je und deren gute Laune nichts erschüttern konnte.

Der Nachmittag mit den beiden brachte mir die ersehnte kurzfristige Ablenkung und als ich mich verabschiedete, musste ich versprechen, nach Abschluss der Prüfungen sofort Bescheid zu geben, wie es gelaufen war. Außerdem wollten wir mal wieder gemeinsam zum Friedhof gehen, um am Grab von Urgroßoma nach dem Rechten zu gucken und einige neuen Blümchen zu pflanzen.

Persönlich hatte ich sie nie kennen gelernt, aber ich hatte trotzdem eine ganz besondere Beziehung zu ihr. Auf den Tag genau ein Jahr nach ihrem Tod war ich geboren worden, und alle in unserer Familie hatten diesen Termin als gutes Omen gewertet, dass zwar ein geliebter Mensch von ihnen gegangen war, aber dafür ein neues Leben geschenkt wurde. Mein Einwand in späteren Jahren, dass es sich um einen bloßen Zufall gehandelt hatte, ließen sie nicht gelten. Nach etlichen Diskussionen darüber, ließ ich ihnen den Glauben an das Zeichen, welches Gott ihnen, ihrer Meinung nach, gegeben hatte.

Nachdem, was Mutti mir manchmal über sie erzählte, musste sie mir in verschiedenen Dingen wirklich ähnlich gewesen sein, aber auch das war für mich einfach erklärbar, denn schließlich waren wir im selben Sternzeichen geboren. Nicht, dass ich mich mit solchem Kram beschäftigt hätte und mich darin auskennen würde, nur einige Parallelen waren nun mal nicht von der Hand zu weisen.

In unserer Eisdiele gab es, wenn man einen Kaffee bestellte, neuerdings eine Schale voll kleiner Zuckertütchen darin, auf denen die typischsten Charaktereigenschaften der zwölf Sternzeichen aufgedruckt waren und wir machten uns immer einen Spaß daraus, die richtige Tüte den jeweiligen Personen am Tisch zuzuordnen. Einer musste dann die Eigenschaften vorlesen und die anderen hatten die Aufgabe zu raten, zu wem diese passten. Meistens funktionierte das ohne große Schwierigkeiten.

Heute war ich um 18 Uhr bereits wieder zu Hause gewesen und zog mich gleich nach dem Abendbrot auf mein Zimmer zurück. Dort kuschelte ich mich in meinem Bett unter die Decke und lernte noch ein bisschen für meine erste Prüfung am Montagmorgen. Ich musste in Erdkunde ran und befasste mich mit dem unterschiedlichem geologischem Aufbau unserer Erde, da mir Herr Ferner zu verstehen gegeben hatte, dass er mir teilweise Fragen zu diesem Bereich stellen wird. Zum Glück wusste ich darüber einigermaßen Bescheid.

Es war gefährlich, im Bett zu lernen, da man schneller schläfrig wurde, als wenn man am Tisch saß, das wusste ich natürlich, aber es war auch am gemütlichsten und deshalb nahm ich es in Kauf, was sich schon bald als Fehler entpuppen sollte.

Es dauerte nicht lange, bis mich die Müdigkeit übermannte und ich fiel in einen tiefen Schlaf. Dabei träumte ich einen seltsamen Traum.

Ich fuhr mit einem Ruderboot eine Landstraße entlang, die parallel zur Küste verlief und sich oberhalb eines riesigen Meeres befand. Überall war Wasser zu sehen und die Wellen glitzerten, während sie die Sonnenstrahlen in einem einzigartigen Licht reflektierten. Die weiße Gischt schäumte beim Erreichen des steinigen Strandes auf, verschwand in Sekundenschnelle und gab die bräunlich- roten Steine wieder frei, bis die nächste Welle am Ufer anlangte und sich das Naturschauspiel wiederholte. Die Straße wand sich um die Berge, welche teilweise steil abfielen und mir jetzt den Blick zum Ufer verbauten. Außer mir fuhr niemand dort lang und ich wunderte mich, warum keiner diesen wunderschönen Weg benutzte. Stutzig machte mich auch, dass ich wie der Wind dahinbrauste, ohne die Ruder überhaupt zu benötigen. Fast einem Rennwagen gleich, schwebte ich über den Asphalt, angetrieben von Geisterhand. Die Straße entfernte sich nun vom Meer und führte hinein in eine kleine Stadt. Es gab überall breite Bürgersteige, beidseitig mindestens doppelt so breit wie die Straße, auf denen schicke Straßencafes auf Kundschaft warteten, aber nirgends waren Menschen zu sehen. Mein Ruderboot raste die Hauptstraße entlang, welche ständigen Richtungsänderungen unterworfen war und schlängelte sich temporeich durch die engen Kurven. Ich versuchte herauszukriegen, wo ich war, aber diese Stadt war so anders als alles, was ich bisher kennen gelernt hatte und ehe ich mich versah, ließ ich sie schon wieder hinter mir zurück. Die Straße führte nun zwischen Feldern mit blühenden Sonnenblumen hindurch, welche mein eigenartiges

Fortbewegungsmittel hoch überragten und mir so die Sicht auf die dahinter liegenden Ländereien nahmen. Es war ein unbeschreibliches Farbenmeer in Grün mit vielen gelben Punkten und versprenkelten schwarzen Tupfern inmitten eines riesigen Stillebens. Ein Van Gogh, wenn er noch leben würde, hätte es nicht besser für eines seiner Bilder inszenieren können.

Ich hatte keine Ahnung, wohin mich dieses Vehikel bringen wollte, aber anscheinend näherten wir uns dem Ziel, denn es wurde langsamer. Auf einer Brücke, die einen Fluss überspannte, kam es zum Stehen. Statt aufgrund der fehlenden Bewegung zur Seite zu kippen, stand es jedoch ganz ruhig da, so als würden wir uns in einem Gewässer befinden. Es gab keine Stützen oder etwas Vergleichbares, was diesen physikalisch unhaltbaren Zustand erklärt hätte, aber was gab es auch zu erklären bei einem Ruderboot, das ohne Motor oder andere Hilfsmittel mit 100 Sachen über die Landstraße peste?

Unter der Brücke fuhren einige andere Boote lang, Ruderboote genauso wie Tretboote, aber auch Kanus waren zu sehen. Nicht weit entfernt von der Brücke entdeckte ich einen großen See, in den der Fluss mündete, und da gab es einen Strand mit einem Bootsverleih. Im Gegensatz zu meiner bisherigen Tour mit der wie ausgestorben wirkenden Stadt und der menschenleeren Straße wimmelte es hier nur so von Menschen.

Plötzlich hörte ich jemand meinen Namen rufen. Ich hielt Ausschau, wer mich gerufen haben könnte, konnte allerdings niemanden entdecken. Hatte ich es mir nur eingebildet, fragte ich mich, aber nein, da war es schon wieder, diesmal deutlicher und unmissverständlich: "Niko."

Da ich die Herkunft nicht genau lokalisieren konnte, suchte ich mit meinen Augen erneut alles ab. Zuerst die Brücke und die Straße, aber da war nichts und niemand zu sehen. Nun ließ ich meinen Blick über das Wasser schweifen. Dort erspähte ich ein Ruderboot, auf dem mehrere Personen saßen und mir wild zuwinkten. Wieder vernahm ich meinen Namen. Ich stand auf, um besser sehen zu können und mit einem Mal krachte es und mein Boot kippte auf die rechte Seite. Flehend hörte ich die Stimmen "Niko" rufen und erwachte aus dem Schlaf.

Ich war so orientierungslos, dass ich nicht genau wusste, ob ich wach war oder noch träumte. Erneut rief man meinen Namen und erneut krachte etwas. Ich öffnete verschlafen die Augen und schaute zum Fenster, da das Krachen von dort kam. Erschrocken fuhr ich hoch: Irgendjemand bummerte von draußen gegen die Fensterscheibe. Ängstlich pochte mein Herz. Wer konnte das so spät noch sein?

Ich ging vorsichtig zum Fenster, zog die Gardine beiseite und dahinter kam Mikes Visage zum Vorschein.

"Du hast ja vielleicht Nerven, mir einen solchen Schrecken einzujagen", fuhr ich ihn giftig an, nachdem ich das Fenster aufgemacht hatte.

"Ich habe einen überfahren", stammelte er, zitternd wie Espenlaub.

"Was hast du?"

"Ich konnte nichts dafür", heulte er los. "Der lag mitten auf der Straße. Ich konnte nichts dafür."

"Scheiße Mike, wovon redest du da?", brüllte ich ihn an.

"Er lag einfach da", sagte er mehr zu sich selbst als zu mir.

"Wo hat er gelegen?", versuchte ich herauszufinden.

"Er liegt immer noch dort", sagte er, ohne meine Frage zu beantworten.

"Meinetwegen, aber wo ist das?", entgegnete ich unwirsch.

"Vorne auf der Schillerstraße."

"Er lag also..."

"Er liegt da immer noch", verbesserte er mich.

"Er liegt also noch dort?", begriff ich nun erst richtig. "Du meinst in der Schillerstraße liegt jemand auf der Straße, den du überfahren hast?"

"Ja", erwiderte er, "aber ich konnte nichts dafür. Es war stockfinster, weil die Straßenlaternen wie immer nicht funktionierten und ich konnte nichts sehen. Plötzlich bin ich mit den Rädern über etwas gefahren. Ich dachte, es war ein Balken und hielt an, um es wegzuräumen und dabei sah ich, dass es die Beine von irgendjemandem waren."

"Scheiße, Scheiße", seufzte ich, "wieso zum Teufel hast du ihn nicht gesehen? Ich meine, bist du auf deiner Karre eingeschlafen oder was? Der Scheinwerfer ist ja wohl ausreichend, wenn ich mich recht erinnere."

"Ich habe ihn nicht mit meinem Moped überfahren, sondern mit dem Fahrrad meiner Mutter", sagte er. "Ihr Licht geht nicht und deshalb habe ich auch nichts gesehen, bevor es passiert ist."

"Das ist doch wenigstens eine einigermaßen gute Nachricht", atmete ich tief durch, "besser als mit der schweren Karre."

"Du bist doch mein bester Freund, oder?", fragte er mit weinerlicher Stimme.

"Natürlich", antwortete ich jetzt leise, damit keiner unser Gespräch belauschen konnte. Außerdem wollte ich vermeiden, dass meine Mutter, die sicher schon zu Bett gegangen war, aufwachte.

"Du musst mir helfen!", jammerte er. "Ich weiß nicht, was ich machen soll."

"Gut, warte da!", befahl ich ihm, "ich bin gleich draußen."

Schnell kramte ich meine Taschenlampe hervor, zog mir einen Pullover über, krallte mir die Turnschuhe unter den Arm und schlich mich leise aus der Wohnung.

Mike war vom Gepäckträger seines Fahrrades herunter geklettert und kauerte auf dem Boden mit dem Rücken zur Häuserwand.

Die Nacht war ungemütlich kalt und der ab und zu auftauchende Wind brachte einen feinen Nieselregen mit, welcher sich kaum spürbar auf meinem Gesicht niederließ und sich wie eine glitschige zweite Haut darauf anfühlte. Unter normalen Bedingungen hätte ich bei einem solchen unangenehmen Wetter, noch dazu mitten in der Nacht, die Wohnung nicht mehr verlassen, aber eine besondere Situation erforderte nun mal besondere Maßnahmen.

Mike brauchte meine Hilfe, und zwar jetzt und sofort und ich konnte ihn ja wohl kaum im Regen stehen lassen. Ich war mir sicher, dass er mir genauso selbstlos jederzeit helfen würde, wenn ich seiner Hilfe bedürfte.

Mit seinem Fahrrad machten wir uns auf zu der Stelle, an der er über die Beine gefahren war. Ich setzte mich auf den wackligen Gepäckträger und ließ meine Beine halb angewinkelt zu beiden Seiten herunterbaumeln, wobei ich ständig aufpassen musste, dass sie nicht in die Speichen kamen oder auf dem Boden schleiften. Da er mit dem Fahrrad seiner Mutter unterwegs war, gab es leider keine Stange, auf welcher der verbotene Transport von Personen üblicherweise durchgeführt wurde und ganz nebenbei gesagt, viel bequemer vonstatten ging.

Je weiter wir uns von den Häusern in unserer Straße entfernten, in denen nur noch sporadisch Licht an war, desto dunkler wurde es. Schließlich wurde der Schein der beleuchteten Fenster immer schwächer und verschwand vollends hinter einer schwarzen Wand aus Nieselregen und Schattengebilden, die von der einzigen intakten Straßenlaterne vor den Garagen ausgelöst wurden.

Keuchend von der Anstrengung trat Mike in die unter der Last knackenden Pedalen und ich leuchtete mit der Taschenlampe nach vorn, damit er wenigstens einige Meter voraus gucken konnte.

Er bremste so ruckartig ab, dass wir auf dem feuchten Straßenbelag ins Schleudern kamen und hinstürzten. Bevor ich etwas sagen konnte, hatte er mir wieder aufgeholfen und entschuldigte sich.

"Da drüben liegt er", sagte er und deutete mit seiner Hand auf die andere Seite, aber ich konnte ihn selber fast nicht erkennen, geschweige denn die Stelle, auf die er zeigte.

Ich hob die Taschenlampe auf, die beim Sturz heruntergefallen war und drückte sie ihm in die Hand, damit er die Stelle anleuchten konnte, aber sie funktionierte anscheinend nicht mehr.

Erbost entriss ich sie ihm, schüttelte sie hin und her, in der Hoffnung, dass sich nur die Batterien verschoben hatten, öffnete das Batteriefach und nahm sie heraus, setzte sie vorsichtig wieder hinein und schaltete sie an. Nichts. Als nächstes machte ich die obere Verkleidung ab, unter der sich die Lampe befand. Vielleicht hatte sie sich ja nur eine Kleinigkeit gelockert, was man mit einem winzigen Handgriff reparieren konnte. Ich zog die Verschraubung so fest es ging. Nichts. Frustriert feuerte ich die Taschenlampe in das nasse Gras am Wegesrand.

Schritt für Schritt tasteten wir uns vorwärts und erreichten nach wenigen Metern den leblosen Körper. Ich stolperte fast über ihn und erschrak heftig darüber. Da war er also.

Ich fragte mich, was wir eigentlich hier wollten. Wäre es nicht viel besser und sinnvoller gewesen von Mike, jemanden zur Hilfe zu holen, der auch wirklich helfen konnte?

Nachdem wir zuerst unschlüssig neben dem vermeintlichen Toten standen, fassten wir uns ein Herz und hockten uns hin.

Mike war ja vorhin geflüchtet, ohne genau nachzuschauen, was Sache war und wir beschlossen, das jetzt nachzuholen. Möglicherweise war er ja nur verletzt oder betrunken. Warum gingen wir denn überhaupt von dem Schlimmsten aus? Musste denn immer gleich das Schlimmste eingetreten sein?

So eine gruselige Situation hatte ich in meinem ganzen Leben noch nicht erlebt, dementsprechend zitterte ich auch. Erstaunlicherweise überwand ich mich als erster und näherte mich bis auf wenige Zentimeter seinem Körper, um ihn zu untersuchen oder irgendein Indiz dafür zu finden, dass er noch lebte.

Offenbar handelte es sich um einen älteren Mann, denn er hatte einen Anzug an und für jemand in unserem Alter war das eher untypisch. Der Anzug war ziemlich durchgeweicht von dem seit längerem fallenden Regen. Sein Oberkörper lag rücklings auf dem Bürgersteig, halb vergraben unter dem Gestrüpp, das um die Pappel herum gewachsen war. Ungefähr ab dem Beginn der Oberschenkel, befand sich der darunter liegende Teil seines Körpers auf der Straße und ragte wie eine Landzunge am Meer dort hinein. Über diesen Teil, speziell seine Unterschenkel vermutete ich, war Mike gefahren. Da er mir glaubhaft versicherte, daß der Mann immer noch in derselben Position da lag, also unverändert seit ihrer ersten Begegnung, musste ich zugeben, dass er ihm auch mit Licht am Fahrrad kaum hätte ausweichen können. Sollte er sogar von einem schwereren Fahrzeug überrollt worden sein, egal ob vor- oder nachher, würde wohl jede Hilfe zu spät kommen.

Ich tastete sachte seinen Körper ab, auf der Suche nach frischen Wunden, zum Beispiel einem Bruch oder irgendeinem Anhaltspunkt, was mit ihm los sein könnte, aber ich konnte nichts finden. Es gab nicht einmal blutige Stellen. Auch dort, wo Mike wahrscheinlich rüber gefahren war, war nichts gebrochen, jedenfalls konnte ich äußerlich nichts erfühlen. Nun beugte ich mich über ihn und horchte an seiner Herzgegend auf ein vertrautes Geräusch, aber der Wind und der Regen verursachten eine solche Geräuschkulisse, dass es an ein Wunder gegrenzt hätte, einen Herzschlag zu hören. Zuletzt versuchte ich, am Handgelenk seinen Puls zu fühlen, leider waren meine Kenntnisse auf diesem Gebiet allerdings recht kümmerlich und ich gab es nach einiger Zeit ergebnislos auf. Mike war mir bei allen meinen Bemühungen, die sicherlich sehr unbeholfen waren aber besser als gar nichts, keine große Hilfe und hielt sich mit Eigeninitiative weitestgehend zurück.

Ich wusste nicht warum, aber ich konnte mir irgendwie nicht vorstellen, dass er nicht mehr am Leben sein sollte und mir kam eine Idee, um es herauszufinden.

"Er lag genau so da wie jetzt?", vergewisserte ich mich.

"Wenn ich es doch sage", erwiderte er, "genau so."

"Na gut, dann scheint hier, zum Glück für ihn, seit über dreißig Minuten keiner mehr lang gekommen zu sein."

"Das schätze ich auch", meinte er.

"Kannst du dich noch an die zwei Wochen Wehrlager erinnern?", fragte ich ihn unvermittelt.

"Wieso fragst du mich das jetzt?", antwortete er überrascht.

"Kannst du oder nicht?"

"Nicht an alles."

"Und an den Tag, wo wir den "Erste Hilfe- Kurs" hatten?", fragte ich.

"Worauf willst du denn hinaus?", entgegnete er genervt.

"Ich kann mich erinnern, dass man uns dort erzählt hat, man kann durch mehrere Varianten rauskriegen, ob jemand noch atmet, auch wenn kein Puls mehr zu fühlen ist."

"Kann ich mich nicht dran erinnern."

"Ich aber, zumindest weiß ich noch, dass man es mit einem Spiegel probieren kann, den man dem Verletzten vor den Mund hält und wenn er auch nur minimal atmet, beschlägt der Spiegel."

"Stimmt", fiel er mir ins Wort, "jetzt erinnere ich mich wieder an die Stunde und die andere Variante war so ähnlich."

"Ich glaube, man muss ein Blatt Papier vor den Mund halten...", rief ich aus.

Mike unterbrach mich erneut. "Und wenn der Verunfallte noch atmet, dann beginnt das Papier leicht zu vibrieren."

"Das ist es", sagte ich. "Hast du einen Zettel oder Papiertaschentuch?"

"Ich habe, glaub ich, noch meinen Einkaufszettel von gestern in der Brieftasche", gab er zur Antwort und zog ihn augenblicklich heraus, "der müsste ausreichen."

"Steck ihn erstmal wieder ein, sonst wird er bloß nass!", sagte ich zu ihm.

Unsere Augen hatten sich mit der Zeit etwas an die Dunkelheit gewöhnt, so dass wir sicher waren, eine Bewegung des Zettels, auch wenn sie noch so klein ausfallen sollte, wahrzunehmen. Allerdings waren wir meilenweit davon entfernt, in dieser düster verregneten Nacht wie ein Luchs sehen zu können und mussten uns mehr auf unsere Intuition verlassen.

Sein Kopf lag zum Teil unter dem alles überwuchernden Gestrüpp der Pappel und ich musste erstmal einige Äste abbrechen, um seine Nase und den Mund freizulegen.

"Halte ihm den Zettel jetzt genau vor den Mund, aber du musst aufpassen, dass er dabei nicht nass wird!", wies ich ihn an, "dann atme tief ein und sei solange du kannst mucksmäuschenstill!".

"Und wie soll ich es deiner Meinung nach anstellen, dass der Zettel bei diesem Sauwetter nicht nass wird?", entgegnete er.

"Versuch die andere Hand drüber zu halten!", empfahl ich ihm.

Mike machte es so, wie ich es ihm aufgetragen hatte. Währenddessen zählte ich laut bis 3, holte ebenfalls tief Luft und nahm mit meinem gesenkten Kopf Aufstellung, Zentimeter neben seinem, so dass ich jedes Geräusch oder eine Veränderung der Lage des Zettels sofort mitbekommen würde.

Von der Pappel fielen Regentropfen auf uns hernieder, die sich dort in den Ästen und dem Laub angesammelt hatten und der Wind ließ die Blätter rascheln. Es war fast unmöglich, bei diesen Bedingungen eine Entdeckung zu machen.

"Puuh", stieß Mike nach einer Ewigkeit hervor und atmete mehrmals durch. "Länger konnte ich die Luft nicht anhalten", entschuldigte er sich.

"Schon gut, mir ging es ähnlich", beruhigte ich ihn.

"Denkst du er lebt noch?", fragte er.

"Ich bin mir nicht sicher, aber es kam mir so vor, als ob sich der Zettel bewegt hat", antwortete ich.

"Wirklich?"

"Na ja, wie ich schon sagte, sicher bin ich nicht", sprach ich, "es könnte auch vom Wind gewesen sein."

"Also sind wir so schlau wie vorher", stellte er resigniert fest, "und was sollen wir jetzt deiner Meinung nach tun?"

"Wir werden ihn zuerst einmal auf den Bürgersteig hieven und ihn dann in die stabile Seitenlage bringen", sagte ich nach kurzem Überlegen. "Wenn wir damit fertig sind, werden wir das machen, was wir schon längst hätten machen sollen, wir werden einen Krankenwagen rufen."

"Aber was sollen wir denen denn erzählen", jammerte er und wollte anfangen zu protestieren, aber nachdem ich ihm sagte, dass unterlassene Hilfeleistung strafbar war und ich jedem von seiner Weigerung berichten würde, falls er nicht sofort mit anpackte, gab er nach und fügte sich meinem Diktat.

Gemeinsam wuchteten wir den schweren leblosen Körper ein Stück vom Baum weg und drehten ihn dort auf die Seite, nachdem wir seine Beine vom Boden hochgehoben hatten.

Wir einigten uns darauf, dass ich mit dem Fahrrad zur nächsten Telefonzelle fahre und Mike bei dem Verunglückten bleibt. Er war zwar nicht sehr erbaut davon, sah es aber ein, da ich im Gegensatz zu ihm ein viel besserer Fahrradfahrer war. Ich benutzte schließlich tagtäglich mein Rad und erledigte damit alle Wege. Ihm dagegen ging schon nach wenigen Metern die Puste aus, was nur bedingt daran lag, dass er normalerweise immer mit seinem Moped unterwegs war. Ich vermutete schon seit längerem, dass ihm durch das starke Rauchen die Kondition abhanden gekommen war, aber wenn ich das auch nur andeutete, plusterte er sich auf und behauptete, ich wäre ja nur neidisch, weil ich nicht Lunge rauchen konnte, was absoluter Blödsinn war. Vielmehr war es so, dass mir Zigaretten einfach nicht schmeckten und ich deshalb keine Lust hatte, welche zu rauchen und aus dem Alter, wo man damit angeben und sich vor anderen wichtig machen konnte, fand ich, war ich inzwischen raus.

Auf jeden Fall hatte er, seitdem er regelmäßig rauchte, konditionell mächtig nachgelassen und nicht nur beim Sport in der Schule machte sich das natürlich bemerkbar.

So schnell ich konnte preschte ich los Richtung Post, denn dort befand sich eines der drei öffentlichen Telefone in Mollin und das von uns aus am nächsten liegende. Meistens musste man dort etwas warten, aber in dieser Nacht sicherlich nicht.

Von weitem konnte ich das erleuchtete Gebäude sehen. Das Telefon befand sich in einem kleinen Raum, eigentlich war es mehr eine Nische, die man zu diesem Zweck in das Mauerwerk gebaut hatte, der gerade mal Platz für zwei Leute ließ. Um ihn zu erreichen, musste man die breiten Treppen zum Posteingang hinaufgehen und dort war er linkerhand.

Hastig stellte ich das Fahrrad in den Ständer vor der Post und rannte hinauf. Ich war sehr angenehm überrascht, dass drinnen Licht brannte, denn das war leider keine Selbstverständlichkeit. Ich kramte mit der rechten Hand meine Brieftasche hervor und wollte gerade mit der linken den Hörer abnehmen, als ich das Kabel sah. Es war herausgerissen worden und hing schlapp nach unten.

Wutentbrannt steckte ich meine Brieftasche zurück, stürzte hinaus, rannte zu meinem Drahtesel und radelte in einem Höllentempo zur nächsten Telefonzelle.

Ich wählte die in der Maxim - Gorki - Straße, welche am sogenannten Dorfanger von Mollin lag. Obwohl sie weiter entfernt war, als die am Sportplatz, rechnete ich mir da bessere Chancen aus, dass sie funktionstüchtig sein würde, weil sie mitten in einem Wohngebiet war und daher seltener von Zerstörungen heimgesucht wurde.

Der Regen war inzwischen stärker geworden und ich war platschnass, aber das war mir im Moment völlig egal. Ich hatte nur ein Ziel: Hilfe holen.

Diesmal hatte ich Glück, denn das Telefon war in Ordnung und ich erreichte auch gleich jemand beim Notruf. Mein Geld hätte ich zum Anrufen nicht einmal gebraucht, weil diese Telefonnummern gebührenfrei waren, erklärte mir freundlich eine weibliche Stimme am anderen Ende, nachdem sie es in die Wege geleitet hatte, dass ein Krankenwagen mit einem Arzt losgefahren war.

Von nun an ging alles ganz schnell. Als ich zurückkam, war der Krankenwagen bereits dort und der Arzt untersuchte zusammen mit einem Sanitäter den Verunglückten. Mike stand mit dem Fahrer des Rettungswagens abseits und beide rauchten.

Die Straße war durch die Scheinwerfer hell erleuchtet und blendete mich.

Ich stellte gerade mein Fahrrad an einen Baum, als der Arzt dem Fahrer ein Zeichen gab, woraufhin dieser schnell seine Zigarette wegwarf und zu ihm ging. Er und der Sanitäter stemmten nun eine Trage hoch, auf welcher der unbewegliche Körper lag. Sein Gesicht war mit etlichen Schläuchen versehen und der Arzt gab irgendwelche Anweisungen, die ich nicht deuten konnte.

Mit schnellen präzisen Handgriffen verluden sie ihn in den Krankenwagen.

"Dank eurer Hilfe wird er durchkommen", rief uns der Arzt noch zu, bevor er die Tür hinter sich zuschmiss. Mit Blaulicht, aber ohne Sirene, die sie in dieser Nacht, wo aufgrund des miesen Wetters ohnehin niemand unterwegs war, nicht benötigten, brausten sie davon.

Erleichtert und erschöpft zugleich standen wir auf der Straße und schauten ihnen nach, bis die blinkenden Lichter vom Regen verschluckt wurden und uns die Dunkelheit wieder einhüllte.

"Wahrscheinlich hatte er einen Herzinfarkt", unterbrach Mike unser Schweigen, "zumindest hat der das erzählt."

"Hat das der Fahrer gesagt?", fragte ich neugierig.

"Nein", erwiderte er, "ich habe gehört, dass der Arzt es zu dem anderen sagte, bevor er ihn zum Krankenwagen schickte. Er kam kurz darauf mit dem ganzen Zeug zurück, mit dem sie ihn dann verkabelten."

"Sah wie eine Sauerstoffmaske aus", meldete ich mich zu Wort.

"Ist gut möglich."

"Musstest du eigentlich ein Protokoll oder so etwas in der Art unterschreiben oder einen Unfallbericht?", erkundigte ich mich.

"Ach, wo denkst du hin", sprach er, "dafür hatten die doch gar nicht die Zeit. Es musste ja alles schnell gehen."

"Aber was hast du denn gesagt, als sie ankamen? Die werden ja wohl nicht kommentarlos an dir vorbei gegangen sein."

"Ich sollte dem Arzt in drei Sätzen erzählen, was passiert ist und seit wann der Verunglückte bewusstlos ist. Das wusste ich ja nicht genau, aber ich habe ihm alles berichtet, was ich wusste."

"Auch wodurch du seine Bekanntschaft gemacht hast?"

"Alles."

"Auch, dass du zuerst vor Panik abgehauen bist?", fragte ich ungläubig.

"Na gut, vielleicht doch nicht alles, aber fast", entgegnete er. "Das Einzige, was ich ausgelassen habe, war die Zeit, als ich zu dir gefahren bin."

Ich grübelte darüber nach, was er ihnen denn erzählt haben konnte, was ich mit der Geschichte zu tun hatte. Mike schien meine Gedanken erraten zu haben und klärte mich auf.

"Keine Angst, ich habe nur gesagt, dass du zufällig gerade vorbei kamst und ich dich gebeten habe, mit meinem Fahrrad zum nächsten Telefon zu fahren und Hilfe zu holen. Ansonsten habe ich dich da vollkommen raus gehalten."

"Wenigstens war unsere "Erste Hilfe- Aktion" erfolgreich", sagte ich erleichtert.

"Dank deiner Initiative, Niko", erwiderte er ebenfalls erleichtert und klopfte mir auf die Schulter. "Ich kann dir überhaupt nicht sagen, was ich für einen Schiss hatte, dass er tot ist und ich ihn getötet habe."

Mike begann nun zu schluchzen und schließlich hörte ich ihn weinen, zum allerersten Mal seit wir uns kannten, zum allerersten Mal seit zehn Jahren unserer Freundschaft. Die psychologische Anspannung der letzten anderthalb Stunden brach aus ihm heraus und ich versuchte erst gar nicht, ihn vom Weinen abzuhalten. Es gab ein treffliches Sprichwort dafür: "Was raus will, muss raus" und das traf hier zu.

Ohne ein Wort zu sprechen, trotteten wir die nasse Straße entlang. Ich schob das Rad und Mike war bemüht, sich wieder zu beruhigen.

Als wir uns an diesem Abend voneinander verabschiedeten, war es anders als sonst. Aus irgendeinem Grund wusste ich, dass uns dieser Abend noch enger aneinander geschweißt hatte und ich war mir sicher, Mike wusste es ebenso.

15

Besuch beim Arzt

Am Sonntag regnete es den ganzen Tag lang und ich büffelte für die erste Prüfung am morgigen Tag. Bei diesem Wetter ärgerte ich mich wenigstens nicht, dass ich keine Zeit hatte, mein Zimmer zu verlassen, um spazieren zu gehen oder Freunde zu besuchen. Der Regen half mir sogar etwas, mein heutiges Schicksal besser zu ertragen, welches man mit drei kurzen Wörtern beschreiben konnte, die da hießen: Lernen, lernen, lernen.

Mutti und Sabine hatten von meinem nächtlichen Ausflug nichts mitgekriegt, und ich erwähnte es ihnen gegenüber auch nicht. Der erlittene Schreck war heute nur noch unwirklich in meinen Gedankengängen und hatte sich im Verlauf des Tages fast gänzlich verflüchtigt. Obwohl ich wusste, dass es sich um keinen Traum gehandelt hatte, kam es mir doch so vor, als hätte ich das alles nur geträumt. Wahrscheinlich verdrängte mein Unterbewusstsein das Geschehene bis zu einem gewissen Grad, nachdem es zu einem glücklichen Ende gekommen war und wandte sich nun wieder meinen existentiellen Problemen zu, die sich, wie nicht anders zu erwarten, hauptsächlich um den Mittwoch drehten.

Vermutlich konnte ich besser als Mike mit der Sache umgehen, weil ich durch ihn darauf vorbereitet worden war, aber in seiner Haut mochte ich jetzt wirklich nicht stecken. Wäre mir das gestern Nacht passiert, hätte ich garantiert Alpträume davon bekommen, das war so gut wie sicher und an eine ordentliche Vorbereitung auf die Prüfungen wäre nicht mehr zu denken gewesen. Hoffentlich konnte er sich etwas ablenken.

Mehrmals dachte auch ich heute an den alten Mann und abends vor dem Zubettgehen betete ich für seine Genesung "Ein Vater Unser". Irgendetwas in meinem Innern sagte mir, dass es ihm schon wieder viel besser ging und von diesem Wissen beseelt, schlief ich zufrieden ein.

Die ersten beiden Prüfungen verliefen hervorragend. Es war richtiggehend unheimlich gewesen, mit welcher Leichtigkeit ich die Aufgaben beantwortet hatte. Sogar unser Direktor, der am Montag meiner Deutschprüfung beigewohnt hatte, war danach schwer beeindruckt zu mir gekommen und hatte mir gratuliert.

"Herzlichen Glückwunsch, Niko. Ich wusste ja nicht, dass du zu solchen Leistungen fähig bist", hatte er freundlich gesagt, während er meine Hand schüttelte und ein wenig tadelnd hinzugefügt "Das war ein Meisterstück. Schade, dass du in meinem Unterricht nicht auch solche Qualitäten entwickelt hast."

Natürlich stimmte sein letzter Satz und ich war ihm darüber keineswegs böse, aber im

Gegensatz zu seinen langweiligen, öden Unterrichtsstunden, wo wir uns beispielsweise mit den Planzahlen unserer Wirtschaft herumzuschlagen hatten, waren die Bücher, mit denen wir uns in Literatur auseinandersetzen mussten, die reinsten Fundgruben interessanter Charaktere und Geschichten. Sicherlich gab es spannenderes, als das Buch " Ein Menschenschicksal" von Michael Scholochow lesen zu müssen, um danach wochenlang darüber die aberwitzigsten und unergiebigsten Diskussionen zu führen, aber im Vergleich zu Staatsbürgerkunde zog ich es bei weitem vor.

Ich hatte mir bewiesen, dass ich mit dem auf mir lastenden Druck, den ich mir aber größtenteils selber machte, umgehen konnte und hätte eigentlich positiv gestimmt an die Prüfung in Mathematik denken können, aber genau das Gegenteil war der Fall. Kaum hatte ich Chemie hinter mir, kamen alle meine Bedenken hinsichtlich des morgigen Tages zurück. Unruhig und unfähig etwas dagegen zu tun, verbrachte ich den Nachmittag, wobei ich wie ein Nervenbündel durch die Wohnung schlich.

Ich war nicht mehr in der Lage, mich mit Lösungsaufgaben zu beschäftigen; mein Kopf streikte schon bei dem Gedanken daran. Stattdessen zählte ich jede Stunde, wie ein Verbrecher, der auf die Urteilsverkündung seiner begangenen Taten wartete und doch schon längst wusste, wie sie ausfallen wird.

Ich wurde das Gefühl nicht los, dass morgen Mittag eine Abrechnung zwischen ihm und mir stattfinden wird, dessen Schluss ebenfalls schon feststeht und allmählich dämmerte es mir, dass ich so oder so nicht gegen Herrn Thiem gewinnen konnte. Es war von Anfang an ein ungleiches Duell, und der Sieger stand bereits fest.

Meine Gedanken liefen Amok und ließen mich nur noch an eines denken: wie konnte ich es verhindern, Morgen an der Matheprüfung teilzunehmen?

Von Sabine wusste ich, dass sie in ähnlichen Situationen einige Tricks auf Lager hatte und beschloss, sie darüber auszufragen, bevor unsere Mutter von Arbeit kam. Sie hätte meine Verzweiflung zwar verstanden, aber auf gar keinen Fall akzeptiert, was ich vorhatte.

Sabine reagierte total überrascht und fing an, mir schwere Vorhaltungen zu machen. Sie missbilligte mein Vorhaben genauso heftig, wie ich es von meiner Mutter erwartet hatte, wenn nicht sogar noch heftiger. Gerade von ihr, die sich schon öfter bei unliebsamen Situationen in ihrem Leben durch kleine Schummeleien aus der Affäre gezogen hatte, hatte ich damit gerechnet, dass sie mich verstehen und unterstützen würde, aber sie machte keine Anstalten dazu. Ganz im Gegenteil.

"Das kannst du nicht machen", brauste sie verständnislos auf, "denkst du wirklich, dass du dein Problem damit lösen kannst, wenn du einfach nicht hingehst? So funktioniert es nicht, Niko."

"Ach nein, aber bei dir, da hat es doch so funktioniert, oder etwa nicht?", erwiderte ich gehässig.

"Ich bin jedenfalls nicht so bescheuert gewesen, die Abschlussprüfung zu schwänzen", sagte sie erregt, "das kannst du doch nicht tatsächlich ernst meinen."

"Natürlich meine ich das ernst", brüllte ich sie an.

"Niko, denk doch bitte mal nach!", sprach sie beschwichtigend, "was würde denn passieren, wenn du Morgen nicht zu dieser Scheißprüfung gehst?"

"Woher soll ich das wissen", antwortete ich trotzig, mit Tränen in den Augen.

"Nun stell dich nicht so an!", fuhr sie mich in barschem Ton an. "Du wirst dir ja wohl vorstellen können, was dann los sein würde, schließlich bist du kein kleines Kind mehr."

Ihre heftige ablehnende Reaktion, mit der ich nicht im Entferntesten gerechnet hatte, raubte mir den allerletzten Nerv und ich begann jämmerlich zu weinen. Der ganze Stress, welcher sich in mir seit längerem angestaut hatte, entlud sich nun und das Herunterfließen der Tränen wollte nicht wieder enden. Ich zitterte am ganzen Leib und sackte langsam in mich zusammen. Auf dem Fußboden kauernd, wischte ich mir das Gesicht trocken und hörte nichts von dem, was Sabine mir sagte.

"... dann wäre die Prüfung nur aufgeschoben, aber nicht aufgehoben", waren einige der wenigen Wortfetzen, die ich verstehen konnte, "... und was hättest du damit gewonnen?"

"Etwas mehr Zeit", murmelte ich fast lautlos, aber laut genug, dass Sabine es hörte.

"Zeit?!?", fragte sie, "wozu brauchst du Zeit? Willst du dich nochmal wochenlang deshalb fertig machen? Ist es das, was du willst?"

Ich antwortete nicht und vergrub meinen Kopf zwischen meinen angewinkelten Beinen. Nach einigen Sekunden fasste ich den Mut, ihr alles zu erzählen, aus welchem Grund ich solche Angst hatte vor dem morgigen Tag und allem, was zwischen mir und Herrn Thiem in den vergangenen Jahren vorgefallen war. Ich sparte auch unsere Begegnung vor dem Direktorzimmer nicht aus, wo er seine Drohung ausgesprochen hatte, mich mit allen, ihm zur Verfügung stehenden Mitteln durchfallen zu lassen.

"Das kann ja nicht wahr sein", ereiferte sie sich und hockte sich neben mich auf den Boden, "dieses verdammte Schwein. Auf der einen Seite glotzt er kleinen Schulmädchen in den Ausschnitt und auf der anderen ..."

"Davon weißt du?", unterbrach ich sie.

"Macht er das etwa immer noch?", sagte sie aufgebracht.

"Ja und jeder weiß darüber Bescheid."

"Und keiner tut etwas dagegen, nicht wahr? Genauso wie bei uns damals."

Schweigend saßen wir nebeneinander und dachten nach, was ich tun konnte.

"Wie hast du das vorhin gemeint, als du sagtest, dann hättest du mehr Zeit?"

"Ich weiß nicht", gab ich zurück.

"Ich weiß nicht, ich weiß nicht", äffte sie mich nach, "leg bloß mal eine andere Platte auf, Bruderherz!"

"Ich bin einfach mit den Nerven am Ende", erklärte ich ihr, "aber vielleicht könnte ich mich mehr auf Mathe konzentrieren, wenn ich die anderen Prüfungen erstmal hinter mir hätte. Dann würde mir das Lernen dafür bestimmt leichter fallen und in meinem Kopf würden einige Dinge haften bleiben. Im Moment ist es so, dass ich mir Aufgaben angucke und Beispielrechnungen ausführe und wenn du mich fünf Minuten später danach fragen würdest, wüsste ich nichts mehr."

"Ich glaube nicht, dass sich daran etwas ändern würde, wenn du noch ein paar Tage mehr zum Vorbereiten hättest", zerstörte sie meine Hoffnungen und fuhr bilanzierend fort, "du kannst unmöglich in einigen Tagen nachholen, was du in den letzten Jahren versäumt hast. Sieh es ein!"

"Das weiß ich ja selbst, aber so wie es jetzt ist, brauche ich nicht erst hingehen. Ich fange schon an zu zittern, wenn ich den Thiem bloß sehe."

Wieder trat in unserer Unterhaltung eine Pause ein, in der wir beide keinen Ton hervorbrachten.

Sabine fuhr sich mit der rechten Hand durch ihre Haare, etwas das sie so offenkundig immer dann zu tun pflegte, wenn sie nervös war oder auf die Lösung eines Problems hinarbeitete. Anscheinend suchte sie nach einem Ausweg für mich, aber wie sollte ihr auf die Schnelle gelingen, womit ich mich bereits seit Tagen beschäftigte und herumquälte?

"Wenn du mir nicht helfen willst, schön, ich kann dich ja nicht zwingen", sprudelte es aus mir heraus, "aber ich werde morgen nicht zu dieser Prüfung gehen, egal ob mit oder ohne deiner Hilfe, basta."

Um meine Entschlossenheit zu demonstrieren und zu zeigen, dass niemand mich davon abbringen konnte, sprang ich auf und nahm Kurs auf mein Zimmer. Die Tränen rannen wieder an der Wange herunter und liefen mir am Hals abwärts in den Kragen meines T-Shirts, wo sie gestoppt wurden und eine feuchte Stelle bildeten.

"Warte mal!", rief Sabine mir hinterher und stand ebenfalls auf. "Womit kann ich dir überhaupt helfen?"

Ich blieb stehen und drehte mich zu ihr um, während ich mir mit einem Taschentuch das Gesicht abtrocknete. Mit lautem Getöse schnaubte ich danach die Nase, bevor ich ihr antwortete.

"Ich brauche eine Methode, mit der ich sicher krankgeschrieben werde, wenn ich zum

Arzt gehe", sagte ich und fuhr fort, "anders ausgedrückt, morgen Vormittag muss ich krank sein."

"Wenn ich dich jetzt richtig verstehe, willst du von mir wissen, wie du das erreichen kannst?", fragte sie ungläubig.

"Du hast das doch schon öfter gemacht."

"So ein Blödsinn. Ich habe mich in der Ausbildung höchstens zwei- oder dreimal für wenige Tage krankschreiben lassen und das ging nur deshalb, weil ich mit Tanja zusammen hingegangen bin. Der neue Mann ihrer Tante ist Allgemeinmediziner und wollte vor allem ihr einen Gefallen tun, um Pluspunkte in der Familie zu sammeln", antwortete sie.

"Aber worauf habt ihr euch denn krankschreiben lassen?", drängte ich sie zu einer Antwort.

"Verstehe doch, Niko, wir sind einfach zu ihm in die Sprechstunde, haben erzählt, dass wir Magen- oder Halsschmerzen haben, ohne auch nur das geringste Anzeichen dafür zu besitzen. Dann hat er so getan, als würde er uns das glauben, hat einmal kurz in den Hals geguckt oder am Magen herumgedrückt. Dann hat er uns zugezwinkert und gesagt, wir sollten lieber mal ein paar Tage zu Hause bleiben und unsere Krankheit auskurieren. Das war alles."

"Das war alles?", wiederholte ich fragend.

"Ja, das war alles. Ich musste nichts dafür tun, weder Kreide fressen, noch Abführtee trinken und auch nicht Zahnpasta in die Augen reiben. Nichts von alledem."

"Zahnpasta in die Augen reiben? Wer macht denn so etwas", fragte ich angewidert, "und warum?"

"Nach einigen Stunden sieht es dann so aus, als hätte man eine schlimme Bindehautentzündung und da dies ansteckend ist, schreiben die Ärzte einen sofort krank."

"Aber das muss doch tierisch in den Augen brennen", wandte ich ein.

"Natürlich brennt es in den Augen und wie, aber um einen Krankenschein zu kriegen, nehmen das viele in Kauf."

"Also für mich käme das nicht in Frage", stellte ich kategorisch fest.

"Ganz wie du meinst."

"Und was passiert beim Abführtee?", fragte ich sie weiter aus.

"Na ja, es gibt einige Leute, die ich kenne und die schwören darauf in der Nacht vor dem Arztbesuch eine ganze Kanne mit Abführtee zu trinken. Der bewirkt nach ein paar Stunden, dass man Durchfall und Magenkrämpfe bekommt", klärte sie mich auf.

"Aber warum gehen die nicht einfach hin und sagen, ich habe Krämpfe in der Magengegend und außerdem Durchfall und so weiter", entgegnete ich.

"Jeder Arzt, der nicht völlig verblödet ist, erkennt doch sofort, ob er angelogen wird oder nicht. Spätestens beim Abtasten des Magens fliegt der Schwindel auf, aber wenn der Durchfall echt ist, selbst wenn er absichtlich herbeigeführt wurde, dann merkt der Arzt es auch. Er drückt an bestimmten Stellen rum und weiß danach mit ziemlicher Sicherheit, ob der Patient Durchfall hat."

"Kann ich mir nicht vorstellen", erwiderte ich nachdenklich.

"Ist aber so."

"Und wie lange hält der Durchfall an?"

"Woher soll ich das denn wissen?", sagte sie achselzuckend. "Ich habe nur gesagt, was mir erzählt wurde. Jedenfalls soll diese Methode immer funktionieren. Ist ja eigentlich auch logisch."

"Wieso?"

"Der Arzt erkennt doch nur die Wirkung...", begann sie zu erklären.

"...weiß aber nicht, was diese ausgelöst hat", rief ich dazwischen.

"So sieht es aus."

"Das ist es", triumphierte ich, "genau das ist es. Haben wir eigentlich Abführtee im Haus?"

"Bist du dir sicher, dass du es wirklich machen willst?", sprach sie neutral.

"Hundertprozentig. Ich trinke heute Nacht etwas davon, lass mich dann nur für Morgen krankschreiben, so dass ich am Freitag zu der anderen Prüfung gehen kann. Das ist echt genial", schwärmte ich, froh eine weniger schmerzhafte Methode entdeckt zu haben, als die mit der Zahnpasta.

"Hoffentlich gibt das keinen Ärger."

"Weshalb soll es denn Ärger geben?", fragte ich sie, "außer uns beiden weiß doch keiner etwas davon. Du hast doch selber gesagt, dass kein Arzt der Welt herauskriegen kann, ob der Durchfall echt ist oder mit irgendwelchen Hilfsmitteln herbeigeführt wurde. Stimmt doch, oder?"

"Im Prinzip schon, aber ..."

"Nichts aber", unterbrach ich Sabine, "sei bloß nicht so pessimistisch, sondern zeige mir lieber, wo der Tee stehen könnte! Vorausgesetzt, dass wir welchen haben."

"Ich glaube schon, dass Mutti welchen hat", erwiderte sie.

Gemeinsam suchten wir im Küchenregal danach, konnten aber keinen bei den anderen Teesorten finden, worauf Sabine die Idee hatte, in dem kleinen Schränkchen nachzuschauen, in dem sich unsere Hausapotheke befand. Als ich den Schrank öffnete, entdeckte sie die Packung mit dem Abführtee als erstes und nahm ihn heraus.

"Der scheint dort aber schon lange zu liegen", meinte sie und probierte auf dem vergilbten Etikett etwas zu entziffern.

"Wonach suchst du denn?"

"Soweit ich mich erinnern kann, hat Mutti das Zeug lange nicht verwendet. Vermutlich liegt es schon seit Jahren hier."

"Na und", entgegnete ich, "ist doch vollkommen egal."

"Schon mal was von einem Verfallsdatum gehört, Niko?"

"Bei Tee? Sag mal spinnst du? So was gibt es doch nur bei Milchprodukten", erwiderte ich belustigt.

"Von wegen. Bei allen Lebensmitteln gibt es bestimmte Haltbarkeitszeiten, bei Tee genauso wie bei Joghurt oder Käse", antwortete sie und suchte weiterhin das Etikett nach einem Datum ab.

"Und kannst du es finden?"

"Wenn eines draufstehen würde, mit Sicherheit, aber es steht nirgends etwas", sagte sie schnippisch.

"Zeig mal her!", forderte ich sie auf.

Sie hatte Recht, man konnte nichts mehr lesen von dem ehemals Aufgedrucktem. Offenbar hatte die Packung schon seit geraumer Zeit keiner mehr benutzt, darin stimmte ich mit Sabine überein, aber ihre Bedenken betreffs des fehlenden Verfallsdatums konnte ich bei weitem nicht teilen.

Nachdem ich ihre Bedenken einigermaßen zerstreuen konnte, zog ich mich mit dem Abführtee auf mein Zimmer zurück und deponierte ihn in meinem Kleiderschrank.

Sabine hatte mir gesagt, dass beim Arzt die Sprechstunde am Mittwoch immer um 7 Uhr 30 begann, die ersten Patienten allerdings schon gegen 7 Uhr eintrudelten. Damit ich zeitig an die Reihe kam, musste ich also schon sehr früh aufstehen. Leider wusste ich nichts darüber, wie lange der Tee benötigte, um seine ganze Wirkung zu entfalten und daher beschloss ich, ihn erst gegen Mitternacht aufzubrühen. Ich nahm an, dass Mutti zu diesem Zeitpunkt bereits schlafen würde. Außerdem rechnete ich damit, dass er einige Stunden brauchen würde, bis er anfing zu wirken.

Gleich nach dem Abendbrot, bei dem Sabine fehlte, weil sie zur Geburtstagsfeier ihrer besten Freundin gegangen war, versuchte ich mich zurückzuziehen, aber Mutti begann vorher noch, mir einen Vortrag zu halten über die Rechte und Pflichten im Leben. Das tat sie äußerst selten und war so gar nicht ihre Art und ich vermutete, dass Sabine ihr, entgegen aller Beteuerungen, etwas von meinem Plan erzählt hatte. Am Schluss sprach sie mir Mut zu für die schwierige Prüfung und wünschte mir viel Erfolg. "Du wirst es schon schaffen", beendete sie zuversichtlich ihre Ansprache, mit der sie mich aufs Zimmer entließ.

Bis kurz vor Mitternacht las ich dort in meinem Buch und die Zeit verging rasend schnell. Auf Zehenspitzen schlich ich mich schließlich in die Küche und bereitete den Tee zu, den ich kurze Zeit später herunterwürgte. Ob er wirklich nicht mehr in Ordnung war oder einfach nur widerlich schmeckte, konnte ich nicht mit Bestimmtheit sagen. Auf jeden Fall kostete es mich eine große Überwindung, den gesamten Inhalt der Teekanne auszutrinken.

Nach dieser Prozedur putzte ich mir zum zweiten Mal an diesem Abend die Zähne in der Hoffnung, den ekligen Geschmack zu neutralisieren. Das gelang aber nur teilweise.

Gegen 0.30 Uhr schlief ich endlich ein.

Mitten in der Nacht, wachte ich mit heftigen Magenschmerzen auf. Mehrere Krämpfe durchzuckten hintereinander meinen Körper und vor lauter Schmerzen wälzte ich mich im Bett hin und her. Wie mit Nadelstichen wurde das Innere meines Magens traktiert und es rumpelte darin, als hätte mir jemand die Wackersteine aus dem Märchen dort hinein gepackt. Urplötzlich verspürte ich den unvermeidlichen Drang, schnellstmöglich die Toilette aufzusuchen.

Auf dem Weg zum Badezimmer machte ich einen Höllenlärm, weil ich im Dunklen aus Versehen den Stuhl von meinem Schreibtisch umwarf. Um die Entleerung des Mageninhaltes, welche, dessen war ich mir sicher, unmittelbar bevorstand, erst auf der Toilette vorzunehmen, stürmte ich mit letzter Kraft los, wobei ich die vollste Konzentration auf das Geschlossenhalten meines Schließmuskels richtete.

Ich knallte die Badezimmertür zu, hechtete mit einem großen Satz zum Klo und riss den Deckel hoch. Das Herunterziehen der Schlafanzughose und Hinsetzen passierte fast zeitgleich, ebenso wie das explosionsartige Herausschießen des flüssigen Durchfalls.

Erstarrt blieb ich sitzen und erwartete den nächsten Ausbruch. Ich brauchte nicht lange darauf warten.

Durch den Krach hatte ich Mutti aufgeweckt. Sie erkundigte sich fürsorglich nach meinen Beschwerden.

"Ich habe Durchfall", rief ich durch die geschlossene Tür.

"Vielleicht hast du ja was schlechtes gegessen", antwortete sie.

"Keine Ahnung, schon möglich", log ich, während wie zur Strafe eine weitere Durchfallattacke einsetzte. Nach dem vierten Mal hatte ich das Gefühl, dass alles, was sich noch vor wenigen Minuten in meinem Magen befunden hatte, inzwischen den Abfluss hinunter geflossen war.

Vorsichtig ging ich wieder ins Bett. Mutti kam herein und fragte, ob sie mir irgendwie helfen könne, aber ich erzählte ihr, dass es schon etwas besser sei und sie sich keine Sorgen machen brauche.

"Bestimmt habe ich nur eine Kleinigkeit nicht vertragen", beruhigte ich sie.

"Soll ich Fieber messen? Zeig mal her!", sagte sie und befühlte meine Stirn.

"Ich habe garantiert keine Temperatur."

"Da wäre ich nicht so sicher. Es soll mal wieder ein Virus im Umlauf sein", entgegnete sie und ging ein Fieberthermometer holen.

"37,4°, erhöhte Temperatur", stellte sie fest, "habe ich es doch gewusst."

"Na gut, aber 37,4 ist noch lange kein Fieber", winkte ich ab.

"Wie du meinst", gab sie klein bei, "dann versuche schnell wieder einzuschlafen, du hast morgen einen anstrengenden Tag vor dir."

Das hätte sie lieber nicht sagen sollen. Wie auf Stichwort meldeten sich meine Magenbeschwerden zurück und erneut musste ich zur Toilette.

Als ich zum ersten Mal das Badezimmer aufgesucht hatte, war es ungefähr 3 Uhr gewesen. Von da an wiederholte sich die Prozedur in unregelmäßigen Abständen von etwa zehn Minuten bis um 5 Uhr. Irgendwann hatte ich beim Mitzählen der Klobesuche den Überblick verloren. Möglicherweise waren daran auch die Schmerzen schuld, die jeder weitere Gang verschlimmert hatte. Mein Hinterteil war vollkommen wundgescheuert und brannte höllisch.

Die anderthalb Stunden bis zum Aufstehen verbrachte ich im Dämmerzustand, aber ohne wieder aufs Klo zu müssen. Allerdings gab es dafür einen triftigen Grund, denn beim besten Willen konnte nun nichts mehr in meinem Magen sein, absolut unmöglich.

Mutti hatte genauso wie ich kein Auge zugekriegt und war fast ebenso häufig aufgestanden, um mir ihre Hilfe anzubieten.

Als ich um kurz vor halb 7 ins Bad ging, um mich zu waschen, vermutete sie offenbar, dass die Magenkrämpfe zurückgekommen waren und war sofort zur Stelle.

"Was machst du bloß für Sachen, mein Kind", jammerte sie und bemitleidete mich.

"Wie willst du denn nach dieser Nacht die Prüfung überstehen?"

"Überhaupt nicht", rief ich mit schmerzverzerrtem Gesicht aus.

"Wie meinst du das?", erkundigte sie sich.

"Genauso wie ich es gesagt habe", entgegnete ich, "überhaupt nicht, weil ich nicht hingehen werde."

"Was?", stammelte sie erschrocken, "das kannst du doch nicht machen."

"Und ob", sagte ich mit fester Stimme und fügte erklärend hinzu, dass ich mich total krank fühle und zum Arzt gehen werde.

"Aber das kannst du ja noch machen, falls es dir nach dem Frühstück nicht besser geht", redete sie auf mich ein und versuchte mir klarzumachen, dass man nicht einfach den Prüfungstermin wegen einer Unpässlichkeit sausen lassen konnte.

"Nach dem Frühstück", ereiferte ich mich und war fassungslos darüber, dass sie meine durchwachte Nacht mit einer Unpässlichkeit gleichsetzte.

"Niko", fing sie an mich zu beschwören, "das dauert doch höchstens eine Stunde dort und dann hast du die Schule schon fast hinter dir. Die letzte Prüfung schaffst du dann auch noch. Willst du nicht lieber..."

"Ich habe tierische Magenkrämpfe, war heute Nacht bestimmt hundert Mal auf der Toilette, mein Po ist vom vielen Abwischen wund und es geht mir absolut beschissen, im wahrsten Sinne des Wortes und du möchtest, dass ich unter diesen widrigen Voraussetzungen zur Prüfung gehe? Das kann ja wohl nicht dein Ernst sein, oder?"

"Probiere es doch wenigstens!", appellierte sie an meinen Verstand. "Du sagst beim Herrn Thiem vorher Bescheid, dass es dir heute nicht gut geht, aber dass du trotzdem die Prüfung ablegen möchtest und wenn du merkst, dass es nicht mehr geht, kann dir niemand etwas Böses nachsagen."

"Wenn ich krankgeschrieben werde, kann mir auch keiner etwas nachsagen", antwortete ich trotzig, "und außerdem ist mir das scheißegal. Ich habe fast kein Auge zugemacht in der letzten Nacht und so wie ich mich fühle, weiß ich genau, wie das Ergebnis ausfallen würde. Dann könnte ich auch gleich zu Herrn Thiem gehen und sagen: "Bitte geben sie mir eine 5 und ersparen sie uns beiden die Peinlichkeit."

Darauf konnte Mutti nichts erwidern und sah ohne weitere Einwände ein, dass mein Entschluss bereits unumstößlich feststand. Sie bot mir an, mich zum Arzt zu begleiten, aber das lehnte ich ab, mit dem Hinweis, dass ich wirklich kein kleines Kind mehr sei.

Auf dem Weg zur Poliklinik, in dem sich die ortsansässige Ärztin für Allgemeinmedizin Frau Doktor Pieper befand, musste ich im Stehen radeln, weil jegliche Berührung meines Hinterteils mit dem Sattel ungeheuer schmerzhaft endete.

Im Wartezimmer saßen schon zwei alte Leute und sie begrüßten mich beim Eintreten, aber das Fenster der Sprechstundenhilfe, welches sich am anderen Ende des Raumes unter der Treppe zum Obergeschoß befand, war noch geschlossen. Vorsichtig nahm ich Platz und wartete darauf, dass jemand das Fenster zur Anmeldung öffnete.

In der Zwischenzeit füllte sich der Raum mit Patienten. Als endlich die Schwester erschien und in einem offenbar festgeschriebenen Ritual das Fenster aufmachte, in dem sie den unteren Teil nach oben schob und dort mit einem Haken befestigte, drängelten sich die Neuankömmlinge zur Anmeldung, wie Enten in einem Teich, denen gerade Brotkrumen ins Wasser geworfen wurden. Ehe ich mich von meinem Platz erheben konnte, um mich in die Schlange einzureihen, waren alle anderen längst vor mir da, was bedeutete, dass ich mich erst als Letzter anmelden konnte.

Anfangs überlegte ich noch, ob es Sinn hätte, meinen dritten Platz in irgendeiner Form einzufordern, aber frustriert fügte ich mich dem Schicksal.

Es dauerte ungefähr zweieinhalb Stunden und dreimaliges Nachfragen, ob ich eventuell vergessen wurde, was von der Schwester mit einem strafenden Blick jedes Mal verneint wurde, bis ich endlich an der Reihe war.

Übelgelaunt von der stundenlangen Warterei, außer den Patienten, die sich vorgedrängelt hatten, waren noch etliche vor mir herangekommen, die zwar erst später erschienen, aber wahrscheinlich zu einem bestimmten Termin bestellt worden waren, setzte ich mich Frau Doktor gegenüber an den Schreibtisch.

Seit ich zum ersten Mal vor vielen Jahren in ihrer Sprechstunde war, hatte ich immer ein mulmiges Gefühl, wenn ich ihr begegnete. Ich glaube es lag daran, dass sie mir durch ihre strenge und unpersönliche Art das Gefühl vermittelte, eigentlich überhaupt nichts zu haben, sondern nur ein Hypochonder oder schlimmer noch ein Simulant zu sein, der hier nichts zu suchen hatte und ihr nur die Zeit stehlen wollte. Heute hatte sie sogar Recht damit, und deshalb war mir noch unbehaglicher als sonst in ihrer Gegenwart.

Normalerweise hätte ich es ja vorgezogen, zu einem anderen Arzt zu gehen, aber leider gab es in unserer Gemeinde nur einen Allgemeinmediziner: Frau Doktor Pieper.

"Guten Tag", begrüßte sie mich verhältnismäßig freundlich und reichte mir die Hand.

"Guten Tag", erwiderte ich schüchtern.

"Was für Beschwerden haben wir denn?", fragte sie mich in dieser scheußlichen Wir-Form, die fast alle Ärzte anwendeten und sich bei mir alleine dadurch unsympathisch machten. Lernten die solchen Mist beim Studium?

Es lag mir auf der Zunge zu antworten, dass Wir heute ein wenig Magenschmerzen hätten und Durchfall dazu, aber ich verkniff mir diese Provokation lieber, da ich ja schließlich etwas von ihr haben wollte.

"Seit heute Nacht habe ich Durchfall, verbunden mit Magenkrämpfen und erhöhter Temperatur", gab ich stattdessen zur Antwort. "Außerdem fühle ich mich völlig schlapp."

"Das kommt vom Durchfall", stellte sie trocken fest, "dabei verliert der Körper Magnesium und andere wichtige Stoffe."

Um zu zeigen, dass ich ihre Erklärung verstanden hatte, nickte ich kurz mit dem Kopf.

"Gut, dann machen wir mal den Oberkörper frei und legen uns dort auf den Rücken", deutete sie auf die Liege an der Fensterseite.

Ich befolgte ihre Anweisung und legte mich dort hin.

"Jetzt atmen wir tief ein, halten die Luft etwas an und atmen danach ganz normal weiter ein und aus. Ganz normal."

Die akuten Schmerzen, die ich nachts hatte, waren inzwischen nicht mehr so stark und auch der Durchfall hatte nachgelassen. Seit um 5 Uhr brauchte ich nicht mehr zur Toilette. Es stellte sich plötzlich die Angst ein, dass sie vielleicht nichts finden würde, was auf die von mir geschilderten Symptome hindeutete. Als sie die Magengegend nacheinander abtastete, schrie ich deshalb einige Male einfach auf, um zu zeigen, dass es dort schmerzhafte Stellen gab. Mit Absicht tat ich das an unterschiedlichen Stellen, dummerweise ohne genau zu wissen, ob bei einer Magen-Darmgrippe die Schmerzen nur an einem bestimmten Punkt auftraten oder an verschiedenen. Im Nachhinein war ich mir nicht sicher, ob es nicht klüger gewesen wäre, diese kleinen schauspielerischen Einlagen wegzulassen.

"Dann stellen wir uns bitte mal gerade hin!", forderte sie mich danach auf, "und stecken bitte die Zunge raus."

Mit einem hölzernen Spatel drückte sie die Zunge nach unten, so dass ich keine richtige Luft bekam und leuchtete mit einer Taschenlampe in den Rachenraum. Sie sagte nichts und ließ mich vollkommen im Unklaren darüber, ob sie meinen Schwindel aufdecken würde.

Während ich weiterhin mit freiem Oberkörper da stand, nahm sie einen Gummihandschuh aus einer Ablage neben dem Schreibtisch und streifte sich diesen über die Finger der rechten Hand.

"Das kann jetzt ein bisschen unangenehm werden", warnte sie mich. "Wir ziehen die Hose jetzt mal etwas runter, beugen uns über den Stuhl da und strecken mir das Gesäß entgegen!"

"Wie bitte?", entgegnete ich errötend, in der Annahme, meinen Ohren nicht trauen zu können.

"Nun stellen Sie sich mal nicht so an!", herrschte sie mich an. "Je schneller Sie damit beginnen, desto schneller haben Sie es hinter sich."

Widerstandslos befolgte ich alles. Ich hatte nur eine wage Vermutung, was sie vorhaben könnte, aber richtig schlau wurde ich nicht aus ihren Anweisungen.

Ein paar Sekunden später wusste ich, warum ich die Hose und den Slip herunterziehen sollte.

Mit enormer Kraft bohrte sich ein gummiummantelter Finger in meinen entzündeten After und ließ die Schmerzen schlimmer denn je wieder aufleben. Doch damit nicht genug. Durch die abtastenden Bewegungen im Innern des Darmausgangs stimulierte sie den verkrampften Schließmuskel und wenige Sekunden nachdem sie ihren Finger wieder herausgezogen hatte, öffnete sich dieser und schleuderte seinen restlichen Inhalt nach draußen, wobei der flüssige Stuhlgang auf den Boden spritzte.

Am liebsten wäre ich ganz tief in selbigem versunken. Was für eine Blamage.

Zum Glück hatte ich mir meine Klamotten dabei nicht schmutzig gemacht, denn das alleine hätte die ohnehin schon mehr als peinliche Angelegenheit noch übertroffen. Erstaunlicherweise sagte Frau Doktor Pieper nichts, nur ihre Augen verrieten, was sie dachte, und mit ein paar geübten Handgriffen wischte sie den Boden sauber, während ich mit einem Stück Papier, welches sie von derselben Rolle abgerissen hatte, die sie für den Fußboden verwendete, vorsichtig meinen Hintern säuberte.

"Dann ziehen wir uns bitte wieder an und nehmen im Nebenzimmer auf dem Stuhl hinter dem Vorhang Platz", sprach sie, streifte sich dabei den Handschuh ab und ließ ihn in einem Eimer unter dem Schreibtisch verschwinden, ohne auf den Vorfall einzugehen, ganz so, als wäre nichts passiert.

Mein Hinterteil brannte wie verrückt und trieb mir regelrecht die Tränen in die Augen. Im Behandlungszimmer hörte ich Frau Doktor mit einer Patientin reden, aber dadurch, dass sie die Tür hinter mir angelehnt hatte, konnte ich nur Bruchstücke ihrer Unterhaltung verstehen. Es dauerte mindestens eine Viertelstunde, bis die Schwester hereinkam, mit einem Fieberthermometer in der Hand. Mein Puls stieg sofort auf 180, da ich annahm, ich bekäme es an meiner schmerzenden Stelle verabreicht.

"Das stecken Sie jetzt bitte zwischen die Achselhöhle und dort bleibt es, bis ich wieder zurück bin, verstanden", bestimmte sie forsch und entfernte sich augenblicklich wieder durch die Tür.

Ich klemmte das Thermometer so fest es ging zwischen meiner Achselhöhle ein, da ich wusste, die Messung war nur dann wirklich genau. Höchstwahrscheinlich hatte ich sowieso kein Fieber mehr, aber falls doch, konnte ich vielleicht ein oder zwei Zehntel dazu schummeln.

Erneut vergingen mehr als zehn Minuten, ehe sie wieder auftauchte und sich das Thermometer aushändigen ließ.

"Sie können jetzt wieder nebenan Platz nehmen. Die Frau Doktor ist gleich zurück."

Kaum hatte sie das ausgesprochen, erschien Frau Doktor auch schon im Zimmer und setzte sich hin.

"Ja, wie ich es vermutete, haben Sie kein Fieber und ein Magen-Darminfekt kann man damit so gut wie sicher ausschließen", begann sie mir äußerster Sachlichkeit. "Aufgrund ihrer geschilderten Beschwerden gehe ich davon aus, dass ihr Magen gestern einfach irgendetwas nicht vertragen hat, was ihn völlig übersäuerte und damit die Krämpfe ausgelöst hat. Am besten wird es sein, wenn sie zwei Tage lang zu Hause bleiben und sich auskurieren. Ansonsten ist Bettruhe wichtig und ab und zu eine Wärmflasche auf den Bauch packen. Heute essen wir lieber nur Zwieback, ohne alles versteht sich und trinken viel Tee, Kamille oder Pfefferminze. Außerdem schreibe ich ihnen ein Rezept auf, welches sie in der Apotheke vorne am Bahnhof einlösen können. Also dann wünsche ich ihnen eine gute Besserung."

"Muss ich Morgen auch den ganzen Tag trockenen Zwieback essen?", fragte ich.

"Schlecht für den Magen wäre es sicherlich nicht", erwiderte sie nachdenklich, "aber falls Sie dann schon wieder Hunger haben sollten, können Sie ruhig ein wenig Margarine plus Belag drauftun. Oder besser noch, Sie essen etwas mit Reis, das ist immer leicht verdaulich."

Ich hatte das Schloss von meinem Fahrrad gerade aufgemacht, als mir auffiel, dass sie mir keinen Krankenschein ausgefüllt hatte. Also musste ich nochmals hineingehen und die Sprechstundenhilfe bitten, Frau Doktor danach zu fragen. Nach einer weiteren halben Stunde, die ich stehend im Wartezimmer zubrachte, übergab sie mir das für mich so wichtige Dokument, welches mich zumindest offiziell von jeglicher Schuld am Nichterscheinen zur Mathematikprüfung freisprach. Das es für einige Leute komisch aussehen musste, genau an diesem Tag, urplötzlich krank geworden zu sein, stand natürlich auf einem ganz anderen Blatt Papier.

Eigentlich hätte ich just in dem Moment, als ich die Poliklinik verließ, bereits in der Schule sein müssen. In fünf Minuten war es soweit und die Lehrer würden bestimmt große Augen machen, wenn ich nicht zur Prüfung erscheinen sollte.

Hoffentlich war Sabine in der Schule gewesen, um Herrn Ferner zu sagen, dass ich zum Arzt gegangen war. Mutti hatte mir versprochen, sie beim Frühstück damit zu beauftragen, da sie selbst keine Zeit dazu hatte.

Zu Hause angekommen fiel ich völlig erschöpft in mein kuscheliges Bett und schlief gleich danach ein.

Der penetrante Dauerton unserer Klingel weckte mich. Schlaftrunken öffnete ich und erblickte Mike vor der Tür.

"Mann, wie siehst du denn aus", begrüßte er mich, "hast du dir vor Freude einen hintergegossen?"

"Komm rein!", sagte ich abwesend und trottete ihn ignorierend wieder in mein Zimmer zurück.

"Was ist denn mit dir los?"

"Ich bin krank", antwortete ich matt und legte mich ins Bett.

"Wirklich?", fragte er ungläubig, "was fehlt dir?"

Ich erzählte ihm dieselbe Story, die ich schon Mutti und Frau Doktor Pieper aufgetischt hatte und merkte, dass meine Geschichte immer sattelfester wurde, je häufiger ich sie zum Besten gab.

"Dann warst du heute nicht in der Schule?"

"Nein, ich habe über vier Stunden beim Arzt zugebracht", entgegnete ich.

"Also hast du noch nichts gehört?"

"Gehört? Worüber denn?"

"Davon, dass die Matheprüfung ausgefallen ist, zum Beispiel", flachste er.

"Sehr witzig, Mike. Ein echter Schenkelklopfer. Ha, ha", gab ich wenig amüsiert zurück.

"Ich erzähle die Wahrheit", sagte er nun ernst, "Herr Thiem liegt im Krankenhaus. Ist wirklich wahr."

"Das kaufe ich dir nicht ab. Verarschen kann ich mich selber", sagte ich.

"Du kannst es mir glauben, Ehrenwort."

Sollte ich ihm tatsächlich glauben? Natürlich. Mike war zwar jederzeit für einen derben Spaß zu haben und dafür durchaus berühmt-berüchtigt, aber in dieser Angelegenheit würde er sich mit mir garantiert keinen Scherz erlauben.

"Angeblich stand es gestern am frühen Nachmittag bereits am schwarzen Brett, aber das ist keinem aufgefallen. Deshalb sind heute alle außer dir umsonst angetrabt und da du nicht in der Schule aufgetaucht bist, hatte ich angenommen, du wärst der Einzige gewesen, der den Zettel gelesen hat", redete er auf mich ein, während ich mir die Zudecke über den Kopf zog und mich darunter vergrub. Ich wusste nicht, ob ich lachen oder weinen sollte über diese Neuigkeit.

"Bist du denn gar nicht neugierig, weshalb der alte Sack im Krankenhaus liegt?", hörte ich ihn sagen.

"Nein", schrie ich so laut ich konnte unter der Decke.

"Nein?", empörte er sich und zog die Bettdecke weg.

"Es ist mir scheißegal", brüllte ich zurück und versuchte, ihm die Decke wieder zu entreißen, aber das gelang mir nicht. Mike zerrte kräftig am anderen Ende und nach hartem Kampf gab ich klein bei. Für solche Spielchen war ich heute definitiv zu schwach.

"Er hatte einen Herzinfarkt", plauderte er ungefragt drauflos und guckte mich dabei in verschwörerischer Form an. Diese Art, mir fast zuzublinzeln, ohne es richtig zu tun, hatte er sich nach unserem letztjährigen Urlaub angewöhnt. Damit drückte er normalerweise anderen gegenüber aus, dass es zwischen uns Geheimnisse gab, von denen niemand sonst etwas wusste. Ich fand diese Wichtigtuerei, die er hauptsächlich in Anwesenheit von hübschen Mädchen anwandte, ziemlich kindisch und pubertär, aber viele von denen ließen sich davon beeindrucken und versuchten, mich bei passender Gelegenheit auszufragen, was es denn damit auf sich hätte. Um Mike dann nicht in den Rücken zu fallen, spielte ich das Spiel mit und sagte so geheimnisvolle Dinge, wie "Ich darf dir nichts darüber erzählen, das habe ich Mike schwören müssen. Tut mir leid." Warum nur guckte er mich jetzt so an?

"Mann, Niko, überlege doch mal: Er hatte einen Herzinfarkt!", sagte er.

"Na schön, meinetwegen", erwiderte ich, "und was soll mir das bitteschön sagen?"

"In der Nacht von Sonnabend auf Sonntag..."

"Und weiter?", zuckte ich mit den Schultern.

"...auf dem Nachhauseweg von einer Familienfeier."

Nun fiel bei mir der Groschen. "Von Sonnabend zu Sonntag?"

"Ganz genau."

"Das kann doch nicht sein", schüttelte ich den Kopf.

"Doch, das kann es. Hundertprozentig sogar", entgegnete Mike.

"Aber dann hätten wir ihn erkennen müssen", wandte ich ein, "sicherlich hätten wir ihn erkannt, wenn er es gewesen wäre."

"Anscheinend haben wir das aber nicht", erwiderte er genervt. "Erstens war es total finster, so dass man die Hand vor den Augen kaum sehen konnte, zweitens standen wir beide unter Schock und drittens..."

"Und drittens hätten wir ihn bestimmt trotzdem erkannt", rief ich dazwischen und richtete mich trotzig im Bett auf.

"Herr Ferner hat gesagt, dass er von seiner Schwester kam, die in der Geschwister-Scholl - Straße wohnt. Auf dem Weg nach Hause, muss er unsere Straße entlang."

"Was soll das sein, ein Beweis für deine Theorie oder was?", brauste ich auf.

"Mal ehrlich, du ewiger Zweifler, was denkst du denn, wie viele Leute pro Nacht in Mollin am Straßenrand aufgesammelt und von dort ins Krankenhaus eingeliefert werden?", fragte er provozierend. "Sag schon, drei, sechs, vielleicht ja noch mehr?"

"Was genau hat Herr Ferner denn gesagt?", fragte ich.

"Er hat erzählt, dass Herr Thiem unterwegs einen Herzinfarkt bekommen hat und bewusstlos zusammengebrochen ist. Über Notruf wurde ein Krankenwagen angefordert, der ihn dann in das Kreiskrankenhaus gebracht hat."

"Woher weiß er das alles?"

"Frau Thiem hat es unserem Direktor erzählt, als sie in der Schule war. Sie wusste es von dem Arzt, der ihn eingeliefert hat."

"Ob der Arzt etwas gesagt hat darüber, von wem der Anruf stammte?"

"Falls du Angst hast, dass uns jemand damit in Verbindung bringen könnte, dann vergiss es."

"Ich habe keine Angst", erwiderte ich, "ich finde nur, dass es keiner wissen muss."

"Der Meinung bin ich auch, besonders nachdem ich von Herrn Ferner hörte, dass sich die Ärzte nicht erklären können, warum sein rechter Unterschenkel angebrochen war."

"Wirklich? Ich habe ihn doch abgetastet und da war rein gar nichts", sprach ich überrascht.

"Er ist ja auch nicht richtig gebrochen, sondern angebrochen. Wahrscheinlich konnten wir es daher nicht sehen."

"Sehen ist gut."

"Dann eben ertasten oder erfühlen", erwiderte er säuerlich. "Hast du eigentlich Medikamente gekriegt beim Arzt?"

"Ja, sicher. Wieso?"

"Weil du heute echt komisch bist, Niko", gab er zur Antwort.

"Ich bin komisch, ja?", ereiferte ich mich und schrie ihn an. "Ich bin nicht komisch, aber zufälligerweise bin ich krank. Ich habe nur eine Stunde geschlafen, bin absolut übermüdet, mein Hintern tut mir weh, mein Magen sowieso, mein Kopf auch und wegen der nervlichen Anspannung der letzten Tage bin ich fix und fertig und du meinst allen Ernstes, ich wäre heute etwas eigenartig. Vielleicht hast du sogar Recht."

"So habe ich es nun auch wieder nicht gemeint", entschuldigte er sich, sichtlich erschrocken über meinen jähzornigen Wutausbruch. Von der Seite hatte er mich bisher noch nicht kennen gelernt, obwohl wir uns nun schon so lange kannten, aber ich war jetzt wirklich nicht mehr bei klarem Verstand.

Bevor ich mich meinerseits bei Mike entschuldigen konnte, verabschiedete er sich und versprach, mich Morgen mit Neuigkeiten zu versorgen. Ich gab ihm den Krankenschein für unseren Klassenlehrer mit und bat ihn, Herrn Ferner davon zu unterrichten, dass ich zur Prüfung am Freitag pünktlich erscheinen werde.

Als die Tür hinter ihm ins Schloss fiel, erinnerte ich mich daran, dass er heute seine Geschichtsprüfung hatte, rannte schnell zum Fenster im Wohnzimmer und riss es auf. "Wie ist es denn in Geschichte gelaufen?", brüllte ich ihm hinterher.

Er war bereits auf der anderen Straßenseite und ein Trabant tuckerte gerade, dicke Rauchschwaden absondernd und lärmend vorbei, so dass er meine Frage nicht verstanden hatte. Nachdem der Trabbi verschwunden war, kam er zum geöffneten Fenster herüber.

"Was hast du gesagt?"

"Ich wollte wissen, wie deine Prüfung gelaufen ist?", antwortete ich. "Hoffentlich gut."

"Ach das", entgegnete er, als wäre es schon eine Ewigkeit her, "eigentlich sogar ganz gut. Herr Napold hat mich zum dreißigjährigen Krieg befragt, wie du weißt, das einzige Geschichtsthema, worüber ich wenigstens etwas Ahnung habe und so konnte ich meine 3 vom Halbjahreszeugnis bestätigen. Damit bin ich zufrieden."

"Das freut mich für dich."

"Danke, Danke. Also dann, bis morgen", rief er mir im Gehen zu und wechselte die Straßenseite.

"Bis dann", rief ich zurück, aber im lauten Motorengeräusch einer vorbeifahrenden MZ ging es völlig unter.

Am Abendtisch, ich hielt mich strikt an die Anweisungen von Frau Doktor Pieper und aß lediglich etwas Zwieback, erzählte ich Mutti davon, dass sie sich wegen mir keine Sorgen machen musste, da Herr Thiem im Krankenhaus lag und die Prüfung so oder so ausgefallen wäre. Als Jugendliche hatte sie selber Unterricht bei ihm gehabt, und obwohl sie auch immer Probleme mit ihm hatte, respektierte sie ihn dennoch als guten Lehrer und war beunruhigt über die Nachricht seines schlechten Gesundheitszustandes. Davon, dass Mike und ich ihm möglicherweise das Leben gerettet hatten, sagte ich ihr nichts und wahrte so unser kleines Geheimnis. Je weniger davon wussten, umso besser war es, falls doch einmal unangenehme Fragen auftauchten. Diese Taktik hatte sich bis heute schließlich meistens bewährt, zum Beispiel bei der Geschichte vom 1. Mai.

Sabine war erst sehr spät nach Hause gekommen, klopfte aber noch an meiner Tür an, um mir mitzuteilen, dass sie am Morgen kurz im Sekretariat war und Bescheid gesagt hatte, dass ich krank sei. Danach erkundigte sie sich, ob beim Arzt alles geklappt hatte, woraufhin ich ihr die gesamten Vorkommnisse berichtete. Anfangs versuchte sie noch, sich zu beherrschen, aber spätestens als ich ihr sagte, dass die Prüfung auch so nicht stattgefunden hatte, prustete sie los.

"Psst, Mutti ist noch wach", ermahnte ich sie.

"Also ehrlich, dümmer hätte es nun wirklich nicht laufen können", flachste sie.

"Du hast ja keine Ahnung, wie mir der Arsch weh tut", erwiderte ich zickig.

"Niemand hat dich dazu gezwungen."

"Weiß ich selber."

"Hat Mike gesagt, wann die Prüfung stattfinden soll?", sagte sie. "Ich meine, wenn der einen Herzinfarkt hatte, das kann doch Wochen dauern bis der wieder fit ist."

"Wüsste ich auch gerne, wie die das machen wollen. Ich schätze mal, dass die Prüfung bei einem anderen Lehrer stattfinden wird."

"Meinst du?", entgegnete sie nachdenklich.

"In drei Wochen ist Zeugnisübergabe. Ich kann mir beim besten Willen nicht vorstellen, dass er in dieser kurzen Zeit wieder in der Schule sein wird", sprach ich aus reiner Überzeugung.

"Vermutlich nicht. Na ja, irgendetwas werden die sich schon einfallen lassen, um die Prüfung durchzuführen. Vielleicht holen sie ja einen Mathelehrer von woanders."

"Ich muss mich ohnehin erstmal mit meiner Geographieprüfung befassen", sagte ich und fing an zu gähnen.

Mein Gähnen steckte Sabine an. Sie riss den Mund weit auf und ließ dabei ihren Kiefer knacken.

"Autsch", jammerte sie und machte seltsame Bewegungen mit ihrem Mund, als würde sie probieren, irgendetwas darin wieder einzurenken. "Ich glaube, ich muss ins Bett."

"Gute Nacht", flüsterte ich, als sie sich zum Gehen wandte.

"Ebenso", gab sie zurück.

Den folgenden Tag nutzte ich ausgiebig zum Lernen für die Prüfung bei Herrn Ferner und hatte ein gutes Gefühl dabei. Ich fühlte mich befreit vom großen Druck, der in den letzten Tagen wegen Mathematik auf mir gelastet hatte, obwohl ich natürlich wusste, dass ich nicht drum herum kam, demnächst die Prüfung nachzuholen, aber diese Tatsache verdrängte ich einfach.

Nachmittags stattete Mike mir den angekündigten Besuch ab und unterrichtete mich vom neuesten Klatsch und Tratsch in der Schule, wer in welcher Prüfung wie abgeschlossen hatte und was es sonst noch so gab. Die Matheprüfung betreffend gab es keinerlei offizielle Neuigkeiten, aber gerüchteweise war ihm zu Ohren gekommen, dass es Herrn Thiem den Umständen entsprechend wieder besser ging und Herr Schnitzler ihn im Krankenhaus besucht hatte. Bei dem Besuch soll es darum gegangen sein, welche Variante er bevorzugte, also ob er dafür war, dass ein fremder Lehrer organisiert wird, oder ob es möglich wäre, wenn ein Lehrer unserer Schule die Prüfung abnahm unter Verwendung seiner vorbereiteten Unterlagen.

"Angeblich ist unser Klassenleiter im Gespräch", sagte er, "das wäre doch was, oder."

"Das wäre absolut sensationell", erwiderte ich kopfnickend.

"Wie gesagt, das sind alles nur Gerüchte und nichts Genaues weiß man nicht, aber an jedem Gerücht ist ja immer ein bisschen Wahrheit."

"Ich hoffe, dass ganz viel Wahrheit dran ist. Falls ich gefragt werde, bin ich auf jeden Fall dafür", sprach ich.

"Vielleicht steht ja Morgen schon etwas am Brett", munterte er mich auf und entschwand.

Ich beneidete ihn dafür, dass er den Stress der Prüfungen hinter sich gebracht und für seine Verhältnisse gut abgeschlossen hatte. Insgesamt würde zwar nur ein "Befriedigend" auf seinem Zeugnis stehen, aber mehr war auch nicht zu erwarten gewesen, im Gegenteil. Zwischenzeitlich sah es sogar danach aus, als würde er nicht einmal das schaffen, denn im letzten Schuljahr war er stinkend faul. Seit er seine Lehrstelle zum Ausbaufacharbeiter sicher hatte, waren seine schulischen Leistungen stetig bergab gegangen. Wahrscheinlich hatte er sich nur deshalb auf die Prüfungen vorbereitet, weil sein Vater etwas Druck ausgeübt hatte. Schließlich war er es, der ihm die Ausbildungsstelle in seinem Betrieb besorgt hatte. Durch seine Beziehungen spielte das Zeugnis bei der Bewerbung auch nur eine untergeordnete Rolle, aber offenbar wäre es seinem Vater doch peinlich gewesen, wenn Mike die Schule mit einer 4 abgeschlossen hätte.

Ausgeruht und zuversichtlich ging ich am Freitag zur Schule und kam überpünktlich zum Prüfungstermin, so dass ich noch einige Minuten Zeit hatte, mich mit Annette und Steffen zu unterhalten, die ich auf dem Schulhof traf. Steffen kam gerade von seiner Deutschprüfung und Annette musste im Sekretariat etwas abholen.

Um Punkt 11 Uhr begab ich mich zum Quergebäude, in dem sich unser Geographieraum befand und wartete darauf, hineingerufen zu werden. Dann ging alles ganz schnell und nach, weniger als einer halben Stunde, war ich wieder draußen. Ich hatte mich bravourös geschlagen und eine glatte 2 erreicht. Meine Vorzensur war ebenfalls eine 2 gewesen, allerdings eher eine 2- und um mich noch zu verbessern, hätte es schon eines sensationellen Auftrittes bedurft, den nun wirklich niemand von mir erwarten konnte. Nach den Aufregungen der vergangenen Tage war ich mit dem Ergebnis mehr als zufrieden.

Mein Klassenlehrer Herr Ferner, der gleichzeitig mein Geographielehrer war, gratulierte mir als Erster äußerst herzlich zur bestandenen Prüfung, genauso wie die anderen anwesenden Lehrer.

Bevor ich den Raum verließ, meinte er, dass ich noch kurz zum Sekretariat gehen sollte, um zu fragen, ob sich wegen Mathematik schon etwas ergeben hatte.

In der Hoffnung, mir den unschönen Anblick unserer vollschlanken, viel zu doll geschminkten und Kette rauchenden Sekretärin ersparen zu können, ging ich zuerst nachgucken, ob es auf dem schwarzen Brett eine neue Notiz dazu gab, aber da war leider Fehlanzeige. Also klopfte ich vorsichtig an die Tür und vernahm von drinnen ein unfreundliches "Herein".

"Was gibt's denn", empfing sie mich.

Unschlüssig blieb ich im Türrahmen stehen.

"Ich sollte nachfragen, ob sich wegen der Prüfung in Mathematik schon etwas ergeben hat", wiederholte ich fast haargenau den Satz, den Herr Ferner eben zu mir gesagt hatte.

"Nein, bisher noch nicht", erwiderte sie gelangweilt. Wahrscheinlich fragte sie heute jeder Zweite danach. "Herr Schnitzler ist im Moment beim Kreisschulrat und dort wird darüber beraten. Etwas Genaues wird es voraussichtlich nicht vor Montag geben."

"Und worüber wird beraten?", versuchte ich aus ihr herauszukriegen.

"Woher soll denn ich das wissen?", empörte sie sich und zupfte dabei an ihrer mintfarbenen Bluse. "Sobald es dazu etwas Konkretes gibt, wird man am schwarzen Brett eine Nachricht finden."

Eigentlich wollte ich sie aus Spaß noch weiter ausfragen, damit konnte man sie wirklich fuchsteufelswild machen, aber ihre Geste, die sie mir nach Beendigung des letzten Satzes entgegengebracht hatte, ließ mich schnell das Weite suchen. Ihr Gesichtsausdruck sprach Bände und verriet nur zu gut, was sie meinte: "Mehr gibt es nicht zu sagen, du Lümmel und jetzt halte mich nicht länger von der Arbeit ab und sieh zu, dass du Land gewinnst."

Diesmal zog ich es vor, sie nicht zu provozieren und machte mich davon.

Auf dem Weg zum Bäcker begegnete ich zum ersten Mal seit vergangenem Jahr Roberts Schwester Ines. Ich dachte heute noch oft an die Fete und den Moment meines ersten Males mit ihr. So seltsam diese ganze Geschichte damals auch gewesen war, konnte ich mich trotz einiger alkoholbedingter Ausfälle an fast jede Einzelheit in ihrem Zimmer erinnern. Manchmal hatte ich sogar, meistens nachts vorm Einschlafen, mit dem Gedanken gespielt, sie zu besuchen, aber wahrscheinlich hätte sie sich nur darüber lustig gemacht oder es ihrem Freund erzählt. Daher vermied ich lieber jegliche Begegnungen mit Ines. Bei Robert war ich seit der Fete nicht mehr gewesen, wir waren ohnehin nie die dicksten Freunde, und wenn ich Ines irgendwo sah, was aber sehr selten vorkam, dann wechselte ich rechtzeitig die Straßenseite oder versteckte mich hinter einem Gebäude. Es war mir einfach peinlich. Was hätte ich denn sagen sollen?

Heute war ich mit meinem Rad in Gedanken verloren auf dem Bürgersteig gefahren, und als ich Ines erblickte, war es schon zu spät, ein Zusammentreffen zu vermeiden. Sie kam mir ebenfalls auf einem Fahrrad, allerdings auf der von ihr aus falschen Seite entgegen. Sofort stieg mein Blutdruck an und mir wurde richtig heiß im Gesicht. Irgendetwas musste ich jetzt zu ihr sagen, bloß was?

Während ich noch überlegte, waren wir in etwa auf gleicher Höhe. Ich hob zaghaft die rechte Hand zum Gruß, nickte blödsinnig übertrieben in ihre Richtung und wollte gerade meine Stimme erheben, aber sie kam mir zuvor.

"Das ist ja süß", rief sie aus und lächelte mich dabei an, "du wirst ja immer noch rot."

Ehe ich antworten konnte, war sie gut und gerne zwanzig Meter entfernt und ich beließ es dabei. Mann, war das ein peinlicher Auftritt, ärgerte ich mich.

Bewaffnet mit mehreren Stücken leckeren Obstkuchen, den ich beim Bäcker neben der Post erstanden hatte, fuhr ich schließlich zu Oma und Opa. Ich hatte ihnen bei meinem letzten Besuch versprechen müssen, sie sofort nach Abschluss aller Prüfungen zu unterrichten, wie es gelaufen war. Da Mutti und Sabine erst am späten Nachmittag nach Hause kamen, beschloss ich gutgelaunt, mein Versprechen in die Tat umzusetzen.

Es war ein wunderschöner Tag, durch den aufkommenden Wind zwar etwas frisch, aber trotzdem verhältnismäßig warm und deshalb kostete es mich auch nicht viel Überredungskünste, es den beiden schmackhaft zu machen, den Kaffeetisch auf der

Terrasse zu decken.

Sie waren äußerst wissbegierig, was die Einzelheiten meiner Prüfungen anging, und vor allem Opa verlangte jede Kleinigkeit zu erfahren und fragte mich über die Details aus. Ab und zu wurde es Oma zu viel und sie nahm an, dass mich seine teilweise lächerlichen Fragen störten.

"Nun lass doch mal den Jungen in Frieden!", forderte sie ihn dann auf, aber ich winkte stets ab und sagte, dass mich die Fragen keineswegs störten.

Mehrere Stunden verbrachten wir so auf der Terrasse und leerten während dieser Zeit zwei Flaschen bulgarischen Rotweins. Zur Feier des Tages hatte es sich Opa nicht nehmen lassen, aus dem Weinregal im Keller erst eine und später noch eine weitere Flasche seines Lieblingsweines hoch zu holen. Der Rotwein trug den Namen "Sliwen" und schmeckte fast wie Sherry, jedenfalls war er ähnlich süß und süffig.

Wie süffig er wirklich war, begriff ich erst in dem Moment, als ich zur Toilette musste und feststellte, dass ich kaum aufstehen konnte. Nur mit einiger Kraftanstrengung schaffte ich es, mich zu erheben und in Richtung des Badezimmers zu gehen.

Als ich zurückkam, sah ich Opa breit grinsend auf seinem Stuhl sitzen und mir war klar, dass er auch nicht mehr nüchtern war. Oma überredete ihn schließlich, nach drinnen zu kommen, da es inzwischen merklich kühler geworden war. Zusammen räumten wir alles ab, und ich machte mich auf den Nachhauseweg.

Sicherheitshalber fuhr ich mit meinem Fahrrad auf dem Bürgersteig und mied die befahrene Straße. Das war auch besser, denn ich benötigte die gesamte Breite. Wackelnd und mit den Armen schlenkernd, als wäre ich kurz davor, das Gleichgewicht zu verlieren, was auch nicht mal so abwegig war, näherte ich mich unserer Wohnung.

Trotzdem ich einige Stunden bei meinen Großeltern zugebracht hatte, war es noch nicht sehr spät und ich vermutete, dass noch keiner zu Hause sein würde. Ich öffnete die Haustür und fand auf dem Fußboden einen an mich adressierten Brief.

"An Niko", stand darauf; nichts weiter. Verwundert hob ich ihn auf und ging in mein Zimmer. Dort machte ich ihn auf.

Lieber Niko!

"Wollten wir uns nicht eigentlich sehen, nachdem wir unsere Prüfungen hinter uns gebracht haben, oder habe ich da mal wieder etwas falsch verstanden???!!!

Falls das so sein sollte, würde ich es sehr schade finden, weil ich mich wahnsinnig darauf gefreut hatte.

Wie dem auch sei, ich hoffe, dass bei dir alles geklappt hat. Auf alle Fälle habe ich dir ganz doll die Daumen gedrückt. Hat es geholfen?

Tschüß   Deine Sina

Das hatte ich doch in der ganzen Aufregung tatsächlich vergessen. Was musste sie bloß von mir denken?

Bestimmt dachte sie jetzt, dass sie in unserer gemeinsamen Nacht, als wir das erste und bisher leider einzige Mal zusammen geschlafen hatten, nicht mehr war für mich, als ein Spielball meiner Lust und dass ich einfach ihre Gutgläubigkeit und ihr Vertrauen ausgenutzt hatte. Kam die schwachsinnige Idee, uns zwei Wochen lang nicht zu sehen und in dieser Zeit ausschließlich für die Prüfung zu lernen, nicht von mir? Und nun war die Zeit zum Wiedersehen gekommen und ich meldete mich nicht. Würde ich an ihrer Stelle nicht genauso denken?

Ich kam mir so schäbig vor. Wie konnte ich das nur vergessen?

Am besten würde es sein, sofort und ohne Umschweife zu ihr zu fahren, mich zu entschuldigen, sie auf Knien um Verzeihung zu bitten und ihr offen und ehrlich zu beichten, was ich für sie empfand. Kurz und gut, ihr zu gestehen, dass ich sie liebte. Der Wein beflügelte meine Entschlossenheit.

Kurz bevor ich soweit war, die Wohnung zu verlassen, kam zuerst Sabine heim, fragte mich über alles aus und ließ mich nicht eher gehen, bis ich ihr jede Einzelheit erzählte. Sogar über das kleine Trinkgelage bei meinen Großeltern wollte sie alles wissen und amüsierte sich köstlich darüber. Währenddessen verstrichen die Minuten. Als ich endlich fertig war mit meinem Tagesbericht und mich zum Gehen wandte, stand plötzlich Mutti in der Tür und die ganze Geschichte begann von vorne.

Schließlich war es zu spät, um Sina heute noch einen Besuch abzustatten. Daher musste ich mein Vorhaben zähneknirschend auf den morgigen Tag verschieben.

Wir saßen an diesem Abend noch lange zusammen im Wohnzimmer und unterhielten uns bis weit nach Mitternacht.

Später im Bett dachte ich darüber nach, wie schön es doch war, dass trotz aller ab und zu stattfindenden Streitereien mit Sabine und den für Eltern nun einmal obligatorischen Reglementierungen, die auch ich von meiner Mutter des Öfteren zu hören bekam, unsere Familie in schwierigen Situationen immer zusammenhielt und einer für den anderen da war. Gerade in den vergangenen Wochen hatte mir diese Unterstützung wahnsinnig geholfen. Ich war sehr froh, dass es diesen festen Zusammenhalt zwischen uns gab. Wie ich von einigen meiner Klassenklameraden wusste, sah es hinter der oft tadellosen Fassade deren Elternhäuser manchmal alles andere als harmonisch aus.

16

Dieser vermaledeite Sonnabend

Beim Frühstück am nächsten Morgen eröffnete mir Mutti vollkommen überraschend, dass gegen 11 Uhr Herr Klett mit seinem riesigen Autoanhänger vorbeikommen wollte.

Vor etlichen Wochen hatten wir ausgemacht, vor Beginn des Sommers den Schuppen zu entrümpeln, aber davon, dass wir uns auf den heutigen Tag geeinigt hatten, wusste ich nun wirklich nichts mehr.

"Niko, ich habe dich mindestens zwanzig Mal gefragt, wann du dafür Zeit hast", sagte sie etwas grantig, als ich ihr erklärte, dass ich heute keine Zeit hatte, "und es war immer vom Sonnabend nach deinen Prüfungen die Rede, oder hast du das vergessen?"

"Natürlich nicht", verteidigte ich mich, "aber es war nie vom ersten Samstag die Rede. Wir haben gesagt, dass wir die Aktion irgendeinen Samstag nach Abschluss der Prüfungen machen und normalerweise wäre es auch kein Problem, aber heute kann ich nicht."

"Du hörst nie richtig hin", erboste sie sich. "Außerdem musste ich mich danach richten, wann wir von Herrn Klett den Hänger kriegen können. Das ging eben nur heute."

Herr Klett war in unserer Straße der Einzige, der so einen großen Hänger besaß, und Mutti hatte ihn vor langer Zeit gefragt, ob wir uns diesen mal gegen Bezahlung übers Wochenende leihen könnten, um im Garten eine Entrümpelungsaktion zu starten. Da wir selbst kein Auto hatten, meine Großeltern waren ebenfalls ohne Auto, waren wir bei solchen oder ähnlichen Dingen leider auf die Hilfe anderer Leute angewiesen.

Herr Klett war ein untersetzter, glatzköpfiger Mann Mitte Vierzig, der stets freundlich war und wie Mike es treffend ausdrückte, "den Schalk im Nacken" hatte. Mutti kannte ihn ein wenig, weil er der Vater von Ivonne war, die in Sabines Klasse gegangen war. Er reagierte sehr verständnisvoll auf ihre Bitte und erklärte sich aus reiner Nachbarschaftshilfe bereit, uns den Hänger nicht nur für ein Wochenende zu borgen, sondern den Hänger, wenn er beladen war, zur Müllkippe zu fahren. Das setzte allerdings voraus, dass wir ihn schnellstmöglich volladen mussten.

"Also gut, meinetwegen", gab ich klein bei, "aber am frühen Nachmittag muss ich weg. Falls wir es bis dahin nicht schaffen, können wir ja am Sonntag noch den Rest machen."

"Das wird nicht gehen, weil Herr Klett den Hänger morgen selber braucht", erwiderte sie, "deshalb holt er ihn sich heute gegen 17.30 Uhr wieder ab. Die Müllkippe schließt bereits um 6", fügte sie erklärend hinzu, "aber was wir dann nicht geschafft haben, machen wir eben ein anderes Mal."

Das war ja eine tolle Aussicht, falls wir heute nicht fertig wurden, noch ein zweites Mal in diesem Dreck herumwühlen zu müssen, um von oben bis unten in Spinnweben eingehüllt zu werden.

Nachdem ich mir alte Sachen angezogen hatte, die ruhig dreckig werden konnten, machte ich mich mit Sabine an die Arbeit. Unsere Arbeitsteilung sah folgendermaßen aus: sie sollte die zu entsorgenden Dinge aus dem Schuppen holen, draußen hinlegen und ich sollte sie von dort, entweder zu Fuß oder bei sperrigeren Gegenständen mit Hilfe einer Schubkarre zum Hänger bringen, der sich etwa hundert Meter entfernt befand, weil er für den schmalen Weg zwischen den Gärten zu breit war und nicht hindurch gepasst hatte.

Es dauerte keine Viertelstunde und unsere ausgeklügelte Einteilung der Arbeitsgänge musste neu überdacht werden.

Sabine war aus Versehen mit den Haaren in ein Spinnennetz geraten und hatte dabei eine fette Kreuzspinne aufgeschreckt, welche auf der Flucht den kürzesten Weg einschlug, um das Weite zu suchen. Unglücklicherweise führte sie dieser schnurstracks über Sabines Gesicht und löste dabei einen schrillen Signalton aus. Um Hilfe schreiend stürzte sie aus dem Schuppen, riss sich die Trainingsjacke vom Oberkörper und zupfte danach wild die Haare auseinander.

Beim Ertönen des ersten Schreies war ich gerade mit mehreren kaputten Holzlatten unterwegs zum Hänger. Sie stammten noch von der Stelle unseres Zaunes, an der wir im letzten Frühjahr einen Maschendrahtzaun angebracht hatten, weil die alten Holzlatten aufgrund der Witterung marode geworden waren. Sabines Gekreische ließ mich derart zusammenzucken, dass ich die Bretter fallen ließ. Dabei landete eins auf meinem linken Fuß und bohrte sich wie ein Speer zwischen die Zehen. Natürlich war ich so clever gewesen, zum Entrümpeln des Gartens meine Jesuslatschen anzuziehen, und das hatte ich nun davon.

Als der Schmerz nachließ und ich Sabine zur Hilfe eilen konnte, in der Annahme, dass sie sich verletzt hatte, humpelte ich zurück zum Garten.

"Ich gehe dort nicht mehr rein", sagte sie kategorisch und verschränkte die Arme vor der Brust, um ihre Entschlossenheit zum Ausdruck zu bringen. Ich kannte sie nur zu gut und wusste, dass eine Diskussion mit ihr in diesem Moment sinnlos war.

"Wie du willst, dann tauschen wir eben", antwortete ich kurz und knapp.

Das bedeutete für mich, dass ich erst das ganze Zeug aus dem Schuppen kramen musste, wobei ich mächtig viel Staub aufwirbelte und ständig nieste. Dann waren viele Dinge zu schwer, als dass sie es die weite Strecke bis zum Hänger hätte tragen können und deshalb musste ich es selber tun. Sie beschränkte sich darauf, sich den leichten und weniger verschmutzen Gegenständen zu widmen, was wiederum bedeutete, dass der Großteil der Arbeit an mir hängen blieb.

Mutti ließ sich dagegen fast überhaupt nicht sehen; kam nur ein-, zweimal für eine halbe Stunde raus und verschwand bald wieder unter scheinheiligen Vorwänden im Haus.

Als ich endlich das Gröbste auf dem Hänger verladen hatte, war es bereits nach 17 Uhr.

Schnell duschte ich und machte mich danach auf den Weg zu Sina. Ich nahm extra das Fahrrad, um Zeit zu sparen und kam gegen 18.30 Uhr bei ihr an. Eigentlich hatte ich nach dem Mittagessen vorgehabt, zu ihr zu fahren, aber der unvorhersehbare Subbotnik, hatte diese Planung ja leider gegenstandslos werden lassen.

Von meiner wilden Entschlossenheit, die ich am gestrigen Abend, beflügelt von etlichen Gläsern Rotwein, noch verspürt hatte, war heute nicht viel übrig geblieben. Ich hatte keine Ahnung, was ich ihr sagen sollte, wenn wir uns gegenüber stehen würden. Ich befürchtete, nicht den Mut aufbringen zu können, ihr gleich das zu sagen, was ich ihr gestern liebend gerne gesagt hätte. In mir stieg wieder diese latente Feigheit auf, bestimmte Dinge nicht offen auszusprechen und ich überlegte, ob es nicht besser wäre, ihr meine wahren Gefühle in einem Brief zu schreiben, aber da ich bereits in ihrer Straße war, verwarf ich diesen Gedanken sofort wieder. Es ging auch nicht anders, ich musste mich hier und jetzt der Situation stellen. Punkt. Aus.

Ich klingelte und wartete aufgeregt auf Sinas Erscheinen, aber es öffnete niemand. Ich versuchte es erneut. Nichts. Nach zwei weiteren Versuchen ohne Ergebnis gab ich es auf.

Irgendwie war ich traurig, dass sie nicht zu Hause war, denn ich hatte so gehofft, sie wiederzusehen und ihr endlich meine Gefühle zu gestehen.

Auf der anderen Seite konnte ich sie gut verstehen. Es war der erste Sonnabend nach Abschluss der Prüfungen, und überall wurde heute gefeiert. Von vielen wusste ich, dass sie abends zur Disco in den Jugendklub gehen wollten, um dort ausgiebig "die Sau rauszulassen", und im Ort gab es einige Gartenpartys aus demselben Anlass.

Eine davon fand bei Tobias statt, an deren letzte Fete ich nicht unbedingt die besten Erinnerungen hatte, wenn ich an meine vor Jauche stinkenden Klamotten dachte. Alleine bei dem Gedanken daran wurde mir schlecht. Aus meiner Klasse wollten jedenfalls etliche Leute hingehen. Tobias hatte mir auch hoch und heilig versprochen, dass der Rasen im Garten dieses Mal trocken sein wird. Außer ihm hatte mich noch Mike zu überreden versucht, weil er neuerdings ein Auge auf Katrin geworfen hatte, von der er genau wusste, dass sie abends ebenfalls vorhatte, zu seiner Fete zu gehen. Wie immer bei solchen Dingen traute er sich nicht alleine hin und brauchte meinen moralischen Beistand. Ich fand es schon etwas eigenartig, dass er gerade beim Buhlen um Katrin, mit der ich nicht nur einmal abgeschoben war, auf meine Anwesenheit Wert legte. Ich wusste auch nicht so richtig, was er sich davon versprach. Erwartete er sich irgendwelche Tipps von mir? Jedenfalls gefiel mir seine Idee nicht besonders, was ich ihm natürlich nicht so direkt sagte und redete mich damit heraus, noch nicht genau zu wissen, was ich an diesem Abend machen werde. Das stimmte zwar auch, war allerdings nur die halbe Wahrheit. Ich kannte Katrin durch unsere damaligen gelegentlichen Techtelmechtel, das letzte lag nun schon über ein Jahr zurück, besser als die meisten Jungen unserer Klasse und vermutete seit längerem, dass sie gerne mit mir gegangen wäre. Das hatte sie mir auch schon mehrfach zu verstehen gegeben, aber es beruhte leider nicht auf Gegenseitigkeit. Sie war lieb und nett, sah einigermaßen aus und war ein echter Kumpel, aber für mich war da einfach nichts weiter. Ich war mir sicher, dass Mikes Chancen bei ihr nicht unbedingt gestiegen wären, wenn wir uns gemeinsam bei Tobias hätten sehen lassen. Aus diesem Grund zog ich es vor, dieser Party lieber fernzubleiben.

Sina hatte wahrscheinlich keine Lust gehabt, darauf zu warten, ob ich denn gnädigerweise vorbeikommen würde, während alle ihre Klassenkameraden feierten. Das konnte ich auch sehr gut nachvollziehen. Sollte sie sich diesen Abend etwa von mir verderben lassen? Natürlich nicht. Ich an ihrer Stelle hätte bestimmt genauso gehandelt und wäre mich amüsieren gegangen, wenn ich das Gefühl gehabt hätte, verarscht zu werden. Musste sie es nicht genau so empfinden?

Die Frage, die ich mir nun stellte, war ganz einfach: Wo konnte sie hingegangen sein? Ziellos radelte ich durch die Straßen und zermarterte mir den Kopf. Von Frank, den ich vor ein paar Tagen zufällig getroffen hatte, wusste ich, dass Andy, der Libero unserer Fußballmannschaft, bei seinem Vater im Garten eine kleine Fete machen wollte, zu welcher ein Großteil aus ihrer Klasse eingeladen war. Beide waren Sinas Klassenkameraden, und es war nicht so abwegig, sie dort anzutreffen. Dummerweise hatte ich keine Ahnung, wo der Vater von Andy wohnte.

Ich wusste zwar, dass seine Eltern sich vor Jahren hatten scheiden gelassen und er seitdem mit seiner Mutter in der Berthold- Brecht- Straße wohnte, aber mir gegenüber hatte er nie erwähnt, wohin sein Vater damals gezogen war. Ich dachte immer, er wäre ganz aus Mollin weggegangen. Offenbar hatte ich mich darin geirrt.

Wen konnte ich fragen, wo die Fete stattfand? Nach reichlicher Überlegung, kam ich zu dem Entschluss, dass Ronny es wissen könnte. Die hingen beim Training doch meistens zusammen. Also beschloss ich, ihm einen Besuch abzustatten.

"Er ist nicht zu Hause", erklärte mir sein ein Jahr jüngerer Bruder.

"Hat er gesagt, wohin er gehen wollte?", quetschte ich ihn aus.

"Zu irgendeiner Fete", antwortete er gleichgültig.

"Zu Andys?"

"Ich glaube, ja", erwiderte er.

"Weißt du, wo genau die stattfindet?"

"Klaro."

"Wirklich?", fragte ich perplex.

"Wenn ich es doch sage", leierte er in seiner Ehre angegriffen.

"Lass dir doch nicht jedes Wort aus der Nase ziehen", sagte ich neugierig. "Also, wo ist es?"

"Es ist das allerletzte Haus rechts am Ende der Straße, kurz bevor der Wald beginnt", erklärte er etwas beleidigt.

"Dieses große Haus, das so nah am Zaun steht?".

"Genau."

"Ich dachte immer, diese Villa gehört irgendeinem ..."

"... Bonzen?", beendete er meinen Satz.

"Sozusagen", entgegnete ich.

"Sein Alter ist wohl auch einer davon", spekulierte er. "Auf alle Fälle hat Ronny mal so etwas in der Art erzählt."

"Echt? Das wäre mir neu", sagte ich überrascht, "aber das kann man ja nie genau wissen."

"Eben", erwiderte er.

Nachdem ich mich für seine Auskunft bedankt hatte, worauf er lässig "Keine Ursache" entgegnete, stieg ich auf mein Rad und fuhr zu dem Grundstück am Ende der Straße. Die laute Musik war schon aus einiger Entfernung zu hören und ließ keinen Zweifel daran, dass ich hier richtig sein musste.

Ich mochte es für gewöhnlich überhaupt nicht, zu einer Fete zu gehen, ohne direkt eingeladen zu sein. Deshalb hatte ich auch ein mulmiges Gefühl, als ich den Garten betrat und kam mir ziemlich blöd vor.

Ich nahm mir vor, nur schnell nachzugucken, ob Sina dort war. Falls nicht, hatte ich die Hoffnung, dass mir ja möglicherweise jemand sagen konnte, wohin sie heute gehen wollte.

Der Lärm kam aus der Garage hinter dem Haus, und ich steuerte langsam darauf zu. Zum Glück begegnete ich auf dem Weg dorthin Ronny, der gerade um die Ecke kam und mich überschwänglich begrüßte.

"Das ist ja super, dass du gekommen bist. Hat Bernd also doch noch Bescheid gegeben."

"Bernd?", wiederholte ich. Ich verstand nicht, was er meinte.

"Jetzt fehlen nur noch Timmy, Stefan und Bernd, ansonsten ist unsere Mannschaft komplett", stellte er erfreut fest.

Allmählich dämmerte es mir und ich konnte mir zusammenreimen, worauf er hinaus wollte. Anscheinend hatte Andy zu seiner Fete nicht nur einen Teil seiner Mitschüler eingeladen, sondern dazu alle aus unserer Mannschaft, die ebenfalls die Prüfungen hinter sich gebracht hatten. Die meisten, die in der Jugendmannschaft mitspielten, gingen ja auch in die zehnten Klassen Mollins. Da wir aber seit zwei Wochen kein Training hatten, sahen wir uns in dieser Zeit nicht. Deshalb hatte er Bernd aus meiner Klasse beauftragt, mir die Einladung zu überbringen. Durch meine Abwesenheit in der Schule am Mittwoch und Donnerstag waren wir uns allerdings nicht über den Weg gelaufen, so dass ich nichts davon wusste.

Ihm gegenüber erwähnte ich nichts von meinem eher zufälligen Besuch, war aber froh darüber, kein ungebetener Gast zu sein und schlenderte zur Garage, um die anderen zu begrüßen und vor allen Dingen, Ausschau nach Sina zu halten.

Dort standen ein paar Leute, die ich nicht kannte. Nachdem ich kurz "Hallo" gesagt hatte, ging ich zum Eingang.

Die beiden hölzernen Torflügel standen weit offen und waren mit Ziegelsteinen so befestigt, dass sie nicht vom Wind zugedrückt werden konnten. Mit einer Gardinenstange hatte man provisorisch einen Vorhang am Querbalken angebracht, welcher aus einer riesigen schwarzen Baumwolldecke bestand. Diese schob ich zur Seite und fand mich dahinter mitten in einem bunt ausgeschmückten Raum wieder, der viel größer war, als ich es erwartet hatte. Er war mindestens doppelt so groß, wie eine herkömmliche Garage. Es hätten locker zwei Autos hintereinander darin Platz gehabt.

Andy erblickte mich zuerst und stimmte sofort sein obligatorisches "Niko vor, noch ein Tor" an, welches mir die restliche Sippschaft nun vielstimmig entgegen schmetterte. Trotz des abgedunkelten Raumes war es nicht zu übersehen, dass einige schon längere Zeit hier zugebracht haben mussten und währenddessen dem Alkohol gefrönt hatten. Außerdem waren nur vereinzelt weibliche Gäste auszumachen und es sah mehr nach einem Besäufnis aus, als nach einer Fete mit Tanzen und solchen Sachen.

Von Sina war natürlich nichts zu sehen, und ich ärgerte mich etwas über mich selber. Eigentlich hätte ich mir das auch denken können. In ihrer Klasse gab es, genauso wie bei uns, unterschiedliche Cliquen und mit den Truppenteilen um Andy hatte sie nie viel zu tun gehabt.

Ich holte mir ein Bier und nahm mir vor, nicht lange zu bleiben, nicht länger als nötig, weil ich genau wusste, was dann passieren würde. Ich konnte die Sprüche schon fast hören: "Ach nun komm schon, ein Bierchen wirst du doch noch trinken können!". Nein, heute ging es nicht.

Was einen möglichen Aufenthaltsort Sinas betraf, kam ich auch nicht weiter. Selbst Frank, der kurz nach mir gekommen war, konnte sich nicht vorstellen, wohin sie gegangen sein konnte, außer vielleicht in die Disco im Jugendklub.

"Ich treffe mich da gegen 21 Uhr mit Antje, Grit und einigen anderen", sagte er, "wenn du Lust hast, komm doch mit!"

"Da wollte ich sowieso noch hin", erwiderte ich.

"Prima", antwortete er und fügte leise hinzu, "ist bestimmt mehr los als hier. Meinst du nicht?"

"Schon möglich."

"Garantiert", flüsterte er.

Frank mochte diese Art Partys nicht und war nur deshalb hergekommen, weil Andy ihn mehrfach gefragt hatte, ob er kommen würde. Für ihn war es definitiv nur ein Pflichtbesuch. Daraus machte er mir gegenüber auch kein Hehl. Seine Freundin Antje hatte er allerdings nicht überreden können und daher hatten sie ausgemacht, sich später in der Disco zu treffen.

Als wir nach nicht einmal einer Stunde wieder gingen, redeten wir uns damit heraus, im Jugendklub noch verabredet zu sein, aber später ganz bestimmt zurückzukommen, obwohl wir das beide nicht vorhatten.

Da Frank ohne sein Fahrrad da war, setzte er sich auf meinen Gepäckträger. So fuhren wir wacklig zum Jugendklub.

Dort war es diesmal voller als sonst. Draußen bildete sich eine kleine Schlange, an die wir uns anstellten.

Die Disco begann sonnabends seit neuestem bereits um 19.30 Uhr und wenn man, so wie wir am heutigen Abend, erst später kam, war es am Einlass fast immer leer.

Es dauerte einige Minuten, bis wir an der Reihe waren. Nachdem wir an der Kasse den Eintrittspreis hingeblättert hatten, durften wir passieren.

Neben der Garderobe hing ein Plakat, auf dem eine leichtbekleidete Frau dargestellt war, um deren Hals sich eine Schlange wand. Während Frank seine Jacke abgab, musterte ich das Bild und fragte mich, ob es sich dabei um eine Fotomontage wie bei John Heartfield oder eine richtige Fotografie handelte.

"Hoffentlich ist das die zwei Mark mehr auch wert", sagte Frank und deutete auf das Foto.

"Wenn die genauso wenig an hat wie da", mischte sich ein Typ hinter uns ein und zeigte mit dem Finger auf ihren freizügigen Busen, "dann bestimmt."

"Warten wir es mal ab!", rief Frank ihm hinterher, aber das hörte er schon nicht mehr.

"Ich habe mich schon gewundert, warum die heute 5,60 Mark verlangt haben", sprach ich.

"Das ist noch nicht lange so", erklärte er mir. "Hat der neue Chef eingeführt, um etwas Abwechslung hereinzubringen. Manchmal spielt jetzt sogar eine Gruppe."

"Ich wusste gar nicht, dass Holger nicht mehr den Jugendklub leitet", sagte ich verwundert.

"Echt nicht?", entgegnete er. "Dann musst du ja schon seit mindestens zwei Monaten nicht hier gewesen sein, oder?"

"Solange kann es nicht her sein", gab ich zur Antwort.

"Doch ganz bestimmt", beharrte er darauf.

"Lass mich mal überlegen, wann ich zum letzten Mal im Jugendklub war", grübelte ich. "Ich weiß, es war Ende April", sprudelte es aus mir heraus, " genau, Ende April ist es gewesen."

"Meinetwegen, dann ist es eben erst sechs Wochen her", rechnete er nach.

"Hast du eine Ahnung, weshalb Holger nicht mehr hier ist."

"Nö, jedenfalls nicht richtig", erwiderte er achselzuckend, "gerüchteweise hing seine Ablösung mit der Sache vom "Friedensplatz" zusammen."

"Er ist abgelöst worden?", rief ich empört aus, "aus welchem Grund denn?"

"Angeblich wohl deshalb, weil die Stasi vermutet hat, dass die Rowdys, die den Platz zerstört haben, an diesem Abend bei einer privaten Feier im Jugendklub gewesen sind. Er hat ausgesagt, dass er sich das nicht vorstellen kann. Als sie versucht haben, ihn darüber auszufragen, wer sich an dem Abend dort aufhielt, soll er geantwortet haben, dass er alle nur vom Sehen her kennt, aber keine Namen. Daraufhin hat man ihn verdächtigt, die Täter nicht nur zu kennen, sondern sogar zu schützen."

"Das ist ja ein Hammer", stellte ich fest.

"Na ja, wie gesagt, es ist nur ein Gerücht."

"Ja, aber in jedem Gerücht steckt ein Körnchen Wahrheit", sagte ich und fügte traurig hinzu, "und manchmal auch erheblich mehr als das."

"Ist gut möglich", entgegnete er. "Auf jeden Fall war die Art und Weise äußerst seltsam, in der man ihn abserviert hat. Innerhalb nicht einmal einer Woche war er plötzlich spurlos verschwunden."

"Das ist ja ein Ding", sprach ich geknickt und fühlte mich schuldig, "wenn er wirklich wegen dieser Geschichte seinen Job verloren hat", dachte ich und machte mir riesige Vorwürfe.

"Angeblich soll er jetzt in einem Jugendklub in Berlin arbeiten", unterbrach Frank meine Gedankenspiele.

"Woher weißt du das nun schon wieder?", wurde ich hellhörig.

"Kerstin hat ihn irgendwann auf dem Alex getroffen. Da hat er es ihr selber erzählt", antwortete er.

"Und was hat er noch gesagt?", stocherte ich nach.

"Nichts weiter. Sie haben sich ja nur kurz gesprochen, weil sie ihre Bahn kriegen musste."

"Schade", sagte ich, "es hätte mich mal interessiert, was er so treibt."

Verwundert guckte er mich an. "Du tust ja fast so, als wärt ihr die besten Freunde gewesen."

"Das nun nicht gerade, aber er war immer nett und freundlich oder findest du das nicht?", versuchte ich, mein großes Interesse an Holgers Schicksal zu rechtfertigen, ohne den geringsten Verdacht seinerseits zu erregen.

"Und wenn schon", erwiderte er verständnislos, "er war halt der Klubleiter und jetzt gibt es halt einen neuen. Basta. Außerdem finde ich die Sachen gut, die seitdem hier veranstaltet werden."

"Welche Sachen meinst du denn?"

"Kannst du dich noch erinnern, wann es im Jugendklub vorher das letzte Mal ein Rockkonzert gegeben hat?"

"Was hat das denn damit zu tun?", ereiferte ich mich.

"Was das damit zu tun hat?" sagte er, "also ich würde mal sagen, einen ganze Menge. Kannst du dich nun erinnern oder nicht?"

"Woher soll ich das wissen?"

"Du weißt es nicht, oder?", lockte er mich aus der Reserve.

"Nein, ich weiß es nicht", gab ich kleinlaut zu.

"Siehst du, ich auch nicht, aber soweit ich mich erinnere, hat es solche Dinge in unserem Klub noch nie gegeben, weder Konzerte, noch Modenschauen oder irgendwelche anderen Showeinlagen. Ehrlich, mir gefällt das besser als vorher."

"Ich habe ja nicht gesagt, dass ich es blöd finde", verteidigte ich mich.

"Und ich wollte nicht sagen, dass es mir damals nicht gefallen hat, nur als Holger hier das Sagen hatte, gab es nichts außer einer normalen Disco und insofern finde ich es jetzt abwechslungsreicher."

"So gesehen, stimmt es schon", sprach ich nachdenklich.

"Ich habe übrigens gehört", fing er an, "aus welchem Grund sie das alles organisieren. Der Jugendklub gehört ja bekannterweise, als soziale Einrichtung sozusagen, zur FDJ und der Leiter des Klubs wird von der Kreisleitung eingesetzt."

"So ein Quatsch", fiel ich ihm ins Wort, "ich glaube nicht, dass Holger damit etwas am

Hut hatte."

"Glaubst du im Ernst, er hätte den Posten ansonsten bekommen?", fragte er mich eindringlich und gab die Antwort gleich selbst. "Natürlich nicht."

Das Gespräch verwirrte mich und meine Lust es fortzuführen, hielt sich wirklich in Grenzen, aber Frank gab keine Ruhe.

"Jedenfalls soll es nach dem Vorfall vom 1. Mai bei der FDJ- Kreisleitung eine Krisensitzung gegeben haben, auf der einerseits beschlossen wurde, Holger durch einen linientreueren Leiter zu ersetzen, der nicht nur Mitglied der FDJ ist, sondern noch dazu in der Partei."

Ich wollte gerade anfangen zu protestieren, aber Franks abwinkende Handbewegung ließ mich verstummen, und so fuhr er fort.

"Und andererseits hat man den Beschluss gefasst, das kulturelle Angebot in Mollin und Umgebung zu verbessern, um Alternativen zum Frustsaufen am Wochenende anzubieten, in der Hoffnung, dass sich so ein Vorfall wie der am Friedensplatz nicht wiederholen wird."

"Wenn ich dich richtig verstehe, veranstaltet man diese Schlangenshow heute also deshalb, damit die Leute nüchtern bleiben, weil sie die Show sehen wollen?"

"Ganz genau", antwortete er.

Ich konnte nicht mehr an mich halten und fing schallend an zu lachen.

"Ich sage ja nur das, was ich gehört habe", sprach er etwas beleidigt.

"Wer zum Teufel erzählt solch einen Scheiß?", quetschte ich ihn aus, aber er gab keine Antwort und da er seine Quelle nicht preisgeben wollte, bedrängte ich ihn nicht weiter.

Ich konnte seine äußerst eigenartige Sichtweise zwar nicht teilen, aber ich konnte ihm auch schwerlich mein schlechtes Gewissen hinsichtlich Holger erklären, welches mich nun befallen hatte und schwieg deshalb.

Langsam arbeiteten wir uns vor in den Saal. Es war wie immer völlig verqualmt. Die Nebelschwaden der Zigaretten waberten über unseren Köpfen dahin. Noch dazu war es diesmal regelrecht überfüllt. Nur mit Mühe ergatterten wir einen Platz neben der Tür, von wo aus wir nach bekannten Gesichtern Ausschau halten konnten.

Ich suchte von dort den Raum nach Sina ab und reckte meinen Hals in die Höhe, aber leider konnte ich sie nirgends entdecken. Frank brauchte dagegen nicht lange, um Antje auf der Tanzfläche auszumachen.

"Da drüben", zeigte er und begann augenblicklich, uns einen Weg durch die Massen zu bahnen. Ich folgte ihm durch die schmale, sich öffnende Gasse, die sich, sofort nachdem sie uns verschluckt hatte, wieder hinter uns schloss.

Antje führte uns zu einem Tisch am Ende des Saales. Es war derselbe Tisch, an dem wir damals gesessen hatten, als ich meinen Geburtstag hier gefeiert hatte. Von dort gab es den besten Ausblick über die Tanzfläche hinweg zur Bühne.

Frank unterhielt sich angeregt mit Antje und da ich die zwei nicht stören wollte, setzte ich mich neben Grit auf einen der freien Plätze und wir begannen, über unsere Prüfungen zu reden. Da ich wusste, dass sich Grit und Sina nicht sonderlich mochten, traute ich mich nicht, sie zu fragen, ob Sina hier war und suchte während unserer Unterhaltung mit meinen Augen die ganze Zeit den Jugendklub nach ihr ab.

Nach einer Weile kam Frank an den Tisch und begrüßte einige Leute. Antje hockte sich neben Grit und mich auf den Boden und überredete sie, mit ihr zu tanzen. Grit ließ sich nicht lange bitten und zur Musik von "Bananarama" enterten sie gemeinsam die Tanzfläche und begannen wild herumzuspringen.

"Ich muss dich enttäuschen, Niko, aber Sina ist bisher noch nicht aufgetaucht", brüllte mir Frank zu und ließ sich auf Grits Stuhl nieder.

"Hast du Antje gefragt?"

"Ja und sie meint, dass sie schon kurz nach 19.30 Uhr drinnen waren, damit sie einen Tisch bekommen, aber von ihr war keine Spur zu sehen. Tut mir echt leid."

"Das ist ja eine schöne Pleite", gab ich zur Antwort und versuchte, es witzig klingen zu lassen. In Wirklichkeit war es für mich alles andere als das. Ich hätte heulen können.

"Vielleicht kommt sie ja noch später", tröstete er mich.

"Kann ich mir nicht vorstellen", sagte ich, "wenn sie vorgehabt hätte herzugehen, dann wäre sie sicher schon hier."

"Ich hole uns erstmal ein Bier, in Ordnung?"

"Das ist nett gemeint, aber ich denke, ich werde wieder abhauen", entgegnete ich.

"Bevor die Schlangenfrau nicht aufgetreten ist", guckte er mich böse an, "lass ich dich nicht gehen. Denke doch bloß mal an das Foto im Foyer! Willst du dir dieses Spektakel etwa entgehen lassen?"

"Na gut, meinetwegen bleibe ich noch solange da, aber nach dem Auftritt düse ich los."

"Das ist doch ein Wort", sagte Frank und besorgte uns leckeres Fassbier vom diesjährigen Maibock.

Geistesabwesend, fast apathisch, saß ich auf meinem Stuhl und beobachtete die tanzenden Gestalten, zu denen sich inzwischen auch Frank gesellt hatte. Die Hoffnung, Sina doch noch zu treffen, rückte von Minute zu Minute in immer weitere Ferne.

Unbeweglich verharrte ich in Erwartung der Schlangenfrau, fest dazu entschlossen, den Ort des Geschehens danach sofort zu verlassen.

Schließlich war es endlich soweit. Das Licht im Saal wurde vollständig gelöscht und ein Scheinwerfer richtete seinen schwachen Lichtstrahl auf die Bühne.

"Komm mit, wir gehen vor!", rief mir Grit zu, als sie an mir vorbeihuschte Richtung Bühne.

Einen winzigen Moment war ich unschlüssig und reagierte nicht. Als ich mein Zögern überwand, war es bereits zu spät.

Ehe ich mich versah, stürmten nämlich alle wie die Wilden nach vorne und bauten sich dort auf, ähnlich einer grünen Mauer aus Gestrüpp, die einem nur manchmal einen kurzen Blick hindurch gewährte, wenn der Wind die Äste zur Seite bog oder ein Sonnenstrahl hindurchschien. Um überhaupt etwas zu sehen, musste ich mich erheben, aber auch im Stehen war es von dieser Stelle unmöglich, einen Blick zu erhaschen. Entgegen dem Strom drängelte ich mich nach hinten und suchte nach einem ruhigen Platz, von dem aus ich die Bühne einsehen konnte.

Schließlich fand ich ihn in der hintersten Ecke des Saales, eingekeilt zwischen dem linken Teil der Bar, an dem nicht bedient wurde und einem der großen Raumteiler, von denen es hier nur so wimmelte. Sie trennten auf beiden Seiten der Bar die einzelnen Tische in gemütliche Nischen. Das war aber nur in diesem Teil des Jugendklubs so. Normalerweise saßen dort nur die richtigen Stammgäste. Ich hatte dort jedenfalls noch nie gesessen.

Der Diskjockey öffnete nun sein Mikrofon, räusperte sich ein wenig und kündigte den Auftritt der Schlangenfrau an. "Meine Damen und Herren, begrüßen sie jetzt mit mir zusammen die wunderschöne Samira mit ihrer Schlangenshow. Applaus, bitte."

Da die angeblich wunderschöne Samira nicht gleich auftauchte und damit den Beweis ihrer Schönheit vorerst schuldig blieb, fiel der Applaus ziemlich spärlich aus. Ich wusste ohnehin nicht genau, warum ich zu ihrer Begrüßung klatschen sollte und fragte mich insgeheim, ob ihre Show die zwei Mark mehr überhaupt rechtfertigen würde. Eine orientalische Musik setzte ein und Samira betrat die Bühne. Bei ihrem Anblick verflogen augenblicklich meine Zweifel und ich befand, dass mein gezahlter Kulturbeitrag bestens angelegt war.

Langanhaltender Applaus, hauptsächlich von den männlichen Besuchern, wie ich vermutete, begleitete ihren Gang zur Bühnenmitte. Um den Hals hing eine riesige, mindestens anderthalb Meter lange Schlange, die sich um ihren Körper gewunden hatte. Ihre Kleidung war sehr exotisch und extravagant gewählt und was bestimmt nicht nur mich erfreute: allzu viel hatte Samira nicht an. Über den roten lackierten Stöckelschuhen mit den Pfennigabsätzen glitzerte durch die Scheinwerfer golden ihre Strumpfhose, die sich unter einem hautengen schwarzen Minirock aus Leder verlief und oben herum trug sie nichts außer einem sehr knappen Bustier, welches ebenfalls aus Leder bestand und offenbar mit dem Rock zusammengehörte. Um die Unterarme hatte sie lederne Manschetten gebunden. Die langen rotblonden Haare, bändigte sie mit einem Haarband, welches ihre "Löwenmähne" so fest nach hinten straffte, dass es ihr einen dominanten Ausdruck verlieh. Das Einzige, was mir an Samira nicht gefiel, war das viel zu stark geschminkte Gesicht, aber damit hatte ich schon immer meine Schwierigkeiten. Meistens stand ich bei meinen Freunden mit dieser Ansicht allerdings alleine da, wenn ich bei einem Mädchen das übermäßige Auftragen von Tusche, wie ich es ausdrückte, bemängelte. Für mich hatte das immer den Anschein, als wollte diejenige irgendetwas verdecken oder ihrem Gesicht eine Note geben, die es ohne Schminke nun einmal nicht hatte. Auf jeden Fall bevorzugte ich diese gewisse Art Natürlichkeit und fand es viel schöner, wenn ein Mädchen nur bestimmte Partien im Gesicht hervorhob, in dem sie zum Beispiel ein bisschen Lippenstift einsetzte, aber dieses vollständige Zukleistern war nicht mein Fall.

Komisch, dass sich Sina nie zu schminken brauchte und trotzdem am hübschesten von allen aussah. Obwohl ich darüber nachdachte, konnte ich mich nicht erinnern, sie jemals großartig geschminkt gesehen zu haben, vom dunklen Lippenstift, den sie ab und zu trug, mal abgesehen.

Vorne tanzte Samira anmutig über die Bühne, hob dabei langsam die Schlange in die Höhe und drehte sich wie in Zeitlupe um die eigene Achse. Im Stroboskoplicht schienen beide miteinander zu verschmelzen und eins zu werden. Es sah aus wie bei einer kultischen Handlung, wie man sie manchmal in Spielfilmen oder Dokumentationen über irgendwelche Naturvölker bewundern konnte.

Im nächsten Augenblick streckte sie ihre Arme aus wie Flügel, und die Schlange kringelte sich behände um diese, die den ausgebreiteten Schwingen eines Adlers ähnlich sahen und zeigte ihre ganze Länge. Sie war riesig.

"Na, wen haben wir denn hier?", hörte ich eine tiefe eintönige Stimme neben mir sagen und war plötzlich von drei finster drein blickenden Gestalten umgeben.

Sie bauten sich kreisförmig vor mir auf und drängten mich an die Wand, so dass ich keine Möglichkeit hatte, ihnen zu entrinnen. Es war sehr dunkel und deshalb konnte ich nicht viel von ihnen erkennen, aber trotzdem war ich mir ziemlich sicher, keinem der drei jemals begegnet zu sein.

"Du wirst dich doch sicher noch an mich erinnern können, oder?", sagte der Wortführer und stieß mich schmerzhaft gegen das rechte Schlüsselbein. Bevor ich mich wehren konnte, drückten mich seine beiden Begleiter gegen die Wand.

"Ich wüsste nicht woher", sprach ich mit zittriger Stimme und versuchte, mich nicht einschüchtern zu lassen.

"Er weiß nicht woher", sagte er fies zu seinen Kumpels und versetzte mir einen

Schlag in die Magengrube. Von der Heftigkeit des Schlages krümmte ich mich zusammen und bekam einen kurzen Augenblick keine Luft. Als ich mich aufrichtete, kam er mit seinem Gesicht ganz nah an meines heran und flüsterte: "Glaubst du kleiner Wichser im Ernst, dass du mir einfach so meine Freundin ausspannen kannst, ohne Konsequenzen? Glaubst du das, hä?"

Sein widerlicher Mundgeruch von schalem Bier und kaltem Zigarettenrauch stieg mir in die Nase und ich hielt den Atem an. Wenn diese Typen mich nicht vollkommen verwechselten, wovon ich nun wirklich nicht ausging, dann konnte es sich eigentlich nur um Sinas Exfreund Detlef handeln, aber hatte sie mir nicht erzählt, dass sie schon seit längerem nicht mehr zusammen waren?

Erneut erntete ich einen Magenstüber.

"Ich habe dich etwas gefragt, du Arschgesicht, schon vergessen?"

"Nein", antwortete ich.

"Nein, was soll das heißen?", brüllte er mich aggressiv an, "ich poliere dir gleich die Fresse."

"Anscheinend verwechselst du mich mit jemandem", entgegnete ich ruhig und löste damit bei seinen Kumpanen Gelächter aus. Detlef wurde dadurch noch aggressiver.

"Höre gut zu, denn ich werde das jetzt nur einmal sagen!", hauchte er mir seinen ekligen Atem ins Gesicht. "Niemand und wenn ich niemand sage, dann meine ich auch niemand, niemand fasst mein Eigentum an. Wenn ich dich irgendwann noch mal in Sinas Nähe sehe oder mir irgendjemand davon erzählt, dann mache ich dich fertig. Ist das klar?"

Er wollte mir gerade wieder in den Magen boxen, aber dieses Mal war ich schneller. Mit einem kräftigen Ruck, der meine Peiniger offenbar überraschte, machte ich mich los und stieß Detlef zur Seite. Es setzte ein wildes Gerangel ein und dadurch wurden einige Leute, die in der Nähe standen, auf uns aufmerksam und kamen mir zu Hilfe. Es dauerte nicht lange und einige Mitglieder der Ordnungsgruppe tauchten auf und beförderten die drei kurzerhand nach draußen. Dabei schlug Detlef um sich und versuchte, sich mehrmals loszureißen, aber ein stämmiger Bursche namens Dieter drehte ihm schließlich den Arm um und schob ihn Richtung Ausgang.

"Wir sind noch nicht fertig, das verspreche ich dir", hörte ich ihn noch hysterisch schreien, bevor sich die Tür hinter ihm schloss. Ich war mir aber nicht sicher, wem diese Drohung galt. "Vielleicht meinte er ja überhaupt nicht mich", versuchte ich mir später einzureden, "sondern den Ordner." Allerdings war das eher unwahrscheinlich, da sich sein Hass, so wie es mir vorkam, ausschließlich gegen mich projizierte.

"Du blutest aus der Nase", sagte ein Mädchen und reichte mir ein Papiertaschentuch.

"Wirklich?", fragte ich überrascht und merkte in diesem Moment, wie etwas Flüssiges meine Oberlippe berührte. "Das habe ich noch gar nicht mitgekriegt." Vorsichtig wischte ich das Blut ab und hielt den Kopf ein wenig nach oben, um das weitere Bluten zu stoppen.

"Was war denn überhaupt los hier", fragte mich einer der Ordner.

Gespannt warteten alle auf eine Erklärung, aber ich verspürte keine große Lust dazu, den wahren Grund zu erzählen, weil es mir etwas peinlich war. Außerdem ging es auch keinen etwas an.

"Das wüsste ich selber gerne", erwiderte ich. "Ich stand dort und habe mir die Show angeschaut, als die plötzlich vor mir standen und anfingen, mich anzumachen."

"Einfach so?", fragte ungläubig das Mädchen, welches mir das Taschentuch gegeben hatte.

"Ja, einfach so", gab ich zurück.

"Die haben doch wohl den Arsch offen", ereiferte sie sich, "was für Idioten."

"Die brauchen sich hier jedenfalls so bald nicht mehr sehen lassen. Dafür werde ich sorgen", sprach der neue Jugendklubleiter, der sich inzwischen dazu gesellt und sich nach meinem Befinden erkundigt hatte.

"Ist ja glücklicherweise nicht viel passiert", wiegelte ich ab und bedankte mich für die schnelle Hilfe der Ordner.

Während der ganzen Zeit war die Showeinlage auf der Bühne weitergegangen und durch das laute Klatschen der begeisterten Zuschauer hatten nur die Leute in den hinteren Reihen mitbekommen, was vorgefallen war.

Mein Nasenbluten hatte endlich aufgehört und ich ging zur Toilette, um mir das Gesicht zu waschen. Ich war gerade dabei, mit einem Stück Papier, das ich feucht gemacht hatte, die Blutflecken unterm Kinn abzutupfen, als die Tür aufging und Frank hereinstürmte.

"Mensch, Niko, was ist denn mit dir passiert?", rief Frank erschrocken aus, als er mich sah.

"Das lässt sich leider nicht so ohne weiteres erklären", antwortete ich.

"Wieso?"

"Also, ehrlich gesagt, ich weiß es selber nicht genau", fing ich an. "Detlef und zwei seiner Kumpels sind auf mich zugekommen und haben mich angemacht. Einfach so."

"Dieser bekloppte Ex- Typ von Sina?", wunderte er sich.

"Genau der", entgegnete ich.

"Aber was wollte der denn von dir? Ich denke, Sina hat mit ihm Schluss gemacht. Vor Monaten schon."

"Das habe ich auch gedacht, aber er meinte, sie wären noch zusammen, und ich solle meine Finger von ihr lassen", sagte ich.

"Was?", schüttelte er den Kopf. "Das hat er tatsächlich gesagt. Hat der sie noch alle?"

"Ich meine, vielleicht stimmt es ja und er hat Recht gehabt", gab ich zu bedenken. "Ich habe Sina seit vierzehn Tagen nicht mehr gesehen. Es kann ja immerhin sein, dass sie sich wieder vertragen haben."

"Nach all dem, was mir Antje über dieses Arschloch erzählte, kann ich das nicht glauben", erwiderte er.

"Was hat sie denn erzählt?", fragte ich neugierig.

"Das lass dir mal am besten von ihr selbst berichten. Im Gegensatz zu mir, weiß sie es nämlich aus erster Hand, von Sina."

"Ich habe gedacht, dass die zwei sich nicht mehr so gut verstehen", sprach ich.

"In letzter Zeit glucken sie wieder häufiger zusammen", erläuterte er "und soweit ich es mitgekriegt habe, ist es so, seitdem sie diesem Vogel den Laufpass gegeben hat. Es war ja nicht so, dass sie sich zerstritten hatten, aber Antje mochte Detlef und seine sogenannten Freunde von Anfang an nicht besonders. Das war ja auch der Grund dafür, dass sie kaum noch etwas gemeinsam unternommen haben."

"Ach so war das", begann ich allmählich zu verstehen.

"Eins kannst du mir glauben, wenn die beiden wieder miteinander gehen würden, dann wüsste Antje davon. Das ist hundertprozentig sicher. Und wenn Antje es wüßte, dann wüsste ich es ebenfalls. Verstehst du, was ich damit sagen will?"

"In etwa schon", gab ich zur Antwort.

"Der Typ hat echt einen an der Waffel. Der spinnt total", bekräftigte Frank seine Meinung über Detlef.

Am Tisch unterhielt ich mich noch kurz mit Antje und fragte sie ein wenig aus. Sie meinte zwar zuerst, dass sie nicht sehr viel über die Beziehung von Sina und Detlef sagen konnte, aber die Dinge, über die sie Bescheid wusste, reichten auch aus. Nicht nur, dass er sie vor seinen Freunden häufig runtergemacht und blamiert hatte, in dem er, teilweise sogar während sie dabei saß, schlecht über sie redete und anzügliche Bemerkungen machte, er hatte sie wohl mehr als nur einmal verprügelt. Sina hatte Antje gesagt, dass sie ihre Beziehung schon viel früher beenden wollte, aber etliche Monate nicht den Mut aufbrachte, weil sie Angst vor seinen Wutausbrüchen hatte und nicht sicher war, wie er darauf reagieren würde. Als sie es sich endlich getraut hatte, schlug er ihr mit der flachen Hand so stark ins Gesicht, dass ihr linkes Auge sofort stark anschwoll. Daraufhin warf sie ihn aus dem Haus. Bevor er an dem Tag verschwand, brüllte er sie an, wenn jemand Schluss machte, dann wäre er das und drohte ihr damit, sie vor allen Bekannten unmöglich zu machen und Dinge zu erzählen, die sich gewaschen hatten. In den vergangenen Wochen war er dann mehrmals bei ihr aufgetaucht und war scheißfreundlich; hatte gesagt, wie leid ihm doch alles tun würde und sie auf Knien angebettelt, dass sie zu ihm zurückkommen sollte.

"Ich kann mir aber nicht vorstellen, dass sie nochmals auf ihn reinfallen würde", lehnte Antje diese Möglichkeit kategorisch ab.

"Wie kann man so mit jemandem umgehen, den man vorgibt zu lieben?", schüttelte ich nach einer Weile fassungslos den Kopf.

"Das stimmt schon, aber andererseits kann ich auch nicht verstehen, wie man sich so etwas über Monate gefallen lassen kann", entgegnete sie schroff, "mal ganz abgesehen davon, dass es mir bis heute ein Rätsel ist, was sie an diesem Arschloch gut gefunden hat."

Ich warf einen Blick auf meine Armbanduhr und stellte erschrocken fest, dass es schon nach 22 Uhr war. So lange hatte ich nun wirklich nicht vorgehabt, hier zu bleiben. Schnell sagte ich "Tschüß" und machte mich mit meinem Fahrrad auf den Heimweg.

Die Sonne war längst untergegangen und der sichelförmige Mond stand am Himmel und erleuchtete schwach die nächtlichen Straßen Mollins. Die Straßenlaternen spendeten ebenfalls ein wenig Licht und wiesen mir den Weg. Es herrschten für diese Zeit beinahe sommerliche Temperaturen und ließen bei mir einen kleinen Vorgeschmack aufkommen, wie schön es sein würde in den Ferien, den letzten Schulferien. Bisher hatte ich noch keinen festen Plan, was ich in den kommenden Wochen anfangen würde. Klar war nur, dass ich keine große Lust hatte, mit meiner Mutter und Sabine wieder in den Urlaub zu fahren, obwohl das so klar nun wieder auch nicht war. Es hing vielmehr damit zusammen, welchen Platz Mutti in diesem Jahr bekommen würde. Sie hatte sich im Winter, wie in den Jahren zuvor, für einen der wenigen Austauschplätze mit der Universität in Budapest bemüht, aber noch keine Antwort erhalten. Sie wertete das lange Warten auf Antwort positiv, denn normalerweise trudelten die Absagen schon Mitte April ins Haus, aber etwas Genaues war bis jetzt trotzdem nicht herauszukriegen gewesen. Sollte es unerwartet doch noch klappen, gab es natürlich keine Frage. Einmal im Leben nach Budapest, der Stadt an der Donau, von der alle schwärmten, dass so ungefähr der Westen aussehen musste. Das konnte ich mir nicht entgehen lassen. Noch dazu, wo ich außer in Prag noch nie im Ausland war.

Sollte es mit Ungarn nicht funktionieren, dann hatte ich zwar einige andere Optionen, mit unterschiedlichen Leuten zelten zu fahren, aber das waren bisher nur lose Ideen. Am allerliebsten wäre ich mit Sina an die Ostsee gefahren, nur das war wohl mehr Wunschdenken als Wirklichkeit. Selbst wenn wir richtig miteinander gehen würden, konnte ich mir nicht vorstellen, dass sie sich darauf einlassen würde. Falls doch, hätte bestimmt ihre Mutter etwas dagegen.

Immer sah ich alles so pessimistisch, ärgerte ich mich und schwor mir, sie zu fragen, sobald wir uns begegneten.

Wenn wir uns begegneten, war gut, dachte ich über den verpfuschten Tag nach. Nichts hatte heute geklappt, rein gar nichts.

Ich bog in die Theodor- Fontane- Straße ein. Seit ungefähr einem Jahr bauten sie nun bereits an dem neuen Straßenbelag für die Eisenbahnbrücke. Als es im vergangenen Herbst drei Tage lang fast ununterbrochen regnete, war die Straße unterspült und fast weggeschwemmt worden.

Ständig rissen sie die eine Seite auf und sperrten dann die andere und umgekehrt. Autos durften seitdem nicht mehr drüber fahren und Mopeds auch nicht, allerdings kannte ich niemanden, der mit seinem Ofen einen Umweg in Kauf nahm. Offiziell durften momentan zwar nur Fußgänger und Fahrradfahrer die Brücke benutzen, aber die Mopeds und Motorräder wurden stillschweigend geduldet.

Bei Nacht war die Strecke nicht ungefährlich, weil es kein Licht gab und man tagtäglich damit rechnen musste, dass die Hügel aus Sand, Lehm, Muttererde und sonstigen Materialien, die überall herumlagen, mal wieder von dem klapprigen Frontlader umgesetzt wurden, um an einer anderen Stelle Platz zum Weiterarbeiten zu schaffen. Tagsüber machten wir uns immer einen Spaß daraus, um die weithin sichtbaren Hindernisse Slalom zu fahren. In der Brückenmitte nahmen wir dann Anlauf und schroteten wie die Bekloppten den Abhang hinunter, natürlich nur, wenn keiner von der anderen Seite kam.

Die Brückenanfahrt hatte etwa eine 7 % - ige Steigung. Bei Gegenwind musste man sich schon mächtig ins Zeug legen, wollte man nicht vom Rad steigen und schieben.

Zum Glück war es heute fast windstill. Trotzdem musste ich kräftig in die Pedale treten. Oben angekommen, holte ich tief Luft und nahm Anlauf zur Abfahrt.

Ich kam gerade richtig in Schwung, als hinter mir auf der Brücke ein Moped auftauchte. Bloß gut, dass mein Licht am Rad wieder funktionierte, dachte ich. Ansonsten hätte es durchaus passieren können, dass mich der Mopedfahrer zu spät gesehen hätte, denn meistens bretterten die viel zu schnell hier lang, nach dem Motto: Der oder die wird schon aus dem Weg gehen. Mike war auch einer von der Sorte und machte es immer so. Er war der Meinung, dass der Schwächere, also der Fahrradfahrer oder Fußgänger, dem Stärkeren nun mal Platz machen musste und spiegelte damit nur die bei Seinesgleichen gängige Denkweise wieder.

Ich hörte, wie der Fahrer den Motor aufheulen ließ, war aber inzwischen zu schnell, um mich umdrehen zu können und auf mich aufmerksam zu machen. Hatte er mich etwa nicht gesehen?

Mit einem Mal ließ er die Kupplung kommen, gab kräftig Gas und raste offenbar hinter mir die Böschung hinunter. Ich fühlte mich überhaupt nicht wohl in meiner Haut, denn für zwei war es hier definitiv zu schmal, selbst bei Tage wäre es gefährlich geworden. Außerdem war ich viel zu schnell, um abbremsen zu können. In der Hoffnung vor ihm den breiten Teil der Straße zu erreichen, beschleunigte ich und trat wie ein Wahnsinniger in die Pedale.

Der Lichtstrahl des Mopeds hatte mich bereits eingeholt. Nur noch wenige Meter trennten uns voneinander. Mit einer kurzen Kopfbewegung nach hinten, versuchte ich etwas sehen zu können. Der Scheinwerfer blendete mich. Ich drehte mich deshalb sofort wieder um. Derjenige musste mich doch sehen können, aber aus irgendeinem Grund tat er das nicht. Vielleicht wollte er es ja auch nicht, schoss es mir durch den Kopf.

In diesem Moment berührte mich das Vorderrad des Mopeds. Ich riss den Lenker zur rechten Seite, um auszuweichen, trat den Rücktritt, kam durch die Schnelligkeit ins Straucheln und prallte mit voller Wucht gegen einen Sandhaufen. Das Vorderrad blockierte beim Aufprall und drückte den Lenker rum. In hohem Bogen segelte ich durch die Luft.

Wie im Traum hörte ich jemand rufen: "Lass die Finger von ihr!"

Als ich auf den Boden fiel, hörte ich es noch einmal, diesmal klang es wie ein dumpfer Hall, der mit einer viel zu langsamen Geschwindigkeit abgespielt wurde: "Lass die Finger von ihr!"

Mit dem Einsetzen eines stechenden Schmerzes verlor ich das Bewusstsein.

17

Wieder zurück

Ich befand mich in einem Dämmerzustand. Die Ärzte sprachen später von einem irregulären Koma, was auch immer das heißen mochte. Mein Körper sandte zwar ganz normal Signale an mein Gehirn und dieses hielt die wichtigsten Funktionen am Leben, aber ich wusste in dieser Zeit nicht, ob ich tot oder lebendig war. Bis, ja bis zum Dienstag, dem 10. Juli um 10.17 Uhr und 29 Sekunden, dem Tag meiner „zweiten" Geburt.

Ist schon möglich, dass manche Leute dieses Gerede vom zweiten Mal geboren werden als Humbug und Blödsinn abtun. Ich kann es niemandem verdenken, weil ich vorher genauso darüber gedacht habe, aber für mich hat dieser Tag etwas ganz Besonderes.

Wie sollte es auch anders sein, wenn man zweiundzwanzig Tage lang nicht weiß, in welche Richtung die weitere Reise gehen wird? Ich sah Dinge, zumindest bildete ich es mir ein, die in der Vergangenheit passierten und andere, die wahrscheinlich in der Zukunft auf mich warteten, aber es konnte genauso gut sein, dass alles, woran ich mich zu erinnern glaubte, gar nicht stattgefunden hatte und nur der Einbildung meiner Phantasie entsprach, die eingesperrt war in einer kranken Hülle menschlichen Fleisches.

An jenem Tag hörte ich leises Wispern, und es kam mir vor, als würde jemand weinen. Wie konnte man an diesem wunderschönen Morgen traurig sein? Die Sonne schien ins Fenster und spielte mit den metallenen Instrumenten auf meinem Tischchen Einkriege. Ein verirrter Sonnenstrahl blendete mich und ich kniff meine Augen zusammen.

Ich konnte hören, dass eine weibliche Stimme sagte: "Hast du das gesehen? Guck doch!" Ich erkannte die Stimme sofort; es war Sabine. Seit wann sitzen die an meinem Bett und schauen mir beim Schlafen zu, dachte ich befremdlich und öffnete die Augen. Die Helligkeit des Tageslichts brannte in meinen Augen wie Feuer. Ich schloss sie wieder. Sekunden später versuchte ich es erneut, ganz langsam.

An meinem Bett saßen Sabine, die beim Anblick meiner sich öffnenden Augen zu weinen begann, neben ihr Mutti, die mich schluchzend mit großen geweiteten Pupillen anschaute, als wäre ihr soeben der heilige Geist höchstpersönlich erschienen und am Fußende saß Sina, die mich überglücklich anlächelte, während ihr ebenfalls die Tränen vor Freude über die Wange liefen.

In diesem Augenblick wusste ich nicht, wo ich war und wie ich dort hingekommen war, das wusste ich schon gar nicht, aber eines wusste ich genau: Ich hatte meine Jugend am anderen Ende des Tunnels zurückgelassen und war erwachsen geworden. Welche Prüfungen auch immer das Leben noch für mich bereithalten würde, ich war dafür gerüstet.

ENDE

Danksagung

Mein Dank gilt vor allen Dingen meiner Frau Angela, die mich immer tatkräftig unterstützt hat bei allen Belangen des Buches. Gerade ihre Hilfe bei der Umsetzung meiner Ideen war Gold wert und ist mit diesem in keiner Weise aufzuwiegen.

Des Weiteren gebührt meiner Mutter Renate und meiner Schwester Silvia ein ganz besonderer Dank, denn nur ihre Unnachgiebigkeit und ihr Drängen nicht aufzugeben, bevor der Roman das Licht der Welt erblickt, hat mir die Kraft gegeben, dieses Buch tatsächlich zu veröffentlichen. Ohne sie würde es „Am anderen Ende des Tunnels" nicht geben.

Dann bedanke ich mich ganz herzlich bei Mama Loewens und bei Elke, die sich in der Frühphase meiner schriftlichen Gehversuche bereit erklärten, das Manuskript oder Teile davon zu lesen und zu korrigieren. Ich möchte nicht wissen, was ihr dabei gedacht habt, gerade bei den nicht ganz jugendfreien Stellen, aber ihr ward mir eine sehr große Hilfe.

Außerdem gilt mein Dank allen Freunden, Verwandten und Bekannten, die mich im Laufe der Jahre zu der ein oder anderen Idee für das Buch inspiriert haben.

Gegen Nazis und Rassisten

-

immer und überall

www.ingramcontent.com/pod-product-compliance
Lightning Source LLC
Chambersburg PA
CBHW080842250626
47161CB00010B/3158